U0902081

满

赵冬苓 著

山東文藝出版社

天星

图书在版编目(CIP)数据

满天星／赵冬苓著．—济南：山东文艺出版社，2006.1

ISBN 7－5329－2438－6

Ⅰ．满…　Ⅱ．赵…　Ⅲ．长篇小说－中国－当代　Ⅳ．I247.5

中国版本图书馆CIP数据核字(2005)第020863号

主管部门　山东出版集团
集团网址　www.sdpress.com.cn
出版发行　山东文艺出版社
电子邮箱　sdwy@sdpress.com.cn
印　　刷　山东新华印刷厂潍坊厂
地　　址　济南经九路胜利大街39号
版　　次　2006年1月第1版
　　　　　2006年1月第1次印刷
规　　格　开本／890×1240毫米　1/32
　　　　　印张／15.375　插页／2　千字／404
定　　价　23.00元

目录

MU LU

她呆呆地望着夜空：雨水洗刷过的夜空，满天星斗，星光皎洁璀璨。淡青色的星辉洒在她身上，也映出了她清秀姣好的面容。渐渐地，女人的嘴边露出了一丝笑容，但这笑容却让她平静的面孔一下子狰狞起来。她摇摇晃晃地从地上站了起来，看着自己亲手堆好的坟茔，喃喃地说：“孩子，忘记你可怜的妈妈吧。”她默默地说了几遍，然后毅然转身离去，很快就消失在夜幕中。

夜色不知不觉降临。何麦沿着铁路线顽强地走着，一边走一边抬起头来。头上是灿烂的星空，天河仍然浩浩荡荡，一如不久前的那个夏夜。她看着头顶的星空，喃喃低语：“巧巧，巧巧，你在哪儿呢？”

第三章 (47)

突然一阵刺耳的、急促的刹车声从院子外的马路上传来，阻断了王大丰的言谈，然后又是一声闷响。人群一阵骚动，纷纷向外涌着。正在接受采访的王大丰见状急忙向门口跑，同时大声问:“怎么啦？出了什么事？”他看到一个面孔熟悉的老汉突然发疯一样叫着向外跑去，他突然想起了什么，一下子愣住了。

第四章 (69)

垛山山坡的草地上，已经叫了小妹的巧巧和小强牵着一只小羊正在玩耍。孩子清脆的笑声在山里回荡着。小强牵住羊，扶着小妹叫她骑上去，小妹上不去，一边笑一边叫着哥哥。小强放开了羊，过来吃力地抱着小妹，刚把小妹抱到羊背上，小羊一下子跑了，两个孩子一起被摔在地上。看着彼此摔在地上的模样，他们开怀大笑起来。清爽的山风轻拂着两个孩子天真的笑脸。

第五章 (87)

院子里的街坊邻居依然还围着小妹评头论足，甚至有人走到她跟前摸摸这儿，动动那儿，小妹像触电一样扭着身子，痛苦不堪。贺勤再也看不下去了，他不声不响地从屋里走出来，走进人群，拉起小妹的手，一言不发地把她领走了。邻居们惊讶地看着。贺勤妈更是吃惊，好久才回过神来，不由得高兴地扯起了衣襟抹泪。

第六章 (121)

“这真是命，我没能上完高中，小强上了。这孩子，他是替我上的。今天，当着在座的，我周慧说一句话：从今以后，我哪也不去了，我就在家里，好好过日子，专门给我儿子当妈，当个好妈，供着我儿子读高中，上大学，让我儿子成人，成个好人，有出息的人。我周慧说话算话。”……“我周慧若再干对不起我儿子的事，就让我和这酒杯一样！”

第七章 (143)

墙头上，小强的脸已经完全被痛苦扭曲得变了形。他看不下去了，顺着墙头直溜到地上，身体痛苦地蜷缩成一团，直着脖子，两手撕着领口，无声地干号着。……

小强终于喊出了声音：“你滚！”

第八章 (167)

……小妹又把那双小红鞋拾出来放到枕边。她躺下来，却怎么也睡不着，脑海里翻腾的全是从离开小镇到来到市里一路所见的景象：绿色的火车、反射着夕阳的湖水、高楼上闪烁的霓虹灯……

第九章 (189)

“贺勤，不认识了？”小妹说，“我刚才也像撞了鬼似的。你倒说说看，世上哪有这种人啊，一走就没了消息，就和蒸发了似的，我还以为这辈子再也见不到他了，谁知道——”

她抬抬头，两个青年仍然各自站在老地方，一言不发地互相打量着。

第十章 (211)

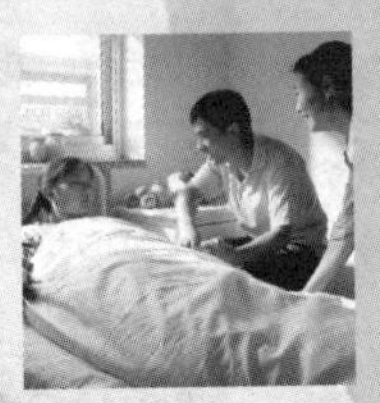

“傻孩子，傻孩子啊，你啥时候才能懂事啊？你再疼她，再爱她，也不能惯着她啊！贺勤，你别难过，女人啊，我知道，你等她回来，今天就和她圆房。小妹的品性我心里有数，只要你们圆了房，我敢保证，她再也不会找小强去了。”

第十一章 (231)

王重光打了一个寒战，赶忙起来打开了大灯。一抹额头，才发现自己已是满脸大汗。他擦擦汗，坐起来，喃喃道：“面对，我要面对，我要面对。”他慢慢抬起头来，看着四周，把大灯和床头灯都熄灭，躺下去。

第十二章 (253)

王大丰打开了信。信上的字体十分工整，一笔一画的，一看就是用了心思，寄托了希望的。王大丰嘴里默念着：“尊敬的领导，我怀着万分焦急的心情，向您求助，希望您在百忙之中看看我这封信，帮助我妹妹找到她在宁海离散十八年的父母……”信的末尾署名是贺勤。

第十三章 (281)

李天雷对着电话接着说：“这么说，她也可能是被拐卖过去的？”突然他猛一拍自己的脑袋，“天哪，我想起来了，我想起哪儿不对来了——她的口音，她在模仿当地的口音，可是不像。重光，她是不是被拐卖过去的？”

第十四章 (307)

对面，四贵正巧舌如簧地对女孩们说着什么。女孩们惊喜地说着笑着，用信赖的眼光看着小强，小强也笑着应和着。随后，小强领着女孩们走了，四贵则留在原地，用得意的目光看着他们远去。

第十五章 (331)

“哼，你是长大了，教训开你妈了。”周慧恨恨地说，“小妹，死了你的心吧，妈不会按你说的去做的。你要是想揭发，想把养你疼你的妈送到监狱里去，你就干吧，只要你晚上能睡得着！”

第十六章 (353)

“小妹，当你向警察救助，希望这个社会能理解你的痛苦，帮助你寻找失散了十八年的家的时候，你想过你对这个社会应该做些什么吗？”王重光问，“你就准备一辈子这样生活，永远等着别人帮你？小妹，你和你父母失散十八年，应该最知道亲人分离的痛苦。你的小强哥哥正给别人制造着这种痛苦，这你想过吗？”

第十七章 (377)

小强躺在他怀里，吃力地睁开眼睛。午后的太阳十分炫目，他努力地看呀，看呀，刺眼的光线中，垛山的那片绿树林又出现了，小妹美丽的身影在林中跑着，稚嫩的笑声在林中回荡着：“小强哥哥，小强哥哥……”

小强笑了，颤抖着伸出手去，在虚空里摸了一把：“小妹，小妹……”

第十八章 (403)

『她小的时候，夏天的晚上，我在院里干活，她就爱趴在我腿上数星星，还让我给她唱歌听。不知道这孩子现在在哪里，也不知道这会儿是不是也在看星星。』何麦皱皱眉头，每一次提及往事对她都是一种折磨，她叹息道，『孩子没了，家也散了，我那时候死的心都有了。』

……

第十九章 (425)

周慧摇摇头，还是不肯起来：『小妹，是我把你从你妈身边偷走的，是我夺走了你的妈妈。可是，我当时真的不是为了卖你挣钱。我刚死了一个孩子，我看到你好可爱，就一顺手——小妹，小妹，你能懂我吗？』

……

周慧泪如雨下：『你的家就在宁海，在阙里。』

第二十章 (455)

突然，她愣住了——橱子里，整整齐齐排着十八双鞋，从小到大，全部是红色的。小妹颤抖着伸出手去。她慢慢拿起一双鞋，仔细看着，又拿起另一双看着。突然她痉挛似的扑过去，拉开自己的包，在里面翻出自己那双一直保存着的小红鞋。她把它宝贝一样地藏在怀里，胆怯地回过头，看着她刚刚从橱子里拿出来的红鞋子。她把其中最小的一双拿起来，和手里的鞋比着。鞋的大小、颜色和式样都是那么的相像。

第一章

满天星mantianxing

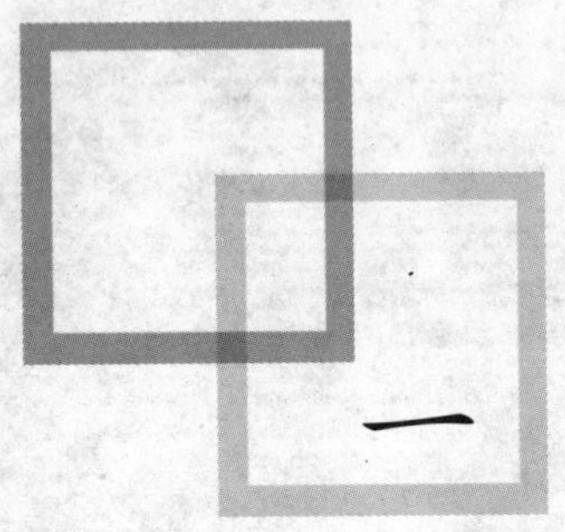

一

大雨如注，原野上一片狼藉，只有闪电不时地划破天空，青白的光亮霎时间照亮了黑夜，两根钢轨在闪电中闪着冷森森的光。闪电的亮光也勾出一个女人在原野上跌跌撞撞疾走的身影。从身体的轮廓看，她已经临产了。女人一路走，一路抱着肚子踉跄，嘴里发出痛苦的呻吟。

又是一道闪电。闪电过后，女人不见了——她躺倒在地下的泥水里，在惨声哭叫着。此时，她在经历一个女人最痛苦、最需要别人照顾的过程。她惨白的面孔上布满了绝望，两只手死死地抓住路轨边的青草，她的双脚痛苦地四下乱蹬着，一只鞋早已不知道丢在了哪里。

女人声嘶力竭地哀鸣着，她凄厉的呻吟声间杂在雷鸣和暴雨声中。

一列客车从铁路上驶过，车窗里明亮的灯光投射在疾雨密布的原野上，也照出地上的女人痛苦挣扎的身影。客车过后，一切又归于黑暗，只有风声、雨声和雷鸣声。

突然，一声婴儿响亮的哭声划破了夜空。

女人却像死了一样躺在泥水里，一动不动。耳朵是她此时唯一灵光的器官，她用尽全力去聆听婴儿哭泣的声音。然而，婴儿的哭声从嘹亮到低沉，终于变得悄无生息。当女人的耳朵里又只剩下雷鸣时，她猛地坐了起来，向一道横过雨幕的闪电怒吼着：“我的孩子！”只吼出了一声，她便颓然晕倒在铁轨边。

雨已经停了，夜也恢复了宁静，四周只听到虫声唧唧。

女人跪在那里，用双手在地上挖了一个坑，把一个小小的包裹放进了坑里，又用双手把坑填了起来，堆成了一个小小的坟茔。

坟茔堆好了，女人仍旧跪着，把头埋在地上，良久，又顺势一倒，平躺下去。

她呆呆地望着夜空：雨水洗刷过的夜空，满天星斗，星光皎洁璀璨。淡青色的星辉洒在她身上，也映出了她清秀姣好的面容。渐渐地，女人的嘴边露出了一丝笑容，但这笑容却让她平静的面孔一下子狰狞起来。她摇摇晃晃地从地上站了起来，看着自己亲手堆好的坟茔，喃喃地说：“孩子，忘记你可怜的妈妈吧。”她默默地说了几遍，然后毅然转身离去，很快就消失在夜幕中。

夜空中，繁星满天。

二

一辆警车从外面驶进宁海市公安局，局长王大丰坐在后座上。他四十岁左右的样子，相貌十分英武。车从门口经过，门口的哨兵向他们行礼，王大丰突然喊了一声：“停下！”因为他看到路旁接待室门口的台阶上，一对农民模样的老夫妻正坐在那儿期期艾艾地哭。

车停下来，王大丰从车上下来走向那对老夫妻。老两口只顾了哭，没发现他。

王大丰弯下腰来问道：“老人家，哭什么？出了什么事情？”

两人诧异地抬起头来，看到一身警服的王大丰，几乎同时扑上来，一下子双双跪在王大丰脚下。王大丰吓了一跳，赶快去拉他们，却哪儿拉得起来。

老头边叩头边说：“首长，首长，救救俺吧。”

老太太也说："帮俺找找萍儿吧，首长，俺们永远忘不了您的大恩大德啊。"

王大丰说："起来，起来，起来我们说话。需要我们干什么？"

两人仍不肯起。王大丰拉不起他们来，回头喊自己的警卫："来，帮一把，把他们带我办公室去。"

两位老人被领进办公室，坐在沙发上，警卫给他们倒了杯茶。王大丰拉了一张椅子坐在老人面前，跟老两口说着话。

老太太抹着眼泪说："俺萍儿走的时候才十七岁，刚考上高中一年级。乡下的孩子能考到城里的高中，三里五村都替俺家高兴，谁知道——早知道这样，俺不让孩子上学了。"

老头说："可孝顺的孩子哩！怕家里拿不起学费，暑假不回家，说要自己打工挣钱，谁知道这一走就再没消息了。四年了，活不见人死不见尸，这丫头到底在哪儿啊？"

王大丰问："孩子走前给你们说什么了没有？"

老太太说："那天村里来叫我，说闺女给我来电话了。我慌慌张张跑到村公所，孩子在电话里说她找到了工作，跟着人家走了。我还没来得及说什么，那边就说要上车了，闺女挂了电话，从那就再没消息了。四年了啊！"

王大丰皱起了眉头，问："你们报案了吗？"

老头急道："报了，咋能不报哩。警察也帮着到处找，寻人启事贴得满大街都是。可一次次来问，就是没消息啊！"

老两口说着又忍不住哭起来。

王大丰同情地看着他们："老人家，别哭，哭也哭不回孩子。你们有孩子的照片吗？"

"有，有。"老头忙不迭地点着头，又回身对老伴说，"快，快拿出来给首长看看。"

老太太从里面兜里拿出个小布包，一层层打开，拿出一张一寸的黑白照片来递给王大丰，说："还是考初中的时候照的哩。考高中的时候又要照片，闺女懂事，知道家里没钱，就把这张照片冲了几张。早知道，该让闺女照张新的呀。"

王大丰接过照片，照片上是一个十一二岁的小女孩，有点儿模糊不清，正怯生生地看着这个世界。

“孩子叫什么？”王大丰问。

老头回答说：“大名赵巧萍，小名萍儿。”

王大丰又问老太太：“能把这张照片留给我吗？”

老太太说：“能，能。俺还有一张哩。”

王大丰又问：“你们家是哪儿的啊？”

“城北桥头马庄的。”老头说。

王大丰点点头：“好了，我知道这件事了。老人家，时间太久了，我不敢打包票，但我敢保证的是，我一定尽全力，帮你们把你们的女儿找回来。”

老两口听了同时放声大哭，又扑通一下跪倒在地上，连连向王大丰磕着头。

“恩人，恩人啊。”

“恩人，来生俺变牛变马都报答您啊。”

王大丰赶快去搀他们：“这是干什么？快起来。我是警察，这是我的职责嘛。”

两位老人互相看着，流着泪的脸上都露出了庆幸的笑容。老头捅捅老伴说：“萍她妈，萍儿能回家了。”

老太太呜呜地又哭又笑：“我苦命的孩儿能回来了。”

王大丰感慨地望着他们。等送走了二人，他回到办公室里，仔细地看着手里的那张小照片，小声嘀咕着：“会在哪儿呢？”

在熙熙攘攘的小镇上，有一个不起眼的破旧的茶馆。朝街的门面里摆着一张麻将桌，几个男人正在那儿搓麻将。

宋昌河很投入地搓着。他今天手气不错，连连吆喝着：“听了听了听了啊，你们等着，这就自摸。嘿，来了，和！”

他一下推倒了面前的牌，其他三人一起伸过头来，眼巴巴地看着：

“见了鬼了，回回他和。”

“还是自摸。”

宋昌河得意地笑起来：“拿来吧，拿来吧。”

三人垂头丧气地掏钱给他。

茶馆跑堂的过来喊："昌叔，外面有人找。"

宋昌河头也不回："谁啊？叫他进来，看不见我忙着呢吗？"

跑堂的说："她不肯。她说有要紧事，一定要昌叔出去。"

宋昌河一拍桌子，骂道："狗屁要紧事，要紧还不进来？老子忙着呢，别打扰我了。"

跑堂的伏下身子，趴在他耳边小声地说："是个女的。她说，你要不出去会后悔的。"

宋昌河一愣，对跑堂的说："那你小子替我搓两把，别他妈给我倒了运啊。"说完起来，趿着拖鞋出去了。

从茶馆里出来，他四处张望了一下，不由得愣住了——周慧就站在离他不远的地方，正用胜券在握的目光盯着他，她的身后还站着两个联防队员。

宋昌河不由得后退一步。

两个联防队员走过来，其中一个走到宋昌河身旁，回头看着周慧问："拐卖你的是他吗？"

周慧没说话，只看着宋昌河。宋昌河眼瞅着靠近他的联防队员的一只手已经搭到自己肩上，急忙用哀求的目光看着周慧。

周慧摇摇头："不是他，我认错了。"

宋昌河松了一口气。

"你看清楚了？"

周慧说："看清楚了，不是他，只是和他长得像。"

那个联防队员松开了宋昌河。

另一个队员说："那好吧。发现什么线索，及时向我们报告。"

周慧殷勤地答应着："哎。辛苦二位了。回去啊，同志？再有什么发现我就去找您。"她寒暄着，把两个队员送走了。

这半天，宋昌河一直没敢动。

周慧目送他们远去，回过头来对宋昌河一笑，说："你当我真是认错了？"

宋昌河讪笑道："哪里，哪里。咱俩不是老交情了吗？"

“呸！”周慧啐了他一口，“我找你商量点儿事，看你成不成气。”

宋昌河把周慧带到茶馆后院的一间屋里，他去前面张罗饭食。屋里很暗，没有后窗。周慧站了一会儿，好不容易才辨清屋里的陈设：几张横七竖八排着的床，床上搭着肮脏不堪的蚊帐。她走到其中一张床前，扯起床上的被单看了一眼，丢下了，又回头看看门，走到门前抓住大铁锁晃了晃。一时间千头万绪涌上来，让她面色复杂。

正想着，小院门开了，宋昌河手里提着几兜食品和两瓶酒进来，一进门就热乎地说：“吃饭，吃饭。饿了吧？几年了？五年了吧？你出落得更漂亮了。”

周慧没搭他话茬，而是问道：“这地方，你怎么舍得让它空了？”

宋昌河涎着脸说：“我早就不干了。我这会儿就在镇上开麻将馆，你又不是没看见。”

周慧狠狠地说：“呸！狗还能改了吃屎！”

宋昌河直勾勾地看着周慧说：“哟，几年不见，这丫头说话咋这么粗呢？也不怕人笑话。”

“你看着我干什么？你卖过我两回，还想再卖第三回？”周慧抱着胳膊，冷冷地同他对视着。

宋昌河笑着说：“哪能呢？我那是帮你找婆家。”

“要打这算盘，你就早点儿收回吧。告诉你，我报了案，是警察带我来这儿找人贩子的。今天他们已经认识你了，要是我出点儿啥事儿，你就在家里等着吧。”

“你听听，你听听，你都扯哪去了？咱认识也不是一天两天了，再说咱俩还办过那事儿，一日夫妻百日恩嘛。咋样？这第二个男人比第一个强吧？”

“滚你的！”

宋昌河故作惊讶地说：“还不行？不要紧，放着这么俊的人，还能找不到好婆家？不行我再……”

周慧冷笑道：“死了你的心吧。昌叔，你现在的小命，在我的手里。你是想接着做你的生意，还是进局子，你自己说

吧。”

宋昌河打量着她问：“你想干什么？”

“要做生意，咱联手。要做够了……”

“联手？行啊。我正愁没个女帮手呢。”

“没女帮手？原来的那个呢？”

“那个？早跑了。挣大了，自己干去了。”

周慧遗憾地叹道：“跑了？我还打算回来把她卖掉呢。”

宋昌河笑了：“那慌什么？两座山碰不着，两个人还碰不着吗？唉，这会儿的女孩儿越来越精，看男人都和看贼似的，你怎么说她们也不上钩。有个女人就不一样了。好，联手，说吧，怎么联？”

周慧一把把宋昌河手里的食品袋拽过来，说：“我饿了，边吃边谈吧。”

一会儿工夫，屋里的破木桌上已是一片狼藉，两个人面对面坐着，每人拿一个酒瓶子当酒杯。周慧喝得有点儿多了，还拿着酒瓶子往嘴里倒，宋昌河瓶里的酒没下去多少，正用鬼鬼祟祟的目光偷偷地打量着周慧，不知在想什么主意。

周慧说：“那年我才十七岁，上高中哩，要不是碰上你，说不定我也上大学了。人这辈子，人这辈子啊。”说着又往嘴里倒了口酒，然后一下子扑倒在桌上。

宋昌河打量着她，轻声地说：“睡了？”

周慧一动不动。

宋昌河又轻轻碰碰她，周慧还是没反应。

宋昌河脸上露出一丝得意的笑容，绕过来，想去抱周慧，不料周慧却一把把他伸过来的手抓住了，猛地抬起头：“想再把我卖一回？”

宋昌河吓了一跳，忙说：“哪里？我是看你醉了，想送你上床。”

周慧恶狠狠地说：“告诉你，要是能再让你卖上第三回，我也就不回来找你了。趁早老实点儿！”

宋昌河连连地点着头：“老实，老实。”

周慧恨恨地看着他的面孔说：“过来，你过来。”

"什么？"宋昌河不明所以。

"你靠近点儿。"

宋昌河误会了她的意思，淫笑着把面孔靠近。

周慧问："还记得不？那年我十七岁，就在这间屋里。我跪在地上求你，给你磕头。就在这张床上，你把我糟蹋了。"

宋昌河嘿嘿笑道："我——我那是喜欢你。"

周慧突然扬起手，狠命地给了他一记响亮的耳光，厉声地说："告诉你，从今往后谁也别再想从我周慧身上讨一点儿便宜。过去的那个我，已经死了！"

宋昌河捂着脸看着她，他眼里的周慧面目狰狞，目露凶光，显得十分可怕。

夏夜，凉风习习，三岁的巧巧躺在凉席上，她亮晶晶的小眼珠看着满天亮晶晶的星星。母亲何麦手持一把扇子，给她扇着蚊子。

巧巧指着星空说："妈妈，妈妈，你看，天河，天河。"

她们头顶的夜空，天河浩浩荡荡，横贯夜空。

何麦温柔地看着可爱的女儿，哄她说："睡吧，巧巧，睡吧。"

巧巧问："妈妈，牛郎星呢？牛郎星在哪儿？"

何麦指着说："看，天河的这边，那颗最亮的，两边一边一颗小星。那是牛郎挑着他的两个孩子，一儿一女。"

巧巧仔细看了好一会儿，又问妈妈："哪有两个呀？只有一个。"

"怎么会一个？那不明明两个吗？"

"我只找到一个。牛郎爸爸把孩子丢了。"

何麦在女儿身上轻拍一下："胡说。当爹妈的怎么会丢了孩子？那不，那颗稍微暗一点儿的。"

巧巧瞪圆眼睛又看了一会儿说："我看到了。可是为什么这颗暗呢？"

何麦说："因为这个孩子年龄小，是小妹妹。"

"噢，我知道了，等她长大了就亮了。那，她妈妈呢？织女呢？"

何麦又指着天空说："你顺着妈妈的手看，在天河对面的那颗，她的前面，有四颗小星，像个梭子。看到了吗？"

"看到了，看到了。她比牛郎爸爸还亮呢。"巧巧高兴地拍着手。

何麦说："因为她想念她的孩子，她得让自己亮一点儿，好让她的孩子能看到她。"

巧巧似乎把这句话听到了心里，不说话了，像大人一样默默地看着星空。

何麦看着乖巧的女儿，无声地叹息一下，爱抚地拍拍她："睡吧，巧巧，天实在不早了。"

巧巧突然看着她，目光里充满了依恋："妈妈，我怕。我要你抱着我。"

何麦看着女儿，想说什么，没说，把她抱起来。巧巧很舒服很妥帖地躺在妈妈怀里，勾着妈妈的脖子。

何麦柔声地问："还怕吗？"

巧巧说："不怕了。妈妈，你给我唱歌，你唱歌，巧巧睡觉。"

何麦抬头看看星空，又看看女儿，柔声唱起来。这是一支朴素的、关于星星和妈妈的摇篮曲。巧巧安静地闭上眼睛，慢慢进入了梦乡。何麦低头看着她，继续哼着。

她们的头顶，星空浩荡。

待孩子睡熟了，何麦小心地把她抱进屋里的大床上。她自己又走到桌子前，从桌上的箩筐里拿出一双鞋来——这是一双小红鞋，一只已经做好了，另外一只正在上鞋帮。何麦用力拉着麻线，缝上了最后一针。她没有想到，这密密实实的针脚，就此把女儿送上了不可知的行程。

夜深了，何麦把做好的小红鞋整齐地放到巧巧枕边，呆呆地看着女儿熟睡的小脸，伏下身去轻轻吻了一吻。

一早，何麦推着自行车穿行在去镇法庭的路上，车后座

上坐着巧巧。这是个古朴的北方小镇，路两侧还是青砖房，在青砖房后，可以看到新起的小楼。镇上人不多，显得很悠闲。

巧巧扎着两根小辫，小辫上系着蝴蝶结，穿着粉红色的小裙子，脚上穿着妈妈刚给做好的小红鞋，很是天真可爱。她坐在后座上一刻也不老实，扭头晃脑地老看自己的新鞋子，嘴里头叽叽喳喳，着急地说："妈妈，妈妈，妈妈，你的车轱辘碰了我的小红鞋了。"

何麦看上去心事重重，显然没心思和女儿说话，只淡淡地说："你把脚跷起来。"

巧巧跷起一双小脚，欣赏地看着自己的小红鞋。可只一会儿，又闹着说："妈妈，妈妈，妈妈，跷起来也不行，要叫别人碰上呢？"

何麦说："那就脱下来，光着脚丫吧。"

巧巧撒娇地说："你给我脱。"

"巧巧，妈妈有事，别闹。"

巧巧不依不饶："给我脱嘛，给我脱嘛。"

何麦无奈地停下车，给巧巧脱鞋。脱的时候，她停下来抬头看了看女儿天真无邪的面孔，眼里的泪水立刻就要涌出来。她努力控制住，问道："巧巧，要是爸和妈分开了，你跟谁？"

巧巧抬头想了一会儿，调皮地说："我跟爸，也跟妈。"

何麦听了，长长地叹了口气，把脱下的鞋放进车筐里，推着巧巧继续往前走。

镇法庭到了。

何麦把自行车停下，把巧巧抱下来，又把车筐里的小红鞋递给她。她弯下腰拍拍女儿的小脑袋："巧巧，听话，在这儿等妈妈，妈进去问点儿事，这就出来。"

巧巧不愿意："我也跟妈去。"

何麦吓唬她说："这地方小孩子家不能进。就在这儿玩，哪儿也不许去，听见了吗，啊？妈这就出来。把鞋穿上。"

何麦把巧巧抱下车，放在台阶上，自己进去了。

巧巧拿着小红鞋，往脚上套了套，又脱下来，心里还是不舍得穿。她把鞋放在一旁，光着脚踩在青石板上，找了个

草棍在石板缝里挖起来，一边挖一边唱着自己的歌。

何麦神情忧郁地坐在一个法庭工作人员面前。她是来询问离婚的事宜的。

一个工作人员耐心地劝她："家里有了矛盾，夫妻多做批评和自我批评，动不动就提离婚，这可不是好办法。"

何麦说："咋批评？他根本不进家，除了回来看孩子。他和那个女人在外头一起住着呢。"

工作人员问："公开同居了？"

"同志，这都是家丑，要不是万不得已，能出来说吗？"何麦伤心地低了头，"以前，俺俩可好哩，为了能过上好日子，俺俩才一块出来打工，苦拼苦熬都没事儿，谁知道挣了几个钱以后……"她不由得抹了把泪。

工作人员同情地看着她说："唉，多少夫妻都是这样出问题的。穷的时候，啥事没有，一有了钱，就坏事儿了。"

巧巧坐在台阶上，把小红鞋放在一旁，用童声唱着自己的歌，专心地自己玩着。

周慧过来了。她转转悠悠，似乎在等什么人。孩子细细的歌声引起了她的注意，她看了一眼，突然目光就被吸引住了。她慢慢地走过来，蹲下来仔细看着巧巧。

巧巧被她的黑影罩住了，抬起头来，用大大的眼睛看着她，小嘴一张，很甜地喊道："阿姨。"

周慧脸上不觉露出一丝微笑，伸出一只手摸了摸她的头。远处有人喊了一声，周慧抬头，看到是宋昌河在那边等她，她站起来走了，一边走，一边还回头看着巧巧。

工作人员又问："你有他们公开同居的证据吗？如果有，可以向法庭起诉。"

何麦摇头："不管咋说他也是我孩子她爸，我不想告他，我就想离婚。我想问问，要离婚，这财产咋算哩？他这会儿一点儿也不往家拿，要是离了婚，这孩子他得管吧？"

工作人员说:“那当然。你们是在哪里登记结婚的?咱这儿?”

何麦说:“不是。在老家,离这儿几十里路哩,我就是来问问。”

工作人员顿时松了口气:“原来只是问问啊,我还当你要在这儿离哩。你刚才提的这个问题,《婚姻法》上是这样规定的——我给你找找《婚姻法》。”

工作人员回身去找文件,何麦走到门口看看院门口,远远地可以看到巧巧高兴地捧着小红鞋,摇头晃脑地唱着歌。何麦放心地回来了。

工作人员已经找到了《婚姻法》,翻开一页指给她说:“你看看,这儿是这样规定的。”

何麦的头凑了上去。

周慧和宋昌河走过来,身后跟着四个十七八岁的女孩。她们拿着出门的行李,看上去个个都很兴奋,一边走一边向周慧打听着:“许姐,人家一个月能给俺多少钱啊?”

周慧说:“不是说了吗?底薪三百,多干多得。有的干得好的,一个月能拿五六百哩。”

女孩们被这个天文般的数字吓了一跳,发出一声惊呼。她们简直不能相信自己的耳朵,不放心似的又问了一遍:“许姐,真能拿这么多?”

周慧撇撇嘴说:“不信你就回家呗。人家是合资企业,美国人投资的。美国人多有钱啊!”

女孩们不敢再问了。

宋昌河上来帮腔说:“连你们去的车票都是人家提供的。一般的小厂哪有这实力啊。快走吧,晚了点,就赶不上火车了。”

女孩们加快了脚步。

这时一阵细细的歌声传过来。周慧闻声抬头,又一次看到了坐在路边台阶上的巧巧。巧巧也看到了她,显然认出她来了,依旧甜甜地喊了声“阿姨”。

宋昌河看见了,凑过来,在周慧耳边小声地说:“一个孩子能卖七八百呢。”

周慧一转头，厌恶地说：“你掺和什么？有你啥事呀？”

“好好好，没我啥事。”宋昌河讪讪地回头招呼身边的女孩们，“快跟上我，火车一会儿就到站了。”

宋昌河领着女孩们先走了。周慧看看左右，此刻正是午饭时间，小镇上几乎没人。她走过去，在巧巧身边蹲下来，问道：“小丫头，怎么光着脚丫啊？”

巧巧抬起一双清澈的眼睛，天真地看着面善的陌生阿姨，拿起自己的小红鞋给周慧看：“我的鞋在这儿呢，新的，还没沾过地呢。”

周慧明白了，接过鞋夸赞道：“真漂亮。就是鞋帮上缺朵花，要是别上朵花就更漂亮了。”

巧巧看着心爱的小红鞋，鞋上的确没有任何装饰，阿姨说得不错，她有点发愁了，问：“可上哪弄花呢？”

周慧绽开一个灿烂的笑容：“阿姨带你去弄花吧。阿姨知道一个地方，有好多的花呢，别在鞋上最漂亮了。”

巧巧高兴地站起来说：“行。”突然又回头看看法庭的院子，说，“可我妈妈让我在这儿等她。”

周慧往里伸伸头，看到了何麦的背影，她赶快往外躲了躲，说：“咱这就回来，那些花就在那边。”

巧巧问：“可我妈妈怎么办呢？”

周慧装作思考的样子，神秘地说：“哎，咱和你妈妈玩捉迷藏吧，咱藏起来，不叫她看见，急急她。”

巧巧想象着，咯咯地笑起来。

“走，阿姨先带你去买花。”周慧用诱惑的口吻说。

巧巧点点头：“那我不能穿我的小红鞋，会弄脏的。”

“当然不能穿了。来，阿姨抱你去。”周慧伸出双手。

巧巧信赖地向她张开了手臂。

周慧抱起她就要走，巧巧急道：“还有我的小红鞋呢。”

周慧拿起那双鞋，交到巧巧手里。巧巧紧紧地抱着她的小红鞋，被周慧抱着走了。

她们走进一家小商店，周慧为巧巧买了两只女孩家别在头发上的带花的小发夹，巧巧高兴地把它们别在小红鞋上，

回头笑眯眯地看着周慧说："谢谢阿姨，真好看。"

周慧又把巧巧抱起来，说："现在咱们要跟你妈妈捉迷藏喽。"

法庭办公室里，何麦还在低着头和工作人员热烈地谈论着，在她的背影里，巧巧已经不见了。

何麦站起来，很感激地对那个工作人员笑着说："谢谢你啦，同志。俺回去再努力努力。只要他好好回来过日子，俺也不是那得理不让人的人。可人家要是铁了心地不想和俺过了，咱赖着人家也没意思。你说对吧，同志？"

工作人员边向外送她边说："对，对。不过，家庭团结还是第一位的。为了孩子，还是尽量往好处过吧。啊？"

何麦点头道："尽量，尽量。留步吧，同志，你看看耽误了你这么长时间。"

她站在屋门口和那人告了别，穿过小院走向门口。

何麦从里面出来，自行车还靠在墙上，巧巧却不见了。

"巧巧，巧巧？你这个丫头，叫你别动你就动，上哪去了？快出来，咱回家了。"她边四处张望边喊着。

中午的大街上行人寥落，何麦呼唤女儿的声音传出去好远，却没有人回答。她开始有点儿慌了，顾不得自行车，向着来时的方向跑过去。她逢人便问："老乡，你看见一个小女孩了没？三岁，这么高，穿着一双小红鞋？"

几乎所有的人都摇头，有的还没来得及摇头，何麦已经冲过去了。

她大声地喊着："巧巧，巧巧，巧巧！"

四

小镇火车站的候车室其实就是一间不大的小房子。宋昌河正在送周慧和那几个女孩上车。周慧抱着巧巧，巧巧正一手拿一只小红鞋，高兴地看着。

宋昌河和颜悦色地对四个女孩说："到了那儿，好好干，多挣点儿钱，寄回家来叫你们大人看看。"

16

四个天真的女孩高兴地答应着。

宋昌河又叮嘱说:“别忘了一到地方就给家里来信,叫家里放心。”他又向周慧眨了眨眼说,“许慧,四个孩子就交给你了,都是头一回出门,路上多照应。”

周慧说:“放心吧。”

四个女孩感激地看着宋昌河。

广播里通知要上车了。周慧抱着巧巧,等着检票上车。当通过检票口的时候,巧巧的目光从小红鞋上抬起来,懵懵懂懂地看着四周陌生的环境叫了一声:“妈妈——”

周慧神秘地竖起食指挡在她的嘴口,小声说:“你忘了,咱俩和你妈说好了,捉迷藏呢。”

巧巧笑起来,低下头又沉醉在她漂亮的小红鞋里。就这样,巧巧被周慧抱上了火车。

四个女孩坐在一个小座厢里,周慧带着巧巧坐在隔壁另一个座厢里。周慧跪在座椅上,低声地嘱咐四个女孩:“咱农村的女孩出个门不容易,坏人也多,公家也查——现在不是不让流动人口都进城吗?一会儿万一有人来查你们,你们别多说话,我来应付。”

四个女孩不由得往一起靠了靠,紧张地点点头。

周慧放松了口气说:“也没啥大不了的,当初我第一回出门的时候也这样,这不,也混出来了。”

四个女孩羡慕地看看她,她的脖子上挂着一根金链子。

巧巧也爬起来,扒着座椅靠背看着四个女孩,其中一个女孩喜爱地摸了一把巧巧的脸。

周慧把巧巧按下去,说:“我姐的孩子。她在外头打工哩,托我带过去。来吧,把身份证交给我,别叫坏人给骗去,你们就出不了门了。”

四个女孩乖乖地把身份证拿了出来,交给她。

何麦还在疯狂地跑着,喊着,逢人就问。

突然一个女人从后面喊着过来:“哎,哎,那个找孩子的。”

何麦一下子停住,猛回身扑过去把那女人一把抓住,急

切地问道："你见了？你见我巧巧了？这么高，穿一双小红鞋，你见了没？在哪儿？"

那女人被她吓了一跳，结结巴巴地说："没，我没看见穿啥鞋。"

何麦说："你见了，你见了。求求你告诉我吧，我的巧巧呢？她在哪？"

女人说："我刚才看见一个女人抱着一个孩子上火车站那边走了，好像孩子是穿一件粉红色的裙子。"

没等她说完，何麦丢下她就向火车站的方向冲过去。

等何麦赶到，检票口已经停止检票了，检票员正用一条铁链子把检票口挡住。何麦不管不顾，一头扑过去，把检票员冲开了。

检票员吓了一跳，抓住她问："干什么？"

何麦惨声叫着："我的孩子，我的孩子，我的孩子叫人家拐上车了。"

检票员松开手，何麦冲进了车站。

列车正徐徐地启动。

何麦扑过去，沿着车厢一边跑一边大声喊："巧巧，巧巧，巧巧你在哪里？巧巧你在哪里？"

巧巧正坐在座位上玩她的小红鞋，突然听到了母亲的叫声。她把头转向窗口答应了一声，又试着站起来扑向车窗。

一旁的周慧把她抱过来，温和地笑着说："傻孩子，忘了，咱和你妈妈捉迷藏呢。藏起来，别叫她找着你。"

巧巧抬头看她，嘻嘻笑了："不叫妈妈看见？"

周慧说："对，要不咱就输了。"

巧巧小声说："那我先看看她在哪儿呢。"

周慧犹豫一下，同意了，她用手挡着巧巧的一半脸，让她在车窗一角向外看。

巧巧看到了妈妈，她正一路跑过来，一边扒着车窗向里张望着，一边呼喊着她的名字。

巧巧哧哧地笑了，溜下座位，蹲到小桌底下，向周慧扮着鬼脸。

19

妈妈的面孔出现在她头顶的车窗玻璃上，同时传来了妈妈追近了的撕心裂肺的喊声，可是渐渐开快的火车一下子便把妈妈的喊声甩在了身后。

这喊声突然使巧巧脸上的笑容消失了，她迅速地从小桌下爬出来，爬上座椅，向妈妈消失的方向看了看。周慧一把抱起了她，亲切地说："你看，她没找着咱吧？"

一句话又使巧巧笑了，突然又想起她的小红鞋来，问："我的鞋呢？"

周慧把小红鞋递给她："阿姨给你放着呢。咱捉迷藏赢了，等着阿姨再给你买两朵花。"

巧巧开心地笑了。

火车已经远去，何麦还在疯狂地追逐着，同时大喊着："巧巧！巧巧！我的孩子！我的孩子啊！"

不知被什么东西绊了一下，何麦一头扑倒在地下，她一边挣扎着向前爬，一边痛苦地喊着："巧巧！巧巧！我的孩子啊！"她在地上痛苦地向前伸出手，那手久久地张在那儿，久久地，久久地。

绿色的火车向南一路飞驶着。巧巧渐渐没了玩游戏的耐心，开始闹了："我找妈妈，我不玩捉迷藏了，我要妈妈。"

周慧抱起她来，递给她一根火腿肠说："好孩子，妈妈在前面等着我们呢。她这就出来了。"

"妈妈呢？她在哪里？"巧巧问。

火车正经过一个大湖，周慧指着窗外大片的水说："她在那儿。她划一条船来接我们。"

巧巧入神地看着窗外的水。水面反射着夕阳的光芒，一片惨烈的红色。

可等了好久，并没有看到期望的小船，巧巧又哭闹起来。周慧把她抱在怀里哄着她："好孩子，别哭了，妈妈这就来了，马上就来了。来，吃饭吧，吃饭。"她喂巧巧吃方便面，巧巧只吃了一口就吐出来，仍然哭叫着要妈妈。

一位列车员经过，有些怀疑地看着她们。周慧见状，主动地

抱着巧巧迎过去："同志，啥时候到长沙啊？这孩子闹死了。"

列车员问："谁的孩子？你的？"

"我？我能有这么大的孩子？我姐的，她在长沙打工哩，托我把孩子从老家带过去。"

列车员问巧巧："她是你姨？"

巧巧哭闹着不答。

列车员又看看隔壁座厢的女孩："你们一起的？"

女孩们点点头。

列车员问："这孩子叫她……"

"姨。"一个女孩说。

列车员放心了，捏捏巧巧的小脸对周慧说："长沙还早呢，这样闹不把孩子闹坏了？哄哄她。"一边说一边过去了。

周慧抱着巧巧，让她看外面的夜景，车站外有一幢高楼，上面的霓虹灯闪着五颜六色的光。她问巧巧："巧巧，看那个高楼，看看，多漂亮。你家里有这样的楼吗？"

巧巧看着，不哭了。

夜深了。几个女孩都睡了，巧巧躺在座椅上，头枕在周慧腿上，也睡了。

火车到站了，站台上的广播里，一个女乘务员在用柔和的声音广播着："各位旅客，宁海车站到了，宁海车站到了，请下车的旅客通过地下道出站。"

周慧听到广播里说出"宁海"这两个字，不禁打了一个寒战，宁海正是她的故乡啊！她急忙把巧巧的头从腿上移开，随着几个下车的乘客向车厢头上走去。

她挤过去问守在车厢门口的乘务员："车在这儿停多久？"

"十分钟。"列车员说。

周慧下了车，走到一处无人注意的角落里，呆呆地看着围墙外的城市。她脑海里回荡着一阵少女银铃般的笑声，越来越响，越来越响。她清楚地记得领到录取通知书的那天，她就是这样笑着，像匹欢腾的小鹿一样奔跑回家去的。那时的她一副可爱的少女模样，一脸的天真烂漫，手里拿着一张纸，一路跑一路喊着："爸，妈，我考上一中了，我考上一中了！"

想到这里，周慧痛苦地闭上了眼睛，抑制不住地哭起来。

一个下车的女人领着女儿从她身边走过，女孩发现了周慧的异常，她吃惊地问自己的母亲：“妈妈，妈妈，阿姨怎么啦？”

周慧睁开眼，看到女孩正用吃惊的眼神看着她，她急忙擦擦眼泪，对着女人和孩子微微一笑说：“没事儿。突然一阵头疼。”

女人善意地说：“快回车上吧，小心受了风。”

周慧微微笑笑，点点头，回身向车厢走去。走到车厢门口，她回过头向曾经熟悉的城市留恋地看了最后一眼，快步上了车，再也没回头。

巧巧仍然在那儿睡着，周慧坐下，凝视着前面看不见的地方，发着呆。不知道何处，传来婴儿尖利的哭声。周慧呆呆地听着，听着，脸上露出一丝恶狠狠的微笑。

她低头看看熟睡的巧巧，巧巧抱着心爱的小红鞋，睡得正香。

五

在一个装修得很俗气的二层小楼里，何麦的丈夫刘更生正小心翼翼地劝着他的相好丁香，丁香气鼓鼓地坐在化妆镜前，并不买账。

刘更生低三下四地说：“姑奶奶，别生气了行不？赶快走，今天还等着你去收账哩。”

丁香骂道：“呸！我才不去哩。我收回钱来，光帮你养着你那个黄面婆啊？”

“又来了，又来了？我成天住在这儿，钱都在你包里揣着，你还不放心。你还要我咋样啊？”刘更生无奈地说。

丁香不依不饶：“那和她离婚，和我过。”

提到离婚，刘更生不说话了。

丁香冷笑道：“怎么样，你心里还是有她没我。你这个没良心的。”

刘更生说：“不是有她，是孩子。我丫头还不到四岁，长得可喜人哩。我不能舍了丫头啊。”

“你和她离婚，我给你生个大胖小子。”

“那我也不能丢了我丫头。我那丫头可疼人哩。”

“好啊，要孩子就别要我，要我就别要孩子。两条你选一条吧。”丁香恨恨地说。

刘更生心烦地长出一口气：“别说了，赶快收拾一下，今天的活还多着哩。”

外头忽然有人使劲地敲门。

刘更生不耐烦地问：“谁啊？”

没人回答，只是继续砸着门。

刘更生走过去，猛地拉开门，却见披头散发的何麦一下子随着门倒进来，倒在地下。丁香吓得尖叫起来。

刘更生有点儿吃惊地问：“干什么？你怎么啦？”

何麦去扯他的裤腿，刘更生赶快躲开了。

何麦说：“孩子，孩子。巧巧叫人家拐走了，快找找孩子吧。”

“什么？”刘更生大惊失色。

何麦吼道：“快救救我的孩子，我的孩子没了，快救救她吧。”

刘更生把她拖起来，猛烈地摇着她：“你在说什么？你把巧巧弄哪去了？说！你快说！”

何麦哽咽着说：“在街上，在法庭外头。就一会儿的功夫。我回头还看见她哩。她坐在台阶上，穿着粉红色的小裙子，还有一双小红鞋。我的孩子，我的孩子，天哪，我为什么要把她一个人放在外面啊！”她懊悔地连连用脑袋撞着门。

丁香听明白了，远远地站在那儿，脸上带着幸灾乐祸的笑容。

刘更生觉得难以置信：“你说什么？你到底把她弄哪去了？你还我的巧巧！你还！”

何麦哭道：“我该死，我把孩子弄丢了。求你，救救她吧。”

刘更生一把把她推倒在地上，从她身上迈过去，冲出门去。

丁香用得意的目光看着地上的何麦。

第二章

满天星mantianxing

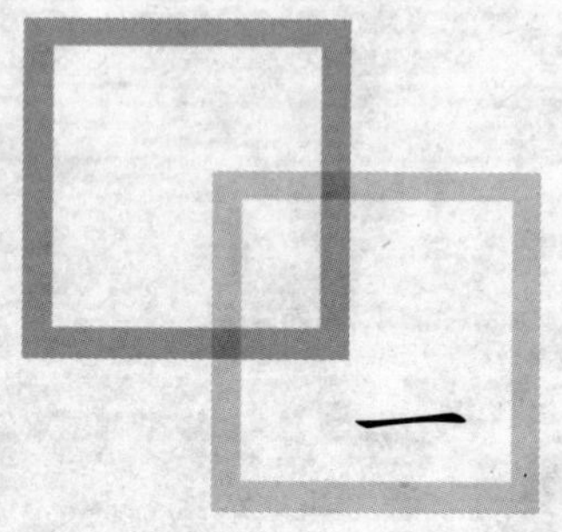

一

傍晚时分，火车停靠在一个小站里。周慧抱着巧巧，领着四个女孩从车站里走出来。经过漫长的旅程，巧巧已经很累了，她乖巧地趴在周慧身上，一声也不响。

周慧对四个女孩说："坐了一天多的火车，饿了吧？你们在这儿等着，我去买点吃的。"一边说，一边弯腰把巧巧放在地上，招呼道，"你们帮我照看一下孩子。"

周慧回身就走，没走动，一低头，巧巧正惊恐地扯着她的裤腿，张大眼睛哀怜地看着她。

"这孩子，扯着我干什么？我去去就来。"周慧把巧巧的手扯开，交到一个女孩手里，"跟着姐姐。"说完又走。

她仍然没能走开，巧巧这回一下子抱住了她的腿。周慧低下头，惊讶地看着巧巧，不解地说："这孩子，怎么回事啊？跟姐姐不一样吗？"一边说，一边把巧巧硬抱起来，又塞到女孩手里，那女孩哄着巧巧。

周慧回头走开，可只走了几步，身后突然传出凄厉的哭声。周慧像被电打了一下，一下子停住了。她慢慢回过头，看见巧巧虽然被女孩抱着，但她整个身子却挣了出来，拼命地向她伸出两只手哭喊着。周慧用一种复杂的神情定定地看着巧巧。她

看着，听着，慢慢走回去，把巧巧抱在怀里，从兜里掏出二十块钱来，给那个女孩，低声说：“你去吧，买点吃的来。”

女孩走了，周慧紧紧地把巧巧抱在怀里。

一伙人随便吃了点东西，周慧抱着巧巧，领着四个女孩挤上了一辆车站的载客摩托。她给司机说了个地名，便放下车棚外的帘子，车子一路颠簸地驶了出去，最后停在一个偏僻的简易出租房外。周慧付过车钱，抱着巧巧先进了屋，一会儿又跑出来，招呼四个女孩说：“进来吧，到了。”

女孩们进到里边，看到屋里有两个男人等在那儿，一看到她们，就不声不响地站起来。女孩们愣住了，一回身，身后的另外一个男人已经把门关上了。她们中年纪较大的一个警醒地问：“干什么？干什么？不是进工厂打工么？”

周慧一声不响，抱着巧巧进了里间屋。屋外，天色渐渐暗了下去。

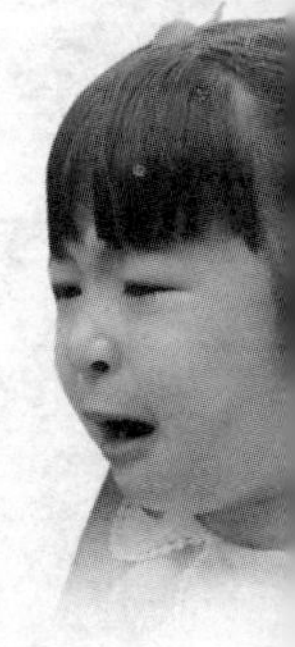

巧巧问：“妈妈呢？她找不到我们该认输了吧？”

周慧亲切地说：“你忘了，我就是你妈妈呀。”

巧巧看着她，有点儿反应不过来，好一会儿才说：“你不是。你是阿姨。”

周慧嗔道：“这傻孩子，你把自己的妈妈都忘了。”

突然，外屋传出女孩们尖利的哭闹声，同时传来男人们的呵斥声和打骂声。巧巧害怕地钻到周慧的怀里，紧紧地抓住了周慧胸前的衣襟说：“怕，怕。”

周慧低下头，注视着巧巧紧紧抓住她的小手，把脸偎在巧巧脸上说：“叫我妈妈，妈妈抱住你就不怕了。叫呀，叫妈妈。”

巧巧不肯叫。

外面的叫声更悲惨了，吓得巧巧大哭起来。

周慧带着几分恐吓又带几分诱惑地说：“叫，叫妈妈，叫妈妈就不怕了。”

巧巧一下子抱住了周慧，同时大叫：“妈妈，妈妈，怕，怕！”

“真是好孩子。”周慧说，“来，搂住妈妈的脖子，来，搂住。”

巧巧搂住了周慧的脖子。周慧紧紧地抱住她，闭上了眼睛，体味着这种久违了的母性。她柔声地自说自语：“你叫什

么？长得这么瘦小，就叫小妹吧。小妹，妈妈在这儿。”巧巧在她怀里瑟瑟地抖着，周慧怜爱地看着她，多么熟悉的感觉！“我的孩子。”周慧默念着。

外面的惨叫声不断传来，巧巧把周慧搂得更紧了。周慧一直闭着眼睛，连惨叫声也是那么熟悉，铁路边那个凄楚的雨夜又分外清晰地闪现在她的脑海里，耳边仿佛都是自己那个夭折了的孩子的哭泣声。一滴眼泪滑过她的脸庞，落在了巧巧脸上。

周慧猛地睁开了眼，女孩的惨叫声和婴儿的哭声都没了。她抱着巧巧走出去。外屋，几个饱受摧残的女孩都受了伤，正惊恐地挤在一起。一看到她出来，都一下子扑过去，跪在她面前呜呜地哭着：

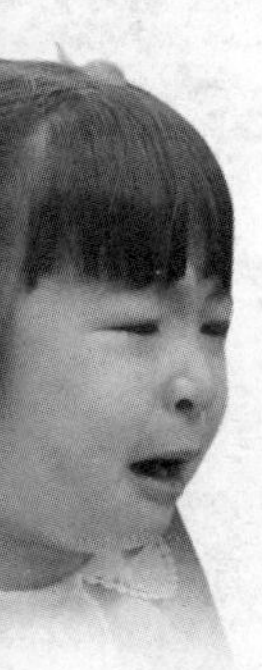

“大姐，大姐，求求你救救我们吧。”

“大姐，别卖了俺，你叫俺干什么都行。”

“好心的大姐，求你了。”

周慧和颜悦色地看着她们说：“叫你们听话，你们不听话，这是何苦来？女人啊，都有这一关，过了就好了。你大姐我就是从这一关走过来的。坐了两天火车，没吃过顿饱饭。一会儿吃了饭，打扮打扮，只要是听话的，就帮着找户好人家。”

女孩们听了，顿时哭声一片。

一个女孩几乎是爬着过来的，她抱住周慧的腿，哀求地说：“姐，好姐姐，饶了我吧！我才十七岁，我还上着学哩！我不想嫁，我不嫁，我只想打工挣我的学费。求求你饶了我吧！”

周慧恶狠狠地把女孩甩开，说：“别和我说这些，说这些没用！今天嫁也得嫁，不嫁也得嫁，由不得你！”

女孩倒在地上抽泣着，被另外三个女孩拖回去。四个女孩哆哆嗦嗦地抱在一起哭着。巧巧也大哭起来，害怕地拱在周慧怀里。

一个男人过来对周慧说：“孩子的买主也找好了，在外头等着哩。一个女娃，人家给七百。”

周慧看着怀里的巧巧没说话。

那个男人说：“我把他叫进来吧？”

周慧还是没说话。

男人走出去，片刻，一个五十多岁的老男人跟进来，一看到巧巧，就高兴地伸手去接：“就这个娃娃？快叫我看看长什么样。”

周慧松了手，那老男人强把巧巧抱过去，巧巧张着手，凄厉地哭着要周慧。

老男人高兴地看着巧巧说：“哟，真是个俊娃娃。走，走，跟大回家。”说着，抱着巧巧就要走。

周慧站在那儿，定定地看着巧巧。巧巧哭得更厉害了，一边张着手要她，一边不住声地喊着：“妈妈，妈妈，妈妈抱。”

老男人抱着巧巧就走：“别哭，别哭，大疼你，跟大回家。”

巧巧的哭声愈加凄厉了，她一边哭嚎，一边用两只泪眼盯着周慧。周慧不敢接孩子的目光，别开了脸。

咣当一声响，门关上了，巧巧的哭声也越来越远了。

突然，周慧转过身，几步跑出去。男人还没走远，周慧一下子把巧巧从他怀里夺回来，冷冷地说：“算了，不卖了。”

那老男人有点莫名其妙：“咦，凭什么？我交了钱的。”

周慧不说话，抱着巧巧回身进了屋。

老男人喊着，追进来，嚷嚷道：“怎么回事啊？”

周慧对刚才牵线的那个男的说：“把七百块钱退他！”

男人还要说什么，周慧火了：“退不退？不退，我把这些货也带走！”

男人不再坚持，领着买主出去了。

周慧紧紧地把巧巧搂在怀里，巧巧仍旧一边哭一边叫着：“妈妈，妈妈。”

周慧闭着眼，似乎在忍受着什么，突然一睁眼，呵斥道：“哭！哭！你就知道哭！再哭就卖了你！”

巧巧的哭声戛然而止。

二

刘更生失魂落魄地站在一栋未完工的架子楼前，他已经

顾不上工期了，他把自己能支配的人全都打发出去寻找女儿了。这会儿他正听几个工人向他报告寻找的情况，工人们七嘴八舌地说着，但是并没有什么好消息。

这个说："周围的几个村我都去了，挨门挨户地都问了，没人见。"

那个道："我沿着铁路走了五十多里，逢人就问，一点儿信儿也打听不着。"

刘更生听了，颇不耐烦："再去找，再去问。五十里算什么？铁路长着哩。发着工钱，这点儿事儿都干不了。"

一个小工头模样的走到刘更生跟前，低声说："老板，工人们都闹着多发钱，说出去花费大。"

"发，发，只要能把我巧巧找回来。"刘更生恨恨地答应着，又对远远地站在一旁的丁香吼道，"你，过来，上银行提钱去，给工人发钱。"

丁香不情愿地说："更生，这工程也不能停了呀，拖了期是要罚款的。"

"连孩子都丢了，还管什么工程不工程？上银行提款去。"

丁香一听，把头一扭："咱账上没钱了。"

刘更生一把抓住她，目光变得凶狠可怕："谁说没有了？

丁香从来没见过刘更生这么凶恶，她害怕了，说："你松手，你松手我马上去提。"

刘更生松开手，丁香转身跑出去。工人们松松垮垮地站着看热闹，刘更生更气了："奶奶的，没看见给你们拿钱去了，谁找着巧巧，我给他两万！还不快去！"

工人听了，四下散去，又剩刘更生一个焦急地候在楼前。坐等右等，不见丁香的影子。刘更生骂骂咧咧地往家走去。走到自己盖的二层小楼前，发现大门敞着，他一惊，连声喊着丁香的名字跑进楼里，却发现家里一片狼藉，已经是人去楼空。

刘更生呆呆地站在那儿，一动也不动。

自从女儿走失，何麦把所有的时间都用在寻找女儿这件事上。她先是坐火车去附近的城乡村镇查找，但是却一无所

获。后来无奈回家，又每天在镇上游荡找寻，期盼有好心人能把女儿送回来。有好几次，她看花了眼，追着穿小红鞋的小女孩跑到人家家里，却被孩子的父母赶出来。

这天，何麦又在外面寻觅了一天，傍晚时分，她目光呆滞地往家走。走到门前，正要拿钥匙开门，突然发现门是开着的。何麦一呆，手颤抖起来，一把推开门，声音已经变了："巧巧，巧巧？巧巧回来了？"

何麦喊着进来，一愣，屋里当门坐着刘更生。看样子他喝醉了，眼睛通红地正盯着她。

何麦急促地问："巧巧呢？你找着巧巧了吗？"

刘更生不说话，只死死地看着她。

何麦又问："巧巧呢？找到她了吗？"

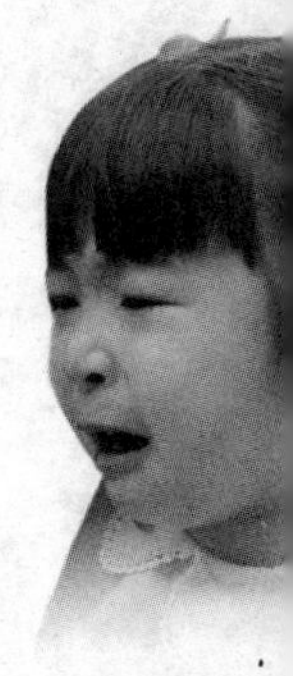

刘更生突然跳起来，一把把何麦推到地下，冲过去对着她就是拳打脚踢。他边打边骂："你这个丧门星，你这个丧良心的女人，你当我不知道？你把我的巧巧卖了。你这个黑心的女人，你报复我在外面找女人，你就把我的女儿卖了。这会儿好了，你放心了，孩子没了，丁香跑了，把我的家产也卷跑了。你高兴了？高兴了？你这个丧门星！你滚！你滚！你不是我刘家的人了，你滚！滚！"

何麦一声不响，在地下任他打着，踢着，骂着。

刘更生打累了，一屁股坐在椅子上，抬起头，看着屋顶，突然发出了一声压抑的吼叫，随即低下头，呜呜地哭起来。

何麦艰难地从地上爬起来，抹一把嘴上的血说："巧巧她爸，巧巧还没找到？"

刘更生哭着，摇了摇头。

何麦不说话了，摇摇晃晃地站起来，转身就往外走。

"你上哪？"刘更生问。

何麦说："我不能在这儿等着，我闺女不知道在哪里，我不能在家里干坐着。我去找她。"

刘更生一把拉回她："你给我回来！你这个丧门星，自打娶了你我就没过好过。咱离了婚你再走。"

何麦恳求道："更生，找回巧巧咱再离，咱得给巧巧留扇

家门啊。”

“没家了。什么都没了，还有啥家？”刘更生呆呆地说。

何麦沉默良久，说：“那好吧。”

第二天一早，两人一路无语，赶到民政局办理了离婚手续，又一路默默地回到家中。何麦收拾出一个小包袱，刘更生在一旁看着她，有些心酸地问：“你打算上哪儿去找？”

何麦叹口气，说：“不知道。反正不能在家里坐着，我闺女在外头哩。”

刘更生说：“钱没了。家里的东西，你看上啥拿啥吧。”

何麦抬头找了找。桌上有一面镜子，何麦伸手拿了过来。

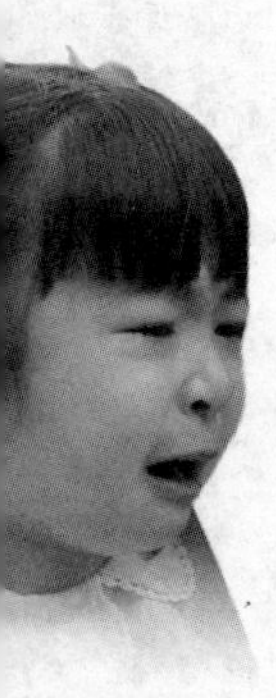

刘更生不解：“带它干啥？”

何麦没说话，把镜子翻过来，镜框背面镶着巧巧的一张小照片。她给刘更生晃了晃，把镜子收好，挎着包袱，踏出门去。刘更生看着她的背影，张了张嘴，却什么也没有说出来。

何麦离开了家。她把镶着巧巧照片的小镜子用一根毛线串着挂在胸前，这样不但自己可以时时看见女儿的面容，也方便向路人询问女儿的踪迹。她跌跌撞撞地走着，心里一阵阵抑制不住的酸楚。走出村子好久，才觉得自己这样子太漫无目的。她决定还是沿着铁道走，因为女儿是坐火车跟人走的。想到这里，她折回去，向着横穿小镇的铁道走去。

夜色不知不觉降临。何麦沿着铁路线顽强地走着，一边走一边抬起头来。头上是灿烂的星空，天河仍然浩浩荡荡，一如不久前的那个夏夜。她看着头顶的星空，喃喃低语：“巧巧，巧巧，你在哪儿呢？”

一列火车从她身边经过，光和声倾泻而过，然后又剩下她自己，一切又归于平静。

很晚了，何麦才找到一户人家借宿。她被安排在厨房里。蜷缩在灶旁的柴草上，她凑着灶里的余烬端详着镜子上女儿的笑脸。

一个农妇进来，抱来一床被子：“盖这个吧，晚上凉。”

何麦抬起脸，冲她感激地笑笑。

农妇看看镜框，叹口气说："就这样，上哪去找啊？还是先回家吧，说不定什么时候孩子就回来了。"

何麦摇摇头。

农妇说："你这样怎么能找得到呢？"

何麦说："我孩子不知道在哪里，我不能一个人住在家里。"

农妇叹口气，出去了。何麦依旧在呆呆地看着镜框。

门口好像有什么动静。何麦一个激灵转过脸，看到巧巧扶着门框站在那儿，正调皮地向她笑着。她身上穿着粉红色的小裙子，脚上穿着小红鞋。何麦站起来，眼睛直勾勾地向女儿走过去，嘴里喊着："巧巧，巧巧，我的孩子，你回来了？你回家了？来，妈妈在这里。"她伸手去抱孩子，一抱，抱空了。何麦定定神，门外只是无尽的黑夜。

宁海市公安局值班室里，王大丰和两个警察坐在那儿，正在听两个家长哭诉。

一个说："十九岁的姑娘，一走就没了消息，谁知道这会儿是咋样了啊？"

另一个说："一家人都急坏了，她爷爷最疼这个孙女，天天自己四乡里转悠着找孙女。家里的日子过不下去了啊！"

王大丰听着，看着他们痛不欲生的样子，低声对值班的警察说了几句，起身出去了。他一边匆匆地走，一边对跟在身后的警察说："我们刚解救了一批被拐卖的妇女，可马上又是三四个被拐卖的。每过一段时间就会有三四个女青年一块消失，这说明什么？说明有一个贩卖人口的集团。我们必须加大打拐的力度，与兄弟省份密切合作。马上给省厅打报告，要求开展全省性的打拐专项治理运动。"

他走出去，正要上车，突然停下来。他看到他曾接见过的那对老夫妻，正分开人群急匆匆地走过来。王大丰大步迎了上去。

老头激动地握住他的手问："首长，首长，我丫头找着了？"

"老人家，是你们啊。"王大丰说，"情况是这样，我们在南方发现了一批被拐卖的妇女，这次就是专门去解救她们的。"

老两口顿时高兴起来，互相看着。

老头说："萍她妈，听见了吗？听见了吗？萍儿要回来了。"

老太太已经抹开了泪："萍儿要回来了，萍儿要回来了。"

王大丰急欲更正："哎，我只是说……"

可两个老人已经不听他说了，他们只欢天喜地地说着：

"五年了，五年了，萍儿终于回来了。"

"你还站着干什么？还不赶快回家？咱得把家收拾好等萍儿回来呀。"

"老人家……"王大丰叫住他们。

两位老人一齐回过头来看他。

看着老人那殷切的目光，王大丰犹豫一下，什么也没有说，只是用力握了握老人的手，转身跳上车，对司机说："走吧。"

坐在后座上的警察问："局长，解救名单里有他们的女儿吗？"

王大丰摇摇头："还不知道，但愿有。走吧。"

车开了，两个老人追着汽车拍打着车窗："早点回来，早点回来呀！"

四

垛山乡地处南陆市，是一个被丢弃在群山褶皱中的小乡镇，四周都是山。镇子里的池塘就在山脚下，池塘边有一片小树林，绿意盎然，一派南国特有的生机。

四岁的小强呆呆地靠在一棵树下，看着面前不远处的一头牛。一帮年龄相仿的小伙伴们就在池塘边上戏水，他们叫小强一块玩，小强却微笑着拒绝了。在这个男孩的脸上，有着与其年龄不相称的忧郁。

远处突然传来什么人慌慌张张的喊声。小强回过头，看到自己的二婶正深一脚浅一脚地向他跑过来。

“小强，快，快跟二婶回家。你妈，你妈回来了！孩子，你有妈了！”

小强张大了眼睛，没说话。

二婶扯上他就走，拉得小强脚不连地，直踉跄。

二婶一路走一路唠叨着：“真是你妈呀。这个狠心的女人，生下你的那天晚上就逃了。唉，也怪家里人看得松了，可谁能想到一个女人生了孩子还能跑呢？关了一年半都看得紧紧的，偏偏那一天晚上，都在忙活你，她就跑了。你生得不容易，她在床上整整折腾了一天一夜，家里人都以为这一回大人孩子都完了，没想到你还是生下来了。你生下来不会哭，不喘气，家里人都忙你，就这么一会儿的功夫，她就逃了。唉，也难为她了，血还没止住哩，路上的血一直洒了有半里路，那时候，还以为她淌血也淌死了哩。”

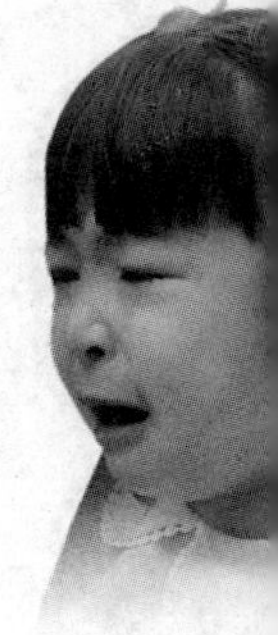

小强努力地听着，迟疑地问：“妈？”

二婶说：“对，是你妈，她自己又回来了。还带回一个女娃娃，不知道是不是她生的。要是她生的，那就是你妹妹，要不是她生的，小强你就有福了，以后不愁没媳妇了。”

小强再次不相信地说：“妈？”

二婶肯定地说：“是你妈，你妈呀！你这个苦命的孩子，生下来睁开眼就没见过妈，这回她总算回来了。以前，人家都骂你是没娘的孩子，从今以后，没人敢这么骂了。”

小强还是不说话，这个事情对他而言来得太突然了，他一时难以接受。他只是紧紧地跟着二婶跑着，脸色十分紧张。

小强的家，只是三间破败的茅草房，连院子都没有。此刻房前围满了看热闹的人，小强的爸爸陈阿大喜不自禁地嘿嘿笑着，目光贪婪地追着周慧，这让他本来就卑琐的面容更显得难看。周慧穿着一身合体的衣服，披金挂银，化着妆，正热情地招呼着大家：“来呀，来家里坐坐。我不在家，家里全靠大家帮忙了。”

乡邻们不好意思地推让着：

“不进去了，你们一家好不容易团圆。”

“真不容易。”

“阿大家，你这几年在哪里呀？”

“小强呢？小强还没找回来？”

二婶领着小强挤进来，连声地答应着：“来了，小强来了。小强，这就是你妈。快叫妈！”

周慧闻声回头，看到了小强。她停下来，眯着眼打量着他。

任凭二婶如何拉扯，小强就是不肯上前，停在那儿，吸着鼻涕看着面前这个浓妆艳抹的女人。母子俩离得并不远，但彼此却都感觉到对方似乎很远很远，他们就那样用陌生的目光互相看着。小强用手擦了一把鼻涕，周慧眼里禁不住闪过一丝厌恶。愣了一会儿，她才反应过来，装作很热情的样子走过去，试图去拉小强的手：“就是这孩子吗？生下来我还没看过他一眼哩。过来让妈抱抱。”

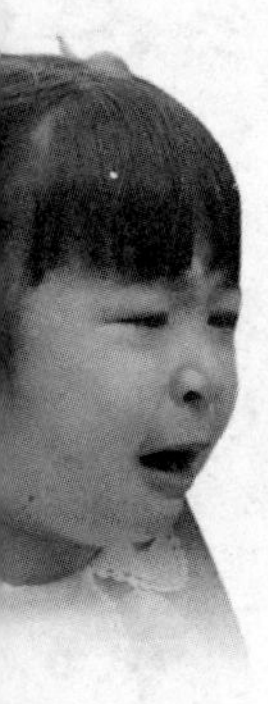

她做出一个亲热的姿态。小强突然一个激灵，一把把她推开了。周慧没防备，被他推得一个趄趔。二婶赶忙伸手把她扶住，安慰道：“小强他妈，别在意，这孩子从小不爱说话。小强，叫妈，叫呀！”

小强不叫，只瞪着眼看周慧。

“不怪孩子，怪我没照顾好他。”周慧有点儿尴尬，她浑身摸摸，似乎想摸出个什么东西给小强，但她并没为这孩子带回什么，便只好过去拍拍小强的脑袋，讨好地说，“小强——是叫这名字吧？小强，我还给你带回个妹妹。小妹，小妹呢？”

巧巧躲在肮脏而简陋的屋里不肯出来，她更不习惯被叫做小妹，只是紧紧抱着她的小红鞋，用惊恐不安的目光看着面前几个好奇地围着她的孩子。

周慧叫着“小妹”走进来，看到孩子们正围着她，急忙哄赶着：“走，回家吧，没见过是咋的？以后她就在这儿了。走，走。”

她过去领巧巧，巧巧还是紧紧抱着自己的小红鞋。周慧看见，很不耐烦，说：“一双鞋，成天抱着干什么？放下。”

巧巧不肯放，周慧硬生生地拿过来说："妈给你放好。"说着，打开屋里仅有的一个木板箱，把小红鞋塞到里面。巧巧的目光紧紧地追着那双鞋，直到看见它们被放进箱子里。

周慧把巧巧领出来，指指站在对面的小强说："你哥哥。叫，叫哥哥。"

巧巧看着小强，小强也看着她。巧巧的目光闪着怯怯的恐惧，小强的目光里则充满了戒备。两个孩子的面孔上满是犹疑和陌生，还有一点儿说不清楚的渴望。他们在彼此用目光认识着。

当夜，周慧送走了最后一个看热闹的人，进屋来坐下，长叹了口气。陈阿大一直涎着脸跟在她后头，看见周慧总算忙完了，讨好地凑到她跟前说："你跑了以后，找了你半年，真没想到你能自己回来呢。"

周慧看不起似的上下打量着他说："四年了，陈阿大，你越过越出溜啦，怎么连条狗都不如？"

陈阿大傻笑着说："家里没个女人……"

周慧哼了一声，说："你这样的人也想要女人？"

陈阿大还是傻呵呵地笑着："你回来了，我不就有女人了吗？"

"呸，你想得美！你以为我还是四年前那个姑娘，任你们欺侮吗？"

"那你回来……"

"陈阿大，想让我留下和你过日子不？"周慧口气严肃起来。

陈阿大连连点头："想，当然想。"

周慧说："好吧，那我就留下。可有几个条件你得答应。"

陈阿大乐了："答应，答应。什么条件，说吧。"

周慧说："以后，躲得我远着点儿。"

陈阿大一愣："可你是我老婆，当初是扯了证的。"

周慧怒道："不许你再提这个茬！"

"你不做我老婆，还算留下和我过日子？"陈阿大没了心气。

周慧说："我不做你老婆，可我能保证你缺不了女人。"

"真的？好吧，我答应。"陈阿大有点儿难以置信，但还是答应了。

周慧继续提她的条件："这个家里的大事小情，我说了算。"

"凭什么？"陈阿大又不服气起来。

周慧说："就凭我以后能给这个家里挣大钱，盖新房。"

陈阿大赶忙说："好，答应。"

周慧接着说："你和我合伙做生意，挣了钱，二八分。"

"什么生意？"

"陈阿大，以后这个地方，就是个货栈了。"

"货栈？什么货？"

"还能有什么？这穷乡僻壤里缺什么？"

陈阿大兴奋起来："女人？就像当年你一样的……"

这话显然触到了周慧的痛处，她横眉立眼骂道："你找死啊？"

陈阿大不敢说了，只兴奋地点头："好，好。不过，二八太狠了吧？三七？"

"拿钱给你叫你去赌啊？"周慧很了解这个扶不起的男人的禀性。

陈阿大嘿嘿笑道："我现在不赌了。"

周慧哼了一声："狗还能改得了吃屎？干不干？不干我找别人。"

陈阿大着慌了，赶紧答应着："干，干。"

周慧点点头，说："最后一条，我不在家的时候，养着这孩子。"她指着躲在屋角的巧巧。

陈阿大问："这不是你的？"

"不是。我领来的。"

陈阿大立刻瞪大了眼睛："我说呢，我还当着你出去又和别的野男人好了呢。哎，卖了算了，这会儿都兴买个女孩当童养媳，能卖个好价钱呢。"

"陈阿大，你再敢说这个话，我先把你卖了。"周慧一下子翻了脸。

"好，好，不说。"陈阿大小声嘀咕着，"还领回来个赔钱货。"

37

当两个大人在灯下谈判的时候，两个孩子各自躲在一个屋角。巧巧低着头，小强则一直看着她。

周慧问："说好了？"

"说好了，说好了。"陈阿大应道。

周慧掏出二百块钱来，拍在桌上："喏，给你的。"

陈阿大眼睛一亮，伸手就要去拿。周慧把钱又按住了，说："别一到手就去赌，你还有儿子呢。"

陈阿大小心地提醒道："也是你儿子。"

周慧似乎此时才明白过来，她回过头去看小强。小强根本没听他们说话，只在专心地看着对面的巧巧。

周慧打心眼里觉得小强太陌生，仿佛怎么也触不到似的。她叹了口气，回过身对陈阿大说："去，把隔壁房子给我收拾一下，我领着……"她犹豫了一下，又打量着巧巧和小强，下了决心，"我领着小妹在那边住。"

这句话小强却听到了，他抬起头看看周慧，又低下头去。

陈阿大不情愿地收拾着隔壁屋子里的床铺。好几次他谄媚地想讨好周慧，都被周慧冷峻的眼神制止了。陈阿大有点儿怕了她，这是个能挣命的女人，当年她的逃离已经证明了这点。他虽然是浑浑噩噩，但也嗅得出这个女人这次回来后破釜沉舟的味道。收拾利索后，陈阿大乖乖地走了出去，把周慧和巧巧留在了屋里。

周慧把自己带回来的新被褥铺在床上。巧巧站在她身后，张皇不安地打量着房子黑黑的屋顶。周慧一边忙一边和她说着话："明天妈妈就得出远门，你在这儿跟着爸爸和哥哥。等妈妈回来，给你带好东西。"巧巧没说话，转头看着外面的黑夜。

周慧搂着巧巧上了床。

屋外山风呼啸。

巧巧哆嗦了一下，往周慧怀里钻了钻："妈妈，怕。"

"别怕。这个世界上，怕也没人帮你。"周慧像是回答她，又像是自言自语。

巧巧问："这是哪里？"

周慧说："家。"

“家？”巧巧怯生生地说。周慧脸上露出一丝苦笑：“家。就在这间屋里，妈妈被铁链锁住手脚锁了一年多，一直到生下隔壁那个孩子。十八个月啊，整整十八个月。”

巧巧听不懂地看着她。

“你要是不想叫别人锁住，你就得去锁别人。世上的事儿，就这么简单。睡吧。”周慧叹口气，把巧巧搂得更紧了。

巧巧拱在她怀里，听话地闭上眼，很快睡着了。

周慧呆呆地看着房顶，耳边渐渐出现了当年自己的哭嚎：“求求你们，求求你们啦。求求你们，求求你们啦！”

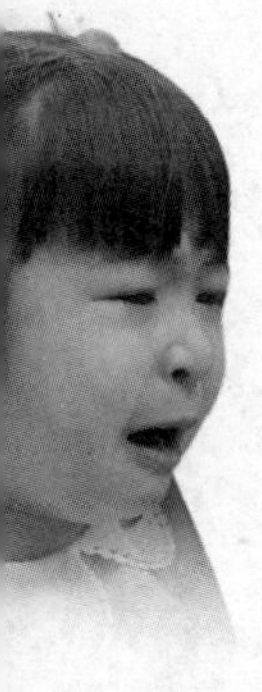

巧巧醒过来时，床上的另一半已经空着了。她坐起来，恐惧地打量着陌生的房间。门外传来什么动静，巧巧死死地盯着房门，慢慢地溜下床，躲进了床后的角落里。

陈阿大推门进来，站在门口喊：“人呢？”

他看到了，墙角里，露出巧巧惊恐的眼睛。

他骂骂咧咧地走过去：“赔钱货，你还当你是小姐啊？出来，吃饭去。妈的，老子算倒了霉了，老婆不在家，还要养着一个赔钱货。”说着一把提起瘦小的巧巧出去了。

小强坐在厨房的桌旁，正捧着一个大碗吃饭，突然看到陈阿大提着巧巧进来，小强吓了一跳，放下碗呆呆地看着这个小女孩。

陈阿大把巧巧放到小强一旁，命令道：“吃！”

巧巧不知所措地看着小强，小强也呆呆地看着巧巧。

这时外面有人叫：“阿大，打牌去啊？”

陈阿大忙不迭地答应着，随便吃了两口饭，起来走了。

屋里只剩下两个孩子了。小强站起来，把自己的那碗饭推给巧巧，巧巧拼命地摇头向后缩着。小强想了想，端起碗就把米饭往巧巧嘴里塞，巧巧摇头向外吐，可小强继续塞，巧巧被迫吃了。

小强停下，看着巧巧，嘻嘻笑了。

巧巧看看他，也笑起来。

这个夜里，巧巧一个人在里间的屋子里躺下，打量着空荡荡的屋子。外面，呼啸的山风又吼了起来。周慧不在身边，巧巧害怕地缩成一团，使劲裹着被子，终于忍不住哭起来。

小强正在陈阿大身边睡着，突然一个激灵，醒了。他凝神听着，在风声中听到了巧巧的哭声。他一骨碌爬起来，赤着脚走出去。他轻轻推开了隔壁的房门，看着床上的巧巧。巧巧被惊动了，抬起一双泪眼，可怜地说："哥，我害怕。"

小强关上门，爬上了床，抱住巧巧，靠着她躺下。巧巧往小强身边拱了拱，不哭了，安静地闭上了眼睛。

两个孩子天真无邪地搂着，睡着了。

五

吉镇是个地处山东和河南交界处的小镇子。小镇正逢集，人来人往的，十分热闹。

镇派出所所长老刘推着一辆破自行车从人丛中挤过来，他要去医院给爱人抓药。虽然心里焦急，但是他并没走快，他和这儿几乎每个人都熟，一边走，一边热乎地和大家打着招呼。

"老刘，吃了？"

"吃了吃了。三叔，卖羊啊？这羊还没长成哩就卖，咋，缺钱花了？"

"老刘，昨天俺白菜地里也不知道跑进了啥，作害得没了样了，你们派出所也不管管？"

"管，咋不管？看脚印了不？像啥作害的？"

"像是猪。"

"二哥，不是咱派出所不管，你的白菜地，一共有二分，咱派出所一共仨警察，要是派出俩去守你的白菜地，别的案子就没人了。你先在白菜地外面扎个篱笆行不？要是还不行，咱再说，你看行不？"

"那也就这样了。我把话先说下，不行我再找你啊。"

"行，行。找，找。人民警察嘛，人民要有事不来找那还叫人民警察？"

"老刘，这是上哪呀？"

40

“这不老婆子的老病又犯了，去给她抓药。”

就这样一路寒暄着，老刘来到了医院的药房，推门进去，未等开口，药房穿着白大褂的售货员已经招呼上了：“老刘，来啦？还是老方子？六服？”

老刘点点头：“是。她这病一犯，就林大夫开的方子还管用。”

售货员熟练地给他抓着药，说：“可是老刘，药价又涨了。没办法的事，咱进的药材涨了。”

老刘有点儿吃惊：“又涨了？上个月刚涨过啊。”

售货员说：“有啥办法？咱进的货就涨了。”

老刘叹口气：“涨了也得吃啊。病在身上，不吃有啥办法。”

旁边有两个等着拿药的女人，正在大声地感叹着，议论着。她们的话引起了老刘的注意。

“可怜啊，不知道跑了有多少路了。”

“她就是跑到天边也找不着啊。”

“我看是有病了，精神出毛病了。唉，也难怪，谁丢了孩子不疼啊？”

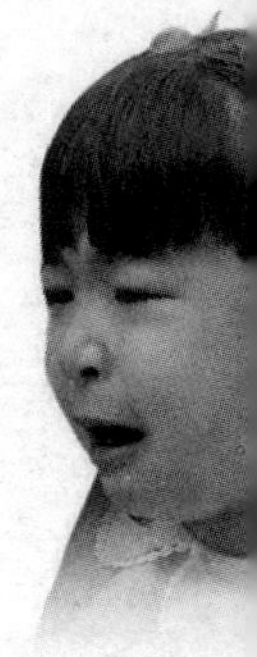

老刘听了，插进话来：“你们说啥呢？”

一个女的说：“那个疯女人，老刘你没看见？”

老刘问：“啥疯女人？”

另一个女的说：“你真不知道？啧啧，你看看你这派出所长当的。她来咱这街上三天了。”

老刘一下敏感起来：“三天了？打哪来的？”

两个女人争先恐后地说着：

“谁知道打哪来的？要知道打哪来的还算疯女人吗？”

“来找孩子的，她孩子丢了。”

“她看见人家的小闺女就追，人家拿石头砸她她也追。”

“这女人疯了，丢了孩子疼疯了。”

老刘问：“她现在在哪呢？”

“就在供销社那边呢。”

“药包好了放这儿，我一会儿就回来。”老刘对售货员说着，这边已经回身出了门。

因为是集，街上人来人往，很热闹。老刘在人丛中匆匆走着，不时拦住什么人问一下。突然，他发现人们都往一个方向跑，老刘也急忙跑过去。当他就要接近的时候，人群突然又反方向跑过来。老刘迎着人群跑进去，一边跑一边喊："怎么啦？出什么事了？"

有人喊着："疯女人，疯女人又发疯了。"

老刘加快了步子在人丛中跑着。他看到了。

他看到的就是何麦。此时的何麦，已经精神失常，披头散发，衣不遮体，脸前仍然挂着那个镜子，眼睛直勾勾地看着一个落在后面的女孩，几步追上去，嘴里还喃喃地说着："巧巧，巧巧，我的巧巧，你把你妈想死了。来啊，来啊，妈妈抱。"

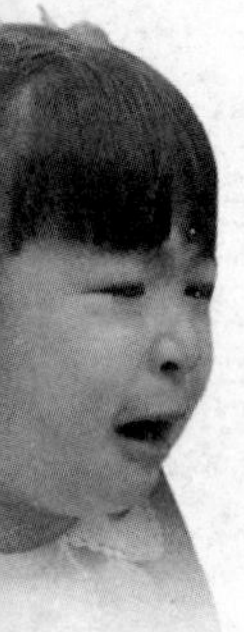

那女孩吓得哇哇大哭，周围的人急忙推她，打她，何麦仍然不依不饶地向女孩靠近，她张开手，急切地喊着："巧巧，巧巧，想煞妈了，跟妈回家，跟妈回家。"她扑过去，人们全跑开了，女孩也被人抱走，让出一个空地，只剩下何麦自己。

何麦呆着，在人丛中搜寻着女孩，有些呆滞地说："你是我的巧巧。几天不见，巧巧你长这么大了？快过来，过来，妈给你唱歌听。你听，妈给你唱歌。"

有人兴奋地起哄："你唱一个，唱一个孩子就过去了。"

何麦轻轻地唱起来，唱的是那首巧巧最爱听的摇篮曲。

老刘看着她，目光里现出深深的同情和惋惜。他走出人丛，一步步向何麦走过去。

有人在后面叫："老刘，别过去，她打人。"

老刘好像没听见一样，一边走，一边脱下上衣。走到何麦身旁，老刘把上衣搭在她身上，挡住了她几乎裸露的身体，然后温和地问她："你好啊。你有啥事？和我说说行不？"

何麦抬起头，茫然地看着他，问："你是谁？"

老刘说："我是警察。听说过那句话不？有困难找警察。你遇到啥事了？我能帮你不？"

何麦说："我找我的孩子，我的孩子跑这儿来了。"

老刘说："跑这儿来了？在哪？你找见了吗？"

"找见了。你看，那不，那不。"何麦指着人丛中的一个女孩。

老刘说:“你认错了，那些孩子我都认识，连她们的爹妈我也都认识。这样吧，你跟我走，我帮你找孩子，行不?”

“我不走，我找我的孩子。我的孩子叫巧巧，穿着粉红色的小裙子，还穿着小红鞋，是我亲手给她做的。我听见她叫我，她一天到晚日夜不停地叫我，我得把她找回来。”说着她转身要走，看到后面有一个女孩，又要扑上去，“巧巧，巧巧……”

老刘抓住她:“那不是巧巧，那丫头叫小梅。你先跟我回去。”

何麦挣扎着喊:“巧巧，巧巧，巧巧。”突然一头扑倒下去。

老刘及时地抱住了她，同时对周围的人大叫:“过来，搭把手。”

老刘的威严和人缘起了作用，闪开的人群又一下子围拢过来，几个小伙子上前帮老刘把何麦架起来，又一起扶送到镇派出所里。

老刘把何麦安顿在一张椅子上坐下。正在值班的警察小张见状吃惊地站起来，问:“所长，这是咋回事?”

老刘累得直喘:“小张，你快过来。这个女人丢了孩子，在大街上没人管。你登个记，把情况问清楚了，看看有啥线索没有。你嫂子又犯病了，还等着我送药回去哩。”

小张答应道:“好嘞，你快走吧所长，把她交给我。”老刘看看何麦，她似乎清醒了一些，张着眼靠在椅背上喘着。

老刘对她大声说道:“哎，这是小张，也是警察，你有啥事，和他说说，听见了吗?”

何麦没有反应。

老刘苦笑着摇摇头，转身对小张说:“不知道多久没吃饭了，你先弄点儿东西给她吃。我回家给你嫂子煎药去。”

小张答应着，老刘走了。小张回过脸来，打量着何麦。她面色苍白，仍在喘着。

老刘家看上去就是一个农家的院子，只是院里绳上晾着

的警服，表明了主人不同的身份。老刘推着自行车进来，车把上挂着六服中药。一进小院，他就喊："我回来了。"

没人回答。老刘急忙支好自行车，取下药进去。

家里很简单，显得有些零乱，迎门的地方，很刺眼地空着一大片，显然那儿过去挂着照片，现在全取下来了。老刘往里间看了一眼，又大声地说："我回来了。"

仍然没人回答。老刘赶快推开里间门，看到妻子玉梅脸朝里躺在床上，怀里抱着什么东西。

老刘赔着笑："玉梅，我把药抓来了，咱熬上药吧？"

玉梅没理他。

老刘走过去："你拿的什么？"

玉梅一把把他的手打开了："你别管。"

老刘去和她夺："你干什么？你从哪里找出来的？告诉你不是别再看了吗？你这不是自己找难受吗？给我，给我！"

他和妻子争执着，终于把玉梅拿着的东西夺了过来。那是一个大镜框，镜框里是一个年轻的警察，看上去也就是十八九岁，正天真而自豪地笑着。

老刘看了一眼，就把镜框翻了过去。

玉梅大叫起来："我的国，我的国啊！"

老刘无奈地低下头。

玉梅埋怨地哭道："才十八岁，才十八岁就走了啊。我说不让他再干警察，你非让他干。才十八岁啊！"

老刘把镜框放进柜子里并上了锁，回身哽咽着说："玉梅啊，爱国他是为抓歹徒牺牲的，他死得光荣啊。你要是成天哭，爱国知道了可得说你。你忘了，他刚当上警察，训练的时候受了点儿轻伤，你去看他，看着他的伤哭了，他当着那么多人的面，冲着你就发了火，说你丢了他的脸。爱国是个要强的孩子，他要是知道你整天哭，会不高兴的。"

玉梅收住了声，小声地啜泣着。

老刘像哄小孩子一样抱住她，把她扶起来："来，起来，到外面走走。你记得不？爱国留给咱俩的最后一句话就是叫咱好好活着。咱得好好活着，好对得起孩子啊！"

玉梅顺从地随他起来，抓住他的手臂，抬头看着他说：“快一百天了，我想去坟上看看他。”

老刘一愣：“看什么？别找难受了。”

“不行，我得去看看他。”玉梅说，“他还没找媳妇就走了，昨天我梦见他朝我哭，说他一个人孤单得慌。他没媳妇，他只有妈，我得去看他。”

老刘听不下去了，急忙说：“好，好，去看，咱们一起去看。”

他扶着玉梅到院子里坐下，自己到厨房点燃蜂窝煤炉把药熬上了。看着呆呆的老伴，他悄悄地叹了口气。

忽然，一个女人粗声大气地喊着进来：“嫂子，嫂子，在家呢？这不，有事得麻烦你哩。”

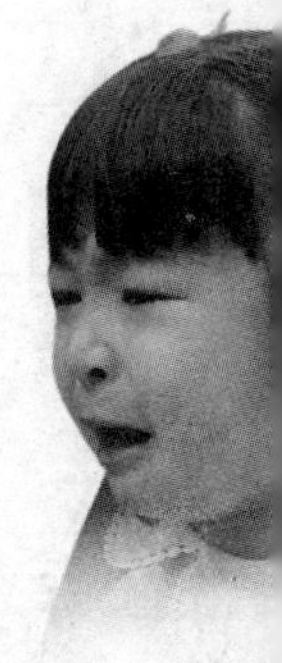

玉梅还没反应，老刘已经做出反应了。他高兴地迎到门口：“是强子家啊。啥事啊？你嫂子能干啥？病歪歪的！”

强子媳妇大大咧咧地说：“老刘也在家呢？这事儿非俺嫂子这双巧手不行。嫂子，俺昨天扯了块花布，寻思着给孩子做个褂子哩，咋着也不会绞了。你手这么巧，过去给俺看看去。”

玉梅看样子不想动，勉强笑着说：“我也多长时间不干这活了。”

强子媳妇说：“你这远近有名的巧手，就是多少年不干也比俺强啊！孩子哭着闹着要穿新褂褂，俺死活就缝不成个褂子了。快帮俺看看去吧。走吧，嫂子，成天在家里憋着干什么？看着俺大哥啊？”

老刘笑了：“我还用看？她成天糟蹋我，说放出我这老鹰也抓不回兔子来。快去吧玉梅，别再拿架子了。一会儿熬好了药我去接你，啊？去吧，去吧。”

他扶起玉梅，把她交给强子媳妇，感激地冲强子媳妇笑笑，目送着她们走了。

老刘把院门关上，回到厨房，坐下呆呆地看着药锅里沸腾的药，突然把头埋在膝盖上，身体抖动起来。

“所长，所长。”有人敲院门。

老刘急忙答应着，同时慌慌张张抹了把脸，站起来说：“在家呢，进来吧。”

小张走进来，手里拿着个报表说："所长，这个局里要求今天就报上，得你签字。"

老刘答应着，把报表铺在锅台上签上了名。签完了，抬起头来问："那个女人呢？"

小张说："走了。"

"走了？咋走了呢？"

小张说："留不下。再说，留下咱咋办？"

"她是哪里的？"

小张挠挠头："不知道，她说不清。"

老刘又问："那她孩子咋丢的？"

小张嘟囔道："不知道，她也说不清，只翻来覆去地说什么小裙子小鞋子什么的。这女人精神不正常。"

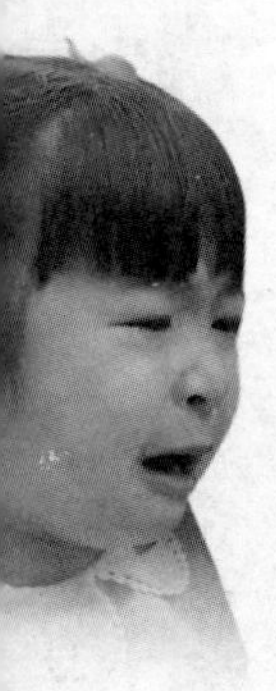

老刘的脸不好看了，盯着小张说："你就这样叫她走了？"

小张仍然不在乎："不走咋办？咱这儿又不是精神病院。"

老刘严肃起来："可你是个人民警察呀。她精神怎么不正常的？她丢了孩子。你知道没了孩子的滋味吗？可你把她一推六二五……"

"可她不是咱这儿的人，孩子也不是在咱这儿丢的，她什么也说不清，咱有啥办法？"小张害怕了，却仍嘴硬地嘀咕着。

老刘说："你起码问清她是哪儿的人，想办法通知她的家人，把她领回去。你就叫她这样在外头流浪？她要遇上坏人咋办？"

小张低下头，不说话了。

老刘一跺脚，说："别愣着了。赶快去，看看还能不能找回来。"

小张说："找不回来了。"

"咋？"

"有人看见她沿着铁路线又走了。"

老刘看着他，埋怨道："你呀。"

第三章

满天星mantianxing

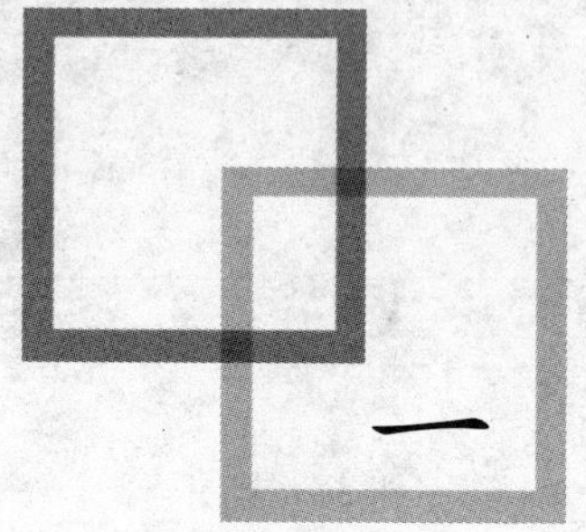

一

野外的一个小山丘上，苍松翠柏间掩映着几座坟墓，在淡远的天空下显得分外肃穆。在几座坟墓中，有一座新起的小小的坟茔，坟前的墓碑上刻着“革命烈士刘爱国永垂不朽”几个大字。字上方的方框内镶嵌着一个年轻人的黑白照片，照片上的小伙子一脸虎气，微笑着凝视前方，仿佛在眺望远处的市镇、近处的田埂和横穿田地的铁路。

老刘扶着玉梅站在坟前。玉梅哭着，伸手要去抚摸儿子的名字，被老刘拉住了。老刘用颤抖的声音说：“玉梅啊，我刘家世世代代都是普通农民。过去上学的时候，听那些革命先烈的故事，我就觉得惭愧，觉得我们刘家咋就没出个烈士，没为这国家流过血哩？我刚当上警察的时候，成天想着当英雄，想着要是有个机会牺牲了，全家就光荣了。没想到，我这辈子没实现的理想，咱爱国替他爸实现了。玉梅，爱国做的是个光荣的事儿，咱当父母的，不能成天哭哭啼啼，给咱儿子丢脸，啊？”

玉梅哽咽着点点头，把头靠在他的肩上无声地啜泣着。老刘揽着玉梅看着爱妻，目光里也充满了不忍，眼泪就在眼眶里打转，他使劲挤挤眼睛，伸手把泪水擦干，柔声对妻子说："来看看就行了，咱回吧，啊？这儿风大，你身子还没好哩。爱国孝顺，就在这儿守着他爸妈，什么时候咱想他了就来看看，看看咱就回去。回去，啊？走吧。"

他扯着玉梅走，玉梅不肯走，仍然在那儿看着。老刘无奈地叹口气，四下里望望，突然一愣——他看到了何麦。此时何麦正一个人在田野上傍着铁路走着，一边走一边四下里张望着，转着圈，还哼着儿歌。

老刘拍拍妻子说："玉梅，你看看那个女人。"

玉梅不明所以地抬起头。

"不知道哪里来的，也不知道要到哪里去。她疯了。"

"为啥？"玉梅问。

"她的孩子叫坏人拐走了。她找孩子来到这儿。她什么都说不清了，只会说她闺女穿着粉红的小裙子，还有小红鞋。玉梅，爱国死了，可咱知道他在哪里，咱有个看他的地方，可这女人，却不知道自己的孩子在哪里。"

玉梅心里一震，紧紧地盯着远处的何麦。何麦正一个人唱着歌，突然停下来，似乎听到什么的样子，凝神听了一阵，又大声地喊着"巧巧，巧巧"。一边喊，一边张着两只手在虚空里扑打，嘴里嘟囔着："你这个死丫头，你就会和你妈闹。我叫你闹，我叫你闹！"

玉梅抓住了老刘的手，坚定地说："去，去帮她，帮她找孩子。"

老刘叹了口气："她疯了。"

玉梅说："换了我，我也会疯的。帮帮她，人心都是肉长的。"

老刘向何麦的方向跑过去，玉梅站在原处看着他。何麦还在原地转着圈抓孩子，老刘跑到她身后，轻拍了她一下。何麦触电似的回过头来，用呆滞的目光盯着他。

老刘温和地笑笑，说："不是告诉你有困难找警察吗？你怎么又跑了？走，跟我回去吧，我帮你找孩子。"

何麦的眼神里闪过一丝急切，随即又变得呆滞起来："你知道我孩子在哪？你知道？巧巧呢？巧巧呢？你给我巧巧。"

老刘说："我不知道。但我可以帮你找，你这样算怎么回事啊？回去吧，啊，回去吧。"

"我不去，我要去找我的巧巧。我找我巧巧去，她叫我哩。"何麦口里嘟囔着，回头就走。

老刘过去一把拉住她："回去吧，回去！"

何麦吓得一个激灵，回身就打，嘴里吼着："放开我！放开我！别挡着我找孩子！巧巧！巧巧啊！"

她身后，忽然一个柔和又亲切的声音响起来："妹子！"

何麦一下子停住，回过头。玉梅正在用温和的目光看着她。

"你喊我？"何麦有点儿不太确定。

玉梅点点头。

"你是谁？"何麦问。

玉梅笑笑说："我是你嫂子。"

何麦又激动起来："嫂子？我没嫂子。我要去找我的巧巧。放我走，放我走。放开我啊！"她挣扎着。

玉梅一步上来抱住她，说："妹子，咱们回家！"

何麦又愣住了，呆呆地看着她问："回家？"

玉梅肯定地点点头："回家。"

何麦茫然地抬起头来，天在她面前旋转着。她嗫嚅着："回家……家……家……"话未说完，人一下子昏了过去。幸亏玉梅就在她身前，一把扶住了她。

老刘瞅见，一步跨上前，把何麦背在了身上，摇头道："也怪了，一见警察就晕倒。"

玉梅问老刘怎么打算。老刘说："还能咋办？先回所里再说吧。看她清醒了能不能说点儿有用的情况。"

玉梅把自己的外套脱下来给何麦披上，想了想说："要不把她先送回咱家养养身体吧？我看她是焦躁的，在家里我陪她说说话，兴许能恢复过来。再说所里那么多事情，也没个人照看，她这个样子再走丢了就危险了。你说呢？"

"也好，还是你心仔细。可就是担心你，你现在身子骨也

没好利索呢。”

玉梅笑笑：“我没事的。走吧。”

夫妇俩一路照看着把何麦送回家。玉梅把爱国以前的床铺收拾干净，把何麦安顿下，又交代老刘把给她看过病的老中医林大夫请来。林大夫仔细号过脉，又问了些情况，把药方开出来，告诉老刘说：“她是丢了孩子，受了刺激。我先开六服药叫她喝着，能管用。但老话说得好，心病还需心来治。她孩子找不回来，她这病根去不了。”

老刘说：“那也得先治着，这样疯疯癫癫的像什么啊？就是这药钱，林大夫，能不能便宜点儿？”

老中医叹了口气说：“你也是做好事。这样吧，我只收个本儿。”

老刘感谢地说：“谢谢你了林大夫。”说完起身，恭敬地把大夫送出门。回到屋里，看见何麦已经醒过来了。

玉梅冲何麦微笑着说：“醒了？”

“我在哪里？”何麦很茫然。

玉梅说：“家里。”

何麦一骨碌爬起来，问：“谁家？我家？巧巧回来了？”

玉梅抱住她：“不，在我家。你别动。你有病，先躺着。”

何麦挣扎个不停，嘴里嚷嚷着：“我不，我得去找我的巧巧，她叫我哩。你听，你听，你听见了没？她叫我妈妈哩。”

玉梅耐心地劝她说：“别动，你别动。你躺着，叫警察帮你去找孩子。”

何麦突然神经质地摸摸胸前，像丢魂似的喊起来：“巧巧，巧巧，巧巧的照片哩？”

老刘赶快把那个镜子从一旁拿过来，镜子已经擦干净了，巧巧正在里面笑着。

何麦把镜子又挂在脖子上，把巧巧的照片贴到胸口：“巧巧，巧巧，我得去找巧巧。我走！”

玉梅抱住何麦，眼泪已经流下来：“你一个女人家，上哪找孩子？”

老刘也靠近说："就是嘛。不是告诉你了吗？有了困难找警察。你丢了孩子，不依靠警察帮你找，自己能找得到吗？"

何麦注意到老刘一身警服，好像总算明白过来。她从床上爬下来，一下子跪倒在他跟前，急切地说："警察同志，求你帮俺找找孩子吧。她三岁，穿着粉红的小裙子，还穿着我给她做的小红鞋。你看看，你看看，这就是俺的巧巧。警察同志，你帮俺找找她吧，求你啦。"说着就要给老刘磕头。

老刘急忙扶住她："你看看，你这是干什么？我是个警察，这是我该干的。你起来，你起来好好说。你叫什么？哪里人？"

"俺叫何麦，阙里镇的。"

"阙里镇？阙里镇是哪里的？"

"宁海的。"何麦说。

老刘大吃一惊："什么？你都跑了七百里路了？"

何麦说："俺的巧巧是坐火车走的，有人看见了，是一个女人抱走了她。警察同志，帮俺找找她吧。"一边说，一边又给老刘跪下了。

老刘和玉梅一起把她扶起来。老刘感慨地说："我帮你找，我一定帮你找。"

就这样，何麦在老刘家住了下来。在老刘夫妇无微不至的关照下，她的身体渐渐恢复了，情绪也稳定了不少。

这天又是午饭时间，玉梅端了一碗面条出来："来，妹子，先吃饭，一会儿还得吃药哩。看看，你还别说，俺这儿林大夫的药就是灵哩，才吃了十来服，这人就好了。"她把碗递给何麦，又夸赞道，"瞧俺妹子的好手艺，这么好吃的面条我可做不出来。回头老刘又得埋汰我。"

何麦接过碗来，低下头正要吃，突然发出了干呕，把碗又放下了。

玉梅关切地问："怎么啦？不舒服？"

何麦抬起头来，已是泪流满面："大嫂，我吃不下，吃不下。我的巧巧还不知道在哪里，这会儿她吃上了吗？我这个当妈的，我怎么能吃得下？"

玉梅也流泪了："何麦，我知道，当妈的心都是一样的。可你要是不吃饭，能撑几天呢？你得好好活着等孩子回来啊！"

何麦说："她还能回来吗？你说，大嫂，你说，她还能回来吗？"

"你这是说的啥话？她怎么能回不来？何麦，你得好好保重身体，等孩子回来。孩子在想妈呢！"玉梅耐心地劝慰她。

何麦从她手里夺过了面条，说："那我吃，我吃，我好好吃饭等巧巧回来，我等她回来。"

说完就狼吞虎咽地吃起来。玉梅同情地看着她，悄悄地抹了一把泪。

正吃着，老刘推着车进家来，车还没停稳，嘴里就先嚷开了："玉梅，做什么好吃的啦？真香！"

玉梅从屋里出来，低声问："怎么样，有消息了吗？"见老刘摇摇头，她连忙换了个笑脸，大声说，"俺妹子的手真巧，面条都做出花样来了。"

老刘会意，也大声答应着："你瞧瞧你，倒会指使人，人家病还没好利索，就给你做开饭了。"说完钻进厨房。

"俺们的事儿你就别管了。"玉梅说着，也跟着进了厨房。

"我打电话联系了一上午。不好办哪。原来她不是阙里镇上的人，是在那儿打工的。丢了孩子也没报案，那边派出所根本都不知道。"老刘低声说。

玉梅问："她男人呢？家里其他人呢？"

老刘说："也找不到了。"

"这可怎么办呢？"玉梅也心急起来。

老刘说："这些人贩子，都该千刀万剐。拐卖一个孩子，就祸害一个家庭。"

话音刚落，何麦从外面进来，充满期待地看着老刘问："刘所长，巧巧找到了没？"

老刘有些尴尬地说："还没，哪这么快的？我向上面反映了，咱警察一定帮你找。"

何麦不说话了，低下头倚靠在门框上，神情又变得呆滞起来。

"何麦，你老家不是阙里的？"老刘问。

何麦没说话。

老刘又问："你男人叫什么？"

何麦听了，突然烦躁起来："你问我这干什么？我叫你帮我找孩子，你问我男人的事干什么？"

玉梅急忙冲老刘使眼色。

老刘一把掀开锅，掩饰着说："不问，不问。还有面吧？我饿坏了。"

何麦转身出去了。玉梅想叫住她，老刘急忙用目光阻止了她。两人忧虑地看着何麦，什么也没说。

夜里，老刘和玉梅躺在床上，两人都没睡着。玉梅叹道："唉，爱国一走，我觉得这世上再也没有比我更苦命的人了。何麦这一来，我才知道，苦命的人还多的是。"

老刘也叹口气说："就是啊。自己的亲生骨肉不知道在哪里，活不见人，死不见尸，也不知道在受着什么苦，你说这罪叫当妈的怎么受啊？"

玉梅推推老刘："你可得帮她啊。"

两口子正说着，院里传出什么动静来。玉梅欠起身子问："谁？妹子？妹子？"

没人答应，院门一声响。

玉梅催促说："快，快！"

老刘披衣下床，赶忙跑出去。看到西屋门和院门都敞着，老刘吃了一惊。他匆匆跑到西屋门口看了一眼，放在桌子上的小镜框已经没了。他心里明白了，进屋告诉玉梅说："坏了，她走了。你在家里，我出去看看。应该没走远。"说着跑出门去。

何麦摇摇晃晃地走着，一路走一路自言自语："巧巧，巧巧，你这个丫头，别跑，别和妈开玩笑。你看，把你的小红

鞋跑脏了。”

老刘从后面追上来喊着：“何麦，何麦，你上哪？”

何麦回头，不认识一样看着他：“你是谁？你把我闺女吓跑了。”

老刘过去拉她：“何麦，我是派出所老刘，你忘了？你不是答应先住下，我来帮你找孩子吗？回去，跟我回去。这深更半夜的，遇上坏人咋办？回去吧，啊？回去。”

何麦挣扎着：“你走开，我不认识你。我的巧巧等我哩。你走，你走。”

玉梅也跟过来了，上来帮老刘一起拉住她：“妹子，我是你嫂子，你看看，认识我不？”

何麦呆呆地看着她，静下来，似乎认出她来了。

玉梅柔声地说：“咱不是说好了吗？为了孩子，咱要好好活，咱好好活着等孩子回来，对不？”

何麦低下了头。

玉梅上前牵起她的手说：“走吧，跟嫂子回去，孩子的事，就交给老刘了。”

何麦顺从地跟她回去了。老刘感慨地跟在后面。

回到家，玉梅陪何麦在西屋睡下。也许是跑累了，何麦很快沉沉地睡去。玉梅轻轻起来，回到自己卧室，老刘正坐在床头叹气。玉梅过去靠他坐下，说：“老刘，你得上宁海去一趟，你不能只打个电话就交差。”

老刘说：“可是她既不是咱这儿的人，孩子也不是在咱这儿丢的。咱这儿不能立案，也不会有办案经费啊。”

“咱自己拿。爱国走了，给他存的娶媳妇的钱用不着了。”

老刘有些吃惊，更多的是感动。他怔怔地看着妻子：“玉梅……”

玉梅把头靠在他肩上说：“我不是在帮她，我是在帮自己。老刘，我见不得她那样子。我要是再看下去，我怕我自己也要疯了。”

老刘抱住她，连声答应着：“我去，我明天就给局长打招呼，我去。”

二

宁海市公安局院里很热闹，人们围得里三层外三层的。人群中，有许多神情焦急的夫妇，他们是丢失了孩子的父母，今天等待着自己被拐卖的孩子归来。几台摄像机正在忙碌着，几个记者在人群中忙着采访。大门口，有红领巾组成的仪仗队，随时准备进行欢庆仪式。

提着行包的老刘从外面挤进院来，一路走一路好奇地东张西望着。他走到一个看热闹的人跟前停下来问："同志，这是干什么呢？"

那人说："被拐卖到外地的女人和孩子，今天被解救回来了。"

老刘一听，"啊"了一声，赶忙问："几个？有个女孩不？三岁，叫巧巧。"

那人摇摇头说："不知道。"

老刘又问："几个？几个孩子？"

"听说有七八个哩。"

老刘激动地嘀咕着："七八个，七八个。"他打开包，拿出巧巧的照片，使劲地看着。

那对老夫妻也过来了，他们慌慌张张地从人群中挤进来，看老刘穿着警服，一把把他拉住了。老太太问："警察同志，警察同志，人回来了没？有我的萍儿没？"

老刘不明所以："什么？"

老太太说："萍儿，我的萍儿。有她没？"

老刘抱歉地笑笑："对不起，我也是来找孩子的。"看看两人失望的目光，他又赶快安慰道："应该有吧？听说七八个呢。等一等，马上就到了。"

两个老人听了，脸上又有了笑意，互相搀扶着往前挤过去，一边挤一边互相安慰着：

"一定有她。"

"有她。昨天菩萨给我托梦了。"

“萍儿回来了。”

老刘感慨地看着他们。

突然，大门口鼓乐齐鸣。人们激动地向门口围过去。老刘抬头望去，看到一辆警车开道，后面一辆中型客车跟着开进来。车停下来，王大丰从前面的警车上跳下来，人们把最热烈的掌声献给他。记者们赶快围上去，好几个话筒同时伸到他面前。王大丰挡开话筒说：“去采访那些孩子和家长吧。最不幸的人是他们，最幸福的人也是他们。去吧，去吧。”

记者们向客车拥过去，王大丰抱着双臂，用充满了成就感的目光看着面前的一切。客车那边，传来一片哭叫声。被解救回来的孩子被女干警抱下车来，每一个孩子都有几双手去接，同时还有撕心裂肺的哭声。又有几个披散着头发的女孩从车上下来，和前来迎接的亲人抱头痛哭。

老刘也在认亲的队伍里挤着，一看到有女孩就挤过去，掏出照片仔细对着。他抓住一个女警察问：“同志，有个叫巧巧的吗？三岁，被拐走的时候穿着粉红色的小裙子，小红鞋？”

那女警察摇了摇头。

老刘不死心：“您再仔细想想，有吗？叫巧巧。也可能改了名，孩子太小……”

“孩子什么时候被拐走的？”

“半年了。”

女警察抱歉地摇摇头：“那就肯定没有了。这几个孩子，都被拐卖两年以上了。”

老刘失望地停住了。

他面前，正上演着生离死别的惨剧，找到了孩子的父母抱着孩子一家人哭成一团，还没找到的正发疯一样找着。

最后下来的是一副担架，两个警员抬下来一个奄奄一息的女人，一个八九岁的男孩紧紧地跟在担架旁边。男孩的眼睛黑黝黝的，布满了敏感和防备。警察把女人抬向旁

边的一辆救护车，男孩也紧紧地抱着自己的包，跟在后面。

两边围观的人们发出了窃窃的议论：

“怎么回事啊？”

“听说孤儿寡母一块被人贩子卖了，当妈的已经疯了。”

“啧啧，可怜啊。”

“天杀的人贩子。”

“看这孩子，还知道守着妈。”

男孩在人们的议论中低着头走过去，一步不离地跟着担架。

那对老夫妻也在人群中挤着，嘴里不停地叫着“萍儿，萍儿”。老太太看到了被记者围住的王大丰，不顾一切地挤过去。

这时，一个女警察拦住了她：“对不起，没有叫萍儿的。”

老太太呆住了。她身后拥挤的人群迅速淹没了她。她老伴也在人群中挤着，找着。没人注意到这个老女人落寞无助的神情。

王大丰正在兴致十足地接受记者的采访：“我们这次集中打拐行动历时两个月，行程五千多公里，走了四个省，抓捕人贩子六人，解救被拐卖妇女十一名、被拐卖儿童七名，有力地打击了拐卖妇女儿童的犯罪活动。”

一个电视台的记者问道：“请问王局长，您在打拐中最大的体会是什么？”

王大丰神采飞扬地说：“我们是人民警察，人民群众的危难就是我们的危难。通过这次打拐行动，我们深深地体会到，对拐卖人口犯罪活动的打击是一项综合工程，必须通过社会各方面的综合治理，才能……”

突然，一阵刺耳的、急促的刹车声从院子外的马路上传来，阻断了王大丰的言谈，然后又是一声闷响。人群一阵骚动，纷纷向外挤着。正在接受采访的王大丰见状急忙向门口跑去，同时大声问：“怎么啦？出了什么事？”他看到一个面孔熟悉的老汉突然发疯一样叫着向外跑去，他突然想起了什么，一下子愣住了。

勤务员小薛气喘吁吁地跑过来："局长，那个女的在外面撞了汽车。"

王大丰瞪圆了眼："哪个？"

"就是我们走前来过的那个，女儿叫萍儿的那个。"

王大丰像被人迎面打了一巴掌，脸上的表情一下子僵住了。好久他才回过神来："赶紧送医院啊！"

晚了，老汉的哭声凄厉地传过来："孩儿她娘，你不是答应等咱萍儿回来吗？你让我咋过呀？"

所有的新闻记者已经转去了老汉身边。王大丰的脸上顿时失去了英雄气，显得灰暗而疲惫。

老刘目睹了这一切，他走过去安慰王大丰道："王局长，你已经尽到力了。"

王大丰摇了摇头。

旁边的小薛也劝着说："局长，我们是尽到力了。我们把能找的地方都找了。"

"在这个时候，我把这个女人的不幸给忘了。"王大丰低下头嗫嚅道，"我不是个好警察，不是。"

大家内疚地看着他："局长……"

王大丰没说话，一个人走了。大家从后面看着王大丰孤独落寞的身影，也都沉痛地叹着气。

第二天一早，老刘便来到了宁海公安局，他头天已经和这边刑警队的同行接上了头，把何麦女儿被拐卖的案情做了介绍，宁海公安局刑警队与阙里派出所取得了联系，决定派一辆车送老刘到阙里去看看。

老刘走进院子，看到院里停着一辆车，便走过去，拉开车门问："是这辆车去阙里吗？"话刚出口，他就愣住了，车后座里坐着王大丰，如雕刻一样一动不动。前排的司机回过头说："不是。是那辆。"

老刘回回头，才看到另外还有一辆车停在花坛后头，他歉意地朝王大丰笑笑，发现王大丰好像没看到自己。他想走，

又停下了，看着王大丰，试探地叫声："王局长？"

王大丰转脸看着他。一夜之间，王大丰好像苍老了很多。

老刘安慰地看着他，轻声地说："王局长，多保重啊，还有多少事儿等着您干呢。"

王大丰看看他，无语地点点头。

勤务员小薛过来，老刘赶快让开。小薛上了车，车开了。

警车飞驰着往桥头村而去，王大丰一路默然无语，只是呆呆地看着窗外。

快到村口时，桥头村的村主任已经等候在那儿了。他把车子引到村办公室，一边忙着给众人倒水一边感叹道："唉，赵巧萍这家人可怜啊，闺女没了，娘也死了。"

小薛问："她父亲呢？我们是专程来看她父亲的。"

村主任又叹口气："唉，别提了。"

小薛惊问："怎么？"

村主任说："没了。"

王大丰睁大了眼睛。

村主任摇摇头："不知道上哪去了，把巧萍她娘埋了，人就没了。十有八九，他是找闺女去了。唉，世界这么大，你说他一个人上哪里去找啊？"

王大丰问："人埋哪儿啦？去看看。"

村主任带路，一行人顺着崎岖坎坷的山道走到了村外一片乱坟岗子里，里面新添的一座坟很扎眼。

王大丰默默地站在新坟前，陪同的几个警察和村主任跟在后面。

村主任不明白地小声问："局长咋啦？"

警察们不说话。

村主任说："这种事，天灾人祸，是该上了。"

小薛走上去劝道："局长，该回去了，还有好几十里呢。"

王大丰回身对村主任说："无论什么时候，只要发现萍儿她爸，就马上给我打个电话，好吗？"

村主任一愣，赶忙说："行，行，我一定打。"

王大丰又对小薛说："把我的电话留给他，办公室和家里的。另外，通知辖区各派出所，注意寻找这位老人。"

"是。"小薛应道。

王大丰交代完，背着手踱出几步，回头说："你们下去吧，我想走一走。"

小薛跟过来："局长，天快黑了。"

王大丰固执地说："我没事。你们先回去。"说着迎着清冷的山风向前走去。

一轮大而浑圆的太阳正红红地映照着天际。王大丰孤独的身影在路上落寞地走着。

回去的路上，小薛安慰他说："局长，您别想得太多，事实上，我们真是把能做的都做了。"

王大丰打断他问："咱们解救的人怎么样？都安顿好了吗？"

"差不多都安顿好了。"小薛犹豫了一下，"只有一个。"

王大丰顿时提高了声音："谁？"

小薛说："准确地说是两个。"

王大丰明白了："就那母子两个？"

"是。母亲神经已经失常了，什么也不知道。孩子被拐走的时候太小，只记得自己家村口的树上挂着一口钟，其他的什么也说不清楚。"

王大丰问："人贩子呢？也说不清楚是在哪儿拐的他们吗？"

"也说不清。人贩子交代，当时这个女人正带了孩子进城找工作，在桥头劳务市场那儿，被人贩子骗走了。人贩子知道的只是孩子的父亲已经去世了，女人是在家里过不下去才出来的。"

王大丰沉默了。

三

宁海武警医院病房的走廊里，王大丰和小薛由一个医生

陪着走过来。走到一个病房门口，王大丰伸手就要推门，医生把他阻止了，王大丰只好通过门玻璃向里面看着。

病房里的正是那个被解救了却无家可归的女人。她无声无息地躺在病床上打着吊瓶，她的儿子坐在床边的凳子上，眼睛一直盯着他的母亲。

女人突然变得烦躁不安起来，嘴里“啊啊”地叫着，手也抬起来使劲地挥舞。男孩急忙把她挂着针的那只手按住，女人却更加暴怒地扭动起来。男孩使劲按住她的手，恳求地叫着：“妈，妈。”

医生在王大丰耳边低声说：“她什么人也不认得，什么人也不让接近，包括她自己的儿子。”

王大丰久久地看着，回头交代小薛：“把孩子送到我办公室来。”

男孩怯怯地站在王大丰面前。王大丰弯着腰，一只手搭在孩子脖子上，仔细地、怜爱地看着他。

男孩低下头去。

王大丰久久地看着。突然他发现孩子衣服上的一个扣子没扣上，便伸手为他扣上，又拍拍他的小脑瓜儿，怜惜地说：“孩子，你和妈妈受苦了。”

男孩颤了一下，慢慢地，身体抖起来，越抖越厉害，但却始终紧紧地咬着牙，不肯流泪。

王大丰深深地叹息了一声，又柔和地问：“告诉伯伯，你家在哪里，还记得吗？”

男孩无语地摇摇头。

“家里有什么人还记得吗？”

男孩仍然摇头。

王大丰又问：“小时候的事，还记得多少？”

男孩还是摇头，紧张不安地站在那里。

“孩子，伯伯和你商量件事。”

男孩抬头看他一眼，又低下了。

王大丰试探地问：“妈妈的情况，你看到了。她病了，看样子好起来需要一些时间，她没办法照顾你。伯伯家没有男孩子，你愿意不愿意……"

男孩抖了一下，一下抬起头来："不，我不离开妈妈。"

王大丰微笑着说："不是让你离开妈妈，你妈妈会住在医院里，你呢，也随时可以去看她。"

男孩迟疑地看着他，他看到的是一张充满了慈爱的面孔。

"孩子，伯伯家里只有一个女孩，已经快上大学了。伯伯和阿姨都很寂寞。我们想要个男孩子，我们想象，如果家里有个男孩子，成天乱腾着，一定是件很令人快乐的事。孩子，希望你能把这快乐赐给我们。"王大丰把孩子拉到沙发上坐下，"我听说，你父亲在你很小的时候就去世了。你还记得他吗？"

男孩轻轻摇摇头。

王大丰说："那么，将来有一天，如果你愿意的时候，你可以把我当成你的父亲。而我，只要你答应，从现在起，你就是我的儿子了。"

男孩的眼里慢慢地充满了泪水。王大丰伸出大手，帮他把泪抹去了，又轻轻刮了一下他的鼻子，说："不过有个条件。伯伯是个警察，警察是不喜欢流泪的。以后，伯伯不要你再哭，伯伯要你的生命里充满欢笑。"

男孩只是凝视着他。

王大丰伸出小指去，依旧微笑着问："那么，咱们说定了？拉钩好吗？"

男孩犹豫一下，慢慢地把自己的小手指伸出来，勾住了王大丰的手指。

王大丰的神情顿时活跃起来："对了，还有一件事。孩子，你姓什么？"

男孩神情黯淡地摇摇头。

"那么，叫什么？"

男孩怯生生地说："妈妈还认识我的时候，叫我小光。"

"小光，小光？"王大丰若有所思地点点头，"孩子，今

天，你的生命重新开始了。在你没找到家以前，你随我姓王，叫王重光，怎么样？”

男孩想说什么，突然有点儿不好意思起来，垂下眼睛，微微点了点头。

王大丰笑起来：“我王大丰有这么个秀气的孩子，还真看不出。重光，一会儿咱们回家，去看你另一个妈妈。”

王大丰家里，他的妻子秀云在厨房里忙着。窗外，远远地传来汽车声响。她听到了，探头一看，赶忙停下手里的活儿往外跑。跑到门口，又停下来，把围裙解下来，抽打抽打身上，还对着门后的穿衣镜整理了一下衣裳，捋了捋头发。

王大丰的声音传进来：“来，重光，到了。”

秀云赶快过去打开门。门外，只站着王大丰。秀云问：“孩子呢？”

王大丰笑着向后伸手：“出来呀。”

男孩低着头，慢慢地从王大丰身后走出来，羞涩地站到了秀云面前。

秀云一看到他就愣住了，想伸手去抚摸他，却一下子把他拉了过来，紧紧地搂在了自己怀里，眼泪一下涌出来：“孩子，我可怜的孩子，阿姨等了你很久了。到家了，到家了，再也不会有人欺负你了。”

男孩神经质地扯住了她胸前的衣服，也低头哭起来。

王大丰在一旁埋怨道：“你呀！我已经和重光约好了，不许再哭了，结果一进门你就叫重光违反纪律。赶快进家吧，叫孩子站在门口干什么？”

秀云这才想起来，赶快扯着孩子进去。一进屋，就直接拉着他进了洗手间。浴缸里已经放好了一缸水，秀云帮着孩子脱衣服，嘴里絮絮叨叨地说：“好好洗一洗。洗一洗，过去的事儿就洗去了。来吧，水正好。”

当脱得只剩一件小裤头的时候，男孩突然害羞起来，扭着身子不让秀云碰了。秀云一愣，明白了，对外面喊道：“他爸，进来呀。”

王大丰手里扯着一张报纸进来：“干什么？你只要干活，我就不能闲着。”

秀云白他一眼：“过来帮孩子洗洗。孩子大了，不让他阿姨碰了。”

王大丰撸起袖子：“什么阿姨啊？我已经和重光说过了，你是他另一个妈妈。”

秀云认真地说：“不是。”

王大丰一愣。

秀云爱怜地看着孩子说：“重光有妈妈。重光，只要你妈妈在，你就不用叫我妈，叫我阿姨，听见了？”

孩子点了点头，乖巧地坐在浴缸里。王大丰拿着一个小盆往孩子头上撩水，孩子紧闭着眼。清澈的水在孩子光洁的皮肤上流过，留下串串晶莹的水珠。

郊区的靶场里，王大丰正在打靶，枪枪命中红心。

一辆警车开过来，小薛从车上跳下来，老远就喊：“局长。”

王大丰头也没回：“报上了？”

小薛说：“报上了。已经过了报名日期，咱把孩子的情况给人家说了说。”

“说什么？以后不要说，收养手续都办了，他就是我王大丰的儿子，叫王重光。他呢？”王大丰这才回过头来，看到孩子靠在警车上，正远远地偷偷看着他。他一看到王大丰的目光，就赶快躲开了。孩子已换上了新衣服，是一身整齐的学生服。头发也新理过，显得文文静静的。

王大丰的目光里现出柔和，看着孩子，向他招了招手。孩子略显几分紧张地走过来。王大丰用手把他的脸抬起来：“抬起头来，重光，男人嘛。”

孩子被迫抬起的脸显得很紧张，眼睛紧紧地闭着。

王大丰骄傲地对小薛说：“看看，我的儿子，长得多俊啊。”

小薛很少看见局长这么柔情似水，一下子窃笑起来。

王大丰瞪他一眼："笑什么？重光，看看这是什么？"

重光睁开眼，看见王大丰手里拿的是一把枪，不由得后退了一步。

王大丰左右看看，除了小薛没别人，便把枪塞到重光手里："来，开一枪。生活在这个家庭里，你应该是个警察坯子。"

重光恐惧地看着手里的枪，又恳求地看着王大丰，似乎想还给他的样子。

王大丰鼓励他说："来，开一枪，瞄准那个红心。让我看看你长大了能不能当警察。来呀！"

重光看看远处的靶子，又看看手里的枪，不敢动。

王大丰失望地问小薛："这像我吗？"

小薛又笑了："局长，他才跟了您几天啊。"

王大丰继续鼓励孩子："重光，别忘了你爸是个警察。来，试一试，别怕，试试。"

重光被迫双手举起了枪，瞄向靶心。举枪的手明显地抖动着。

王大丰用热望的眼神看着他。

"砰"一声枪响。重光叫了一声，把枪丢下，捂上了耳朵。

王大丰有些失落："这孩子当不了警察。"

警车在回城的路上开着，王大丰和重光坐在后座上。王大丰问："新学校，喜欢吗？"

重光点了点头，又忍不住地说："老师——可好了。"

王大丰笑了，又问："同学们呢？"

重光小声地说："不知道。"

"怎么会不知道？"

"没和他们说话。"

王大丰说："你呀！以后要主动和同学们交朋友，听见了吗？"

重光想了想，说："不敢。"

"你怕什么？他们会吃了你？"

重光低着头没说话。

王大丰看着他，无声地叹息了一声："重光，和你商量件事。"

重光抬起了头。

"你妈的病，已经稳定下来了，但康复恐怕是件很长时间的事。总住在医院里不是办法，我们想送她到福利院去，你看怎么样？"

重光紧张起来，不放心地盯着他。

王大丰揽住孩子："孩子，你妈妈的神智仍然没有恢复。在医院里，除了穿白大褂的医生和护士，她接触不到别的人。到了福利院，和大家生活在一起，有利于她的恢复。你说呢？"

重光想了想，点了点头。

王大丰说："你放心，我们已经和福利院交代好了，他们会很好地照顾她的。如果你同意，我们就这样办了。改天，我们一起到福利院去看她。"

王大丰说到做到，周末他开车带着小重光去看母亲了。

福利院里，一些孩子正在保育员的带领下做游戏。旁边的亭子里，重光的母亲神情呆滞地坐在轮椅上晒着太阳。王大丰领着重光走近亭子，停下来，对重光说："去吧，跟你妈妈说些开心的事。"说完在他后背上拍了一下。

重光跑了过去。他小心地靠近母亲，轻声叫道："妈。"

母亲痴痴呆呆地转过脸来看他。

重光的口气里有些焦急了："妈，我是小光啊。"

母亲仍然不认识。

重光伸手去抱她："妈！"

母亲恐惧地一抖，一把推开了他。

重光含着泪叫道："妈！"

王大丰在后面喊道："重光，别哭。往前走近一些，说些开心的事给妈听。"

重光难过地看看王大丰，又转向母亲开始哭哭啼啼地给她讲学校里的事。

院长摇摇头对王大丰说：“她什么人也不接受，我们帮她洗脸喂饭她都打。唉，她的康复前景可不是很乐观啊。这该死的人贩子，把她全毁掉了。”

王大丰嘱咐他说：“院长，拜托您好好照顾她，为了她，更为了这孩子。”

他们不再说话，只继续看着重光和他的母亲。重光站在母亲身旁，正在不断地和母亲说着什么，母亲仍然毫无反应。每当重光试图接近她的时候，她就会本能地把他推开。

第四章

满天星 mantianxing

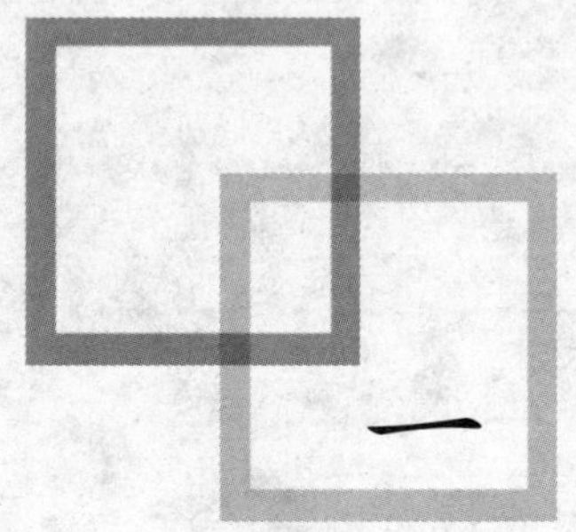

一

老刘风尘仆仆地推开家门，正碰上何麦端着一盆水从屋里出来。何麦一看到他就愣住了，随即紧张而又充满期待地问："回来了？"

老刘躲着她的目光，一笑："这是干什么？"

"嫂子病了。"何麦说。

老刘赶忙往屋里走："是吗？何麦，辛苦你了。"

何麦不说话，只盯着他，看着他从她身边走过去。

玉梅躺在床上，看到老刘进来，挣扎着起身。老刘急忙丢下包，按住她："别起，别起。你看看，成啥脸色了。"

玉梅问："找到孩子了没？"

老刘回回头，何麦已经跟了进来，站在那儿直勾勾地看着他。他干咳了一声说："何麦，我找到宁海市公安局，又到了阙里镇派出所，要是人家找到孩子会及时通知咱的。"

何麦明白了，一扭头就向外跑。

老刘急忙追上去抓住她："你上哪去？"

何麦拼命挣扎着："让我走，我走，我不能在这儿，我的巧巧在叫我呢。"

老刘不松手："你一个人上哪找？世界这么大，你上哪

找？”

玉梅也挣扎着要下床：“妹子，你不能走，你听我说……”

何麦执拗地挣扎着。撕扯中，何麦突然咬了老刘一口。老刘大叫一声，松了手，低下头看着自己的手，鲜红的血正从伤口处流出来。老刘惊讶地抬头看何麦，何麦也愣住了，不相信地看着老刘鲜血淋漓的手。玉梅颤巍巍地起来，扯过一条毛巾，一把捂在丈夫手上：“没事儿，没事儿，搽上点药水就没事儿了。”

何麦清醒过来，一下子跪倒在地下放声大哭：“大哥，你原谅我吧，我该死，我该死，我都做了些啥呀！”

老刘叹息着，把她扶起来：“没事儿，真的没事儿，只要你心里能松快一点儿就行。何麦呀，我想领你到一个地方看看，看完了，如果你还想走，我不留你，行不？”

老刘领着何麦去了山上的陵园。走过山下的铁道时，何麦神情复杂，她对这里似乎还存有印象。老刘径直把她带到了爱国的坟前。

何麦疑惑地问：“这是谁的坟？”

老刘没直接回答她，弯下腰细细地拔着坟上的草，自言自语道：“这草，和长疯了似的，上个月刚拔了，又长这么高了。也难怪啊，孩子年轻，生命力旺。”

何麦吃了一惊：“谁的孩子？刘爱国是谁？”

老刘长叹一声：“是我的孩子，还不到二十岁，穿上警服才三个月，碰上了一个偷牛贼……”

何麦“啊”了一声，呆住了。

老刘老泪涌出来：“我就这一个孩子啊！你嫂子她身体不好，也不能再生了，我老刘干了一辈子，绝后了。”他揩揩眼角，“你嫂子心事重，我怕她多想，在家里头我只能把和爱国有关的东西都藏起来。你来了还好些，能陪她说说话。其实我知道她，不见东西一样想人啊！这些天她憋屈，因为你，她怕把自己的难受传染给你啊。”

何麦低下了头。

老刘接着说：“爱国走了两个月了。头一个月，和你嫂子

一样，我连死的心都有了。可后来想想，孩子没了，可你该活还是得活不是？看看你嫂子，本来就有病，孩子没了，她能依靠的，不就是我了吗？还有周围的同志、周围的老百姓，为了他们，我能不好好活着吗？还有躺在这儿的孩子，如果他要能说话，他能对我说什么？不也得劝我好好活着吗？所以啊，我想开了。这后一个月，难受得受不了了，我就趁着天黑，到这儿来坐坐，和我儿子说说话，走出这片树林，我打起精神，笑脸对人。何麦呀，人活着，不单单是为自己活着的。你不想别人，就想想你那不知道在哪儿的巧巧吧，她总要长大，她长大了一定会回来找妈的。到那时候，你不在了，让闺女找谁去？让她冲着谁叫妈？”

“刘大哥，您别说了，别说了。”何麦忍不住哭出来。

老刘抚摸着墓碑上照片里孩子的笑脸，说：“何麦，和你商量件事儿，不知道你能不能愿意。”

“什么事？”

“我儿子死了，我和玉梅也不会再有孩子了。可俺两个都想孩子，想得要发疯。我想，等你闺女找回来，叫她认俺俩干爸干妈，你看行不？”

何麦抹抹眼泪：“只要她能回来，你和嫂子就是她的亲爸亲妈。”

老刘点点头：“你看，我是巧巧的亲爸，巧巧的亲爸你还信不过吗？何麦，你在这儿安顿下，好好地养病，过日子。今天，当着我死去的儿子的面，我向你发一个誓：不管过多久，不管有多难，我一定要想办法，把巧巧找回来，让你们母女团圆！”

何麦一下子跪倒在爱国墓前：“大哥，你对俺恩重如山啊！”

老刘欣慰地看着她，也落泪了。

夜里，何麦翻来覆去睡不着，她起身走到老刘夫妇卧室外，轻轻敲敲门：“大哥，嫂子，睡了吧？”

屋里玉梅的声音传出来：“有话进来说吧，妹子。我和你大哥也聊天呢。”

何麦推门进屋，老刘夫妇果真披着衣服坐在床上。老刘把何麦让到床上坐下，自己搬了个凳子坐了。

何麦笑笑说：“大哥，嫂子，我想这两天抽空回家看看。你们别误会，今天大哥说得对，孩子回来了得有个家。巧巧他爸毛病多，但疼孩子是真，这个俺知道。俺寻思回趟家，给他爸好好谈谈。俺这回明白了，找孩子也不能意气用事。俺跟他好好商量商量，做个打算。你们看行不？”

老刘和玉梅对视了一眼，玉梅说：“也好。不过让你大哥送你回去吧。还有，你男人这么长时间是不是也在外头找孩子。回去要有啥事儿，可想着来信。我和你大哥都念着你哩。”

何麦说：“不用大哥送，这回你们放心。嫂子，你也保重。大哥说得好，不管遇上啥事儿，得好好活着。大哥，别光忙工作，好好照顾俺嫂子。”

老刘笑着说：“知道了。何麦，理儿你也都明白，家里出了这么大事儿，人家要不谅解你，那也是正常的。无论发生什么，你记着你嫂子和你说的话：这儿是你的家，家门为你留着哩。”

何麦感激地点点头。

何麦从村外进来，正是做晚饭的时候。街上人不多，只有几个孩子在玩。何麦静静地走着，走向一处破败的独院，轻轻地叩响了门。

门里，一个男人的声音响起来：“谁啊？”

是刘更生的声音。

何麦没回答，紧张地等待着。

门“吱呀”开了，刘更生出现在门里。他显得很落魄，衣服也很邋遢。看到何麦，他吃了一惊，呆在那儿。

何麦浅浅地笑着说：“更生，我回来了。”

刘更生有些慌乱地往她身后看看，身后空着。

何麦抬脚迈进门里：“我没找回巧巧。可我想明白了，孩子没了，咱们得好好过。咱好好过日子，等着孩子回来。更生，咱们复婚吧。”

刘更生一把把她推出去，随即在身后把门关上了。他出乎意料的格外狂躁：“你这个丧门星，你害得我家破人亡，你还有脸回来？你还回来干什么？找不回孩子，你还不死在外头干什么？你滚！你滚！”

何麦委屈地解释着：“更生，孩子会回来的，会的。咱们再从头过，咱们把日子过得好好的等着巧巧，咱们得给巧巧留着这个家……”

他们身后，门又“吱呀”一声开了，一个年轻的女人出现在门口。她看着何麦对刘更生问：“谁呀？”

何麦看看她，又看看刘更生，明白了。她没想到自己的设想和憧憬会破灭得这么快，这么彻底；她没想到自己的男人会这么绝情，这么无理。她最后看了刘更生和他身后的小院一眼，转身走了。

刘更生在后面看着她，年轻女人拉了刘更生一把，把他拖进门去。门随着被重重关上了。

何麦蹒跚的身影渐渐远去。

二

垛山山坡的草地上，已经叫了小妹的巧巧和小强牵着一只小羊正在玩耍。孩子们清脆的笑声在山里回荡着。小强牵住羊，扶着小妹叫她骑上去，小妹上不去，一边笑一边叫着哥哥。小强放开了羊，过来吃力地抱着小妹，刚把小妹抱到羊背上，小羊一下子跑了，两个孩子一起被摔在地上。看着彼此摔在地上的模样，他们开怀大笑起来。清爽的山风轻拂着两个孩子天真的笑脸。

小妹突然爬起来，觉得哪儿不对，扭着身子叫：“哥，哥。”

小强连忙爬起来：“怎么啦？”

“有东西在里面。”

小强扒着她的后衣领，伸头看看，把手伸进去。

小妹突然笑起来，笑得滚在地上：“痒死我了，痒死我了。”

小强也笑着：“是根草，我帮你拿出来。”

小妹趴在地上，小强伸手帮她取出来。

两个孩子打闹着,没有发觉天空已经下起了蒙蒙的细雨。草叶上挂着晶莹的水珠，显得越发清脆喜人。两个孩子不管不顾地在小雨中追逐嬉戏，银铃般的笑声在原野上响着。小妹奔跑中一下子摔倒了,看样子摔得不轻,嘴一瘪就要哭。小强赶快扑上来，想去拖小妹，没拖起，自己也一屁股坐在地下。小妹抬头，看见小强脸上满是泥浆和草叶，用手指着他，破涕为笑。小强索性把脸抹得更脏了，小妹笑得更加厉害，却冷不防小强一伸手，把她的脸也抹脏了。两个孩子就这样，你抹我一把，我抹你一把，嘻嘻哈哈地闹着。

忽然，一个声音传过来：“小强，小妹，还不回家吃饭？”

两个孩子脸上的笑容一下子没了，特别是小妹，脸上顿时变得怯生生的，一骨碌爬起来。

是陈阿大，正站在不远处叫着他们。

两个孩子赶快用草上的水珠洗一把脸。小强牵着小妹的手，走过陈阿大身旁。陈阿大斜着眼珠瞪着小妹，恶声恶气地说：“赔钱货，成天光知道玩，吃饭还要老子叫，老子真倒了八辈子霉，不知道养你能干什么用？”

两个孩子不声不响地走了几步，忽然撒开腿跑起来，把陈阿大甩在身后。

兄妹俩跑回家里，饭桌上正摆着饭菜，周慧在一个人吃着。她旁边还站着一个相貌十分机灵的年轻人。

周慧边吃边对那个年轻人说：“四贵，那姑娘你还不要？凭你家穷得那个样，你还想要什么样的啊？三千块，你去找吧，全世界没有这么好的便宜货。”

那个叫四贵的小伙子赔着笑，眼珠滴溜溜转着：“嫂子，嫂子卖给我的东西，还能孬了？我不是嫌货不好。”

周慧头也不抬，只顾吃自己的：“那你想干什么？”

“我是心疼嫂子，看嫂子一个人天南海北地忙累。嫂子的生意不要个帮手吗？”

周慧抬头打量着他，小伙子看上去精明强干，于是她撇撇嘴说：“好好的，干什么不好？怎么不出去打打工？”

“打过了，挣不了几个钱，还受欺负。”

周慧放下碗筷，眼睛一挑：“你嫂子干的可是掉脑袋的活。”

四贵笑笑：“不怕。再说了，万一真有啥事，嫂子也需要一个男人在前面顶着啊。”

周慧沉吟着没说话。回头对两个孩子笑吟吟地说：“上哪去了？快吃饭吧，妈要出门了。”她站起来扯了小妹去洗手，又对小强喝道，“不洗手就吃？”

小强没回答，只坐下吃自己的。

周慧皱眉看看他：“这孩子，处处随那个死鬼。”

周慧把小妹按到凳子上，把面前的好吃的往她面前堆着：“吃吧。小妹，妈要出门了，妈走了，谁敢欺负你，你回来告诉妈，妈饶不了他。”一边说着，一边站起来，对四贵点点头，“走，上我屋里说。”

屋里只剩下两个孩子。小强埋头吃饭，情绪很沉闷。

小妹声音细细地叫了声：“哥。”

小强不理她。

小妹又叫：“哥。”

小强还是不理。

小妹把自己的筷子伸过去，筷子上夹了一块肉。小强低头看着。

“哥。”小妹恳求地看着小强，眼泪就在眼眶里打转。

小强张开口，咬住了那块肉。

周慧出门了，不同的是，这回她身边跟着四贵。

小强和小妹站在门口看着她。周慧把背包递给四贵，俯下身来亲热地向两个孩子告别：“小妹，小强，在家听话，等妈妈回来啊。妈妈回来给你们带好吃的。”

两个孩子不说话，小强别开脸去不看她。

陈阿大站在那儿看他们离去，恶声恶气地骂道：“没见过

这样的女人，发财的事找外人。哼，还不是看上了小白脸？”

四贵一路献着殷勤，跑前忙后地“嫂子嫂子”叫个不停，让周慧很是受用，不过她心里明白：这个小子是个天生的坏种，人鬼着呢！

夜里，他们歇宿在一家小旅店里。

周慧一个人站在窗前，呆呆地看着窗外的黑夜。

有人敲门，是四贵的声音。他亲热地喊了一声：“嫂子，还没睡吗？”

周慧皱皱眉头：“干什么，这么晚了？”

“嫂子，有点事儿白天忘了说。”

周慧过去，把门打开。四贵正站在门口，笑嘻嘻地看着她。

周慧抱着胳膊，堵在门口问：“什么事？”

四贵涎着脸，赖兮兮地靠上来：“嫂子，出门在外的人，能省就省。你倒说说看，咱们孤男寡女，用得着两间房吗？”

话还没说完，周慧一记耳光打到他脸上，四贵被打得“哎呀”一声捂住脸，呆呆地看着她。

周慧横眉立眼地骂道：“告诉你，死了你的心吧。在老娘眼里，世上的男人已经死完了！滚！”

门一下关上了。

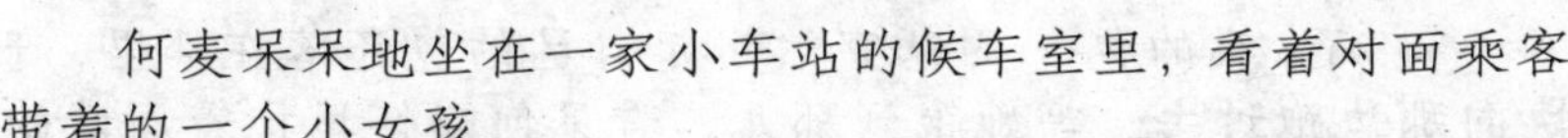

三

何麦呆呆地坐在一家小车站的候车室里，看着对面乘客带着的一个小女孩。

周慧出现了。她一直带着四贵出没于一些小县城、小市镇的职介所和车站里，搜寻着目标。这会儿，她好像在等人，溜溜达达，最后坐在了何麦身边的空椅上，把随身带的包放到地上。她看看何麦，何麦没注意到她。周慧搭讪道：“大姐，等车啊？”

何麦被惊动了，转过脸，迟疑地答应一声。

周慧问：“一个人？”

何麦点点头。

周慧用职业的目光打量着她，很亲热地套着近乎：“大姐，脸色不好啊。哪儿不舒坦？”

何麦摇了摇头。

周慧从包里取出一瓶水：“大姐喝水？”

“谢谢你。”何麦没有接。

周慧硬往她手里塞着：“拿着吧拿着吧，单身女人出门在外，互相照应不是应该的？大姐上哪啊？咱们结伴走啊？”

何麦还没来得及回答，周慧突然看到四贵出现在她的视野里，怀里还抱着一个婴儿。周慧吃了一惊，顾不上何麦，站起来跑过去。

四贵正东张西望地找她，周慧自己走过来了。一见面她就恶狠狠地压低了声音问：“从哪弄来的？不是告诉过你不要孩子吗？”

四贵笑嘻嘻地说：“这孩子自己躺在小车里，不要白不要。”

周慧生气地推着他：“送回去，送回去，孩子太麻烦。”

“好几千块钱呢，嫂子说得轻巧！”四贵说，“嫂子，你看她一会儿，那边有人让我赶快过去接货。”

周慧坚持着：“我不看，我不要孩子。”

两人正争执着，身后突然一阵骚乱。周慧回头一看，刚才她坐过的那一排开始检票了，旅客们纷纷起身朝进站口涌去。

“坏了，我的包。”周慧突然想起自己的包还落在那里，赶快向那边跑过去。等她跑到那儿，看见何麦怀里抱着周慧的包，正焦急地四处张望着。

一看到周慧，何麦赶忙招呼着：“妹子，你的东西。”

周慧愣在原处，一时没动弹。

四贵也跟过来，打量着何麦，在周慧耳边小声地说：“这个女人还不老，也能卖几千。”

周慧没搭理他，走过去亲热地说：“大姐，多亏了你。我这包里是我全部的家当啊，要丢了，我也完了。”

何麦善意地笑笑："看看，丢什么了没。"

周慧打开包，看也不看，从里面拿出十块钱来，塞到何麦手里："大姐，谢谢你啊。"

何麦赶快推："可不敢。咱又没出啥力。"

"拿着，大姐。我看你也不是富余的，刚才妹子不是说了吗？出门在外，互相有个照应。"

四贵已经过来了，也亲热地帮腔："就是。大姐，俺嫂子给的，您就拿着吧。"

何麦感激地收下了："可谢谢了。"

四贵把孩子抱给周慧："嫂子，给，我得去了。"

周慧不耐烦地推脱着："我刚才说什么来着？"

四贵急了："那边等着呢。"

周慧赌起气来："我不看。我也得过去，上回的账还没清完呢。"

"你看看你这个人，上来一阵就别扭。"四贵没办法了，突然他看到了何麦，眼睛转了转，"大姐，您这会儿不走吧？"

何麦答应着："什么？噢，俺不上车，就是在这儿过夜。"

四贵笑着说："那，大姐，我这个孩子，你帮着照看照看行不？我和俺嫂子有点儿事儿，去去就来。"

何麦一抬头，这才注意到他身上那个婴儿，目光顿时移不开了，伸出手去。

四贵对周慧示意："嫂子，大姐给看着，走吧。"

周慧犹豫了一下，不好再争执，只好接过孩子递给何麦："大姐，那就劳您给看一会儿了。"然后跟上四贵匆匆走了。

何麦看着睡梦中的孩子，脸上放射出母性的光辉，她轻轻摇着孩子："巧巧，巧巧，你是我的巧巧吧？巧巧，巧巧，妈妈在这里，妈妈抱着你呢。"又小心地伏在孩子脸上亲吻着。

不一会儿，孩子醒了，哭着闹着要妈妈。何麦很有耐心地哄着："乖，不哭，巧巧不哭，妈妈给买好好。"

她抱起孩子，走到一个小摊前，掏出周慧刚才给她的十块钱，说："老板，买一袋奶。"

老板拿了一袋奶给她，一抬头，看到了孩子，一愣，问："这孩子咋在你手里？"

何麦说："啊？她爸妈有事，让我看一下。"

"她爸妈？"老板使劲摇摇头。

何麦问："咋？"

"这会儿自己的孩子都像宝贝似的，有托别人看的吗？"老板反问道，他把奶和零钱递给何麦："那对男女，我看见多少回了，哪回也不空手，不是孩子就是姑娘。叫我看啊，是人贩子。"

何麦一惊，心里警觉起来。她抱着孩子回到原地，等着想弄清楚那对男女的身份。

周慧和四贵带了几个女孩过来，四贵满脸堆着笑："哟，大姐，累您。来，给我吧。"

何麦没搭他话茬，抬起头来，用异样的目光看看他，又看看周慧，问："这是你们的孩子吗？"

周慧一愣，没说话。四贵在一旁打哈哈："啊。这孩子乖吧？"

何麦逼问道："她叫什么？多大了？"

周慧发现苗头不对，悄悄往后退着，混入候车的人群里。四贵也慌了，掩饰地笑着说："大姐您什么意思啊？不过是让您帮着抱会儿孩子，咋还刨根问底的？"

恰巧车站里巡逻的警察经过，正往这个方向走来。四贵见状不妙，突然把一个女孩扯过来，往何麦身上一推，跳过椅子就跑。

何麦扑了过去，大喊："抓人贩子！抓人贩子啊！"

四贵在候车的人群中闪转腾挪，何麦抱着孩子也走不快，而跟上来的警察又让四个被骗的姑娘哭哭泣泣地缠住，眼瞅着四贵消失在人堆里，周慧更是早已不见了踪影。

警察无奈，只好把几个姑娘和何麦一起带到车站派出所里去做笔录。

四个女孩做完了笔录，一个男警察领她们出来，边走边说："还哭呢。要不是那个大姐，你们就回不来了。先到车站

招待所住下，明天家里就来领你们了。”

把女孩们安顿好，警察转回所里，老远就看见何麦在门口往里张望着。警察亲热地过去招呼说：“大姐，您还在这儿站着呢？”

何麦渴望地往屋里看看：“那个孩子呢？我能看看不？哟，你听孩子在哭呢。”

警察向屋里喊：“小李，怎么回事？还没哄好啊？”

门开了，一个女警满头大汗地抱着孩子出现在门口：“这孩子，怎么哄都不管用。”

“不是让你和福利院那边联系了吗？”

女警说：“联系过了，他们说没办法再接收了。”

“这可怎么办呢？”屋外的警察直跺脚。

何麦忘了周围的一切，冲着孩子就过去了：“这同志，孩子不是这么哄的，你看看你这架势，一看就是没抱过孩子的。来，给我，巧巧，过来，哎，乖。”

她把孩子抱过来，也怪，孩子一到她怀里，顿时不哭了。

两个警察互相看着。

何麦抱着孩子，抬起头来，恳求地问：“同志，这孩子，交俺养着吧，行不？”

男警察挠挠头：“那哪行？咱得帮这孩子找家呀。”

“没找到家以前呢？没找到她爹妈以前，俺给养着行不？”

“你？你不是自己还没个落脚的地方吗？”

“谁说俺没有啊？俺有。俺要是有，你把这孩子交俺养着行不？”何麦急切地说着，脑海里浮现出老刘和玉梅夫妇宽厚的面容，“你让俺打个电话行不？”

老刘和玉梅带着抱了孩子的何麦又回到了吉镇，不过这次并没有直接回家，而是把她带到了离镇派出所不远的临街的一个小门头房里。房子不大，里面已经收拾了出来，有床、桌，还有两节柜台。

何麦看着，回头看老刘，老刘微笑着示意让她进去。

何麦有些纳闷儿："这是……"

"何麦，我和所里其他同志商量过，你虽然不是俺们这儿的人，但是流落到俺们这儿，俺们这儿的警察就有责任帮你。这个房子没人住，俺们几个修补了修补，凑了几个钱，帮你当个本，你先在这儿住下，卖点杂货，养活自己，怎么样？"老刘搓着手，用关切的目光看着她。

何麦感动地转向玉梅："嫂子……"

玉梅笑着轻轻推她一下："进去吧。有啥事，说一声。"

老刘笑笑："进去吧，是你的了。"

何麦抱着孩子轻轻地迈了进去。

何麦安心地住下了。经过了这些日子的漂泊流离，她分外珍惜眼前的生活，尤其是她又有了一个让她投入、让她全心照顾的孩子。她把孩子叫做巧巧，爱她一如己出。她找回了久违的母亲的感觉，这让她重新焕发了生命的活力，显得滋润而年轻。

四

然而这样的日子并没有维持多久。这天，何麦一手提着菜篮子，一手抱着孩子往家走。她一边走一边和孩子说着话："巧巧，叫妈妈，妈妈，叫，妈妈。"

孩子看着她笑。

何麦越看越高兴："笑了笑了笑了。就会笑，不叫妈妈。巧巧是个坏孩子，坏孩子，坏孩子。"

孩子越发笑得厉害了，何麦也旁若无人地笑起来。她已经走到离自己小店不远的地方了，无意中一抬头，看到老刘和所里的小张站在那儿等她。何麦正要高兴地打招呼，突然一愣——老刘身后跟着一个陌生的女人。

何麦看看她，又看看怀里的孩子，突然明白过来，下意识地转身就跑。

老刘看到了她，想喊，但张了张嘴又停下了，抱歉地对身后的女人笑笑："你在这儿站一会儿，我去去就来。"又回头嘱咐小张，“照顾好大姐。”

何麦紧紧地抱着孩子漫无目的地走着，目光里满是茫然。老刘骑着自行车从后面赶过来，在离她不远的地方下了车，推着车慢慢跟上她，温和地叫她：“何麦。”

何麦一抖，把孩子抱得更紧了：“我不给，不给，这是我的巧巧。”

老刘语重心长地劝她：“何麦，你是个懂道理的女人，人心都是肉长的。你知道自己丢了孩子的苦，就也该知道人家丢了孩子的苦啊。”

何麦失声痛哭：“巧巧，我的巧巧呀。”抱着孩子一下子坐在地上。

老刘长长地叹口气，支起车子，同情地看着她哭。

好久，何麦哭够了，慢慢站起来，把眼泪抹干，深情地看着孩子对老刘说：“告诉孩子她妈，俺给孩子打扮好就给她抱过去，让她在所里等着吧。”

老刘点点头，骑车赶回去，让小张把孩子母亲带到派出所办公室。约摸半个钟头，何麦抱着孩子进来了，孩子被打扮得花儿一样，穿着粉红色的小裙子，脚上一双小红鞋。何麦把孩子交给她母亲，那女人流着泪把孩子紧紧地抱在怀里，低下头亲个不停。

老刘拍拍那女人，示意她该走了。母亲抱着孩子往外走，老刘和小张出去送她。老刘不放心何麦，回过头看她。何麦闭着眼，咬着牙愣愣地站着。老刘不放心地问：“何麦，你没事儿吧？”

何麦不说话，摆手示意他们赶快走。老刘赶快送女人出去，门在他身后关上了。

警车在外面等着。老刘一步一回头地把女人送到车前，转身叮嘱小张：“你自己跑一趟吧，我不放心何麦。”

小张点头答应着，老刘已经三步并作两步地跑回去。

他推开门，何麦正跪在床前，咚咚地用头撞着床沿。

老刘扑过去拉住她：“何麦，何麦，又犯糊涂啊？你这是干什么？”

何麦哭嚎着："天哪，天哪，我为什么把孩子一个人放在那儿呀？我为什么呀？杀了我吧，杀了我吧！"

老刘说不出话来。

何麦的小屋里没有点灯，月光在门里铺了一条长长的银色光带。

何麦呆呆地坐在迎着屋门的地方，望着地下的月光发呆。突然不知从哪儿传来孩子银铃般的笑声。何麦受惊地猛抬起头，看到巧巧正在门口的月光下笑着，闹着。何麦站起来："巧巧，巧巧……"

她定定神，巧巧没了，那仍然是她的幻觉。

何麦又重新坐下去。

门外又有动静。这一回是实实在在的人声，是老刘的声音："来，到了。何麦，咋不关门呢？"

老刘进屋来，把灯打开。何麦看着他身后，还有一个神情呆滞的女人，一如她原来一样，她顿时明白过来。

老刘笑着说："何麦，你这儿快成咱派出所的收容所了。这位叫刘二娥，唯一的儿子被人贩子拐走了，找孩子找到咱这儿。何麦，先叫她在你这儿……"

何麦已经忙碌起来，她倒了一盆热水，拧了块湿毛巾，递到呆呆地站在那儿的刘二娥面前，说："妹子，我的孩子也被人贩子拐走了。"

刘二娥一下子抬起头来。

两个不幸的女人互相注视着，目光里有同情，更有关切。

何麦把毛巾放在她手里说："妹子，擦把脸，歇歇脚。孩子没了，天没塌下来，咱得好好活着等孩子回来。"

刘二娥的嘴抖着："大姐，我这儿……这儿……"她指指自己的心口窝，"快裂了。"

何麦哽咽道："我也是，我也是。我知道那滋味。"

刘二娥叫了声"姐"，一头扑到她怀里，抓住她的衣服，大哭起来。

老刘感慨地叹口气，转身出去，门也随着关上了。

两个女人住在一张床上。何麦给刘二娥看巧巧的照片。

二娥赞美地说："多俊的小丫头。"

何麦说："走的时候才俊呢，穿着粉红色的小裙子，脚上穿着我刚刚给她做好的小红鞋。"

"姐，孩子一定能回来，一定能。"

何麦抱住二娥的头："妹子，你的孩子也一定能。"

二娥第一次露出笑容："咱们等着。"

何麦点点头："好好活着等着。"

第二天一早，何麦起来把饭做好，招呼二娥吃过，又亲自送她上路，嘱咐她说："妹子，好好保重啊，为了咱们的孩子好好保重。"

二娥依依不舍："我知道了，我会的。孩子的照片啥的都留在姐这儿了，拜托姐给我上着心。"

"没说的。帮妹子找孩子，也就是帮我自己找孩子。妹子，万一找不到，再回来。有姐吃的，就有妹子吃的。"

二娥答应着走了，何麦在后面久久地看着她远去。

派出所里，小张正在笨手笨脚地给一个一岁左右的孩子喂饭。孩子哇哇哭着，小张拿着勺子左喂右喂，怎么也喂不到嘴里去。老刘在后面看着，直摇头："小张啊，狗熊他妈是怎么死的啊？"

小张撅着嘴说："你还说，你还说。这是大老爷们干的活吗？"

"那咋办？找了两户，人家都不接，你嫂子还病着。"

小张眨眨眼："再送到何麦那儿先养着不行吗？"

老刘摇摇头："不行啦。上次那个孩子养了半年又领走了。人心都是肉长的，这不是折磨人家吗？"

身后，一个声音响起来："大哥，就送我那儿去吧。"

两人回头，是何麦来了，她神情平静地看着他们。

老刘有些犹豫："何麦……"

何麦径直走到小张跟前，把孩子接过来，轻轻摇着，哄着，回身对老刘说："刘大哥，以后有找不到家的孩子和找

不到孩子的妈，就送我那儿吧。我想开了。人活着，不能只看到自己那点儿苦，这世上的苦还多着呢。我能帮别人干点事儿，也就是帮我自己了。”又亲亲孩子，“乖宝宝，咱们回家吧。”

何麦抱着孩子走了。

小张高兴地喊着：“嘿，所长……”

他一愣——老刘正在抹眼泪呢，嘴里喃喃地说：“这眼，一见风就掉泪。”

何麦的小店开着，柜台后面，摇篮里睡着一个孩子，何麦身边跟着一个三四岁的孩子，还有一个七八岁的孩子在何麦身边，正在往一个本子上写字。何麦在旁边看着，和颜悦色地说：“看看，这个‘家’写错了。‘家’字上边有个点，你丢了。”

男孩抬脸朝她吐吐舌头，赶忙低下头添上一个点。

何麦有点失神，自己喃喃地说：“缺一点儿也不是家呀。”

夜深了，整个吉镇一片寂静，只有何麦的小屋闪着一点微弱的光亮。她把几个孩子一一打发睡下，又给他们盖好被子，自己拾起桌子上的箩筐，开始专心致志地做小红鞋。直到纳完最后一针，她绞断麻线，把小红鞋放进衣柜里。柜子里已经摆放着两双做好的小红鞋了。

何麦关上衣柜，回过头看着窗外浓重的夜色，心里默念着：三年了，巧巧。巧巧，你在哪儿呢？

第五章

满天星 mantianxing

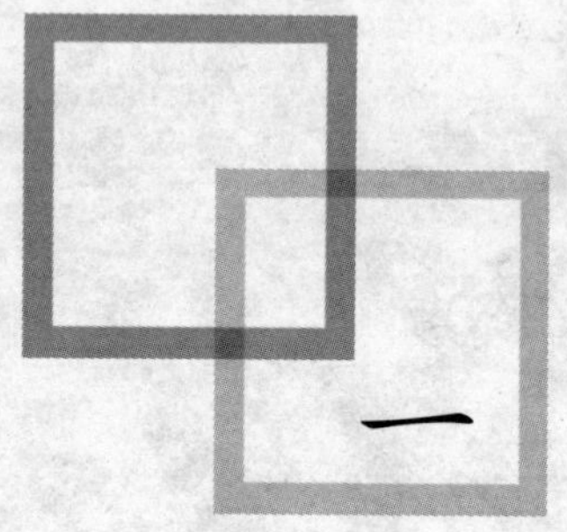

一

小妹已经七岁了。

此刻她正和小强在垛山的山林中追逐嬉戏，一边跑一边大声地笑着，闹着。小强跑得直喘气：“你追不上，追不上。你来呀，来呀。”

小妹在后面追着，看着前面小强时隐时现的背影，她突然躲到一棵大树后，大叫一声：“哎呀！”

小强回头，身后没了小妹。小强停下来，有些着慌：“小妹！”

没人答应。

“小妹！”他扯着嗓子喊。

还是没人答应。

小强害怕了，找回来，还是没有小妹的影子。他满脸的惊惧和焦急：“小妹！小妹！”

小妹突然从树后跳了出来，冲他扮着鬼脸大叫一声。小强吓了一跳，追上去一把捉住她，举起拳头：“坏！你……”

小妹吓得哇哇叫，闭上眼睛。半天，拳头却没落下来，她张开眼，看到小强眼里有泪，不解地问：“哥，哥，你怎么啦？”

小强丢开她，把头扭过去：“不和你玩了。”

小妹赶快去缠他："哥，哥，是我不对，我再也不吓唬你了。"

小强还不理她。小妹撒起娇来："哥，好哥哥，好哥哥。"

小强转过脸来，认真地看着她说："小妹，以后再别和我开这样的玩笑了。你要没了，我也不活了。"

小妹看着哥哥认真的样子，不由得打个寒战，点了点头。

两个孩子背着草筐从山上下来，草筐几乎比他们的体积还要大。刚刚闹过，两张稚气的面孔上都挂了些沉重，默默地走着，与刚才嬉闹时判若两人。一个女人从路边过，看到他们，禁不住叹道："啧啧，陈阿大命好啊！有个能干的老婆，又有两个这么能干的孩子。小强，小妹，还不快回家？你妈回来了。"说着匆匆过去了。

两个孩子互相看了看。

小强嘴一动："她回来了。"

小妹纠正他："是妈妈。"

小强停下来，盯着小妹问："你想回去？"

"我不想。"小妹有点怕他的目光。

小强撇撇嘴巴："你想，你的眼睛告诉我你想。她疼你，她每次回来都给你买好东西。"

"可我都分给你了。"

"可她是给你买的。"

小妹被说住了，想了想说："可我怕她。"

两个孩子又对视了一眼，迟疑地看着前面不远处的家。

小妹小声说："她肯定又带人回来了。"

小强拧着眉头："我讨厌她带人回来。"

等到天快黑了，小强和小妹才背着草篓回家门。四贵抱着胳膊站在门口，看到两个孩子，嬉皮笑脸地凑上来："小强，小妹，叫我叔，给你们好吃的。"

两个孩子都不喜欢他，躲着他过去了。四贵很无趣，伸手扯了一把小妹的头发："哎，小丫头。"

小妹叫了一声。小强一下子转过身来，抓住四贵，瞪着他说："不许你动我妹妹！"

四贵吓了一跳："什么？"

"告诉你，不许你动我妹妹！"小强一字一顿地说。

四贵看着一脸虎气的小强，心里竟有点害怕，嘴里嘟囔着："这小子，怎么和狼羔子似的。不动，不动。"

小强和小妹过去，四贵惊讶地在后面看着他们。

周慧从门里出来，她身后的屋里，隐隐地传出女孩的哭声。周慧吐了一口往外走，突然一愣——小妹和小强背着草筐，站在墙角处正呆呆地看着她。周慧不安地往屋里看了一眼，赶快向小妹走过去，亲切地冲她微笑着："小妹，又长大了。看看妈妈给你带回了什么。"

小妹张大了眼睛看着她，又看看紧闭的房门，一步步向后退着。

"小妹，小妹。"周慧有点尴尬。

小妹恐惧地继续向后退，突然被什么绊了一下，一下子摔倒了。她赶快爬起来，丢了草筐，转身就跑。

周慧追着："小妹！小妹！"

小妹已经消失在黑暗中。

周慧追了几步，只好停下。回过头来，看到小强正张大了眼睛看着她。

周慧气急败坏地骂道："看什么？看什么？"一边说，一边从他身边过去，一下子踢开了房门，"滚起来，别干了！孩子跑了！"

陈阿大放开一个衣衫不整的女孩子，骂骂咧咧地起身："妈的，赔钱货，总扫老子的兴！"他从床下拿出一副锈迹斑斑的锁链来把吓傻的女孩铐上，这才不情愿地穿着衣服走出来。

山林里星星点点的火把亮着，远远近近，有人在喊着小妹。

陈阿大手里拿着根火把，跟在周慧身后，周慧正深一脚浅一脚地走着，嘴里大声呼喊着："小妹，小妹呀，回来，妈妈在这里！"那份焦急的神态，好像真的是丢了自己的孩子。

陈阿大一脸不耐烦："丢了就丢了，一个丫头片子，赔钱货。"

周慧一回头，恼怒地说："不许你胡说！我的女儿，没你说话的份！”

陈阿大嘲笑道：“你的女儿？真是你的女儿？别弄错了，小强才是你的孩子！”

“不许你再说！闭上你的嘴！”

陈阿大上前一步：“我是说真的，这孩子，不能留。”

“你还说！你还说！”周慧骂道。

“什么她不看在眼里？到底隔着一层肚皮呢！”陈阿大趁机劝说道。

这一回，周慧没接话，顿了顿，继续喊着小妹的名字。

在他们斜上方的一个小平坡上，一个小小的身影闪过来，是小强。他轻车熟路地走向一棵大树，轻声喊着：“小妹，小妹。”

月光慢慢地照见大树，大树下有个树洞，小妹的小脸在树洞里露出来，亲热地叫了声“哥”，委屈的泪水就一下子涌出来。小强过去，也钻进树洞里，与她并肩坐在那里。

小妹专注地向天上看着。小强问：“你在看什么？”

“星星。”小妹说。

黑黝黝的山林上，满天璀璨的星斗，一颗颗那么晶莹。

小妹突然不由自主地打了个寒战。

小强发觉了，握住她的手问：“你怎么啦？”

小妹摇摇头：“我也不知道。”

“你打哆嗦了。”小强有点惊奇她竟然不知道。

小妹哭起来：“我不知道。”

小强抱住她：“小妹，有我呢。”

小妹抬起头：“哥，咱俩一辈子不分开。”

小强使劲地点点头：“一辈子。”

天亮了，一个男人领了昨天遭陈阿大蹂躏的女孩往外走。女孩披头散发，失魂落魄，神情木然。

周慧很殷勤地在后面跟着：“妹子，过不了几天，你就得提着大礼上门谢我。这个婆家，你没地方找去。”又扯了前边的男人一把，小声地说：“卖远点儿，别让她认出这地方。”

正说着，周慧突然一愣——小妹和小强手牵着手站在前

面，正呆呆地看着面前的一切。她急忙迎上去："死丫头，你想把你妈急死啊？昨天一夜死哪去了？"

小妹撒腿就跑，跑进她和周慧住的房里，把门关上了。

周慧吃惊地看着她，脸上显得很不安。

她心事重重地回过身，正碰上小强的目光。

周慧突然火了："盯着我干什么？就烦你这双死鱼眼。不许看我！"

小强低下了头，悄悄进屋去了。

小妹像小狗一样缩在墙角，脸朝向墙。周慧跟进去，从箱子里拿出几件女孩的衣服："你这个孩子，给你吃给你喝，像公主一样侍候着你，你一点也不懂事。我是为了谁？哪回回来不给你买好东西？你咋一点也不懂事哩？"说完看小妹还是怯怯地倚着墙，她挤出个笑脸来，"来，试试，看看妈妈买的衣服漂亮不漂亮？"

小妹仍然没有反应。

周慧脸一沉，大喝一声："滚起来！别装大小姐！没人宠你！"

小妹一哆嗦，老老实实地爬起来，低着头坐在周慧身边。

周慧拿起一件衣服给小妹穿，小妹像木偶一样任她摆弄着。周慧嘴里称赞着："看看，真漂亮，穿上和画里的小人似的。啧啧。"

小妹瑟瑟抖着。

周慧没了耐心，上去扯住她的耳朵："你死人啊？妈妈和你说话呢你听不见啊？你看看你这张死人脸，妈妈这么疼你，就没见你对你妈笑过。笑！"

小妹又一哆嗦。

周慧把她的脸抬起来："笑！笑一个！"

小妹眼里噙了泪，很勉强地做出了一个笑脸。

周慧看着她那副样子，又火了，把她翻过来，没头没脑地打："你想气死我！气死我！我的心全白费了！"

小妹不哭不叫，任她打着。

周慧气恨恨地把她丢在床上，歇斯底里地打着床："天

哪！天哪！我这是图什么！”

小妹小小的身体缩成了一团，不住地抖着。

夜里，周慧搂着小妹正睡着，突然被什么动静惊醒了。原来是她身边的小妹呼吸十分急促，就像拉风箱一样。周慧披件衣服起来，摸摸小妹的额头，滚烫滚烫的，她吓了一跳，打开灯坐起来。小妹迷糊着，腮帮子烧得通红。周慧连忙拍拍她，叫道：“小妹，小妹。”

小妹昏迷不醒。

周慧慌得连鞋也没穿，赤着脚就跳下床去，打开门叫起来：“死鬼，起来，快起来，小妹病了。”

没人答应，周慧赶忙又跑回来，扯下绳上的毛巾，在脸盆里浸了浸，搭在小妹头上，又跑到门口，大声嚷嚷着：“听见没有？你死啦？快起来，快起来，小妹病啦！”

屋里，小强惊醒了，慌着推陈阿大：“爸，爸，我妹病了。”

陈阿大其实早就醒了，这时没好气地斥责儿子：“我没长耳朵啊？就你多嘴。她病了碍老子什么事啊？”

小强已经从床上跳下来，打开门跑出去了。

周慧还在外面叫着：“阿大，快起来，得送小妹去医院。”

陈阿大这才骂骂咧咧地起身：“老子算倒了八辈子霉了，凭什么呀？”他推门进来，看到周慧把小妹抱在怀里，正在往她嘴里灌水，一边灌一边喊着。小强紧张不安地在一旁守着。

周慧一脸的焦急：“小妹，小妹，醒醒，是妈，是妈呀！”

小妹睁了一下眼，含混不清地答应着：“妈。”

周慧一下子把她捂在胸前，声音哽咽地喊：“小妹，你可别死啊，你妈在这世上就你一个啊！”

陈阿大撇撇嘴，小声说：“还不知道从哪拐来的呢。”

周慧听见了，厉声骂道：“你找死啊？快，推自行车，带我和小妹走。”看见陈阿大不情愿地去推车，她往小妹身上盖了盖衣服，又把自己的额头顶在小妹额头上：“小妹，妈这就带你去医院，这就去，你可坚持住啊。”

周慧抱着小妹，坐在自行车后座上，陈阿大嘟嘟哝哝，骑车走了。

小强追到院门口，呆呆地看着他们消失在黑暗里。

母亲摇篮曲的旋律响着，小妹躺在病床上，醒了过来。她一时弄不清楚自己在哪儿，睁大了眼睛四处看着，看到周慧披件衣服疲惫不堪地趴在床头上，小声地喊了一声："妈。"

周慧张开了眼，看到小妹醒了，一下子扑过来，把她抱在怀里，又亲又打："冤家，你这个小冤家，你想吓死你妈呀？妈在这世上可就你一个，你这个没良心的。"

小妹很不习惯地向后缩着，问道："妈，咱在哪里？"

"医院里。你病了，三天了。三天里妈没睡一个囫囵觉。小妹，你上阎王爷那儿走了一圈，是你妈把你救过来了呀。"周慧又哭又笑，"你等着，我去喊大夫。大夫，大夫，我们小妹醒过来了。"

周慧又在镇医院里陪小妹打了两天点滴。出院那天，外面正逢集，人来车往，十分热闹。周慧高兴地拉了小妹的手："走，妈给你买东西去。妈整天不在家，也没办法照顾你。"

小妹听话地跟上她走。

周慧难得有这样的清闲和兴致，她东瞅西逛，凡是卖儿童衣服和玩具的小摊一个也不放过。小妹乖巧地跟着。

回家的路上，小妹已换了一身新衣，头上带着个鲜亮的发夹，手里还拿着一个糖人，规规矩矩地在周慧身边走着。看得出，她很兴奋。周慧也很高兴，不时低头用欣赏的目光打量着小妹。

走着走着，她突然停下来，蹲下来抱住小妹："小妹，妈妈疼你不？"

小妹点点头。

"那你跟妈妈亲不？"

小妹显得有点紧张，又点点头。

"小妹，没有妈，你这回就死了。你要记住，是妈救了你，给了你命，你永远不要忘了妈的恩情。"

小妹仍然紧张地点头。

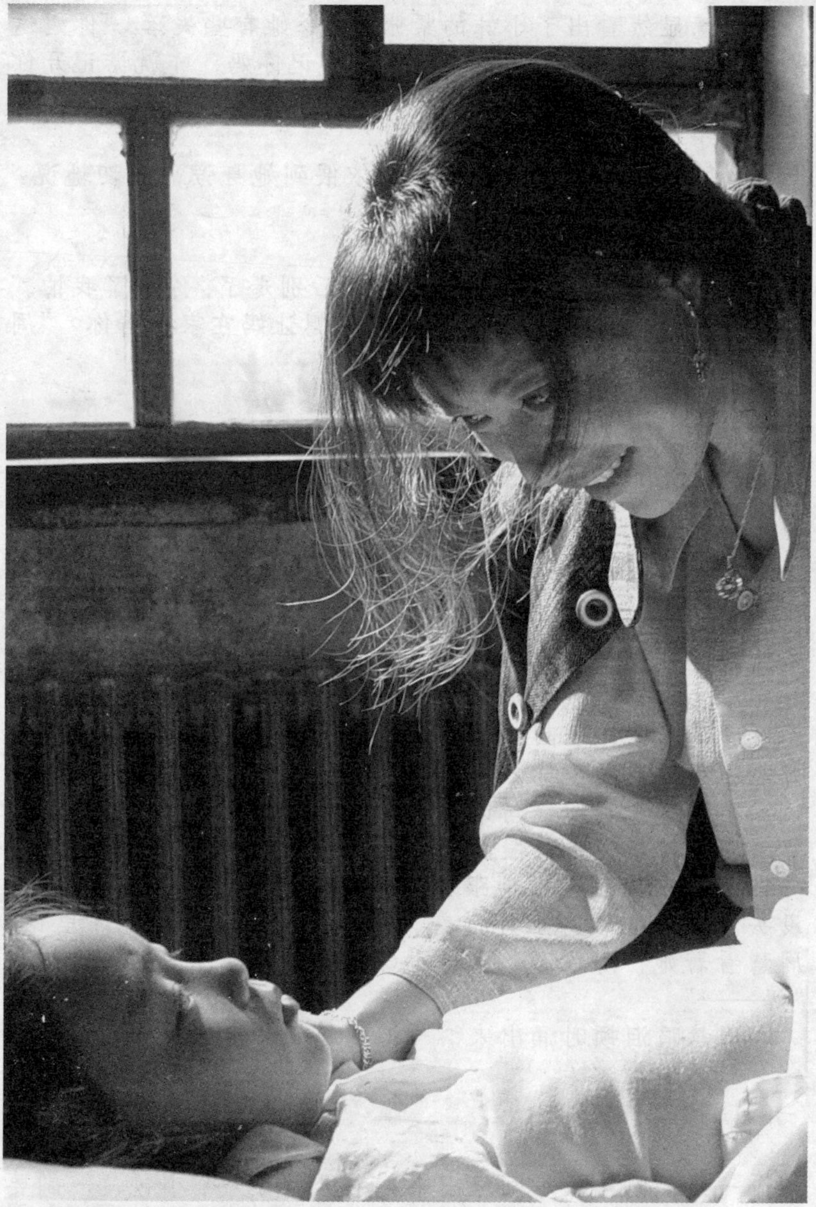

周慧显然看出了小妹的紧张，这令她有些失落："你妈这辈子，不惦记什么人，也没什么人惦记你妈，咋就惦记开你这个小东西了呢？谁知道疼你一场，会落个啥结果？唉，总是前辈子欠你的。"

小妹怯怯地看着她，慢慢地依偎到她身旁，恳切地说："妈，你别走了。"

周慧有些弄不清："啥？"

小妹伸手牵起她的衣角："你以后别走了，你走了我怕。"

"你不想让妈走？你恋着妈？你想让妈在家里陪你？"周慧惊喜地问。

小妹点点头。

周慧一下子抱住她，在她脸上连连亲着："好闺女，没白疼你，总算喂熟了。"

小妹别扭地躲着，非常不习惯。

周慧看到了，突然又火了："我亲你，你躲啥呢？"

小妹吓了一跳。

周慧气咻咻地站起来："我早就知道，你是个白眼狼，喂不熟的。我这是图的啥？"一边说一边自顾自地走了。

小妹在后面像个小尾巴一样跟着。

周慧走了几步回头瞪着她："你跟我干啥？还不该上哪上哪？你不怕我卖了你？"

小妹好像明白这句话的含义，吓得一激灵。

周慧转身又走，恨恨地说："你跟着，我早晚卖了你！"

小妹在后面害怕地跟着。周慧忽然回过头，拖过小妹，没头没脑地在她身上扑打着。她越打，小妹越往她怀里钻。周慧看着她，愣住了，只见小妹抬起一双泪眼，委屈地喊："妈——"

周慧眼泪顿时涌出来，一把抱起她，走了。

二

一早，周慧从房间里出来，手里提着一个小包，一副要

出门的打扮。一抬头，看见陈阿大抱着胳膊蹲在门口。周慧白了他一眼："死鬼，一大早就在这儿蹲尸，吓我一跳。"说着就要从他身边过去。

陈阿大耷拉着眼皮问："又要走啊？"

周慧回过头来用手指着他的脑门说："告诉过你多少回，我的事儿你别管。"

陈阿大慢悠悠地站起来，眼瞅着地，一只脚在地上画着圈说："这回做成了生意，钱还没分给我呢。"

"钱都还没到手，哪有钱？"周慧没好气地看着他吊儿郎当的样子。

陈阿大嘻嘻笑起来："人家明明把钱付了你的。"

周慧一愣，说："你要钱干什么？又拿去赌？少不了你的，都给你存着呢。"

"我不要你存，还是攥在自己手里踏实。你给我钱，要不你就走不了。"

周慧脸上现出厌恶的神色，从包里抽出一百元钱丢给他："快滚开，别再让我看见你。"

陈阿大赶快拾起钱来，迅速地不见了。

周慧长叹一口气，转身要走，觉得有一双眼睛在盯着她。她四下望望，原来是小强，他一边在厨房里烧火，一边偷偷地看着她。

周慧犹豫了一下，走过去，脸上浮现出一个亲热的微笑："小强，起这么早？"

看她过来，小强急忙把目光收回去，低下头不说话，只往灶里塞着柴草。

周慧又问："小强，几岁了？"

小强仍没有反应。

周慧算了一下，用难得柔和的话音问他："八岁了吧？该上学了。想上学吗，小强？"

小强一下子抬起了头，迅疾地扫了她一眼，目光里充满渴望，但还是没说话。

周慧拍拍他的肩膀："等妈妈下次回来，妈妈送你和小妹

去上学。妈妈不敢把你的学费交给那个死鬼，他一到手就会去赌的。等妈妈下次回来吧。”

小强又看她一眼，嘴动了动，仍然没有说出话来。

周慧看着他，目光里竟现出慈爱来：“小强，长这么大，你还没叫过我妈妈呢。你是我生的呀，我是你的亲妈妈。叫，叫妈妈。”

小强只管低头烧火。

周慧又恼了：“你是个死人啊？”

小强还是倔强地低着小脑袋。

周慧失望地起身，冷冷地说：“我早就知道，你到底是那个死鬼的儿子。”说完“哼”了一声，转身离去。

小强猛地抬起头来，向她离去的方向看着。

陈阿大正在一户人家里搓麻将。屋子里烟雾弥漫，味道呛人，麻将桌上零散地堆着些皱皱巴巴的钱。

突然，一个五大三粗的男人的声音从院子里传过来：“阿大呢？阿大在这里不？”

陈阿大二话没说，起身就要往里间躲，刚走到门口，那个男人已经闯了进来，一把揪住他的衣领，嘴里吼道：“奶奶的，我看你这回往哪逃？”

陈阿大夸张地叫着：“哎哟，疼死我了，疼死我了。丁五哥，你松开手说话行不？”

叫丁五的男人笑了起来：“奶奶的，我还没动你呢，你就疼死了？别装蒜，我那八百块钱什么时候还？”

陈阿大赔着笑：“这不正在打牌吗？赢了钱马上还。”

丁五“呸”了一声：“就你这双臭手？别给我玩这一套，你老婆刚刚回来过，你手里有钱，马上还我！”

陈阿大咋呼起来：“哎哟我的亲爹哎，那哪是我老婆？活生生一个姑奶奶。她挣了钱哪会给我？”

丁五不依不饶：“我不管是谁老婆，拿钱来。”

陈阿大一拧脖子，摆出一副泼皮样来：“反正我是没有。要钱没有，要命一条。”

丁五冷笑了两声："你又给我来这一套，你当我拿你没办法了。要命一条？真的？"

陈阿大斜眼看看他，强充着英雄："真的。"

丁五果真从腰后的皮带上抽出一把菜刀来，笑着说："那我就不客气了。"说完一把抓住陈阿大的衣领。

陈阿大吓了一跳，挣扎着想逃，却哪里逃得了，吓得他声音都变了："你想干什么？五哥，亲哥，你想干什么？"

"我想干什么你还不知道？拿钱来。"丁五用刀背敲打着他的脑袋。

"我手头实在没有。"陈阿大哀求道。

丁五又把菜刀逼到他脖子上，逼得他抬起头来："你没钱，不是还有孩子吗？现在一个女孩卖出去就能得一千多。"

陈阿大"唉"了一声："那不是我的孩子，是我老婆的。她不愿意，她会杀了我的。"

丁五又笑起来："她杀也是杀，我杀也是杀，干脆我来吧。"说着菜刀用了用力，陈阿大便杀猪似的嚎起来。

旁边的赌客也纷纷劝着：

"阿大，答应了吧，丫头片子，反正总归是人家的。"

"早嫁出去，省一张嘴。"

"你那丫头是个人精，留着也是祸害。"

陈阿大连连点头："我答应，我答应。"

丁五的刀拿下来，陈阿大长长地出了一口气。

"阿大，我丁五也不是不通情达理的人。"丁五一把把陈阿大揽过来，"我女人告诉我，前山凹贺木匠家的女人正张罗着给他儿子贺勤找个童养媳。我女人是贺勤的远房表姨，我告诉你算便宜了你。老贺家，殷实着呢！"

两个孩子在垛山的坡草地上割草。在没有大人的地方，小妹恢复了孩子的天性，一边干一边玩着，忽然叫了起来："哥，哥，你看看，你看看，这儿有只青蛙哩。"

小强不说话，他显得满腹心思。

小妹丢下镰刀在地上静候着，猛地往上一扑，大叫起来：

“哥，快来啊，我捉到了。”

小强没有过去，脸上浮着神秘的微笑对她说：“小妹，小妹，你松手，我和你说事儿。”

小妹抬头看着他，把手松开了。

小强掩饰不住兴奋地说：“咱们要上学了。”

小妹有些不相信：“什么？”

小强躺倒在草地上，说：“她说的。她走的时候说的。”

“妈妈？”

“嗯。”小强点点头。

小妹问：“她也让我上？”

小强说：“她说了。她疼你，一定会让你上。”

小妹低头想了想，抬起头来时，眼里有了泪水：“哥，要是我不能上，你自己上，我就没有伴了。”

小强笑了：“怎么会？她那么疼你。我还以为她不会让我上呢。”

“可她要是不让我上呢？”小妹还是担心。

小强安慰她说：“怎么会？”

小妹低下头：“我不知道。我怕她。”

小强想了想说：“要是她不让你上，我也不上了。我和你作伴。”

“真的？”

小强认真地点头：“真的。”

小妹破涕为笑了。

傍晚，小兄妹俩一人背一筐草回来了，对上学的憧憬让他俩脸上挂满笑容。

一进家门，便听见陈阿大的动静：“回来了？你看看，这孩子多能干，打的草和小山似的。”

两个孩子诧异地抬起头，陈阿大难得地穿着一身干净衣服，正笑嘻嘻地迎着他们。他身后，站着一个收拾得干干净净的三十多岁的女人，紧紧地打量着小妹。

小妹注意到她的目光，不由得往小强身后一躲。

陈阿大一把把她扯过去，把草筐从她身上取下来，拍打了一下她身上的草。

陈阿大搬起小妹的脸，肆无忌惮地说："大妹子，你看看，你看看，这孩子长得多周正。你看这额头，这下巴，带着一副福相。一千二太少了，起码你得给一千五。"

女人不安地看了小妹一眼，示意陈阿大："她叔，咱屋里说话吧。"

陈阿大丢下小妹跟她往屋里走，一边走一边还在继续砍着价："就是一个牲口，喂了七八年也不止这个价啊。七岁多了，到了你家就能干活，上哪找这么便宜的事？一千五吧，一千五最少了。"

他身后，小妹已经吓坏了，紧紧地抓住小强："哥哥，他要干啥？"

小强抓住她，引她跑到屋门口。小强趴在门上听，小妹不敢听，在他身后躲着。

两个大人在屋里继续商量着。女人说："他叔，孩子是好孩子，可一千五我拿不出。再说了，谁家有花一千五买个七八岁的娃当童养媳的？"

外面的小强听见，吓了一跳，耳朵贴得更紧了。

陈阿大吵嚷着："你拿不出？老贺家富谁不知道？你男人做木匠，一年挣多少钱啊？"

女人说："你别听别人瞎说，他不过是挣个手艺钱，能有多少？他叔，一千二，你愿意就愿意，不愿意就算了，反正我也不是缺这个媳妇。我是看着我家贺勤缺个伴，我自己又不能再生了。"

"再长两个，再长两个嘛。就是卖口猪，也不能一口价吧？"陈阿大继续还着价。

贺勤妈叹口气："好吧，一千三。多一分我也不长了。"

陈阿大心里乐了，嘴里还不依不饶："该送的贺礼还得送。"

"那当然。孩子去了我家，咱两家就是亲家了，礼数当然要尽到的。"贺勤妈答应着，"我再看看孩子。"

小强听到这儿，一下子转过身来。小妹正哀求地、急切

地看着他。

小强拉住她："快跑，他们要卖你。"

还没等他们跑，门一下子就开了。贺勤妈从里面出来，看到愣在门口的小妹，脸上现出喜爱的笑容，伸手摸了摸她的头发。小妹吓得把头深深地埋在小强胸前。

贺勤妈回身对阿大换了个称呼："亲家，那就这样说定了，我回去找个好日子。"陈阿大殷勤地答应着，在后面送她出去。

他寒暄着把贺勤妈送到屋头上，转身回来，看到小强站在那儿死盯着他，小妹则瑟瑟发抖地躲在小强身后。陈阿大佯装无事地吹起了口哨："小强，还不去做饭？只等着老子侍候你啊？"

小强突然像一头小兽一样扑过去，抓住他又踢又咬："你想干什么？你想干什么？"

陈阿大努力抵挡着："这孩子，你疯啦？这是干什么？大人的事你插什么嘴啊？"

可是他挡不住。小强发疯了似的，一次次被他甩开，一次次又扑上来，口里喊着："不许你卖小妹，不许你卖！"

陈阿大发了急："傻孩子，她哪是你妹？她是你妈从外面捡来的。"

小强又蹬又咬："你胡说！你胡说！不许你卖小妹！"

陈阿大变了法，试图哄他："卖了钱，给你当学费，送你上学。"

"我不上了！我不上学！不许你卖她！"小强疯狂地一次次向上扑着，陈阿大干脆抱起他，一把把他丢出去，这一次，小强没能起来。

陈阿大整整衣襟，满脸不屑："儿子打老子，还反了你了！"说完，看看恐惧地躲在一旁的小妹，大声叱骂道，"看什么看？做饭去！"

山林的夜显得分外清寂。小强拉着小妹的手拼命地往山上跑着，他俩悄悄离开家门的时候，陈阿大正在打着鼾沉沉地睡着。两个孩子急促的呼吸伴着沉重的脚步声打破了山林的宁静。

他们跑到小妹上回藏身的那个大树洞前，小强把小妹塞进去，仔细地交代她："你在这儿，我不来谁叫你也别出来，听见了没有？"

小妹紧张地点头。

"她临走时说今天就回来了，我去找她。她疼你，一定不会卖你的。"小强显得很沉着，"你藏起来，我走了啊，我去等她。"

小妹往里躲了躲，小强回身便走。

小妹突然叫了一声："小强。"

小强回头，看到小妹又伸出头来，有些生气："不让你出来，你还出来！"

小妹张皇不安地看着他："她要是也卖我呢？"

"她不会，她一定不会。她是你妈妈呀。赶快藏起来，谁也不让看见。"小强笑笑，忽然想起什么，从兜里套出一把碎饼干来递给她。

小妹睁大了眼睛，带着哭腔说："要是他们都卖我，你不会不要我了吧？"

小强一愣，一下子跪下，发誓一般地说："不会，小妹，我永远不和你分开，永远。"说完两个孩子紧紧地抱在了一起。

小强走了，小妹缩成一团坐在那儿，闭着眼睛。突然不知什么地方，传来撕心裂肺的叫喊，听不清喊的什么，但声音却十分凄惨。小妹抖了一下，把身体缩得更紧，但终于忍不住，把脑袋伸出来向外看了看，那声音一下子就消失了。山林里静静的，只有她自己。她抬起头，繁星点点，清亮无比。多么熟悉的夜空啊！小妹目不转睛地凝视着，耳朵里隐隐响起摇篮曲的旋律，让她心里莫名的一阵温暖。不一会儿，几声狗吠掠过林梢传来，把小妹从短暂的温暖里唤醒，她一个激灵，又把身子缩回到树洞里。

陈阿大穿着干净衣服，忙活着招待贺家送礼的人。他心

里有点着急，都怪昨夜自己睡得太死，小丫头不知藏哪里去了。他敷衍地查看着礼架上的半匹猪肉和几包点心，也没有心思再耍赖计较了。

“阿大，过晌就来迎亲了。”送礼人交代了他一声。

“啊？什么？对，对，过晌，过晌。”陈阿大回过神来，一边说，一边四处张望。

小强正巧从外面进来，看见陈阿大，想跑，却被父亲一把抓住。他压低了声音问：“小妹呢？”

小强紧闭着嘴巴不开口。

陈阿大急了：“你找死啊？赶快把她找回来，过晌人家就来迎亲了。”

送礼人把礼架卸下，准备和陈阿大告辞，陈阿大只好松手，小强趁机跑了。

小强跑到村头的一棵大树下，踮着脚尖，努力地向远处看着。不料陈阿大叫着从后面追上来，边跑边喊：“小强，小妹呢？到底去了哪里？迎亲的人马上就来了。”

小强围着树转圈跑：“不告诉你！就不告诉你！”

陈阿大瞅准了，一把抓住他，张开手就要打：“你这个吃里爬外的东西，你找死啊！”

小强冷不防撞了他一下，陈阿大没防备，一个趔趄，松了手，小强又往前跑去。

陈阿大在后面追着：“小强，回来，回来。你把小妹找回来，我送你上学。”

小强跑得更快了，陈阿大追不上，无奈地停下来喘着粗气。

小强跑着跑着，突然停下来。路口，周慧和四贵正从一辆三轮拖拉机上下来，这一次，他们没带回人，神色也显得很慌张。

周慧一边走一边匆匆对四贵说：“你先到我家，把你的东西拿走，这一段就先别过来了。”说完慌慌张张地走过来，突然看到小强，吓了一跳，她拍拍胸口：“吓死我了。你咋到这儿来了？”

小强用急切的目光看着她。

周慧过来拉他往回走："小强，我是你妈。要是这两天有人打听我，你就说不知道，记下了？"

小强一把抱住了她："你救救小妹吧。"

"什么？"周慧不明所以。

"我爸把她卖了。"

"什么？"周慧很吃惊，"你说清楚，怎么回事？"

"我爸又赌输了钱，就把小妹卖了。"

周慧气从心头来，骂道："这个狗东西，我早就知道狗改不了吃屎。我看看我在这个家里谁敢卖小妹。小妹呢？"

小强看着她气愤的样子，心里有点高兴起来："你真不让卖？"

"那还用说？我的孩子，为什么要卖？小妹呢？"

小强说："爸说过晌就叫小妹上人家家去了。"

周慧拖着他的手急匆匆地走着："他敢！我的孩子跟着我，看哪个敢把她卖人。小妹呢？"

小强死盯着她："你发誓。"

周慧一愣，生气地说："这孩子，发什么誓啊？我疼不疼小妹你又不是没看见。"

小强固执地坚持："你发誓！"

"好吧，我发誓。"周慧笑了，"你这个孩子倒有良心。"

小强放心了，小声说："我领你去找她。"

周慧跟上他走，边走边回头对四贵说："你先上我家等着。"

小妹一个人缩在树洞里，昨夜那撕心裂肺的喊声又鼓噪着她的耳膜，她自己也不清楚这声音是从哪儿来的，却怎么也挥之不去。她侧耳细听，忽然听见那喊叫声中夹杂着她的名字："小妹，小妹。"她用手指堵住耳朵又松开，惨叫声消失了，而呼喊声却分外清晰起来。

小妹从树洞里伸出头，看到周慧正在小强的带领下深一脚浅一脚地走过来。小

妹惊慌地向后缩着，死死地盯着周慧。小强高兴地把她拉出来："小妹，她不答应，她说不卖你。"

周慧心疼地跪下，向小妹伸出手，小妹拼命地向后缩着。周慧眼里流出了泪："这孩子，被那狗东西吓坏了。小妹，妈妈在这儿，谁也不敢卖你。出来，跟妈妈回家吧。"

小妹探询似的看着她。周慧湿润的眼睛里，此刻充满了怜爱。

小妹相信了，一下扑到她怀里："妈妈，今天一天我都听见你叫我。"

"什么？"周慧不明白。

小妹贴着她的脸："你叫我，哭着叫我。"

周慧脸色突然一变，小心地看着小妹："我是不是叫你的名字？小妹？"

小妹看着她摇摇头："不，好像不是。我听不清楚。"

周慧低下头来轻描淡写地说："这孩子，吓糊涂了。我不叫你小妹叫什么呢？走吧，跟妈妈回家。"

"你不会卖我吧？"小妹还是有点不放心。

周慧说："不会。"

小妹信任地把手交给她。

快到家门口了，小妹又担心起来，又问："妈妈你不会卖我吧？"

周慧有点恼："这孩子，怎么颠三倒四的？"一低头，看到小妹那可怜的、乞求的目光，她叹了一声，一弯腰，准备把小妹抱起来，突然看到小强正看着自己。和以往不一样，这次小强的目光显得很亲近。周慧不由得伸出一只手去摸了一把他的小脑袋，柔声地说："小强，叫我妈。"

小强的嘴动了动，话在嘴边，却一低头，不好意思地飞快跑进家里。

周慧一使劲把小妹抱起来："这孩子，养他这么大，连个妈也不叫，还是我闺女懂事。"一边说着，一边在小妹脸上狠狠地亲了一口。

小妹有点不好意思地把头伏在了周慧的肩上。

四贵蹲在房门口，陈阿大像热锅上的蚂蚁一样在院里转着，看到小强欢快地跳着进来，他急忙迎上去，抓住小强没好歹地就给了一巴掌："死鬼！小妹被你藏哪儿去了？"

小强别着脑袋："不告诉你！你别想卖了她！"

陈阿大气得直骂："死鬼！吃里爬外的东西！我才是你亲爸，她是捡来的！"

小强顶着嘴："你胡说！你胡说八道！"

周慧抱着小妹跟进来，陈阿大看见小妹，喜出望外地迎上去："回来了？快把我急死了。"

一看到陈阿大，周慧的脸顿时沉下来，放下小妹，拍拍她："回咱们的屋子等着。"

小强高兴地过来扯着小妹的手走了。

陈阿大赔着笑："小强他妈……"

周慧用手里的包狠狠地砸着陈阿大的脑袋："你还是人吗？卖人卖到自家人头上来了。告诉你，小妹是我的女儿，你要敢动她一根指头……"

周慧这边说着，陈阿大那边就扑过去把周慧的房门从外头锁上了。

锁门的声音把正躲在炕边上的小妹吓了一跳，她慌乱地抬起脸来，连连叫着："哥，哥。"

小强抱住她："不会的，她不会卖你。她是你妈妈！她发过誓了。"

外边，陈阿大沉着脸说："镇派出所的人昨天到村里来过。"

周慧吓了一跳："真的？他们都找谁了？"

陈阿大一扬眉毛："他们到处问：谁家有买媳妇的没有？村里有外地的姑娘和孩子没有？问得可仔细呢。"

周慧盯着陈阿大，在判断他是否撒谎。一旁的四贵叹口气说："妈的，这回真不顺。白跑一趟不说，差点就栽了，可恨回家也不让人清静。"

陈阿大趁机说："我知道你疼这孩子。可丫头养再大，不也要出门吗？那家人家你打听打听去，三里五村，再找不出

这么一户好人家了。小妹过去，就算掉进蜜糖罐里了。”看见周慧不言语，他又劝道，“人家出的价也不低。一个丫头片子，你就是养大了又能怎么样啊？”

周慧突然火了：“呸，你这种人，除了钱，还知道什么。快滚远点儿，别让我再看见你！”一边说着，一边要进屋去。

四贵站起来喊：“嫂子。”

“跟我来，东西在屋里。”周慧答应着进了屋。

四贵跟进去，周慧把一个包递给他，说：“这几天，老老实实呆在家里，过了风头再说。”

四贵接过包问：“嫂子，你还真打算养着那丫头？”

周慧叹了口气：“啊，自己闺女。”

四贵压低了声音：“你怕人家找不着证据？”

周慧一抬头：“什么？”

四贵说：“派出所的人要是真找到家里来……”

周慧愣愣地看着他。

“她来的时候不都三四岁了吗？说不定，还记着事哩。”四贵凑近了，“嫂子，干咱这行的，提着脑袋过日子，自己的脑袋都顾不上……”他指了指自己的头，又拍了拍周慧，背起自己的东西出去了。

周慧一个在房里呆呆站了好久，最后心事重重地长叹口气，转身向自己房里走去。她带着满脸的笑容把锁打开，屋里头小强和小妹一齐扭过头看着她。周慧过来，掏出十块钱给小强：“小强，去镇上割二斤肉去，妈妈过晌包饺子给你和你妹吃。”

小强不放心地看看可怜兮兮的小妹：“小妹……”

周慧过去挨着小妹坐下，说：“妈妈在这儿你还怕吗？我看谁敢动我闺女一指头！”

小强放心了，高兴地接过钱来：“那我去了。”又回头问小妹，“我去了啊。你还要上回的那种糖包吗？”

小妹轻轻摇摇头，紧紧地看着小强，想让他带她一起去。小强却没注意，拿着钱欢快地蹿出去。小妹起身要追，被周慧一把扯住了。

周慧温和地说："小妹，来，试试妈妈给你买的新衣服合身不？"

小妹木偶一样坐在那儿，任周慧给她穿着新衣裳。穿好了，周慧又给她梳头，一边梳一边说着："妈妈不是卖你，但是妈妈实在不放心你爸那个死鬼。妈妈整天不在家，把你交给这么个人怎么行呢？那家人家，妈妈刚才打听了，家里有钱有房子，就是缺闺女，你过去，他们一定会疼你的，跟妈一样疼。"

小妹的身子抽搐了一下，没说话。

周慧往她头上扎着漂亮的发结："你在那儿，妈妈也放心。妈妈会经常去看你的。只要妈妈回家，就会把你接回来。其实，你在那和在家里一样，比在家里还好，不用见你那个死鬼老爸。"

小妹只是呆呆地由她摆布着。

周慧给她扎好了，笑着问："你说呢？"

小妹还是不说话。

周慧火了，拿着梳子没轻重地在小妹头上敲着："你哑巴啊？"

小妹愣着。她怎么也想不明白，为什么刚才还发了誓的妈妈转眼就变卦了。

周慧突然哭起来，把她按到床上没头没脑地打："气死我了，你气死我了！"

小妹不说话，也不反抗，任她敲打着。她的心里只想着小强，这个世界上只有小强不会骗她，可是小强刚才为什么不等等她，带她一起走呢？

陈阿大忽然火急火燎地进来了："小强他妈，接人的车进村了。啧啧啧，自己的闺女，要出门了，怎么打起来了？"

周慧突然慌起来："你叫他们再等等，再等等，我还没给孩子收拾好呢。"

他们说话的工夫，小妹突然站起来，从他们身边绕过，跑掉了。

周慧和陈阿大都慌了，周慧推了陈阿大一把："她上哪

了？抓住她！”

两人追出去。小妹没跑远，她进了陈阿大的房间，爬上炕，打开炕头的柜子。周慧和陈阿大跟进来，陈阿大一看小妹在掀柜子，上来就骂咧咧地说：“你这丫头，还嫌嫁妆不够怎么着？你翻什么啊？”说着要把她揪下来。

周慧一把拉住他。她紧紧地盯着小妹，看到她从柜子底下拿出了当年她放进去的那双小红鞋。

小红鞋的颜色依旧那么鲜亮。

这鲜亮的红色刺着周慧的眼睛，她被一种巨大的震惊笼罩着，透不过气来。

小妹把小红鞋紧紧地抱在怀里，一声不响地从他们身边又绕出去了。

门外已经响起了鞭炮声和看热闹的乡邻的欢声笑语。陈阿大喜上眉梢地跑出去张罗着，周慧木然地跟在后头。

一辆毛驴拉的板车停在院门外，小妹顺从地被陈阿大抱上了车，怀里紧紧地抱着那双小红鞋。

来接小妹的是两个男人和一个中年女人，陈阿大和人家热乎地寒暄着。

中年女人说：“你就放心地把孩子交给咱们吧。她妈说了，过去就是亲闺女，不会受气的。”

“放心，放心。”陈阿大笑嘻嘻地点着头，又做出一副不舍的神情问小妹，“走啦？”

小妹没抬头。

陈阿大拍拍她：“给你妈告个别啊。”

小妹慢慢抬起头，用陌生的目光远远地看着周慧。周慧在她的目光里不自然地别开了脸。

陈阿大跟那女人继续客套着：“孩子不懂事，过去就靠你们管教啦。走吧，走吧。”

驴车动了。

周慧身子一抖，眼泪刷地流出来，脱口叫出来：“小妹！”

小妹仍旧用那种陌生的目光看着她。

周慧呆呆地看着，看着他们渐行渐远。

驴车在山路上慢悠悠地走着，小妹默默地坐在车上看着山下的草地，树林。

中年女人唠叨着："过去你就知道了，你婆家这一家人，世上再也找不到了。你好福气呀。"

小妹像没听到一样，仍在凝神看着草地和树林，脑海里浮现出她和小强在山林里追打、嬉戏的一幕一幕，耳朵里也满是那回荡在山谷里的童年的欢笑声，她仿佛看见了小强涂满了泥污的笑脸就在眼前。小妹笑了一下，随即眼眶里便蓄满了泪水。

而此刻，小强正提着一条肉兴冲冲地往家跑，差点儿和一个女人迎面碰上。小强一个急刹车躲开，那女人叫道："哟，小强，这么高兴啊，还买了肉。"

小强咧开了嘴："包饺子，给我和我妹。"

女人眉毛一挑："啥妹妹啊？你妹叫你妈卖了。"

小强一愣，突然扑过去打着那女人："你胡说，你胡说，她发过誓，不卖我妹。"

女人努力推开他，嘲笑地说："咦，咦，这孩子咋疯了似的？有没有你回家看看不就完了？早就上车走了，还不卖呢！哼！"

小强转头疯狂地就往家跑。

陈阿大正在院子里喜滋滋地数着钱，看着在一旁发呆的周慧说："这生意，是我做成的，咋说这钱也有我一半吧？"

周慧没吭声。

"起码也得三分之一。"陈阿大讲着价钱。

周慧歇斯底里地叫起来："都给你！都给你！没心没肺的东西！"突然她愣住了，她看见小强站在院门口正怔怔地看着她。周慧急忙站起来，赔着笑："小强，肉买回来了？咱这就包饺子。"

小强死死地盯着她走近前来："小妹呢？"

周慧有点慌："来，把肉给我，我去剁剁。"

小强挡住她："小妹呢？"

周慧不回答，低头去拿他手里的肉。小强突然把肉甩到

地下，一把推开她，跑向周慧的房间，打开房门看了看，又跑到陈阿大的房间往里看了看。

周慧赔着笑走过去："小强，你听我说……"

小强一头撞开她，飞快地追出去。

小强拼命地跑着，跑着。他分明看到小妹在前面跑着，一边跑一边回头笑着："哥哥，追我，哥哥，追我。"小强努力地伸出手去，却扑了个空。他继续追着，边跑边大声急切地呼喊着："小妹！小妹！"

小强童稚的声音在山林上空来回传荡。

三

贺勤家是一幢在当地算得上很漂亮的小院，院里几间石头房，收拾得干干净净。此刻，家里人来人往，厨房里向外冒着腾腾的热气。院里摆了两桌酒席，男人一桌，女人一桌，正吃得热闹。贺勤妈和两个女人桌上桌下地忙着。

人们一边吃一边谈论着。

"婶子，这孩子进了你家算是有福了。"

"有啥福啊，我没本事生，只能买一个给贺勤作伴。"

"就是啊。小时候当闺女，大了做媳妇，比现说的亲。"

"叔哩？没回来？"

"还在外头给人家盖房哩。又不是娶媳妇，不敢耽误他的事。"

"贺勤哩？咋没见新郎官？"

"可不敢这么叫，孩子上学了，知道要面子——他还没放学哩。"

"那，媳妇呢？叫出来看看。"

"是啊，叫我们看看媳妇嘛。"

贺勤妈笑着，拿围裙抽打抽打身上，向屋里走去，准备把小妹叫出来。

身后的院门口，贺勤背着书包进家来，他约摸有十一二岁，一副忠厚诚实的模样。

院里的人看见他回来了一起起哄：

“新郎官回来了。”

“贺勤，回来娶媳妇的？”

“快，快看看你的小媳妇。”

贺勤愣了一下，突然明白了，生气地跑到他妈跟前：“妈，我不是说了不愿意吗？”

贺勤妈笑道：“你看看俺这傻儿子。不愿意什么啊？妈不过是认了个闺女。”

贺勤没说话，跑回自己房间，把门关上了。

贺勤妈摇摇头，叹口气，进了堂屋。屋里的光线几乎已经没了，贺勤妈一边四处看着一边喊：“闺女，闺女？”

没人回答。

贺勤妈打开了电灯，四处找着。她突然一愣——门后，露出小妹衣服的一角。她慢慢过去，看见小妹躲在门后头，使劲把身子往里缩着，恐惧地把脸埋在墙上。

贺勤妈怜悯地看着她，眼里现出了同情，小心翼翼地叫她：“闺女，小妹。”

小妹身体一抖。

贺勤妈轻轻拉她出来：“小妹，我就是妈呀。”

小妹怀里，还紧紧抱着那双鞋。贺勤妈试图把鞋取下来：“这孩子，抱着双鞋干什么？这么小的鞋，谁的啊？”

没想到，当她就要把鞋从小妹怀里抽下来时，小妹突然迅速地一把把鞋夺回去，重新把脸埋在墙里。贺勤妈吃了一惊，看着她想了想说：“抱着就抱着吧。是你妈给你做的吧？回头我给你收拾好，算个念想。走，外面的人等着呢。”说完拉着小妹向门外走去。

贺勤妈领着小妹出现在门口，众人的目光一起投过来。在众人的目光里，小妹本能地想躲起来，但她惶恐地左右看看，又无处可逃，只好站在那儿，拼命地缩着小小的身体。

众人纷纷地议论着：

“好漂亮的小人啊。”

“婶子，有福气啊。”

“叫她抬起头来，抬头让咱看看。”

贺勤妈轻轻把小妹的脸托起来，小妹恐惧地闭上眼睛。

贺勤躲在自己屋里，在桌上摊开了书本，却看不下去，本来心里就乱乱的，听到了院里人的议论，干脆从椅子上爬下来，跑到门后，从门缝里向外张望着。小妹正羞怯地、惊恐地、无助地躲闪着院子里的人们射出的目光。贺勤不禁呆住了。

院子里的街坊邻居依然还围着小妹评头论足，甚至有人走到她跟前摸摸这儿，动动那儿，小妹像触电一样扭着身子，痛苦不堪。贺勤再也看不下去，他不声不响地从屋里走出来，走进人群，拉起小妹的手，一言不发地把她领走了。邻居们惊讶地看着，贺勤妈更是吃惊，好久才回过神来，不由得高兴地扯起了衣襟抹了把泪。

垛山村外的一处山崖上，火把把一片天空照得通红。小强站在山崖顶上大喊大叫着，要往下跳。山崖下围满了人，周慧和陈阿大焦急地呼喊着小强的名字。

小强伤心地吼叫着：“走！你们走！你们把我妹卖了！小妹，小妹呀！”

“小强，小强，不是卖她，是给她找个好人家。你下来，下来妈和你说。”周慧叫着她，心急万分。她一直以为自己对这个孩子没有感情，现在却几乎难以自持，她已经送走了小妹，不想再失去这个亲生的骨肉。

小强仇恨地看着她：“我不信你！你把她卖了！你说过不卖她的！你撒谎，说话不算话！你骗了我和我妹！”

周慧哭叫着：“天哪，这是造的什么孽啊！小强，你下来，下来妈带你去看你妹。”

小强根本不听她的：“滚开！你滚开！我一辈子不要见到你！”

陈阿大在一旁骂着：“狗崽子，吃里爬外的东西，那丫头给你什么好啊你这么向着她？滚下来！要不看老子怎么收拾你！”

小强已经哭得声嘶力竭："我不活了！我不活了！"说着就要往下跳。

下面的人一片惊呼。

周慧吓得脸惨白："小强，小强，你妹走了，你妈就你一个孩子了。"

"呸！我才不是！"小强号啕着。

人们七嘴八舌地劝着。趁这个机会，一个青年偷偷从一旁攀上去。周慧注意到那个正从背后悄悄接近小强的青年，不哭了，问道："小强，你要妈妈怎样做？你说吧，要妈妈怎样做？"

小强说："你把我妹再领回来。"

周慧拖延着时间："把你妹领回来？"

"对。"小强答应着。

周慧喊着："那还不好办？明天妈妈就去领。这还不是妈一句话的事？"

小强不相信地问："真的？"

周慧肯定地说："当然是真的。"

那个青年已经接近小强了。

周慧机智地喊："小强，你往那边看，是不是你妹回来了？"

小强当真抬头往远处看。就在这一瞬间，那个青年从后面一下子扑上去，把小强抱住了。

下面的人欢呼起来。

小强在那青年手里手足乱舞，大喊大叫着："周慧，你骗人！你这个骗子！"

青年把小强抱到周慧面前，周慧伸手去接小强，笑着说："小强，对付你妈，你还……"话未说完，她突然大叫一声，缩回手来——小强把她的手咬了。

周慧愣愣地看着手上的血，又看看面前的小强。小强瞪着她，眼里充满了仇恨，一字一顿地说："我恨你！恨你一辈子！"

陈阿大骂骂咧咧地上来，抱着小强走了。周慧捂着手，呆

立在那儿。

贺勤妈领着小妹从屋里出来，和颜悦色地让她坐在门口的一张小板凳上，给她一个小筐子，筐子里有花生，贺勤妈示意让她剥花生。小妹垂着头，显得很温顺很听话。贺勤妈疼爱地冲她笑笑，自已坐在她一旁也剥，一边剥，还一边不时抬头看她。突然小妹剥花生的手停了，眼睛直直地看着大门口。贺勤妈发现了，顺着她的目光往门口看，看到小强扒着大门向里看着。贺勤妈看看小强，又看看小妹，正想对小妹说什么，小妹已经放下筐子，撒腿就往门口跑过去。小强也从外头跑进来，扯了她的手，两人一起跑出去。贺勤妈吃了一惊，急忙追出去。

门外，两个孩子紧紧地抱在一起。小强仔细打量着小妹："小妹，小妹，他们没打你吧？"

小妹死死地抓住他胸前的衣裳，摇了摇头。

小强又问："他们没骂你吧？"

小妹低着头不说话。

"我急死了，我找了好几天，才找到你。小妹，跟我回家吧！"

小妹摇摇头。

"为什么？为什么？你不愿意回家？"小强的眼神迷茫起来，"你怕什么？怕他们再卖了你？我告诉你我不让了，他们要是再敢，我杀了他们！"

小妹打了个寒战。

小强几乎要急哭了："小妹，你怎么啦？跟我走吧。"

贺勤妈一直站在不远的地方看着，这时走过来，把手搭在小妹肩膀上，轻轻地喊她："小妹。"

小妹抓着小强的手松开了。小强一把抓住小妹，满脸的不解："小妹！"

贺勤妈轻轻地把他的手拿开了："我们花了钱的。"然后她又领起小妹的手，小妹顺从地把手交给她。

贺勤妈温和地说："小妹，我们回家。"

“小妹！”小强绝望地喊着，他几乎不能相信自己的眼睛。

小妹还是不说话，转身跟着贺勤妈回去了。

小强站在原处，小妹一边走一边回头看他。小强也绝望地看着她。两个孩子越分越远了。小妹终于跟着贺勤妈进去，院门也随着紧紧地关上。

小强呆呆地看着。

新生活开始了，小妹在慢慢地、谨慎地适应着。不过，很快，她发现自己的惊恐有些多余。新妈妈对她很慈爱，也很有耐心，并不像周慧那样喜怒无常；新爸爸不常回家，但每次回来总是沉默地看着她笑，从来没有像陈阿大那样呵斥过她。而尤其让小妹心里感到安慰的是，另一个能够给她依靠的哥哥顶上了小强的空缺——自从她来到的第一天贺勤把她从众人的目光中解救出来的那一刻起，小妹心里已经认可了这个新哥哥。他比小强文静，虽不能像小强那样带她在山坡上无拘无束地嬉戏，但一样关心她、爱护她，帮助她度过了在这个新家里最初也最难过的一段日子。

正是在贺勤的争取下，小妹也获得了上学的机会，马上就能天天背着新妈妈手工缝的新书包和新哥哥一起去学校了。但是在日常生活里，她依旧怯生生的。被卖了是个事实，她年纪虽小，却不得不在沉默里承担着这个压力。她想，也许妈妈没骗她，新家确实比陈阿大家好，可是即便这样的解释行得通她还是无法原谅周慧。她忘不掉她是人家花钱买来的。

小强背着一个新书包，站在路边墙角处等着。

他终于等来了他要等的人——贺勤领着小妹过来了。贺勤显得很高兴，和小妹说着什么，小妹则沉默地跟在贺勤身后。

小强突然从藏身的地方跑出来，跑向小妹。小妹看到他，停了脚步，眼睛一下子红了，吃惊地叫道：“哥！”

小强什么也没说，扯起小妹的手就走，一旁的贺勤急了，

追上去拉小妹，小强不说话，一把把贺勤推倒在地下，扯着小妹便跑。

贺勤爬起来，又气又急地边追边喊："干什么？那是我妹！"

小强也不理他，只是急急忙忙跟小妹说："小妹，他家待你还好吗？他们欺负你了吗？"

小妹摇头。

小强说："我去过，我在他家门口守了两天你知道吗？"

小妹又摇摇头。

小强心疼地看着她："你怎么不说话？他家一定欺负你了。你等着，我会为你报仇的。"

小妹赶快拉住他："不。他家没欺负我，他家人待我很好。小强你不要那样。"

"什么？"小强不太相信。

小妹拍拍自己的新书包："真的。他家还送我上学。"

小强的目光里透出失望来："你愿意留在他家？你把咱俩说过的话忘了？"

小妹拼命地摇头："不，哥，我没忘。可我是他家花钱买的，人家是花了钱的。是妈把我卖了。"

"我不管。我一定要你回家。"小强拉着她就要走。

"我不回去了。"小妹眼里含着泪水，"哥，我不回去了。那天她对咱俩发誓，说不会卖我，可还是把我卖了。我要回去了，她还会卖我的。"

小强沉默了。

"哥，你别管我了，你走吧。"小妹一边说，一边把手从他手里抽出来，回过头，向着后边的贺勤喊道，"哥哥。"

贺勤跟上来，拉起小妹的手，从小强身边走过去。小强站在那儿，呆呆地看着她离去。小妹一边走，也一边回头看他。在他们的互相注视中，两人渐渐远了。

这一上午，小妹都心神不宁。好不容易熬到放学，她随学生们往外走，贺勤正等在学校门口，往里张望着，看见她出来了，高兴地叫着迎上去，领着小妹往外走。小妹像只受惊的小兽，紧紧地贴到他身边，努力地跟着他的步伐。

贺勤问："小妹，你班的张老师好吧？我上一年级的时候她也教过我，可好呢。"说着从自己书包里取出一支新铅笔："小妹，把这支铅笔给你吧，我刚才买的。我买了两支一样的，咱俩一人一支。"

小妹没说话，接了过来。

有人怪笑。贺勤抬起头，看到两个孩子站在路边，怪笑着冲他俩挤眉弄眼的：

"真会疼媳妇哩。"

"昨天晚上搂着媳妇睡的吧？"

贺勤红了脸，一扯小妹，悄声说："我们走。"

他们从那两个孩子身边经过，那两个孩子仍然在大声地笑骂着。不论他们说什么，贺勤只低着头扯着小妹走。看见贺勤忍气吞声的样子，两个人越发嚣张起来，竟一把抓住了小妹：

"小媳妇，让我看看。"

"哟，真俊哩！"

贺勤使劲拉小妹，同时恳求着："你们干什么呀？叫她走吧，叫她走吧。"

他越说，两个孩子越不放。一个孩子强行把贺勤的手扯开，另一个拉着小妹就跑，边跑边喊："抢媳妇啦，抢媳妇啦，谁抢了是谁的。"

贺勤在后面追着，一边追一边哀求着他们："你们干什么呀？放了她吧，放了她吧，她还小呢。"

这时候，一个黑影突然蹿出来，一头撞向那个拉着小妹的孩子，把他撞倒在地下。

小妹尖叫了一声："哥！"

是小强，他正疯了一样抓着那个孩子打着。

贺勤愣住了。

另一个孩子也扑上去，两人打小强一个。

小妹惊慌地扑上去，一边哭一边拉扯着："别打我哥哥，别打我哥哥！"

贺勤不知所措地看着，上去捅捅小妹："小妹，咱们走。"

小妹回头拉住他，恳求地说："贺勤哥哥，你救救他吧。"

贺勤似乎想帮忙，却又不知从何下手，为难地看着。

这时，一个大人从远处过来，喝问了一声："干什么，干什么？两个打一个？告你家大人去！"

两个孩子一听要找家长，赶忙爬起来，跑了。

小强躺在地上。他的嘴被打破了，浑身全是土，小妹吃力地把他扶起来。

贺勤把小妹拉过来，小声地说："小妹，咱们走吧。"

小强瞧不起地看着贺勤，狠狠地吐了一口吐沫。贺勤低下头避开小强咄咄逼人的眼神，牵着小妹默默走了。小妹一边跟着贺勤走，一边频频回头看着小强，那种感觉熟悉而又陌生。

第六章

满天星 mantianxing

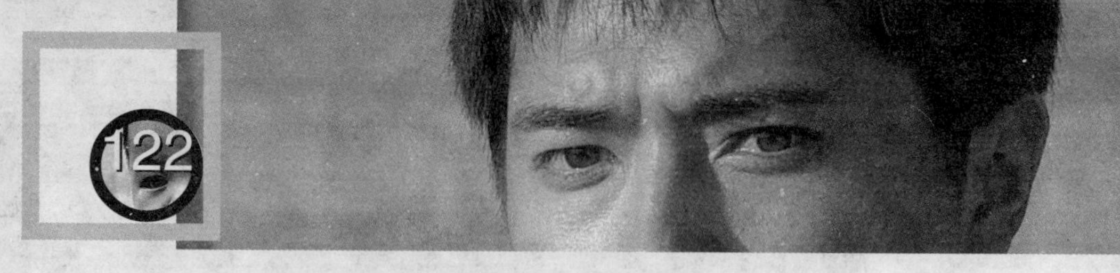

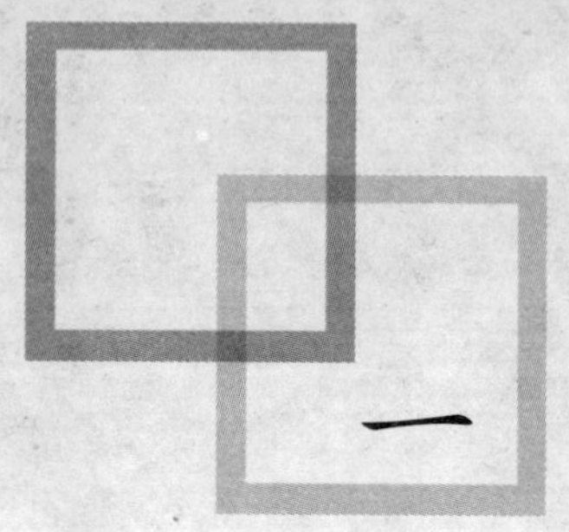

一

时光荏苒，小妹已经长成一个十七岁的大姑娘了。

小妹坐在教室后排，认真地听老师讲着。老师在讲中考的注意事项："记着，进了考场，一定要先认真听监考老师讲答卷规定，要按监考老师提出的要求做，千万不要违反了规定。你违反了规定，可能你这张卷子就作废了。咱们农村孩子，只有考高中、上大学这一条路，要考不上高中，你就回家干活去吧。考上了高中，你就不一样了。所以，一定要在考场上发挥出自己的最高水平，把该拿的分拿到。记住了吗？"

学生们齐声回答："记住了。"

老师满意地点点头："好了，下课。赶快回家吧，这三天好好复习，记着，六号一大早，上学校集合，一起去考场。"

下课了，同学们纷纷离开教室。小妹也收拾着自己的东西。老师向她走过来，问："周小妹，都做好准备了？"

小妹冲老师抿嘴笑了一下，点点头。

老师说："你的学习，我是不担心的，但我担心你的心理素质。你太内向，不会到考场上发慌吧？"

小妹摇摇头。

老师拍拍她的肩膀，鼓励道："那就好。赶快回家吧，准备冲刺。"

小妹又笑笑，拿起自己的书包走出去。

贺勤正站在外面等着她。现在的贺勤，也已经长成了一个质朴忠厚的青年。

一看到贺勤，小妹就迎上来，很自然地把自己的书包交到他伸过来的手里，并把一只手信赖地搭在他胳膊上，亲热地叫着："哥。"

贺勤关切地问："上完了？回家吧。"

小妹顺从地跟上他走："你咋来了哩？"

"回来拿干粮，打这儿路过。"

"哥，六号中考。"小妹歪着脑袋说。

"我知道，所以我回来了。"

小妹娇憨地白他一眼："那你还说是回家拿干粮。"

贺勤笑了："小妹，妈在家等着，我们走吧。"

小妹不肯走，回头张望着："哥，等等。"

贺勤明白了，抬头一看，果然小强正靠在学校的墙上看着他们。他皱皱眉，催促道："小妹，快走吧，妈等着呢。"

"老是这几句话。"小妹撅起嘴埋怨了一句，然后向小强走去，亲热地叫他，"小强。"

小强避开她的眼神，头看着天："叫我干什么？他不是来接你了吗？"

小妹伸手去拉他："小强，小强，咱们一块走吧。"

小强"哼"了一声："我配不上。"

小妹不说话了，责怪地看着他，很难过的样子。

小强别开了脸，口气却缓和了很多："我现在不能走，我还找老师有事儿哩。你要不就等着我，要不就先走吧。"

小妹犹豫一下，商量着问他："小强，那中考咱们一块去啊？"

小强笑笑："我问过了，咱们不在一个考场上。"

"真的？小强，你可好好考啊，到时候咱一块上县里上高中。"小妹有些遗憾。

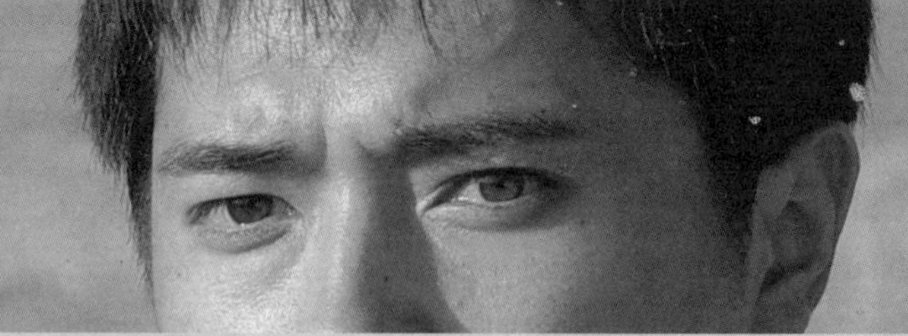

小强没说话，但似乎微微点了点头。

小妹给他摆摆手："那，我先走了啊。"说着跑到贺勤身边，抓住自行车后架，跳上车走了。

小强望着他们亲密的背影，长长地叹了口气。

小妹坐在后座上，紧紧扶着贺勤的腰，探询地问道："哥，你先跟我去看一趟俺妈吧？"

贺勤问："现在？不是就要考试了吗？"

"她昨天来学校看过我，说我小强哥哥也不去看她，她还哭了呢。"

贺勤摇摇头："她也是怪，一个人盖那么大房子，也不让你爸过去住。"

小妹不说话了。

贺勤赶紧安慰她说："那就去吧。"

陈阿大原先的家的西边新起了一幢大瓦房，气派不凡，在周围破败的土房子里显得鹤立鸡群。

周慧站在屋头上，正和一个邮递员说着话。

邮递员把一张汇款单递给她说："这都是第五回给你退回来了，你还寄。再寄还是接不到啊。"

周慧伸手接过来："可是以前也有没退回来的时候啊。"

邮递员抱歉地笑笑："没退回也未必就寄到了啊。说不定在半路上丢了呢。"

周慧呆呆地看着退回来的汇款单。

"是谁啊？"邮递员问她。

周慧没回答。

邮递员无奈地摇摇头："不放心，你自己过去看看不就完了？"

周慧笑了笑："麻烦您了，同志。"

邮递员摆摆手："麻烦倒不麻烦，就是以后别寄了。"说着推车走了。

周慧把汇款单装进兜里，转头往家里走，突然看到陈阿大蹲在一边正看着她。现在的陈阿大，越发邋遢得不像样子了。

周慧没好气地问："你过来干什么？"

陈阿大直截了当地说："当家的，我又没钱了。"

周慧扭过头去："我这儿也不印钱，没钱找我干啥？"

陈阿大大声咋呼起来："不找你找谁？你卖人发了家……"

周慧恼了："你想死啊？"

"不叫我喊，就得给钱。再说，儿子我还替你养着呢。"

周慧从身上掏出五十块钱来给他："这是最后一回。你要是不想养小强，叫他跟我。"

陈阿大嘲弄地笑起来："你叫他来啊。他都恨死你了，还跟你？"

这话显然戳到了周慧的痛处，她叹口气："哪辈子造的孽啊，有这么个孩子。你滚吧。"

陈阿大拿着钱转身就走，正与骑着自行车的贺勤碰在一起。陈阿大搭讪着："哟，小妹回来了？"

小妹不说话，小心地躲着他。

周慧也看见他们了，脸上露出笑容，走过来招呼道："小妹回来了？快，快进来。"

贺勤叫声"姨"，推着自行车跟着周慧走进去。

屋里装修过，但家里却凌乱不堪，显然女主人并没心思好好过日子。

周慧一进门便对他俩发起牢骚来："你说说我这是为的谁啊？我吃了多少苦？受了多少累？盖这幢房子的时候，差点儿没扒一层皮去。别人家都是男人忙，咱家倒好，里里外外都是我一个人张罗。为的啥？还不是为小强？可他倒好，死活也不进这个门。"

小妹只是默默地听着，多年来她已经习惯了这样的埋怨。

周慧叹口气，看看贺勤老实的样子，又对小妹说："小妹，他还是因为你的事儿记恨我。可你回过头来看看，当初把你送到贺勤家是不是送对了？要是在这个家里，你爸能让你上学？小妹，你得劝劝他呀。"

小妹还是不说话。

周慧火了："你咋啦？咋和个哑巴似的？"

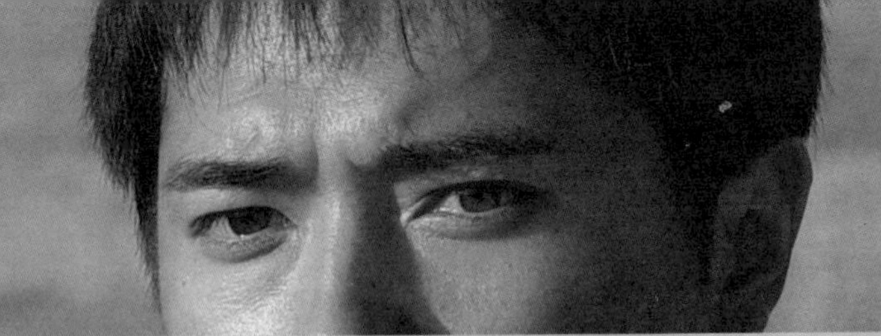

小妹惶惑地看着她，越发不知道说什么好。

“别拿白眼珠看我。咋，你妈还对不起你？你妈这辈子疼过谁？不就疼过你一个吗？你还不知足。你想干什么？”周慧的火气越发大起来，声调也越来越高。

小妹低下头。对这骂声，她同样再熟悉不过。

贺勤在一边小心翼翼地劝道：“姨，小妹就要中考了。”

周慧不管不顾：“我不管她考不考。这样的闺女，越上学越不懂事，还考啥哩？”

贺勤继续恳求着：“姨，先叫小妹回去吧，等考完了再叫她来。”

周慧突然抓起手边的茶杯向小妹摔过去，贺勤眼疾手快，抬臂挡了一下，茶杯掉在地上摔破了。

“姨！”贺勤惊讶地看着周慧。

她却歇斯底里地咆哮着：“滚！滚！没一个好东西！快滚！别再叫我看见你！”

小妹低着头站起来默默往外走，走到门口，小妹停下来，回头看看周慧，周慧突然扑倒在沙发上大哭起来。

贺勤上前扯了小妹一把，示意她该说点什么。小妹迟疑了一下，说：“妈，考完了我再来。”

周慧哭骂道：“别再来！不许你来！不许你再上门！我没亲人了！我在世上一个人都没了！我遭了报应了！我活该！”

小妹张皇地在她的咒骂声中与贺勤一起走出去。刚出门，一个声音响起来：“哟，才几天不见啊，这丫头又变样了。老话说女大十八变，真是不假啊。”

小妹抬头一看，是四贵提着一个包从外面进来。小妹赶紧小心地躲开，小声地叫了声“叔”，然后和贺勤匆匆离去。

四贵站在那儿，用色迷迷的目光看着他们远去的背影。

周慧出来斜倚在门框上，冷冰冰地问：“看什么呢？掉魂了？”

四贵尴尬地干笑了两声，凑过来说：“嫂子走南闯北的人，也有掉招的时候。看看这么好的丫头，当初才卖了一千多块钱，要搁到这会儿……”

周慧脸色顿时一变，打断了他："你胡说八道什么？小心小强听见要了你的命。"说完转身进了屋。

四贵跟进来陪着不是："好，好，不说不说。嫂子，坐在家里没人送钱上门。该动身了吧？"

二

贺勤骑着自行车带着小妹在弯弯曲曲的山道上走着，小妹一直在后座上垂着头，心事重重。到了一个大上坡，贺勤跳下车，小妹也跟着下来。

贺勤看出小妹满腹心事，说："你也真是的，你妈哭成那样，你该说几句啥呀。"

小妹小声说："我说不出来。"

"为啥？她是你妈呀。"

"我怕她。"

贺勤不明白："为啥怕她？她多疼你啊？以前每次回来，都给你带东西。"

小妹又不说话了。

贺勤叹了口气："她也是可怜。"

小妹默默地看着远处的原野，似乎又听到了那撕心裂肺的哭喊，不由得打了个寒战。这些年来，这哭喊声时常跳出来缠绕着她，她说不清楚那是什么，却又无力摆脱。

贺勤见她神色不对，细心地问："你怎么啦？"

小妹无言地摇摇头。

"不知妈今天做的啥饭。她知道咱回来，一定会做好吃的。"贺勤转移了话题。

小妹忽然站住了，说："你听，啥动静？"

贺勤也听到了——村里好像发生了什么不寻常的事情，有人哭喊着，还有一个人正向这边跑。

贺勤说："出事了。谁家？"

那人跑近了，竟然是贺勤的二叔。他一边跑一边喊着："贺勤，贺勤。"

贺勤连忙跑过去："二叔，咋啦？"

贺勤二叔跑得气喘吁吁："贺勤，快回家吧，你爸……你爸……"

贺勤有点慌："我爸咋啦？"

"盖屋……屋梁……屋梁……"

贺勤急了："屋梁咋啦？二叔，你快说呀，屋梁咋啦？"

他二叔好不容易上来一口气："屋梁掉下来，你爸……"

贺勤"啊"了一声，没等他说完，扔下车撒腿就跑。

小妹赶忙扶起车，一边推着车，一边追着："哥，哥，等等我，等等我……"

贺勤早已跑远了。

等小妹跑回家，进了门，院子里已经挤满了人，贺勤妈的哀号声从屋里传出来。小妹一下子站住，愣在那里。

夜里，一家三口都扎着白布带，坐在一起，各自想着心事，谁也无心睡眠。

贺勤妈一边抹着泪一边哀叹："这说走就走了，连句话也没留下。"

贺勤红肿着眼睛劝道："妈，别难过了，爸走了，还有我呢。我长大了。"

贺勤妈泪眼婆娑地看着儿子说："你长大了。你有多大？天哪，这以后的日子可咋过哩？"

贺勤握住妈的手："妈，我不上学了，我回家干活养活您。"

贺勤妈听了，哭得却更厉害起来："你咋就这么走了呢？这剩下的日子叫俺咋过啊？两个孩子谁替咱拉扯啊？"

"妈，不是说了吗？我不上了，我回来养家。"贺勤紧紧握住妈的手说，"妈，爸不在了，家里供不起两个学生。我不上了，留在家里陪您，叫小妹考试去吧。"

小妹看着痛哭不止的贺勤妈，怯怯地说："要不，妈，我不考了。"

贺勤听了，瞪她一眼："你胡说啥呀？你才刚读完初中，不上学能干什么？我不上了，不就是学修车吗？修汽车不敢说，修摩托车我已经学会了。”

贺勤妈突然冲着儿子发火了：“你胡说些啥？家里拿钱供着你，你还不好好学？你爹刚死，你又想气死妈？”

贺勤恳求地说：“妈，叫小妹考试去吧。”

贺勤妈又低下头哭起来。

小妹摇摇头：“我不去了。”

贺勤抹抹眼泪：“不，你一定要去。你要不去，我也不去。”

小妹还是摇摇头，站起来出去了。

贺勤松开他妈的手，虔诚地烧了一炷香，插在父亲的牌位前，跪在地上磕了三个头。

贺勤妈专注地看着儿子，又看看桌上的牌位，眼泪又流了出来：“贺勤，你这孩子咋这么傻哩？”

贺勤回过头：“什么？”

贺勤妈把儿子拉起来：“你爸没了，咱家挣钱的人没了，以后妈供不起俩孩子上学了。你咋这么傻哩？小妹再好，也是咱家的媳妇，不是咱家的闺女。人家要是上了高中，再上了大学，还能跟你啊？”

贺勤显然没想到这一层，愣住了。

贺勤妈叹口气：“这孩子是个好孩子，可是心事多着哩。她要是上了大学，咱可就笼不住她了。咱供到她初中毕业，也不少了。村里有几个女娃上初中啊？考试的事，就算了。”

“妈，还是叫她考去吧，再说她成绩还那么好。”贺勤突然抬起头来，恳切地说，“妈，要是不能考试，小妹会不高兴的。”

“不高兴就不高兴。这么大了，她该懂事了。”

贺勤的声音有点抖：“妈，我不想叫小妹不高兴。叫她上吧，我不上了。将来她要是上了大学，那就看她的良心了。”

“什么？不行！”贺勤妈恼了，“你这个傻孩子，到头来鸡飞蛋打。”

“妈，叫她上吧，叫她上吧。我不想让她不高兴。”

贺勤妈一拍大腿，长叹道：“天，我咋生了这么个傻孩

子啊。”

六号清晨，贺勤早早起来，把小妹的书包收拾好，交代她：“快去吧，早点走，今天家里出殡，我不能送你。”

小妹轻声说：“我也得送爸呀。”

“没你的事儿，你快走吧。尽孝不在这一会儿。赶快走吧，走以前在爸灵位前叩个头就行了。”贺勤用期望的眼神看着她。

小妹又看看贺勤妈，她闷着头不说话。

小妹从贺勤手里接过书包挎上：“妈，我去给爸叩头了。”

贺勤妈好像没听见，很突兀地站起来走了出去。

小妹不放心地看着贺勤：“哥。”

贺勤拍拍她：“你别管，有我呢。妈也是心情不好。去叩吧，叩完了就走。”

他领着小妹来到父亲的灵位前，小妹跪下去，泪水一下涌出来，口里默念道：“爸，对不起，我不送您了。我忘不了咱一家人对我的大恩大德，我会报答的。”她一边说着，一边端端正正叩下去。

贺勤在后面怜惜地看着她。

行完礼，贺勤把小妹送出来，嘱咐她说：“你快走吧，什么也别想，好好考，家里的事有我呢。”说完细心地帮她把扎在头上的白布条解下来，“先别扎了，带着上考场，不吉利。”

小妹感激地看着他。

“我不能送你了。你快走吧，我回去了。”贺勤给她摆摆手回去了。

小妹低着头从村里出来，忽然一个声音在叫她：“小妹。”

小妹一抬头，吃惊地看到小强正推着自行车，站在村口看着她。她走过去问：“小强，你怎么来了？”

小强脸上浮现出灿烂的笑容：“我来带你去考试啊。咱早走，我先把你送过去再去我的考场，来得及。”

小妹摇摇头：“不，不顺路，你还是自己走吧。”

小强看看表：“不远，时间还早呢。”

“你自己走吧，贺勤送我，他这就出来了。”小妹想了想说。

小强失望地看着她，突然火了：“你就离不开他啊？我送你怎么啦？”

小妹抱歉地冲他笑笑：“和他说好了嘛。你快走吧，别耽误了考试。”

小强生气地调转车头，上车走了。很明显，他带着气，越骑越快，一会儿便看不见影了。

小妹深深地叹息了一声，她自己也说不清楚为什么要对小强撒谎。她慢慢踱着步子，老想着贺勤妈沉默无语的神情和贺勤期待的眼神。

快到镇中心的考点了，三三两两赶考的学生从小妹身旁经过，她的脚步却越来越沉重，干脆找了块阴凉地坐下，把头埋在书包上，呜呜地哭起来。突然，不知什么地方又隐隐传来那撕心裂肺的哭喊声，小妹受惊似的抬起头，呆呆地听着。

发完丧回到家，贺勤妈坐在贺勤父亲的牌位前抹着泪：“你就这么走了，剩下我和这傻儿子以后咋过啊？供人家上学，人家翅膀硬了就飞走了，你儿子连个媳妇也说不上了。”

“妈，”贺勤埋怨地说，“小妹不是那种人。”

他突然觉得门口有人，一回头，吃了一惊——是小妹！

贺勤妈也受惊地抬起头，看到小妹正倚在门口。

贺勤赶快迎上去：“小妹，你咋回来了？不是得考两天吗？”

“妈，我没去考。我不上了。”小妹把书包摘下来，走到贺勤妈身边说，“妈，叫哥上吧。我在王村鞭炮厂找了个工，从明天开始我上那儿打工，挣钱帮哥上学。”

贺勤一听急了，走过去往外推她：“你干什么？你快走，快去考。我送你去。”

小妹拉开他的手：“哥，我今天没考，再考也没用了。”

贺勤愣住了。

贺勤妈明白过来，赶快接过她手里的书包：“这孩子，说声不上，咋把工都找好了呢？跑了一天，吃饭了没？累了

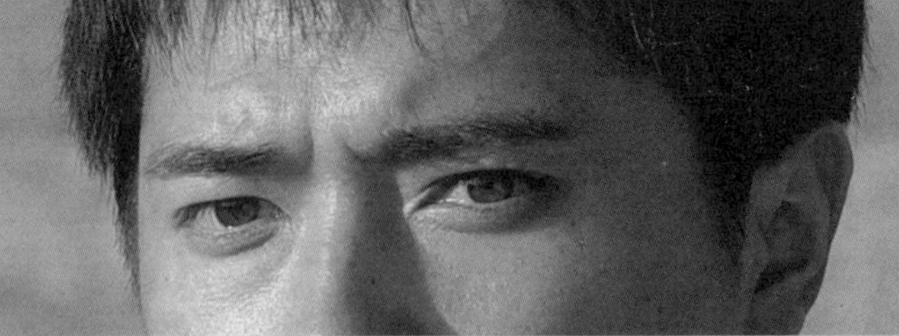

吧？赶快歇歇，我去给你做饭。”说着出去了。

贺勤的眼睛湿润了，哽咽着说：“小妹，小妹呀，我这辈子，一定让你过上好日子。”

小妹没说话，低下头走进自己的屋里。她一头栽倒在床上，拉过被子蒙着头，身体轻轻地抖动着哭起来。

房门一声响，小妹一下子警觉了，赶快停止了哭泣。

进来的是贺勤妈，她走到小妹炕头，轻轻地叫：“小妹，睡了？”

小妹不吭声。

贺勤妈继续温和地喊着：“小妹，小妹？”

小妹低声应了一下。

贺勤妈把手伸进被窝，握着她的手说：“小妹，你恨妈吧？”

小妹狠狠咬着嘴唇说：“没。”

贺勤妈叹口气：“一定恨。能不恨吗？是妈把你出息的路堵死了。”

小妹把手从她手里抽出来，摇摇头：“没。是我自己不考的。”

贺勤妈突然哭起来：“小妹，原谅你这没用的妈吧。你爸死了，你妈有啥本事供两个孩子念书啊？你要是上高中，再上大学，供出来还早哩。你哥学的这手艺，再有两年出来就能挣钱养家了。妈一个女人家，不能不为一家人考虑啊。小妹，先回来吧，等你哥上完了，能养家了，你再上，行不？”

小妹声音平静地说：“妈，我不上了，我明天就打工去。”

所谓鞭炮厂，就是几间破房子，小妹挤在一排女孩中间，紧张地往礼花里装药。屋里乌烟瘴气，拥挤不堪，火药、包装纸堆了一地。老板娘是一个肥胖的女人，一边摇着把大扇子，一边四处逡巡着。一个孩子吃力地搬了一箱鞭炮向外走，脚下一绊，差点儿摔倒。胖女人没好气地跑过去，在他头上猛拍一下：“你找死啊？要是摔炸了，把一屋子火药引着，谁也别想活！”

小妹抬头看着这一切，无奈地摇摇头，又忙碌起来。

好不容易熬到下班，小妹拖着疲惫的身子往家慢慢走去。浑身一股火药味，熏得她头直疼。正难受的时候，她听见远远有人喊她。她回头一看，是小强骑着车赶上来。小妹勉强挤出了个笑容问："小强，考完了？考得好吗？"

小强从车上跳下来："出来对了对题，还行。小妹，你考得怎么样？"

小妹犹豫了一下，点点头说："也还行。"

小强推着车和小妹并肩走着："我昨天才听说，他爸死了。他家不会不让你上了吧？"

小妹低下头去，声音细细地说："不会。"

"我就是担心这个。小妹，他家要不供，咱家供，我回家去找她，和她说。"

"不会。小强，你快走吧，妈在家等你呢。"

"那我捎你一段吧。"

小妹摇摇头："不用，我这就到了。"

小强跨上车，爽朗地笑笑："那我先走了啊。小妹，发榜的时候，咱们一块到学校去看啊。"

"到时候再说吧。"小妹支支吾吾地答应着。

小强冲她招招手："就这样说好了。我走了！"

小妹在后面看着他的背影，微微叹了口气。

张榜了，学校外的院墙上贴着录取名单，一堆学生围在那儿看着，不时有人发出惊喜的喊声，又不时有人哭泣着离去。

小强挤在人群里，紧张地看着，但怎么也没发现小妹的名字。他回头就往外挤，不留神，被一个男生一把拉住："陈强，祝贺你，县一中的学生了。"

小强匆忙地点点头："你再帮我看看，有周小妹的名字吗？我怎么没找着？"

那男生一愣，说："当然没有了。"

"什么？"

男生笑了："她没考怎么会有？"

小强大吃一惊："什么？"

"你不知道？她根本就没来考。"

"你胡说！"小强简直不相信自己的耳朵。

男生"哼"了一声："信不信由你。我和她在一个考场上，她的座位始终空着，我还能不知道？"

小强变了脸色，冲出人群，撒腿就跑。

三

一辆长途汽车在垛山村头停下来，周慧和四贵从车上下来。没走几步，小强的二婶看见他们，赶忙跑过来招呼道："嫂子回来了，这回得请客啊！"

周慧有些莫名其妙："他婶子，赶集去呢？不年不节的请什么客啊？"

二婶嘻嘻笑着："嘿，过年过节也没这事儿高兴啊！"

周慧更纳闷了："啥事啊？"

"嫂子揣着明白装糊涂，真怕请客啊？你家小强考上一中了，这不是天大的喜事吗？"

周慧一下子愣住了："你说什么？"

二婶一推她："你真的不知道？村里都传开了。小强考上县一中了，大学都迈进一条腿了。嫂子你可真有福啊！"

周慧完全愣住了。

二婶大大咧咧地说："请客的时候，可别拉下我啊。"说着走了。

周慧仍然愣着。

四贵凑上来："咦，你怎么啦？快回家啊。真看不出，那小子还真出息了。"

周慧还是不说话。

"我走了啊。"四贵打个招呼就要走，看到周慧还是老样子愣着，便问："你怎么啦？"

周慧突然一屁股坐在地下，双手蒙在脸上，失声痛哭起来。

四贵吓了一跳："你到底怎么啦？哭什么？高兴的？也不至于这样啊？"

周慧索性放声大哭，一边哭一边喊着："高中，高中，我的儿子考上高中了！天哪，天哪，高中啊！"

四贵撇撇嘴："咦，这到底是怎么回事啊？你疯啦？"

周慧说："高中啊，他又上高中了！天哪，命啊，命啊，多不公平啊，老天爷，老天爷啊！"她坐在地下，捶胸顿足，痛不欲生。

四贵像看什么怪物一样看着她，小声嘀咕着："这女人，完了。"说完回身走了。他走出几步，身后的哭声戛然而止。

四贵奇怪地回过头，看到周慧仍然坐在地下，目光痴痴呆呆的。他并不知道，小强被县一中录取的事触动了周慧自己隐秘的心事。多少年前，她也曾手里挥着录取通知书，一边跑一边大声地喊着："我考上一中了，我考上一中了！"那时的她单纯而快乐，现在呢，周慧不愿去想了，神情无限惆怅。

四贵看着她，犹豫了一下，又回去把她拉起来，说："嫂子，你到底怎么啦？别吓人好不好？"

周慧抬起头来，用陌生的目光打量着他。四贵在她的目光里不由得往后退了一步，问："你到底怎么啦？"

周慧抹抹眼泪说："四贵，我不干了。"

"什么？"

"那生意，我不干了。我儿子上高中了，我不干了。"

四贵听明白了："你在说什么呀？你儿子上高中和你什么关系啊？"

"你别问了，反正我不干了，你再也不要来找我了，咱们谁也不认识谁。"周慧的态度很坚决。

四贵打量着她，眼睛里闪过一丝奸诈，嘲弄地说："嫂子不是想立功赎罪吧？"

周慧摇摇头："我不会。我说了，咱们从这以后谁也不认识谁。你挣大钱，我不羡慕，可你也别再来找我了。你走吧，我也回家了。"一边说着，一边回头就走。

四贵追上去扯住她："嫂子，你不干也可以，你得把话说明白嘛，不然我心里不踏实。你到底为什么呀？"

周慧回过头来，正色道："你不明白？我儿子上高中了，以后还要上大学，我回家给他当妈去，当一个好妈，一个他走到哪里都能挂在嘴上的妈。"说完，径自走了。

四贵愣在那儿，良久，恨恨地吐了一口，恶狠狠地咒骂道："一个好妈？你也配？！"

小妹排着队站在胖胖的老板娘面前，正等着领她的工钱。衣服上的火药味很是呛人，不过小妹早已经习以为常。当排到她时，老板娘给了她二百块钱，还很和善地微笑着夸奖她："好小妹，你是最多的了。好好干，下个月还给你加。"

小妹高兴地接过钱，小心翼翼地装进口袋里，小心地按了按口袋，这才出了厂。刚迈出大门，一只手一把抓住她，把她扯过去。小妹吓了一跳，手紧紧按住口袋，一抬头，发现是小强，这才松了口气。她拍拍胸口说："小强，你怎么来了？"说完觉得不对头，小强跑得满脸大汗，喘着粗气，两眼通红地盯着她，让她有点害怕。

小强握着她的双肩问："为什么不告诉我？为什么瞒着我？"

小妹明白了。她不敢看他的眼睛，只是低下头说："小强，原谅我。"

小强打断她："为什么！"

"为了让你好好地去考试呀。"

"我考又有什么用？你不能上了，我要这通知书干什么？"小强说着，从口袋里掏出通知书来就要撕。

小妹叫了一声，拼命抢过来，小心地打开看着，随即惊喜地喊起来："小强，你考上县一中了？"

小强恨恨地说："我不会去上的，你不能上了，我也不会去，我们说好过的。"

小妹说："小强，咱们说好过什么？我要不能上学，你也在家里陪我？就算你陪着我，咱们又能怎么样？哥，你得去上，你一定得去上，你得上高中，上大学。你一定能考上大学的。”

小强还坚持着：“我不去。你不能上，我也不去，我们说过要一起的。”

小妹急得一跺脚：“小强，你怎么这么傻啊！你要不上学，怎么帮我？只有你读了大学，有了工作，才能帮我再上学啊！难道你不想帮我？”

小强愣住了，脑子里有点转不过弯来。

小妹高兴地把那个通知书看了又看：“通知书就是这样的，就这样一张纸。我昨天梦见了，还以为是大红的，烫着金字呢。你说我傻不傻？”说着说着，声音哽咽了，眼泪一下子流下来。

小强心疼地说：“我去找他家，我找他们算账去！”

小妹连忙拉住他：“你找人家干什么？我是人家买来的，你叫人家舍了自己的儿子供我上学？”

小强又愣住了。

小妹劝他：“小强，你快回家吧，妈一定高兴坏了。”

小强“哼”了一声：“她才不会。她从来也没关心过我。”

小妹责备地说：“她就你一个儿子，还不关心你？快回去吧，好好准备准备。等哥上县里上学的时候，我回去送你。”

这句话给了小强很大安慰，他的情绪也平稳了一些：“那，把通知书给我吧。”

小妹俏皮地笑笑：“不给，先放我这儿。我怕你再撕了。再说，我也想在身上揣两天。我这辈子，是不会有这么张通知书了……”说着说着，声音又抖了。

小强心里一酸：“小妹，你别难过，总还会有办法的，我一定想办法让你重新去上学的。”

小妹擦擦眼角：“别说傻话了。”

“真的。要你不能上，我就不去上，我说话算话。”

小妹点点头：“我听你的。我刚才说什么来着，通知书先在我这儿放着，到该报到的时候我给你送回去。你快回家报喜吧！”

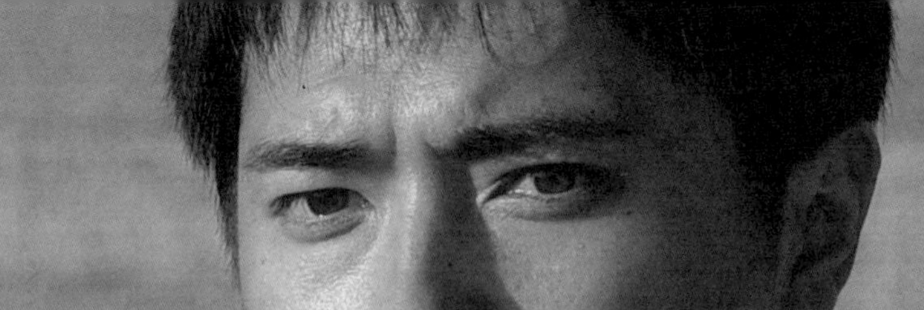

小强用力握握她的肩："我走了。你记着我的话啊。"

小妹微笑着站在原处看着他："快走吧！"

小强走远了。在小妹的眼里，他一次次回头，用留恋而执着的目光看着小妹。小妹定定神，见小强已经不见了，这才低头又去看那张通知书，顿时泪如雨下。

小强本来没想回家，刚才听了小妹的劝，才慢悠悠地往家走。走到家门口，发现家里的气氛跟以前不一样，似乎发生了什么事，院里扯上了电灯，摆了几张八仙桌，桌上酒山肉海，热气腾腾，人来人往，十分热闹。

小强站在门口，迟疑地探头往里看，正好他二婶端了一筐鸡蛋过来，一看到他就高兴地喊起来："哟，大学生回来了。小强，从小就看你有出息，看看，这真出息了。瞎子早就说咱这村风水好，应到你身上了。"

小强不明白地问："婶子，这是干什么？"

"干什么？你妈都快乐疯了。"二婶一边说，一边进去，往屋里喊，"嫂子，大学生回来了！"

周慧满面春风地迎出来。她穿了一身新衣服，很合身，颜色很鲜亮但又不扎眼，在院子里的人群中显得颇有丰韵。她喜笑颜开地把二婶迎进门："他婶子，请你过来乐和乐和，你看看你还拿东西。"

二婶把手里的筐子给周慧："这是村里的大喜事。穷人家的日子，没多，还没少吗？就算给俺侄添个本子写字吧。"说着回头看看仍然停在门口呆呆站着的小强，"嫂子，你看俺这傻侄，不是乐傻了吧？"

周慧这才发现小强，赶快把手里的筐子放下，亲热地迎了上来，伸手就要去搂他，小强触电似的躲开了。

周慧这回没发急，只是柔声地说："小强，回来了？到底是妈的儿子，真有出息。"

小强戒备地问："你这是干什么？"

周慧笑着白他一眼："干什么？傻孩子，这还不懂啊？你上高中了，妈给你庆祝庆祝。快，换换衣裳，一会儿就好了。"

小强听了，回身就走。

周慧连忙拉住他："哎，哎，你上哪啊？马上就好了。"

小强别着脑袋："我回那边去。"

"你上那边干什么呀？你爸一会儿也过来，他去买酒了。"周慧小心地劝着他，"大家都是为你来的。"

"和我没关系。"小强低头说着，挣开拉扯，自顾自地走了。

周慧急得直跺脚："哎，哎，这孩子，你回来。"

小强不理他，周慧想追出去，刚要出门，一个女人从屋里出来喊她："嫂子，人都齐了，能开始了吗？"

周慧只好停下，换了笑脸，回来招呼客人："开始吧，开始吧。他去喊他爸，咱先进行着。"

几张桌子坐满了人，周慧走过去端起一大杯酒，喊道："各位乡亲，听我说句话。"

大家静下来。

周慧笑盈盈地看着大家，张开口，刚想说什么，突然又停下了。

一张张面孔都急不可耐地看着她，等待着。

周慧又张开口，可还是没说出来。

一个村干部模样的老者站了出来，说："小强他妈，你这些年也不容易，有啥话，你就说吧。"

周慧听了这话，泪水一下子涌出来，她把手里的酒杯放到桌上，两手盖着脸，已经哭出声来。

院子里的气氛一下子凝重起来。

周慧抹抹泪，抬起头来说："各位乡亲，我儿子考上高中了……高中……我是咋来这个村的，在座的大家都知道，可是你们不知道的是，那时候，我和我儿子一样，刚上高中。"

众人鸦雀无声。

周慧哽咽着说："要是没来这里，我这会儿在哪？人这辈子，多少事，不能回头。我只能说，这是命。"

人们这才纷纷应和着：

"对着哩，这是命。"

"人哪能和命争啊。"

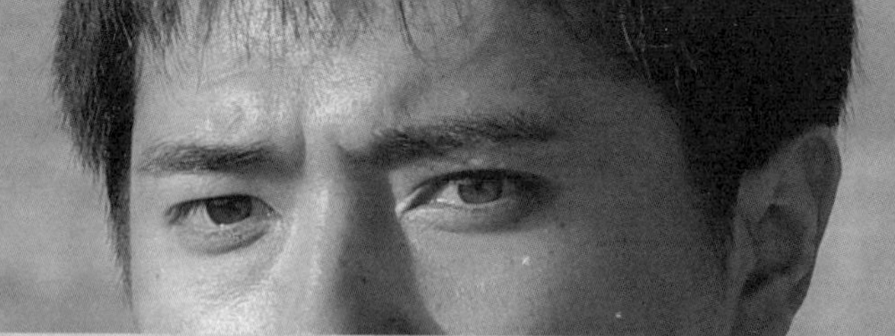

"你没上高中，小强上了，这不一样吗？"

周慧摆摆手，示意乡亲们静一静："这真是命，我没能上完高中，小强上了。这孩子，他是替我上的。今天，当着在座的，我周慧说一句话：从今以后，我哪也不去了，我就在家里，好好过日子，专门给我儿子当妈，当个好妈，供着我儿子读高中，上大学，让我儿子成人，成个好人，有出息的人。我周慧说话算话！"

说完她拿起酒杯，把一大杯酒一饮而尽，然后把空杯子用力摔在地下，发出清脆的声响，把院里的人吓了一跳。在乡亲们的注视中，周慧发誓一般地说："我周慧若再干对不起我儿子的事，就让我和这酒杯一样！"

夜深了，小强一个人躺在陈阿大这边老房子里的床上，呆呆地看着屋顶。院里，忽然传来周慧亲热的呼喊声："小强，小强。"小强听见了，一转身，脸向墙装睡。

周慧推门进来，手里端着饭："小强，还没吃饭就睡了？快起来吃饭，妈给你送过来了。哎哟，多大的孩子了，还要妈侍候。"

小强不动弹。

周慧把饭放桌上，过来亲昵地推推他："快起来，还要妈喂啊？"

小强猛一回头："别碰我！"

周慧吓了一跳，缩回了手。

小强又背转身去。

周慧在后面看着他，小心翼翼地说："小强，还生妈的气呢？"见小强不说话，她叹口气，眼泪又涌上来，"你这孩子，咋长这么大了，还不懂事呢？妈承认，妈过去对你是不亲，可妈的苦衷，你哪里知道？你妈怎么来的这儿，怎么生下的你，这些事，妈虽然没对你说过，可你也该听别人说过啊。"

小强静静地听着。

周慧擦擦泪："过去的事，都已经过去了，不管怎么说，妈就你一个儿子，你也就这一个妈。妈今天请客，在大家面

前把话都说明白了，以后，妈哪儿也不去了，就在家里，供你上学。小强，你不是为自己上的，你是为妈上的，你得好好学，有出息，妈这辈子，希望就在你身上了。”

小强忽然转过身来说：“我不上了。”

周慧大吃一惊：“什么？”

小强说：“小妹那边没让她考。小妹不上，我也不上了。”

周慧打量着他：“就为这个？”

小强坐起来，仇视地看着她：“都是你，都是你把她卖到那边，才会有今天。”

“傻孩子，我要不把小妹送到贺勤家，就你爸那个德性，这会儿小妹还不知道被他卖了几回了。”

小强“哼”了一声：“我才不信。小妹有我，看哪个敢！”

周慧看着小强气愤的样子，心里明白了。她深深叹了口气，问：“小强，你喜欢小妹？”

小强没说话。

周慧说：“可她是你妹妹。”

小强抬起头来：“她不是你的孩子，我知道的。”

周慧点头承认：“好吧，不是。可她已经许给贺勤了，你也是知道的。”

小强坐了起来：“那我不管。”

周慧的眼睛转了转，现出一副疼爱的神情：“这傻孩子，真是没办法。好吧，你喜欢小妹，可为了她，你也得好好去上学啊。”

小强不相信地看着她：“你愿意我和小妹？”

周慧笑了：“我怎么会不愿意？两个都是我的孩子，一块长大，亲上加亲，还有比这更好的？”

“可你刚才还说……”

周慧正色道：“刚才我不知道你真的喜欢她啊，我还以为你只把她当妹妹呢。这事儿好办，贺勤家也不是不讲理的人，咱把小妹再赎回来不就完了？不行多给他家几个钱。可是小强，就算为了小妹，你也得好好去上学啊。你想想，你要不去上学，在家里，和你爸一样，小妹会跟你？别忘了贺勤可

是在外面学了手艺的。你上了学，有了出息，小妹才会爱你呀？你想想是不是这个理儿？”

小强想着，又抬起头来，用怀疑的目光打量着她，问：“你不会再骗我吧？”

周慧白了他一眼：“这孩子，我什么时候骗过你？”

“你骗过。”

“什么时候——”周慧话没说完，突然想了起来，“嗨，这孩子，那不都是叫你爸逼的吗？我那么疼小妹，要不是叫你爸逼得没办法，我能走那一步？”

小强问：“我去上学，你去给贺勤家谈，把小妹再赎回来，行吗？”

周慧使劲点点头：“行，没问题。不就是几千块钱吗？为了我儿子，我倾家荡产也干。”

小强低头想着：“好吧，我再信你一回。我去上。”

周慧胜利地笑了笑：“这还差不多，我早说过，我儿子总有懂事的那一天。小强啊，家里的事，什么也别想，好好去上学。这高中，可不比初中，你妈可是知道的。当初，妈从乡下考到城里上高中，谁能瞧得起一个乡下人啊？可一个学期下来，妈就叫他们认识了。要是接着上下去，妈这辈子，妈这辈子……”她说着说着，眼泪却掉下来，声音也哽咽了。

小强奇怪地看着她。

周慧匆匆站起来：“好了，不说了，你快睡吧，妈回去准备准备，送你去县里报到。我的儿子上高中了。”

她已经走到了门口，身后传来小强的声音：“哎。”

周慧停下来。

小强说：“别忘了你刚才答应的话。”

周慧一笑：“忘不了，妈答应过的事情，从来都……”

小强打断她，郑重地说：“我从来不叫你，要是你这回不骗我，把小妹赎回来，我就认你。”

周慧看着小强认真的面孔，一瞬间，她的脸上现出了恐惧。

第七章

满天星 mantianxing

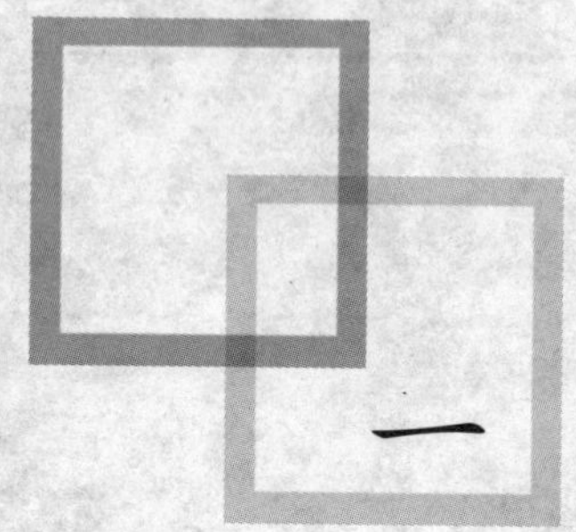

一

垛山的树林青翠依旧。小妹和小强静静地坐在一棵大树下，两个人都没有说话。山风轻轻吹拂着，山谷里似乎还有童年他们欢乐的回声。那些欢乐的时光，仿佛遥不可追，又仿佛触手可及。

小妹从包里掏出一只银色的钢笔和一个精致的笔记本，这是她前一天精心在供销社里挑选的。她把笔和本子递给小强："你要去上学了，我也买不起别的东西。哥，你一定得好好上学啊。记着，你是为咱两个人上的。"

小强小心翼翼地把它们收好。

"我得走了，要不今天的工资就没了。"小妹说。

小强一把拉住她："小妹，告诉你件事。"

小妹停住了。

"她答应了，她去把你赎回来。"小强说。

"什么？"小妹有些没听明白。

小强说："我和她说过了，她答应了。她这回不会骗我了。"

小妹问："谁？妈？"

"是她。"

"怎么赎？"小妹有些伤感地说。

"把钱还给贺勤家，不行再多给他们些。"

“哥，你想什么呢？怎么可能啊？我八岁到人家里，人家都养了我九年多了。”

“怎么不可能？多给他们钱啊！她已经答应了。”

“哥，你别乱想了，我走了。”小妹起身就要走。

小强粗暴地一把拉住她。小妹被他弄疼了，叫了一声。

小强问道：“你不会是喜欢上贺勤了吧？”

“哥！”小妹气呼呼地看着他。

“说，你是不是喜欢上了他？”小强瞪着她说。

“哥，你问这些干什么？你是我哥哥啊！”

小强说：“我不是，你知道我不是。小妹，你别喜欢他，等着我。我是为你去上学的，等我上完大学，有了工作，我会回来接你出去的。到那时候，你的苦日子就过完了。”他越说声音越急促，两个手按住她的肩膀，“小妹，我的心你难道不知道？答应我，答应我，不要喜欢那个小子，等着我，你一定要等着我！”

小妹想挣扎出来：“哥，你放开，有人来了！”

“不行，你不答应我不松手！”小强固执地使劲按住她。

小妹低下头叹了口气，说：“好吧，我答应你了。”

“真的？你真答应了？你答应不喜欢贺勤，等着我了？”小强不敢相信地又问了她一遍。

小妹催促他说：“哥，你快上学去吧，你快有出息吧！”

小强狂喜地说：“我会的，小妹。我是为了咱俩去上学的，我一定要有出息，要让你过上好日子。小妹，你可等着我啊！”

小妹哭着点点头。

小强心疼地为她擦去眼泪：“小妹，对不起，我让你伤心了。可我是真心的，我是真心喜欢你的。这个世界上，不会有第二个人比我对你更好了。小妹，你咬着牙坚持住，只等我上完大学回来救你，你一定等我啊！”

小妹使劲点点头，一双泪眸让人分外爱怜。

小强说：“别哭了，你走吧，我站在这儿看你走。”

小妹走了几步，回过头来看着他说：“哥，你可要好好

上学啊，无论发生了什么事都要好好上。记着，你是为咱俩上的！”

小强幸福地笑了笑，高声地喊着：“我记着了，我是为咱俩上的！”山谷里响起了小强的回声，那句话被一遍一遍地重复着……

小妹走了，小强手里紧紧握着那支钢笔和本子，痴痴地看着她消失在山坡那头。他不知道，山坡那头，小妹早已泣不成声了。

县一中的大门上扯着“热烈欢迎新同学”的横幅，校园里到处是前来报到的新生和家长，热闹非凡。

小强和周慧好不容易把手续办利索，从教学楼里走出来。周慧在门口停下来，回身疼爱地看着小强：“别送了，好好上学。过几天，我再来看你。”

小强也停下来，低着头，没说话。

周慧叮嘱他说：“生活上，别太苛刻自己。食堂里的菜，什么好吃吃什么。钱不够，捎个信，妈就给你送来。”

小强还是习惯性地沉默着。

周慧说：“回去吧，我走了。”

她期待小强能抬头看看她，跟她道个别，但小强还是低着头不说话。周慧无声地叹了口气，转身就要走。

这时小强忽然“哎”了一声。

周慧一下子转回身来，充满期望地看着他。

小强涨红了脸，说：“小妹的事儿，你别忘了啊。”

周慧的脸上现出失望的神色，但随即轻轻笑了笑：“怎么会忘呢？你回去吧。”

小强点点头，小声地说：“那我回去了。”

小强走了。周慧站在那儿，怔怔地看着他消失在楼里。她走到学校的牌子那儿，抬头看看牌子，伸出手，轻轻地抚摸着，抚摸着……

二

贺勤妈站在家门口，高兴地看着贺勤推着自行车走过来。一进门，贺勤便问："小妹呢？还没下工？"

贺勤妈说："早着呢，天天干到半夜才回来，真苦了这孩子了。贺勤，将来和小妹圆了房，你可得好好待人家啊！"

贺勤憨憨地笑着，也不说话。

贺勤妈叹了口气："也该圆房了。等你爸满一年了，妈就给你们办。"

"妈。"贺勤有些不好意思了。

话音还没落，屋外突然"轰"的一声巨响，把两人吓了一跳。他们跑到外边，抬头望去，远处，另一个村庄的上空腾起一股浓浓的黑烟。

"好像是王村！"贺勤惊叫着。

贺勤妈也慌了："贺勤，不是小妹干活的鞭炮厂吧？"

贺勤"啊"了一声，转身就跑。贺勤妈也跟在后面，一边跑一边喊："贺勤，等等我！等等我！"

鞭炮厂已经变成了一片废墟，哭声喊声连成一片。废墟旁边，有几具尸体蒙着布摆在那儿，有人在呼天抢地地哭号着。

贺勤在硝烟还未散尽的废墟里扒着，找着，大声地喊着："小妹，小妹。"

贺勤妈也赶到了，一看眼前这情景，一屁股坐倒在地上哭叫起来："老天哪！"一个人匆匆从她身边走过，贺勤妈一把拉住问，"大兄弟，死人了吗？"

那人说："你说呢？还能不死吗？"

贺勤妈急切地问："谁死了？"

"那谁能说得清？里面干活的女孩，没几个活着出来的。"

贺勤妈呆住了。突然，她看到自己的儿子正在废墟里扒着，赶快爬起来叫着跑了过去。

贺勤头也不回，说："都是你干的好事，妈，都是你！"

贺勤妈又哭起来。

这时，一个声音在他们身后怯怯地响起来："妈，哥。"

两人一起回头，像做梦一般，赶紧擦擦自己的眼睛——小妹正好好地站在那儿。

贺勤和母亲一起扑上去，两人同时紧紧地抱住了小妹。贺勤妈放声大哭："小妹，小妹啊，你还活着啊！"

小妹说："我刚发了工钱，给哥买手套去了。"一边说，一边拿出一双棉手套来给贺勤："哥，天快凉了，你上学骑车戴吧。"接着，又把一把钱交给贺勤妈，"妈，这个月，我挣了二百块，买手套花了三块，这是一百九十七，给您。"

母子俩呆呆地看着，突然又一起抱住她，失声痛哭起来。

贺勤妈说："孩子，咱再不干了，妈再也不让你出来干活了。咱回家！"

鞭炮厂出事后，贺勤再也不肯让小妹出去做工，懂事的小妹却并不甘心整天耗在家里。这天是集，贺勤早早上学走了，小妹帮贺勤妈把粮食运到市场上，就不肯回去了，她和贺勤妈一起蹲在路边卖起了粮食。

集市上人来人往。贺勤妈在和一个男人讨价还价，小妹在一旁却走了神——远处，几个女孩各自背着一个大包，看样子是准备外出打工。她们互相说笑着，兴高采烈地蹲在一个小摊上唧唧喳喳地说着什么。小妹认出其中一个是她的初中同学王巧花，情急中想喊她，看了看身边的贺勤妈又没喊出来。

王巧花这时也发现了小妹，高兴地朝她跑过来："小妹，小妹，你咋在这里呢？"

小妹看了贺勤妈一眼，说："我跟俺妈出来卖点粮食。王巧花，你这是上哪啊？"

"上深圳打工去。你去不去？"

小妹摇摇头："那么远，不会遇上骗子吧？"

王巧花笑起来："你咋这么小心啊？不会的，是人家通过镇里招的工。"

"干啥呀？一个月多少钱啊？"小妹又问。

“都签合同了。底薪四百，另外加计件奖金。听先去的姐妹说，一个月能拿到一千多呢！”

小妹吓了一跳：“这么多啊？”

“你不去吗？还要人哩！”王巧花又说。

小妹又看了看贺勤妈，赶忙说：“我不去，俺家里没人。”

贺勤妈这时已做完了那桩买卖，回头看着她们插进来说：“是小妹的同学吧？你们去就去吧。外头乱，有啥好的？咱小妹不去。”

那边有女孩喊王巧花，她答应着跟小妹告别：“那我走了啊。我先过去看看，好就给你来信。”说完，她脚步轻快地跑过去了。小妹羡慕地看着她跑远，贺勤妈叫了她一声，她都没听见。

“小妹？”贺勤妈又叫了一声。

小妹一下子醒过来，慌慌张张地应着：“妈。”

贺勤妈说：“粮食不值钱，在外面也不好卖，咱还是卖到供销社去吧。”

小妹答应着，把成袋的粮食往地排车上搬，一边搬着，一边又忍不住地直往王巧花她们离去的方向那儿看。

正巧，周慧手里提着东西走过来，远远地就跟贺勤妈打招呼：“亲家，赶集呢？”

“妈。”小妹叫了一声。

周慧亲昵地给小妹理了理头发，从篮子里拿出一双鞋给她：“小妹，给你买的，穿穿看。”

“我不要，我有。”小妹赶忙摆摆手。

周慧嗔道：“这孩子，这是谁和谁啊？不是你妈嘛，快拿着！”

“我不要。”小妹往后退着。

贺勤妈说：“这孩子，和自已的妈还客气呢。”说着把鞋接过去，放在车上。

“你们这是……”周慧问。

贺勤妈说：“来卖点儿粮食。唉，这外面也卖不出什么好价，正说要拉供销社去卖呢。”

周慧说："那就去呗。小妹，你先拉车过去，我和你妈说点事儿。"

小妹答应着，拉着车走了。

"啥事啊？"贺勤妈问周慧。

周慧拉她一把，说："亲家，咱一边说话去。"

周慧把想把小妹要回来给小强娶亲的想法坦诚地告诉了贺勤妈。

贺勤妈被周慧说出的话惊住了，匪夷所思地盯着她看。

周慧不自然地笑笑，说："亲家，你别这样看我啊，我也是没办法啊。老话说得好，嫁出去的闺女，泼出去的水，可我那个拧儿子——咱这么说吧，你们养了小妹快十年了，只要你们答应叫她回来，价钱咱们好说。我不为别的，就为我儿子。"

贺勤妈拧着眉毛问："那我儿子呢？"

"什么？"周慧没听明白。

"我儿子呢？贺勤呢？"

周慧笑笑："我多出点儿钱，你再给他另说一个。"

"亲家，亏你说得出来。"贺勤妈生气了，"亲家，要还有别的事儿，您就说；没有，小妹还在供销社等着，我得走了。"

周慧拉住她："亲家，这么说你不愿意？"

"我不是说了吗？我肯定不会同意的。"

"不愿意就不愿意，我也觉得不是那回事。不过我还有句话。"

"什么？"贺勤妈问。

"那你就快让两个孩子圆房吧。"周慧说，"老话说得好，夜长梦多。他们圆了房，我那儿子也就死了心了。"

贺勤妈犹豫道："我是觉得俩孩子都还小。再说，他爹死了还不到一年。"

"这不眼看就到了吗？对了，亲家，办喜事的时候，千万别让小强知道，那孩子的脾气啊，连我都怕他。"

贺勤妈脸上这才露出笑容，说："我知道了，放心吧亲家。"

小妹坐在院里搓玉米，贺勤妈在一旁做针线，她一边做一边偷眼看着小妹。

“小妹，有二十了吧？”贺勤妈问。

“哪里，还没十九呢！”

“咱农村兴说虚岁。虚岁就二十了。”贺勤妈说。

小妹没说话。

“唉，一转眼成大人了。”贺勤妈比划了一下，“你进门的时候，才这么高，瘦得像只猫。”

小妹小声地说：“我知道。这么多年，多亏了妈。”

“这说的啥呀？咱不早就是一家人了吗？”贺勤妈说，“小妹，妈像你这么大的时候，就过门了。”

小妹已经听出她的意思来了。

贺勤妈说：“妈过门以前，还没见过贺勤爸，哪像你和贺勤……”

小妹站起来，说：“妈，该做饭了。我去做饭。”

院门被推开了，贺勤推着自行车走进来，车后带着铺盖卷。

“哥，回来了？”小妹一边说，一边过去帮他拿行李。

“你咋这时候回来了？怎么把行李都带回来了？”贺勤妈问。

“我不上了。”

“你这个孩子，咋说不上就不上了呢？”贺勤妈责怪他说。

贺勤说：“我不能让小妹再去干那么危险的活来供我上学了。我不上了。”

贺勤妈又急又气：“这孩子！”转念又一想，说，“也好，回来就回来吧，该办的事儿也该办了。”

小妹明白她的意思，看了贺勤一眼，进了厨房。

贺勤奇怪地问：“妈，小妹今天怎么啦？”

贺勤妈看着小妹的背影说：“没怎么，长大了。”

贺勤果真退了学，四处找同学和老乡打听外出打工的门路。

这天晌午，他一进门就满脸兴奋地喊：“妈，我打听好了，三槐、贺平他们都去，我就跟他们一块走。”

贺勤妈正在院子里拾掇东西，看着儿子喜形于色的脸庞，叹道：“唉，外面的钱就那么好挣吗？”

“那总不能老呆在家里吧？”贺勤说，“贺林在那边已经干了好几年了，他说，济州那个地方靠海，韩国人多，工好找得很。再说，我会修理摩托车的手艺，就更好找了。”

他想把好消息告诉小妹，却四下里张望不着。

贺勤妈说：“你找小妹啊？不知道干啥去了。这些天老不着家，总在村头上站着。说不定又上村头了。”

“她站在村头干什么？”贺勤问。

“不知道。闺女大了，心思就多了。”

贺勤起身，说：“我去找她。”

贺勤妈叫住他：“贺勤，你就这么走了？”

“咋了？”贺勤问。

“不带上小妹？”

贺勤眼里现出惊喜：“妈，你让我带着小妹一块去？”

贺勤妈说：“这样带是不行。你们算啥呀？兄妹不是兄妹，夫妻不是夫妻。”

贺勤明白了，不好意思地说：“妈，您是说……”

“妈想找个日子，把你和小妹的婚事办了。妈本来想等你爸一周年以后，可你这一走，还不知道什么时候回来。妈就不想讲那些礼数了。”

“可是……”贺勤说，“可是，你问小妹了吗？”

贺勤妈说：“她是咱买来的，从小养到这么大。这事儿，她得听咱的。”

贺勤想了想，有些为难地说：“妈，这事您最好还是问问她。”

晚上，小妹就着昏黄的灯光坐在炕头打毛衣。贺勤妈进来，小妹慌忙起身叫了一声：“妈。”

贺勤妈夸奖说：“哟，织得这么快啊！”

小妹笑笑：“哥不是要走了吗？”

“你想得真周到啊。小妹，你坐下，妈和你说件事。”

小妹明白了，低头坐下了。

贺勤妈说：“小妹，你哥要出门了。这一走还不知道啥时候能回来，你也不小了，你俩的事……”

小妹使劲地把头往下埋着，不出声。

贺勤妈接着说：“妈本来想等你爸一周年以后，可——咱不等了吧，反正早就是一家人了，不过是圆圆房，请几个亲戚吃顿饭，就算办了事儿了。”

小妹只是咬着嘴唇静静听着。

“我请人看好日子了，初六就办吧。啊？你睡吧，明天我带你上集买点衣服啥的。虽说早就是一家人，但毕竟还是办喜事，得置办几身新衣裳。”贺勤妈说着起身就要走。

小妹情急地抬头叫了一声：“妈！”

贺勤妈回过头。

“妈，我还小哩。”小妹小声地说。

贺勤妈看着她说：“不小了。妈那天和你说过，妈也是你这么大嫁的。”

“妈，这是新社会。”

“妈也不是旧社会嫁的啊！”

“妈，妈，我还小哩，别逼我嫁好吗？”小妹哀求道。

贺勤妈没说话，叹着气走出去，进了贺勤的屋。

贺勤正低着头坐在自己的炕头，看他妈苦着脸进来，心里明白了。他走过去把他妈拉到床上坐下：“妈，我想也是，咱别勉强小妹了。”

贺勤妈瞪了儿子一眼，说：“我早看出来了，这孩子心野了。贺勤，你晚走几天，这事儿得先办了。”

贺勤还是耐心地劝说着：“妈，小妹不愿意，就先等等吧。”

“你这个傻孩子，再等下去，媳妇就不是你的了！”

“可小妹不愿意咋办？”贺勤说。

“这事儿由不得她，初六咱就办。就这么定了。”贺勤妈坚决地说，“明天妈带你们俩一块上集，买东西，把证扯了。”

“妈！”贺勤又喊了一声。

贺勤妈生气了：“你看看你这没出息的样儿！”

“妈，我就是见不得我妹受委屈。妈，再等等吧，小妹不是没良心的人。”

“你这个傻孩子，你咋这么傻啊！”贺勤妈叹道。

“我傻，我就傻了。”贺勤说，“妈，你这样逼小妹，她就是过来，我也过不好。我就是不能看见我妹受委屈。妈，求你了。”

“不行，这回由不得你！”贺勤妈的态度斩钉截铁，“贺勤，你看不了那么远，妈看到了。妈不能眼看着自家养大的媳妇跟了别人，自己的儿子却打光棍。你睡吧，明天一早咱就上集。”说完径直走出去了。

贺勤无奈地摇摇头。他想去看看小妹，犹豫了一下，又呆呆地坐下了。

第二天一大早，贺勤妈从自己房间里出来，喊儿子起床，却没人答应。她赶忙推开贺勤的屋子，却一下子惊呆了——屋里收拾得很利索，但是床上的被褥和打好了的行包已经一卷而空，哪里还有贺勤的影子。

贺勤妈惊惶失措地喊着：“贺勤，贺勤！小妹，小妹，快起来！”

小妹从自己房间里跑出来：“妈，怎么了？”

“你哥哩？听见你哥的动静了没？”

“没在屋里吗？”小妹问。

“东西都拿走了。”

小妹冲进贺勤的房间，片刻，她拿着一张纸出来，匆匆看完说：“妈，哥走了。哥留了张字条，说他打工去了。”

贺勤妈呆立了半晌，突然冲小妹吼起来：“都是你！都是你！你逼走了我的儿子！”

小妹一抖，向后退了几步，一直贴到墙上，惊恐地看着她。

贺勤妈呜呜哭着回了自己的房间，小妹也难过地低下了头。

周慧跷着二郎腿坐在屋里，对有些尴尬的四贵说：“我不是把话和你说明白了吗？你再说，我也不会再干了，我金盆洗手了！”

四贵哀求道："嫂子，没有你，还真不行啊。那老东西，我一个人斗不过他。"

"就是咱两个也斗不过他。四贵，你要接着干，嫂子也不拦你。你就老老实实地在他手底下干，挣的钱也不算少，知足吧。"

四贵说："不行，我不能一辈子给别人打下手。辛辛苦苦挣来的钱，一大半给了人家。"

"那我就没办法了。"

"嫂子，你真不干了？就这样在家里坐吃山空了？"

"不干了。我儿子是高中生，再过两年就是大学生，我不能给儿子丢脸。"她正说着，透过窗口看见小妹提了点心进了院子。她知道小妹不喜欢四贵，便催促道："小妹来了，你快走吧。"

"嫂子，有些路，只要走上去就没办法回头的。嫂子是过来人，不是不知道。"四贵还是不死心。

"我这不是回来了吗？四贵，废话少说，快走吧！"

小妹已经进屋了，周慧赶忙站起来，笑着迎上去："小妹回来了？四贵，你忙去吧，我闺女回来了，不留你了。"

小妹一看到四贵，就站住了，小声地叫了一声："叔。"

四贵只好悻悻地说："好啊，嫂子，我就看嫂子这样的人能培养出什么样的大学生了。我走了。"

周慧也不看他："不送！"

四贵走了，周慧狠狠地朝他出门的方向吐了一口："呸！"

"妈，小强没回来？"小妹问。

"没。我前天刚去看过他，小脸累得精瘦，看着真疼得慌啊。唉，小妹，你是没上过高中啊，学习紧得很，比下地干活还累哩！"

小妹说："妈叫他保重身体啊。"

"妈也是这么对他说的，可他狠着劲念书呢。哎，小妹，他老师说，小强学习不错，只要努力，将来考大学不会有问题。"周慧说着，看出小妹的神色不对，眼睛红红的，刚哭过

的样子，不放心地问，“咋今天回来了？没事吧？”

“没。”小妹摇摇头。

“你咋了？”周慧问。

“不咋的。”

周慧心烦地说：“就烦你扯不长长、压不圆圆的样儿。咋啦？”

小妹低下头，声音有点哽咽：“妈，贺勤妈逼我嫁哩。”

周慧明白了：“你就为这个回来的？”

“妈，我还小哩。”小妹说。

“也不小了，我像你这么大的时候……”突然她不说了。

小妹恳求地说：“妈，你去和贺勤家说说吧。”

“先做饭吃饭吧。”周慧转身往厨房走。

“妈。”小妹叫了一声。

周慧恼火地说：“你总得叫我吃饭吧？！”

小妹不敢说话了，低头跟着进了厨房。

一会儿，饭菜端上来，娘俩面对面吃着。小妹一脸小心，一副有话不敢说的样子，气氛有些压抑。周慧往她碗里夹了些菜，问她：“小妹，他家说什么时候办了吗？到时候，提前和妈说一声，妈多给你准备点嫁妆。唉，你早就过去了，妈总放不下你，你倒说说看，总是上辈子欠你的。”

小妹没想到等来这两句话，饭也吃不下去了，只端着碗发呆。

周慧吃了两口，看看小妹仍然不动，生气地把碗摔到桌上，吼道：“你这闺女，咋这么不懂事哩？你早就是人家的人了，人家把你拉扯大，送你上了学。咋，翅膀硬了，就不想跟人家了？”

小妹小声地说：“我没说不跟。我是说我还小。”

“小什么小？”周慧气着说，“再说了，贺勤哪里孬啊？你这闺女，不知道深浅，不知道男人有多坏。碰上贺勤，是你的福气。”

“可……可他是我哥啊。”

“圆了房就是你男人。女人哪，就那么回事。吃了饭赶快回去，人家说咋办你就咋办。”

小妹放下碗，说："我饱了。我回去了。"

"回这么早干啥？和你妈没话说了？"周慧说。

"不是。我想去看看小强。"

周慧一下子站起来："什么？不许去！"

小妹吓了一跳。

周慧说："他上学哩，你想分他的心？"

"不……"小妹正想解释，周慧愤愤地打断她说："我告诉你小妹，小强从小亲你，你若是和他说贺家逼你嫁，他会去找贺勤家，他那个脾气，还不知道会闹出什么，说不定，他能和贺勤家拼命。你可想好了！"

小妹低下了头，她明白，周慧说的没错。

小妹还是去了县一中，她推着自行车走在校园里。不远处的操场上，有一帮男生正在打篮球。小妹在他们中间仔细分辨着，终于找到了小强的身影。

小妹呆呆地看着他。

球打到这边来，小强跑过来捡球，小妹急忙躲了起来。

小强捡到球回去了，小妹又走出来，继续地看着。

看着小强动作矫捷地抢球、运球、投篮，看着他那充满朝气和活力的身影，小妹叹了一口气，慢慢地走了。

她骑着车子又踏上了垛山弯弯曲曲的山路。曾经多少回，她和小强背着高高的猪草在这条山路上打闹着回家。走到村头，她从车上下来，远远地望着背后的山路。暮色浓重的原野上，只有她一个人孤单单地立在那里。不知从什么地方，又传来那撕心裂肺的哭喊声。小妹凝神地听着，大颗的眼泪滚落下来。

小妹推开院门进了家，贺勤的一件衣服还在晾衣绳上挂着，在风里一摆一摆的。

"妈。"小妹喊了一声。

没人答应。

"妈！"小妹一边喊着，一边走进贺勤妈的房间。

屋里的光线已经很暗了。小妹推门进来，看到贺勤妈正呆呆地坐在椅子上。

“妈，您怎么啦？”小妹问。

贺勤妈没说话，只是抬起悲苦的眼睛看着她。

小妹低下头，说：“还没做饭吧？我去做饭。”

贺勤妈抹抹眼泪：“小妹，你回你家了吧？”

“嗯。”小妹答应着就要走。

贺勤妈的声音突然一变：“小妹！”

小妹一回头，贺勤妈已经从椅子上站起来，一下子跪在地上了。

小妹吓了一跳，赶快过去搀她道：“妈，妈，您这是干什么？”

贺勤妈不肯起来，只是央求着：“小妹，我知道你不想嫁。可是，妈求你，求你替咱这个家想想，替你哥想想。”

小妹使劲拖着她，想把她拖起来：“妈，妈，您起来，您起来咱说话。”

贺勤妈仍不肯起，小妹无奈，自己也一下子跪下了：“妈！”

贺勤妈流着泪：“小妹，你是个善良的孩子，妈没亏待你，你哥也没亏待你呀！”

小妹摇着头：“妈，不是因为这个，不是。”

“那是因为啥？为啥你不愿意了？”

“妈，那是我哥呀！”

“小妹，那不是你哥，那是你男人。从你八岁进这个家的时候就是这样。”贺勤妈急切地说着，“小妹，妈疼你，妈拿你当自己的闺女，可你也得替妈想想。如果你爸还活着，你不嫁就算了，妈替你置办一套嫁妆把你嫁出去，再替你哥另说一个。可你爸不在了啊！小妹，你可能还不知道吧？咱家已经欠了一大笔的债，你哥就是为了还债才出去打工的。你要是不肯嫁，你哥这辈子就得打光棍了。小妹，小妹呀，妈求你了！”

说着她就要给小妹磕下去，小妹吓坏了，使劲抱住她。娘俩痛哭着抱在一起。

小妹哭道：“妈，妈，我嫁，我答应了。”

贺勤妈破涕为笑，说："好，好，那等过年你哥回来，就给你们办。"

三

时间说快也快，仿佛紧撵着人的脚步。才一年半多的工夫，小妹已经出落得亭亭玉立了，她的身段儿好像垛山上挺拔的小树，红扑扑的脸上记刻着整日辛劳的痕迹，却遮不住洋溢着的青春和秀丽。

向晚的黄昏，小妹扛着一柄锄头，哼着歌从外面回来。还没进门，就听到院里有人说话，她不由得一愣，迟疑地推开门——院里，站着一个熟悉的身影，贺勤妈正又哭又笑地拿一条毛巾扫着他身上的灰尘。

是贺勤回来了。

贺勤妈一边扫，一边埋怨着："去年过年也不回来，你这个狠心的孩子啊，一走就这么长时间！你不要你妈啦？"

贺勤的穿戴打扮已经很有几分城里人的模样了，但神情一如过去一样的憨厚老实。他嘿嘿地笑着说："妈，看您说的。回来一趟得花多少钱啊！"

贺勤妈突然看到站在门口的小妹，高兴地朝她喊："小妹，你哥回来了。"

贺勤猛一回头，两个年轻人的目光对视在一起。

小妹低下头，轻声地叫了一声"哥"。

贺勤张张口，却没答应出来，眼看着小妹急步从他面前走过去，进了自己房间。

贺勤妈笑吟吟地说："你看，闺女大了，知道害臊了。"

贺勤也有些不好意思了。

"这回回来，就把事儿办了吧。办完了事

儿，你带着她一块走。”贺勤妈说。

贺勤小声地问：“妈，您问小妹了吗？她愿意吗？”

“妈问过了，她愿意。”

贺勤高兴地笑起来。

贺勤妈又疼又爱地看着他说：“你呀，要不是有妈，这个媳妇你是娶不回来的。”

集市的两旁挂满了花花绿绿的衣服，贺勤妈领着贺勤和小妹正兴冲冲地逛着。贺勤推的自行车上已经挂满了大包小裹的东西，贺勤妈还嫌不够，她又看上一件大红的上衣，叫人家递过来：“小妹，来，试试。”

小妹躲在她后面不肯过去：“妈，不用了。”

贺勤妈不由分说一把扯过她：“办喜事，连件正儿八经的红衣服都没有还行？来，试试，试试！”

小妹迫不得已穿上了。

贺勤妈东扯扯西看看，嘴里不住地赞叹：“啧啧，你看看，这大红衣裳一穿，人就是不一样。贺勤，你看好看不好看？”

贺勤也正呆呆地看着小妹。

贺勤妈打他一下，说：“你看这傻样，也不怕人笑话。”转过身对卖衣服的大嫂说，“我们要了。”

大嫂笑着问：“这是准备办喜事啊？”

贺勤妈说：“是啊，孩子大了。多少钱？”

“八十。”

“这么贵。便宜点儿吧。”贺勤妈说。

“这办喜事还图便宜吗？这边有打折的，要不你来那个。”

贺勤妈赶快拿出钱来：“不，就这个，咱不打折，图个吉利吧。”

贺勤妈接过叠好的衣服，放进车篓里，喜滋滋地说：“咱再上那边转转，给贺勤买身西服去，现在办喜事，中国衣裳不兴穿，都兴穿西的。”

小妹突然叫了她一声：“妈！”

贺勤妈回过头。小妹低下头说：“我不跟过去了。我……”

“你上哪去？”贺勤妈问。

“我想上县城，看看我哥去。”

贺勤妈脸色一变：“看他干什么？”

“我两三个月没看见他了。我去看看他，看看他就回来。”小妹嗫嚅着。

贺勤妈说：“等办完喜事再去吧。今儿晚上就请客了，一会回去你再帮我拾掇拾掇，明天再去看也不迟啊！”

“妈。”小妹恳求地叫道。

“妈，小妹要去，就让她去吧。”贺勤插进来，又转身对小妹说，“要不要我骑车带了你去？”

小妹赶忙说：“不要，不要，我坐汽车去，下午就回来。”

贺勤说：“那你赶快去吧，别晚了车。”

小妹对贺勤妈讪讪地笑了笑，转身走了。

贺勤妈在后面不安地看着她，突然追了上去：“小妹，妈有几句话和你说。”她紧紧盯着小妹的眼睛，“你不是想叫你哥来管咱家的事吧？”

小妹慌乱地一笑：“妈想哪儿去了？”

“小妹，那是你哥，你想去看，妈管不着。”贺勤妈说，“可你哥那脾气你是知道的，万一他不愿意你嫁，闹出事来，怕咱们谁也担不了。”

小妹哆嗦了一下。

贺勤妈温和地说：“所以，还是等办完喜事再去吧。”

小妹犹豫了一下，抬起头来，含着泪说：“妈，我就是想看看我哥，我什么也不说，我看看他就回来，这还不行吗？”

贺勤妈还想说什么，但看她那楚楚可怜的样子，叹了口气说：“你去吧。”

小妹站在一中门口，小强慌慌张张地从学校里跑出来，看见小妹，高兴地说：“小妹，你怎么来了？”

小妹微微笑着说：“我怎么不能来啊？想哥了，就来看看啊。”

小强仔细看着她说：“你没什么事吧？脸这么白。他家的人没欺负你吧？”

“没。有哥，谁敢欺负我啊？”

“就是。”小强说，“小妹，他家的人要是欺负你，你就告诉我，我叫他们吃不了兜着走。”

小妹没说话，往学校里看看，问道：“哥还得上课吗？”

“已经下课了。下午两点才上呢。”

“哥，我饿了，咱们出去吃点饭吧。我带了钱。”小妹说。

“怎么能花你的钱？”小强说。

小妹娇嗔地说：“我的钱不也是哥的钱吗？走吧！”

他俩进了学校旁的一家小餐厅，小妹点了几个小强爱吃的菜。小强情绪高昂，边吃边乐边说。小妹却几乎不动，只用痴痴的目光看着小强，偶尔点点头，响应一下，看他说得忘了吃饭的时候，就不声不响地给他夹菜。

餐厅里的人并不多，吧台的音箱里传出柔和的音乐。吃饱了的小强幸福地看着越发秀美的小妹，情不自禁地握住了她的手。

小妹笑笑，轻轻地把手从他手里抽出来。

小强关心地问：“小妹，你怎么啦？好像有心思啊。”

“没，没呀。”小妹说着，从身上取出二百块钱来，“哥，这是我给你的，拿着吧。”

“我哪能要你的钱啊？她每个月都来给我送钱，我够花的。”

“拿着吧，哥。这不是贺勤家的，是我原来在鞭炮厂挣的，他家让我留着零花的。我也不缺什么东西，就一直存着了。”

小强连连摆着手：“那我更不能要了，这是妹的血汗钱啊！”

小妹带着哭腔叫了一声：“哥！”

小强吓了一跳，赶忙说：“你生气了？小妹，你别哭，我要，我要了。”

小强把钱接过去，顺手疼爱地摸了一把她的脸：“你呀！小妹，我就见不得你受委屈。”

吃完午饭，小妹送他回学校。到了大门口，小强回身向小妹招招手：“回去吧，月底我回家的时候再去看你。”

小妹微微点点头，看着小强转过身去。突然，她忍不住大叫了他一声：“小强！”

小强一转身，看到小妹正用异样的目光看着他，他赶快跑了回来，握着她的双肩问："怎么啦，小妹？"

小妹把头靠在他肩头，趴在他耳边说："小强，记着我的话，你是替咱俩上的。好好上学，无论发生了什么事，都要好好上学。"

"你为什么突然说这个？没发生什么事吧？"小强有些不解。

"没，没什么。你赶快走吧。"

"小妹，你可别瞒我啊。"小强不放心。

"没。我是刚才听你说和人家打架，怕你不好好学。赶快回去吧，你听，上课铃响了。"

上课铃果然响了。小强慌慌张张地回过头："真没事？那我走了。小妹，别忘了，你有我呢。要是有什么事，你就来告诉我。"

小妹点点头，小强转身跑了进去。

看着小强远去，小妹的眼泪终于流了出来。一直到他拐了弯看不见，小妹这才转过身，慢慢离去。

小强回到课堂上，显得有些魂不守舍。他越琢磨越觉得不对劲儿，小妹刚才的反常举动让他感觉很不安心。

老师问同学们："这道题谁可以上来解一解？"

许多同学都举起了手。老师看了看，看出小强走神了。

"陈强。"老师叫了一声。

小强根本没听见，满脑子全是小妹。

"陈强！"老师提高嗓门又叫了他一声。

小强还是没有反应。

老师气坏了，拿起粉笔头掷过去，正好砸在小强的脑门上。小强吓了一跳，醒了过来。全班同学发出了哄笑声。

老师问："上着课，想什么呢？做梦娶媳妇呢？"

小强懵懵懂懂地看着老师，好像没听明白。

老师又问："你怎么啦？"

小强失声地叫道："不对，她不对，她是不对！"说完，拔腿就往外跑。

老师在后面追出来："哎，哎，你上哪去？回来，给我回来！"

小强已经跑远了。

他发疯一样穿过大街，跑到汽车站，上了一辆回家的车。

陈阿大可怜巴巴地站在周慧跟前，周慧把一张五十元的钞票扔给他："告诉你，这是最后一回了。你要有良心，就别再去赌，我还得留着钱给小强上大学呢。"

陈阿大嘻嘻笑着："我也是想赢了钱，给小强上大学呀！"

周慧冲他摆摆手说："快走，赶快走，别让我再看见你了！"

"我走，我走。"陈阿大揣起钱，转身就不见了。

周慧厌恶地看着他离去，起身过去开窗户，似乎要晾晾被他玷污的空气。

突然，周慧愣住了——透过打开的后窗，可以看到小强正发了疯一样顺着路跑过来。她急忙迎出去："小强，怎么啦？出了什么事？"

小强停下来，死死地瞪着她看："小妹回来过没有？"

周慧一惊，小心地看着他说："前两天还回来过。怎么啦？"

"她没出什么事吧？"小强问。

"没呀，那时还好好的呢。"

"不对，你骗我，她也骗我。她肯定出事了。"小强固执地说。

"这孩子，大白天的，胡说什么啊？她会出什么事啊？"

"我不知道，可是我有感觉。不行，我得去看看她。"说完转身就跑。

周慧追上去："哎，哎，小强，你放着好好的学不上，怎么说声风就是雨的？你这样一惊一乍地过去，叫人家家里说咱什么？"

"我不管，我就去看看小妹，她没事儿我就回去。"

周慧喊道："你回家，你回家我把小妹叫过来。"

"我不，我信不过你！"

周慧跑几步追上去："小强，你停下我和你说。"

小强根本不理她，自顾自地跑远了。

离贺勤家还有一段距离，小强就停住了。

一阵吹吹打打的音乐从那边飘过来。

小强惊慌地四处寻找着，没错，音乐就是从贺勤家院子里飘出来的。

小强发疯地跑过去，透过开着的院门，可以看到院子里摆满了酒席。人们出出进进，高朋满座，十分热闹。

小强犹豫了一下，躲开了院门，绕到院墙的一侧，踩着一个草垛爬上去。他趴在墙头上往里一看，愣住了——

院里摆满了酒席，穿一身红衣裳的小妹正在司仪的引领下，和贺勤行着大礼。

司仪喊着：“一拜天地！”

二人各自向天地拜拜。

“二拜高堂！”

贺勤妈穿一身新衣端坐在那儿，小妹和贺勤向她拜下去，贺勤妈乐得合不拢嘴。

“夫妻对拜！”

小妹和贺勤互相行礼。

墙头上，小强的脸已经完全被痛苦扭曲得变了形。他看不下去了，顺着墙头直溜到地上，身体痛苦地蜷缩成一团，直着脖子，两手撕着领口，无声地干号着。这时，一只手搭在他头上。小强抬起头，是周慧，她正怜爱地看着他：

“傻儿子！”

小强的喉咙哽咽了半天，终于喊出了声音：“你滚！”

周慧赶忙堵上他的嘴，压低声音说：“嘘，别叫里面听见。小强，跟妈走，妈告诉你。”

周慧把小强拉到村外一处破败的土墙下。小强颓丧地坐在墙跟里，周慧伸出手，想摸摸他的头安抚他，却被小强粗暴地推开了。

“这孩子，到现在还不知道这世上真疼你的是谁，不就是你妈吗？”

“你要告诉我什么？”小强冷冷地说。

“你不是都看见了吗？”

小强说：“是你们逼得她，你们逼她嫁了！”

“不是，不是我们逼的，是她自己愿意。”

“胡说！你们胡说！”小强吼道。

“小强，你咋这么傻呢？小妹早就喜欢上贺勤了。贺勤在城里开了个修摩托车的小店，可挣钱了，他要把小妹接到城里去。小妹想进城，就嫁给了他。”

“胡说！你又在胡说！小妹答应等着我的，等我上了大学，我也会把她接出去的。”

周慧冷笑道：“那得什么时候？小妹还得在农村熬多久？现在的人，都只看到眼前的，谁能等以后没影儿的事？我听说她上城里去看过你，她如果不愿意，为什么不告诉你？她为什么去看你，你到现在还想不明白？她怕你拦她，才去把你安抚下来啊！”

小强愣住了。

周慧偷偷打量着他，又温和地说：“傻儿子，别犯傻了。小妹已经是人家的人了，你也别再想没用的了。好好上学，等上出大学来，什么样的媳妇找不到啊？到那时候，咱不在农村找了，咱找个城里的。”

小强直勾勾地看着前面，也不说话。

“走，跟妈回家吧。”周慧伸手就要去拉他。

小强挣开她：“我不走。你让我自己在这儿坐会儿。”

“要坐回家去坐。”

“不，我就在这儿坐着。”

周慧犹豫了一下，说：“也好，我先回去。你还没吃饭吧？妈给你做饭去。一会儿你可就回来啊！”

小强不说话，周慧起身走开，刚走了两步，突然身后的小强叫了她一声：“哎！”

周慧回过身，责备地说：“小强，到这时候了，你在这世上还有什么人啊？你就我一个亲人，你连个妈也不叫啊？”

小强不回答，直直地盯着她说：“你又骗了我一回！”

周慧呆住了，一时说不出话来。

小强已经低下了头，冲她说：“你走吧。”

周慧看看他，犹豫着想说什么，最后还是没说，回身走了。

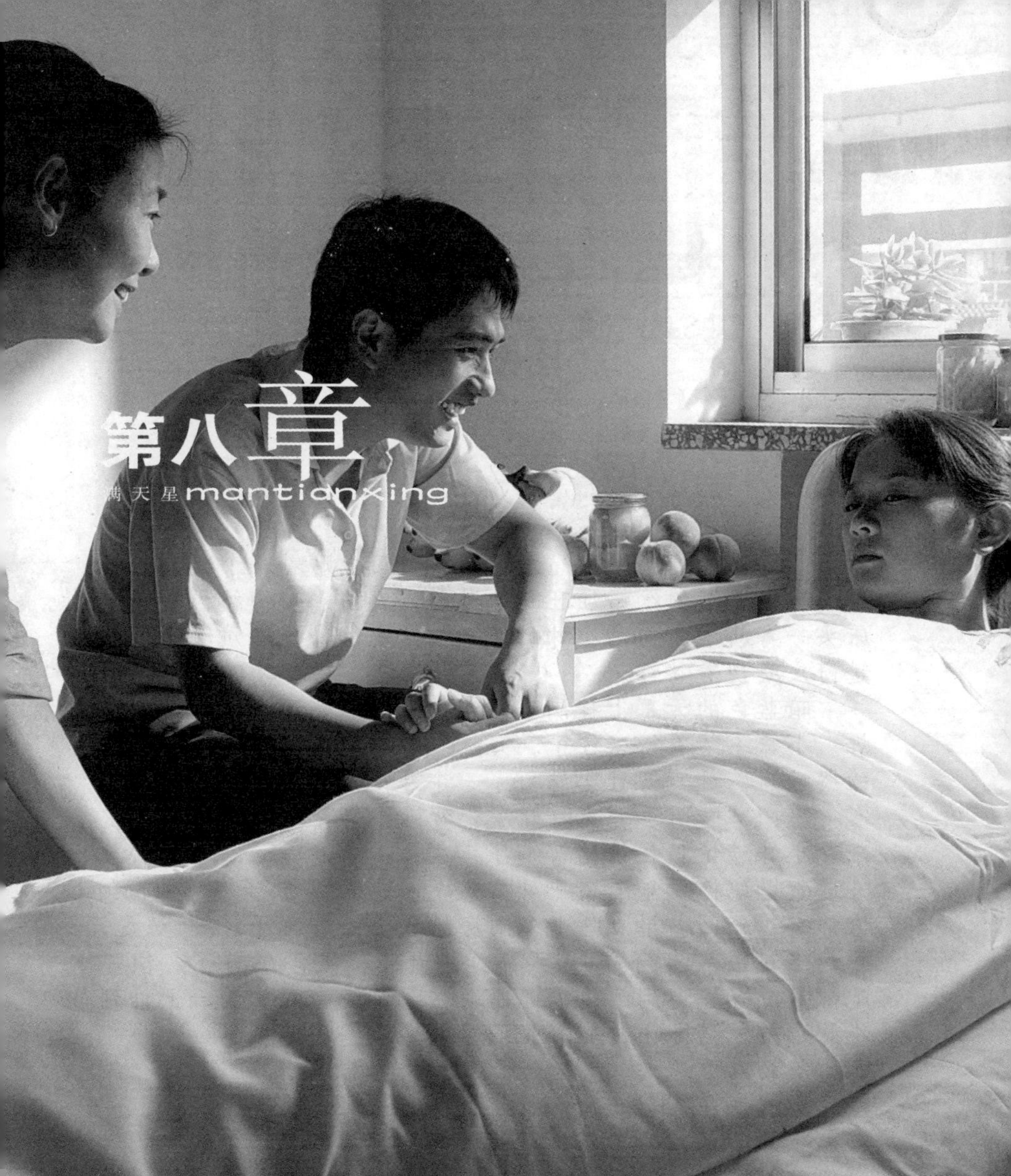

第八章

满天星 mantianxing

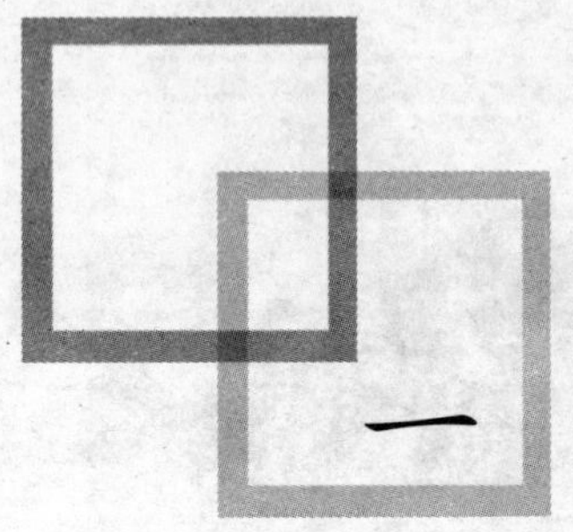

一

贺勤的屋子被布置成了新房，门上贴着一个大大的喜字，两根流泪的红蜡烛旺旺地燃着，火苗影影绰绰，映红了床头一身新娘打扮的小妹的面颊。她安静地坐在炕头上，透过窗户凝视着苍穹。

暗蓝色的天幕上挂满了晶莹的星星，明明灭灭，闪闪烁烁。小妹不禁看得呆住了。突然，她耳边又响起那撕心裂肺的哭喊声，这声音让小妹打了一个寒战。

房门“吱呀”一声打开了，贺勤娘俩面带喜色地走了进来。小妹连忙稳住情绪，迎了上去。

贺勤妈怜爱地看着小妹，笑吟吟地说：“孩子，别怕，女人都有这一回。早点睡吧，闹房的我全给赶跑了。”一边说，一边走过去关上窗户，“天凉，别开窗，要不感冒了。快睡吧！”说完她走到门口，把还站在门口傻笑的贺勤一把推到小妹跟前，随即出去轻轻把门带好。

贺勤站在床前，有些不好意思地笑着，搓着两只大手，鼓足了勇气说：“小妹，你别怕。”

小妹听了却一下子上了炕，把身子缩到了炕里边，背对着他喊了一声：“哥！”

贺勤笑笑说：“小妹，结了婚，我就不是你哥了。”

“不，你是，你是我哥。哥，别逼我，我不想嫁给我哥！”

“可……可你不是答应了吗？”贺勤问。

“我也是没有办法啊。可我不能嫁给我哥。你是我哥，你永远都是我哥。哥，求你，别逼我……”

贺勤愣住了，呆呆地看着小妹那孤立无助的身影，用颤抖的声音说：“小妹，我喜欢你。你跟了我，我一辈子不会欺负你。”

“你是我哥，你是我哥呀！”小妹喊道。

贺勤痛苦地抱着脑袋蹲在了地上。

“哥，我对不起你。”小妹从炕上跳下来，像做错了事的孩子。

贺勤使劲地摇着头，半晌才说：“小妹，我就是不能看你受委屈。那你睡吧。”

“那你……”

“我就在这儿蹲着。”

小妹也蹲下来，说：“不，还是你睡，我蹲着。”

“你是我妹呀，我怎么能自己躺着让你蹲着？你快睡吧。”

小妹想了想，把床上的被褥分成两份，说：“这样吧，我给你在地下搭个铺。”说着，真把一些被褥抱下来铺在地上。

贺勤呆呆地看着她忙碌的身影，再也控制不住了，转身跑到墙根，无声地抽泣起来。

小妹把地铺铺好，含着眼泪愧疚地看着在墙角一隅抽泣的贺勤。

屋外传来贺勤妈的走动声。贺勤赶忙止住哭泣，勉强挤出个笑脸，在地铺上躺下来。

小妹熄了屋里的灯。贺勤在地上，小妹在炕上，两个人都和衣而卧，大睁着眼睛，却谁也没说话。

突然，院子门被砰砰地砸响了，院外传来周慧凄厉的哭喊：“小妹，小妹！”

小妹和贺勤同时爬起来。

贺勤说：“怎么啦？”

“小强！”小妹预感有些不好，赶忙跑了出去。

小妹打开院门，周慧披头散发地冲进来，一把拉住她："小妹，小强，小强他不见了！"

贺勤也已跟着出来了："姨，到底是怎么回事？"

"妈，您别急，他不是在学校里吗？"小妹安慰她说。

"没有。我打过电话，他没在学校里。"周慧犹豫了一下，说，"小妹，他今天来过。"

小妹大吃一惊："什么？"

周慧号啕起来："他来过，他趴在墙头上看到你出嫁。他说我骗了他，就跑了。"

小妹呆在那儿，一动也不动。

贺勤有些糊涂了："姨，您在说什么啊？小强今天来过？来过他为什么不进来喝喜酒？"

贺勤妈这时也扣着扣子从屋里出来，她听明白了，脸色沉下来。

周慧冲她哭道："亲家，这可怎么办啊？我可就这一个孩子了！"

"亲家，还有什么办法，快找吧！"贺勤妈说，"贺勤，帮你姨找找小强。"

贺勤答应着，回屋去加衣服。

贺勤妈捅捅小妹说："小妹，你回屋去睡觉吧，让贺勤去帮你妈找。"

小妹不说话，只呆呆地看着周慧。

"回去吧，小妹。"贺勤妈说着，伸手就想去拉她。

小妹神经质地一甩，把她的手甩掉了，失声叫起来："别动我！我要跟他们一起去找我哥！"

贺勤妈吓了一跳，没再说话，只是用忧虑的目光看着她。

贺勤披了件衣服，从屋里跑出来，对周慧说："姨，咱走吧！"

天色已经微明了。小妹和贺勤一夜未回，贺勤妈在床上翻来覆去睡不踏实。她干脆起来，披了件衣服跑到大门口，神情忧虑地向远处张望着。

一会儿，贺勤踉跄着走回来。他身上沾满了草，衣服也被露水打湿了。到了家门口，才看见他妈。他一屁股坐在门墩上：“妈，您一夜没睡？”

贺勤妈问：“找到了吗？”

贺勤摇摇头。

贺勤妈往他身后看了看：“那，小妹呢？”

贺勤一听，吃惊地站了起来，说：“小妹不在家？”

“她不是和你们一块去找了吗？”

“没呀。我一直没看到她。我还以为她回来了呢！”

贺勤妈一下子慌了：“天哪，这可怎么办啊？她一定是跑了。”

“什么？她为什么跑？跑哪儿去？”贺勤有些奇怪地问。

“这傻孩子，你知道什么呀！”突然她停住了，因为她看见一个单薄的身影摇摇晃晃地走近来。是小妹。贺勤妈一把推开贺勤，迎了上去。

“小妹，回来了？你看看，这洞房夜过的。”贺勤妈心疼地说，“啧啧，全叫露水打湿了，快进家暖和暖和。”

小妹吃力地抬眼看着她，喃喃地说：“妈，小强他……他不见了……”话还没说完，身子一软，倒了下去。贺勤妈一把抱住她，回头大叫了一声：“贺勤！”

二

马路上，周慧披头散发胡乱闯着，逢人就问，见车就拦。此刻的周慧，只是一个丢失了儿子的痛不欲生的母亲。

一辆带篷的农用三轮车开过来，四贵坐在副座上，他远远地就看到了周慧。他示意司机朝周慧开过去，在她身边停下。四贵从车上跳下来，热情地问：“嫂子，大清早的，这是上哪啊？”

周慧一把抓住他，紧张地说：“四贵，你看见小强没有？”

“小强，他不是在县里上学吗？”

“他跑了。他说我骗了他，就跑了。”

“你骗他？你骗他什么了？”四贵问。

“他喜欢小妹。可你知道，小妹已经给了人家，是没办法给他的。他来找我，我只好答应他，谁知道——四贵，四贵，咱们搭伙做了那么长时间的生意，嫂子对得起你，你可得帮我找找小强啊！”

四贵一拍胸脯说：“没问题，包在我四贵身上！嫂子，孩子反正已经跑了，不如你再回来，咱接着搭伙做生意啊？告诉你，这回我要做大的。”

“我不，我已经不干了，我得等我儿子回来。”

四贵嘲笑地说：“你觉得他还能回来吗？”

周慧说：“他要是回来呢？我不能让他回来家里没有妈。四贵，求你了，你在外面，替我找找他，找到他就叫他赶快回来。”

四贵答应着：“哎，嫂子你就放心吧。嫂子多保重，我走了。”说着上车走了。

周慧在飞扬的尘土里追了几步，喊着：“记着，帮我找找他啊！”

三轮车继续往前行驶着。四贵坐在副座上，回头大声地说：“你都听见了？她从来没打算把小妹给你。她一直都在骗你。”看看后面没反应，又说，“这世上，没几个人能靠得住的，都是这样骗来骗去。你要不想受骗，就得去骗人家。”

车后厢里，小强慢慢从一堆麻袋中间钻出来，一声不响地坐在那儿向后看着，周慧已经看不见了，目光所及之处，只有一条无尽的黄土路。

前面，四贵的声音又传过来：“跟我走吧。天下的路多得很，这条路走不通了，跟上叔走另一条。”

小强沉默着。

三轮车直接驶入了火车站。四贵领着小强走进候车室，正准备检票进站，小强突然回过身，有些留恋地望着身后的小镇。

四贵拉他一把，说：“走吧！”

小强看了最后一眼，转身随着四贵而去。

夜，死沉沉的。

陈阿大正等在家门口，焦急地向远处张望着。突然他骂了一声，急急忙忙迎上去——是周慧回来了。她衣着不整，头发散乱，目光呆滞，一副失魂落魄的样子。

陈阿大抓住她的头发一把就把她摔在地上："你这个臭娘们！你把我的儿子弄没了，你赔我的儿子，赔我的儿子！"

周慧一声不吭，任他在自己身上拳打脚踢。

陈阿大打累了，站在那儿呼呼喘气。他低头看看发呆的周慧，突然眼睛一转，抱起周慧向屋里走去。

周慧像死了一般，没有任何反抗。

陈阿大把周慧摔在床上，回头看看敞着的屋门，走过去关上了门。

他一回身，愣住了——周慧已经坐了起来，手里拿着一把剪刀，目光阴森地看着他。

陈阿大吓得后退一步："你……你要干什么？"

"滚！"周慧吼道。

"你是我老婆，这也是我的家！"

"滚！"周慧又吼了一声。

"我就不滚，你敢把我怎么样？"陈阿大一边说，却一边往后退。

周慧说："我没儿子了，也没女儿了，我在这世上什么人也没有了，也就没啥可怕的了。我是个罪孽深重的女人，不在乎再背上一条人命。你滚不滚？"

陈阿大的声音有些抖了："你敢，我看你敢！"

周慧不再说话，起身就向陈阿大扑过来。

陈阿大转身打开门，飞快地跑出去。周慧握着剪刀，紧紧跟着不放。

黑暗中，陈阿大慌不择路，沿着垛山的池塘边疯跑着。他早已经气喘吁吁，嘴里却还不住地骂着："妈的，疯娘们，祸害精……"突然，他脚下一绊，一头栽倒进池塘里，池水猛地呛进他的肺里。他在水里挣扎着，但是因为刚刚跑得太急了，

已经没有力气过多挣扎了。

周慧握着剪刀赶到，看见阿大的两手还在摇摆着，身子已经大半沉到了水下。周慧有些吓住了，她扔下剪刀，呼喊起来："来人啊，快来人啊！"

然而正当深夜，荒凉的池塘边空无一人。没过多久，阿大的头也沉到水里，声音也没了。河面上冒出了几串水泡，一切又归于平静。

周慧先是呆呆看着，继而惨笑起来："活该，我再也不用见到你那张脸，你再也不能糟蹋我了！"渐渐地，惨笑变成了长嚎，那声音在岑寂的池塘边显得分外凄厉。

满天繁星，注视着尘世的一切。

三

小妹昏迷不醒地躺在病床上，不住地说着胡话。贺勤妈在一旁看着她，不时地用湿毛巾给她擦着头。

"哥，哥，你回来，回来，你别走，别丢下我。"小妹突然大叫起来，"小强，小强，是我骗了你，我骗了你……"

贺勤妈听着，满脸忧郁的神色。

小妹不安地骚动起来，两手在空中舞着，不住地在床上挣扎着。贺勤妈赶紧搂住她，柔声细语地说："小妹，小妹，醒醒，醒醒，妈在这儿。"

小妹微微张开眼，就像不认识她一样看着她。

"小妹，孩子，认出来了吗？我是妈呀！"贺勤妈心疼地看着她。

小妹的眼睛闪动了几下，似乎认出了她，含混不清地叫了一声："妈。"

贺勤妈喜极而泣："小妹，小妹，你可醒了！你可吓死人了！"

小妹看着她，喃喃地说："妈，你白疼我了。"

"什么？"贺勤妈有些不明白，看看小妹一脸的惭愧，突然明白了她的意思。她一把搂住她，大哭起来："傻孩子，说什么傻话！你会好，你会好起来的。贺勤还等你回家过日子呢！”

小妹没说话，痛苦地闭上了眼睛。

“小妹，小妹。”贺勤妈叫道。

小妹没有反应。

贺勤妈趴到她胸前听了听，害怕地说：“天哪，这可怎么好啊！”急忙又给她换上一块湿毛巾。

这时，门开了，贺勤走了进来。

贺勤妈埋怨他道：“怎么这一会儿就回来了？熬了三天了，再去睡一会儿吧。”

“小妹在这儿，我不放心。”贺勤忧虑地看看床上的小妹，无声地叹了口气。

贺勤摸摸小妹的额头，问道：“还没醒？”

贺勤妈扯了他一下：“贺勤，你出来，妈有句话。”

“什么话？在这儿说吧。”贺勤有些奇怪地问。

“出去说吧。”贺勤妈说。

贺勤不放心地看了看小妹，起身随母亲走了出去。

“妈，啥事啊，非得出来说？”

贺勤妈还没说话，泪先流了下来。

“妈，您别哭啊，小妹会好的。”贺勤有些慌了。

“贺勤，我苦命的孩子啊！你……你得有准备。”

“什么？”

贺勤妈说：“你不在的时候，医生来过，叫咱做最坏的准备。”

贺勤一愣：“我不信！小妹不就是肺炎吗？肺炎还不能治吗？”

“医生说，按理说，一般肺炎，早该退烧了，可她一直烧这么高。医生说，再这么烧下去，恐怕就……”贺勤妈有些泣不成声了。

贺勤愣了愣，声音都变了：“我不信！她一定能抗过来，一定能！”回头就往屋里走。

贺勤妈叫住他：“你先别走。医生说，可以转大医院看看。

可是，咱哪有那么多钱啊？”

贺勤一字一顿地说：“咱砸锅卖铁，回家卖房子，就是倾家荡产，也要把小妹救过来。妈，咱转院吧！”

小强站在窗前，好奇地看着外面的街道和街上的行人。

身后，门开了。四贵走进来，笑着说：“成天看，自从进了城就看，还没看够呢？”

小强一回头，有点不好意思地叫了一声：“叔。”

四贵说：“行了，该看的看了，该玩的玩了，得干活了。”

“干什么？我有的是力气。”小强问。

四贵笑起来：“不用你出力气，你只要对你叔忠诚就行。”

“叔把我带出来，叔让我咋干我就咋干。”小强说。

四贵拿出几张车票来给他：“走，跟叔去车站，有几个女孩，你给送到一个地方去，到了那边会有人接你，你把人给他，把钱一分不少地给叔带回来就行。”

小强一下子警惕起来：“什么钱？”

“别管什么钱，你带回来就行。”四贵说。

“不行，说清楚，什么钱？”

四贵恼了：“小小年纪，叫你干什么你就干什么，问这么多干吗？”

“你是不是在卖人？”小强有点明白了。

四贵说：“知道了还问什么？你妈不就是干这一行的吗？快走吧！”

“我不去，我不干这个。”

四贵看着他说：“哟，不干这个，你以为你是来干什么的？进城来上大学的？”

“反正我不干。”小强坚决地摇摇头。

“还来了硬的了。好啊，不干行啊，把钱还给叔吧。”

“什么钱？”小强问。

“装什么傻啊？你怎么来的？到了城里吃的谁的？住的谁的？你知道不知道，为了你，你叔花了好几千了。”

小强说：“反正我不干。我欠叔的钱，我去打工来还。”

四贵看着他稚嫩的面孔，把票收起来，冷笑道："还真有骨气！好吧，那我就等着了。"

四

病房里的阳光很明媚，小妹大病初愈，坐在床上，正看着窗外的一树繁花。

门一响，贺勤和贺勤妈一前一后地走进来，看到小妹坐在床上，贺勤高兴得声音都抖了："小妹，你好了？"

小妹虚弱地冲他们笑笑，说："哥，妈，这是哪儿呀？外面的花真好看。"

贺勤妈赶快过来，扶她躺下："孩子，刚退烧，别光坐着看，累着了可不得了。小妹，这是在县医院呢，咱们在这儿都住了快一个月了。"

"什么？"小妹吃了一惊。她皱着眉头，努力地回想，似乎想起来了过去发生的事。

小妹小心地看着他们说："妈，哥，小强哥哥找到了吗？"

贺勤妈别开了脸。

贺勤说："没。听说出去打工了。"

小妹垂下了眼睛，不说话了。

贺勤妈帮她掖掖被子，心疼地说："你看看，这一场大病，孩子都瘦没了。小妹呀，别的事先别管，咱先把身子养好了再说。"

"妈，我好了，咱们出院吧。"小妹说。

"那哪行？医生说你就是退了烧，也得恢复一段时间呢。"贺勤坚决不同意。

小妹笑笑说："我没事儿，咱回家养吧。住在这儿，得花多少钱呢？"

贺勤赶着一辆驴车不紧不慢地进了村子。小妹躺在车上，身上盖着厚厚的被子。贺勤妈坐在她身旁，小心地照看着她。

两个下地的村民从旁边经过，亲热地和他们打着招呼。

"回来了？小妹好了？"

贺勤妈应着："好了。劳您想着，他叔。"

"这到鬼门关走了一趟，这孩子真命大啊。"

"真难为你们了，为了这孩子。"

"这是什么话呀，他叔。自家的孩子嘛！"

驴车过去了。

驴车经过贺勤家的院子，却继续往前走。

小妹叫道："哥，到了呀！"

贺勤还是赶车往前走。

"哥，都过了。"小妹又叫了贺勤一声。

这时贺勤妈说话了："孩子，还没到呢！"

"怎么……"

"咱把房子卖了。"贺勤妈说。

小妹大吃一惊，一下子从车里坐起来，回头看着以前的院子，问："为了给我看病？"

贺勤妈亲切地搂住她，帮她盖上被子："别当回事，孩子，啥也没条命重要啊，只要你好好地和贺勤过日子，比什么都强。"

小妹呆呆地向后看着，眼里渐渐溢出了泪水。

新家是一处坐落在村头的旧房子，破败而狭小，也没有院子。

小妹站在屋前，四下看着，眼神惶惑而茫然。

贺勤和母亲正往屋里收拾着零碎东西，贺勤妈一边忙，一边招呼着小妹："快上床歇着吧。说起来，咱要那么大房子干什么？以后，你和贺勤还不知道在哪里过呢。我这把年纪了，有片屋顶避避雨就行了。"

小妹痛苦地闭上了眼睛。

"小妹。"贺勤喊了她一声。

小妹张皇地睁开眼。

贺勤温和地对她说："西屋给你收拾好了。你身体不好，一个人在那边歇着，我和妈在堂屋里挤一下。"

小妹看看西屋，默默地走进去。

周慧坐在村头的一棵树底下，呆呆地向远处看着。几天不见，她已明显地变老了。

一个声音怯怯地在她身后响起："妈。"

周慧像被电击了一下，一个激灵，赶忙转着脑袋四处找着。她看到了，是小妹站在她身后不远的地方，贺勤推着一辆自行车在更远一点的地方等着。周慧哆嗦了一下，想站起来，挣扎了一下，居然没起来。小妹赶快跑过去，把她扶了起来。

周慧就势抱住了她："小妹，小妹，你活过来了？"

小妹有些不习惯地挣脱了，小声地说："是贺勤他们家把我给救过来了。"

周慧的嘴唇颤抖着："小妹，小妹呀，你妈做过恶，遭了报应了。小强没了，没了。我上高中的儿子没了啊！"

小妹低下头，没说话。

周慧又继续号着："报应呀，报应呀！"

小妹小声地安慰她道："妈，别这么说，小强哥哥不是打工去了吗？他会回来的。"

"他不会了，不会了。我知道。"

接下来，是一阵难堪的沉默。

过了好一会儿，小妹说："妈，我也要跟贺勤哥哥走了。"

周慧觑起眼睛打量着远处的贺勤，贺勤急忙走过来，礼貌地招呼道："姨。"

周慧说："我还剩这一个闺女，你也要给我带走了？"

"姨，过年我们就回来。"贺勤说。

周慧看看小妹，眼里现出留恋不舍来："小妹，那个死鬼也死了，家里只剩我一个了。你住几天再走吧。"

小妹有些为难地看看贺勤。

贺勤赔着笑说："姨，我济州那边有一个小铺子，老不开门，房租还得交着。再说，车票也买好了。"

周慧长叹一声："走吧，都走吧。报应，这就是报应啊！"

离家的日子迫在眉睫，贺勤正忙着往一个尼龙袋子里收

拾东西。忽然，他在尼龙袋里发现一双小红鞋。他好奇地拿出来看看，又笑着摇摇头，小心地放了回去。

贺勤妈在后面坐着看他，显得心事重重。

贺勤说："妈，我们走了，您一个人在家可多保重啊。我那个小铺子，收入还行，就是盘下来的时候欠了些钱，这些日子又关着。等我们回去了，我一定好好干，等把账还上了，就在外面租房子，把您接过去。"

贺勤妈说："你先停停，妈有话对你说。"

贺勤奇怪地回过头看了她一眼。母亲的脸色似乎很不寻常。

贺勤停下来，说："有事吗，妈？"

贺勤妈走过去把门关上。

"怎么啦妈？"贺勤问。

贺勤妈长叹一声说："你和小妹这一走，妈心里老是扑腾着，总觉得有啥事呢。"

贺勤一笑："妈，您怕我和小妹过不好？您放心，我会好好待小妹的。您不常说，人心换人心吗？小妹也不是没良心的人，我对人家好，人家能对咱差？"

"不是。"贺勤妈欲言又止。

"那还有什么？"

贺勤妈喃喃自语道："那小强跑了，也不知道跑到哪里去了。"

贺勤说："谁知道啊？一点信儿也没有，他妈都快疯了。我和小妹出去了，也留心找找。"

"不！"贺勤妈急忙叫了一声，"妈不放心的就是这个！"

贺勤有些不解地看着她："什么？"

贺勤妈盯着他，一字一句地说："贺勤，你听妈一句话，出去以后，不光不能找小强，就是知道他在哪，也要留心躲着他。听见了吗？"

"为什么？他是小妹的哥啊！"贺勤说，"你又不是没见着，哥哥丢了，小妹和她妈都快急死了。"

"你这个孩子啊，你懂什么呀！"

“妈，您到底是什么意思啊？”

贺勤妈想说，但犹豫一下又没说，只是说：“反正，不许你找小强。你听见了吗？”

“为什么不许找？找不到小强，小妹会过不好的。”

“你这个傻孩子！你也别管为什么，妈说的话总归是有道理的。你要想和小妹过好日子，就不许找他，也不要让小妹见他，记住了？”

贺勤还想说什么，可是看见母亲的脸色变得很严厉，也就不说话了。

“记住了？”贺勤妈又问。

贺勤把没出口的话咽了回去，说：“记住了。”

第二天一大早，贺勤妈送贺勤和小妹走出来，贺勤提着行李说：“妈，我们走了。您别送了。”

贺勤妈靠在门框上，无力地摆摆手说：“走吧，走吧。早点写信回来。”

小妹说：“妈，我走了啊。”

“小妹，和贺勤好好过日子。”贺勤妈叮嘱道，“贺勤，照顾好小妹呀，她刚好，身子骨还弱着呢。”

小妹突然回过头，转过身“扑通”就跪倒在地下。

贺勤妈吃了一惊：“小妹……”

小妹端端正正给她叩了一个头。

贺勤妈撩起衣襟擦擦眼里的泪水，赶快把她扶起来。

贺勤和小妹离家越来越远了。故乡的小村庄也离他们越来越远了。

五

和很多进城打工的民工一样，贺勤和小妹扛着行李卷，艰难地挤进了火车站。

走过检票口，里面就是站台了。小妹一抬头，突然愣住了。她痴痴地打量着眼前的站台和铁轨。

贺勤拉了她一把：“快点儿，车快到站了。”

小妹赶快跟上去，脸上的神情却仍然有些诧异。

远处出现了喷着白气的火车头。贺勤拉着小妹让她往后站站："来了，火车来了。"

看着火车慢慢驶进站，小妹的脸上现出了惊讶的神情。火车驶过来，小妹看着那绿色的车厢，脸上更加迷惑了。

火车停了下来，人们纷纷朝车门那儿涌去。贺勤跑了几步，发现小妹仍然站在原地，急忙回身把她拉过来："你怎么不动啊？快，要不挤不上了。"

终于，贺勤和小妹挤上了火车。

小妹已经坐下了，贺勤正在安顿两个人的行李。小妹打量着座椅、小桌子和小桌子下面的空隙，又发起了呆。

贺勤终于安顿好坐下来，长出一口气："行了，明天下午就到了。"

小妹扯了他一把，小声地叫了他一声："哥。"

"嗯？"

小妹犹豫一下，又不说话了。

贺勤也没在意，兴奋地跟小妹介绍着："这家伙跑得可快哩，几百里路一夜就到了。"

"哥。"小妹又叫了一声，用犹疑的口气说，"我咋觉得，我见过这火车呢？"

贺勤笑她道："你见过？你连咱那个镇子都没出过，你还见过火车？"

"真的见过。要不，火车还没过来我咋就知道火车是绿色的呢？"小妹说。

"是做梦见过吧！"贺勤说。

"真的，我真见过。还有这椅子，这桌子，这桌子下面的空。我都见过。"

"那肯定是在梦里。"贺勤说，"你现在和我头回出门一样，看见什么都觉得新鲜，看见什么都觉得好像见过。"

小妹不说话了，只看看窗外。

火车一声长鸣。小妹不由得一抖。

贺勤奇怪地问："你怎么啦？"

“没啥。”小妹答道。

火车开动了。小妹呆呆地看着窗外一闪而过的景色，脸上满是犹疑不定。

夜已经深了，车厢里的人都睡了，贺勤也靠在椅背上睡着了。小妹仍然趴在小桌上看着窗外。

火车经过一片湖泊，湖水反射着皎洁的月光，闪着粼粼的波光。小妹看着那一大片水，脸上不自觉地现出惊讶的神情。不知何处，又传来那撕心裂肺的哭喊声。小妹不由得紧皱眉头，用双手堵上耳朵。

车到济州，贺勤和小妹扛着行李随着人流从车站里走出来。一看到广场对面的高楼，小妹就愣住了，面对眼前的这一切，她有一种莫名的熟悉感。

贺勤在前面走着，走了几步发现小妹没跟上来，停下来喊她：“快呀，跟紧我，把你丢了可麻烦了。”

小妹急忙跟上去，一边走一边忍不住抬头打量着那些高楼。

他们终于到了贺勤的修理铺。这是一间小小的修理铺，贺勤打开锁，回头笑着对小妹说：“就这儿。别看这么小，一个月的租金一千多呢。”

小妹惊叹地说：“一千多？一天得三十多啊？”

贺勤说：“城里的钱，花得快，来得也比咱乡下容易。只要转起来，还能挣得出来。进来吧。”

门拉开了，贺勤打开灯。前面一间大屋是修理铺，放着各种工具，后面还有一间小屋。

贺勤走进去，回头看小妹：“傻站着干什么？这就是咱们的家。进来吧。”

小妹迟疑地走了进去。

贺勤搬着东西径直往后面的屋子走去：“跟我来。”

贺勤打开灯。这是一间很小的屋子，屋里一张床，一张桌子，几乎就没别的了。

小妹看看那张单人床，没吭声。

贺勤说："房子小了点儿，可和门面连在一起，方便。本来该另租间房的，可一时没那么多钱。在城里，喝口水也得花钱。小妹，还饿吗？"

小妹摇摇头说："不是刚吃过面吗？不饿。"

"那就赶快收拾收拾睡吧，明天就得开业干活了。"贺勤说。

小妹又看看那张床，还是没动。

贺勤明白她的心思，过去把床上的铺盖卷起来，搬到地下，把新带来的铺盖铺上。

贺勤说："你住在这儿，我住前面。"

小妹感动地说："哥，那怎么行？"

"那怎么不行啊？前面净值钱的东西，得有个人看着啊。你收拾东西睡吧，我也累了。"一边说着，一边抱着地上的东西出去了，门随着也被关上。

小妹慢慢收拾着东西，又抬头看看窗外。不远处，城市高楼上的霓虹灯在黑夜里闪烁着美丽的光，小妹呆呆地看着。

不知什么地方，那撕心裂肺的呼喊声又响起。小妹一个寒战清醒过来，她慢慢站起来，打开大尼龙包，取出那双小红鞋看了看，又塞进了包里面。

小铺开门营业了。贺勤一身油污，正在修理摩托车，小妹在一边帮他打下手。

一个顾客在一旁检查修好的摩托车，左右看了看，满意地站起来说："老板，交钱！"

小妹赶快跑到桌子后面，把钱收下来，然后亲切地把他送出去。

贺勤抬起一张汗淋淋的脸来，朝她笑笑说："真快啊。"

"什么？"小妹没听懂。

"变成老板了，变得真快啊！"

小妹有些不好意思了。

贺勤笑笑，问："今天多少了？"

"二百多了。"

“铺子关了那么久，才开门。过一段时间，挣得还能多。照这个样子下去，几个月就能把欠的钱还上。到那时候，咱们租一套像样的房子，把妈接过来，一家人就能团圆了。”

小妹低下头没说话。

“你咋像有心思？”贺勤问。

“没。我去买菜做饭了。”小妹说着，擦擦手跑了。

“买点骨头来，妈要你多补补身子。”贺勤在后面补充道。

小妹买好菜，拎着菜篮子往铺子里走。经过一个人工湖，小妹停住了。此刻正是落日时分，大片的湖水反射着夕阳，湖面一片血红。

突然，耳边传来一个女人的呼喊声：“孩子，回来，回来！”

喊声惊醒了小妹，她猛地回身——是一个年轻的妈妈在招呼自己蹒跚学步的儿子。

小妹看着他们，又发起了呆。

晚上，小妹又把那双小红鞋拾出来放到枕边。她躺下来，却怎么也睡不着，脑海里翻腾的全是从离开小镇到来到市里一路所见的景象：绿色的火车、反射着夕阳的湖水、高楼上闪烁的霓虹灯……她对这些东西有种说不出来的感觉，隐隐约约好像在哪里见过，甚至连火车车厢里小桌下的空隙都觉得熟悉。她正困惑不解的时候，那纠缠不休的、撕心裂肺的呼喊声又幽幽地冒了出来。小妹“啊”了一声，一下子坐了起来。

屋门开了，贺勤伸进头来：“小妹，怎么啦？”

小妹抱着头坐在那儿，紧张地大口喘着气。

“小妹！”贺勤不放心地又叫了她一声。

“没事儿，做了个噩梦。”

“梦见什么了？”贺勤问。

小妹摇着头，不肯说。

“你呀，叫一个梦吓成这样。睡吧！”说着又关上了门。

“哥。”小妹轻轻叫了他一声。

贺勤走进来：“我在这儿呢。小妹，你到底怎么啦？”

“我也不知道。哥，有件事，我也说不清是真的还是我的梦。”

“什么事？”

“我……我总觉得……觉得……”小妹不知该怎么说才好。

“觉得什么呀？真叫你急死了。”

小妹抬起头来看着他：“哥，你知道吗？我不是我妈生的。”

贺勤大吃一惊：“什么？”

小妹急急忙忙地又补充了一句：“我不是她生的。没人告诉过我，可我知道，我不是她生的。”

“你呀！你妈对你严，你怕她，所以你就觉得她不像亲妈。”贺勤劝她说。

“也许吧。可是，我记得有个地方，我觉得我是从那个地方来的。那儿有高楼，有大片的水。我记得我离开的时候，那个地方的水是红色的，像血。那天我在公园看到水上的落日才明白，那是夕阳。我走的时候是个傍晚，那片水上有夕阳。还有那火车，那座椅——哥，这些东西一直都在我脑子里。”

“你呀，我不是告诉过你吗？我第一次出门的时候也是这样：看什么都新鲜，可又觉得什么都见过。”

“可这双鞋呢？”小妹问。

贺勤伸头看看，她手里拿着那双小红鞋。

“真的啊，你为什么这么喜欢这双鞋？一直像宝贝一样藏着。妈过去也觉得奇怪呢！”

“是啊，我为什么这么喜欢？哥，你看看，这鞋是手工做的。我妈那个人你不是不知道，她哪做过针线？”

“也许她疼你，就做过这一双鞋吧。”贺勤猜道。

“可能吗？你看看，咱们那儿给孩子做这种鞋吗？”

“你妈过去走南闯北，也许是别人送的呢。”

“也许吧。可是，那喊声呢？”

贺勤吃了一惊：“什么喊声？”

小妹看着他，声音颤抖地说：“哥，我从来没告诉过任何人。这么多年，从小到大，我一直听到有一个声音在喊。我听不清她在喊什么，但我知道她喊的是我。”

“声音？什么声音？”贺勤问。

“我不知道，我听不清。是个女人。我总觉得，那个女人，她才是我妈。”

又一声撕心裂肺的喊声传来。

小妹堵住耳朵：“她还在喊，还在喊。她是在喊我。”

贺勤紧张地问：“她在喊什么？叫你什么？”

小妹拼命摇着头：“不知道，我听不清，我怎么也听不清。”

贺勤呆呆地看着她。

小妹猛地张开眼，两眼已经布满了泪水：“哥，是我在做梦吗？不是真的？难道这些都是我梦见的吗？”

贺勤赶快地说：“当然不是真的，是你的梦。你想想吧，你是女孩，农村就是要孩子，也肯定会要个男孩，为什么会要个女孩？你妈又不是不会生，她不是还生了小强吗？你妈脾气太坏，你怕她，就觉得自己不是她亲生的，一定是这么回事。”

“不，不是她生的，我知道。再说，就算她是我妈，我爸是谁？”

“什么？”贺勤惊讶地看着她。

“陈阿大不是我爸。他自己也这么说。我从来没叫过他爸——他不许我叫。他说我不是他闺女。”

贺勤愣住了。

“哥，你告诉我，这到底怎么回事啊？”

贺勤尽量做出笑脸来，说：“小妹，一定是你在做梦。你爸不疼你，你妈对你厉害，你就梦见了这些。睡吧，睡吧，好好地睡一觉，明天就不会这样想了。”

小妹听话地躺下了。

贺勤帮她盖了盖被子，看她闭上眼睛，才拉灭灯，小心地出去了。

小强躺在床上，看着窗外发着呆。

门开了，四贵走进来，看样子刚刚海吃海喝过，打着酒嗝说："哟，大学生，这么早就睡了？不说挣了大钱了。叔没钱了，你欠叔的钱啥时候还啊？"

小强低声地说："挣了钱就还。"

四贵斜眼看着他："那是猴年马月啊？"

小强索性不搭理他。

"小强，你叔也不能养你白吃饭吧？今天还得有人往南边跑一趟，你不干不要紧，今天你先帮叔一个忙。起来，一会儿咱一块去车站。"

小强还是老样子躺着，根本不搭他的碴儿。

四贵恼火地冲了过来，没好气地推他一把："还真装少爷啦？也不撒泡尿照照自已，祖坟上长没长那根草。马上给我滚起来！"

小强还是不动。

"你找抽啊你！"说着四贵举起了拳头。

小强一下子坐起来，脸上杀气腾腾的，狠狠地瞪着四贵："少给我来这一套！告诉你，我不想干的事，谁也别想逼我做！"

四贵往后退了一步，觑着眼睛打量着他。

小强站起来，推开四贵，径直出去了。

四贵有点慌，问道："你上哪？"

"不用你管。"

"你不是想去告发吧？"

小强站住了，回过身盯了他片刻，硬邦邦地说："不会！"说完，转身走了。

小强来到一个公共电话亭，拿起话筒拨了一个号。

"我？我是他过去的同学。他在家吗？什么？什么？出去打工了？那他媳妇也去了吗？也去了？噢，谢谢你。哎，等等，他们去哪儿打工了您知道吗？什么？济州？"

小强放下电话，抬起头喃喃地说道："济州，济州……"

第九章

滿天星 mantianxing

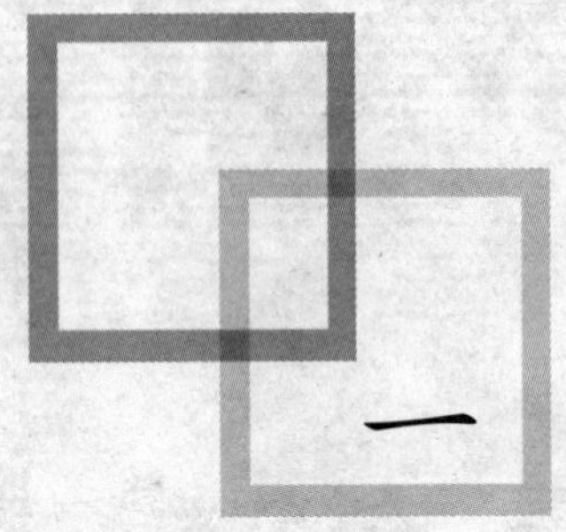

一

小妹坐在桌前，在呆呆地看着窗外高楼上的霓虹灯。

贺勤端了两碗面进来放到桌上："小妹，吃饭吧。一直忙到这会儿，饿坏了吧？"

"我不饿。哥，你快吃吧。"小妹没有回头，仍然看着窗外。

贺勤坐下来，一边吃，一边偷眼看小妹："小妹，还想那事呢？"

小妹没说话。

"你说的话，我仔细想了，怎么都觉得不可能。"贺勤说，"如果你不是你妈生的，那是哪来的？她要的？她为什么会要一个女孩？再说，她虽然厉害，可你也得承认，她疼你吧？"

小妹回过头看着他："她要真疼我，会卖我吗？"

贺勤愣了一下。

"小时候的事，我记得不牢，可她卖我的事，我记住了。我觉得，那时候，她不想让我在家里了。如果是自己的孩子，她会吗？"

贺勤说："那时候你家里不是欠了债吗？"

"哥，咱爸死后，咱妈也欠了一屁股的债。可她想过卖孩子吗？连我这个买来的孩子她都没想卖过。"

贺勤回答不出来了。

过了一会，贺勤劝她道："小妹，退一万步说，你不是她生的，是她要的，可毕竟，她把你从小养这么大，你也不该想那些吧？"

小妹听了，一字一顿地看着他反问道："不该？"

贺勤在她的目光中低下了头，不说话了。

小妹叹了口气："哥，你知道这想法在我心里有多少年了吗？"

小妹又转过脸去看窗外："没有家，没有爸，没有妈，没有一个可以依靠的人。可我不会是从石头里蹦出来的，我总有自己的爸爸妈妈。现在他们在哪里？他们知道我现在的情况吗？"

贺勤说："如果是他们把你送给你妈的，也许他们是不想要你。"

"不，不会的，我知道不会的。"小妹急切地说，"我听见的那个声音，一定就是我妈在喊我。她那样喊我，喊得撕心裂肺，她不会不要我的。"

小妹又盯着贺勤说："哥，我想知道这到底是怎么回事。我想知道我到底是谁的孩子，我是怎么到我妈家的。我想知道我亲生的父母在哪里，我是怎么离开他们的。哥，如果弄不清楚，我什么也干不下去了。"小妹都快哭出来了。

"小妹，我知道了。过两天我回去一趟。"贺勤说。

"什么，哥？"

"我去找你妈，我去求她，求她把你的身世告诉我。"

"哥！"小妹感动地叫了一声。

贺勤看着她，疼惜地说："小妹，别折磨自己了。快吃饭吧，我把这边安排好我就走。"

"可是，你要走了，这铺子怎么办？"小妹想了想说。

贺勤叹了一声："有什么办法，先关上呗，你看好它就行了。"

"那哪行呢？每天一睁眼就多欠三十多块。哥，你把我教会吧，教会了我，我先开着，干点简单的活，不好干的等你回来再修。”

贺勤抬眼打量她：“你？”

“啊，我不行啊？”小妹一挺胸。

“一个女孩家，你看好家别叫人家把房子偷走就行了，我走不了几天的。”

“几天也是钱啊。哥，你教教我嘛。”

贺勤又抬起头，小妹娇憨的样子很是妩媚。贺勤不由得一呆，赶快低下了头，装着去吃饭。

小妹假装生气地叫了一声：“哥！”

“教就教吧！”贺勤仍然不敢抬头，只大口大口地往嘴里扒面条。

贺勤果真在铺子外面教小妹补胎，小妹活没干好，却弄得自己一脸污黑。

她吃力地把补好的胎装回去，累得气喘吁吁：“哥，哥，帮帮我，帮帮我。”

贺勤看着她，却不动手。

小妹生气地一抬头：“哥！光吃饭不干活！”

她的鼻子上沾了一块油，贺勤又疼又爱地看着她，伸手去给她擦。小妹注意到他的神情，慌乱地往后一躲，躲开了。

小妹也不再叫贺勤帮她了，只是自己吃力地装着。贺勤看着她吃力的样子，笑着把她推开，自己很轻易地就装上了。

“小妹，算了，这是个力气活，不是女孩子干的。”

“不，我能干得了，你教我。”小妹倔强地说。

贺勤无奈地笑了笑：“来，咱再把它扒开，你再重试一次。”

他们都没有注意到，对面远处的墙角里，一双眼睛正偷偷地注视着他们。看到贺勤和小妹有说有笑亲昵的样子，他低下头去，回身走了。

二

贺勤妈坐在院里，正晒着太阳打盹，贺勤走进来喊了一声：“妈。”

贺勤妈一下子被惊动了，慌慌张张站起来：“贺勤？你咋回来了？咋才走了几天就回来了？没出啥事吧？”

“妈，您咋在院里睡了哩？”贺勤问。

贺勤妈说：“妈没事儿，坐着坐着就睡了。贺勤，没事吧？”

“没事，就是回来看看你。”贺勤说。

吃过晚饭，贺勤妈拉着贺勤坐在炕头上聊天。

“什么？”贺勤妈吃惊地抬起头来，“她这样和你说的？”

“嗯。小妹一口咬定她不是她妈亲生的。”

贺勤妈说：“她瞎说。小孩子家都会这样，要是对爹妈不满意，就说不是亲生的。”

“不，是真的。”贺勤说，“妈，她第一次出门，好多东西她都见过。再说，您过去不也说过吗，她和她家里人长得一点都不像。”

贺勤妈不说话了。沉默片刻，抬头看着儿子说：“那你打算怎么办呢？”

“明天我就去她家问问。”贺勤说。

“不，贺勤，你别去问。”贺勤妈赶忙阻止他。

“为什么？”

“傻孩子，这你还不懂？这种事，无论她是不是亲生的，你去问都不好。”

“为什么不好？”贺勤问。

贺勤妈说：“将心比心，要是有人来问我，贺勤是不是你亲生的？你说我能高兴吗？”

“可小妹想弄清楚啊，弄不清楚她就过不好。”贺勤有些焦急了。

“过一阵她就好了。她刚去，慢慢时间长了，适应了，就好了。”

贺勤说：“她好不了，我知道。再说，妈，我也怀疑她不是亲生的。要是亲生的，就一个闺女，怎么会卖给咱？”

贺勤妈低头想了一会，抬起头来坚决地说：“不，贺勤，这事儿你不能去问。”

“为什么？为什么不能问？”贺勤固执地说。

“不能问就是不能问。那是人家家里的事，咱不能多管。”

贺勤吃了一惊：“可这牵扯到小妹啊，我是替小妹管的。”

贺勤妈有点恼了：“你这孩子，咋这么不懂事呢？弄清楚对你有什么好？”

“可弄不清楚，小妹过不好啊。”

“你只替她着想，就不替自己想想？”贺勤妈叹口气，“要按小妹的说法，她家里那地方有高楼，那她就是城里的孩子了。要是她找到自己的亲生父母了，哪还有你的事儿啊？”

贺勤一下子愣住了。

贺勤妈说：“跑那么远的路，早早睡吧。在家里住两天你就回去，和小妹说问清楚了，她是她妈生的。她断了念想，以后就能好好和你过日子了。睡吧。”

第二天一早，贺勤把装着礼品的篮子挂在自行车上，正要往外走，贺勤妈从外面拾了柴火进来：“一大早的，你上哪儿啊？”

贺勤一边躲着她的目光，一边往外推车：“我去看看小妹她妈。”

贺勤妈警惕地问：“你不会问她那个事儿吧？”

贺勤没说话。

贺勤妈急了：“贺勤，妈的话你得听，不然你会后悔一辈子。”

“我不问。”贺勤说。

“人不能不为别人想，可也不能全为别人想。贺勤，你可记着妈的话。”

贺勤赶快骑上自行车：“我记着了。我走了。”

贺勤妈不放心地追到门口：“一定记着啊，别干傻事！”

屋里传出稀里哗啦的声音，周慧正和几个女人搓麻将。此时的周慧，穿得邋里邋遢，头发也乱蓬蓬的，好像好多天都不梳理了。她一边打牌，还一边拿着酒瓶喝着白酒，说话也粗声大气的，一副破罐子破摔的样子，活像一个女光棍。

“快打快打快打，不来房子来地，磨磨蹭蹭干什么？”周慧吆喝着。

“哟，嫂子，俺又没你那么有钱，输多了输不起啊。”一个女人说着打出一张牌。

周慧大叫一声：“胡啦！哈哈。”说完大笑起来。

那女人看看周慧推倒的牌，沮丧地说：“回回她胡。算了，不来了不来了。”

“不行不行，说好打八圈的。”周慧拉住她。

“不来了，再输就输掉底了。”

“哎，留着钱干什么？”周慧说，“听我说，这钱啊，花到自己身上的才算钱，吃了，喝了，也算没白挣。除了自己，这世上，替谁想都白搭。算了，这钱我不要了，咱接着打。”

话音刚落，贺勤拎着篮子走进来：“姨。”

周慧抬头一看是他，说：“贺勤回来了。哟，你看人家，城里人打扮得就是不一样。贺勤你坐坐，我们玩牌呢。”

三个女人都站了起来：

“算了，来客了。”

“明天再来吧。”

“家里也得做饭了。”

说着就都走了。

周慧追到门口，还一个劲地喊着：“明天接着来啊，别忘了啊！”

周慧一边叹气，一边趿着拖鞋走回来。也不抬眼，就问了一句：“才走，怎么就回来了？”

贺勤笑笑说：“回来看看。姨，我记得你烦打麻将的，过去俺叔打，你成天嫌他。”

周慧灌了一口白酒，长叹一声：“唉，我现在才知道，还是那个死鬼活得明白。贺勤，我多少日子没动过火了，你要在这儿吃饭，咱就上街上下馆子去，我这一阵都是上街上吃的。”

贺勤赶忙摆摆手：“下啥馆子啊，贵死人！姨不愿做，我

来做。”

一会儿工夫，饭菜备齐，周慧和贺勤坐下来。周慧面前放着一瓶酒，她也不吃菜，就那样一手拿烟一手握着酒瓶喝着。

贺勤一边吃，一边小心翼翼地看着她。

周慧粗声大气地冲他说：“别客气，吃，吃吧。这世上，什么都是假的，只有这好东西，吃到肚子里才是真的。”

“姨，小强还没有消息？”贺勤问了一声。

周慧正往嘴里倒酒的手停了一下，然后猛喝了几口，说：“提他干啥？没良心的东西。你姨不想他啦，你姨是个绝户啦！”

贺勤低头不说话了。

“你和小妹在哪打工？”周慧问。

“济州。”

“济州？”周慧微微吃了一惊，又问，“济州离宁海不远吧？”

“嗯，不远，两个钟头的路。宁海是省会，济州归它那儿。”贺勤说。

周慧没说话，顿了顿，声音有些异样地问：“你来回得经过宁海吧？去过吗？那个地方，现在怎么样了？”

贺勤老实地回答她：“经过是经过，但都没下过车。从车站里看，好像好得很哩，净高楼大厦。车站也大着哩。”

周慧的脸上现出怅然的神情，只听他说，也不说话。

“宁海是个大站，车在那儿要停十五分钟哩。”贺勤接着说，“我们都在那儿买扒鸡，那儿的扒鸡可有名呢。姨您吃过吗？这次回来得急，等下回回来，我给您带一只来。”

周慧还是没说话，贺勤便觉得没趣，就不再说了，只低头吃饭。

周慧好像在想象着什么，突然回过神来，说：“说，说啊，接着说啊！”

“说什么？”贺勤有些不解地问。

“宁海啊。你还在那儿看到什么了？”

贺勤说：“没啊。我没出站。”

周慧失望地叹了一声，又喝了几口酒。

“姨，您去过宁海？”贺勤问。

周慧一下子警惕起来：“没。”

“可我听着您好像对那边挺熟似的。”

周慧一惊，轻描淡写地说：“那边我去过，宁海倒是没去过。”

“可您要是去过那边，一定就会去过宁海啊，那可是个大站，总得在那儿转车倒车吧？”

周慧支吾了一下：“我没走到就回来了。那时候乡下人进城，不像你们现在这么容易。吃饭吃饭，小孩子家，打听什么呀。”

贺勤又低头吃了两口。过了一会，他小心翼翼地抬头看她一眼：“姨。”

周慧正两眼发直地看着前面，也不知在想什么。见她没有听到，贺勤只得又叫了一声。

周慧猛地醒过来：“有事？”

贺勤犹豫了一下说：“有件事，我想问问您。”

“说吧。”

“小妹她……小妹她……”贺勤吞吞吐吐地说。

周慧不耐烦地打断他：“小妹她怎么啦？你看你这个不利索的样儿。”

贺勤一咬牙，说了出来：“小妹她是您的亲生女儿吗？”

周慧正拿着酒瓶往嘴里送，突然停了下来：“什么？”

贺勤紧紧地盯着她说：“小妹她总觉得她不是您亲生的。她是您生的吗？”

周慧愣了一会，显得很生气地说：“贺勤，你怎么这样问？”

贺勤赶忙解释：“我是为小妹问的。姨，小妹跟我第一次出门，可看见火车、高楼和外面的东西，她好像全认识。她觉得自己好像去过那些地方。还有，她总听到有一个女人哭着叫她。姨，这是怎么回事？”

周慧不耐烦地说：“什么怎么回事，她小的时候，我带她外出过，她进过城，坐过火车，这有什么奇怪的？”

“可还有那双小红鞋呢？小妹从小到大一直像宝贝一样藏

着，那鞋是怎么回事？”

“那是她小的时候我在外面给她买的，她喜欢，没舍得穿，就一直放着。这又有什么？”

贺勤问：“您在哪儿给她买的？”

周慧说：“在一个商场，一双小鞋，好几块钱呢，我真不舍得，可小妹她哭着不走，我就……”

“姨，”贺勤打断她说，“可那鞋不像是商场里卖的，它像是自己做的啊。”

周慧一愣，马上改口：“你看看我这个猪脑壳，我忘了，不是在商场里，是在一个乡下的集上，一个老太太卖的。”

贺勤一直在盯着她看：“姨，小妹她为自己的身世很痛苦，她想知道自己是谁生的。如果不是您，她的亲生父母在哪儿。姨，小妹知道您疼她，所以她一直不愿意问您，可是她的心情……”

周慧突然火了：“贺勤，我把我养大的女儿给了你，你到底想干什么？你想破坏我们娘俩的关系？小妹就是我亲生的，我怀了她九个月生下她，我用我的奶喂大了她，她是我的孩子，我亲生的孩子。你还想知道什么？”

贺勤低下头去不说话了。沉默片刻，他又抬起头来盯着她说：“姨，我怎么觉得，您有话瞒着我呢？”

“什么话？”

“不知道。可是您一定有话瞒着我。一定有。”贺勤说。

周慧看着他，也不说话了。

贺勤自言自语地说：“小妹不是您生的，不是。小妹说得对。”

贺勤推开碗站起来：“姨，我吃好了。我要回去了。”

周慧也不留他，坐在那儿看着他拿起篮子往外走。

贺勤已经走到了门口，周慧突然叫住了他：“贺勤！”

贺勤站住了。

周慧慢慢站起来，走到他身后：“你回去想对小妹说什么？”

贺勤没回答。

周慧说："贺勤，你走了，你的家还在这里，你妈还在这里。如果你让我家破人亡，我也会让你家破人亡的。你记住我的话。"

贺勤低下头，小声说："姨，我走了。你自己保重。"说完走出去了。

贺勤妈一直在门口守着，不停地向远处张望。眼见着贺勤骑着自行车出现了，她赶快迎上去，焦急地问："回来了？小妹她妈还好吧？"

"还行。打开麻将了。"

贺勤妈仔细看着他说："她说什么了？"

贺勤径自推着自行车往院里走，似乎不愿意谈这个话题："没说什么。"

"到底说什么了？"贺勤妈又问了一遍。

"妈，小妹不是她生的。"贺勤说。

"什么？她说的？"贺勤妈紧紧追问道。

"不是。她不承认，但是我知道了。"贺勤一边说一边走进屋去。

贺勤妈愣了愣，马上也跟了进去。

贺勤一进门就去收拾炕上的包，贺勤妈问道："你要干什么？"

"妈，小妹一个人在那边，我不放心。事情已经问完了，我这就回去。"

"你要把这事告诉她？"贺勤妈说。

贺勤突然意识到什么，一回头说："妈，您早就知道是不是？"

贺勤妈看着他，不说话了。

"妈，您知道为什么还瞒着我？您要早说了，我就不去看她妈那张脸了。"他一边埋怨着，一边继续收拾包。

贺勤妈在他身后慢慢地叫了他一声："贺勤。"

贺勤觉得她的声音有些不寻常，回过身来，正看到母亲一脸郑重的神情。

“妈，您怎么啦？”

贺勤妈说：“你现在知道我为什么不让你们再见小强了吧？”

贺勤迷惑地看着她，摇摇头。

贺勤妈摇头叹息道：“你这个傻孩子啊！你想想看，小强并不是她亲哥哥。”

贺勤一下子明白过来，脸色大变：“什么？你是说……你是说……小妹和小强？”

贺勤妈看着他没说话。

贺勤紧张地思索着，神经质地嘀咕着：“不可能，不可能，小强是她哥哥，小妹一直拿他当哥哥的。”

贺勤妈说：“你说得对，是拿他当哥哥，就像小妹拿你当哥哥一样。可他也像你一样，他并不是小妹的亲哥哥，他们一点血亲都没有。”

贺勤惊慌地说：“不，不。”

贺勤妈说：“小妹小，也没那么多心眼，或许并不懂这些事儿，可小强他是知道的。他知道小妹并不是他亲妹妹，他从小和小妹一块长大。你想想小强是为什么跑的？他是看到了你和小妹拜天地！如果他对小妹没心思，看到自己的妹妹出嫁，当哥的会那样吗？”

贺勤完全呆住了。

“你再想想小妹为什么病了那一场。如果她只把小强当成哥哥，她会那样吗？”

贺勤张皇地抬起头：“您是说，小妹也对……”

“不，我没那么说。”贺勤妈说，“小妹这孩子是我看着长大的，她是个好孩子，心眼也单纯，她可能还不知道。可是这种事，贺勤，总有一天她会想明白的。”

“天哪，怪不得！”贺勤失声叫道。

“什么？”贺勤妈问。

贺勤摇摇头，不肯说。

“什么怪不得？你快告诉妈。”贺勤妈急了。

贺勤把脸埋在膝盖里，痛苦地说：“妈，我……我和小

妹……我们……”

“你们到底怎么了？”

“我们……我们并没圆房。”

“什么？”贺勤妈大吃一惊。

“入洞房那天，她在炕上，我在地下；到了城里，她住里屋，我住外屋。”

贺勤妈完全呆住了。

贺勤接着说：“她一口一个哥叫着我，说不想嫁给哥。我只当她小，我不想强迫她。可谁知道……”

“傻孩子，你这个傻孩子啊！”贺勤妈有些恨铁不成钢地看着自己的儿子。

贺勤痛苦地说：“可是妈，我该怎么办啊？我喜欢小妹，我见不得小妹受委屈。如果她不愿意，我真的不想强迫她。”

贺勤妈问：“那你能见得小妹离开你，跟了别人吗？”

贺勤打了个寒战：“不！”

“所以啊，孩子，你听我的，回去以后，第一件事，就是和小妹圆房，不管她愿意不愿意。她早就是咱家的人了，咱养大了她，这事，她说了不算。”

“妈……”贺勤苦恼地打断她。

“你别想那么多，圆了房，咱好好对她不就是了？哪个女人不是这么走过来的？小妹碰上你这么个人，得算她行了运。”贺勤妈接着说，“第二件事，你们得躲小强远远的，再不许他们见面。”

“那，小妹的身世呢？”贺勤问。

贺勤妈干脆地说：“不告诉她。就说她就是她妈亲生的。说起来，亲生不亲生，不就隔一层肚皮吗？”

贺勤低下了头。

贺勤背着回来时背的包出门了，贺勤妈紧跟在后面送他。

贺勤仍旧心事重重的，他小声地说：“妈，您别送了，我走了。”

贺勤妈叫住了他：“妈说的话都记下了？”

贺勤默默地点了点头。

贺勤妈说：“你给我说一遍。”

贺勤说：“第一，和她圆房；第二，不许她再见小强。”

贺勤妈说：“还有呢？”

“不把她的身世告诉她，就说她是亲生的。”贺勤的声音越来越小。

“孩子，你可记着妈这三句话。妈不是不疼她，可再疼，她也是咱买来的媳妇。人哪，要是只顾别人不顾自己，最后什么也落不下。”

贺勤不说话，走了。

贺勤妈又叫了他一声：“贺勤！”

贺勤机械地停下来。

贺勤妈的声音变得严厉起来：“妈的话记住了？”

“记住了。我走了。”贺勤答应着，并没有回头。

贺勤妈在后面不放心地看着他走远，突然扯起衣襟来抹眼泪，同时喃喃地说：“这傻孩子，这傻孩子啊。”

三

小妹蹲在那儿，笨拙地修理着一辆摩托，摩托车主站在那儿很不耐烦地等着。

“你到底会不会啊？”

小妹急得都快哭了，红着脸说：“我会，我会，我就是干得慢点儿。大哥，您先去逛一会儿，回头再来推行吗？”

车主无奈地说：“我还有急事呢。”

小妹哀求道：“半个钟头，再有半个钟头就好了。谢谢您了大哥！”

车主摇摇头，无奈地走了。

一双脚停在了她面前。

小妹头也不抬，慌慌张张地说：“大哥，怎么这么快就回来了？您等着，这就好，这就好。”

没人回答。小妹一边抬头，一边用袖子去擦汗。突然，她擦汗的胳膊定住了——她看到了一个熟悉而又陌生的身影，是小强。

小妹呆住了，简直有些不敢相信。她慢慢地站起来，吃惊地注视着他，向后退了两步。

小强也激动地望着小妹，他们深深地互相凝视着。

“小妹。”小强声音颤抖地打破了平静。

小妹的嘴张得老大，半晌才轻轻地说：“小强，真是你？”

“是我。小妹，你还好吧？”小强说。

小妹的脸突然剧烈地抽搐起来，她一下子扑过来，紧紧地抱住了小强。

“小强哥哥，是你？真是你？我不是做梦吧？天哪，天哪，我做了多少回梦了，这回是真的吧？”

小强不说话，只是用力地抱着她。

小妹又哭又笑地推开他，重新上下打量着他，还伸出手去抚摸他的脸颊。

“是真的，真的是你啊，小强哥哥！你上哪了？你急死我了，我还以为，这辈子我再也见不到你了呢！”

小强还是不说话。在小妹面前，这个粗鲁刚硬的年轻人顿时变得温柔起来。

这时车主走过来了：“修好了吗？”

小妹赶快推开小强，擦一把泪，笑着说：“修好了，修好了。大哥，今天是高兴的日子，我哥来看我了，钱我不要了。”

车主掏出一张五十的钞票来：“哪能呢？高兴的日子，我也跟着高兴高兴，图个吉利。别找了，也是辛苦你了。”

送走车主，小妹回过身来看着小强笑：“哥，你回来啦？你真的回来啦？”

小妹笑着笑着，脸又抽搐起来。从笑到哭，再从流泪到呜咽，最后索性放声大哭起来：

“哥，哥呀！你怎么那么狠心啊，你差点儿把我害死了啊！”

小强感动地看着小妹，眼睛也慢慢地湿润了。

小妹拉着小强走进铺子，说：“哥，我给你做饭吧，该吃饭了。”

小强连忙拉住她："你别为我忙了，你坐下来说说话就行了。"

两个人面对面坐下，却谁也不说话，只是深情地互相凝望着。

小妹笑了一下，小强也跟着笑一下。

小妹轻声地说："哥，吃饭吧，我给你做饭。"

"我不想吃，真的，我就想这样坐着。"

小妹不好意思起来，低下头说："哥，你一跑，把我给急坏了。"

"我知道，你病了一场。小妹，你受苦了。"小强说。

小妹含泪抬起头："哥，原来你什么都知道。"

小强疼爱地伸出手，要为小妹擦眼泪，小妹躲开了，羞涩地自己擦去。

"哥，你回家吧，回家看看妈去吧，她好可怜。"小妹说。

小强沉默地摇摇头。

"为什么？哥，如果你看到你走后她那个样子，就会相信她是疼你的了。"

"她骗了我。"小强恨恨地说。

"什么？她骗你什么了？"

小强不说话了。

小妹说："要不，咱现在去给她打个电话，告诉她你的消息，她准能高兴死。"

小强一下子抬起头来："不行！"

小妹吃惊地说："为什么？"

"不许告诉她你见过我。"

"为什么？"

"我不认识她这个人。"

"哥！"小妹哀求地喊了他一声。

"听我的，"小强说，"要不，我也没你这个人了。"

小妹恳求他说："哥，你不知道她有多可怜。"

小强的脸上现出几分冷酷："那是她活该！小妹，不许告诉她，要不我再也不会来了，我说话算话。"

小妹无奈地说："那好吧。"

停了一会，小妹抬起头来，怯怯地看着小强说："哥，有件事，一直在我心里，可是我不敢问你。"

"什么事？"

小妹说："我……我家在哪儿？我的亲生父母是谁？"

小强吃了一惊，说："你怎么突然想起来问这个？"

"我不该问吗？你也知道，家里一直也没拿我当亲生的孩子，要不，也不会卖了我。"

"你想找你的亲生父母？"小强问。

"我不该找吗？"小妹说，"哥，这么多年，我一直想找到他们，只是没有机会。"

小强犹豫地看着她，突然变得态度坚决起来："小妹，你别问了，我不知道，我什么也不知道。"

小妹恳求地说："哥，求你了。"

"你别问了，我真的不知道。"

小妹失望地低下了头。

小强打量一下房子："你住哪儿啊？"

小妹向后一指："后面还有一间屋子。"

"你住那儿？"

"啊。"小妹答道。

"和贺勤？"

小妹犹豫着，正不知道怎么答，门口一暗，贺勤出现在门口。

"小妹，我回来了。"贺勤兴高采烈地说。

突然，贺勤愣住了——他看见了眉头紧锁的小强。

小妹站起来，高兴地去接他手里的东西："贺勤，你回来了？你看看是谁来了？"

小强似笑非笑地冲贺勤点点头。

贺勤还没有从震惊中缓过来，站在那儿呆呆地看着小强。

"贺勤，不认识了？"小妹说，"我刚才也像撞了鬼似的。你倒说说看，世上哪有这种人啊，一走就没了消息，就和蒸发了似的，我还以为这辈子再也见不到他了，谁知道……"

她抬抬头，两个青年仍然各自站在老地方，一言不发地互相打量着。

小妹看看这个，又看看那个，不安地叫了贺勤一声。

贺勤醒过来，冷淡地对小强一点头："你来了。"

小强生硬地回答："来了。"

接着又是沉默。

小妹赶快去拉贺勤，拉他坐下。

"回来这么快，我以为你还得在家住几天呢。贺勤，妈好吧？我妈呢？她也好吧？"

小强一声不响地在贺勤旁边站着。

小妹又招呼小强道："小强哥哥，你也坐啊，站着干吗啊？我去给你们两个做饭，你们先聊啊。"

贺勤猛地站起身，碰得桌子椅子一阵乱响："我不饿，我不吃。"说着头也不回进了里屋。

小妹尴尬地看看小强，急忙跑过去："贺勤，你怎么了？"

小强在她身后叫住她："小妹，我走了。"

小妹又转身回来："什么？哥，吃了饭再走吧。而且我们该说的话还没说完呢。"

"以后有说的机会。我先走了。"小强一边说一边往外走。

小妹追出去："哥，哥，你住在哪儿啊？我怎么找你啊？"

"你不用问，我会再来找你的。"

"哥，你什么时候再来看我啊？"小妹又问。

小强没有回答，自顾自地走了。

小妹失望地站在那儿看着他远去，又回头有些不解地往里屋看了看。

"哥，你到底怎么回事啊？"小妹靠在里屋的门框上问贺勤道。

贺勤不说话。

"我哥哥那么久没消息，我都快急死了，好不容易又见到他了，你怎么这个态度啊？"

"我不喜欢看见他。"贺勤说。

"为什么？"小妹惊讶地问。

“不为什么。小妹，以后不许他再来。”

“什么？为什么？”小妹不理解，为什么平日和和气气一点脾气都没有的贺勤今天会变成这样。

贺勤固执地说：“不为什么，这是我的家，我不想叫他来，他就不能来！”

小妹像不认识他一样惊讶地看着他。就这样，两个人一个屋里一个屋外地僵持了一会儿，小妹声音颤抖地开口了：“这是你的家。这话是你说的？”

贺勤吓了一跳，有些心虚地看着她：“小妹……”

“那我呢？这是你的家，那我呢？我是谁？你家买来的童养媳妇？”

贺勤赶快站起来：“小妹，对不起，我不是那个意思。”

小妹回身就走，贺勤赶忙追出去，死死地拉住她。

“小妹，小妹，我说错了。这不是我的家，是咱俩的家。原谅我吧小妹，我说错了。我只是不想再让他到咱家来。”

“为什么？他怎么得罪你了？”小妹含着眼泪看着他问。

“不为什么。可是小妹，上回你病得差点儿不行了，不就是为了他吗？”

“是啊，他是我哥啊。你明明知道我和我哥亲，你却不让他到家里来看我。我在这世上有几个亲人啊？就这么一个，你还不许他进门。”小妹已经哭出声来了。

贺勤有些慌了：“小妹，小妹，我真不是这个意思。你也不想想，他走了那么久，谁知道在外面干了些什么。你们刚才的话我听到了，你看，他在哪儿都不告诉你，万一……”贺勤语无伦次地给自己做掩饰。

“你怕他在外面干坏事走邪道？告诉你，小强他不会。再退后一万步，就算他干了，走了，他也是我哥，我也不能眼看着他不管！”

贺勤恳求她说：“小妹，不管怎么说，他大了，你也大了，各人过各人的日子，他也不能成天往咱这儿跑啊。”

“怎么是成天往这儿跑？他今天是第一次来啊！而且，他也不会成天往这儿跑的。”小妹已经是泪流满面了。

贺勤觉得自己理屈，只好沮丧地说："那好吧，我不管了。"

小妹看着他丧气的样子，也缓和了口气，失望地说："好吧，再见到他的时候我会告诉他，不叫他来了。"

晚上，小妹收拾床准备睡觉，贺勤斜靠在门上，从后面看着她。

小妹回头看他一眼，说："哥，时候不早了，睡吧。"

贺勤不说话，仍然呆在那儿看着她。

小妹又看了他一眼："你怎么啦？有什么事吗？"

贺勤吃力地说："小妹……"

"有事？"小妹问。

贺勤呆呆地看着她，有话不好出口的样子。

小妹似乎明白了，不由得后退一步，冷淡而坚决地说："哥，时候不早了，睡吧，我得关门了。"

贺勤沮丧地低下头，出去了。

小妹走过去，把门插上。

外屋，贺勤呆呆地躺在行军床上。他沮丧地翻个身，痛苦而又无奈地在心里说道："妈，我做不到，做不到啊！"

屋里，小妹同样也没睡着。她想着贺勤回来之后的种种反常，坐起来，披上衣服，打开门出去。

贺勤听到门响，赶快闭上了眼睛。

"哥，哥。"小妹在他身边轻声叫道。

贺勤含混地答应了一声。

小妹蹲在他身边说："哥，你怎么回事？我怎么觉得你从家里回来就不对了？到底发生了什么事？"

"没事儿。"贺勤也不睁眼，好像不想再说话的样子。

小妹看看躺着的贺勤，犹豫了一下，还是开口了："哥，我不知道你怎么那么烦小强。你替我想想，我爸不认我，我妈又厉害，从小，我就小强哥哥一个亲人。"

贺勤睁开眼看着她说："我明白。小妹，我不是说过了吗，我不管了。"

"那件事，你问了吗？"小妹又问。

“问了。”

小妹一下子紧张起来：“她怎么说？”

贺勤犹豫了一下：“你是她生的。”

小妹愣了愣，半晌，她盯着贺勤的眼睛说：“你骗我。”

“你是她生的。你小时候，你妈带着你走南闯北，三岁多的时候才回家。”贺勤避开她的眼睛。

小妹还是不相信，只是直直地看着他。

“是真的。所以你看到过高楼，看到过大片的水，还有火车什么的。你小时候全见过。”

“可为什么从来没人告诉过我？”小妹突然说。

“什么？”贺勤有些没听明白。

“我是说，从来没人告诉过我她带着我出去过，也从来没人告诉过我我三岁才回家。”

贺勤支吾了一下：“也许他们觉得没必要吧。”

“还有那个声音呢？那个日夜都在叫我的声音呢？”

“那是你的错觉……”

“不！不是错觉！”小妹一下子打断了他，“她在叫我，天天都在叫我。哥，别骗我，我不是她亲生的，我自己知道！”

贺勤说：“你怎么知道？”

“这儿，这儿有感觉。”小妹把手放在自己的胸口上，“哥，如果不是你的亲生父母，你会感觉得到。”

贺勤闭上了眼睛，不说话了。

小妹恳求地叫了他一声：“哥！”

“信不信由你。我问的结果就是这样。我要睡了。”说着，贺勤翻过身睡了。

第二天一切又恢复了往日的平静。贺勤修车，小妹给他打下手，只是两个人都很沉默，没有了往日的欢声笑语，气氛很是沉闷。

贺勤偷偷看小妹一眼，想找点话说，好让她高兴高兴。

“小妹，这儿也没多少活，你出去玩玩吧，自从来了你还没好好玩过呢。”

小妹摇摇头，只是低头干自己的活。

贺勤说：“要不咱今天早收工，我领你到卡拉OK去玩玩。他们经常去玩，我只去过一次，就再也没去过。那儿可好玩呢。”

小妹仍是摇头。

贺勤叹了口气，又继续低头干活。

小妹看看墙上的表说：“该做饭了，我出去买点菜。”

小妹买了一兜菜从市场里出来，沿着马路边慢悠悠地走着。

远处有孩子的欢叫声，小妹抬起头，顺着声音失神地看着正和母亲嬉戏的孩子。

这时，一个声音响起来：“小妹！”

小妹蓦地转过头，看到小强站在马路对面。

小妹“啊”了一声，马上横过马路向小强跑过去。

“小强哥哥，你这两天又去了哪里？你把我急死了。”小妹急切地说。

小强拉着她的手说：“小妹，走，咱找个地方说话。”

小妹什么也没说，信赖地把手交给他，跟着他走了。

第十章

满天星 mantianxing

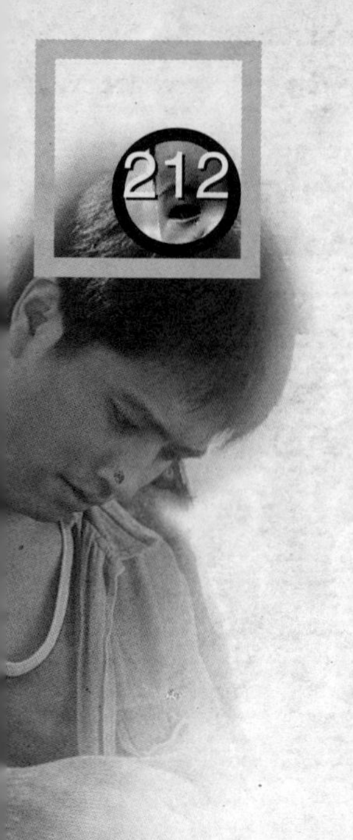

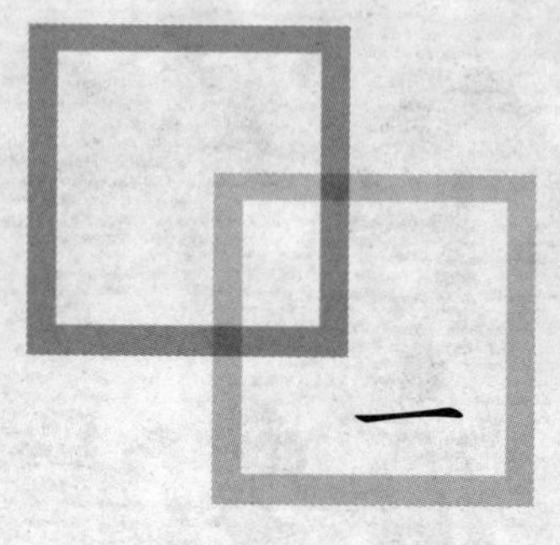

一

小强领着小妹沿着河边慢慢地走着。这一路小强都不说话，也不回头看她。

小妹看着小强紧绷着的面孔，小心翼翼地说："小强，那天的事，你别怪贺勤，贺勤因为你突然不见了生你的气呢。别说他，连我都生你的气，你让我多着急啊！那天的事，我已经说过贺勤了，但是你一定别生他的气。贺勤的脾气，你是知道的，他是个好人，就是不会说话。"

小强突然站住了，回过头来说："小妹，你别给我解释了，他怎么对我，我无所谓。"

"什么？"

小强接着说："我不在乎他。对我来说，他这个人不存在。我只在乎你。小妹，你喜欢贺勤吗？你真打算跟他过一辈子了？"

小妹一下子愣住了。

小强定定地看着她说："我这么费力地找到你，就是想问问你这个。你爱他吗？你要跟他过一辈子了？"

小妹转过身去："哥，你问这个干什么？咱们不说这个。贺勤还等我回家做饭呢。"说着把手抽出来就要走。

小强一把把她拉回来，声音颤抖地说："小妹，我的心，你是知道的。我是为了你从家里跑出来的，也是为了你回来的。我就要你一句话，这辈子，你想跟谁过？"

小妹面露难色："哥，你说什么呀？你是我哥啊！"

"不，我不是你哥，你知道你不是我爹妈生的。小妹，过去你是怎么对我的，我知道；我是怎么对你的，你也该知道。我在这世上，就你一个。你呢？你心里有我吗？你愿意跟我吗？"

小妹直愣愣地看着他。

小强看着她单纯美丽的面孔，突然激动起来，紧紧地把她搂在怀里，声音哽咽地说："小妹，你不知道我这些日子过得有多苦，我以为，我把你丢了。走吧，跟我走吧。我发誓会好好待你，让你过上好日子。我再也不让你受苦，不让你被人卖来卖去了。如果你想找你的亲生父母，我就是走遍天涯海角也要帮你找到。小妹，小妹……"

他冲动地搬住小妹的面孔，去寻找她的嘴唇。

小妹清醒过来，一下子把他推开了。

"不！"

小强踉跄了几步，差点儿坐到地上，趔趄着扶住一棵树才站稳。

小妹冲他喊道："哥，我已经被卖给贺勤家了。我是他家的人了。没有他家，我早就没了。"

"可是这并不代表你喜欢他，对吗？你喜欢的是我，对吗？"小强焦急地等着她的回答。

小妹只是流泪，却什么都不说。

小强又激动起来，重新扑上去，扳住她的肩膀，强迫她转向自己。

"小妹，你说啊，我等的就是你这一句话。你到底是喜欢他，还是喜欢我？"

小妹哭着闭上眼，不肯说。

"说！你说呀！"小强焦躁地吼着，"你喜欢的要是他，我就走，永远不再回来。要是喜欢的是我，你就跟我走。"

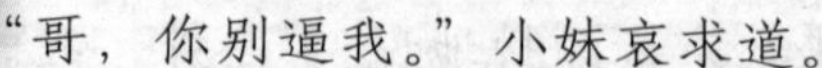

“哥，你别逼我。”小妹哀求道。

“不，不行，你一定要回答我！”小强几乎要咆哮起来。

小妹睁开泪眼，看见小强正用狂热而焦灼的目光紧紧地盯着她。

“小妹，说呀！”

小妹哭倒在他怀里，叫着：“哥，哥呀，你是我哥呀！”

小强一怔，呆住了。

“哥，原谅我，原谅我。没有贺勤，就没有我。我……我已经是贺勤的人了。”

小强的手慢慢地松开了她，他绝望地仰头看着天，试图不让自己的眼泪流出来。

小妹抓住小强的两个胳膊，摇着他哭道：“哥，哥，去找别人吧，找一个更好的女孩儿。你永远是我的亲哥哥。”

小强一下子把她的手给甩开了。

“哥，哥……”小妹恳求地叫着他。

小强神情木然地看着她，咬着嘴唇慢慢地点了几下头，向后退了几步，突然转过身就跑了。

小妹追了几步，绝望地大叫一声：“哥！”

小强已经跃上河岸，消失了。

小妹瘫倒在地上，嘤嘤地哭起来。

贺勤站在铺子门口，焦灼不安地向远处张望着。天已经很晚了，小妹却一直没有回来。贺勤等了半天，始终不见小妹的影子，他失望地返身回去了。

贺勤拿起电话，犹豫了一下，拨了一个号码。

“叔，对不起，这么晚了还打扰您。麻烦您，能叫一下俺妈吗？我有点急事。”

贺勤妈已经脱了衣服睡了。听见门外有人喊她，说贺勤有急事找她，贺勤妈忙不迭地穿衣起床，来到隔壁。

一进门，贺勤妈就扑向电话：“贺勤，出了啥事？”

这边的贺勤把着话筒，还没说话，声音就先哽咽了。

贺勤妈更急了：“孩子，没出息，哭啥呢？到底出了啥事？”

贺勤呜咽道："妈，妈，我做不到，做不到。"

"做不到？什么做不到？"贺勤妈紧张地问。

贺勤转了话题："小强找来了。"

贺勤妈顿时愣住了。

"妈，我怎么办呢？"

"什么怎么办？妈不是都告诉过你了吗？小妹呢？"

贺勤说："她下午出去买菜，到现在也没回来，一定是又去见小强了。"

贺勤妈看看一旁好奇的邻居，压低了声音问他说："你别急。贺勤，妈问你，小妹，是你的人了吗？"

贺勤苦恼地摇头："妈，我不能逼她，我见不得她不高兴。"

"傻孩子，傻孩子啊，你啥时候才能懂事啊？你再疼她，再爱她，也不能惯着她啊！贺勤，你别难过，女人啊，我知道，你等她回来，今天就和她圆房。小妹的品性我心里有数，只要你们圆了房，我敢保证，她再也不会找小强去了。"

贺勤痛苦地说："可是妈，我做不到，我怎么也做不到。我喜欢她，她比我自己的命还重要，我见不得她不高兴。妈，总是我上辈子欠她的吧。"

贺勤妈急了："这个傻孩子，你听我的，放下电话，去把她找回来，和她圆房，听见了吗？"

贺勤呆呆地拿着电话，听着里面传出的叮嘱声："贺勤，你是个男人，男人得在家里说了算。别在这儿呆着了，快去找小妹，今天晚上就和她圆房，听见了？"

贺勤慢慢地挂上了电话。

呆立了一会，贺勤走出门。他一边伸手去拉卷帘门，一边回头向街头上张望。顿时，他愣住了——不远处的路灯下，有一个彳亍而行的小小的身影。

贺勤赶忙扔下门，朝她跑过去。

小妹手里买的菜没有了，人也像喝醉了酒一样摇摇晃晃的。

贺勤吃惊地问她说："小妹，菜呢？小妹，小妹，你怎么啦？"

小妹吃力地抬起头看他一眼，喃喃地说："哥，他不会再

来了，不会了。”

“谁？谁不会来了？你在说什么？”

“小强，他……他不会来了。”小妹苦笑道，“我……我把他赶走了。我……我在这世上再也没有他了……”话还没说完，小妹的身子就软软地倒了下去。贺勤一把抱住了她。

小妹躺在床上，昏昏沉沉地睡着，贺勤呆坐在她身边，看着她沉睡的面孔。

贺勤胆怯地看了看左右，好像屋里除了他和小妹之外还有别人似的。在确定屋里只有他们两个人之后，贺勤小心地伸出手，扯了一下小妹的衣服，小妹白皙的肩膀露了出来。

贺勤呆呆地看着，呼吸变得急促起来。他慢慢地凑过去，灯光下，小妹的面孔宁静而美丽。

呆了半晌，贺勤把小妹的衣服重新掩好，又慢慢地坐了回去。

贺勤痛苦地摇着头，喃喃自语着：“不，不，我做不到，做不到……”

二

四贵从出租车上下来，一边打着手机，一边走进一个小旅馆。

“你光白吃饭吧，养着你有什么用？告诉你，明天一早你就过来，老三在青龙桥劳务市场那儿等着你。这回买卖再做不成，你就吃不了兜着走吧！”四贵骂骂咧咧地关上手机，伸手去摸钥匙。

这时，一个蜷缩在台阶旁的黑影叫了一声：“叔。”

四贵停下来，借着走廊里昏暗的廊灯费力地看着。半晌，他才认出眼前这个人是谁。

是小强。他衣着不整，狼狈不堪，一副失魂落魄的样子。

四贵觑着眼睛打量着他：“哟，你打哪儿冒出来的？看这个样子，在外面混大发了。不错，不错，还想着你这个老叔呢。这是准备上哪啊？”

“叔，我回来了，你还收留我吗？”小强说。

四贵没说话，左右看了看，一把搂住小强，搂着他进了屋。

小强狼吞虎咽地吃着四贵给他做的方便面。四贵坐在他旁边，抽着烟，不动声色地打量着他。

小强一口气吃完面，把汤也喝了个精光，然后意犹未尽地长出一口气。

四贵笑了：“怎么，和三天没吃饭似的？这些日子都上哪了？我还以为你再不回来了哩！”

小强低下了头：“叔，你别问了。以后，我跟你干，行吗？”

“你跟我干？”四贵有些不相信。

“跟你。”小强点点头。

“你叔干的可是掉脑袋的活啊！”

小强苦笑了一下：“现在，我还怕什么呢？”

四贵拍了拍他：“好小子。叔收下你了，你就等着挣大钱吧。”

日子就这样一天天地滑过去，小妹变得越来越沉默，越来越没精神，干什么都是心不在焉的。

这天，贺勤和小妹在吃早饭。两个人都不说话，气氛十分沉闷。

贺勤偷眼看看小妹，小心地问：“小妹，上次小强走的时候，没留个联系的办法？”

“没。”小妹头也没抬，只是低头吃着。

“不会吧？要是咱想找他，怎么找，他总会留个地址吧？”

“为什么还要找他？”小妹抬头看他一眼，又把头低下去说，“他没留。”

“你这个妹妹，他再也不要了？”

小妹突然烦躁起来：“哥，别再说他了。”

“我想找他。小妹，他要留了联系办法，你就告诉我。”

“你找他干什么？”小妹还是一副恹恹的样子。

“我有事。”

“那我也没办法。他说过他再也不会来了，我再也见不着他了。”

贺勤有些不死心：“他是不是在济州，这你总知道吧？”

“我也不知道。”

贺勤失望地低下头，继续吃着他自己的饭。

一上午，铺子也没有多少活儿。吃过午饭，贺勤犹豫了一下，跟小妹撒个谎就出来了。既然小妹不知道小强的联系办法，他只好自己去找了。

一连好多天，铺子的活儿不多的时候，贺勤就出去找。他去了建筑工地，去了修路工地，他几乎跑遍了所有垛山老乡落脚的地方，但他们都不知道小强现在在哪，也不知道他是不是还在济州。

这一天，贺勤又出去找了大半天，傍晚时分，贺勤疲惫地回到铺子，小妹已经出去买菜了。贺勤呆呆地坐在门口，正愁着怎样才能找到小强。

这时一个常来修车的老主顾推着她的车走过来，贺勤赶快起身招呼：“来了大姐，怎么，车又坏了？”

“没坏，我是来送上回的修理费的。你看看，本来答应第二天就送过来的，可第二天我调了班，出去跑车，就没过来。”说着，那女孩拿出一张五十元的钞票来给他。

贺勤收下钱，问道：“大姐，跑什么车啊？”

“我是列车员，当然得跑车啊。三天一趟。”

贺勤一下子抬起头来：“大姐是列车员啊！跑哪趟线啊？”

“京沪线，远着呢。”

贺勤把那张五十的钞票又拿了出来：“大姐，咱们是邻居，帮您修修车什么的还不是小事吗？钱我不收了。”

“那哪行？你们挣个钱也不容易，我这拖了这么久已经不好意思了，要碰上不讲理的，还不知道说我啥呢！”

贺勤不由分说就把钱往她包里塞：“不要了，真不要了。咱们做邻居这么久，处得这么好，要再收您的钱，就说不过去了。大姐，以后您这车，就包在我身上了。”

女孩欲推还就：“这怎么好意思啊？”

“大姐，您要过意不去，我就托您帮个忙，您看看行吗？”

“什么忙？”女孩问。

“大姐，您走南闯北的，我想托您帮我找个人，行吗？”

“找谁啊？”

“小妹她哥哥找不到了。上回他来过，因为和我生了一点气，一赌气走了，不知道去了哪里。小妹就这一个哥哥，我们想找他，找不着。大姐，您天南地北地跑，我想，我写几张寻人启事，您能帮我发发吗？”

女孩有些不知所措：“我往哪儿发？”

贺勤说：“我看车站都有贴寻人启事的地方，您帮我贴那儿行吗？”

“可他不一定能看到啊！”女孩说。

“可他也不一定看不到啊！”贺勤恳切地说，“大姐，我们实在没办法了，我在这城里都跑了七八天了，一点消息也打听不到。可找不到他，小妹她就……”

女孩犹豫了一下，说：“好吧，我试试吧。小站恐怕不行，我们停的时间太短，大站我尽量地散一散。”

贺勤高兴地说：“真太谢谢您了。这样吧大姐，我今天就开始写，您下回跑车以前我给您，行吗？”

“好吧。”

三

四贵领着三个女孩走进候车室，小强跟在她们后面。

四贵找了几个空着的椅子，很热情地招呼她们：“坐，都坐吧。坐一夜车，就到了，明天你们老板会在那儿接你们，你们就成外国厂子里的工人了。好福气啊，连我都羡慕。”

女孩们天真地笑着。

四贵指着小强对她们说：“这一路上，有这位陈大哥保护你们，你们有什么事，就对他说。”

小强阴郁地朝她们点了点头。

一个女孩小声地对另一个说：“他怎么看起来这么凶啊，

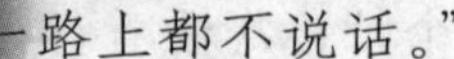

这一路上都不说话。”

四贵听到了，连忙说：“哎，可别这么说，我这兄弟可不凶，最近不笑，因为失了恋。哎，你们可别听说人家丢了女朋友就去追人家啊，陈大哥对他女朋友可是很痴情的。”

女孩们又笑起来。小强皱皱眉，脸更沉了。显然，他不喜欢四贵这样开他的玩笑。

他慢慢地往候车室外面踱去，想离他们远一些，一个人打发上车前的这段时间。

候车室门口有块留言板，他靠在墙上，百无聊赖地这看看，那看看。

突然，他看到了自己的名字：“小强，你在哪里？小妹有急事找你，请赶快去找她。”

小强顿时愣住了。他完全忘了自己此刻从哪里来要到哪里去，他径直跳下了候车室门口高高的台阶，狂奔而去。

一辆贴着“宁海—济州”字样的客车正徐徐开出站，小强狂奔过去，张开双臂拦在车前。

汽车在他面前一个急刹车停下来，司机从车窗里探出头来：“找死啊！”

小强也不还嘴，跑到车门那儿狠狠地拍打着。售票员从车里探出头来：“没地儿了，等下一趟吧。”

小强仍旧拍打着车门，嘴里喊着：“我站着，我站着！”

车门开了，小强挤上了车。

贺勤正蹲在地上干活，突然感觉面前一黑。他抬起头，满头大汗的小强站在他眼前。

贺勤赶忙高兴地站起来：“小强，真把你找到了！”

小强也不搭话，眼睛一边往屋里看，一边喊：“小妹，小妹。”

见半天也没人出来，小强急了：“我妹呢？她出什么事了？你把她弄哪儿去了？”

“小强，你别急，她没事儿。”贺勤笑着对他说。

“她人呢？”

“她去买菜了。”

小强用警惕的目光盯着他：“不对。小妹到底出了什么事？你把她怎么样了？她为什么急着找我？”

贺勤又笑了：“不是她找你，是我。”

小强一愣。

“小强……”就叫了这一句，贺勤突然伤心地埋下了头。

小强看着他说：“你怎么啦？”

贺勤犹豫了一下，说：“小强，你回来吧。”

“什么？”小强没听明白他的意思。

“你回来，把小妹带走吧。”

小强大吃一惊。

贺勤哽咽道：“小妹她，她喜欢的是你，不是我。上次你走了之后，小妹就一直闷闷不乐的，我想尽一切办法逗她开心，我带她去游乐场，给她买衣服，可怎么她都是不开心。没有你，她过得不快活。”

小强怀疑地看着他：“你说的是真心话？”

“我费了这么大劲儿找你，难道是为了玩？”

小强愣着不动了。

贺勤继续说：“你带她走吧，一会儿她回来你们就走。我就有一个条件：要走，你们就走得远远的，再也不要让我看到她。”

小强突然一声大叫冲了过来，一下子就把贺勤推倒在地上。

小强的脸痛苦得变了形：“你为什么不早说？为什么上次不说？为什么？为什么呀！”

贺勤吃惊地看着他：“小强，小强，你怎么啦？上次，我不想，因为，我喜欢小妹，我想留下她。”

小强一边痛苦地撕着自己的头发，一边猛烈地哭嚎着。

贺勤爬起来去安慰他：“小强，你别这样，不就差了几天吗？告诉你，我和小妹并没圆房，我们一直是分开住的，她住里面，我住外面。”

他越说，小强越痛苦，连连地摇着头。

贺勤也哭了：“我不想没有她，就是因为这个，我上次才赶走了你。可是没有你，小妹就不快活，就像丢了魂一样。小强，这不公平，不公平！你到底哪里比我好？她为什么喜欢你却不喜欢我？咱们俩，难道不是我对她更好吗？可是，她心里只有你。我嫉妒你，恨你，可我有什么办法？我就是见不得小妹不高兴。小强，带她走吧，走得远远的，再也别让我看到她。”

小强已经慢慢地平静了下来，他抱着胳膊，呆呆地看着天花板，轻声而坚决地说：“不！”

“什么？”贺勤愣住了。

“我不会带她走了。”小强一字一顿地说。

“为什么？”

“不会了。如果上一次，我会；可现在，不会了。”

“为什么？才差了几天？难道有什么区别吗？”贺勤不解地问。

“有，有。我已经不是以前的我了。”小强说。

“什么？”贺勤吃了一惊，小心地看着小强痛苦得已经狰狞了的面孔说，“你干了什么，小强？”

“别问了，贺勤。”小强痛苦地咬着自己的嘴唇，“贺勤，你是个好人，好好地和她过日子吧，好好地待她。我再也不会来打扰你们了。”

“你到底干了什么？小强，你告诉我！你是小妹的哥哥，你可千万别干对不起小妹的事啊！”

小强转身就要走：“你别问了，和小妹没关系。我走了。”

贺勤追上去拖住他：“小强，你不能走，你一定要告诉我！”

小强挣脱不开，迫不得已回过身，问他说：“你真想知道？”

“不是想，是一定。”贺勤坚定地说。

“好吧，我告诉你。”小强换了一副玩世不恭的面孔说，“我已经有女人了。”

贺勤大吃一惊，松开了手。

“这回，你高兴了吧？我有了女人，我不能再和小妹了，小妹是你的了。”

贺勤呆呆地看着他。

小强看他一眼说："我走了。"

贺勤愣着看他走出去，突然又追上去："等等！"

小强站住了，不耐烦地说："还有什么事？"

"小强，小妹的亲生父母在哪里？"

"你问这干什么？"小强转过身看着他。

"小妹一直想找亲生父母。你想想，别人有委屈，都有父母说，可小妹从来没有。这世上，最喜欢小妹的就是咱俩了，咱们帮她找到家吧。"

"你不怕小妹找到她的亲生父母，就不再跟你了吗？"小强说。

贺勤低下头，慢慢地说："这个我想过了，但小妹说，这是她从小的心愿。如果找不到她的亲生父母，小妹就高兴不起来。我看着她闷闷不乐的样子受不了。"

小强看了他一眼："所以你帮她找，即使她以后不跟你你也认了？"

贺勤咬咬牙，点了点头："对。小强，如果你真爱小妹，你能忍心看她不快活吗？把她亲生父母的事告诉我吧，让我们一块帮她找家，等找到了，她愿意跟谁，看她自己的。"

小强闭上眼睛，叹了口气："小妹说得对。"

"她说什么？"贺勤问。

"她说世上再没有第二个人比你对她更好了。"小强说。

"不，有第二个。"

"谁？"

贺勤盯着他说："你。"

小强吃了一惊："你说我？"

贺勤说："不是吗？你和她一块长大，你是小妹小时候唯一的伙伴。你为了小妹不再上学，离开了家。小强，现在为了小妹，把你知道的告诉我吧。"

小强犹豫了："如果我告诉你，你打算怎么做？"

"我们自己去找找。"贺勤兴奋地说。

小强有些怀疑："十八年了，你们自己上哪去找？"

"我们可以找警察。"

听到“警察”二字，小强不由得打了个哆嗦，不说话了。

“小强，告诉我吧，为了小妹。”

小强苦笑地看着他：“你不知道你要我干的是什么啊！好吧，我告诉你，小妹的老家就在宁海。”

“什么？宁海？离这儿这么近？！”

“是啊。当初，你怎么跑那么远把小妹带济州来了？是命，这是命啊！”

“宁海哪儿？她父母是谁？”贺勤迫不及待地问。

“其他的，我就不知道了。我小时候，我爸和那女人不和，那女人只疼小妹，我跟着我爸。晚上的时候，我爸经常骂她，我是听他的话里带出来的。其他的，可能我爸也不知道——你想想，他们的关系那个样，那女人怎么会告诉他？”

贺勤为难地说：“可是宁海那么大……好吧，谢谢你小强，我们再想办法吧。”

小强看着他说：“贺勤，你可一定帮她找到啊，小妹太可怜了。”

贺勤坚定地对他点点头说：“我一定。”

小强说：“那我走了。”说完，匆匆转过身就要走。

这时，他一下愣住了——小妹手里提着篮菜，站在门口，又惊又疑地看着他。

两人都愣在那里，用复杂的目光彼此交流着。

贺勤赶忙上前打圆场：“小妹，小强他，他过来看我们……”

小强低下头，说：“我走了。”说完，就脚步匆匆地消失在门口。

小妹一直呆立在那儿，不说话也不动弹。

过了好一会儿，小妹突然醒过来，扔下菜篮子撒腿就往外跑。

等小妹追出门来，小强已经走得很远了。

小妹一边追着，一边喊着：“哥，哥！”

远处的小强听见了小妹的呼喊，加快了脚步，跑了起来。

小妹仍然不放弃，她一边狂奔，一边哭喊着：“哥，别呀，你等等，我有话说。”

小强已经拐了弯，上了过街天桥。

终于，听着小妹的哭喊声和已经有些趔趄的脚步声，小强在天桥的中央停了下来。他不忍心看小妹这样难过。

小妹见小强停住了，急忙跑过去："哥，你再也不会回来了，是吗？"

小强不转身，也不说话。

小妹又问："我再也没有你了，是吗？"

小强还是不说话。

"哥，哥，以后，如果我有事，我怎么找你？"

小强有些犹豫了。

小妹哀求地叫着："哥！"

小强还是不看她，稍稍侧过头，说："小妹，我给你留个电话，但你能保证不告诉任何人吗？"

"我保证，我保证！"小妹赶忙回答。

"无论在什么情况下？"

"无论什么情况下！"

"好吧，你记着，13853162021。"

小妹赶快在身上摸索着："你等一下，我找支笔。"

"不，不要写在纸上，"小强阻止她说，"记在你心里，只有你一个人知道，无论什么人，都不要告诉他。"

小妹紧张地点点头："知道了。多少？你再说一遍。"

"13853162021。"

小妹重复了两遍，说："记住了。"

小强问："不会忘了？"

"不会忘了。"

突然，小妹上前一步，从后面猛地抱住小强，哭道："哥，13853162021，13853162021。我记住了，我不会忘的。"

此时，小强也已泪流满面。就这样，小妹紧紧地抱着小强站在天桥中央。

过了好一会，小强平静下来，说："小妹，只要不是走投无路，不要用这个电话找我，听见了？回去吧，和贺勤好好过日子，他会对你好的。我走了。"

小妹慢慢松开了手，呆呆地看着他。

小强转过身来，看着她，突然有些动情："小妹，我亲你一下行么？"

小妹心里一震，顺从地闭上了眼。

小强捧着她美丽的面庞，动情地看着，不舍地看着。过了很久，他小心地在她的额上印下了轻轻的一吻。

小强轻声地说："小妹，我走了。不要再找我了。但是，你记着，你有世界上对你最好的哥哥。只要你有事需要我，无论我在哪里，无论我正在干什么，我都会马上赶到你身边。记着我的话。我走了。"

说完，小强转身就跑了。

小妹仍旧闭着眼睛，听着小强的脚步声越来越远，越来越弱，直到最终消失。小妹靠着天桥的栏杆慢慢地瘫坐在地上，嘴里默默地念着："哥，哥……"

小妹低着头走回来，正在干活的贺勤赶快站起来迎上去："他走了？"

小妹嘴里一遍遍念叨着："我没他了，我再也没他了。"

贺勤犹豫了一下，说："小妹，我不想告诉你的，可是，是小强让我说的：小强他，已经有女人了。"

小妹猛地抬起头："什么？"

贺勤急忙说："是真的。小妹，是我把小强找回来的。我看你想他，我想把他找回来，让他带你走。可是他告诉我，他已经有女人了。"

小妹呆呆看了他一阵，低下了头，疲惫地说："哥，我累了，我想睡一会儿。"说着要从他身边过去。

贺勤拉住她，说："小妹，你别这样，我看到你这样，心里难受啊！我对不起你，要是上次我不拦，也许就不会是现在这样。可现在，已经晚了啊！"

小妹一点反应也没有，仍是一副病恹恹的样子："哥，我从来没说过要跟他。我累了，你让我睡一会儿吧。"

贺勤哭了："小妹，你忘了你一直和我说的事了？"

小妹吃力地抬起头，说："什么事？"

"找你的亲生父母啊！我已经从小强那儿打听到了，你的家在宁海。我要帮你找家，找到你的亲生父母，到那时候，你就有自己的亲人了。"

小妹呆呆地看着他："哥，找不到了。"

"为什么？为什么找不到？我们不是已经知道他们在哪儿了吗？"

小妹摇摇头："找不到了，我知道，找不到了。我累了，我要去睡了。"说着，扯开他的手，进去了。

四

小强坐在旅馆房间的地上，面前的火盆里烧着什么东西。

小强把他写给小妹的日记，一页页地撕下来，扔进火盆。那是他上高中前，小妹用自己的工资买给他的日记本，上面记着小强在那些日子里对小妹的点滴思念：

"小妹，我今天英语考了78。我下次一定会考得更好的，为了你，我也会考得更好的……"

"小妹，我今天报名跑了一万米。我得了第三名。要是你能在旁边给我加油就好了，那样我会跑得更快的，我也许会拿第一名呢……"

"小妹，我们还有三天就放假了。我们有好长时间没有见面了吧？我真想马上就能见到你。你等着我，我一放了假，就去找你……"

小强面无表情地看着这些纸片烧成灰烬，他什么也不想，就那样呆呆地看着。

四贵开门进来。看见小强回来了，四贵马上甩掉手上的衣服，上前一步，狠狠地给了小强一拳。

"你这个狗东西，成事不足败事有余。成天供你吃供你喝，用你的时候你跑了。说，上哪去了？"

小强擦擦嘴角的血，也不说话。

四贵冲上来举拳又要打："你这个吃里爬外的东西……"

他的手一下子被小强抓住了。小强两眼通红，像要滴出血来，正狠狠地瞪着他。

四贵吓了一跳，声音有些软了："干什么？你想干什么？"

小强咬着嘴唇看了他半天，说了一句："你别逼我！"

四贵知道要是真打起来自己不是他的对手，他收回了自己的手，从地上拾起衣服，拍拍灰，叹了口气："你这到底是为什么呀？"

小强还是不说话。

四贵走到他跟前，拍拍他的肩说："傻小子，你不说，我也能猜出个七八。是不是又是为了小妹？你怎么到现在还没活明白呢？世上的事儿，除了钱，有能靠得住的吗？别再耍小孩脾气了，跟着叔，好好干，挣一笔大钱。到那时候，你要什么女人，有什么女人。说不定，连小妹到时候都得哭着叫着来找你呢！"

小强一下子又抓住了四贵的手，面孔也变得狰狞起来："不许你提她，听见了吗？不许！"

四贵看着他可怕的面孔，只好连连点头："好，好，不提。吃了吗？早点睡吧。上回的生意，叫你放跑了，明天，咱们有一单大的。"

小强狠狠地瞪了他一眼，把他的手猛地甩开，说："滚！"说完就脱了衣服，上了床。

夜已经很深了，小强躺在床上，愣愣地看着窗外。透过窗户，可以看到满天的星星。

满天璀璨的星星。

耳边，他和小妹在草地上嬉戏的天真无邪的笑声又响了起来……

一个男人在贺勤的铺子里转着，他左看看，右看看，用挑剔的眼光上下地打量着。

"你看，营业面积三十多个平米呢。地段也不错。怎么样？"贺勤在一旁解释着。

"什么地段不错啊，这街多背啊。"那男人说。

“可这周围有好几个居民小区，修摩托车的就这一家，生意可火呢。”贺勤说。

“不行，这个价太高，我要不了。”

“这还高？您再打听打听去。而且这后面还有一间，前面做生意，后面过日子，全在这儿了。”

男人作势要走：“我就这些了，不干就算了。”

贺勤赶忙追上去：“大哥，大哥，您也不能一口价啊。这个铺子也不能只值这么一点钱吧？

那人说：“就这些，不干算了。”

“大哥，大哥，咱再谈谈。”

“不谈了。”

贺勤一咬牙，说：“大哥，那就按您说的了。”

小妹从外面买菜回来，看见贺勤正客客气气地送那个人出来。

看着那人走远，小妹问他说：“哥，你要干什么？”

贺勤笑着说：“小妹，我把这铺子盘出去了。”

“什么？为什么呀？”

“咱们得去宁海啊！”

“什么？”小妹不明白他的意思，在这儿明明干得挺好的，怎么说走就走了呢？

“你父母不在宁海吗？咱们不在济州干了，咱们去宁海。这样，也方便咱找你的父母啊！”

小妹愣住了。

贺勤一边收拾地上的工具，一边说：“我算了，盘回来的钱，还了账，还能剩好几千呢。咱们拿着这几千块钱还找不到事吗？我刚来城里的时候，两手空空，不也活过来了？小妹，你也收拾收拾，过几天，这铺子就不是咱的了。”

几天之后，贺勤和小妹扛着大包小包从汽车站出来，打量着面前陌生的城市。

贺勤说：“小妹，这就是宁海了，你的家。”

小妹没说话，只是呆呆地望着面前的一切。

第十一章

满天星mantianxing

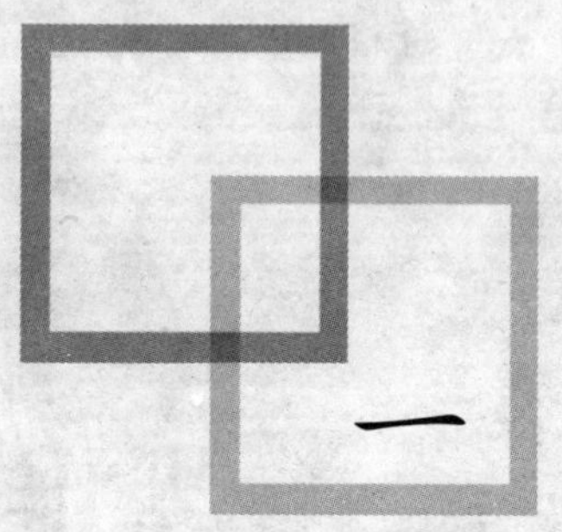

一

小村庄已经沉到了浓浓的梦里，满天星斗笼罩着一片黑黝黝的大地。远处和近处，除了唧唧的虫鸣，只有偶尔的狗吠声。

一大一小两辆车开过来。车前大灯没开，小灯像萤火虫一样在高低不平的土路上晃来晃去。借着微弱的灯光，勉强可以分辨出，前面的是一辆警车，后面是一辆中型面包。

车开到离村庄还有一段距离的地方停了下来，几个警察下了车。其中一个身材高大的身影把大家召集到一块，他是宁海市公安局刑警队的中队长李天雷。李天雷用力压低了声音说："都记住了吗？从东头数，第三家。大孙，小宋，你们跟我进去，其他的人在外面接应。记着，没有我的命令，不许开枪，不许和老乡发生正面冲突。接到人以后，无论发生什么情况，以最快的速度撤离。大司，小成，车不许熄火，随时准备启动。记住了吗？"

车里压得很低却很整齐的声音回应到："记住了！"

李天雷又说："记着，速度就是生命。出发！"

几个警察悄无声息地向村庄摸过去。两辆车停在原地，发动机扑扑地响着，平添了几分紧张的气氛。

他们摸进村子，一棵树底下，有一个黑影忽然站了起来，轻咳了一声。

李天雷问："是你吗？"

那条黑影的声音压得更低了："是我。来了？"

"有什么情况吗？"

"没啥新情况，还是我说的那样。"

"走吧。"

于是，那条黑影带领这一干人无声地向村里走去，七拐八拐，在一户农舍外面停了下来。

那条黑影说："就这家。从这儿翻墙进去，那边里面是个猪圈。记着，女人在西屋里。"

李天雷说："知道了。"

那条黑影说："那我走了。要是叫人家知道是我带你们来的，我就没命了。"说完，他迅速地消失在黑暗里。

李天雷小声地问了一句："我的话记住了？"

其余的警察都点点头。

李天雷指了指农舍，说："行动吧！"

两个警员在他的带领下灵巧地爬上了墙头，跳了进去。其余的则守在外面，警惕地四处看着。

三人翻过院墙，把院门轻轻打开，两个守住堂房门。李天雷轻轻地拨开了西屋门，迅速地闪进屋来，用手电一晃，照亮了炕上。炕上，一个蜷缩在那儿睡觉的人被吓醒了，刚想喊叫，李天雷上前捂住她的嘴巴，小声说："别怕，别怕。我们是警察，是来解救你的。你是黄小妮吗？"

炕上的女人惊慌不安地爬起来，使劲点着头。

李天雷把手伸回来，从上衣口袋里掏出自己的证件给她看，说："别出声。你父亲已经在县里等你了。没时间了，快跟我们走吧！"

女人呆立着，突然间她发出一声凄厉的哭叫，李天雷又一把捂住她的嘴，小声嘀咕了一句："糟了。"

他扯住那女人，把她拖下炕。女人身子一软，跪倒在地下，他赶快把她拉起来，说："快走！"

堂屋里，传出一个老人的叫声："谁？谁呀？"

李天雷又低吼了一句："快！"

他去拖地下的女人，女人挣扎着，站不起来。

堂屋里的声音更大了："谁？谁？进贼啦！"

李天雷一把抱起女人从屋里冲出来，对守在堂屋门口的两个警察喊了句："快撤！"两人赶快跟了上去。

堂屋里，一个老头披着衣服冲出来，看到院门开着，西屋门也开着，一屁股坐在了地上，哭嚎起来："来人啊，来人啊！儿媳妇叫人家抢走啦！"

李天雷抱着女人，其他人随在他后面，迅速地向外跑着。身后，村里已经乱了，狗吠、人叫、钟响，此起彼伏。

他们好不容易从村里跑出来，远远地，已经有四五个人追了出来。李天雷因为抱着一个女人，速度上不去，两边的距离越来越近了。

一个警察说："队长，换换吧。"

李天雷喘着气说："没空了。快跑！"

后面追赶的村民越聚越多，他们手持着火把，拿着镢头、铁锨、木棍以及其他各种家什，一边追一边喊着。

警察们终于跑到了汽车旁，李天雷把解救的女人一下塞进了面包车里，然后招呼队员们抓紧跳上车。

后面的人已经追了上来，乱纷纷地喊着：

"截住他们！"

"砸烂他们的车！"

"扎胎，扎胎！"

车子启动了。

后面的村民也扑了过来。一柄镢头砸下来，面包车的后窗玻璃"哗啦"一声碎了。碎玻璃洒了后座上的人一身。

车内的女人尖叫了一声。李天雷俯身护住了她，吼了一声："不许反抗！快开！快开！"

汽车加速，一使劲，蹿了出去。

村民们疯跑着又追出去好远，但终于还是失望地停了下来。

那个老头和一个老太太这时也气喘吁吁地追上来，看着一溜烟似的消失在黑暗中的汽车，老太太一屁股坐在了地上，大声哭起来："俺那媳妇呀！"

几天之后。省公安厅会议室里在开会。主持会议的是省公安厅厅长王大丰，也正是当年的宁海市公安局局长。十几年过去了，他体型稍微发福，但刻在脸上的刚毅和果敢却比当年分毫不差。

他神情肃穆地扫视着会场，说："从1997年以来，拐卖妇女儿童犯罪活动发案数量增多，涉案区域扩大，犯罪团伙组织日趋严密，正在向职业化、集团化发展。他们作案手段凶狠残暴，不仅危害妇女儿童自身合法权益，而且引发一连串恶性案件，危害社会稳定，人民群众反映强烈。"

台下离王大丰不远的地方，一个眉清目秀、长相斯文的年轻警官正在做记录。他就是当年被王大丰解救回来的那个少年——王重光。

王大丰顿了顿，继续说道："我们公安机关既然肩负打击犯罪、保护人民的神圣职责，就要为人民群众排忧解难，严厉打击人贩子，解救被拐卖的妇女儿童，使他们早日与亲人团聚……"

正说着，会议室的门开了一条缝，一个高大粗犷的身影风尘仆仆闪了进来。他刚想悄悄坐到一旁，就被王大丰给发现了。

王大丰高声说道："我们第一线的英雄回来了！李天雷，任务执行得怎么样？"

李天雷赶快站直了，笑笑回答道："还好，总算全身而退。"

王大丰问："解救了几个？"

李天雷回答说："五个。"

"受害者情况怎么样？"王大丰又问。

李天雷骂了一声，愤愤地说："这些人贩子真该千刀万剐！这五个女人在被拐卖之初都曾被人贩子多次强奸、轮奸，有的卖给人家以后被长年锁在床上，都不会走路了。有的甚至被卖了三次，还有一个竟被卖给弟兄两个做老婆。解救回来的那个孩子，被转手倒卖了两次，现在怕人、怕黑，白天还能睡一会儿，一到晚上，总是抱着腿在床上坐着，一动不敢动。”

正在做记录的王重光低头写着，几乎不忍心听下去，几次停下来，又勉强自己继续写下去。

一个警官插上来接着说：“这还不是最惨的。上个月我们那儿解救的那个，才十六岁，解救出来的时候，女孩已经精神失常了，到现在我们都无法帮她找到她的家。”

王重光的头上冒出了汗，脸色也很苍白，他突然把笔放下，匆匆出去了。

王大丰的目光一直追随着他，直到他消失。

王重光走到会议室外面，靠在走廊的墙壁上擦着汗，闭着眼微微地喘着。

一个女警察经过，好奇地看他一眼，问道：“小王，怎么啦？脸这么白。”

王重光受惊地睁开眼，疲惫地笑笑说：“没事儿。哎，小魏，你那儿有水吗？我有点恶心。”

“有啊，来吧。”

王重光跟小魏进了她的办公室，用纸杯接了一杯水。

小魏在办公桌后面坐下来，问他道：“那边开什么会呢？”

王重光低声回答：“传达全国公安厅局长会议精神。”

小魏说：“是打拐吧？看样子这一回声势够大的。”

王重光笑笑走出了办公室。他靠在墙上，把那杯水喝下去，看了看会议室，犹豫了一下，把杯子丢进垃圾桶，又走了进去。

王大丰还在讲话。看见王重光推进门来，悄悄地返回原位，王大丰用锐利的目光扫了他一眼。

王大丰继续说：“我们要广泛动员，精心组织，加强检查，狠抓落实。各地市公安机关对本地拐卖妇女儿童的案件，要逐案落实责任，加大工作力度，充分运用集中清查、抓获现行、专案侦查、发动群众、敦促自首等措施，力争多破案，多打击处理人贩子。”

会场里除了他的声音静无声息，警察们都严肃地记录着。

王大丰说：“我们要充分发挥公安信息网络的作用，开展‘网上打拐’。要以认真严谨的科学态度，做好DNA检验鉴定工作。顺便通报大家一下，公安部已经向各地公安机关正式开放了‘DNA数据亲子关系查询比对系统’，用高科技手段帮助骨肉离散的家庭寻找亲人。这是我国建设并投入使用的第一个DNA数据库……”

会散了。警察们三三两两地走出会议室，李天雷和两个警察走在其中。李天雷对其中一个说道：“陈队长，我们掌握的有个阿四是你们那边的，这两天我们就派两个人过去，你们配合一下啊。”

陈队长点头笑笑说：“没问题，你李天雷的事，谁敢不办啊？”

王重光从后面赶上来，叫了一声：“李队长！”

李天雷回过头。他显然不认识王重光，有些迷茫地问：“叫我？”

王重光客气地回答道：“对。我是宣传处的王重光。李队长，厅长指示，让您把刚才汇报的情况写个东西给我们，我们要在内部情况交流上登一下。”

李天雷说：“我哪会写啊？再说，要你们宣传处干什么吃的？光坐在家里耍笔杆子啊？”

“我们对情况不熟嘛。”王重光有些为难地说，“要不，您写个大概，报上来之后我们再整理一下。”

李天雷说：“那好吧，我尽量吧。”

“后天就要啊。那再见啦！”说完，王重光转身走了。

李天雷回头看看他，问：“这是哪来的小白脸啊？我怎么不认识啊？”

陈队长说：“眼大漏神不是？厅长的公子，名牌大学中文系毕业的高材生，厅里的笔杆子。”

李天雷的嘴惊讶地张得老大："厅长的什么——天哪，厅长生了这么个小白脸？也太不可想象了吧？"

王大丰不知什么时候站到了他们后面，这时咳了一声，说："李天雷，说什么呢？"

李天雷吓得一缩脖子，赶快说："没说什么，没说什么，夸您儿子长得漂亮呢。"

王大丰嘴角浮出骄傲的微笑，打趣道："别人不敢比，长得倒是比你漂亮。"

李天雷忙不迭地回答道："那当然，那当然。不过厅长，漂亮是漂亮，不像当警察的呀。您该送他去演电视剧。"

王大丰拍拍他的肩说："你以为警察都像你这样五大三粗的？什么观念！"说完朝前走了过去。

李天雷停在原地，仍然摇头晃脑地自言自语："天哪，不可想象，不可想象。"

晚上，一家咖啡厅里，柔和的背景音乐萦绕着四周，空气里弥漫着一股浓浓的咖啡的芳香。

王重光一身便装，和一个白白净净、瘦瘦小小的女孩面对面坐着。两人都低着头，气氛有点尴尬。他们的谈话好像已经到了尾声。

王重光犹豫再三，抬起头来，悄悄看了女孩一眼，有些困难地说："那么，我走了。"

女孩低着头没说话。

王重光小声地说："小小，原谅我……"

小小抬起头。她面色苍白，却尽力保持着镇静和微笑，说："再见，多保重。"

王重光留恋地看了她一眼，站起来说："再见，你也保重。"

"等等。"小小突然叫住他。

小小站起来，从脖子上取下一块玉佩，递到王重光跟前，说："这个，还给你吧。"

玉佩用一根红丝绳悬着，在王重光面前晃着。

王重光赶紧推回去，说：“不，不，你留着吧，这是我送你的，做个纪念。”

小小辛酸地笑了笑，却很坚决地摇摇头：“你说过，这是你母亲给你的，让你做定情之物的，你还是收回去，将来……”

王重光声音有些变了：“小小……”

小小轻声地说：“拿回去吧，我留着，已经没有意义了。”

王重光明白了。他低着头，把玉佩接过来，小声地说：“那我走了。小小，对不起……”

小小打断了他：“别说了，走吧。”

王重光最后看她一眼，转过身走了。走出几步，他留恋地回过头，小小仍然站在那儿，微笑地看着他。

王重光不觉泪水流出了眼眶。他回过头，快步走出了咖啡厅。

看着他完全消失了，门也关上，小小脸上的微笑也凝固了。她呆呆地站了片刻，一屁股坐在椅子里，任凭眼里的泪水哗哗地流着。这时一个服务员经过她的桌前，小小赶忙转过脸看着窗外，继续哭着。

窗外，青蓝的夜空无一丝纤云，只有满天璀璨的星星。

王大丰的妻子秀云正坐在客厅里看电视，王重光开门进来。

秀云赶快迎上去：“重光回来了？今天去看你妈了吗？她好些了吗？”

“还行。”王重光说。

“重光回来了？你过来一下。”王大丰的声音从书房里传了出来。

王重光对秀云说：“阿姨，我过去了。”

秀云埋怨道：“这老头子，在家里还谈工作，就怕孩子闲着。哎，重光，天热了，你妈该添新衣服了，改天我出去买几件你给送过去。”

王重光答应了一句，进了书房。

王大丰坐在书桌旁，正戴着老花镜看材料。见重光推门进来，他转过脸来打量着他："去见女朋友了？"

王重光在书桌旁坐下，低声地说："爸，别再说她了。"

王大丰问："怎么了？"

"我们分手了。"

"分手？为什么？你们不是挺好的吗？到底为什么？"

王重光摇摇头，说："不为什么，就是不合适。"

王大丰似乎明白了，神情严肃地看着他，小声地说："是不是因为她想进入你的生活？"

"爸……"王重光回避地应了一声，不说话了。

过了一会儿，王大丰打破了沉默："重光，无论你今后找谁，人家总有一天要进入你的生活啊。"

王重光低着头，有些痛苦地说："爸，你别说了。"

王大丰看着他，叹了一口气，他转移了话题，问道："今天开会的时候，你怎么啦？"

王重光低下了头："我……我……没什么。"

王大丰敏锐的目光直射着他。

王重光嗫嚅着："我……我突然一阵心慌，觉得恶心。"

王大丰安慰他道："重光，都是过去的事了，你什么时候才能让它们过去？"

王重光低下了头。又是一阵沉默。

突然他抬起头来，眼睛有些湿润地说："爸，还能过去吗？"

王大丰加重了语气："能，只看你想不想。重光，你不能这样下去，你得治好你自己。"

"怎么治？我努力过，可是不行啊。"

"重要的办法是面对。重光啊，你今天听到了，打拐的任务很艰巨，我们要抽调警力到第一线去。我已经向你们处里提出来了，让你到市局打拐专案组去。"

"什么？"王重光大吃一惊。

王大丰说："你大学毕业以后，就一直在机关里工作。确切地说，你还不是一个警察。没到第一线工作过，你能算一个警察吗？这次有这个机会，你应该去锻炼一下。”

王重光愣着，半天才缓过神来，哀求道：“爸，爸，让我到别处行吗？别让我去打拐！”

“为什么？”王大丰问。

王重光很痛苦地闭上了眼睛，脸上开始冒汗。

王大丰怜惜地伸出手去，替他擦了擦汗：“孩子，你不能永远逃避。厅里已经决定了，你执行吧。”

王重光一下子睁开眼：“爸！”

王大丰严肃地回应他说：“我现在是你的领导，这不是家里的事，容不得商量。明天你先交代一下工作，后天就去市局李天雷那儿报到吧。”

王重光的房间里亮着夜灯，他呆呆地躺在自己的床上，看着天花板想着什么。十几年了，每当这样静谧的深夜，童年惨痛的一幕便幻化成幻觉纠缠着他——他总是看见一个面目模糊的男人手里拿着一根绳子，狞笑着，甩啊甩啊，一步步逼近，同时耳边传来母亲的惨叫：“小光！小光！”

王重光打了一个寒战，赶忙起来打开了大灯。一抹额头，才发现自己已是满脸大汗。他擦擦汗，坐起来，喃喃道：“面对，我要面对，我要面对。”他慢慢抬起头来，看着四周，把大灯和床头灯都熄灭，躺下去。

黑暗中，王重光低声地对自己重复着：“面对，面对……”

隔壁卧室里，王大丰和秀云正躺在床上说话。

“你是不是太急了点儿？”秀云问，“他这道坎还没迈过去呢，你一下子让他去面对那些事情，他能受得了吗？”

王大丰说：“都二十多了，还迈不过去，还要等到什么时候啊？你看看他，都这么大了，还是个警察，睡觉还得开着个灯。等将来结了婚，人家说什么？”

秀云叹道：“唉，这孩子也真是的。这么多年，到底小时候经历过什么，对谁也不说。”

王大丰点点头说：“让他锻炼锻炼吧。咱们不能光养大他，咱们还要把他养成男子汉，养成真正的警察。”

秀云忽然爬起来，披上了衣服，下了床。

王大丰问她："你上哪去？"

"我不放心，上那屋看看孩子。"

王大丰不满地说："你躺着吧。这都是叫你惯的。"

"我只悄悄看一眼就回来。"秀云说着，人已经出去了。

她悄悄走到重光屋门口，轻轻一推门，便愣住了——屋里没有灯光。

她赶紧退回自己的卧室，一进门就兴奋地说："哎，老王，他没开灯。"

王大丰不敢相信地问："什么？"

"他把灯熄了。"

"所有的灯？"

秀云点着头："所有的，连床头灯也给熄了。我们这么多年也没强迫他熄过灯，现在他自己全给熄了！"

王大丰乐了："我说什么来着？叫他下去锻炼还是对的吧！他知道自己该长大了。"

第二天一早，王重光拿着收拾好的包，向秀云告别。

秀云不放心地说："怎么，不回家住了？用得着吗？"

"我想还是过集体生活吧。阿姨，周末有时间我再回来。"王重光说。

秀云追到门口，叮嘱他："孩子，什么事不能太急，一步步地来。有啥事，找你爸，或者回家来。"

王重光笑笑说："我知道了，阿姨。不会有什么事的。我走了。"

秀云送他到门口，久久地看着他，直到他的背影消失。

公安局医院里，小小一身白大褂坐在那，一个穿着警服的人坐在她对面。小小把开好的处方给他，说："一天三次，一次两片。这是针剂，先去做皮试，再回来开药。"

那警察吃惊地说："什么？大夫，还要打针啊？这么疼，改吃药不行吗？多吃点儿还不行吗？"

小小和蔼却不容分辩地说："这是治病的需要，配合一下吧。”

警察孩子一样地求饶道：“别打了，吃药吧，吃药吧。”

“去做皮试吧。”小小不容分说做了一个“请”的手势。

警察不情愿地站起来走了。

小小微笑地目送他离去。看着门被关上，小小回过头，脸上的笑容慢慢地消失了。她呆呆地望着窗外，眼睛突然有些潮。

门一下子又被推开了，小小吓了一跳，飞快地抹了一下眼睛，回过头来。一个护士伸进头来说：“肖大夫，院长叫你到他办公室去一下。”

小小脸上又浮现出她平常惯有的微笑，声音轻快地应道：“哎，我知道了。谢谢你。”

院长是一个四十多岁的男人，等小小落座，便说道：“我找你是有个活儿，不知你愿不愿意去。是这样的，公安部和联合国儿童基金会联合设立了一个康复中心，主要的任务就是帮助那些曾经被拐卖的妇女和儿童，使她们的身心得到康复。厅里要抽几位医务人员临时到那儿去帮忙，我知道你对心理学一直很感兴趣，因此我想征求一下你的意见，看你是否愿意到那儿工作。”

小小没有说话。

院长接着说：“我也不想隐瞒什么。那儿刚刚成立，各方面的条件都还很差，每天面对的也都是一些身心都受到过伤害的妇女，工作压力和心理压力都会很大。”

小小还是没说话。看上去，她有点失神。

院长关注地看着她，叫了一声：“小小。”

小小没听见。

院长稍稍提高了声音：“小小？”

小小猛地惊醒过来，慌乱地一笑，说：“院长，我都听到了，我愿意去。”

院长温和地看着她说：“小小，你有心思啊！发生了什么事？”

小小眼圈突然一红，但随即努力抑制住自己，使自己微

笑着回答说:“没事,院长。我听清楚了,我愿意去那儿工作。什么时候报到?”

院长说:“小小,你有事,一定有事。到底发生了什么事,说出来,也许院里可以帮你。”

小小礼貌地说:“院长,我很好,不会影响工作的。我愿意去那儿工作,谢谢院里能想到我。我可以走了吗?”

院长略带责备和爱怜地看着她。小小微笑着,但却固执地避开了他的目光,站起来说:“如果没什么事情……”

院长微微叹口气,说:“好吧,如果你愿意,那么明天去报到吧。”

小小低声地说:“那我走了。”说完,她转身向外走去。

院长在后面叫了她一声:“小小。”

小小站住了,没回头。

院长说:“小小,坚强并不意味着拒绝别的人帮助。如果……”

小小仍然没有回头,声音温和而平静:“谢谢您,院长。但是,我自己可以的。我走了。”

二

李天雷坐在宁海市公安局丁局长的办公室里。看着面前的丁局长,李天雷惊讶地抬起头:“什么?他到我们队里来?”

“对。天雷,厅长还是对你偏心啊!”丁局长说。

李天雷赶忙说:“谢谢了,局长大人。厅长的公子,我们不要,我们可伺候不起,叫他上别处去吧。对了,局长,你不成天说局里少个得力的秘书吗?就叫他留在你身边当秘书吧,那小子我看耍个笔杆子还行,当刑警?哼,”李天雷摇摇头,“你饶了我吧。”

丁局长笑了笑,说:“我不能饶你。这是厅长的安排,一定要让他上第一线。”

李天雷苦着脸道:“我的妈呀,我这儿是刑警队还是托儿所？你看看他那张小白脸，能当刑警吗？”

丁局长说：“你也不是生下来就是刑警啊。锻炼锻炼嘛。”

李天雷说：“有的人能锻炼成刑警，有的人，你就是把他投到炉子里炼上一百年，他也是小白脸。我看他不是那块料！”

“李天雷，你倒说说，刑警都是什么料？全是你这样的？五大三粗，粗粗拉拉，除了破案什么也不懂？”丁局长问。

李天雷苦笑道：“局长，你就别糟蹋我了，我是你说的那样子吗？好吧，算我倒霉，摊了个小白脸。”

丁局长佯装生气道：“什么话！”

“哎，局长，咱们丑话说到前面，到了刑警队，我就得拿他当刑警待，要受不了，老老实实回去，别怪我不照顾。”

“没人叫你照顾他。”丁局长说，随即口气一转，“不过，这可是厅长唯一的公子，你要是让他出个三长两短，我看你……”

这时门口响起一个声音：“报告！”

两人同时转过头去，王重光正站在门口。

丁局长赶快迎上去，说：“重光，说来这就来了？你看看你这雷厉风行的劲头，跟你爸一个样。快坐，快坐。那话怎么说的来着，全厅有名的秀才到咱这儿当刑警，这不是高射炮打蚊子吗？”

王重光略带害羞地笑着，随局长走了进去。

李天雷抱着双臂站在那儿，用不信任的目光上下打量着他，还特地注意到他整齐干净的衬衣和有着笔直裤缝的裤子，以及刷得锃亮的皮鞋。

王重光友好地对李天雷笑了笑。

丁局长向他介绍道：“这就是你的队长，李天雷。你们早就认识吧？”

王重光对李天雷笑着，手动了一下，却没主动伸出来，只是说了一声：“您好，李队长。”

李天雷伸出手，王重光以为要和他握手，赶快伸手去接，谁知李天雷的手却落在他的肩上，在他肩上重重地拍了拍。

“别您您您的，咱队里没那些客套。行吗伙计，当刑警？”李天雷不客气地说。

王重光不自觉地挺挺胸，说：“行！”

李天雷感慨道：“时代真的不一样了。你父亲在咱局里当我这个角儿的时候，我刚进队。要到刑警大队去，个头低于一米八，体重不到一百六十斤的他都不要。现在你看看他掌握的这标准！唉，走吧。”说完，自己在前面先走了。

王重光有些紧张地对丁局长笑了笑，说：“局长，我走了。”

丁局长拉他一把，小声地说：“你队长这个人，看着粗，其实心细着呢。不过这小子有时候会发坏。他要是对你不客气，你告诉我，我整治他。”

王重光赶忙谢道：“不用的，局长，不会的。我走了。”说完提了包赶紧跟上李天雷走了。

宁海市公安局的刑警队坐落在一个四合院里，四周有几间平房和小楼，院子的正中央是一个小操场，有篮球架，还有沙坑、单双杠、练击打的沙包等器械。

李天雷领着王重光走进来，一边走一边向他介绍着：“咱们大队一百多号人，分四个中队。咱这个专案组是为打拐专门成立的，有三十来个人。人不少，但任务更多，个个忙得要死。所以，平时你看不到多少人，全在外头跑呢。咱们这儿，半军事化管理。别的警察到点上班到点下班，我这儿不行，二十四小时，都在班上，外出要请假。你可别怨我，有意见，回家找你老爸，我这儿的传统，可是他当队长时留下来的。另外，咱们早上做操，白天还要操练。不练不行啊，刑警对付的，都是些杀人不眨眼的家伙，没真本事是不行的。就像你这付身板——”他又从上到下瞟了瞟王重光，“要是到了真事上，只怕一个都对付不了。不过不要紧，到真事上，你躲在后面就行。局长再说我大老粗，我也不能让厅长的公子出生入死啊！”

王重光的脸红了，但他并不反驳，只是听着。

“小刘！”李天雷突然大喊一声。

“到！”一个年轻的警察从屋里跑出来，手里的手机还没合上。

李天雷看了看他的手机，训斥道：“又给你女朋友打电话，又给你女朋友打电话！兄弟，追女孩不是这样追的。快，集合，来新战友了。”

小刘傻傻地笑笑，把手机装进口袋，大声地喊了一声“集合”。

十多个警察马上从各个房间里跑出来，迅速集合，喊着口令，很快就排列整齐了。

李天雷满意地点了点头：“嗯，在省厅的同志面前没有丢脸。稍息。”

大家稍息。

李天雷说：“我来介绍一下，这位叫王重光，是咱们省厅有名的秀才。领导照顾咱，看咱没文化，把秀才派到咱队上来了。”

队伍里一阵窃笑，小刘的声音尤其大。

李天雷一瞪眼，冲着小刘吼道：“笑什么？我看就该你提高提高文化素质。秀才同志，你给大家做一下自我介绍吧。”

王重光这么半天一直站在李天雷后面，猛地听李天雷一说，吓了一跳，迫不得已站到大家面前。一抬头，看到所有的眼睛正齐刷刷地看着他，他脸上顿时冒出了汗。他张张口，没说出话来，眼睛里透出惊慌。他求救似的回头看着李天雷，结结巴巴地说：“队、队长，我、我没什么可说的。”

李天雷看出了他的紧张，恶意地答应着：“哎，自我介绍嘛，谁来队里都有这一套的。说说吧，省厅来的同志说什么大家都新鲜。”

王重光回过头来，只得又一次面对大家的目光。

他脸上的汗已经变成汗珠，开始往下淌了。

大家的目光变得越发的好奇，都在等待着。

王重光结结巴巴地说道：“对、对、对不起，我实在、实在、实在没什么好说的。”只说了这一句，又说不出来了。

李天雷这才拍拍他的肩膀放过了他，打着哈哈说："水平越高的同志就越谦虚。弟兄们，秀才同志是来咱们队体验生活的，以后在工作中，大家多照顾，谁要让咱们厅的秀才受了委屈，我让他吃不了兜着走。"

队伍里的窃笑声更大了。

李天雷吼了一声："笑什么笑？解散！"

警察们各自解散。李天雷回过头，看到王重光正一个人发着呆。

李天雷拍拍他说："走，跟我去安顿一下。你就和我一个房间吧。其他房间你都不能住，这些家伙，打呼噜能把天打下来。"王重光顺从地低着头跟他走进小楼。

李天雷领着王重光穿过走廊。从两侧开着的门里，可以看到警察们像兵营一样格局的宿舍，只是屋里乱糟糟的。李天雷自嘲地笑笑说："秀才，别见怪。咱们这行，没白没黑。这帮家伙执行完任务回来倒头就睡，被子从来不知道叠。"

王重光根本没听见李天雷说什么，因为关于他的议论声正从每间宿舍里传出来：

"我的天，这样的还能当警察？跟女人似的。"

"我先说好了，执行任务的时候，谁愿和他一组谁一组，我可不干，一不小心碰破了皮，哭起来怎么办？"

"别慌啊，不用三天，就得哭着鼻子回去。"

"就是。也就是下来镀镀金呗。"

王重光一边听着，一边低着头往里走。

李天雷瞄了王重光一眼，大声"咳"了一声："当面不说，背后乱说，自由主义啊？"

楼道里顿时没了声音。

李天雷打开自己的房间，说："进去吧。"

李天雷屋里的陈设很简单，两张铁架床，一张堆满东西的写字台，还有就是墙上挂满了的锦旗。桌子上杂乱不堪，床上的被褥乱成一团，显得很窝囊。李天雷顺势把丢在床边的鞋踢到床底下，说："你睡那张床。它平时闲着，有时候局长不回家，就睡在上面。"

王重光走过去，把包放在床上。

李天雷在他背后说：“抓紧时间休息一下吧。从明天开始，你的刑警生活就开始了，有你受的！”

王重光低声应道：“是！”

李天雷走出去了。王重光打量着这个房间，开始叠被子。

李天雷走到小刘宿舍门口，把他从屋里叫了出来，小声地说：“明天开始，安排早操。”

小刘问：“什么项目？”

“十公里长跑。”

小刘舌头一伸：“你想把他累死？”

“别胡说。”李天雷一虎脸，随即把头往房间里一伸，“干什么呢？打扑克啊？闲得你们。我也来两把！”

小刘堵着门不让他进：“别呀，你宣布过的，工作时不能打扑克。”

“今天不是星期天吗？来两把，来两把。”李天雷一副幸灾乐祸的样子。

小刘生气地鼓着腮帮子说：“没见过你这样的领导。”摇摇头放他进去。

李天雷回了一下头，说：“把门关上，别让人看见了。”

痛痛快快地玩了一上午，李天雷哼着歌回到自己的宿舍。他边走边喊道：“秀才，吃饭了，吃饭了。”一推门，他愣住了——房间被收拾一新，变得洁净而井井有条。

王重光正蹲在床前，擦着他的皮鞋。看见他回来，匆匆回了一下头说：“马上就好了。队长，你这鞋从来没刷过吧？皮子都裂了。”

李天雷在房间里转了好几圈，感慨道：“天哪，这么干净，都不像我的房间了！”

三

宁海市被拐妇女儿童康复中心是一幢很漂亮的小楼。楼前面是一个鲜花盛开、绿树成荫的院落，小楼上挂着一个横

幅，上面写着："热烈欢迎姐妹们回家。"

康复中心的院长是个六十多岁的退休女警官，她正带了工作人员站在门口欢迎被解救回来的妇女，身穿白大褂的小小也在其中。

警车在门口停下来，衣着不整、披头散发的女人们鱼贯地从车上下来，走进院子。工作人员满面笑容，热烈地鼓着掌。被解救的女人们一个个都低着头，头发挡在面前，不敢见人的样子。

院长笑容满面地走到她们跟前，拍了拍手说道："姐妹们，欢迎你们脱离了苦海来到这里。你们到家了！"

院子里顿时响起一片哭声。

院长接着说："姐妹们，你们受委屈了。现在，噩梦已经过去，你们将重新开始你们的生活。在回到亲人的怀抱以前，你们会在我们这儿休养、康复。我相信，在这里，你们将会很快医治好你们的创伤，重新开始你们新的人生。"

小小坐在桌子后面。一个女人走进来，低着头，紧紧抱着双臂站在那儿。

小小站起来，亲切地问："来了？我为您检查一下身体。你躺到那边的床上去吧。"

女人看看铺着雪白床单的检查床，犹豫了一下，躺了上去，紧张地闭着眼睛等着小小过去。

小小走到她身旁，手刚一触到她的身体，女人就突然一哆嗦，一下子把她的手打开了，嘴里尖叫着："别碰我！别碰我！"

小小按住她，用亲切和蔼的声音说："大姐，您看看，您睁眼看看。您已经被解救了。我现在是在给您检查身体。"

女人睁开了眼，怔怔地看着她，身体放松了一些。

小小一边用听诊器给她听着，一边柔声地问她："最近睡眠怎么样？头疼吗？做噩梦吗？身体觉得有哪儿不舒服吗？"

无论她问什么，女人都一概拼命地摇头。

小小戴上一次性手套，吩咐道："大姐，我要为您做一下妇科检查，请您配合一下。来，脱掉裤子。”

女人条件反射般一下子爬起来，紧紧地捂住腰带，惊恐地喊：“不！不！”

小小微笑地看着她，鼓励说：“你看，这房间里就咱们俩，我是在为您治病。脱掉吧。”

女人从检查床上一下子蹦下来蹲到地上，又一直蜷缩到墙角，她不住地哀叫着：“不！不！”

小小怜悯地看着她，又拿她无可奈何。

这时院长伸进头来，问：“小小，完了吗？”

小小说：“还没。有事吗院长？”

“检查完这个，你到我办公室来一趟。”

小小“哎”地应了一声。

好不容易检查完，小小松了口气，进了院长的办公室。院长正在那儿等着她。

“院长，有事吗？”小小问。

院长说：“小小，有个病号，恐怕要交给你。”

小小问：“在哪里？”

院长转身一指。

小小顺着院长手指的方向望过去，院子一角停着一辆轮椅，轮椅上坐着一个五十多岁的女人，正神情呆滞地望着远处。

院长小声地说：“她是从福利院那边转过来的。不说话，也不能动，对外界没有任何反应。而且，这种状况已经十多年了。”

小小吃了一惊：“什么？那她得的是什么病？”

“不是病。”院长说，“当年咱们从人贩子手里把她解救出来，从那以后她就一直这样。”

小小充满同情地看着轮椅上的这个女人。

院长接着说：“是王大丰厅长把她转过来的，当年，正是王厅长解救了她。王厅长指示我们要好好治疗她，看有没有可能让她恢复意识。小小，我想来想去，也许由你来治疗她最合适。”

小小点点头："那我去看看她。"

轮椅上的女人虽然坐在阳光里，但是她的脸却深深隐蔽在阳光的阴影中。小小径直走到她面前，弯下了腰，很亲切地向她问候了一声："你好。我们认识一下好吗？我姓肖，叫肖潇，他们都叫我小小。"

女人没有任何反应。

小小握起了她的右手，说："那咱们就算认识了。"

于是，小小就这样承担起了照看这个被折磨呆滞了的女人的重任。她几乎用尽了自己所学的心理学知识，可是收效甚微，女人还是淡漠地拒绝一切。小小心里并没有放弃，她甚至找院长要求和这个女人住同一间宿舍。她想，也许在形影不离的接触中，她或许能发现解开这个病人心结的钥匙。

院长答应了小小的要求。

小小高兴地把女人从病房里推到了她的宿舍，耐心地告诉她："你看，这是康复中心分给我的宿舍，现在就是我们俩的房间了。这张床是我的，那张是你的。无论什么时候，无论有什么事，你都可以随时叫我。"

女人仍然没有反应。

第十二章

满天星mantianxing

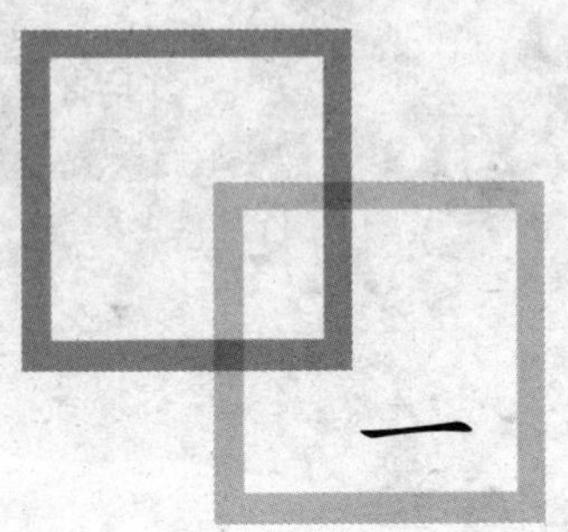

一

天刚蒙蒙亮，一列队伍就从公安局里跑出来，跑上了寂无人声的大街。王重光也在队伍中间。

一开始，队伍整齐地沿公路跑着。跑出大约三公里，王重光已经气喘吁吁了，十分吃力地勉强跟着队伍。他的步伐有些散乱，在队友中显得很不协调。

李天雷跑在队伍旁边，不时喊着口令。

突然王重光脚下一绊，差点儿摔倒。

李天雷严厉地喝道："怎么回事？跟不下去了？"

王重光不说话，咬紧牙跟上。

又跑出几里地，队伍上了一条山路。王重光已经落在队伍后面了。

李天雷不时地朝他喊："跟上，跟上！不许掉队！"

王重光吃力地追赶着，大口大口地喘着粗气，觉得肺里面生疼生疼的。他踉踉跄跄地跑着，终于摔倒了。他努力地爬了两下，也没爬起来。

李天雷不耐烦地喊着："跟上！跟上！"

王重光摇摇晃晃地站起来，又跑了起来。

队伍中，小刘回头看了看王重光，担心地对李天雷说：

“队长，饶了他吧，别跑出人命来。”

李天雷也担心地看了看，后面的人影还在摇晃着拼命地追着，尽管越追离得越远。

李天雷发话了：“秀才，别赶了，一会儿你打辆出租车回去吧。”

王重光也不说话，其实他想说也说不出来了。他只是机械地一边直着脖子喘，一边继续追。这让李天雷颇感惊讶。

大部队已经转过了山口，弯弯曲曲的山道上只剩下王重光一个人摇摇晃晃地挪动着。

一个人影从山口那儿转过来，是李天雷。他站在那儿，不说话，用异样的眼神正看着王重光。

晚上，刑警们在训练馆里练习擒拿格斗。王重光的对手是小刘。

小刘的个头不如重光高，但每次一交手，小刘都能利索地把他摔倒在地。王重光被摔得四仰八叉大汗淋漓，而小刘连汗还没出来呢。小刘一边面带笑容，一边用挑战的眼神看着他。

其他正在训练的警察都围过来看热闹，在一旁起着哄。

王重光又一次被摔在地上。这一次他摔得特别重，躺在那儿，几乎爬不起来了。

小刘挑逗地说：“来呀秀才，来呀。”

王重光吃力地爬起来，上去抱住小刘，还没看清怎么回事，便又一次被摔到地上了。

旁边看热闹的人大声起着哄：

“趁早认输吧。”

“别把小命搭上了。”

“小刘，手下留情吧。”

躺在地上的王重光睁开眼看了看，又把眼睛闭上了。

这时李天雷走了过来，严厉地问：“怎么回事？”

小刘笑嘻嘻地说：“队长，我们正训练呢。”

李天雷看看地上的王重光，问他道：“还能起来吗？”

王重光一咬牙又摇晃着站起来了。李天雷看着王重光爬

起来的动作，看样子他已经很难再坚持了，但却仍然坚持着挺直了身子。

李天雷对小刘说：“他是新来的，你得教他，不能耍他。”

小刘故作委屈地说：“我没耍他啊！咱们不都是这么过来的吗？”

李天雷正色道：“记住我的话，你耍他，会吃亏的。别忘了，他是个警察。”

小刘有些瞧不起地说：“他？”

李天雷拍拍手，说：“来，再来一局。”

李天雷话音刚落下，王重光已经扑了上来，趁小刘不注意，一下子抱住他的腿，猛地一掀，就把他摔在地上了。

大家哄笑起来。小刘爬起来，气急败坏地说：“不算，不算，我还没准备好呢。”

李天雷笑着说：“这是警察说的话吗？歹徒会等你准备好再袭击你吗？秀才胜一局！”说完，又转向王重光，拍拍他的肩，“行，是个警察胚子！”

王重光一脸胜利的幸福。

然而，更严酷的考验还在后面。

这天的训练项目是解救人质的实战演习，地点就设在了刑警队的大院里。一根粗大的绳子从一幢简易楼上面垂下来。刑警队员们列队站在院子里，抬头看着楼顶。

李天雷喊道：“注意，人质在五楼左边那个房间里。上！”

一个队员出列，抓住绳子，身手麻利地爬了上去，跳进了五楼左边的窗户里。

李天雷看了看手里握着的秒表，满意地点点头：“嗯，一分十七秒。继续。”

第二个又爬了上去。

王重光站在队列中，他脸色全变了，满头大汗，眼睛也不敢看楼顶，只看着别处。

李天雷走过来，站在他后面小声说：“秀才，你第一次练，能爬多高就爬多高。记着，一定要抓牢绳子，两脚蹬紧墙，身体往上用力……”正说着，他突然停了下来，从他站的位置，正好可以看到王重光脸上的颗颗汗珠，身体似乎也在微微发着抖。

李天雷小声地问：“你怎么啦？”

王重光的声音有点抖：“没、没什么。”

“害怕？”

“不。”王重光强作镇定地回答说。

李天雷继续在后面打量着他,脸上浮现出瞧不起的神情。

又一个警察出列，正准备跑向绳子。

李天雷突然喊了一声：“停！王重光，你先来。”

王重光浑身一颤，抬起头，看看那绳子，不由得往后缩了一下。

李天雷喝道：“王重光！”

王重光迫不得已，走向绳子，抬了抬手，又松开了。

“抓住它！”李天雷厉声喊道。

王重光盯着那根绳子，手哆嗦着，一把抓住它，旋即又像被火烫了一样缩了回来。一回头，求饶似的看着李天雷：“队长，我、我不行。”

队伍里发出窃笑。

李天雷的脸都气歪了，厉声道：“警察的辞典里没有‘不行’这俩字！除非你不当警察，否则马上给我回你原来的地方，继续耍你的笔杆子去！”

王重光只得回过头来，再次盯住那根绳子。他在心底无声地念着：“面对，面对，面对。”然后一把抓住了绳子。

李天雷大喝一声：“爬，往上爬。”

王重光吃力地往上爬，没爬几步，手一松，掉了下来，整个人仰面朝天摔地在地上。

李天雷吼道：“起来，继续爬。”

王重光却躺在地上没动静。

李天雷又吼了一声：“起来！”

王重光还是没有反应。

小刘跑过去，看了看王重光，把手放在他鼻子上停了一

会儿，大惊道："队长，他昏过去了！"

队伍乱了，大家赶忙围过去，有的掐他的人中，有的忙着打电话叫救护车，而李天雷站在原处，连动也没动，一个人失望地感叹着："这不是个当警察的料子。我看走眼了！"

傍晚时分，队员们三三两两地在院子里活动着。李天雷正在打沙袋，一辆警车开过来停下了，小刘先跳下车，接着王重光从司机副座上也下来了。

李天雷看到他们，却装作没看见，继续打他的沙袋。

队员们都围过去热情地打招呼：

"秀才回来了。"

"没事吧？"

"真吓人啊。"

王重光羞愧地低着头，也不回答。

小刘笑嘻嘻地冲着李天雷说："队长，接回来了。医生说，没大问题，就是得好好保养，不能再受刺激。"

李天雷"哼"了一声，说："回屋去躺着吧，好好保养，别受刺激。"

王重光想说什么，但没说出来，只低着头进去了。

警察们低声谈论着：

"也不能怪他，他就不是这块料啊。"

"幸好没出事，要不怎么和厅长交代啊。"

"以后让他干内勤算了。"

李天雷听了觉得心乱，不耐烦地嚷嚷了一句："别胡说八道了，该干吗干吗去！"说完继续打自己的沙袋。

王重光一个人躺在宿舍的床上，也不知躺了多久，只是呆呆地看着屋顶。缠绕他的幻觉又出来了：一双手正甩着一根绳子，一步步地向他逼近。母亲在凄惨地呼喊着："小光！小光！"

他打了一个寒战，睁开眼，门外队友们的洗漱声清晰可闻。他擦擦额头的冷汗，喃喃地对自己说道："面对，面对，面对。"

这时门开了，李天雷走了进来，王重光欠起身小声说：

“队长，对不起。”

李天雷也不理他，三下五除二脱了衣服，上床躺下。过了一会儿，终于忍不住说：“你先在这儿将就一晚上，明天我找厅长，还是让你回去吧。”

王重光正想说什么，李天雷已经把头转到里面去了，同时伸手拉灭了灯，顿时屋里陷入了黑暗之中。

不一会儿，李天雷惊天动地的呼噜声响起来了，王重光悄悄地从床上爬起来，草草地穿上衬衣，又悄悄出了门。

借着月光，王重光看见院子里的那根绳子还垂在墙上。不知不觉中，他的脸上和手心又开始冒汗了。他握紧了拳头，喃喃地念道：“我要面对，我要面对。”说完猛跑几步，一下子扑到楼墙边，两手死死地抓住那根绳子。而此时，他的脸早已紧张得变了形。

幻觉重新出来了。那根绳子甩啊，甩啊，越甩越快，越甩越快。母亲的呼喊也响了起来：“小光！小光……”

王重光触电似的松开手，“啪”的一声倒在地上。

他躺在地上往上看，绳子正在他头顶上摇摆着。他挣扎着爬起来，再次扑到了墙边。

幻觉和母亲的呼喊又出现了。王重光的身体软了下去，但两手却始终紧紧地抓住绳子，整个身子悬空着吊在上面。

李天雷睡梦中听见院子里有声音，便从屋里跑了出来。看到眼前的这一幕，他不由得吃了一惊。他没有出声，只是不声不响地站在那儿看着。

王重光嘴里念念有词，重新站直了，学队友的样子，往手里吐口唾沫，抓紧绳子，开始往上爬。爬几步，滑了下来，再往上爬。如此重复了好多次。

突然，他身后响起一个声音：“手要抓紧！”

王重光吓了一跳，猛地回过头来，看见李天雷正站在身后注视着他。他赶忙叫了一声“队长”。

李天雷说：“你要想象你下面是个万丈深渊，掉下去就要粉身碎骨。这根绳子，就是你的救命稻草，抓紧它，一定要抓紧它，死也不能松手。来吧！”

王重光咬咬牙，抓住绳子又往上爬。

李天雷在下面往上托他："抓紧，抓紧。好，使劲！"

王重光爬上去几步，又滑了下来。李天雷鼓励他说："再来！"

王重光又一次往上爬去。

……

第二天一早，队员们挤在盥洗室洗脸刷牙，李天雷和王重光也各自端了盆走进来。

李天雷对王重光说："别着急，谁也不能一口吃个胖子，慢慢来嘛。"

王重光冲他笑了笑，走到一个水龙头前接了半盆水，把手往里一放，突然猛地一缩，轻轻地叫了一声。

李天雷赶忙问他："怎么啦？"

王重光说："没事儿。"又把两只手放进盆里去。

李天雷明白了，扯起王重光的手一看，两只手掌上的皮全磨烂了。

李天雷刚毅的面孔上看不出一丝表情，只是把他的手放开，说："谁都是这么过来的，磨出来就好了。快点儿吧，吃过早饭，咱们还得下乡呢。"

一辆警车在乡间的土路上颠颠簸簸。小刘开车，李天雷坐在副座上，王重光坐在后面。三个人都身着便装。

李天雷向王重光介绍着情况："咱们正在追捕的那个人贩子，据了解，很可能这几个被拐的妇女知道他一些情况。这不，我们过去向她们问问情况。"

王重光听着，脸色又开始紧张起来。

李天雷注意到他脸色的变化，问道："你是怎么回事？"

王重光小声地说："没事儿。"

李天雷问："没执行过任务？"

"以前采访的时候，也跟着去抓过逃犯。"王重光说。

"那你紧张什么？"

王重光没有说话。

小刘笑着接道:“我早说过，秀才就应该坐在办公室里。老话怎么说来着?秀才造反，三年不成;秀才遇上兵，有理说不清。凡是和秀才有关的，全是这一类的话。咱倒好，硬让秀才上战场。”

王重光低下头，还是不说话。

李天雷生气地瞪了他一眼。

车子停在了一个小村口。三个人从车上跳下来，沿着一条土路朝一户农舍走去。李天雷一边走一边说:“这个女人惨啊！出去打工，被人拐卖到南方色情场所，救回来的时候，一身的性病，人不人鬼不鬼的。”

王重光听得脸色惨白，也不说话。

走到院子门口，李天雷停下来说:“到了，就这家。”

院子里，一个四十来岁的男人正在收拾家具。

李天雷在开着的门上象征性地敲了敲，径直和小刘走了进去。王重光却不敢往里走，一个人站在院子门口。

李天雷进去问道:“大哥，这儿是宋秋芬家吗?”

院子里的男人迟疑地回答说:“那是我妹，她不在家。你们是……”

小刘说:“我们是宁海市公安局的。两年前宋秋芬被拐卖，就是我们解救回来的。有点事，我们想问问她。”

男人的脸色顿时不好看起来。他起身走到院子门口，伸头看了看外面，把门关上了。

男人问:“什么事呀?她能知道什么啊?”

李天雷说:“有点事，是关于那个人贩子的事。”

“你们这一来，邻居以为她又犯了什么事哩。”男人埋怨着。

“她犯了事?她犯了什么事了?”李天雷惊讶地问。

男人长叹一声:“唉，你们就别提了，早知道这样，当初还不如不报案，随她去了。她回来以后，说了个婆家，嫁过去没几天，婆家就知道了她被拐过的事，那男人三天两头打她，实在没办法过了就离了。后来又说过两户人家，没有一家好过过。她在婆家过不下去了，就去了城里，说是打工，

谁知道扫黄的时候……唉！”

王重光听着，脸色变得更难看了。

李天雷和小刘也惋惜地叹着气。

那男人继续说着：“唉，一家人的脸算叫她丢尽了。这种人，活着还不如死了。”

李天雷赔笑道：“大哥不能这么说啊，她也是个受害者嘛！那她现在哪里？”

男人没好气地回他说：“谁知道在哪？反正我是不许她进这个家门，她婆家也不许她回去，不知道上哪了。”

“你们也不找找？”李天雷吃惊地说。

“找什么呀？盼着她早死呢。早死了早干净！”

小刘有点耐不住了：“你这是当哥的说的话吗？”

男人气道：“我就这样说了！你们站着说话不害腰疼，你们知道家里出这么个灾星受了多少连累啊？连孩子出去都挨骂。”

李天雷叹了一口气说：“算了，咱们走吧。”

那男人一边送他们一边说：“警察同志，你们找她干什么我们不管，可你们不能再把她找回来。你们要是把她送回来你们要负责任，反正我们是不会要她的。”

李天雷一下停住了，回过头去，盯着那男人正色道：“你怎么可以说这样的话？她是你亲妹妹，一母同胞啊！你替她想过她心里的滋味吗？”

男人一愣，没有说话。李天雷他们自顾自地走了。

李天雷一边走一边教育王重光：“秀才，你现在知道咱们打拐有多困难了吧？”

没人回答。

李天雷回过头，看到王重光的面色惨白。

“你怎么啦？哪儿不舒服？”李天雷问。

王重光咬着牙说：“没事儿。好像是昨天吃坏肚子了吧。”

李天雷不满地说：“你可真娇贵呀。”

王重光也没有回答他，只是小声地问：“队长，咱们还走别的人家吗？”

“走，多着呢！”李天雷说。

他们转到村子另一头，又进了一户人家里。一进门，李天雷便觉得院落萧瑟得很。他站在院子里喊：“有人吧？玉荷在家里吗？”

良久，一个苍老的老太婆才从屋里颤颤巍巍地走出来。她两眼污浊，呆愣愣地看着面前的三个人。

小刘连忙上前搀住她说：“大娘，咱们见过，在市公安局。您忘了，接玉荷那回？”

老人好像记起了什么，示意他们进屋。王重光上来和小刘一起把老人搀扶进屋里，李天雷跟在后头。一进屋门，三人不禁愣住了——屋里的八仙桌上摆了一个小香案，香案上面是一幅镶着黑框的照片，照片里的姑娘正用无瑕的眼睛看着这个世界。

老人一把抓住李天雷的手：“你们把她救回来了，俺也总算见到俺朝思暮想的闺女了。可是她没法再活下去呀，哪儿都容不下她啊！婆家不要她，邻居们也在后面踩脚后跟。没过几天，俺闺女就疯了，成天不吃不喝，就知道坐在那里傻笑。那天我上山去拾柴火，回来的时候，闺女就已经吊在门框子上了……”

王重光再也听不下去，他突然站起来，出去了。

李天雷回头看看他，也跟着走出来。王重光正扶着墙在呕吐。

李天雷皱皱眉说：“你又怎么啦？”

王重光抬起头，吃力地说：“队长，我、我不舒服。咱们回去吧。”

王大丰正在接电话，一个脑袋在门口伸头探脑。

王大丰对着电话说：“对，名字叫赵寿亭，应该六十岁左右了。什么？四十七八岁？那不是他，不是。谢谢你邱局长，不过，还得拜托继续寻找，我相信他还在世上，一定在。”

王大丰挂上电话。一边低头写字一边说：“想进来就进来，想出去就出去，还是警察呢，一点规矩也没有，这里可

是厅长办公室啊！”

李天雷笑着走进来：“厅长，您头顶上还长眼睛啊？”

王大丰“哼”了一声：“什么事？说吧。”

李天雷挠挠头说：“没啥事，就是想您了，来看看您。领导忙，群众就要多联系领导、多关心领导嘛！”

王大丰笑着骂了一句：“贫嘴！说吧。”

“小事一桩，就是您那宝贵儿子。”李天雷说，“我说厅长，都说警察是大老粗，您好不容易生了这么个有文化的儿子，您真舍得把他放我手底下让我揉搓？”

“啊！”王大丰应道。

李天雷等着厅长继续往下说，王大丰却没有下句了。李天雷只好继续说：“他不适合，他真的不适合。厅长，警察这行当，不是人人都能做的。秀才……”

王大丰一抬头：“谁？”

李天雷吓了一跳：“没谁，我说的是重光——厅长，重光他不适合当警察，他就适合坐办公室。”

王大丰抬起头来问：“怎么，他不努力？”

“不，不，他努力，他太努力了。”李天雷赶忙回答，“可有些人，你就是把他努死，他也当不了警察。”

王大丰说：“那就别说了。”

李天雷眼巴巴地看着他说：“怎么了？”

“他会成为一个警察的，一个好警察。只要他努力。”王大丰说。

“可是他胆小，连根绳他都害怕，有些事儿他根本不敢看。”

王大丰说：“李天雷，如果我这个孩子像你一样是个傻大胆，我就不把他交给你了。现在，你给我听好了，重光会在你那儿继续待下去。你要像对待其他警察一样对他，强迫他面对一切他不敢面对的事情，直到他不再害怕。听到了吗？”

李天雷一愣：“天哪，这不成了虐待吗？”

“你呀，就一张贫嘴。”王大丰笑着说。

二

女人已经躺在了床上，小小正在锁房间的门，一边锁，一边示意给她看。

小小说："您看，我把门锁上了。锁是新换的，很安全，任何人都别想进来。"

说完小小把大灯关了。灯光熄灭的一瞬间，小小发现女人紧张地抽搐了一下。

小小赶快把床脚下的小灯打开："您看，这儿还有盏灯亮着。"

女人又安静了下来。

小小打开了放在床头的音响，轻柔的音乐从里面飘了出来。在柔和的灯光中，小小坐在女人的床沿上，把手轻轻地放在她的肩上，温柔地问她："这张床舒服吗？床垫还软吗？您现在的姿势是不是您最习惯的呢？是？好的，那我们继续。闭上眼睛，全身放松，放松，从脚开始。脚，脚踝，小腿，膝关节，往上，往上——腹部，胸，脖颈，嘴，鼻子，眼睛，头顶——哎，放松了吗？呼吸，深呼吸，放松，深呼吸。对，就是这样。"

女人平缓地呼吸着。

小小慢慢地说："感受一下您的全身。有哪儿不舒服吗？疼吗？麻木吗？如果有，想象一下它的面积，它有多大？任何疼痛都是有边缘的，您想象一下它的边缘，把它固定在那个边缘之内，它是逃不出来的。"

女人又突然不安起来，身体抖动着。

小小急忙伏下身去，在女人耳边轻轻地说："阿姨，我在您身边，您现在是安全的，再也没有任何坏人能伤害您了，再也没有了。"

女人又安静下去。

小小说："阿姨，现在您想象有一个光柱，它是暖的，它笼罩着您的全身，把您全都罩在里面了。您感觉到它了吗？

感觉到身体发暖了吗？好的，已经暖了。睡吧阿姨，睡吧。”

女人平静地睡着了。

小小久久地看着这个不幸的女人。

王大丰从外面走进办公室，他的秘书小陈跟在他身旁，手里拿着几份文件和信笺，一边走一边说着：“明天下午两点，戒毒中心开会。四点半，参加东盛小区警民共建安全文明小区现场会。这儿还有两份需要马上签署的文件，还有部领导批转下来的一封群众来信。”

王大丰已经在桌子后面坐下来了：“信是什么内容的？”

陈秘书说：“要求公安帮助寻找父母的。”

王大丰龙飞凤舞地在秘书递过来的文件上签上字，说：“其他的拿走，信留下。”

陈秘书答应着，把信留了下来。

王大丰打开了信。信上的字体十分工整，一笔一画的，一看就是用了心思，寄托了希望的。王大丰默念着：“尊敬的领导，我怀着万分焦急的心情，向您求助，希望您在百忙之中看看我这封信，帮助我妹妹找到她在宁海离散十八年的父母……”信的末尾署名是贺勤。

“贺勤，贺勤。”王大丰念叨着这个名字，陷入了沉思。

王大丰亲自到宁海市公安局主持召开一个办公会议，对于这个角色他并不陌生，毕竟这里是自己工作了十多年的地方。他坐在两排长桌的头上，手里拿着那封信说：“部领导对这封信的指示是：‘帮助解决人民群众的困难，是人民警察义不容辞的责任。请宁海市公安局协助这位女孩找到亲生父母，完成她十八年的心愿。’这也是我今天特意到你们市局来召开这个会的一个原因。”

李天雷说：“可是厅长，咱们这是打拐专案组，可这女孩并没说她是被拐卖的呀。”

王大丰说：“到底是不是被拐卖的，在还不了解情况以前，你怎么能知道呢？部领导为了一个女孩专门做了批示，我们还有什么话可说呢？”

李天雷有些为难地说：“厅长，能不能派给别人？您也知道，我们打拐的任务……”

王大丰正用严厉的目光看着他。丁局长见势赶忙制止住他：“天雷！”

王大丰接着说：“我在想，部领导的桌子上有多少大案要案，为什么却为一个找不到家的女孩做出了专门的批示？我们成天说执法为民，到底表现在什么地方？丁局长，李队长，这也许不是大案要案，但它关系到一个女孩和一个家庭的幸福，厅里要求你们把它当成重要的任务，务必完成！”

会场的气氛一下子严肃起来。

王大丰看看四周，问：“有谁愿意请缨吗？”

全场一静，没有任何声音。

过了一会，一个不大的声音响起来：“我。”

大家四顾张望，都在找这个人是谁。

王大丰却一下子就看清了——是王重光，此刻，他坐在人群的最后面。

王大丰却故意说道：“谁？站起来说一下！”

王重光有点紧张地站了起来，说：“我。我行吗？”

大家的目光都落在了他身上。

王大丰略带赞许地肯定了他：“当然行！重光，这女孩的幸福，就在你身上了。”

贺勤的新铺子比原来那间小得多，门面也小得可怜。屋里放不下家什，干活也就只好在马路边上将就了。

王重光一路打听着，好不容易才找到贺勤这间小铺子。他远远望去，一个面容憨厚又很清秀的小伙子正在路边修着摩托车，忙得满头是汗。王重光走过去问道：“您好。请问您是贺勤吗？”

贺勤一抬头，看到是一个警察，赶快抓块抹布擦着沾满油污的手说：“你好，你好。我就是。同志，您……”

王重光拿出那封信说：“这信，是您写的吧？”

贺勤看了一眼，脸上现出狂喜的神情："是我，是我写的。怎么……"

王重光指给他看："你看，部领导为这封信专门做出批示了。"

贺勤简直有些不敢相信自己的眼睛了："天哪！"

"怎么，需要找父母的是您的妹妹，不是您？"王重光问。

"是我妹。"

"那她人呢？我可以和她谈谈吗？"王重光又问。

"当然可以啊。"贺勤回头朝铺子里兴奋地喊着，"小妹，小妹！来客了！出来呀！"

王重光随着他的喊声向后门那儿看去，却不见有人出来。

贺勤朝他抱歉地笑笑："我这个妹妹，不愿意见生人。"他回头又继续叫了几声。

门慢慢地开了，小妹低着头走了出来。

贺勤指着王重光对小妹说："小妹，这是公安局来的，是警察，是来帮你找家的。"

小妹抬起她那苍白的小脸，惶惑地微微笑了笑。

王重光在忙着接贺勤递给他的水，匆忙中一回头，只这一瞥，就呆住了。在他眼中，楚楚可怜的小妹就像羔羊一样羸弱、无助和哀怨。王重光就这样目不转睛地看着她，用他那充满了爱怜、同情和责任的心，深深地注视着面前这个需要帮助的女孩。

贺勤狂喜地对小妹说："小妹，你都听到了，公安部的领导为你专门做出批示了，这位同志就是来帮你找家的。"

小妹怯怯地一笑。

贺勤一边忙着擦桌子倒水，一边向王重光倒苦水："同志，我妹三四岁的时候就离开她的亲生父母了。十八年了，她一直想找到自己的家。以前我们都在农村，没条件，现在进了城，她就更想找了。可是世界这么大，我们上哪找啊？我们只知道，她老家是宁海的，所以我们就到这儿来了。可来了以后才知道，宁海这么大呢，我们可真就没有办法了。那天我上街，看到公安局门口有个牌子，上面写

着有困难找警察，我脑袋一热，就写了那封信。我写这封信连我妹也不知道——我是怕要是没了下文再让她伤心啊。这下好了，小妹，你看，连大领导都给惊动了。”

小妹还是站在原地，也不说话。

王重光看着她，轻轻地说：“你好，我叫王重光。”

小妹略略抬起头，看到了一张可以让人信赖的白净的面孔。她略带紧张地冲他笑了笑。

王重光也笑笑说：“我们可以谈谈吗？”

贺勤已经从铺子里拎出两个小马扎，递给了重光和小妹。两个有着相似童年的年轻人坐下来，交谈起来。午后的阳光透过绿阴筛下来，显得柔和而温暖。王重光脸上带着善意的、理解的微笑，鼓励地看着小妹，仔细地听她说话。贺勤则蹲在旁边干活，不时也会插进几句话来。

小妹说：“那时候我太小，我、我记不起来什么了。”

“火车的事你还没提呢。”贺勤说，“王大哥，她从来没出过我们那座大山，可是我带她出门的时候，她认得火车，还记得火车是绿色的，火车上的许多东西她都记得。”

王重光看着她，鼓励她继续往下说：“你还记得什么？告诉我。”

小妹努力回忆着：“我，我，恍恍惚惚地好像记得我蹲在火车小桌子下面的空里，听见外面有个女人哭着喊我。她的声音很悲惨，很惊慌，我这辈子永远也忘不了。”

王重光问：“那后来呢？”

“后来，后来火车开了，我就这样离开了我的家。”

“那是什么时间？白天，还是晚上？你还记得吗？”王重光问。

小妹说：“我记不清楚了，但是我记住了一片水，在我的记忆里，那片水是血红的。等我长大了，我才弄明白，原来那是水面反射的夕阳。”

贺勤插进来说：“这么说起来，她走的时候应该是个傍晚，是太阳快落山的时候。”

王重光问：“还有呢？”

小妹有些疑惑地反问道："什么？"

王重光说："就是关于你的童年。"

小妹摇了摇头。

贺勤在一旁说："小妹，不是还有高楼吗？"

"什么高楼？"王重光问。

小妹想了想，说："我不知道是不是我小时候看到的。进城的时候，看到城里的高楼，我觉得我过去好像看到过。"

贺勤给王重光的杯子里添了些水，说："王大哥，我妹可能是城里人呢。"

王重光微微笑了笑："也许吧。"

小妹突然说："还有满天星。"

"什么？"王重光瞪大了眼睛。

小妹深深地皱着眉头，努力回想着："是满天的星星。一想起我小时候的事，我总会记起满天的星星，似乎、似乎还有人哼着一首歌。"

王重光有些激动了，显然，小妹的话也勾起了他自己的回忆。他和蔼地问："是什么歌？你能哼上来吗？"

小妹想了想，抱歉地摇摇头，略带憧憬地说："想不起来了。但我觉得，那肯定是首很好听的歌。"

一转眼已经是傍晚了，王重光该回去了。贺勤和小妹执意要送王重光一程。王重光说："你们回吧，有什么事儿，我会再来找你们的。"

小妹点点头，也不说话，只站在那儿用充满了期待和渴望的目光看着他。

王重光注意到了她的目光，看着她认真地说："小妹，我一定会帮你找到你的家的。一定会的！"

三

从贺勤那儿出来，王重光径直走进了康复中心。

康复中心的院长向他介绍了他母亲最近的情况："针对她的特殊情况，我们安排了一位大夫专门照顾她，和她同住一

间宿舍，二十四小时陪护她。这个事厅长再三嘱咐过，你就放心吧。”

王重光笑了笑说：“谢谢您院长。不过——”他迟疑一下，问道，“不过院长，这里都是被拐卖过的女人。您说，她会不会再受刺激？”

院长很有把握地说：“不会的。事实上，和这些遭受过和她同样苦难的姐妹们在一起，对于缓解她的内心痛苦是会有帮助的。”

他们一边说一边走到了楼后。楼后是一个小花园，花园的草地上停着一辆轮椅，一个女人正静静地坐在那儿。

院长说：“她在那儿呢，你过去吧。”

王重光走到母亲身后，弯下了腰：“妈，您今天觉得好些了吗？”

与以前一样，母亲毫无反应。

王重光接着说：“妈，今天太阳多好啊。一连下了好几天雨，今天总算放晴了。天一放晴，我心里也觉得松快多了。妈，您有这种感觉吗？”

母亲还是没有反应，就那样呆呆地坐着。

“妈，昨天阿姨家的姐姐回来了，她给我买了一件新衬衣。她不是我亲姐姐，可是比我亲姐姐还要亲。妈，您看，就是这件，我今天特地穿上来让您看看。您看，颜色好看吗？”

他把袖口拽出来让母亲看，母亲仍然只是呆坐着。

王重光有些沮丧地叹了口气，又鼓起劲，继续和母亲说：“妈，昨天夜里我做梦了，梦到了咱们家村头上的那口钟。您还记得那口钟吗？我还记得，但那口钟是挂在什么地方我记不起来了。是在树上，还是什么地方，妈您还记得吗？”看着母亲没有动静，他又自言自语地说下去，“妈，这片草地真绿啊。像不像咱家村外山坡上的那片草地？您还记得那片草地吗？那时候，您在地里干活，我在草地上放风筝。那风筝还是您给我扎的呢，咱们都以为它飞不起来，结果它越飞越高，越飞越远。”

王重光有些心驰神往地看着前方，眼前似乎出现了一片

青山绿水的山坡，童年时代的重光手里扯着一个风筝，正在绿草地上跑啊，跑啊。一边跑一边欢快地大叫："妈，妈，看啊，看啊，它飞起来了，飞起来了！"年轻时候的母亲，穿着虽然朴素但十分干净，头发梳得也很整齐。她正在旁边的一块地里锄草，听到儿子的喊声，她直起腰来，带着温柔的微笑看着儿子和风筝。

一阵风把他吹醒，青草地消失了，母亲仍然面无表情地坐在他身旁。

王重光痛苦地说："妈，过去的事，我只记得风筝和村头的那口钟了。咱们的家到底在哪里啊？家里还有什么人吗？妈您还记得吗？您告诉我啊！"他叹了口气，想起可怜的小妹来，"妈，今天我碰到了一个命运和我相同的人，她离开她的家已经十八年了。我要帮她找到家，我一定会的！"

看看天色已经很晚了，王重光推着轮椅把母亲交回到院长手里。

院长关切地问他："还是没反应吗？"

王重光神情黯淡地摇摇头。

院长安慰他说："别着急，慢慢来。我们的大夫已经为她制定了全套的康复方案，你要不要见见她，听听她怎么说？"

"好啊。"不过他像突然想起来什么似的，看看表，说，"对不起，今天不行了，改天吧。我还有任务，得先走了。那我妈就拜托您了。"

院长说："那好吧。不过你也不要太着急，她这种状态已经十多年了，康复起来肯定不会那么快的。"

王重光和院长告别后，转身离去了。

院长叫了几声："小小，小小。"

小小应声从楼里出来，一眼看到了尚未走出大门的重光，顿时愣住了。

院长奇怪地看她一眼，说："怎么啦？"

小小慌忙回答说："没什么。"她看了看重光，又看了看轮椅上的女人，问，"院长，那是谁啊？"

院长指着那女人说:“就是她儿子啊。咱们厅长的养子。”

小小顿时吃了一惊。

院长接着说:“你没有听说过?这孩子小时候和他母亲一起被人贩子拐卖，九岁的时候才被咱们解救出来。因为他母亲变成了这个样子，厅长就把他收养了。”

小小定定地看着王重光远去的背影，心里涌出一股复杂的情感，有痛惜，有抱歉，有惆怅，更有不解。也许我从未走进他的心，可是，他为什么要那么苦苦地隐藏自己的心事呢?他到底怕什么?小小想着，沉重地叹息着。

王重光回到家里，他想把今天调查到的情况向父亲汇报一下。爷俩坐在客厅里，王重光简要地向他介绍了情况，王大丰皱着眉头仔细听着。

王重光说:“我已经向队长汇报了，明天我们就到她老家找她的养母去。”

王大丰说:“重光，这是你第一次单独执行任务，已经做得很不错了，但是我听下来，感觉好像有点问题。”

王重光用询问的目光看着他。

王大丰接着说:“你怎么知道她是被捡的而不是被拐卖的呢?”

王重光说:“是她自己说的。”

王大丰反问道:“她离开家的时候不是很小吗?她怎么会记得呢?”

王重光的脸红了，只好又重复了一遍:“她说她记得。”

王大丰说:“如果她曾经蹲在火车的桌子下面听到窗外她母亲叫她，那她怎么可能是捡的?是谁把她带上了火车?为什么听到母亲的叫声却仍然把她带走了?这不是很可疑的吗?”

王重光想了想说:“可是，如果是被拐卖的，那她自己为什么要坚持说是被捡的呢?”

王大丰用锐利的目光看了他一眼，说:“是她自己坚持，还是你没更深入地问?”

王重光一愣，低下了头。

王大丰轻声地说："你更愿意面对一个被捡的而不是被拐卖的孩子，对吗？"

"爸。"王重光轻轻地叫了一声。

王大丰怜爱地看着他，不由得伸出手，轻轻地抚了一下他的面颊。

王重光抬起头来："爸，我、我总是没勇气……"

"孩子，勇气不是天生的，这需要你自己的努力。你不能永远逃避，你得面对。到现在为止，你不是已经做得很好了吗？你只需要再努力一下。"王大丰的话语重心长。

王重光想着，轻轻地说："爸，我一定会努力的。"

王大丰拍拍他的肩膀，郑重地说："重光，我从来没告诉你，当初我是为什么收养你的。"

王重光抬起头来看着他。

王大丰轻轻地说："你来。"他把重光领进自己的卧室，从一个壁橱里翻出了一张发黄的报纸和一张小照片，放在王重光面前。

王大丰站在窗前，看着外面的黑夜，声音显得很沉重："重光，这事，是你爸一生的遗憾。"

王重光仔细翻看着小照片和报纸，说："爸，我听阿姨说起过这件事情。这事怎么能怪你？是她自己自杀的。"

王大丰说："是自杀，但她是在对警察绝望后自杀的。如果我能给她希望，如果我能把她的痛苦时刻放在心里，她就不会走到那一步。"

无声无息的沉默。

过了一会，王大丰接着说："那时候，我满脑子办大案、成大事、做大英雄的梦想。我不愿意做打拐这一类的案子，因为这种案子不如杀人放火那类案件刺激，也没有挑战性。可是恰恰她那个案子我做了。为什么做？后来十多年里我一直都在想这件事。后来我想明白了，我之所以接那个案子，很大程度上是因为当时正大张旗鼓地集中打拐，在搞打拐战役。我王大丰在任何一个战役中都没孬过，这个战役我难道能不做？

在那场战役中，我王大丰不能说不尽力，不能说不尽责。我破了一个大案，抓了七个人贩子，解救了几十名被拐卖的妇女儿童。可我的注意力只在大案上，我注意不到和这案子有牵连的每一个人、每一个家庭。我沉浸在胜利里，忘了她，忘了失去女儿给她带来的打击。别人重逢的快乐，给了她又一次刺激，她就在那一刻崩溃了。”

“爸，不怪你。”王重光说，“你就是再努力，也不可能把所有失散的孩子都找回来的。”

“不，别人可以用这个理由原谅我，但是我自己不能。我也许不可能找回每一个失散的孩子，但我应该记得每一个离散家庭的痛苦。只有我自己知道，在那个时候，我想得更多的是建功立业。我把她给忘了。”王大丰说着，不觉已是老泪纵横。

“我到现在还清晰地记得她第一次找到我时的情景。”王大丰痛苦地回忆着，“在那以前，他们夫妻俩已经自己找了好几年了，她听说我王大丰是个英雄，不知道费了多少劲才找到我。她跪在我面前抱着我的腿就放声大哭，我怎么扶也扶不起来。那时候，在她的泪水面前，我曾向她发誓，我一定要帮她找回女儿。可是，当我沉浸在胜利里的时候，我把她给忘了，我把那一切都给忘了。我不是个合格的人民警察。”

“爸……”王重光喊了一声。

“她死后我去看过她。她大睁着两只眼睛和嘴巴。她是死不瞑目啊，她死了还在喊。可是我，我这个人民警察，到了那个时候，我还能为她做什么啊？”

又是一阵可怕的沉默。

王大丰接着说：“就是那时候，别人把你带到了我的面前。你母亲已经精神失常了，你无家可归。于是我毫不犹豫地留下了你，当成自己的儿子。别人都说我王大丰捡了个儿子，可只有我自己才知道，我是在用这种方式为自己当年的失误赎罪。”

王重光的声音颤抖了：“爸……”

王大丰爱怜地看着他说：“重光，现在这个孩子的命运交到了你手里，你别忘了你是个警察，别忘了你的责任。如果你觉得自己没了勇气的时候，就想想你的责任。永远都要记住，警察，是人民群众最后的信心和希望，无论在什么情况下，哪怕牺牲自己，你都没有权利毁掉它。去吧，记住你爸的教训，永远也别为自己留下遗憾。”

王重光郑重地回答道：“爸，我知道了。”

四

陈秘书跟着王大丰走进了厅长办公室。他边走边说着：“上午九点，市政府二楼会议室；下午一点半，司里街派出所；四点，警民共建模范表彰大会……”

王大丰有些不耐烦了：“会，又是会。你还有别的事吗？”

陈秘书说：“有。”

“什么事？”王大丰问。

陈秘书说：“有人找您，已经等了半个多小时了。”

“谁？”话还没问完，王大丰就停下了——他看到了，一个文弱的女孩站在办公室门口，正用明亮的眼睛看着他。是小小。

王大丰有点纳闷，不知道这个陌生的小姑娘有什么事情竟会找到他的头上。他冲小小笑笑，把她让进了办公室。陈秘书跟进来给小小倒了杯水，又悄悄出去了。

小小坐在王大丰对面，开门见山地说：“厅长，我叫肖潇，大家都叫我小小，您也这样称呼我就行。我现在在宁海市被拐妇女儿童康复中心工作，我知道有个病人是您转过来委托康复中心照顾的。现在这个病人的治疗由我负责，我想了解一下这个病人的情况。”

王大丰问道：“你了解这些干什么？”

小小说：“我想治愈她，所以我需要知道她的过去。她是哪里人，她家里还有什么人，她都经历过什么，是谁害了她……而所有这些，唯一能给我帮助的人就是您。”

“她还能治愈吗？快二十年了啊。”王大丰说。

小小语气坚定地说：“能。我相信能！我了解过了，这二十年中，大家都在和她一起回避着她的过去。这是善良的方法，却不是正确的方法，我想换一种方式。”

王大丰问：“什么方式？”

“从面对过去开始。”小小说。

王大丰沉默片刻，说：“好吧。小小，你这个年龄，可能无法想象那种残酷。”

“可是，生活有时候就是很残酷，而我们只能面对，不是吗？”

王大丰用惊讶的目光看了她一眼：“说得好，但是快二十年了呀，我担心她受不了啊。”

小小说：“还有什么情况会比她现在的状况更糟糕呢？”

王大丰想了想：“你说得也对。那么，就试试吧。但是很遗憾，我可能帮不上多少忙——我对她的过去也知道得不多。她是我解救出来的，但解救出来以前的情况，我所知道的就是，她是和儿子一起被拐卖的，在卖主家度过了很残忍的三年。至于其他的情况，因为她从来没开过口，我也就不知道了。”

小小问：“那她是从哪儿被解救出来的，您能告诉我吗？”

“你问这干什么？”王大丰不解地问。

“也许从卖主那儿可以了解到一些情况。”

王大丰说：“你不要去，这对你太危险。”

“厅长，我也是警察啊。”

“不，你是个女孩子，这种事对女孩子来说太危险了。”

小小笑起来，说：“好吧，我不去，但当地总有警察吧。您把地址告诉我，我和那边的警察联系，行吗？”

王大丰想了想说：“好，但我要找一找，已经快二十年了呀。”

小小站起来，说：“您能今天找吗？明天我就给您电话。”

王大丰也站了起来，用欣赏的目光看着她说：“小小，你

多大了？”

小小狡黠地笑了笑说：“厅长，您不知道女孩子的年龄不能问吗？”

王大丰笑了：“女警察的年龄也保密吗？好吧，我不问了。那小小，你有对象了吗？”

小小红了脸：“厅长，这个您就更不该问了。”

王大丰慈爱地笑起来：“好，好，也不问。可是小小，我这个年龄，得算你长辈了吧？我提醒你一句，社会可是很复杂的，要还没找对象，可不要慌着找啊！”

小小也笑起来：“我记着了。再见厅长，我明天给您电话。”

王大丰微笑着看她离开，按了一下桌上的电钮。

陈秘书进来问道：“有事，厅长？”

王大丰努努嘴，示意他把门关上。陈秘书有些奇怪地看着他，关上了门。

王大丰招招手，让他靠近来，很神秘地说：“小陈，这事儿不要告诉别人啊。刚才这女孩的情况，你帮我了解一下，特别是——有对象没有。”

陈秘书明白了，笑起来：“厅长，您不是想给您儿子介绍吧？”

王大丰生气地说：“怎么，给我儿子介绍不行啊？我儿子配不上吗？”

陈秘书赶忙解释道：“不是，不是。不过都什么年代了呀……”

“什么年代，什么年代当父母的也得为儿女操心啊！”王大丰打断他的话，“我那个儿子啊，依我看，要是我不管，这辈子就得打光棍了。哎，你可保密啊，别叫人家说闲话。”

陈秘书笑了。

五

王重光和李天雷面对面坐着，各捧一碗方便面。此刻，他们正在南去的火车上。为了查清小妹的亲生父母，他们决定亲自到垛山乡去找小妹的养母打探一下情况。

抵达目的地时，已是深夜了。两人出了车站，看见一辆警车停在外面，两个警察站在车前等着。王重光和李天雷连忙走过去。李天雷问："是垛山派出所的吧？"

一个五十多岁的警察走上去，和他们握了握手："你们是宁海市公安局的吧？我姓赵，是这儿的所长。"

李天雷说："赵所长，真是不好意思，还麻烦您半夜里来接。"

老赵说："一家人，别客气，别客气，上车吧。"

警车在路上开着，车里传出了警察们的交谈声。

"她不是被拐卖的呀？不是拐卖的咱们还管？"老赵说。

李天雷说："这不是人民警察为人民嘛！"

"话是这么说，可要真这么个管法，一个人劈成十个也管不过来呀。"

李天雷嘿嘿地笑起来："赵所长真幽默。"

赵所长一声长叹："还是你们大城市的警察好啊，有钱啊！"

李天雷大呼冤枉："哎哟，赵所长，你可真冤死我们了。你是没见，我们那局长跟穷疯了似的，一听说谁要花钱他就和谁急。可有什么办法啊，工作该干还得干不是？"

老赵不解地问："那这事你们还管？"

李天雷说："这不是人家找到咱了嘛，再说，部领导又做了批示。赵所长，咱们明天去会会这个养母，你说怎么样？"

老赵问："以什么理由呢？人家又没犯罪，人家就是收养了一个孩子罢了。"

李天雷想了想说："串门。串个门，了解一下情况，或者表示一下敬意。养大一个孩子容易吗，表示敬意总可以吧？"

一个小行包放在小小的床上。小小把重光的母亲托给一个护士，正向她做着交代："早上八点半推她到花园里晒晒太阳，十点去做理疗。她的两条腿长期不活动，肌肉已经萎缩，理疗对她很重要。她的牙齿我发现也已经松动了，所以，饮食要以好消化的半流质食品为主，但注意营养搭配。这一点，

我已经向食堂交代过了。对了，还有，不要以为她没反应就把她当成植物人。事实上，她听得到，看得到，所以你要经常和她说说话，这对她的康复很重要。”

院长这时候进来了：“小小，听说你要休假？怎么这么突然？”

小小笑笑说：“我有点私事，几天就回来。”

小小不敢给院长说实话。她已经决定去王大丰提供的解救地址亲自探察一番，她知道院长和厅长的交情，所以才以个人名义请了事假。

乡村派出所里，四五个警察正在开会，一个细细的声音响起来：“你们好。请问你们所长在吗？”

几个人一起回过头，一身便装的小小站在门口，清清爽爽，平平淡淡。

几个男人都一愣。一个年纪稍长的人问道：“我是所长，你有什么事啊？”

小小把自己的警官证拿出来，说：“我叫肖潇，是从宁海来的。”

一个警察一声惊呼：“什么？你也是警察？”

小小用奇怪的目光看了他一眼：“怎么，不行吗？”

几个男人都站了起来，有的热情地搬椅子让她坐，有的接过小小手里的包，还有的笨手笨脚地往屋里让着。

“坐，快坐吧。你过来有什么事吗？”所长问。

小小说：“当然。有一点小事。”

第十三章

满天星 mantianxing

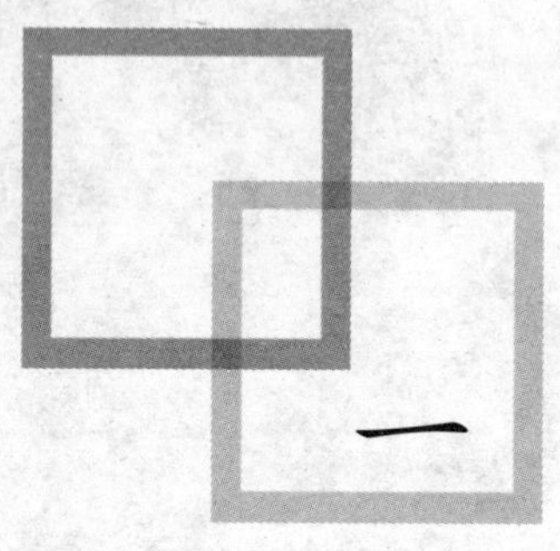

一

警车艰难地在山路上行驶着。

迎面开过来一辆车，司机从车窗里伸出手冲他们摆着，示意他们回去。

“怎么啦？”开车的警察伸出头去问。

对面的司机说：“别开了，那边的路叫山洪冲断了，回去吧。”

司机停下车，回过头问：“咋办啊？”

老赵看看李天雷。李天雷伸出头喊道：“师傅，还有别的路吗？”

对面的司机说：“哪还有路？这鬼地方！”

李天雷正犹豫着，王重光打开车门跳下车：“那我们走过去吧。”

老赵有些不情愿：“还有好几十里呢。有这必要吗？”

王重光说：“赵所长，她是孩子的养母，孩子从哪儿来的只有她知道。如果想帮这孩子找到家，唯一的办法就是让她说出实情来。”

“可是人家能告诉你吗？”老赵说，“你就想想吧，把一个孩子从三岁养到大，谁愿意再让孩子走掉啊？依我看，悬！”

李天雷赔着笑说:“我们大老远都来了，不见见本人，怎么回去交差啊?要不这样,赵所长您年龄大了,您就回去,叫小孙陪我们跑一趟，给我们带个路，行不?”

老赵也下了车:“这是什么话啊?我们领导还没发话呢,你就安排我退休了?走吧!”

四个人沿公路走过去。

他们走了大半天,到了垛山,早已经累得气喘吁吁了。王重光想不到,第一次执行任务遇到的第一个难题竟然是个体力活儿,心里不禁有些感激李天雷,要不是那折磨人的10公里长跑训练,无论怎么他也撑不住这拉练似的长途步行。

他们在一个老村民的指引下，找到了周慧家气派的大瓦房。

离老远就听到了稀里哗啦的麻将声，周慧和三个女人正在院子里搓麻将。她们一边搓一边聊着天，有两个女人在聊孩子。一个说:“我给媒人说了，咱家就这条件，女方要的那个数，打死我也拿不出。我还以为人家不愿意了，结果你猜怎么着?人家还真给回信了。”

另一个问道:“人家愿意了?”

“愿意了。”

“啧啧，有这样的好事儿。别说，人家可能是真看上你儿了。你那儿子长得这么好，又有出息，要我把闺女白嫁给你我都愿意。”

那女人咯咯笑起来:“这事儿说定了,我就放下一大半儿心了。你说这人活着，不都是为了孩子吗?”

周慧阴沉着脸，显然这个话题刺痛了她。眼看着她俩没完没了,她忍不住烦躁地打断了她们:“还玩不玩啊?光说话还玩不玩了?”

那女人说:“这不出着呢吗?”

“哪来这么多话啊?也没人把你们当哑巴卖了!”周慧说。

那女人有些纳闷:“咦，这什么人啊?说说孩子都不行了!”

另一个女人看出了些原委，暗里拉了那女人一把，赔着笑说：“别拉闲话了，快出牌，出牌！”

就在这当儿上，四个警察走了进来。

周慧一眼就看到了他们，怔了一下。

那几个女人也看到他们了，赶忙站起来说：“我们就自己玩玩，也没赌。”一边说着，一边溜着边悄悄地走了。

老赵笑着对周慧解释道：“我们不是来抓赌的，我们就是来问点儿事的。你就是周慧吧？”

周慧已经镇定下来，热情地招呼道：“啊，是啊。坐，坐吧。有什么事吗？俺家里还真从来没来过警察呢。同志从哪儿来啊？”

几个人坐下。李天雷一边打量着周慧一边回答说：“宁海。”

周慧正在收拾麻将的动作略一停顿，继而又忙碌起来。她问：“宁海？这么远啊！是不是为小妹那孩子的事来的？”

李天雷说：“你知道了？”

周慧端了水分给他们，再说话的时候，声音就抖了，眼泪也跟着下来了。

王重光一直仔细地盯着她看。

周慧说：“我能不知道吗？那闺女是妈的连心肉啊！”

“可是我听说，这丫头不是你亲生的。”李天雷说。

周慧抹抹眼睛：“是不是我亲生的。可是警察同志，您倒说说看，这生和养，到底差多少？不就隔着一层肚皮吗？我捡到她的时候，她就这么大，和只猫一样，病得要死了。我把她拉扯大，对她比对自己的亲生儿子还好，还说不是我亲生的……警察同志，我听了你这话，我这心里……我心里……”

老赵说：“你看你看，有啥话说啥话，哭啥呢？”

周慧叹了口气：“唉，这几天，一提起小妹来我就伤心。人不能干好事啊。”

李天雷解释说：“我不是那个意思。你养大了小妹，小妹总提到这一点，说不能忘了你的恩情。可是有些事我们不明

白，想问问你。”

周慧干脆地说：“问吧。”

李天雷说：“我们听说，你捡到小妹的时候她三岁左右，那时候你自己的儿子四岁，你自己有儿子，为什么要捡个丫头呢？”

“唉，要不说人不能干好事呢。”周慧说，“我那时候和俺男人打仗，家里过不下去，在外面打工，看到这丫头，打心里可怜她。再说，我也不想瞒你，咱这农村，给儿子娶个媳妇多不容易啊？我自己有个儿子，当时心里就想，捡回家当个闺女养着，养大了，要是合适，就给儿子当媳妇。”

李天雷说：“可后来你却把她给卖了。”

周慧急忙辩解：“那可不是卖。我那死鬼男人你是没见，不正干，对小妹一点儿也不好。我看着孩子受罪，正好贺勤家想找个闺女，我就送过去了。我给她找的这个家怎么样，你们叫她自己说吧。”

李天雷和老赵互相看了一眼，看样子，她说的一切都令人信服。

李天雷又问：“你在哪儿捡的小妹？三岁的孩子，难道会有人丢在大街上？”

“可不是嘛，你说怎么有人这么狠心？把一个三岁的孩子就丢了呢？咱们国家的人，这重男轻女的思想真是严重啊。”周慧说。

李天雷把这句话抓住了：“你怎么知道是她的父母重男轻女丢的她呢？”

周慧眼珠一转：“不是？对啊，我这话说得不对。咱不认识人家，咱也没根据是吧？没根据的话咱不该乱说，那只是咱的猜测啊，要不三岁的娃娃，怎么就丢了呢？”

李天雷又问了一遍：“你在哪儿捡的？当时是什么情况？你帮她找家了没有？”

周慧说：“在宁海的一个乡下。”

“乡下？你在那儿干什么？”李天雷问。

“我在那儿打工。”

“打什么工？”李天雷说。

周慧说：“那儿有个纺织厂，我在那里面打工。”

李天雷拿出一张地图来铺在桌上：“这是宁海地图，你来看看，你当时是在哪儿。”

周慧过去看了看，指着一个地方说：“在这儿。”

李天雷说：“裕庄乡？”

“对，就这儿。”周慧说。

“可裕庄乡没纺织厂。”李天雷盯紧了她的眼睛。

周慧露出笑容，说得不慌不忙：“你太年轻了。你回去问问，那个时候，裕庄乡是有个小纺织厂，我就在那儿打过工。后来没了，我就回来了。”

李天雷也不能确定，只好说：“好吧。那你说说你捡到小妹时的情况。”

周慧说：“那是个下雨天，我中午下了班，上街买吃的，看到一群人围在那儿，不知道看什么。我那时候年轻，好奇，就挤过去，看到人群中间有个小女孩躺在地上，身上穿得破破烂烂的，昏迷不醒，差不多要死了。我就问：‘谁的孩子？好歹也是一条命啊。’没人理。大家说，一大早就看到这女孩躺这儿，也不知道是谁扔的。大家猜着，一定是外乡人，领着孩子到这儿，看孩子病得快死了，就丢在了大街上。唉，那个时候，我刚才说了，我因为和我男人打仗，把孩子丢在家里，一个人在外地打工，孤单得很。看到这孩子，就想起我丢在家里可怜的娃，眼泪就掉下来了。当时也没多想，就抱了回来。只觉得一个孩子就是一条命，总不能看着她死在野地里吧。当时想的就这么简单。刚才说的那些想法，都是等把孩子救活了之后才想的。”

李天雷追问道：“后来呢？”

“后来孩子救活了，我在那儿打工，带着孩子不是办法，我就把她送回来了。”周慧说。

李天雷又问：“捡到丢失的儿童，你应该和当地派出所联系啊。你当时没联系吗？”

周慧叹了口气：“唉，咱哪有那想法呀？那时候咱也不懂

法啊。”

三个警察互相看了看。李天雷又问了一句:“你说的都是实话?”

周慧有点受委屈的样子:“若有一句假话,天打五雷轰。再说了,孩子已经知道自己的身世了,我还有啥可瞒的呀?”

一直沉默着的王重光这时插了进来:“可是,小妹的回忆和你说的不一样。”

周慧这时才发现这个不起眼的年轻警察,有些不在意地瞟了他一眼:“哪儿不一样啊?”

王重光说:“她记得她是蹲在火车上的小桌子下面,听到外面有人哭着喊她。”

周慧不由得心里一紧,又注意地看了他一眼,问:“她和你说的?”

“对。”王重光点了一下头。

周慧说:“她那时候才多大啊?三岁,可能还不到三岁!三岁的孩子,她记得什么?!”

王重光说:“三岁的孩子已经可以记住一些事情了,特别是印象深的。”

周慧反问道:“那,她说听到有人喊她,喊她什么?”

王重光答不上来了。

周慧接着说:“火车我带她坐过,其他的,我就不知道了。如果她说,那你们只好去问她了。”

李天雷看了看王重光,站起来说:“好吧,今天就到这儿吧。”

王重光又加了一句:“你不是有个儿子吗?儿子呢?不在家吗?”

“不在!”周慧不情愿地说。

坐在回去的汽车上,老赵说:“这回,你们就回去撒网吧。不过,我听她的介绍,这孩子不像是当地人的,说不定是过路的丢的。那你们还能上哪找去啊?”

李天雷不说话。他皱着眉,好像在想心事。

开车的小孙说:“裕庄有多大啊?再说那儿也不是交通要道,就算有过路的,也不会是远处的。”

李天雷突然冒出一句来:“我咋觉得哪儿不对呢?”

“哪儿?”小孙问。

李天雷说:“我说不上。可我就觉得她说得太圆满了。这事儿一太圆满了,我就觉得哪儿有岔子了。”

老赵说:“也可能,这种事儿就这样。”

“赵所长,小妹过来的时候已经三岁了,这个周慧家里还有一个四岁的儿子,按理说不应该给她落户啊!”王重光这时突然插过来。

老赵苦笑一下:“你可问到点子上了。咱这农村,不比城市,执行规定不是那么严格。要是家里超生,那户口报不上,可要是从外面领个娃娃,不占当地的生育指标,花上几百块钱计划生育罚款,可能就报上了。十来年前的情况我不了解,不过我估计,也就是这么办的。”

李天雷说:“赵所长,我们今天就要回去了。这个周慧的情况,麻烦你们再调查调查行不?”

老赵问:“调查什么?她又没犯罪。”

“如果她说了假话呢?那她可能就是在掩饰她的犯罪呀。”李天雷说。

“她能犯什么罪?”老赵说,“这孩子是她拐卖来的?如果是拐卖来的,为什么自己养着?这不合情理啊!”

李天雷嘀咕着:“也是啊。”

回到旅馆,李天雷一边收拾行李,一边对王重光说:“这种事情,就是这样,为了一个人,不知道要跑多少冤枉路。没办法,谁叫咱是警察呢。”

王重光却坐着没动,好像想到什么似的对李天雷说:“队长,你自己回去吧。我……”

李天雷惊讶地看着他:“你说什么?”

王重光说:“我、我想再留两天,我总觉得还有什么事情没问出来。”

“还会有什么呢?我们还得去趟裕庄乡呢,说不定她的亲

生父母就在那儿，找到了我们就算完成任务了。”

王重光坚定地说：“不，我觉得没那么简单。好不容易来一趟，你先走吧，我再留两天。”

李天雷不说话了，上下打量着他。

王重光被看得心虚，有些慌乱地一笑：“队长……”

李天雷问：“你行吗，一个人？”

王重光说：“我努力。我试试吧。”

李天雷没再说什么，只拍了拍他的肩膀。

二

小小坐在乡派出所里，面前放着一大碗菜和一碗汤，小小手里拿着一个大馒头，已经快吃完了。三四个男警察围在她身旁，一边好奇地看她吃饭，一边争先恐后地和她说话。

所长问：“快二十年了？快二十年前的事还查什么？”

一个警察说：“所长，你这是啥意思啊？人家千里迢迢专门跑来，说明这事很重要啊！”

所长瞪了他一下：“我还不知道重要？我是说，二十年前咱这农村派出所是啥条件啊，档案根本就没留下。再说，那时候的老人，也死得差不多了。”

又一个警察说：“老王所长不是还健在哩！”

所长有些恼了：“我知道他健在。他是我爹，我还不知道他健在？我是说，听小小同志介绍，那次活动不是以咱为主的，是咱们这儿配合宁海的解救行动，这样的行动一年不知道有多少回哩，谁能都记得呀？”

另一个警察说：“说得也是，老王所长快八十了，说不定也老糊涂了。”

所长不愿意了：“老糊涂？你说我爹老糊涂了？”

三个警察吓得直缩脑袋。小小微笑着，把最后一口馒头塞进嘴里，又拿起另外一个。

其中的一个警察发现了，惊呼一声，捅捅别的人，让他注意看。所有的警察都看到了，面面相觑。他们没想到这个

瘦瘦小小的城市姑娘饭量却不小。

小小一抬头，发现大家神情异样，奇怪地问："怎么啦？"

所长急忙说："没啥，没啥。你饿坏了吧？够了吗？"

"差不多了吧。还有粥吗？"小小问。

所长赶快推了推他旁边的警察："快，再盛碗粥来。"

小小说："所长，吃过饭，我们还是找一找老所长，问一下情况吧。"

"那当然，那当然。我爹那脑子，就是那个年代的电脑。这辈子办过的案子，都在他脑子里装着呐。"所长一脸自豪地说。

警用摩托车在乡间土路上颠簸着，所长坐在驾车的警察身后，小小则安闲地坐在侧斗里。

所长殷勤地向小小介绍着情况，驾车的那个警察总忍不住想插嘴。

所长说："不怪我爹不掌握情况，主要是这事过去太久了……"

"你就想想吧，他都快八十岁了。"那个警察插上来说。

所长白他一眼，继续说："这和年龄没关系，主要是他这辈子办的案子太多，混到一块了。昨天晚上，我又拜访了俺所里几个退休的老警察，他们还记得这事，还记得那个女人和那个孩子哩。"

开车的警察说："是我用摩托车载着所长去的。"

所长又恨恨地白了他一眼，继续说道："不过，自从把他们解救走了以后，他们也都没再过问这件事。卖主家情况现在怎么样，咱也不知道。"

那警察说："不知道也不怕，咱上村里问去！"

车恰巧在这时颠簸了一下，所长的耐性也到了头："怎么开的？好好开你的车吧，没人当哑巴卖了你！"

小小在一旁不由得抿嘴笑了。

警察的嘴仍然不闲着："看见了吗看见了吗？开车的出苦力，坐车的还净毛病。当兵的，就这么苦命！"

所长气得直翻白眼，小小笑得更开心了。

这是一处断壁残垣，房子已经塌了一半，看上去已经很久没人住了。

小小他们沉默地站在房前，几个村里人围在他们身旁，一个老太太正向他们说着过往的旧事。

老太太说："真是造孽呀，这女人自从买进家就被铁链子锁在炕上，三年没出过这扇门。女人那性子烈得啊，豁出命来和男人打。唉，四槐也是太毒，制服不了他女人，就打她的孩子……这苦命的娘俩，这三年也不知道是咋熬过来的。"

小小面孔惊愕，眼睛也有些潮湿了。

所长问："这家人呢？"

"唉，真是自作自受。"老太太叹口气，"原想讨个老婆传宗接代，谁知道到头来人财两空。他买老婆的钱是借来的，人走了，逼债的接着上门，他没法活了，就逃了。这么多年了也没个音信，不知道是死还是活。"

所长说："那女人家是哪里的，知道吗？"

老太太说："不知道。女人自打进了这家门就没听她说过话，孩子又太小，说不清楚。"

所长为难地看看小小。小小问："村里还有了解这事的人吗？"

老太太说："没了。这女人一直被锁在家里，外人不让进去，我要不是他家的远亲，也见不着她哩。"

老太太深深叹口气道："唉，造孽啊，那女人从家里被抬出来的时候，已经不像个人样了。可怜那孩子，三年中一步不离他妈的身边，要不是他，他妈怕也早就完了。"

小小沉默良久。

三

周慧正一个人在家，呆呆地坐在沙发上看电视，脸上的神情十分落寞。

王重光出现在门口，在开着的门上敲了敲说："您好，我可以进来吗？"

周慧看见是他，吃惊地说："你……你怎么又来了？"

王重光笑笑："还有点儿事儿，想来问问您。我能进来坐会儿吗？"

周慧点点头，示意他进来，又端了杯水给他。

"谢谢。"王重光客气地接过水，问，"我看了你们家的户籍登记，有几个问题我想问问你。"

"我们家的户口有什么问题啊？"周慧说。

王重光说："你和小妹的户口都是后来办的。小妹缺出生证明。"

周慧有些不耐烦："你不是知道了吗，她是捡来的，所以没出生证明。"

"那你的缺的就更多了。"王重光说。

"什么？"周慧有些诧异地问。

王重光说："您不是当地人。"

周慧不说话了。

王重光接着问："那您的原籍在哪？"

周慧还是不吭声。

王重光又问："您是怎么来这儿的？"

周慧猛地一扬头，说："你管这干什么？"

王重光对她的剧烈反应有些吃惊。

周慧质问他说："你问我干什么？"

王重光说："那我该去问谁？"

周慧冷笑了一声："谁给我扯的结婚证，谁给我落的户口，你就去问谁啊！"

王重光不说话了，定定地看着她冷冷的面孔。

"你问这干什么？"周慧继续发话了，"你们要帮小妹找家我不管，可我的事和你们有什么关系？"

王重光继续看着她，直视着周慧的眼睛，轻轻地问了一句："您不是被拐卖的吧？"

周慧触电似的一个激灵。王重光看得很真切，说："您是

被强迫留在这儿的吧？”

周慧一下子火了：“你是干什么的？你有什么权利问我这些？你赶快走，我还得做饭呢！”

“我还有一件事。”王重光说。

“什么事？”

王重光说：“您的原籍在哪儿，能告诉我吗？”

周慧腾地一下子站起来，往外赶他走：“你走，你走吧。这不干你的事！”

李天雷和小刘正和裕庄派出所的于所长趴在一大堆材料中间。

于所长说：“报案的就这些。你看，条件相符的没有。”

李天雷问：“还有没报的吧？”

于所长皱皱眉头：“也说不定，咱这个地方是个交通口，与外县接壤，流动人口多，这孩子也说不定是过路的人丢下的。不过那样可就不好找了。”

小刘为难地看了看李天雷。

李天雷说：“先把全裕庄滤一遍再说。”

李天雷他们从一个院子出来，又走进另一个院子。他们几乎问遍了整个村子，既没有人听说过这个事，也没有人认得周慧这个女人。不过据说有一个一直在纺织厂做活的老人现在还在世，于是他们跟着于所长来到了一个姓钱的大爷家里。

于所长一进院子门就招呼着：“钱大爷，一个人在家？”

钱大爷正在打盹，一下子就醒了过来：“小于，来啦？快来坐，快坐。”

于所长介绍说：“钱大爷，这二位是咱市公安局的。今天有点事儿问问您老。”

钱大爷打量着李天雷他们：“啥事啊？”

李天雷亲热地说：“大爷，当年咱这儿有过一个小纺织厂，听说您是那儿的老人。”

“可不！从办那个厂我就在那儿干，一直干到关门。”钱

大爷说。

李天雷问："那厂里的女工中，有个叫周慧的没有？"

钱大爷面露难色地说："这事，不好说。你们也知道，像咱这样的小厂，工人跟流水似的，今天来了，明天可能就走了。"

李天雷说："干得时间比较长的，您总有印象吧？"

"那倒有。"

李天雷拿出一张照片来："您看，这是她现在的照片。那时候比现在还年轻漂亮。您老好好想想。"

钱大爷接过去打量着，肯定地说："不认得。"

"您老能肯定她没在这儿呆过吗？"李天雷问。

"那倒不能。我刚才说了，这儿的人流动得太快了。"

李天雷和小刘失望地看了看对方。

他们走出钱大爷家，慢慢地往回走。

小刘说："真邪门。他要说在，也好办，不在，也好办。偏偏来个不能确定。"

李天雷突然站住："走，回去！"

小刘没恍过神来："干吗，队长？你忘了啥了？"

李天雷说："她要只是无数普通打工妹中的一个，别人可能记不住。可她若是捡了个孩子，别人应该记住的吧？"

小刘恍然大悟，拍了一下脑袋："真是啊！"

于是三人又倒了回去。

李天雷把捡孩子这事儿跟钱大爷说了，钱大爷肯定地说："没有，这事肯定没有过。嘿，捡个孩子养在厂里，这事儿不稀罕吗？肯定没有过。你就想想吧，那些女工十来个人一个宿舍，她捡个女娃怎么养？"

李天雷和小刘终于找到了一丝线索，长长地舒了一口气。

垛山乡派出所里，王重光和老赵交谈着。

对于周慧的身世，王重光一直心存疑虑："她当初到底从哪儿过来的，这么多年，总会有人知道吧？"

老赵说："没听说过。唉，咱们农村的情况，和你们城市不一样，户籍的管理啊、对外来人口情况的掌握啊，不是那么严。"

"可是，总会有人知道吧？"王重光不死心地问，"比如，她经常和什么人来往？和什么人联系过没有？寄过信吗？"

老赵像突然被提醒了一样："寄信？我想起来了。咱们走。"

老赵带着王重光来到乡邮局的一个职工的家里。

那个邮局职工说："她没给外面写过信。"

王重光有些失望地说："这么多年，从来没写过？"

"从来没有。"他肯定地说，"咱垛山就这么大点儿的地方，这么些年了，谁家寄信，我都有数。"

"怎么可能？她原籍总不会什么亲人都没有吧？她总还会有父母兄弟姐妹，至少也会有亲戚朋友吧？这么多年，怎么连一封信都没写过？"王重光不大相信。

"至少在咱这儿没有，咱没见过。不过……"

"怎么？"王重光问。

他说："她寄过几次钱。"

王重光感到事情又有了转机："啊？给谁？"

"好多年前的事了，早忘了。没寄到，退回来了。有没退回来的，我怀疑是半路丢了。"

王重光问："邮局过去的营业记录还有吗？"

那职工抱歉地摇摇头，笑了笑："都多少年的事了？早没了。"

王重光想了想，还是有些不死心："那，她是往哪寄的，你总该还记得吧？"

这个职工想了半天，实在想不出来，只好抱歉地说："对不起，时间太久了，我实在想不起来了。"

王重光感觉心里一凉，事情眼看有了转机，结果又一点线索也没了。

邮局职工又说："她寄过三四回，寄出去又给退回来。我劝过她，既然寄不到，还寄干什么？后来，她可能是死了心，就不寄了。唉，上了年纪，记性实在是太差了。"

老赵说："你看看，这农村的事啊，就这么麻烦，啥事都不正规。王同志你看……"

王重光站起来说："那谢谢您啊。我们走了。"

两人起身往外走，那个职工送出来。

老赵边走边问重光："还在这儿待几天不？"

"不了，明天先回去吧。"王重光说。

老赵问："回宁海？"

突然，身后传来那个职工的一声叫："等等！"

二人蓦地转身。他说："你们刚才说哪儿来着？"

"什么？"老赵没转过神来。

王重光已经反应过来了，紧盯着他一字一顿地说："宁海。我是从宁海过来的。"

邮局职工激动地说："就这个地方，就是这个地方！我想起来了，她就是往宁海寄的。"

王重光的眼睛一下子瞪大了，他有些不敢相信自己的耳朵，看来自己心中隐约的判断还是正确的。他有些兴奋地问："宁海什么地方？"

那个职工努力回想着："宁海——好像什么桥，地名里有个桥字。别的，真想不起来了。"

李天雷风尘仆仆地从外面进来，一进门就把帽子丢在丁局长的桌上。

李天雷愤愤地说："局长，那个女人在骗我们。在她说的那个时候，她不可能在裕庄乡小纺织厂打工，因为那时候那个小纺织厂早就停产了。我们查遍了整个裕庄乡，都没有人听说过还有个人在那时候捡过一个孩子……"

这时，他身上的手机响了。李天雷打开电话："重光？是你！你回来了？"

电话那头传来王重光的声音："不，我还在垛山呢。队长，报告您一个消息，周慧她是宁海人。"

李天雷吃了一惊："什么？宁海人？"

他看了丁局长一眼，丁局长似乎也很吃惊。

他对着电话接着说："这么说，她也可能是被拐卖过去的？"突然他猛一拍自己的脑袋，"天哪，我想起来了，我想起哪儿不对来了——她的口音，她在模仿当地的口音，可是不像。重光，她是不是被拐卖过去的？"

王重光说："是的，她是八十年代初被人拐卖过去的。被拐卖一年半后逃跑，逃走两年后又主动回去，就是那次回去的时候带去了小妹。"

李天雷说："重光，这里面有问题。她既然已经逃跑，为什么还要自己回去？小妹到底是怎么来的？还有，八十年代初她被谁拐卖的？"

王重光激动地说："我也正在想这个问题。队长，我再留几天，争取把这些问题弄清楚。"

"好，重光，你真不简单啊！"李天雷说，"不过，一个人在那儿，注意安全。"

王重光答应着，挂上了电话。

李天雷挂上电话，对丁局长说："周慧是宁海人。看来这个案子不简单啊！"

丁局长调侃他道："二十多年的老警察了，还不如一个新兵蛋子，亏你还一口一个秀才叫人家。"

李天雷也顾不上他的调侃了："局长，局长，这就不仅仅是为一个女孩找家的事了。"

丁局长眉毛一抖："那你的意思是？"

李天雷说："局长，您还记得八十年代王厅长在这儿时带咱们破的那个大案吗？"

丁局长会心地点点头，交代李天雷："马上给厅长打电话，汇报这个最新情况。"

话音刚落，办公桌上的电话响起来。丁局长拿起听筒，里面传来王大丰厚重而威严的声音："老丁啊，我是王大丰。你和天雷，还有打拐专案组的其他负责同志到我这里来一下，重光告诉了我一些新情况。我想开一个案情讨论会，大家集思广益。"

丁局长答应着，向李天雷挤挤眼睛，意思是省了他汇

报了。

省厅的大会议室里，丁局长在向打拐专案组的同志们通报一些基本情况：“从七十年代末到八十年代中，我们这儿曾经有过一个贩卖人口的犯罪团伙，疯狂从事拐卖妇女儿童的犯罪活动。这个团伙经过多年苦心经营，逐渐建立了一条组织严密、分工明确、渠道通畅的犯罪网络。他们从宁海一带以找工作为名，诱拐年轻女孩，再贩运到这一带的偏僻农村出售。从八十年代初开始，我们开始了对这个犯罪团伙的严厉打击，团伙成员大部分落入法网，被拐卖的妇女儿童也大部分返回了家乡，这条贩卖人口的黑色通道被切断，网络被打垮，但人称‘昌叔’的团伙首犯仍一直负案在逃。”

王大丰的目光灼灼有力：“你们的意思，这个女孩的养母很可能和当年那个犯罪集团有联系？”

丁局长说：“目前还没有证据，我们也不敢贸然断定，但从理论上说，确实存在着这种可能。”

李天雷跟着说道：“是的，是有这种可能。她是宁海人，如果没有特殊原因，怎么会在那个偏僻的山区落了户？而且，她既然历尽千辛万苦逃了出去，为什么又自己主动回到那个地方？这种事情，咱们在以往的打拐中不是没遇到过——先是受害，后是害人。”

王大丰的神情激动起来：“那个案子是我亲手破的，可那个首犯却逃掉了。那个昌叔，当年我曾经和他打过一个照面。很遗憾，一个被拐妇女挡在他的前面，使他脱逃了。据我当年的调查，这个家伙心狠胆大，对被拐妇女极其残忍。如果他还活着，现在应该六十多岁了。难道，清偿他罪恶的这一天到了吗？”

全场鸦雀无声。

王大丰接着说：“当年那个自杀母亲的女儿，就是被他拐卖的。那个女孩至今没有下落，如果还在人世，也应该快到四十岁了。不知道当这个罪犯归案的那一天，我们还能不能找到这个可怜的女人和她的父亲。”他抬起头，盯着丁局长和李天雷，一字一顿地说，“理论上不行，我要证据，要铁的，可以把这个女人和当年那个犯罪集团联系在一起的证据。”

四

王重光留在垛山积极地调查着周慧的身世。他与任何可能知道她情况的人进行接触，试图了解她的过去。不过，大多数的人都表示不大清楚，他们普遍反映“这个女人嘴严着哩，啥也不说”。

王重光并不死心，这天他找到一个曾和周慧一起玩麻将的女人谈话。

那女人说：“咱不知道她原来的事。过去的事，她一个字也不提。”

王重光问：“她刚来的时候，不是想回家吗？那个时候你们没听她说过什么吗？”

女人笑起来：“那个时候，谁听她正经说过话？”

“为什么？”王重光吃惊地问。

那女人说：“她叫阿大锁在床上，门也不能出。有时候从他家门口过，听见她又哭又闹，喊的啥谁也听不懂。”

王重光一下子怔住了。

女人叹口气道：“唉，这女人惨啊！一根铁链，锁了她一年半，生小强的时候还锁在炕上。生孩子的时候，她大出血，为了救她，才把铁链解开了。好不容易救过来了，人却像死了一样躺在床上。都以为她活不过来了，谁知道，就那个样，后来居然跑了，村里人举着火把山上山下地搜也没搜到。”

王重光的面孔已经完全变了，头上冒出了豆大的汗珠。

晚上，王重光一个人躺在垛山乡小旅馆的床上，辗转难眠。

屋里没有开灯。一束惨白的光线不知从什么地方投进来，把外面的树影投映在墙上，看上去，像一根抖动的绳子。

让王重光惧怕不已的幻觉又出现了：一只手甩着一根绳子，越来越近，越甩越快。母亲凄厉地呼喊着他的名字：“小

光，小光……”

王重光浑身冒出冷汗。他一把拉开了电灯，似乎只有光亮才能把他解救出来。他面色惨白地盯着昏昏的灯光，目光呆滞。

一大早，赵所长就拿着两张纸来旅馆找重光。他一边敲门一边喊：“小王，小王，你的传真！”

屋里却没人答应。

赵所长奇怪地推了推，房门是从里面反插着的。

赵所长又喊了几声：“小王，小王！”

还是没人答应。

赵所长侧耳听了听，不放心地弓着身子，透过门上的一条门缝向里张望，突然他大惊失色，一下子打碎了房门上面的玻璃，同时一声大叫：“小王！”

王大丰受惊地抬起头，好像没有听清陈秘书的话：“什么？”

秘书又重复了一遍：“市局来电话，重光病倒在垛山了。”

王大丰急忙问：“病了？什么病？现在怎么样了？”

秘书说：“不知道，市局已经派人去接了。”

王大丰若有所思地想着什么，随即又镇静下来，淡淡地说：“这孩子，打小就身子弱，好感冒，一定是晚上睡觉贪凉。好了，我知道了，你去吧。”

看着秘书带上门，王大丰的脸上才现出了焦虑之色。他看了看电话，猛地抓了起来，犹豫了一下，又放下了。

王大丰还是要车赶到了医院。医生说：“他好像是精神上受到了强烈刺激，高烧不退，说呓语，有幻觉。”

王大丰问：“会有什么危险吗？”

“那倒不会，身体上的康复应该不成问题。”医生说，“但是，精神上的康复恐怕……”

王大丰面色沉重地叹了口气，起身出去了。

李天雷正疲惫地坐在走廊里的长椅上。王大丰顺着走廊走过来，看到李天雷坐着睡着了，也没有惊动他，轻轻地从他身边走过去，一直走到门前，透过门上的玻璃向里张望着。

病房里，王重光很不安生地躺在床上睡着，好像梦中有很可怕的东西，让他不时地撕扯着自己的胸膛，满脸痛苦的神情。

王大丰默默地看了一阵，退回到长椅上，轻轻地在李天雷的肩上拍了一下。

“谁？”李天雷一下子跳起来，看到是王大丰，神情又放松下来，笑笑说，“是厅长啊！我开了一天一夜的车，累死了。”

王大丰没有说话，用眼睛示意他跟他出去。

他们走出了病房大楼，来到医院的花坛里。王大丰坐在长椅上，心事重重地看着远处。

沉默了一会儿，李天雷安慰他说：“厅长，您别太着急，他没大事儿。”

王大丰看他一眼，说：“多大才是事儿呢？这是怎么回事啊？”

李天雷挠着头皮说：“我也不知道。那边的同志介绍说，头一天还好好的，还到村里去了解情况了，第二天早上迟迟不见他，人家找到房间里，发现他躺在地下。”

王大丰沉着脸，没说话。

李天雷偷眼看了他一眼，说：“厅长，他怎么回事？这一路上他都在说胡话，什么绳子、链子，还喊妈妈什么的。他怎么啦？”

王大丰看看李天雷，问：“李天雷，你瞧不起我这个儿子，对不对？”

李天雷赶忙辩解：“哪能呢？”

“你别骗我了。你还叫他秀才呢。”王大丰说。

李天雷讨饶般地笑笑：“厅长，开始我是有点儿。他太文弱了，不像个警察，但后来他表现得实在出乎我意料。可问题是，像这种突然发作的情况，他已经不是一次了。他到底怎么啦？”

王大丰正色道：“天雷，本来我不想告诉你，但重光他需要大家的帮助。”

李天雷有些不解:“怎么?”

王大丰说:“重光他和你们不一样啊!”

他沉重地叹息了一声,原原本本地把重光的身世和困扰他的心理阴影告诉了李天雷。李天雷虽然在宁海公安局干了很多年,但是当年王大丰收养重光时,他还只是个刚当上公安的新兵蛋子,对这些内情并不了解。

听完王大丰的话,李天雷目瞪口呆:“原来是这样!”

王大丰说:“天雷,重光在努力地战胜自己。可是你应该能体会到,这不是件容易的事。他需要你们的帮助,不是保护他不受伤害,而是鼓励他面对一切他不敢面对的东西。”

李天雷郑重地应道:“我明白了,厅长,我们是战友嘛,这是我的责任。”

病房里,王重光已经从昏睡中醒过来了。他迷惑地四处看着,好像不知道自己身在何处。阳光透过窗户射进来,暖暖的,让人觉得很惬意。他从床上坐起来,向窗外张望着,现出吃惊的神色。

门在这时开了,李天雷一手托着一个大西瓜从外面进来。一看到王重光醒来了,脸上露出欣喜的笑容:“醒啦?嘿,就知道你得醒,这不,我上队里搬了两个西瓜。你别和局长说啊,这可是用咱卖旧报纸的钱买的。那帮家伙正在家里敞着怀啃呢,我要晚去一步,咱俩连西瓜皮也吃不上了。”他一边说着,一边把西瓜放桌上,利索地一拳砸开了,“来,来,吃,还是沙瓤的呢。”

王重光迷迷糊糊地问:“队长,我已经回来了?”

“是啊,回来了。”李天雷说。

王重光又问:“那我这是在哪儿啊?”

“医院里。你着凉了,发烧了,我就把你运回来了。”

王重光明白了,低下了头。

李天雷说:“来,吃吧,吃吧。我小时候,一发烧就想吃西瓜,这东西清凉啊。可小时候家里穷,哪有啊?现在好了,西瓜尽着吃,我却不发烧了。”

王重光只听着，也不抬头。

李天雷问："咋的啦？"

王重光的声音哽咽起来："队长，我——您说得对，我不是当警察的料，我成不了好警察。"

李天雷一愣，说："谁说的？我说过吗？我咋不记得我说过这样的浑话呢？谁说你当不了好警察？好警察都长啥样啊？"

王重光痛苦地摇了摇头。

李天雷接着说："你一个人在那儿，把多重要的线索都给摸回来了！局长那天还骂我呢，说我二十多年的老警察了，还不如你一个新兵蛋子。嘿，重光，你要成不了好警察，我就得去上吊了，没脸活了。来，吃吧，吃吧。过度谦虚，也是骄傲的一个表现啊。"

王重光仍然不抬头。

李天雷看着他，把西瓜放了回去，说："重光，我不知道你在那儿遇到了什么，也不知道它为什么会这样重地伤了你，但我知道它对你来说一定是很可怕的。但是重光，你应该知道一件事。"

王重光问："是什么？"

李天雷说："每个人都有软穴，每个人在世上都有害怕的东西。"

王重光的眼里有了亮光："真的？队长你也有吗？"

"我怎么没有？"李天雷说。

"那你怕什么？"王重光问。

李天雷说："怕失败，怕被别人战胜。重光，不怕你笑话啊，咱们一起出差，我到那儿问了问，自以为什么都问清楚了，就回来了，而你留下来，却摸到了重大线索。当我从电话里听到这个消息的时候，我心里那个慌啊！真的，就像局长说的，我这个二十多年的老警察，怎么还不如你一个新兵蛋子呢？重光，那天我在局长面前装得浑不吝的，可到了晚上回家，我一个人喝了半斤酒，老婆问我怎么了，我死活没说。"

王重光脸上难得地露出了一丝笑容："真的？"

李天雷认真地说："真的。重光，每个人都有害怕的东西，但关键是，你要敢面对它。"

王重光认真地沉思着，没说话。

五

院长领着王重光来到小小的房间，他的母亲正呆坐在轮椅上。王重光走到母亲的身边蹲下去，抱住了母亲："妈，妈。您什么时候可以说话啊？我想和您说话啊！"

见母亲仍然没有反应，王重光重重地叹了口气："过去的事情，什么时候才能过去呀！"

母亲正呆呆地看着前面，王重光顺着她的目光望去，顿时愣住了——母亲面前的书桌上，正摆着他的照片，照片上的他正和他母亲对视着。王重光有些迷惑不解。突然他似乎想到了什么，急忙起身打量这房间，目光又是迷惑，又是急切。

身后一声响，好像有什么人进来了。

王重光一下子定住了。他慢慢地转过身，身后，小小正倚在门框上，静静地看着他。

王重光还是呆住了。两人互相看着，看着……

半晌，小小苦笑了一下说："世界很小，是吗？"

王重光激动得有些结巴了："小小，你、你怎么在这儿？"

小小说："我是大夫，她是我的病人，照顾她是我的工作。当然，如果你不同意的话，可以向院长提出来。"

王重光急忙辩解道："不，不，我不是那个意思。可是为什么……"

"那好吧，有件事，我想和你谈谈——是关于你母亲的事。"小小一副公事公办的语气。

王重光推着母亲来到花园里。母亲独自坐在阳光下，小小和重光站在轮椅后面不远的地方。小小说："我对你母亲进行了仔细的检查，她身体上的病早就好了。"

王重光有些惊讶：“什么？不可能。她一直站不起来。”

“那只是因为她从来不站，或者说，她不想站起来。”小小说。

王重光低下头，片刻才说：“请你不要这样说她。”

小小说：“可这是实际情况。她一切反应都很正常。她能听得见，能发音，对外界的刺激也有正常的生理反应。但是，她却拒绝开口，拒绝站立。或者说，是她自己在拒绝这个世界。”

王重光有些急了：“你不知道你在说什么，你对她知道多少呢？对不起，我要推她回去了。”

王重光推着母亲往回走，小小在后面静静地看着他，慢慢地说了一句：“我知道一切。”

王重光一下子站住了。

“是的，一切。”小小的声音有点抖，“你和她的被拐卖，被解救，以及她这么多年的状况。”

王重光呆立着，一动不动。

小小说：“是因为你不愿意让我知道这些，所以你才提出分手，对吗？”

“不是。对不起，我还有事，我得走了。”王重光又推动了轮椅往回走。

小小恳切地说：“重光，我不会强求别人的感情，但这件事是我的工作，而且还事关你母亲的康复。难道你不希望她回到正常的生活中来吗？”

王重光再次停下来：“我能做什么？”

小小说：“康复的第一步，是勇敢地面对现实。你母亲在回避，她在用遗忘和失忆，消极地回避过去。如果你希望她能康复，你就要帮助她正视曾经被拐卖的现实，引导她开口，把过去的事说出来。”

王重光绝望地说：“那不可能！你看到了，她不说话！”

小小平静地回应道：“你替她说。”

王重光大吃一惊，不由得转过身：“什么？我替她说？”

小小直视着他：“对，你替她说！她可以听得到的。那些

事，不是你和她一起经历过的吗？”

王重光简直不敢直视她的目光了，只得匆匆地说：“我不知道你在说什么。对不起，我还有任务，得走了。”一边说着，一边推着母亲回去了。

小小看着他远去的背影，轻轻地说：“你可以回避，但我不会同意的。坚决不会！”

第十四章

滿天星 mantianxing

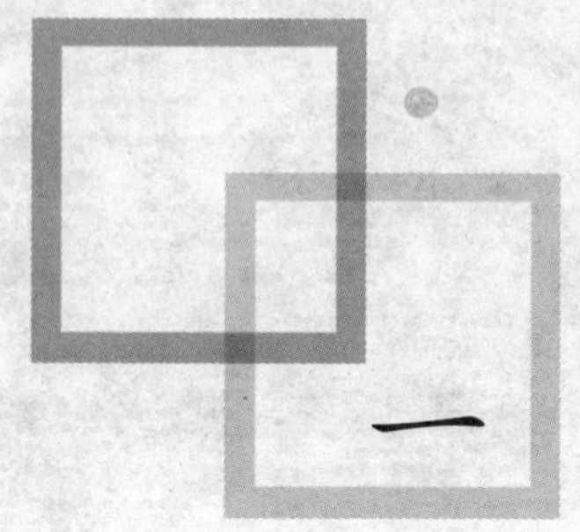

一

两个审讯员坐在提审室的讯问台后面，李天雷和王重光坐在他们旁边。一个四十多岁、相貌猥琐的男人坐在他们对面的椅子上。

李天雷一拍桌子，大声喝道："田长更，我看还是判得你太轻了。关了这么多年了，你还不知悔改吗？"

田长更大呼冤枉："老天，真是冤枉啊！我倒是想交代，可我得知道啊！政府也不想想，我能包庇得了他吗？这小子天打五雷轰，他指挥我们做这缺德的生意，出了事，我们进来了，他倒鞋底一抹油跑了。"

审讯员问："那你再说说，你是怎么认识昌叔的？你们平时是怎么联络的？"

"我根本就不认识他啊！"田长更矢口否认。

"可你刚才还说，是他指挥你们做生意的。"审讯员抓住了他一个破绽。

他赶忙狡辩道："是他指挥的，可没有多少人见过他。我负责拐骗那些女人，拐了来，交到他派来的人手里。一个人我提二百块钱，其他的事，我就不管了。"

"昌叔叫什么，哪里的人，你知道吗？"审讯员问。

“不知道。只知道大家都叫他昌叔。”田长更说。

审讯员看了李天雷一眼。李天雷拿出周慧的照片来，问：“田长更，你仔细看看，你见过这个女人吗？”

田长更把照片接过去仔细看了看，很肯定地说：“没有。”

李天雷和王重光交流了一个失望的眼神。

王重光的母亲平静地躺在床上，小小坐在她头上方，两手轻轻地搭在她肩上。

小小说：“深呼吸，深呼吸，放松，哎，对，放松，把整个身体都松下来，摊在床上。”

重光母亲的面孔平静而安详。

小小说：“阿姨，我给您讲个故事好吗？曾经有个女人，我们不知道她家在哪儿，也不知道她家里有什么人，但我们知道她有一个可爱的儿子，那儿子就是她的生命，她的一切。但是有一天，她和她的儿子一起被坏人拐卖了。”

母亲的身体明显地抖了一下。

小小继续说：“阿姨，那一天，她们为什么离开了自己的家？离开家以后发生了什么？孩子还小，但是那个母亲，她为什么轻信了别人，使自己和孩子掉进了陷阱？”

重光母亲的身体开始剧烈地抖起来。

小小看着她，小心地接着说：“阿姨，我相信，这件事，一直压在母亲的心里，使她一想起来就痛不欲生。可是，她一定是有自己不得已的原因的。我不知道孩子的父亲还在不在，孤儿寡母离开自己的家，是不是为了求生？”

母亲的眼角里，缓缓地滚下了一滴泪水。

小小注意到了，她激动地看着，眼睛也湿润了。

夜深了。熟睡中的小小突然被什么声响惊醒了。

她第一个动作就是往重光母亲的床上看——她正在床上痛苦地挣扎着，脖子抻得很长，两只手不住地撕着自己的胸膛。

小小大惊失色，从床上扑下来：“阿姨！”然后赶紧给值班室打电话要了救护车。

几分钟后，急救车的呼叫声凄厉地响起来。

监狱里没问到任何有价值的线索，李天雷他们又将重点转向了当年拐卖案多发地的农村。他们走访了很多人家，问了很多人，但仍没有一个人认得照片上的周慧。

李天雷开着警车往回走，王重光坐在副座上。

“也真奇了怪了，这女人如果参与过拐卖人口，不应该没人见过她啊。”李天雷有些纳闷地说。

王重光说：“我也这么想，我们再多问问吧。”

李天雷看了他一眼说：“你回来之后，又去找过那女孩吗？”

王重光摇了摇头。

李天雷问：“为什么不去问问她？周慧是她的养母，她应该对周慧的情况最熟悉。说不定，我们兴许还能从她那儿证实我们的猜测呢。”

王重光沉默片刻，说：“我不想给她太大的压力。”

李天雷说：“这是压力吗？她有责任帮助警方查清事实啊。”

王重光别开脸，没有回答。

李天雷看看他说：“要不，我去找她？”

“不，队长，我去。但是，给我一点时间，一点点。”王重光赶忙说。

正说着，他身上的手机忽然响了。他打开手机：“我是。什么？什么！”

王重光顺着医院的走廊疯狂地跑过来，闯进一间病房。

母亲正静静地躺在床上，小小陪在一旁。见王重光闯进来，她赶快站起来。王重光顾不上她，一下子扑到母亲的床边喊道：“妈，妈！”

小小在他身后说：“昨天晚上，我给她讲起了过去的事情。”

王重光猛一回头：“你怎么可以这样做？谁给你的权力这

样做？"

小小平静地回答："我。"

王重光一愣。

小小说："她是我的病人，我是她的医生，我有为她治疗的责任。"

王重光不说话了。

小小接着说："重光，那些事情对她是很残酷，可是如果你想让她康复，她就总要有面对的那一天。你知道吗？昨天在听我讲述的时候，她落泪了。"

王重光吃了一惊："什么？"

小小说："是的，她落泪了。我认识她以后，还是第一次看到她对外界产生了反应。她这次生病，不也是对外界刺激的一种反应方式吗？"

王重光将信将疑地看了看昏迷的母亲。

小小说："重光，她把自己封闭了二十年了，靠她自己，她无法康复，能够帮助她的只有我们这些健全的人，特别是她自己的儿子。"

王重光看着母亲，低下了头，无声地走了出去。

小小顺着林阴道走着，四下张望着，终于看到了王重光。他默默地坐在一个长椅上，看着远处的夕阳，小时候的回忆像放电影一样清晰地呈现在他的眼前：青青的绿草地，一个小男孩在放着风筝，微笑的母亲在一旁看着他……突然画面又变成了一个男人，提着一根绳子逼近了无辜的孩子……

"你怎么了？"小小这时已走过来，停在他不远的地方。

王重光回过神来，站起来说："你可以坐一会儿吗？"

小小坐下来。王重光也坐在了长椅的另一头。

王重光有些支吾地说："小小，这个事……这个事，谢谢你了。"

"不用谢。我说过了，我是医生，她是我的病人。"小小平静地说。

王重光说："可是你不知道，过去的事情对她有多残酷。"

"我知道，所以，连你都病倒了。"

王重光惊讶地看着她："你都知道了？"

小小没说话，只微微一笑。

王重光低下头："你要瞧不起我了。"

"为什么？你和我什么关系？"小小扬起头看着他。

王重光被堵住了，沉默良久才吃力地说："小小，我们好的时候，我从来没向你讲过我小时候的事情。"

"我们不好了的时候你也没讲过。事实上你从来都没有讲过。"小小说。

王重光有些痛苦地说："你不知道那些事情在我身上的分量。"

"那你仍然可以不讲啊，你可以把它们永远藏着，就这样，守着你母亲过下去。"

王重光恳求地说："小小，你别这样说我。"

小小说："那我应该怎么说？安慰你？像对小孩子那样？"

又是一阵沉默。

王重光打破沉寂，说："小小，如果……我是说如果……如果我讲给你听，你不会看不起我吧？"

"看不起？为什么？那时候你还是个孩子，你有什么错吗？"

王重光沉默片刻，突然说："我有。"

"什么？"小小吃了一惊。

"我有。事实上，那件事，是我的错，如果不是我，我和我妈不会落到那一步。"

小小关切地看着他。王重光犹豫着，心里似乎在剧烈地挣扎着。

小小说："重光，伤痛不会因为你回避而不存在。它可能表面上看起来好了，但在表皮之下它还存在着，并且不断地影响你，使你无法真正开始新的人生。而治愈它的第一步就是把它说出来。"

王重光慢慢地回忆着："小时候的事情，我能记住的已经很少了。我只记得我爸在外面厂里干活，妈妈带着我一个人

在家，日子不富裕，却很快乐。妈妈是个爱干净的女人，地里的活不多，所以她做得最多的一件事就是擦来擦去，把整个家都拾掇得干干净净。我还记得村头有口大钟，还有一面绿草茵茵的山坡。我记得我在那面山坡上放过风筝，我在前面扯着线跑，穿得干干净净的妈妈站在后面笑着看……"

他抬起头，似乎正看着那片绿草茵茵的山坡，看着扯着风筝快乐地跑着的自己，还有正微笑地看着他的穿着整洁的母亲。

王重光痴迷地注视着这迷人的幻景，脸上露出微笑。

小小小声地问了一句："后来呢？"

王重光一个愣怔醒过来，眼前的一切消失了。

"后来，后来，后来我父亲死了，一切就都改变了。"王重光说，"那一年，我还不到六岁。"

小小问："那时发生了什么事？"

王重光的脸上微微地冒出了汗，表情有些痛苦地说："我不记得了，我忘了。"

"不，你没忘，你刚才还说是你的错。"小小说，"重光，你做过什么？为什么会导致你和你母亲被拐卖？"

王重光已经满脸汗珠了。

小小抓住他的肩膀说："重光，你是个警察，你总得面对，总得面对啊！"

王重光抬起头，他看到了小小充满鼓励的双眼。

小小轻声地说："重光，我等着你说出来。"

又是一个阳光明媚的好天气。王重光把母亲从医院接出来，推着母亲在山坡上走着。四周一片蓊郁的树林，风光秀美。

王重光边走边对母亲说："那个女人的经历曾经和您很像。可是妈，您宁可毁掉自己，也不愿去伤害别人。而她，却走到了另一条路上。妈，您要比她勇敢，比她善良。"

母亲平静地听着。

王重光把母亲推到坡顶，停下来。他指着山坡上的林木

说："妈，您看看这片山坡，这些树，这些草，是不是和咱老家有些像？妈，您还记得咱们的家吗？还记得咱们村外那片山坡吗？我还清楚地记得，却不知道它们在哪里。"

他坐在轮椅旁，入神地向远处望着……

童年时候的他和母亲出现在山坡上，他扯着风筝在草地上跑，一边跑一边喊着："妈，妈，看我的风筝！放起来了，放起来了！"年轻的母亲手搭着凉棚微笑地看着他。

王重光看着眼前这动人的情景，脸上不觉现出微笑。

"妈，那一刻多美，咱们要回去，一定要回去。妈，这需要勇气，需要咱们俩的勇气。"

母亲的脸上依旧很平静。

王重光说："妈，我经常觉得害怕，不敢回首。妈，您要给我勇气啊！"

他把母亲送回康复中心，敲响了小小的房门。

小小过去开门，王重光站在门口，推着轮椅上的母亲。

王重光有点不好意思地说："小小，妈好了，出院了。我没办法照顾她，还送回你这儿，行吗？"

小小看着他，眼睛微微潮湿了。

王重光突然对她说："小小，你可不要对我失去信心啊，我正在努力呢。"

小小笑了。

二

贺勤的铺子已经打烊了。屋里点着一盏小灯，王重光在灯下给他们兄妹俩介绍了这段时间他们了解到的有关周慧的情况，最后他说："就这样，她被铁链锁在炕上，整整锁了一年半，直到她生下儿子。"

小妹低着头，贺勤则一脸惊愕。

"生下孩子以后，她逃掉了，听说她逃走的时候，差点儿丢了性命。人们都以为她不会回来了，可是两年以后，她又自己回到了那里。"王重光补充道。

“为什么啊？她和小强的爸爸关系一点都不好，既然逃走了，为什么还要回去啊？”贺勤问。

小妹喊了一声“哥”，打断了贺勤。

贺勤有些不解地说：“真的，小妹，你不觉得很奇怪吗？”

“问题就在这儿。”王重光说，“她为什么回去？她在外面那两年发生了什么？小妹，你知道吗？”

小妹摇了摇头。

王重光说：“你跟她一起生活了那么久，没听说过什么吗？”

小妹仍然摇头。

贺勤接过来说：“对了，上次我回家问小妹的事情的时候，我妈说过……”

小妹赶快抬头，恳求地喊了一声：“哥……”

王重光看着贺勤问：“说过什么？”

小妹又喊了一声：“哥！”

贺勤看看小妹，感到小妹似乎不愿意让他说出来，便支吾着说：“也没说什么。我妈说，她妈过去可受过不少苦。”

王重光心里隐约有种感觉：“小妹，我说的这些，你好像都知道。”

小妹赶快摇头：“不，我不知道。”

王重光注视着她。小妹注意到了他的目光，慌乱地躲开了。

王重光小心地问：“小妹，你是她再次回去的时候带回家的。有没有可能，是她把你从你妈身边拐走的？”

小妹赶紧辩解：“不是，真不是。我是她捡的，真的。”

“你为什么这么肯定？你那时候不是很小吗？”

小妹急出了眼泪：“是真的，我真是我妈捡的。”

王重光耐心地说：“小妹，你看，你上次告诉我，你还记得自己蹲在火车的小桌子下面，听到你妈在外面叫你。如果真是这样，你怎么可能是被捡的？”

“我也可能记错了。我真是我妈捡的，不是拐的。”

王重光看着她，她在王重光的注视下低下了头。

“小妹，你在隐瞒什么呢？”王重光有些责备地说。

小妹张皇地回答说：“没，没，我没……”但是她的目光和他一接触，便又赶忙把头深深地埋了下去。

贺勤着急地叫了一声：“小妹！”

小妹无助地摇摇头，似乎再也不想说什么了。

王重光叹了口气，起身告辞。贺勤和小妹站在铺子门口，看着他远去。

贺勤转过脸对她说：“小妹，你是怎么回事啊？人家警察都在积极地帮咱，可你什么也不说。”

“别说了，哥！”

“你为什么不说啊？”贺勤说。

小妹哀求道：“哥，那是我妈啊！”

王重光回到刑警队，向李天雷汇报了与小妹谈话的情况。

李天雷说：“这怎么可能？她和她养母朝夕相处，对她养母做的事情真的就一点不知道？”

“她就是这样说的。”王重光说，“不过我隐约觉得她似乎在刻意隐瞒什么，如果真是这样的话，那我们的猜测就是对的了。可是我怎么问她都说不知道，唉！”

李天雷说：“那回头我再去找她谈谈吧。”

王重光赶快阻止：“不要，不要。”

“为什么？”

“队长，我们不该再逼她了，她本来就够不幸的了。”

李天雷说：“我们是在逼她吗？如果她的养母涉嫌犯罪，她难道不应该把她知道的告诉我们吗？”

王重光小声地说：“我是说，她很可怜。”

“不错，她是很可怜。那么，我们仅仅可怜她就够了吗？”李天雷说。

王重光低下了头：“队长，我错了。我这就回去找她。”

小妹一个人呆呆地坐在铺子里。耳边，隐隐地有摇篮曲的旋律响起，接着又传来那撕心裂肺的哭喊。

小妹一个寒战，抬起头，发现王重光正站在她面前。

小妹猛地站起来，惶恐地说：“王大哥，我不找家了，不找了！”

“为什么？”王重光问。

小妹摇摇头，吃力地说：“我不找了。”

王重光看着她，定定地说：“这么说，对你的养母，你是知道些什么的。”

小妹惊慌地摇摇头：“不，我不知道……”

话还没说完，看到王重光眼里责备的目光，小妹赶紧低下了头。

“王大哥，原谅我，我做不到。不管怎么说，她是我妈呀，是她养大了我啊！”小妹哀求他说。

王重光说：“如果是她把你从你母亲身边拐走的，那就是她害了你呀。”

小妹摇了摇头，痛苦地说：“王大哥，你不知道我小时候过的是什么日子。”

一阵沉默。

过了一会儿，王重光轻轻地说：“告诉我，好吗？”

小妹抬起头，正看见王重光鼓励目光。

小妹闭上了眼睛，摇篮曲的旋律又响起来，接着传来撕心裂肺的哭喊。小妹情绪激烈地摇着头：“我想不起来，我想不起来了！”

王重光说：“你想得起来，它可能很可怕，但它在你的脑子里。把它说出来，小妹。正视过去，这是我们开始新生活的第一步。”

“王大哥，一想起来小时候的事，我就好像听见有人在我耳边唱一首好听的歌，我觉得，那是我妈妈唱的。”小妹慢慢地说，“还有人在哭着叫喊，我也觉得，那是我妈妈在叫我。再往后，我就只记得一片黑暗，很可怕，很可怕。”

王重光沉默地听着，这种感觉，他自己同样熟悉。

小妹接着说：“我总记得我在一个陌生的地方，周围一片黑暗，唯一能抓住的，就是她的手。”

“你的养母？”

小妹点点头：“也许，她干过坏事。可是，没有她，我可

能长不大。所以我怎么能出卖她？”

王重光说：“这是出卖吗？”

小妹沉默不语了。

王重光说：“你想过没有，如果她涉嫌拐卖人口，她就可能把许许多多像你一样的女孩送进了你曾经历过的黑暗。”

小妹又打了一个寒战。

王重光说：“你眼看着那些女孩坠入黑暗中，却不愿意向她们伸出手来吗？”

小妹低下了头。

“这样好不好，你劝她自首。”王重光试探地问。

小妹猛地抬起头来：“什么？”

“给她打电话，劝她自首。她是你的养母，你有责任挽救她。”

小妹呆呆地看着他：“我不敢。”

王重光鼓励地说：“试一试，小妹，你比你想象的要勇敢得多。”

王重光和小小推着母亲来到一面绿茵茵的草地上。他们坐在地上，母亲的轮椅停在一旁。

小小鼓励他说：“我们开始吧。试一试，重光，你比你想象的要勇敢得多。”

王重光慢慢地回想着：“我不记得我和妈妈怎么来到了城里，也许，是有人对妈说城里的钱好挣。我只记得，有一个男人领着我们，坐了很长时间的车，后来到了一间大房子里，然后，男人的脸就变了。我记得……我记得……”

他的脸上又开始冒汗了。小小握住他的手，小声地说：“重光，你妈妈在听着。”

王重光镇静下来，继续说：“我……我记得有两个人抓住我妈妈，一个男人手里拿着一根绳子，一边甩着一边向我们走过来。我妈拼命地叫我的名字……”

母亲凄厉的喊声再次出现，而且越来越响：“小光！小光！小光！”

王重光紧闭双眼，脸上的表情痛苦不已。

小小轻柔地对他说："重光，重光，我在这儿。"

王重光痛苦地说："我妈叫我，我是她唯一的亲人，可是我……我……"

此时，坐在他们不远处的母亲也开始变得痛苦起来。

"重光，你那时候多大？"小小问。

"五岁多，不到六岁。"

"你去过咱们厅的幼儿园吗？"

"什么？"王重光有些不明白她的意思。

"你去过咱们厅的幼儿园吗？你在那儿见过五六岁的孩子吧？五六岁，还在幼儿园里。如果大人发生了什么危险，你能指望一个幼儿园的孩子来解救他吗？"

王重光不说话了。

小小接着说："重光，你没有责任，你一点责任也没有。你那时候还需要别人的保护呢。不错，你是你妈当时唯一的亲人，所以你妈只能叫你。你妈叫你的名字，与其说是希望你来救她，不如说是她担心你的安全。"

王重光一下子瞪大了眼睛："什么？"

小小说："你想想是不是？作为一个母亲，无论在什么情况下，最重要的不是孩子的安危吗？孩子的安全，难道不是比她自己更重要吗？"

王重光喃喃地说："你是说，我妈叫我，是在担心我？"

小小反问道："难道不是吗？你自己的妈妈，你应该最了解，她是不是一个这样的母亲呢？"

王重光想了想，说："她是。当时，那些人逼她走，她死也不走。可那些人威胁说，如果她不走，就把我卖到别处去。她一听，马上就屈服了。"

"这就是母亲啊。"小小感叹道，"重光，你妈妈叫你，是在为你担心。你妈妈和你的灾难，是那些恶人造成的，是他们在犯罪，和你没有任何关系！"

轮椅上的母亲，此刻已经恢复了平静。

王重光舒了一口气："谢谢你，小小！谢谢你！"

三

小妹找到一个公共电话亭，她拿着话筒犹豫了半天，摘下来又放上去，又摘下来，又放上去。终于，她下定决心，拿起话筒，拨了号。

电话里传来长音，小妹紧张地等待着。

终于有人接听电话了，小强的声音从电话那头传了过来："喂？"

"哥，哥。"小妹急切地叫道。

那边的声音也变得急切起来："小妹吗？有事吗？出什么事了？"

"没，没有。哥，我也到宁海了。"小妹说。

电话里一阵沉默："你也来了？你来宁海干什么？"

小妹说："哥，我有事，想和你说。"

"说吧。"

小妹看看周围，说："哥，我想见你，和你当面说。"

那边停顿了片刻，说："好吧，今天晚上我请你吃饭吧。在皇宫大酒店怎么样？八点，我在那儿等你。"

小妹吓了一跳："人民路那个？哥，那哪是咱去的地方啊！"

"咱怎么不该去呀？就这么定了，晚上八点。对了，别告诉贺勤。"

轻柔的音乐若有若无地响着。皇宫大酒店的大厅装饰得富丽堂皇，彰显出酒店的品位和豪华。大厅里宾客不多，显得很安静。

小强坐在一个靠窗的桌子旁，他呆呆地看着窗外，脸上的神情却显得很落寞。

小妹在一个服务生的引领下走过来。在这种豪华的地方，她感觉既拘谨又紧张。当服务生把小强示意给她看时，她简直有些不相信自己的眼睛：眼前的小强西装革履，头发也精心地打理过，显得很阔绰的样子。

服务生走了，小妹仍站在那儿，呆呆地看着小强，良久才小声地叫了一声“哥”。

小强惊醒过来，猛地站起来，打量着小妹：“小妹，你不该来宁海。你来这儿干什么呀？”

小妹也上上下下看着他：“哥，哥，总算又看到你了，我好想你啊！不过，哥，咱怎么能上这种地方来？这里还不得贵死人？咱走吧，找个小店吧。”

小强让她坐下：“这种地方咱怎么就不能来了？咱怎么就该在大街上吃盒饭啊？小妹，你哥有钱了，你想上哪都能去得起。来，坐下吧。”

小妹坐了下去，可马上，像被针扎了一样，又站了起来：“哥，坐在这儿我害怕，咱还是换个地方吧。”

小强笑着按她坐下：“坐，我让你坐你就坐。没人敢过来赶你，这个世界上，有钱就是大爷。”

小妹这才不安地坐下了。小强示意服务生上菜。

“你找我干什么？”小强问。

小妹犹豫了一会儿，抬起头说：“哥，你和俺嫂子，过得还好吧？”

“什么？”小强愣了一下，旋即明白过来，别开脸说，“还好。”

小妹说：“我听说哥有嫂子了，我真为哥高兴。”

小强苦笑了一下：“我也高兴。”

小妹小心地问：“嫂子是干什么的？哪儿的人啊？”

小强突然火了：“你问这些干什么？叫我来，到底有事没事啊？”

小妹赶紧说：“有事，有事！”

“什么事，你快说吧。”

“不是我的事。”小妹说。

“除了你的事，别人的事我不管。”

“哥，是妈的事。”

小强顿时变了脸：“小妹，别和我提她。”

小妹一下抓住他的手："哥，除了你，她是我小时候唯一疼过我的人啊。"

小强注视着她握着他的手，不再坚持了，问："她怎么啦？"

"哥，警察在帮我找家。"

小强敏感地抬起头，匆匆瞥了她一眼，问："他们在干什么？"

小妹说："他们知道妈以前的事了。"

小强吃了一惊。

这时服务生送上菜来，小妹赶快停住。

时间不知不觉已经过去了半个多小时，两人面前的菜根本没动过。

小妹把知道的都已经说完了，小强沉默着不说话。

小妹恳求地说："哥，警察让我劝她自首，我不敢，还是你给她打个电话劝劝她吧。"

小强突然抬起头，粗暴地说："你和我说这些干什么？"

"哥，你没见到，我见到了。你突然失踪以后，她就像疯了一样。她还是疼你的，她到底是你的亲妈呀！哥，你打电话劝劝她吧，这些都是过去的事了，只要她自己说出来，警察说会从轻处理的。"

小强低头不说话。

小妹又哀求道："哥，她以前做过的那些事，无论如何是不对的啊！"

"要劝你劝，我不劝。"小强一扭头说。

"为什么？哥，你不知道，你走了以后，她急得像疯了似的。她到底是你的亲妈，你不关心她，谁还会关心她？"

小强不回答她，却抬起头来怀疑地看着她说："小妹，你在警察面前没提我吧？"

"我提哥干什么？"小妹吃惊地说，"再说，就是提你又怕什么？她干的那些事，你又没参与。"

小强不说话了。过了一会儿，他冷冷地抛出一句："我不会劝她。我和她没关系。咱们吃饭吧。"

小妹哭了："哥，我害怕，我怕极了。"

小强注视着她，冷漠的面孔上现出怜爱。他伸出手想为她擦眼泪，伸到一半又停住了，只拿了张餐巾纸递给她，温和地说："别哭了，这和你更没关系。警察要找，就让他们找去吧……"

"可是哥，我们不能不管她呀。"

"别再说了！"小强烦躁地打断她，"吃饭吧，小妹。你看看这几样菜，你没吃过吧？别看少，可贵呢！你知道这个吗？这是鲍汁扣灵菇。什么灵菇啊？就是蘑菇。可就这一小盘，四十八呢。"

小妹不说话。

小强脸上浮现出失意的笑容："出来这么久，我总算知道人家是怎么过日子的了。想想咱过去，活得真可怜。这世上，什么都是假的，只有钱才是真的。"

小妹听着，慢慢抬起头来，像不认识他一样打量着他。

小强在她疑虑的目光里一愣。

小妹说："哥，你怎么这么说话？你、你在外面没干什么吧？"

"干什么？我能干什么？"

"什么叫'什么都是假的'？连我也是假的？"

"你……"小强拿着酒杯正在喝酒，猛地被噎了一下，抬起头看看小妹，似乎不敢和她那单纯的目光对视，很快又低下头去。

"吃饭，吃饭。说这些干什么！"小强说。

"哥，你从哪来的这么多钱？"

小强笑起来："你看，你是不是不相信我啊？我在一家大公司打工，一个月两三千呢。"

"真的？什么公司啊？你干什么？"

"一家日本人开的公司。日本人有钱啊。我刚开始时在那儿当保安，后来帮他们抓了两个小偷，老板奖励我，就把我提成保安部经理了。"

小妹将信将疑地看着他，仍然有些不放心。

从酒店里出来，小强伸手就要给小妹拦出租。

小妹仍有些不死心，问他说："哥，你不能劝劝她吗？"

"不能。"小强一口回绝了小妹。

出租车过来了。小强给小妹打开车门，说："小妹，以后如果没有大事，不要再找我了。"

"为什么？"

"不为什么。我有了家，你也有了家，各人过各人的日子吧。上车吧。"小强说。

小妹不上："不，旁边就有公共汽车……"

话还没说完，小强就已经把她推了进去："凭什么人家坐出租，我们挤公共？走吧！"低头给了出租车司机二十块钱，"把她送回家。"

司机答应着，发动了车。小强又拍拍车窗，示意小妹摇下车窗。车窗摇下来了，小强丢给她一个纸包，对司机说："走吧。"

小妹喊道："等等，等等。这是什么？"她打开纸包一看，是厚厚一沓钱。

她赶快跳下车："哥，你这是干什么？我有钱，我不能要你的。"说着就要还给他。

小强看着她说："怎么，怕我的钱脏了你？"

小妹有些不解："什么？"

"要和我彻底划清界限？"小强说。

小妹愣在那，不知他在说什么。

小强说："走吧。"

小妹呆呆地上了车，小强帮她关上车门，示意司机开车。

小妹突然醒过来，从车窗里探出头："哥，哥，你可要多保重啊！"

小强没有说话，直直地看着汽车远去，直到出租车再也看不见了，他才转身走进酒店后面的停车场，从一排自行车中间找到自己那辆破旧的二八大车，蹬上车走了。

贺勤站在铺子门口，正不安地向远处张望着。一辆出租车在他面前停下来，贺勤也没有在意。直到看见小妹从车上走下来，贺勤大吃一惊："小妹，你这是……"

小妹很不安地叫了一声："哥。"

贺勤问："你上哪了？"

小妹没说话，只把那个纸包递给贺勤。贺勤吃惊地看着包里的钱，说："小妹，这是怎么回事？"

"小强给的。"小妹说。

"什么？！"他拿着钱跟小妹进了屋。

两个人坐在床上对着这一沓钱发了半天呆。

小妹有些担心地问："哥，你说，他不会干了什么吧？"

贺勤也有些担心，但却故作轻松地笑了笑，把纸包收起来说："小强你还不了解？他还能干什么？不过这些钱咱不能花，我们先帮他存上吧。"

小强站在劳务市场外边的马路上，正抽着烟等人。

小妹从街对面的一家商店里走出来，顺着马路往前走。她无意中一转脸，看到了对面的小强，小妹激动起来，赶紧喊了一声："哥！"

马路上很乱，声音嘈杂，小强根本没听见。

小妹急忙过马路，这时一辆公共汽车驶过来，把她挡住了。

等汽车过去，小妹再看小强时，愣住了——小强跟前出现了几个女孩，她们正围着小强问着什么。他们旁边站着一个人，背对着小妹，那身影，让小妹觉得熟悉。她收回了脚步，仔细地打量着那个背影，想看清楚他到底是谁。

这时，那背影走到小强身边，转过了身。小妹大吃一惊——是四贵！

小妹的第一反应是赶忙退后几步，躲到了一棵电线杆后面。她紧张地呼吸着，悄悄地伸出头，注视着他们。

对面，四贵正巧舌如簧地对女孩们说着什么。女孩们惊喜地说着笑着，用信赖的眼光看着小强，小强也笑着应和着。随后，小强领着女孩们走了，四贵则留在原地，用得意的目光看着他们远去。

四贵朝这边转过脸来，小妹惊骇地缩回了头，紧张地喘着气。良久，她又慢慢探出头。对面，四贵已经不见了。小妹有种不祥的预感。她看到不远处有个电话亭，赶快跑了过去。

电话亭里，小妹一边紧张地注视着四周，一边用颤抖的手指拨了一个号码。

小强领着几个女孩走着，一边走一边向她们大吹大擂："咱先把话说好了，我们那个厂是外资企业，对员工的素质要求是很高的。你们就是过去了，也要经过严格的考试，要考不过，不要怪我们不留你们啊。"

女孩们有些担心地互相看了看。

一个女孩小心翼翼地问："孙总，考试不会太难吧？"

小强一本正经地说："别叫我孙总，我不过是招工部的经理，离总还差着远呢。我们老总能亲自出来招工吗？"

另一个女孩说："孙总，俺没上过中学，考试的时候，能照顾一下俺吗？"

小强侧过脸来打量着她，笑了笑说："这我可不敢打包票，想进厂的人挤破头，我争取吧。"

转眼，他们已经走进火车站了。小强和那几个女孩坐在长椅上等候检票。

小强说："快检票了，一会儿都跟紧我啊。现在外面可乱了，还有拐卖妇女的，万一走散了，碰见人贩子你们可就倒霉了，我也没办法向你们的家长交代了。"

女孩们笑起来。

小强又说："来，把身份证都给我。外面坏人多，别给你们骗了去。"

女孩们信任地把身份证掏出来给他。

这时，小强身上的手机响了。他掏出来看了看号，是一个陌生的号码。他犹豫了一下，还是接了。

电话里传来小妹的声音："哥。"

小强微微吃了一惊："小妹？怎么是你？有事吗？"

小妹紧张地问他说："哥，你在干什么？"

“什么？”小强一愣。

“你现在在干什么？”

小强看看那几个女孩，走开一点，说：“我在公司上班呢。”

小妹说：“别骗我了，你那边声音这么乱。”

“噢，公司里来了几个客人。”小强赶忙辩解道。

话还没说完，车站里的喇叭开始广播了。小强赶快把话筒捂上，快步走出候车室。

电话那头传来小妹焦急的声音：“你骗我，你骗我，我刚才看见你了。”

小强大吃一惊：“看见我了？你在哪儿看见我了？”

“劳务市场那儿。你和四贵在一起。哥，你怎么会和他在一起？”

小强一愣，想了想说：“我也是偶然碰见他的。”

小妹生气地喊道：“骗我，你又骗我。你们身边，还有几个女孩。”

小强听着，不知道该如何回答了。

小妹哭了：“哥，哥，你到底干什么了？四贵那个人你还不知道吗？你怎么会和他在一起？你们要把那几个女孩带哪儿去？哥，你可别干坏事啊！”

小强一声不响地听着。

“哥，你到底干了什么呀？你说话啊！你那么多钱是从哪儿来的呀？哥，你可千万别干坏事啊！”

小强突然粗暴地打断她，吼道：“你别说了！什么叫好事？什么叫坏事？干好事就有好报吗？干坏事就肯定没好报吗？小妹，以后我的事你少管，我和你没关系！”

小妹简直有些不相信自己的耳朵：“哥，你在说什么呀？你是我哥啊！”

“我不是你哥！你早就知道我不是你哥。”

小妹绝望地叫了一声“哥”。

小强说：“别再说了，以后也别再打了。我有事，得走了。”说完，关上手机，转身走进候车室。

候车室里，几个女孩正焦急地等在那儿。看见小强回来

了，其中一个女孩叫起来：“孙总，你总算回来了，都开始检票了。”

另一女孩说：“孙总，你怎么啦？你的脸色怎么这么难看啊！”

小强笑了笑说：“没事儿，刚才有一个女孩打电话，非要跟我们一块去，我把她给回了。我们走吧！”

他们提起行李随着人流走向检票口。

那边，小妹听着电话里传出来的忙音，无力地靠在电话亭上哭起来。

过了一会，她想了想，又拿起话筒，重新拨号。

小强正带着女孩们走向检票口，身上的手机又响了。他拿出手机看了看，索性把手机给关机了。

听着话筒里传来占线声，小妹又拨了一遍，这回话筒那边传来了人工语音声：“对不起，您所拨叫的号码已关机，请稍后再拨。”

小妹绝望地挂上了电话。

王重光坐在贺勤的铺子里，贺勤蹲在地上，一边干活一边和王重光闲聊着。

“她从小就这样，有什么事，都自己闷在心里，从来不对别人说。”贺勤说。

王重光说：“我觉得你对她很好啊，她也不对你说？”

贺勤叹了口气：“不说。唉，王大哥，你就想想吧，她三四岁就离开了自己的亲生父母，八岁又被卖到我们家。”

王重光的脸上现出了深深的怜悯。

贺勤说：“要是能找到她的父母，小妹就能活得高兴了。哎，她回来了！”

小妹神情呆滞地出现在门口，一看到王重光，马上又惊又怕地站住。

贺勤站起来，责怪地说：“小妹，怎么去了那么久？王大哥等你好久了。”

小妹也不说话，脸上又紧张又惶恐。

贺勤奇怪地看着她说："小妹，你怎么啦？你看看你的脸，成什么颜色啦？哪儿不舒服吗？"

小妹仍然不说话，只是惊恐地看着王重光。

王重光和蔼地问了一句："小妹，出去了？"

小妹还是不说话。

贺勤说："进来呀。王大哥有事要问你呢。"

小妹慢慢地走进来坐在椅上，戒备地问："什么事？"

"小妹，那天我跟你说的事，你考虑得怎么样了？"王重光问。

小妹低头不吭声。

王重光又说："对了，我知道你养母家有个哥哥叫小强，他有没有可能知道一些你小时候的事情？"

小妹赶快打断他："他不知道，他什么也不知道。"

"怎么可能？你家在宁海不就是他告诉你们的吗？"王重光有些不相信，"他和你养母一起生活了这么多年，总多多少少会知道些什么吧？"

"不知道，不知道，他真的什么都不知道。"小妹急急地说。

"我听贺勤说，他现在也在宁海。要不你叫他过来一趟，我们和他谈谈？"

小妹几乎要哭出来了："王大哥，他真的什么都不知道。他知道的都告诉我了，其他的，他什么也不知道了。"

王重光看着她，很显然，小妹的反常表现使他更觉得事情蹊跷。他想了想说："那这样吧，我和他谈谈，好不好？"

"不行，我找不到他。"小妹小声回绝着。

贺勤说："小妹，你怎么啦？"

小妹恳求地叫了一声："哥。"

贺勤叹了一口气，起身出去了。

王重光恳切地看着她，温和地说："小妹，你心里有事。"

小妹把脸别过去："没，没有。"

王重光说："无论是什么事，你为什么不说出来？说出来，我可以帮助你啊。"

小妹低着头说："王大哥，谢谢你。可是我真的没什么可

说的。”说完，把脸扭过去对着墙，再也不开口。

王重光有些尴尬，正不知如何是好，贺勤从外面走进来，说：“王大哥，谈完了？我送送您吧。”并用眼神示意他出来。

王重光跟着贺勤出了铺子，走到马路上。贺勤搓着两只手，苦笑了一下：“王大哥，我都听见了。不怪小妹不给你说，这里头复杂着呢，和我也有关系。”

“噢？”王重光扬起了头。

于是，贺勤一五一十地把小妹、小强和他自己的事都告诉了王重光。

听完贺勤的解释，王重光感叹道：“原来是这样啊。”

“所以，小妹不愿意提小强。”贺勤说。

王重光想了想，又说：“但这也不妨碍让小强提供线索给我们啊！她心里还是有事儿。她今天去哪儿了？”

贺勤说：“夏天快过去了，我让她去买点换季的衣服。”

王重光问：“你刚才说她脸色不对。她的脸色是不对吗？”

“是啊，和她出去的时候大不一样。”

王重光沉吟了一会儿，对贺勤笑笑说：“她信任你，没事儿的时候，你多和她聊聊，开导开导她。那我走了，改日再来找你们吧。”说完告辞了。

小妹站在铺子门口，不安地等着贺勤。贺勤心事重重地回来，看见小妹站在门口，有些吃惊。

小妹问：“哥，你和王大哥说什么了？”

“没说什么呀。”

“你们提小强了吗？”小妹问。

“提了呀。”

小妹紧张地说：“哥，以后不要再和警察提小强了，行吗？”

贺勤问：“为什么啊？”

“哥，求你了！”

“你怎么啦，小妹？你今天看到小强了？”贺勤问。

“没有。你就别问了，你就别再向警察提他了，行吗？”小妹几乎要哭了。

贺勤有些疑惑地看着她，慢慢地说：“那好吧。”

第十五章

满天星 mantianxing

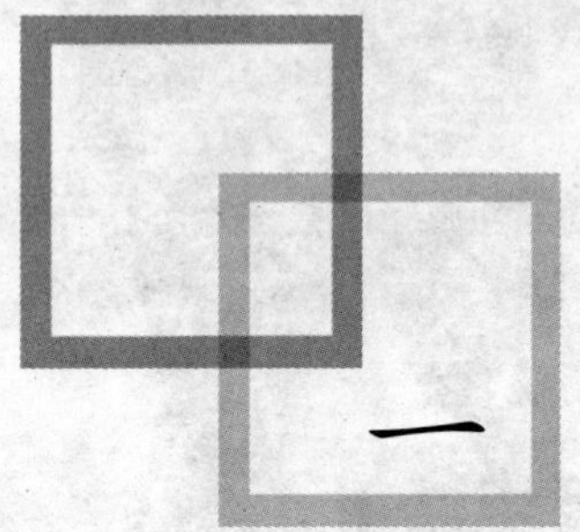

一

宁海市公安局会议室里正在开会研究案情。

李天雷向王大丰和丁局长介绍说："现在可以肯定的是，周慧曾经被人拐卖，然后又堕落为人贩子，涉嫌拐卖人口犯罪。我们这些日子广泛走访了近几年被解救回来的妇女，其中有三个认出了周慧。"

王大丰说："这么说，我们可以对她采取强制措施，迫使她说出小妹的家了？"

李天雷说："那恐怕还不行。"

"为什么？"王大丰问。

李天雷有些为难地说："现在可以确定的这三起犯罪，都已经过了追诉期。"

王大丰问："难道在追诉期内她就没再干吗？"

李天雷说："我相信她还在干，但目前我们还没有证据。"

王大丰沉吟着，把目光转向王重光："重光，那个女孩怎么样？她和周慧一起生活了那么多年，对她做过的事情总应该会有所了解吧？"

王重光说："我问过，但这女孩一提到她养母就会回避。她没有勇气面对她。"

王大丰说：“重光，你应该对这女孩做做思想工作。帮她寻找父母，是我们公安的责任。但同时，积极向警方提供犯罪线索，帮助警察制止犯罪，也是一个公民的责任啊。如果我们只帮她找到父母，却不能帮她成长为一个对社会有责任感的公民，我们的任务还是没有完成。重光，你应该帮助她认识到这一点。”

王重光小声地应道：“我明白了。”

王大丰转向大家说：“没有别的办法，我们只能进一步努力，寻找更多的线索，找到她追诉期之内的犯罪证据。另外，我们可以和南陆方面取得联系。周慧一直在那边生活，也许那边会有人了解她的犯罪事实。还有，周慧不是从宁海被拐卖过去的吗？她的家在哪里？家里还有什么人？大家了解过吗？”

王重光说：“我在垛山的时候问过她，她不承认自己是被拐卖的，也不肯说出她家的情况。”

王大丰沉吟了一阵，说：“也许，周慧的秘密就藏在她的家里。丁局长，你们同时也要为周慧找到家。”

王大丰拿着一个本子走进自己的办公室，一个瘦瘦小小的身影站起来。

看到是小小，王大丰高兴地说：“我们的小大夫——呵呵，是小小大夫来了。有事吗？”

小小微笑着点了点头，说话仍然是开门见山：“厅长，我实地了解到了一些我的病人被拐卖的情况。”

王大丰惊讶地喊起来：“怎么，你到那个买主家去了？”

小小说：“我去了。”

王大丰有些不相信：“你一个人？”

“是啊。”小小点点头。

王大丰突然火了：“小小，你是个警察，怎么能这么无组织无纪律呢？谁叫你一个人去的？”

小小说：“厅长，我是在休假。休假期间我不可以自由外出吗？”

王大丰一下子被堵住了。

小小接着说:“我把我了解到的情况讲给她听,效果很明显。但是厅长,要想让她彻底康复,必须让她心里积郁的东西得到完全的宣泄。”

“怎么宣泄?”王大丰问。

小小说:“当初,拐卖她的人贩子是谁?现在抓到了吗?”

王大丰说:“我们只抓到了把她卖到那个村的人贩子。据我们调查,那也只是第三道,也就是最后一次的人贩子。上面的两道是谁,还没发现。”

“那,那个第三道人贩子呢?”

“你不是又想一个人去找他吧?”

“有什么不可以吗?”小小一歪头,问道。

王大丰断然地说:“不可以,这太危险了。那些人贩子都是些人性灭绝的家伙,一个女孩和他们碰到一起会发生什么,简直无法想象!”

小小说:“我不是女孩,我是个女警察。”

王大丰纠正她说:“你首先是个女孩!”

“厅长……”小小还想说什么,但王大丰严厉地止住她:“不要说了,不可以。”

小小想了想,又说:“那这样吧,这个人贩子不是已经抓住了吗?我去看看当时的案卷,看看他的口供里有什么线索,这总可以吧?”

王大丰的脸色缓和下来,说:“这还可以。这些案卷,应该在法院。我给法院的刘院长打个电话,你去找他吧。”

小小站起来,一脸天真地笑了笑:“谢谢您啊,厅长。”

王大丰也站了起来:“这就走了?”

“嗯,我走了,厅长。”说完小小欢快地出去了。

王大丰按了一下电铃。

陈秘书伸进头来:“有事吗,厅长?”

王大丰示意他进来,同时示意他把门给关上。陈秘书蹑手蹑脚地进来,又好奇地向走廊里探了探头,这才把门关上。

王大丰埋怨地说:“干什么呢,鬼鬼祟祟的?叫人家看见像什么话?”

陈秘书故意问："叫谁看见啊？哟，是不是那个叫小小的大夫啊？"

王大丰神秘地朝他招招手让他走近一些："哎，哎，上次托你的事，问得怎么样了？"

陈秘书明知故问："什么事啊？厅长，你一天托我上百件事，你到底说的是哪一件啊？"

"你给我装傻！就刚出去的那个女孩的。"王大丰气得直瞪眼。

陈秘书装出恍然大悟的样子："噢，小小啊！问了，没有。"

王大丰高兴了："没有？没对象？你可问清楚啦？"

"问清楚了，原来有一个男朋友来着，刚散了。"

"散了？准吗？谁和谁散的？"王大丰问。

陈秘书说："这是人家的隐私，我哪能打听这么清楚？不过，好像是那男孩提出来的。"

"男的提出来的？哼，真是有眼无珠。嘿嘿，这么说咱们有机会了？"

陈秘书又明知故问："介绍给重光？不会吧？厅长，你就拉倒吧，什么年头了，还有父母包办的吗？"

王大丰说："别人家的，我就不管了，重光的事，我得管。你看看那孩子，我要不管，怕真得打光棍了。哎，这事儿就交给你了。对了，你别亲自出面，你一出面，拔出萝卜带出泥，不就把我给扯出来了？"

陈秘书说："那我不管。我就是托给别人，也肯定说，是厅长叫我办的。不然我怎么办？人家还以为我想找对象哩！"

王大丰气得够呛："你小子，专门找别扭。哎，找找工会的郭大姐，她介绍对象神啊，介绍一对成一对！"

陈秘书一听，回身就要逃："要找你找，我可不找。"

王大丰眼疾手快，一把拉住他："你上哪去？"

陈秘书哀求地说："别提她找对象了。上次，她居然把咱局的那个霸王花介绍给我了。"

"什么？成了吗？"

陈秘书吞吞吐吐地说："我不想成，可不成咋办啊？霸王

花啊！”

王大丰幸灾乐祸地笑起来：“活该，你这小子就得有朵霸王花管着。这下我就放心了，不用担心你从中给捣乱了。赶快去办吧。”

二

小妹又一次来到电话亭。电话里，传来电脑录音：“对不起，您所拨叫的号码是空号，请查询后再拨。”她慢慢地挂上了电话，走出电话亭。

转过路口，小妹看见王重光正站在铺子门口等着，心里吃了一惊。

王重光微笑着跟她打招呼：“你回来啦？怎么锁着门？”

小妹说：“我哥进货去了。我刚出去了一趟。你进来吧。”

王重光问：“去买东西了？”

“不，不，我想找个活干。”小妹慌忙地回答说。

“找到了吗？”

“还没。跑了好几天了。”小妹撒了个谎。

两人边说边走了进去，面对面坐下。

王重光说：“现在已经可以确定了，你养母涉嫌拐卖人口犯罪。而你，也极有可能是被她从你父母身边拐走的。”

小妹低着头不说话。

王重光又说：“小妹，你真的不想把你知道的告诉我们吗？”

小妹突然抬起头说：“王大哥，你别问了，求求你了！”

“为什么？”

“她到底是我妈呀！”

“小妹，我们活在世上，不能只顾自己，不顾别人啊！”

小妹恳求他说：“王大哥，你让我想想，我得想想。”

王重光不再勉强她，只是温和地说：“那好吧，你想好后再告诉我。”

送走了王重光，小妹又一个人在那儿坐了半天。

终于，她又来到那个电话亭。她看着电话犹豫了半天，总算下定了决心，插上卡，拨了号码。

电话通了，小妹紧张地用两只手攥住话筒，就像在等待着一场宣判。

电话那头传来了周慧那懒懒长长的声音："喂？"

"妈。"小妹用颤抖的声音叫了一声。

听到小妹的声音，周慧一愣，马上现出高兴的神情来："小妹？是小妹吧？你总算记得你还有这个妈，多少日子没给家里来电话了？你在那儿过得怎么样啊？"周慧一口气问了一大串问题。

小妹怯怯地回答道："我挺好的，妈。不过，妈，我有事和您说。"

"什么事啊？"

小妹犹豫着，说不出口。

那边周慧脸沉下来，她似乎已经猜到什么了："小妹，是不是警察找你了？"

电话里没有声音。

周慧又说："小妹，你什么时候学会瞒着你妈了？"

半晌，小妹终于开口了："妈，您过去干的那些事，您自己主动去向警察交代了吧。我查过法律书了，只要主动交代，就算自首，法律会从轻处罚的。妈，您找警察交代了吧，行吗，妈？"

周慧说："这么说，你是想去揭发妈了？"

小妹吓了一跳，急忙否认说："不，不，我怎么会？妈，还是您自己去说吧。不管怎么说，妈是做错了啊！"

"哼，你是长大了，教训开你妈了。"周慧恨恨地说，"小妹，死了你的心吧，妈不会按你说的去做的。你要是想揭发，想把养你疼你的妈送到监狱里去，你就干吧，只要你晚上能睡得着！"

"妈！"小妹忍不住叫了一声。

周慧一愣，随即冷冷地问："你叫我什么？"

小妹哭了，她流着泪说："妈，无论我小时候您是怎么把我带回去的，可在我长大的时候，你是我唯一的亲人，你就

是我的妈，这一点，我永远都是承认的。我也知道，妈在这世上真正疼过的人只有我一个。妈，你过去总怪我，说你这么疼我，我却和你不亲，您想过为什么吗？”

“为什么？”周慧的声音很冷，却透露着急切。

“我小时候看到过你怎么对待那些你带回来的女人，我看到你对她们有多狠，我听到过她们哭，听到过她们怎么求你。妈，我怕您，我一想起那些女人，我就不能不怕您。”

周慧呆住了。

小妹接着说：“妈，去找警察吧，把你过去做的事说出来吧。无论法律怎么惩罚您，您都是我妈，我会孝顺您的。”

“小妹！”周慧突然打断了她。

“什么，妈？”

“你看到了我狠的时候，可你看过别人对我狠的时候吗？”她的脸上浮现出凄凉的笑容，“就算你妈是条狼，可她也不是生下来就是狼的。别说了，小妹，我不会去的，你要去你就去吧。我这辈子，除了自己的父母，没真心对谁好过，如果有一个，那就是你。如果你把我送到监狱里，我认了，谁叫我对你没下狠心！你去吧，我等着！没别的事，我挂了。”

“妈，别挂，还有事。”小妹急忙喊道。

“什么事？”

“妈，小强……”

周慧“啊”了一声，狂喜地问：“你见小强了？他在哪儿？”

“我没见——不，不，我见了。”小妹欲言又止。

“我就知道这孩子会去找你的。他在哪里？他在干什么？小妹你没告诉他我现在的情况吗？你没叫他回家吗？”

“妈，小强他……”

“他怎么啦？他没出什么事吧？”周慧焦急地问。

“没，没。妈，为了小强哥哥，您也该去自首啊。”

“哼！”周慧冷笑了一声，“我为他？他为我想过吗？我不去，你想干什么就干吧。”说完就挂上了电话。

小妹慢慢地扣上电话，无力地靠在墙上，嘤嘤地哭起来。

雨后，王重光推着母亲，和小小一起在散步。

小小贪婪地呼吸着雨后湿润新鲜的空气。一连几天，她都在堆积如山的档案卷宗里查找自己想要的东西。工夫不负有心人，几天伏案辛苦地工作，她已经找到了一些可以解开谜团的线索。

王重光没有注意小小放松的神情，他的心里一直在想着小妹。他对小小说："我过去总觉得我心思太重，可现在我发现，这女孩心思比我还重。小小，你是没见她，瘦瘦小小的，很可怜。你说，这么重的心思，还不把她压垮了？"

小小微笑着看着他："你刚才说，她想找活干？"

"是啊。"

"那你叫她上这儿来吧，这儿缺护理员。"小小说。

"什么？真的行吗？"

"我去和院长说说。让她到这儿来，看看这些受害的女人们。"

办公桌上的电话不依不饶地响着，王大丰开门进来，拿起听筒："我是王大丰。什么什么？好，我马上过去！"

扣上电话，他拿起来又拨了一个号："小孙，准备好车，我们马上出去！"

警车风驰电掣般飞驰在高速公路上。王大丰坐在后座上，面露激动之色。

马庄派出所里，一个警察陪着王大丰往一所老屋子走去："这么多年一直没有他的消息，但昨天，他村里来人，说他在他老婆坟前给他老婆烧纸。我们马上就赶过去了。也不知道这些年这老头怎么过的，身体看样子倒还壮实，就是没了人样了。我们把他接到这来，要给他洗澡换衣，他不干。"

王大丰一边听着，一边越走越快。他简直有些迫不及待了。

"到了。"警察停下来，伸手推开房间门。

王大丰却突然停住了，害怕似的站在警察身后不动弹。

警察有些奇怪地回头看着他："就在这里，厅长，我们进去吧。"

王大丰长吸了一口气，低声对警察说："你不用进去了，在外面等着吧。"

"厅长，他精神有些不正常了。"那警察有些担心。

"没关系。"说完王大丰走了进去，随手把门给关上了。

王大丰走进来环视着屋子。屋里干干净净，摆着两张床，但床上却没有人。那个老人正蜷缩在屋角里，把头埋在膝盖中间。老人衣衫褴褛，头发很长，看起来像个长年无家可归的乞丐。

王大丰慢慢地走过去，在老人面前蹲下来，默默地注视着他。

老人感到有人走了过来，浑身抽动了一下，慢慢地抬起头，露出一双恐惧的眼睛，喉咙里发出咕噜咕噜的声响，害怕地往后缩着。突然，他愣住了。他看到他面前凝视着他的那个老警察的眼睛里渗出了泪水。泪水流下来，顺着老警察脸上的皱纹弯弯曲曲地流着。

王大丰哽咽着说："老人家，您受苦了，受苦了。我对不住您哪！"他颤抖地伸出手，轻轻撩开老人的长发，露出老人肮脏的面孔。

老人再次恐惧地向后缩了缩。

王大丰从口袋里掏出一张照片，递给老人。照片上，正是当年那个自杀的母亲。

老人一看到照片就愣住了，接过去，呆呆地看着。突然间，从他那干涸的喉咙里发出了撕心裂肺的吼叫。

门一下子开了，外面那个警察冲了进来。王大丰没有回头，摆摆手，示意他出去。警察悄悄地退了出去。

王大丰看着痛哭的老人说："老人家，是我不好，是我毁了她的希望。老人家，这样的事情再也不会发生了，不会了。"

老人仍然捧着那张照片哭嚎着。

王大丰说："老人家，好好活着，啊？好好活着。我知道您的女儿到现在还没有找到。我王大丰今天对着您发个誓，我一定要想办法把您女儿找回来，只要她还活在世上。"

老人的眼睛一下子亮了，一把抓住他，瞪着他使劲地看着。

王大丰也冲着老人使劲地点点头："我是公安厅长，我说过的话会算数的。可是老人家，您得答应我，洗澡，治病，好好活着。日子还长着呢。"

老人听懂了，他用力地点了点头。

王大丰出来了，对警察说："派两个人，给老人洗澡换衣服吧。送他到精神病院治疗，费用我自己出。"

小小坐在办公室里，门开了，王重光出现在门口，他微笑着回过头对门外的人说："进来呀。"

小小往门口看，一个弱小的身影低着头，不好意思地从门外蹭了进来。小小说："不用问，你就是小妹吧？"

王重光笑着给小妹介绍说："小妹，这就是小小姐姐。小小，我还有事，小妹就交给你了。"

小妹仰起了脸，声音细细地叫了一声："小小姐姐。"

小小搂住她说："这么招人怜的孩子。重光，忙你的吧，小妹就交给我了。小妹，我们去见院长吧。我一会儿还要上课，院长会给你交代你的工作的。"

送走重光，小小把小妹介绍给院长，就匆匆走了。院长领着小妹四处转了转，最后向一间教室走过去。她一边走，一边向小妹介绍着情况："我们这儿现在一共有三十二名妇女，都是被人贩子拐卖后被我们解救出来的。她们中间有一些人已经被摧残得不成人样了，生活也无法自理，你的工作就是在生活上照料她们。"

她们来到教室前。教室里，小小正在为女人们上课。她们站在窗前看着。

小小说："积极向警察提供线索，协助公安机关打击拐卖人口的犯罪，不光是我们作为公民的责任，同时也是你们走向康复的重要一步：它可以帮助你们宣泄对残害了你们的人贩子的内心愤怒，同时也有助于你们重建自信……"

小妹站在外面呆呆地听着。

小小又一次向院长请了事假。临行前，小小向小妹交代

了重光母亲的情况："不要把她当残疾人，事实上她很健康。没事的时候，你要多和她交谈，让她多接受外界的刺激。我有事，三两天就回来，这几天里，她就交给你了。"

根据从法院档案室里查到的线索，小小来到了一个地处偏僻山村的监狱，请狱警帮忙提审一个叫丁长生的犯人。

狱警说："丁长生死了，刑期没服完就死了，肝癌。"

小小愣在那儿。

狱警问她说："还有事吗？"

小小摇摇头，回过身，走到门口，突然又转回来："他还有同案犯吗？我想找他的同案犯谈谈。"

三

一个中年妇女从一辆出租车上冲下来，疯狂地跑向宁海市公安局的大门口。

门卫上前把她拦住。女人手里举着一封信，大声地哭喊着："警察同志，警察同志，救救我的孩子吧，求求你们救救我的孩子吧！"

门卫把她安顿在屋里坐下，拨打了李天雷的电话："李队长吗，有个女人报案，可能是孩子被拐走了。"

"你把她带上来吧。"

几双脚急匆匆地穿过走廊，走进会议室。

李天雷正在向大家介绍情况："她的女儿三个月前因为和父母生气离家出走，两天后给家里打过电话，说她找到了工作，还是一家外企，随后就和家里失去了联系。昨天，家里接到她寄来的信，信上说她被拐卖了，现在在南陆市垛山乡一个叫柴田的村子里。"

丁局长愤愤地说："又是垛山！李天雷，你要带队重返南陆了。"

李天雷、王重光和小刘连夜赶到了垛山乡。

这次仍是老赵去接站。见了他们，老赵不好意思地笑了笑："又让你们辛苦了！"

李天雷也抱歉地笑笑："应该是我们说不好意思啊，又让你们半夜来接我们了。"

"没事儿。你们要是白天过来，我们倒不习惯了。不起早贪黑还像警察吗？"老赵憨厚地说。

警车里，老赵粗略地了解了一下案情，惊讶地说："什么？柴田？"

"怎么啦？"

"没怎么。主要是那地方……"老赵摇着头。

"那地方怎么啦？"李天雷问。

老赵说："那是一个有名的地方，在深山里。"

"怎么个有名法？"

"执法难有名啊。这些年来，我们到那儿执行过几次解救被拐妇女的任务，没有一次可以全身而退，还重伤过一个，到现在还在床上躺着呢。"

李天雷惊讶地说："怎么会这样啊？"

老赵苦笑道："山高皇帝远，全村一个姓，都是法盲，有什么办法？算了算了，不说了，难归难，任务该完成还得完成。那女孩希望回去吗？"

李天雷说："那当然，不然怎么会想方设法写信报案？"

老赵犹豫了一下："那好吧，等我们先把情况摸一下咱们再商量。"

派出所会议室里，警察们正在商量着行动计划。

老赵把他们掌握到的情况介绍了一下："那个村的男人大部分在外面打工，家里一般都是女人和孩子。明天正好有个集，村里的人会更少。我建议行动就定在明天。"

小刘问："要不要通知他们村里的治保干部协助一下。"

老赵连忙阻止："不要，谁都不要。你通知了治保干部，就等于通知他们家里了。"

李天雷说："既然情况是这样，我们是不是多派点儿警力？"

"那也不行。"老赵说，"那个地方的路你是不知道，车进不去。再说，就算进去了也太扎眼。所以车必须停在村外的

山下，那儿有个小树林，把车藏在那里面。还有，人多了，一帮大老爷们，就算都穿便衣，人家一看也就知道是干什么的了。这样吧，你们三个，我们三个，一共六个人，两个前面打前站，了解一下她家的男人到底在不在，其余的随后进去。先进去的守在外面，四个进家里去。记着，进去以后什么也不要说，拉上人就走，路上打不还手骂不还口，万一女的跑不动，还得扛着点，一直跑到车里，只要上了车就好办了。就这样吧。”

李天雷笑起来：“这些都不用担心，咱招数都一样啊，我们都熟，就听您的了。”

老赵说：“李队长，我也不客气了。你是队长，可在这次行动中，我是指挥，所有人都要听我指挥。”

大家严肃地答应着。

柴田是一个藏在山里的小村庄，村外有一片小树林，两个便衣等在那儿。

一辆面包车艰难地开过来，两个便衣走上前去。

老赵问：“情况怎么样？”

一个便衣说：“所长，村里基本上没男人，但她家的男人在家。”

“什么？”老赵一惊。

另一个说：“估计就是因为她还不肯就范，所以男人才不离开。”

老赵沉思着。这时李天雷插进来：“今天条件成熟吗？不行改天。”

老赵向远处的村庄看了看：“不行，不能改了。今天是集，赶集的已经有不少看到我们的车了，会引起警觉的。我看还是按原计划进行吧。这样，小程，小万，你们先进去，找他们治保主任，把她男人——叫什么来着？刘金锁——把刘金锁叫到治保会去谈话，尽可能地拖延时间。最好一个小时，起码也要半小时，我们就在这个时间里把那女的救出来。听到了吗？”

两个便衣答应着。老赵叮嘱他们说：“态度一定要好，不

要引起他怀疑啊。”

两个人走了。老赵对其余的说：“我们也走吧。”

李天雷问:“车就停这儿了？这儿离村子怎么也得有二里多路呢吧？”

老赵说:“就只能停这儿了。这二里路是最危险的。大家注意,进家以后带上女人就跑,无论什么情况都不要停下,回到车上就是胜利。走吧！”

村治保主任是一个四十多岁的男人，他端了两杯水给两位便衣。

治保主任说:“他一会儿就到。我刚才看见他在外头玩牌呢。两位同志，找他有啥事呀？”

小程说：“计划生育的事。他前面的老婆留下俩孩子了，这个老婆听说又怀孕了，这可不行啊。”

“有这事？我咋没听说啊？”治保主任话一转，说,“计划生育不都是些婆娘管吗？啥时候换成大老爷们了？”

小万苦着脸说:“你以为我们大老爷们愿意干啊？这不政府机关精简，没处安置了嘛！”

这时，一个粗壮的汉子从外面进来：“主任，叫我？”

治保主任招呼他说：“金锁，进来，进来。这不，这两位是镇上管计划生育的，叫你来问问情况。”

小万说：“你就是刘金锁？”

刘金锁多疑地看着他们：“啊，是啊。你们是管计划生育的？咋是男的啊？”

小程笑起来:“你看看，上面观念一转变，群众马上就发现了。以前咱们的计划生育重点抓女方，抓了几年，发现不对，实际上生不生，生几个，主要责任在男方——男方家庭要不重男轻女，做媳妇的谁愿意生起来没完啊？”

刘金锁转身就要走:“那也没我啥事。我就两个娃，符合规定哩。”

小程急忙叫道：“有人举报你老婆又怀上了。这要是真的，你就别怪咱罚款了。”

刘金锁一听,转回身来:“什么？谁说我老婆又怀上了？”

小程佯装很惊讶地问:“没怀?可举报人说的可是很肯定啊。”

刘金锁骂道:“这是谁这么缺德?主任,你说说,你昨天上我家还见我老婆来着呢。你说她怀了吗?”

“来来来,别着急,咱们坐下来说。我们问问你情况。”小万上前拉住他,还一本正经地拿出小本子来,一边问着一边记着。

“二的呢?二的几岁了?”

“四岁。”

“男孩女孩?”

“男孩。”

小万笑起来:“行啊老兄,想什么来什么,一男一女两朵花啊。”

小程皱起眉头来:“不对吧?咱要求第一胎和第二胎之间要相隔八年,你才隔了三年啊。”

刘金锁问:“什么时候要隔八年了?”

小程突然意识到说错了,急忙补救道:“反正你这隔得太近。”

刘金锁怀疑地看着他们,说:“隔得近也生下来了。生下来了你们还能怎么样?”

老赵和李天雷他们进了村,引起一片警惕的目光。迎着路旁一双双警觉的眼睛,李天雷他们有些感觉到了执行任务的难度。

他们走近了刘金锁家,老赵举手就要敲门。

路边,一个女人突然站起来,大声喊着:“金锁,金锁,警察来抓你媳妇啦!”

李天雷二话不说,一脚踹开了大门。

一个老太太从屋里出来,惊慌地问:“干什么?你们要干什么?”

老赵把证件朝她一亮:“你们买来的媳妇呢?在哪儿?”

屋里又出来一个老头,跑过去锁西屋的门。

李天雷眼疾手快:“上!”

老太太马上扑过来,抱住了老赵的腿,哭着嚎道:“杀人啦！警察杀人啦！我不活啦！我不活啦！”

老赵喊：“快，救人要紧！”

王重光和李天雷已经带头冲进了西屋。

屋里很黑，他们几乎什么都看不见。听到床上发出息息索索的声响，他们循声看过去，辨认出一个看上去只有十六七岁的女孩正求救般地看着他们，挣扎着要下来。

李天雷一个箭步冲过去，拖着她就要走：“我们是宁海公安局的，你妈要我们来带你回家。快走。”

什么东西“哗啦”一响，李天雷低头一看，女孩被一根铁链锁在床腿上。

老头这时已经冲进来了，过来拖着女孩喊道：“我和你们拼啦！我和你们拼啦！”

李天雷一把抓住他：“钥匙呢？快把钥匙交出来！”

这个当儿上，王重光转身冲了出去。

院子里，老太太还抱着老赵哭闹着。

王重光冲出来，情急地在院子里四处找着。他看到一柄竖在墙上的铁镐，拿起来又返身跑了回去。

屋子里，李天雷架住老头，王重光把女孩腿上的铁链担在床沿上，高高地举起了镐。他抡圆了胳膊砍下去，铁链断了。

老头还在喊着往上扑，小刘闯进来抱住他，王重光和李天雷架起女孩就跑。

看着女孩被架了出来，老太太丢下老赵就想去抓，被老赵一把按住了。

治保会里，两个便衣还在和刘金锁纠缠着：“这样吧，你把你老婆带到镇上去检查一下，如果没怀孕，就不罚款了。”

刘金锁已经很不耐烦了：“哪有这种事？你们到底想干什么？”

小程回答说：“检查计划生育啊。”

这时，一个女人一头闯进来：“金锁，你媳妇叫人家抢走了！”

刘金锁“啊”了一声，起身就跑。

两个便衣也赶快起身，二话不说追了出去。

王重光他们架着女孩飞快地跑着，余下的警察在后面断后。突然，刘金锁从他们旁边的一个胡同里大喊大叫着冲了出来。

李天雷说："重光，我和老赵治他，你一个人行吗？"

王重光咬着牙说："行！"

李天雷和老赵停下来。面对刘金锁，老赵抽出了枪："刘金锁，你买卖人口，涉嫌犯罪。如果再妨碍警察执行公务，将会引起更严重的法律后果，你可想明白了？"

刘金锁仍要往上冲。

老赵"哗啦"一下把子弹上了膛："刘金锁，不要怪我没提醒你！"

刘金锁无奈地定住了。

终于，女孩被成功解救出来，而警察们也全身返回警车里。警车大吼一声，猛地蹿了出去。

车里，响起了大家轻松的欢笑声。

四

镇旅馆的房间里没有开灯，透过窗户，可以看到满天的繁星。

王重光坐在窗下，注视着窗外的星星。想起白天发生的一切，他显得很兴奋，有一种迫不及待想与人分享的喜悦。他拨通了小小的手机："小小吗？小小，今天我们解救了那个被拐卖的女孩。很惊险，很紧张，但是我们成功了。小小，你知道吗，那个女孩被一根铁链锁在炕上，是我用铁镐把那根铁链砍断了。"

小小蜷缩在小旅店的床上，有些紧张地抱着双腿："真的？重光，你真不简单！"

"小小，我从来没告诉过你，在那一家，我妈也曾经被铁链锁过。那时候，我没能砍断它。"

小小明白了："重光，那不怪你，那时候你还是个孩子。你现在感觉怎么样？"

"好，好极了，从来没有像现在这么好过。小小，你呢？"

门外的风呼号着，门被刮得一响，小小吓了一跳，叫了一声，往墙角里缩了缩。

王重光在电话里听到了小小的惊叫声，一惊，问道："小小？小小？你怎么了？"

小小有些惊恐地看着关不严实的门，声音抖着说："重光，我怕。"

"怕？你说你害怕？你怕什么？"王重光不相信地张大了眼睛。

"我怕黑。"

王重光更觉得难以置信了："你也怕黑？那叫小妹陪你啊。"

"我不在院里，我在乡下。"小小解释说。

"乡下？你在乡下？你去乡下干什么？"

小小支吾着说："我，我有点事儿，走个亲戚。重光，这儿风好大啊，你听见了吗？这门也关不严，这排房子，就住了我一个人。"

王重光不由得直了直腰板，这一刻，他显然有种保护小小的使命感："不要怕，小小。你那门结实吗？有门栓吗？"

小小看了看房间门，说："还可以吧。有门栓。"

王重光柔声地说："小小，那你怕什么？怕风啊？风有什么可怕的？你呀，别多想了，快睡吧。你要怕，就把手机开着，放在枕边，我在这边陪着你。"

小小听话地躺下："好吧，我开着手机。我睡了。重光，晚安。"

王重光很神圣地对着手机说："睡吧小小，我在这儿陪着你。晚安。"

带着欣慰，小小安详地闭上了眼睛。

王重光从屋里走出来，激动地抬头看着满天的繁星。他想着自己以前从小小那里得到无数的安慰，如今自己也可以有机会安慰她，心里便充满了幸福和男人般的自豪。他抖擞精神，快步向一间亮着灯的房间走去。

那个被解救出来的女孩已经换上了干净衣服，正坐在床上抹眼泪。李天雷和小刘在问她话，王重光进来，站在一旁不声不响地听着。

李天雷手里拿着周慧的照片说："这么说，拐卖你的人里

没有她？”

女孩很肯定地说：“没有。”

李天雷又问：“那些人是谁？叫什么名字？你知道吗？”

女孩努力回想着：“最早骗我说招工的，是一个四十多岁的男人，我不知道叫什么，他自己说他是夏经理。后来带我们几个到这边来的是一个年轻的男人，二十多岁，那个夏经理让我们叫他孙经理。是那个孙经理带我们乘火车过来的，然后又交给了另一个男人。”

李天雷问：“这个男人叫什么？”

“不知道。”

“姓什么？”

“也不知道。”

李天雷感叹道：“天哪，什么都不知道你们就跟着走了？关于他们，你还能想起什么来吗？”

女孩摇摇头。

李天雷无奈地叹了口气。

突然女孩喊起来：“对了，我突然想起来。有一回在宁海火车站的时候，我听到那个夏经理叫了那个孙经理一声‘小强’。”

王重光猛地抬起了头。

第二天，老赵正忙着要出门办事，王重光走了进来。

“赵所长，出去啊？”

“啊，这不，下面发生了一起斗殴案，我得赶快过去一下。你们走我不能送了啊。”

王重光笑笑说：“有件事我想请您帮一下忙。”

“什么事？你说。”

“我记得周慧的儿子叫小强，您能帮我找一张他的照片吗？”

老赵叫住正从走廊里经过的一个警察：“小张，你过来一下，帮着找张照片。”

旅馆里，李天雷他们正在收拾东西，准备回去。

王重光敲了敲女孩的房间门，女孩走过去，先趴在门缝

上看了看，才小心地把门打开。王重光站在门口，笑了笑说：“昨天睡得还好吗？”

女孩默默地点点头。

王重光拿出来一张照片：“你看看，照片上的人你认识吗？”

女孩只看了一眼，就哆嗦起来：“是他！就是他！”

王重光紧紧地盯着她问：“谁？”

女孩叫道：“孙经理！是他，就是他，一点不错！就是他把我们带到这边来的。”

王重光从她手里抽回照片，对着照片上的小强露出了笑容。

小小背着行包，站在一个院子门口。院子十分破旧，灰秃秃的。

一个苍老的女人从里面走出来，有些怀疑地看着小小：“你找谁？”

“邱贵喜在这儿住吧？”

女人打量着她：“你找他？你是谁？”

小小笑笑：“我从宁海来的，有事要问他。请问你是邱贵喜的……”

女人没回答，又打量她一阵，示意让她进来。

屋里光线昏暗，小小使劲挤了挤眼睛，终于看到床上有个蜷缩的人影。那人影也已经看到了她，从床上挣扎着坐起来，问：“谁啊？谁找我啊？是你？你是谁？快过来，过来和我说说话。多长时间没人和我说过话了！”

小小走近几步，看清楚了，是邱贵喜，不过比她看到的照片上的人老迈了很多，而且身上肮脏不堪，已经瘫痪了。她掏出自己的工作证给他看了看。

“警察？你是警察？哼，警察我现在也不怕了。我不干了，我就是想干，也干不了了。”

小小问：“邱贵喜，你曾经和丁长生一起贩卖人口，对吧？”

“你问这干什么？我犯罪，不是蹲过监狱了吗？你又问这干什么？”

“丁长生卖过一个带孩子的女人，这事你知道吧？”

“我不知道，我就是知道也不告诉你。闺女，看你好心，能给我点钱治治我的病不？我瘫痪了，动不了了，得这样一直躺到死。可我不想就这样死了，我还想出去，出去看看太阳，看看外面。医生说我还能起来，只要我有钱。”

“你想起来干什么？再去贩卖人口？”小小带着微微的嘲讽语气说。

邱贵喜苦笑着说：“别这么说，千万别这么说！贩卖人口给我带来了啥呀？我进去了，儿子也跟着进去了，他到现在还没出来。这个家，就这么败了。”

“我知道你和丁长生都是最后一道人贩子。你们上面，指挥你们做这个事的是谁，能告诉我吗？”

“我告诉你，你能给我啥好处？”

小小厌恶地说：“你到现在还讨价还价！你不告诉我又能有啥好处？如果不是那个人，你能是今天这个样子吗？你落到今天这一步，他帮过你吗？”

邱贵喜不说话了，只是哼着。

“告不告诉我呀？”

“不说。得不到好处的事，我这辈子没干过！”

小小气愤地看了他一眼，转身就走。那女人畏畏缩缩地跟在后面送出来。小小犹豫一下，掏出三百元钱给她，女人低着头接了。

小小已经走了很远了，身后突然有脚步声。小小回过头，看到那女人又追上来，一直跑到她跟前，说：“他叫你回去。”

夕阳映红了半边天，王重光推着母亲迎着余晖在青草地上走着。他一边走，一边给母亲讲解救那女孩的事：“是我斩断了锁她的链子的。妈，当初我没能解救您，因为那时候我还没长大。从现在开始，您的儿子有能力保护您了，您的儿子再也不会让任何人来伤害你了。妈妈，您是安全的了。”

母亲静静地听着，两行热泪潸然而下。

第十六章

满天星mantianxing

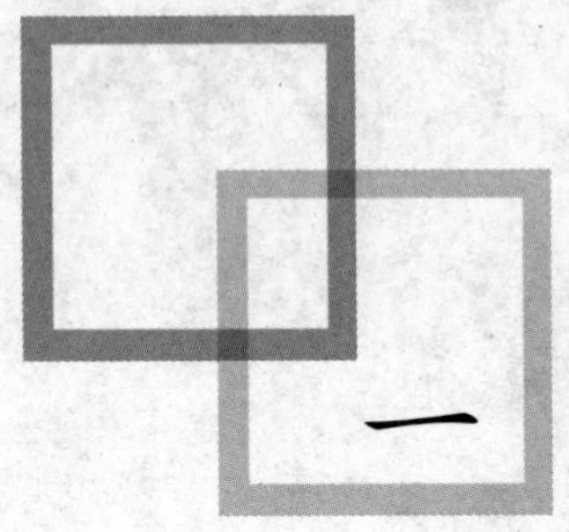

一

周慧又和几个人在家里搓麻将，她手气不错，一下把面前的牌推倒，咋呼道："我又和啦。哈哈，小七对。拿钱，拿钱。"

几个牌友叹着晦气，不情愿地各自掏钱。

这时一个女人神情慌张地跑进来，贴在周慧耳朵上说着什么，周慧一怔，赶快对几个同伴说："不玩了，不玩了，我有事。钱也不要了，你们都走吧，走吧。"

几个人得了便宜，赶忙走掉。

周慧小心地把屋门关上，一把拉住那女人问："柴田的？柴田的你害怕啥？我可从来没在那儿做过生意。"

"你知道啥？你不干了，四贵拉着我干，那个买主，是我介绍的。"

周慧幸灾乐祸地笑起来："我当初说什么来着，你偏不听，这回看你怎么办吧！"

那女人说："你以为你能脱了干系？你知道那丫头是谁带过来的？"

"谁？"

"小强！"

周慧如遭晴天霹雳，一下子愣在那里。

女人接着说："我要是进去，第一个就咬住小强。你快想想办法吧。"

话还没说完，周慧突然像母狮子一样扑上去，抓住她又踢又咬。

"谁叫你们引他的？谁叫你们把他拉进去的？不要脸的东西，你们干就干了，还祸害我儿子干什么？我打死你！打死你！"

女人惨叫着，好不容易才挣脱出来："你还怪我？我哪知道他下水了？我去接货，他叫了我一声婶子，我才认出他来。他还不让我告诉你。哼，你自己生的好儿子，叫我说，是你遭了报应了。"

周慧又呆住了，半晌，仰起头，看着上面，一动也不动。

女人有些奇怪："你干什么？"

突然，周慧爆发出一阵大笑，而且越笑越厉害，越笑越疯狂。

女人害怕了："你怎么啦？你疯啦？"

周慧继续笑着，直到笑得弯下了腰："报应，不错，是报应，报应！"

女人恐惧地叹道："天哪，真是疯了！我来给你报个信，你自己想办法吧。"说着，匆匆跑了。

周慧停止了大笑，呆呆地四处看着，四周死一样的寂静。她喃喃地说着："报应，报应，我遭了报应了。"说完一屁股坐在地上。

可马上，她又跳起来，扑向电话，疯狂地拨着号。

电话通了，还没等那边说话，周慧一声大叫："小妹！"

电话这边，贺勤拿着电话，被里面的声音惊住了。

"姨，是我，不是小妹。"贺勤说。

周慧吼道："小妹呢？我要找小妹！"

"小妹她在外面找了工作，上班去了。"

"她在哪？你马上给我找到她，让她给我电话，我在家里等着。马上，现在就去！"

贺勤答应着，挂上了电话，愣了愣，赶快出了门。他跑到康复中心找小妹说明情况，小妹忧心忡忡地在康复中心外

面找了个公共电话，把电话拨了回去。

电话一接通，她还没来得及“喂”一声，周慧气急败坏的声音就先传来了：“小妹，上次你没把实话告诉我。你看到小强了，看到他在跟着四贵干，对不对？你这个丫头，我白疼你了，你为什么不把实话告诉我？你眼睁睁地看着他往死路上走，是不是？”

小妹有些委屈：“妈，他不许我对您和别人说，他让我谁也不许说。”

周慧骂道：“你这个丫头，你怎么这么糊涂，这是什么事啊！你也帮他瞒？他呢？怎么才能找到他？”

小妹哭着说：“妈，我不知道，我也找不到他了。我发现以后，成天给他打电话，他就把手机给换了，我也找不到他了。”

周慧一屁股坐在椅子上，不说话了。

电话里，小妹焦急地问：“妈，怎么办啊？你说怎么办啊？”

周慧慢慢地挂上电话，呆呆地坐在那里。过了一会儿，她又突然站起来：“不行，我得去找他，去找他。我不能只在家坐着。”

她抓过一个包，胡乱地往里收拾了几样东西。

小妹挂上电话，哭着走出来。贺勤惊讶地看着她：“你妈和你说什么了？”

小妹只是摇头。

贺勤又问：“小强怎么啦？”

“哥，哥，怎么办啊？小强他和四贵一起干呢。”小妹无助地说。

“四贵？谁是四贵？”

“就是以前和我妈一起干生意的那个。”

“什么生意？”贺勤还是有些不明白。

小妹迫不得已，只好说：“哥，他们在拐卖人啊！”

贺勤惊呆了：“什么？你说小强他……”

小妹又哭起来。

“天哪，小强他这是怎么啦？小妹，你怎么不告诉王大哥呀？”

小妹急忙堵住他的嘴："哥，等王大哥来了，你可千万不能说呀！说了警察会把小强抓起来的。"

贺勤叹口气："小妹，你真糊涂啊。他这是在犯罪啊！"

"哥，哥，如果警察抓到他，他会坐牢的。我现在在找他，我一定会找到他的。等找到了他，我一定会拦住他的。哥，你可千万不能说啊！"

"可是你为那些被他拐卖的女孩想过吗？"

"可是哥，他是小强，是我哥呀！你先等等行吗？给我一点时间，我一定会拦住他的，一定能。哥，你答应我吧！"小妹苦苦哀求着。

"好吧。"贺勤无奈地点点头。

小妹又回到了康复中心。她一边打扫房间里的卫生，一边想着如何才能找到小强。

她瞥了瞥办公桌上的电话，又看了看开着的门，马上走过去把门关上，紧张地拿起话筒拨了号码。

电话里，仍然是电脑录音："对不起，您所拨叫的号码是空号，请查询后再拨。"

小妹绝望地放下，苦恼地呢喃道："怎么办？怎么办啊？"

这时门开了，院长走了进来。小妹吓了一跳，赶紧离开电话，慌乱地叫了一声"院长"。

院长并没有在意，问她说："打电话呢？"

"没，没。电话上有灰，我擦了擦。"小妹慌忙应道。

院长笑了笑："小妹，你出来一下，有人找你。"

小妹的声音有些抖了："谁呀？"

等她跟着院长走出来，愣住了——不远的地方，李天雷和王重光正站在走廊里。

不过他俩并没注意到小妹，因为此刻院子里正热闹着——已经康复的女人们正准备跟着各自的亲人回家，有人在哭，有人在笑，走的和继续留下的在说着悄悄话。

李天雷惊讶地对重光说："这是咱解救回来的那些女人吗？天哪，变化真大啊。重光，你看那个，那个是我们从马

桥解救回来的吗？”

王重光看看一个正和家人搂在一起又哭又笑的女人，说：“是她。”

李天雷有些不敢相信眼前这一切：“天，救回来的时候，我还以为这女人这辈子就完了呢。”

小妹顺着走廊怯怯地走过来，停在离他们不远的地方，声音细细地叫了一声：“王大哥。”

李天雷和王重光同时回过头来。

“光认识你王大哥，就不认识李叔叔啊？”李天雷大咧咧地跟她开着玩笑。

小妹赶快地补了一声：“李叔。”

李天雷像占了便宜似的对重光说：“怎么样？以后这辈分就定啦，你也一块跟着叫叔吧。”说完，李天雷拿出小强的照片来，对小妹说，“小妹，这个人，你看看，认识吗？”

小妹看了一眼，猛地打了个寒战，下意识地摇摇头，又赶紧点点头。

李天雷看着小妹的反应，说：“看样子，你已经知道我们找他干什么了。他在哪里？”

小妹赶忙辩解：“我不知道。”

“真不知道？”李天雷问。

“我真不知道。”

李天雷说：“小妹，为了给你找家，部领导亲自做了批示，我们全局都动起来了。警察这么帮你，你也得配合警察的工作啊。”

小妹又重复了一遍：“我真的不知道。”

李天雷又问：“你最近见过他没有？”

小妹犹豫了一下，摇摇头。

“真没见过？”

“真没见过。”

李天雷说：“我可知道，你这个哥哥是很疼你的。如果知道你在哪儿，他是一定会和你联系的。”

小妹不说话了。

“小妹，陈强涉嫌拐卖人口犯罪，如果你知道他的下落却不说，可能就涉嫌包庇罪了。”李天雷略带严肃地说。

小妹反而镇定下来，轻轻地说：“我真的不知道，你就说我犯罪我也不知道。”

李天雷有些生气了：“这孩子！”

王重光一直在旁边静静地看着小妹，这时他插上来：“队长，要不我和小妹聊聊？”

李天雷看着重光自信的眼神，点了点头，一个人先走开了。

院子里，该走的女人们各自跟着家里的亲人上了车，不走的女人哭着在后面送着。车走了，院子里静下来，有的人回到自己的房间里，有的人则呆呆地坐在院子里晒太阳。

王重光和小妹伏在栏杆上，看着她们。重光入神地说：“这些女人，经历过那些事情，走出每一步都不容易。”

“什么？”小妹一时没听懂。

“小妹，如果不是被拐卖，她们现在不会是这个样子的。”

小妹看着那些女人，没说话。

“小妹，你看到那边那个坐在轮椅上的人了吗？”

小妹顺着他的手望去，看到了坐在轮椅上的母亲。

小妹说：“是小小姐姐的亲人吧？”

王重光说：“不是，是我的妈妈。”

“什么？”小妹吃了一惊。

王重光慢慢地说：“小妹，你还不知道吧？我也被拐卖过，在我小的时候，和我妈一起。”

小妹惊讶得说不出话来。

“正是那段经历，把我妈给毁掉了。”王重光轻轻地说。

一阵可怕的沉默。

王重光接着说：“在过去的那些年里，我经常在想，如果不是遇到过那件事情，我，还有我妈，我们现在会是什么样？”

小妹默默地听着。

“我们可能很穷，可能会一辈子生活在农村。但是，我妈妈不会是现在这个样子，她仍然会是个慈爱的母亲，会是一

个正常的人。而我，可能会傻吃傻玩，性格也不会像现在这样自闭。拐卖人口犯罪，毁掉了多少人的幸福，改变了多少人的命运！小妹，你的命运不也是被这种罪恶改变的吗？”

小妹仍然紧闭着嘴，不说话。

“小妹，当你向警察救助，希望这个社会能理解你的痛苦，帮助你寻找失散了十八年的家的时候，你想过你对这个社会应该做些什么吗？你就准备一辈子这样生活，永远等着别人帮你？小妹，你和你父母失散十八年，应该最知道亲人分离的痛苦。你的小强哥哥正给别人制造着这种痛苦，这你想过吗？”

小妹打了个寒战，却依旧不说话。

王重光温和而不失严厉地说：“小妹，你不是在帮他，你是在害他。”

小妹含着泪抬起头：“王大哥，小强和别的人贩子不一样，你不知道他活得有多苦。”

“一样！”王重光说。

“什么？”

王重光又重复了一遍：“一样！无论他遇到过什么，当他走到贩卖人口那一步的时候，他就和别的人贩子一样了。小妹，罪犯就是罪犯，没有好罪犯和坏罪犯之分。如果他是我们的亲人，那我们唯一能帮助他的办法，就是趁他还没犯下更多罪恶的时候，及时阻止他。”

小妹说：“我劝过他，可是他不听。”

“那就把他交给警察。”

小妹吓了一跳，呆呆地看着他，突然打了个寒战：“不，不。”

王重光加重了语气：“小妹！”

小妹痛苦地说：“他是我哥呀，我怎么能出卖他？”

“那你就眼睁睁地看着他越走越远，一直到犯下死罪？”

小妹趴到栏杆上，身体开始抖起来。

王重光说：“小妹，把他找到，交给我。”

小妹抬起头：“可我真的不知道啊。我发现以后总给他打电话，他就把号换了。”

“那你能帮助我们找到他吗？”

“可我找不到啊。”小妹痛苦地说。

“真的找不到？小妹，如果你找到他把他带来，他算是自首。如果被我们抓到了……”

小妹猛地打了个寒战。

二

四贵从旅馆的服务台拿了钥匙，哼着小曲往里走。

一只手在他肩膀上重重一拍，四贵吓了一跳，一回头，看见周慧站在他身后。他一愣，马上赔出笑脸：“嫂子……”

“四贵，你丧良心了，兔子还不吃窝边草呢，你可把我儿子害了。小强呢？你把小强给我交出来。”周慧冷冷地乜斜着他。

四贵急忙嘘了一声，看看四周，压低了声音：“嫂子，你咋呼什么呀？把警察招来，我跑不了，你还跑得了啊？”

周慧的声音低了下去：“我不管。我儿子都没了我还管那些干什么？小强呢？”

四贵连忙求道：“嫂子，咱上屋里说。”

“我哪也不去，就在这儿说。小强呢？”

“嫂子，这是什么事啊也能在外面说？走吧，进屋，进屋，就在上面。走。”

他半推半拉地把周慧拉上去了。

四贵和周慧来到二楼，周慧刚想说话，四贵又嘘了一声，小声地说：“昨天我看见两个警察住进来，你小点声。”

周慧吓了一跳，不说话了。

他们从203房间前走过，来到了205。四贵打开房门，殷勤地说：“嫂子，进来吧。”

周慧走进房间，一眼就看到绳上搭着一件小强的衣服。她过去一把扯下衣服，握成一团，放在鼻子边嗅着，眼泪已经涌了出来：“我儿子的，小强的！四贵，你真是狼心狗肺，他还是个孩子，你就拉着他干这个！”

四贵害怕地说：“姑奶奶，你小声点儿，小声点儿。你想把那两个警察引来啊？”

周慧抹抹眼泪，压低了声音：“他人呢？”

四贵说：“一会儿我就带你去找他。唉，这人啊，就不能干好事。你知道我遇上小强的时候他是什么样？就一条落水狗啊，都快饿死了。有什么办法啊？谁叫我是他叔呢？我只好管他了。”

周慧“呸”了一声：“你那是管他？你是拉着他往死路上奔！”

“嫂子，话可不能这么说啊！当年你带我走上这条路的时候，你咋不告诉我是死路呢？”

周慧回答不上来，有些急了：“我不和你废话，小强呢？”

“别急，别急，他这会儿不在这儿，你吃点儿东西，我一会带你去找他。”

四贵拿出一碗方便面来冲上。忽然一阵门响。

四贵吓了一跳，看看房门，又看看周慧，低声地说：“可能是对门的警察。我出去看看，你可千万别出来啊。”

周慧惊慌地点点头，四贵出去了。

门外，小强正睡眼惺忪地站在那儿。四贵把门打开了一条缝挤出来，又赶快把身后的门关上。小强刚要说话，四贵一下子捂住了他的嘴，拥着小强进了203。

一进屋，四贵就赶快把门锁上。

小强奇怪地说：“怎么啦？谁在你屋里？”

“别提了。对门住了两个警察，不知道怎么今天跑我屋里串门去了。”

小强吓了一跳：“真的？不是来抓我们的吧？”

“不，不是，是来借火的，就坐下聊开了。小强，又有一批货准备好了，人在火车站旁边等你呢，你赶快过去吧。”

小强皱了皱眉：“不是说明天才走吗？”

“谁知道今天就都办好了呢？你快走吧，老徐在那儿等你呢，车票也买好了。”

“昨天才刚回来，还没歇过来呢。”小强一边不高兴地嘟哝着，一边收拾了包走了。

看着小强消失在楼梯口，四贵得意地笑了。随即，他收拾起笑容，装出一副紧张的样子，推开了自己的房间门。

周慧紧张地问：“谁啊？”

四贵小声地说：“果然是对门的警察，说这楼里昨天失盗了，问我进来生人没有。”

周慧吓了一跳：“现在走了？”

“走了。不过不知道还回不回来。嫂子，你进来的时候，服务台没看到你吧？”

周慧想了想说：“好像没有吧。”

“没事儿，那就没事儿了。嫂子，你拉小强回去干吗啊？跟着我，他还能发大财呢。”

“呸！”周慧啐了他一口，“他在哪？你马上把他交出来。”

四贵为难地说：“嫂子，他在外地呢。要不，你在这儿等几天？”

“他在哪个外地？你让他在那儿干什么？不行，你得马上带我去找他。”

四贵说：“在同县那边，好几百里路呢。昨天小强来过电话，说有几个姑娘已经得手了。”

周慧的声音急得都变了：“四贵，你把他害了啊！不行，你赶快带我去找他，我不能让他再干下去了。”

四贵显出不情愿的样子：“嫂子，你就等他做完这笔大生意吧，能挣好几千呢！”

周慧已经坐不住了：“不行，咱们这就走。”

四贵越发装出一副不情愿的样子来：“我在这边还有事呢。”

“我不管你有事没事，你这就给我走！”

四贵似乎很勉强地站起来说：“好吧好吧，谁叫你是我嫂子呢！”

三

贺勤正蹲在路边干活，瞅见小妹心事重重地走进来。她勉强地同贺勤打了个招呼，低着头从他身边过去，进了里屋。

贺勤奇怪地看着她，赶快洗洗手跟了进去。小妹正坐在床上发着呆。

贺勤关切地问："小妹，你怎么啦？"

"哥，我怎么办啊？"

"什么怎么办？"贺勤问。

"王大哥找我，要我把小强交给他。"

贺勤明白了，沉默了一阵，轻轻地说："小妹，不该吗？"

小妹猛一抬头，气冲冲地说："你当然愿意了！"

贺勤一愣，脸色有些难看地说："你这样说对我不公平！"

小妹也觉出了自己的失态和过分，哽咽地说："哥，原谅我，可是我真不知该怎么办啊。"

"小妹，不管你怎么想我，该说的话，我还是得说。咱做人，得有良心，咱不能只顾自家人就不顾良心。小强千不该万不该，不该去做这种丧良心的事。咱知道咱自己离开亲生父母有多苦，就该知道别人被拐卖有多苦。要是咱只顾自己不顾别人，咱还有什么脸请人家帮咱找亲生父母？"贺勤一口气把话说完。

小妹羞愧地低着头，没有说话。

"今天活多，我得去干活了。这个理儿，你自己想想吧。"贺勤关上门出去了。

他在外头闷声闷气地干着活。好一会儿，小妹低着头出来了。

贺勤没吱声，直到小妹走到他跟前叫了一声"哥"，他才抬起头来。

小妹拿块毛巾给他擦了擦满脸的油污，小声说："刚才的话，是我说错了。哥，原谅我吧。"

贺勤咧开嘴笑了笑。

“哥，你陪我做一件事好不好？”小妹央求道。

“干什么？”贺勤问。

小妹艰难地说：“你、你陪我去找王大哥，好吗？”

贺勤说：“先别慌，再等一天，就一天。”

小妹有些不解地看着他，不知道他到底想干什么。

贺勤站在宁海火车站的出站口，远远地就看见自己的母亲出来了。他高兴地迎上去，接过她手里的行李，亲热地叫了一声“妈”。

贺勤妈不安地打量着他：“什么事啊？这么急着就叫妈过来。”

贺勤笑着说：“妈，没什么事，咱们回家再说。”

“小妹呢？小妹没来吗？”贺勤妈问。

“小妹找到工作了，在上班呢。”

贺勤有些奢侈地打了一辆出租车把母亲拉到了自己的小铺子里。贺勤妈用陌生的目光打量着这个狭小的房间。

贺勤说：“妈，您快坐下歇歇。这房子小吧？和咱家是没法比啊！可是没办法，城里的房子太贵了。”

贺勤妈这儿看看，那儿摸摸，突然注意到屋角里那张行军床，不由得一愣。

贺勤没注意到她的表情，仍然张罗着：“妈，里面还有一间屋，您先进去歇歇，我去买点饭。”说着就要出去。

贺勤妈坐在里间的单人床上，心事重重地说：“妈不饿，你先进来。”

贺勤乖巧地走了进来。

贺勤妈问他：“你和小妹还没有圆房啊？”

贺勤说：“妈，我不想逼她。”

“那你这么急着叫妈过来，到底是为什么？”

“妈，先吃饭吧。”

“贺勤，你想急死妈啊？”

贺勤有些为难地说：“妈，小强可能出事了，警察正在找他。”

“警察找他，和咱有什么关系？”

“警察找不到他，得需要小妹帮忙。”

贺勤妈大吃一惊：“什么？”

“妈，如果小强被抓起来，我怕他家里的人会去找你的麻烦的。”

贺勤妈愣了愣，突然一把抓住贺勤的手说：“不行，贺勤，这事儿无论如何不能做。小强万一被抓起来，他妈也跑不了。他妈过去干过什么事儿，你是不知道，可我是知道的。如果他们俩都被抓起来，他们家肯定把账记到咱家身上。这日子，咱以后还过不过？”

贺勤说：“所以，我把妈接出来。妈，咱以后在城里过吧。”

贺勤妈坚决地说：“不行，那是咱们的家呀！妈在城里呆不住，妈总是要回去的。这事不行，无论如何也不行。再说，小妹也不会干啊！”

贺勤说：“小妹已经答应了。”

贺勤妈又愣住了，半晌她才恍过神来：“我明白了，我明白了，这都是小妹带来的。警察帮她找亲生父母，她就帮警察破案。贺勤，可咱图了什么啊？咱把她养大，她却不肯嫁给你。现在，你又要受她拖累。贺勤，这事无论如何不行。”

贺勤劝道：“妈，小妹在做她应该做的事，咱不能拦她。”

“她做什么，我不管，可她不能害了咱。贺勤，你马上把她找回来，我对她说去！”

“妈！”贺勤沉默了一会，接着说，“妈，您一直说您疼小妹，说您把她当成自己的孩子。拍拍您的心，您是真把她当成自己的孩子了吗？”

贺勤妈急了：“那还要妈怎么做？你还要妈做什么？妈对她做的，还不够吗？”

贺勤说：“如果她是妈自己生的孩子，妈还会拦她做该做的事吗？”

“可是她不是妈亲生的！”贺勤妈突然说。

贺勤吃惊地看着母亲。一片死一般的寂静。

贺勤妈哭了：“贺勤，别让你妈做做不到的事。妈疼小妹，可是你叫妈为了小妹把咱自己的家给毁了，妈做不到。”

贺勤看了看她，低下了头，轻轻地说：“我知道了。妈，先吃饭吧。”

贺勤妈说：“你把小妹叫回来吧。”

“不用叫了。快下班了，她会回来的。妈，你先出来吃饭吧。”

母子俩坐在外间吃饭，气氛十分沉闷。为了调节一下气氛，贺勤妈故作高兴地说：“贺勤啊，你和小妹真不简单，这才进城多久啊，就有了这间铺子。以后，过日子就不用愁了。”见贺勤没说话，她接着说，“等小妹回来，我劝劝她，不让她找家了。就是找到亲妈又怎么样？能比咱对她更好吗？你们好好地过日子，人心都是肉长的，你对小妹这么好，小妹早晚会答应嫁给你的。过上一年半载，你们生了孩子，她就再也不会想找妈了。”

贺勤抬头看了看她，轻轻地说：“妈，不会有那一天了。”

“什么？”贺勤妈惊讶地说。

“不会有了。我不会娶小妹，也不会娶别人。不会了。”

“为什么？”

“妈你不明白？我对不起小妹，我一辈子欠着她的债。我不能逼她嫁给我，更不能丢下她去找别人。我只能就这样活着，为妈活着。”

贺勤妈呆住了。

贺勤站起来，说：“妈，您慢慢吃，我吃好了，得干活了。”

贺勤妈呆呆地看着有些落寞的儿子，终于忍不住爆发了：“随你！随你！去找警察吧！去吧！你这个活冤家！”

贺勤一下子扑回来，抱住母亲喊道：“妈，妈！”

贺勤妈狠狠地打着他：“你这个孩子，你怎么这么傻啊！”

小妹一个人挎着包往家走。离家还有一段路，便看见贺勤在焦急地张望着她。她快走几步，到他跟前说：“哥，你咋

在外面站着？”

“小妹，我妈来了。”贺勤说。

“什么？”小妹高兴地埋怨道，“你怎么不早给我说，我也好买点东西回来啊。妈在家里吗？”

贺勤拦住她，欲言又止地叫了她一声：“小妹。”

小妹奇怪地看着他说：“你怎么啦？”

“我是怕咱们帮了警察，小强家去找咱家的麻烦，才把妈接出来的。妈有点不痛快。”

小妹明白了。

“小妹，妈要给你脸子看，你可原谅她啊！她老了，只认得老理儿。”贺勤叮嘱道。

“我知道了。哥，我们快进去吧。”

小妹走进屋，屋里没人。贺勤在她后面小声地说：“在里间呢。”

小妹轻轻地向后面走去，看见贺勤妈正呆呆地坐在里间的床头上看着窗外，满脸泪痕。小妹轻轻地叫了一声：“妈。”

贺勤妈回过头来，上下打量着站在灯下的小妹。

突然，小妹一下子跪在了地上。

贺勤妈大惊，跑上去抱住她：“小妹，小妹。”

小妹也抱住贺勤妈：“妈，妈，从今以后，您就是我的亲妈，我是您的亲闺女。妈，妈啊！”

贺勤妈大恸，抱紧她说：“小妹，我可怜的孩子啊！去吧，去吧，凭你的心，去做你该做的事吧。天塌下来，咱三个人接着。去找吧！”

贺勤倚在门上，欣慰地看着她们。

小妹和贺勤坐在刑警队办公室里，王重光正用鼓励的目光温和地看着她。

小妹面色苍白，慢慢地说：“我以前，有一个他给我的手机号。我发现他在做那种事情以后，总打电话劝他，他就把号换了。可是……可是……”

王重光不说话，继续等待着。

小妹的头上沁出了汗，她的手也在下面不住地摸索着。贺勤一把抓住了它，把它攥在自己的手里。

小妹接着说："也许有一个办法可以找到他。"

"什么办法？"王重光问。

小妹吃力地说："小强他……他疼我。他说过，无论什么时候，只要我找他，他都会来。我在想……我在想……也许，我们可以用上次的办法。"

"上次的办法？上次什么办法？"

小妹的嘴抖着，想说什么又说不出来。几次张开，又几次合上，最后一头扑倒在贺勤怀里，痛哭起来。贺勤也流眼泪了，紧紧地抱住她说："王大哥，这事对小妹不容易。还是我来说吧。上次，我们托人在车站贴出寻人启事，告诉小强说小妹有急事找他，小强看到了马上就来了。我们想这次还用这办法，可是……可是，这等于是给小强做了个套。"

王重光明白了，他用坚定的声音说："小妹，贺勤，这不是套。"看着他们诧异的目光，王重光解释道，"我们是为了救他，对吗？我们是在救他。"

突然，他停了下来，似乎受到了什么触动，脸上布满激动之色。

傍晚，王重光推着母亲到林阴道散步。他把母亲的轮椅停在一旁，自己坐在后面的石凳上拨通了小小的电话："小小，你在哪儿啊？亲戚还没走完啊？"

一个农村小旅店里，小小正背着行包跟着提钥匙的老板娘往自己的房间走去，她微笑着说："还没有。快了。"

"小小，有件事，我一直没告诉你。那个时候，我妈被他们用一根绳子绑着，因为我小，他们没绑我。看管我妈的人上厕所去了，妈叫着我的名字，叫我把她背后的绳子解开。我……我很害怕，很慌张，我过去，一拉绳头，我……我……"

小小已经进了屋。老板娘走了，小小把门关上，鼓励地对他说："重光，我在听着。"

王重光看看远处的母亲，脸上冒出了汗："我把活结拉

成死结了。”

小小恍然大悟。

王重光的声音已在颤抖了:“这么多年,我一直为这事内疚。我总在想,如果我打开了我妈的绳子,也许我妈就不会遭受后来那些痛苦了。是我把绳子系死的,使我妈不能逃脱,是我害了我妈。”

“重光,这不怪你。你当时不也是在冒着危险救你妈吗?”

“可是我把绳子拉死了啊!”王重光叫道。

小小安慰他说:“你并没有使事情变得更糟。没有你,就没有人动那条绳,你妈也不可能逃掉是吗?”

王重光愣住了。

小小继续说:“你那时候才五岁,就敢不顾危险救你妈,你已经把你能做的都做了。其他的,只是因为你太小。”

王重光慢慢地说:“今天我劝小妹协助我们抓小强。我对她说,你这样是在救他。这样说的时候,我突然意识到,当时,我也是在救我妈。”

“对,重光,你是在救她,只是这件事超出了你的能力之外。”小小鼓励他说,“重光,那是罪犯犯下的罪恶,不是你的。”

王重光感激地说:“小小,谢谢你。现在,我觉得我完全可以面对我妈了。我不再害怕和她谈过去了。”

“重光,现在你真的是一个警察了。”电话那头传来小小赞许的声音。

王重光问:“小小,你那边怎么样?晚上还害怕吗?如果害怕,就给我打电话啊。”

小小坐在床上,微微笑着说:“我知道了。重光,我有一种感觉。”

“什么?”

“你妈离康复不远了。”小小说。

王重光看看仍然一动不动的母亲,有些将信将疑:“真的?”

“真的,肯定不远了。”

“谢谢你，小小，谢谢你。再见，我等你回来。”

小小挂上电话，起身走到门口喊了一声“老板娘”。

那个女人答应着出现了。

小小问：“东河沿怎么走？”

这边，王重光也起身走到母亲身边。他蹲下来，注视着母亲：“妈，还记得那件事吗？那时候，你被那个人绑了起来，你拼命地叫着我的名字……”

四

一辆长途汽车在公路边停了下来，周慧和四贵从车里下来。周慧站在路边，打量着面前的旷野，有些不放心地问：“这是哪儿啊？”

“你不认识了？过去我们不是一块来过吗？”

周慧辨认了一下，嘀咕了一句：“好像是来过吧，认不清了。小强呢？”

四贵说：“就在前面的村子里呢。”

周慧用犹疑的眼神看着他：“他怎么会在村子里？”

“他带了几个女孩过来，还没出手呢。”

周慧一听，急了：“那咱快走，别让他出手了，交给别人吧。”

“好嘞。你瞧，车过来了。”

一辆农用三轮正从一条小道上斜斜扭扭地开了过来。周慧看了看，心里越来越不踏实，回头打量着四贵：“你不是想什么歪点子吧？”

四贵装出一脸的惊讶和委屈：“什么？嫂子，你把俺说成什么人了？算了，咱不去了，咱回去吧。”

“别走，带我去。”周慧拦住他，“哼，量你也不敢。我早说过，这个世上再没男人能卖我了。”

农用车过来了。四贵冲着车上的人喊道：“哎，你们咋回事？咋交代你们的呀？小强怎么没来？不是说让他坐车过来吗？”

开车的男人大声地回道："别提了，没见过这样的人，一听他妈来了，死活不来。我这还不放心呢，说不定咱们回去，他就跑了。"

周慧一听急了，马上爬上了车，紧张地说："快，快走！"

四贵紧跟着跳上了副座，一脸狞厉的得意之色。

农用车调过头，颠簸着顺着土路消失在暮色里。

晚上，他们终于到了一户农民家里。进了门，周慧却发现屋里空空如也，急忙问道："小强呢？小强在哪里？"

四贵对开车的男人说："小强呢？小强不是在这里吗？"

那男人说："咦，我走的时候还在呢。你们等着，说不定，他在村那头呢，我去叫他。"

"我也去。"周慧说着就要跟出去。

四贵拦住她："嫂子，你最好别去。小强对你怎么样，你是清楚的。万一你去了他要跑了呢？这样吧，你在这儿等着，我去叫他。我不提你，我就说有事找他，把他带过来。剩下的事，就是你们娘俩的了。"

周慧想了想也是这个理儿："好，你赶快去，我等着。"

四贵笑着说："嫂子您好好歇着，跑那么远的路，该安顿一下了。我走了。"

他走到门口，周慧突然又紧张地叫住他："四贵，你不会跑吧？"

四贵回过身来，冲她一笑："哪能呢？嫂子不是说过吗，这个世界上，再也没男人能卖你了。"

周慧一愣，一种不祥的感觉遍布全身，她急忙往外跑，可是，已经晚了。就在她愣神的工夫，四贵已经从外面把门反锁上了。周慧一下子扑过去，用力去拉门。从拉开的门缝里，可以看到一把硕大的铁锁。

周慧拍打着门大声叫着："开门！开门！"

外面传来四贵狞笑的声音："嫂子，我这回肯定给你找个比阿大好的婆家。你怎么谢我啊？"

周慧停下了，仰起脸来向着屋顶。突然，她撕着自己的胸脯，发出了一声凄厉的惨叫："天哪……"

小强走进一处电话亭，心事重重地拨通了他在候车室的留言板上看到的小妹给他留的电话。对于小妹的任何要求，他几乎都无力拒绝。

此时，小妹正守在电话旁边。电话响了，小妹一把抓起了电话，紧张地说："喂？"

电话里没人说话，只传来阵阵喘息声。

小妹叫道："谁？小强？小强，是你吗？哥，我有事找你，我得马上见到你，你能来吗？"

电话那头的小强终于说话了："什么事？"

"我自己的事。哥，我有事得需要你帮我，哥，你能来吗？"

小强问："什么事？你发生什么事了？"

小妹违心地编了一个理由："是贺勤。哥，我不想在贺勤这儿了。"

小强马上关切地问她说："为什么？贺勤怎么你了？"

"他……他打我。"小妹看看守在一旁的贺勤，有些过意不去。

小强一下子就火了："什么？他敢打你？他是什么人？敢打你？小妹，你等着，我这就过来！"说完他扣上了电话，跑出电话亭，伸手打了一辆出租车，呼啸而去。

这边，小妹脸色苍白，一下子跌坐在椅子上。

贺勤急切地问："怎么样？"

"他这就过来。"小妹有气无力地说。

"这就过来？天，赶快打电话给王大哥。"

小妹痛苦地说："哥，他一听我受了委屈，二话不说就来了，可是我……我……"

贺勤劝她说："小妹，你不是害他，你是在帮他。王大哥的话你忘了？快打电话吧，不然就来不及了。"

小妹犹豫一下，一咬牙，拿起了电话。

此刻，贺勤妈正呆坐在里屋听着外面的一切，默默地流着眼泪。

不一会儿，身着便衣的李天雷和王重光、小刘便来到了铺子外。

贺勤迎上去，李天雷问：“他什么时候到？”

“应该快了。”贺勤说。

“那好，我们去街对面等他。”

王重光看了看面色苍白的小妹，说：“小妹，你很勇敢。”

小妹呆呆地抬起头，看着他说：“王大哥，他一心一意地对我，可我却把他卖了。”

王重光安慰她说：“不，正因为他一心一意地对你，你才有责任救他，不让他走得太远。”

“王大哥，一会儿你们别抓他行吗？让我对他说，我劝他自首。”小妹哀求道。

王重光回头看看李天雷，李天雷想了一下，点点头说：“好。我们在对面等着。”

这时，贺勤妈忽然从里屋走了出来，说：“等等。”

贺勤赶忙向李天雷他们介绍：“这是我妈。”

贺勤妈走过来说：“同志，小强这孩子，是从小我看着长大的。这孩子不坏，就是被坏人引上了邪路。等抓到他，救救他，给他一条生路，行吗？”

李天雷说：“大妈，您放心吧。我们抓他，就是在救他。他该到了，我们走了。”说完，他带着王重光和小刘走到马路对面的一个小摊上掩护下来。

“贺勤，咱们去里屋，让小妹一个人在这儿。”贺勤妈拉着贺勤就往里走。

“妈，如果他知道小妹是在骗他……”贺勤有些担心。

贺勤妈说：“警察就在外面呢。让小妹一个人在这，他们兄妹俩有话说。”

小妹也说：“他不会伤我的，无论什么时候他都不会伤我。哥，妈说得对，你和妈进去吧，我得一个人向他解释。”

贺勤不放心地看了她一眼，和母亲进去了。

小妹呆呆地坐着，追忆着她和小强童年时一起在垛山的树林里自由自在玩耍的情景，耳边也仿佛响起了他俩的嬉笑声，还有她那稚嫩的声音：“小强哥哥，小强哥哥……”

一辆出租车开过来，小强从车里走下来。

小妹只顾痴想着，并没有看到他。小强走近一步，叫道：“小妹。”

小妹一抖，醒了过来。

小强有些担心地看着她：“小妹你怎么啦？贺勤欺负你了？他怎么欺负你了？”

小妹声音颤抖地叫了一声：“小强。”

小强向四周看了看，说：“他在哪儿？是不是听说我来了他吓跑了？”

小妹摇摇头，突然说：“哥，你自首吧！”

小强定住了，一下子转过身来说：“你说什么？”

“你自首吧，警察在那面呢。”小妹说。

小强抬起头向外看了看。街对面，李天雷他们已经站出来，正虎视眈眈地看着他。小强呆住了，他慢慢地转过脸来，一脸诧异地看着小妹，说：“是赶巧了，是吗？”

“不是。是我把他们叫来的。”小妹不敢看他的眼睛。

小强狂笑了几声，说：“你并没遇上什么事，贺勤也没有打你。你做了个套，引我上钩，是不是？你知道我从来就不会拒绝你，是不是？”

小妹哭着喊了一声：“哥！”

“你知道我心疼你，只要你一叫我肯定会来，所以你才这样做？”

小妹哭号道：“哥，哥呀！”

小强回身就走，小妹一下子扑上去抱住他。

“哥，哥呀，无论如何你不能再继续走那条路了！自首吧，自首吧！”

小强暴怒地踢她：“放开我！我宁愿让警察打死，我也不会自首！”

李天雷他们已经快步走了过来。

小妹转过脸，大声冲他们喊着：“别过来！你们答应过的，等他自首！”

王重光轻轻扯了一下李天雷，他们又退回了街对面。

小妹死死地抱住小强哭道："哥，哥，我知道你心疼我，我也一样心疼着哥，正因为这个，我才要拦着你，不让你继续在那条路上走。哥，再接着走下去，哥就是死路一条，我在这世上就再也没了哥呀！哥，自首吧，自首吧，我求求你了！"

"我不！你让他们来抓我！"

小妹突然定住了，看着他的眼睛一字一顿地说："我会的！"

"什么？"小强吃了一惊。

小妹缓和下来，轻轻地说："我会的。如果哥不自首，我会的。哥，我心疼哥，可是我也不能不想想被哥卖掉的那些女孩。哥做下了这种事，能对得起谁？我若放了哥，就是对她们犯罪。哥，你得自首，你不自首，我就让警察来抓你！"

小强不敢相信地看着她。

小妹的眼睛从来没有像这一刻这么坚定，这么勇敢。她轻轻地说："哥，你只有这一条路可走了。"

小强看看小妹，又看看外面，沮丧地低下头说："你松手吧。"

"什么？"

"我自首。"

小妹赶快松开手，擦擦眼泪，又哭又笑地说："哥，你答应了？你答应自首了？"她转头对警察喊道，"你们听到了？你们都听到了？我哥说的是自首！你们过来吧！"

小强上了警车。警车开走了。

小妹流着泪在后面看着警车远去。她的眼前重新出现了那片树林。树林里，两个天真无邪的孩子在追逐嬉戏。小妹稚嫩的喊声又响起来："小强哥哥，小强哥哥……"

警车绝尘而去。

第十七章

满天星 mantianxing

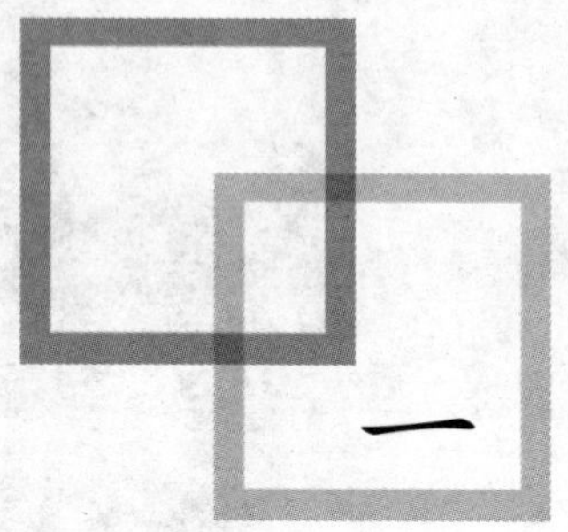

一

小强被带进了预审室。一个警察上来给他摘去了手铐，又把他锁进了审讯台前的一把特制的椅子里。

小刘问道："姓名？"

"陈强。"

"住址？"

"南陆市垛山县垛山村村民二组。"

"年龄？"

"二十二岁。"

小刘说："陈强，为什么带你到这儿来，你自己知道吗？"

小强一副浑不吝的样子，故意满不在乎地笑着说："你们都知道了，还问什么？"

"我们知道是我们的，今天要你自己交代。你是自首归案的，现在要你如实交代案情，好争取宽大处理。"

小强冷冷一笑："我这种人，没什么宽大的，该干的事都干了，该杀该剐，你们看着办吧。"

小刘被堵了一下："你！陈强，你什么态度！"

小强挑衅地看了他们一眼："我就这态度！"

一时，局面僵住了。

整个过程，王重光一直用带着悲悯的目光注视着他，注视着眼前这个命运和他自己有几分相似的人，他的倔强和偏执与当初自己的自闭沉闷如出一辙。

王重光领着小妹走进接见室，嘱咐小妹道："他的态度一直很恶劣，这几天什么也不肯交代。小妹，一会儿看到他，你好好劝劝他。"

小妹紧张地点点头，不安地等在那里。

片刻，门外传来铁镣的声响。铁门"哗啦"一声响，小强被带了进来。

小妹一下子站起来。小强一看到她，顿时停住了。愣了一会儿，他平静地说："把我带回去！"

"哥！"小妹急切地喊了一声。

小强也不看她，抬高了声音说："把我带回去！"

小妹扑过去抓住横在两人中间的铁栏杆，哭道："哥，哥，别怨我，我是为哥好啊！"

小强仍不去看她："把我带回去！"

王重光叹了一口气，示意把他押回去。

小强走了。随着铁门一声响，小妹无力地抓住栏杆哭起来。

王重光安慰她说："小妹，你没做错什么。他早晚会明白过来，他会感谢你的。"

小妹抬起一双泪眼问："会吗？他会吗？"

王重光肯定地看着她说："相信我，他会的！"

预审室里，小强继续和警察对峙着，一副死猪不怕开水烫的样子。

寂静中，王重光的声音沉稳地响起来："陈强，你有什么资格摆这种态度？"

他的声音很平和，很沉静，却带着一种无形的力量。小强不由得一愣，这才正眼打量起这个文弱却又很沉稳的警察来。

王重光平和地注视着他说："我知道，你从小就生活得不好，长大后，感情又遇到了挫折。你遇到的，我们每个人都可能遇到啊，但这并不能成为我们犯罪的理由对不对？"

小强别过脸去。

王重光接着说："你有没有想过，你之所以比别的孩子似乎更为不幸是什么原因造成的吗？你的母亲一直不疼你，她把一个陌生的女孩带到你家，然后又在你把她当成最亲近的人的时候卖掉了她。你想过这一切都是因为什么吗？"

小强仍然不说话。

王重光加重了语气："这是因为拐卖人口，所有这些都是这种罪恶造成的。而你，在深受其害之后，又反过来把这种罪恶施于其他无辜的女孩身上。你还有什么资格理直气壮地说话呢？"

小强低下了头。

"昨天，我们又解救了两个被你拐卖的女孩。她们和小妹一样大，对生活充满了幻想。是你，把她们的幻想打碎了。从此以后，她们不会再有完整的人生，她们的生活中永远有一幕是无法回首的。你想一想，如果她们是小妹……"

小强不由得打了个寒战。

王重光温和地说："现在你告诉我，那个夏经理是谁？"

小强仍然沉默着。

王重光问："你为什么要包庇他来加重自己的罪恶？难道不是他毁了你吗？"

小强还是沉默。

这时一个警察进来，在王重光耳边嘀咕了几句，王重光惊讶地叫了一声："什么？"

警察又低声说了句什么，走了。

王重光用怜悯的目光看着小强，说："陈强，我们刚刚得到一个消息：你母亲失踪了。"

小强惊讶地抬起头。

"垛山那边告诉我们，她是听说你参与了拐卖人口到宁海来找你然后失踪的。她自己是从这条路上走过来的，她不想让你再继续走下去。"

小强说："她……她来了？可是我没见她啊。"

王重光说："我们正在积极查找她的下落。陈强，她到宁海来找你，最可能去找谁？”

小强紧张地思索着，突然失声叫起来：“我想起来了！”

王重光赶快说：“什么？”

“她是来过，在205的是她，怪不得他不让我说话，不让我进去。”

“谁？他是谁？”

小强嘴一动：“四贵。”

小妹正在干活，门开了，院长领着王重光和小刘走进来。

王重光说：“小妹，我们昨天晚上得到通知，你的养母失踪了。”

小妹吃了一惊：“什么？”

“她来找小强，见过四贵，然后，和四贵一起不见了。他们有可能去了哪儿？”

小妹想了想，大惊失色：“王大哥，我妈不会被他拐卖了或者被害了吧？”

王重光问：“拐卖？可能吗？”

“怎么不可能？四贵是个人贩子啊，如果我妈是自己一个人去找他……”

“小妹，现在你应该把你所知道的你养母的犯罪事实全部告诉我们了。这样，我们才可能救她。”重光说。

小妹犹豫一下，面对王重光信任的目光，她点了点头。

二

根据小妹提供的情况，市局紧急开了一个案情分析会。

李天雷汇报说：“根据小妹提供的线索，周慧曾经多次参与拐卖人口犯罪。我们已经把有关受害人的信息传给了垛山那边，请他们协助解救。还有，垛山那边已经查清，四贵真名叫陈永贵，当初跟着周慧起家，后来周慧金盆洗手后自己干，是一个罪行累累的人贩子。”

王大丰问：“那么，在这个犯罪团伙中，这个四贵是处于

什么位置呢？”

李天雷说：“从目前我们掌握的情况看，他的地位相当重要。我相信，抓住了他，就可以抓住宋昌河。”

“那我们现在掌握他的行踪了吗？”王大丰问。

“还没有。但是，有一个人一定可以帮我们找到他。”

“谁？”

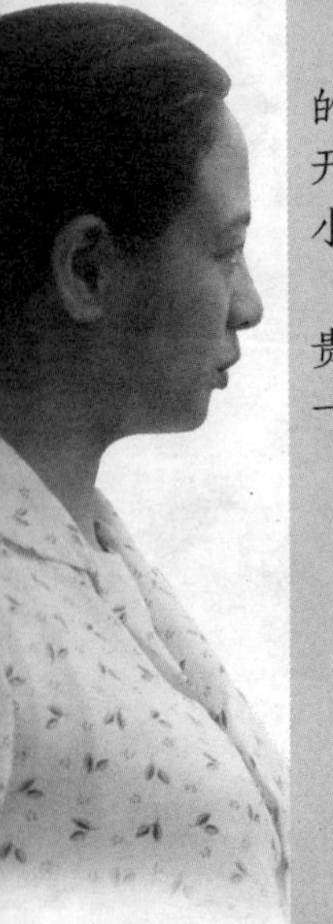

“小强。”李天雷说，“他一直和四贵一起活动。由于小强的母亲周慧突然到来，四贵带走了周慧，因此和小强暂时分开了。小强昨天刚刚落网，我猜想，四贵现在可能还不知道小强已经被捕的消息。我们可以……”

王大丰说：“好吧，做小强的工作，让他协助警察抓捕四贵，争取立功赎罪。告诉他，这是我们为了挽救他而给他的一个机会。”

“是。”李天雷答道。

王大丰又问：“周慧还没消息吗？”

“没有。”李天雷摇摇头。

丁局长插进来：“把她上网，列为我们网上追捕的对象。”

李天雷和王重光坐在审讯室的桌子后面，小强被了带进来。

人还没坐下，小强就急着问：“她呢？她找到了吗？”

李天雷故意问：“谁？”

小强犹豫了一下，说：“就是，就是……我妈。”

“还没有。她极有可能被四贵卖掉了。”

小强一愣：“什么？不可能，不可能！”

李天雷反问他：“那你以为他会把她带哪儿去呢？”

小强愣住了。

这时，王重光温和地说：“小强，我听说，你一直不认你的母亲，可现在，她为了你，很可能又一次被人拐卖了。”

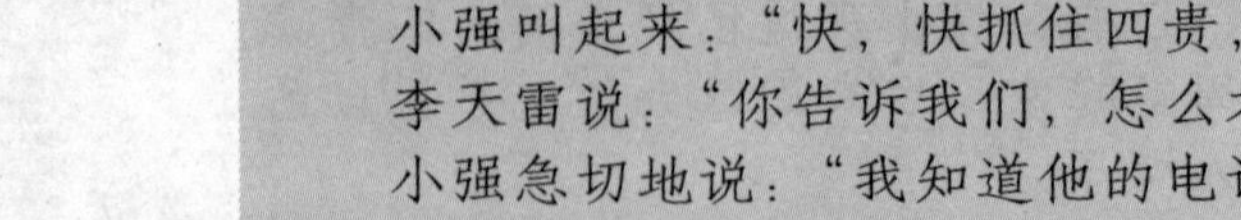

小强叫起来：“快，快抓住四贵，救救她！”

李天雷说：“你告诉我们，怎么才能找到四贵？”

小强急切地说：“我知道他的电话。”

李天雷把一个手机递给他：“你的手机。”

小强接过来打开就要拨。

“慢，你怎么对他说啊？”李天雷制止住他。

“我知道怎么说。我告诉他，上次的生意款拿回来了。”

李天雷说：“你平时关手机吗？”

“他不让我关。”

“可是你的手机从昨天开始就一直关着。他问你，你怎么答？”李天雷提醒着小强。

小强一愣，显然他并没有想到这一层。

王重光插进来：“我猜想，他不会主动问。”

“为什么？”李天雷问。

王重光说：“如果我们的判断不错，四贵昨天在拐卖周慧的路上，他一定怕接小强的电话，关机的首先应该是他。小强，你可以主动问他昨天为什么关机。如果他后来给你打过电话，你就说你那时候在山区，手机没信号。”

李天雷赞许地看了王重光一眼。

王重光说：“照我说的打吧。”

小强拨了号。

此时的四贵正在一间大宅子里，和宋昌河说着话。

四贵谦卑地说：“您言重了，我四贵是您的人，我就是翅膀再硬，不也是被您老拴在手里吗？”

宋昌河坐在一张太师椅上。他的脸上布满皱纹，已经明显地老了，但是那张脸也越发显得阴险逼人。他似笑非笑地打量着四贵说：“这话我可经不起啊！你四贵现在是有能耐的人，要不，上个月的贡能不拿？”

四贵头上冒了汗：“不，不，您老误会了。我不是不拿，是因为风太紧，几笔生意都没做成。”

“没做成？给你的那几单呢？都放空了？四贵啊，你出息大了啊，当着你昌叔的面儿就敢撒谎了！”

这时，四贵身上的手机突然响起来，他赶紧掏出来，看也不看就挂断了：“不不不，钱不在我身上，我这就拿来给您贡上。”

宋昌河“哼”了一声：“什么时候啊？”

“马上，马上。”

“我老了，跑不动了，就在家里等着啦。送客！”宋昌河不客气地扔下这句话，合上眼睛，哼起了悠闲的小曲儿。

两个男人走过来，一声不响地送四贵出去。

审讯室里，小强看看被挂断的手机，有些不解地抬头看了看他们。

李天雷说：“再拨。”

小强又拨了一遍。

四贵一边从里面出来，一边点头哈腰地说：“别送了，不送，不送。”

门在他后面“咣当”一声关上了。

四贵抹抹头上的汗，小声地骂道：“老不死的！”

这时，他身上的手机又响了。

四贵看看手机上的号，犹豫了一下，打开了手机，装腔作势地说：“小强，你这个兔崽子，昨天晚上跑哪去了？怎么关了手机？”

电话里传来小强的声音：“我在山里，没信号。你还问呢，昨天我给你打过多少回，你都关着。”

四贵一惊：“昨天啊？手机没电了。”

李天雷赞许地朝王重光竖了竖大拇指。

小强说：“我回来了。”

“回来了？款带回来了吗？”四贵急切地问。

“带回来了。”

“多少？”

“一共是两万七千块钱。”

“这么少？你小子没贪污吧？”

“你还嫌少？这样还差点儿拿不回来呢，那边的老林非要扣下一万。”

四贵啐道：“这个老林，不是个好东西，以后咱不和他做了。小强，你在哪里？我得赶快拿到款，我有急用。”

小强说：“我在茂林旅社呢。”

“那你在那儿等着我，我这会儿在乡下呢。下午三点，我去那儿找你。”

两个人通完电话，小强对李天雷说：“他到茂林旅社找我，下午三点。”

李天雷站起来：“好，你陪着我们一起过去等他。”

小强低下了头，没说话。

李天雷问：“怎么啦？小强，这是我们给你的一个立功赎罪的机会啊。”

小强突然抬起了头：“我想见小妹一面，行吗？”

“等抓到了四贵以后吧。”李天雷说。

“不，我想见她，我想现在就见她，我有话对她说。四贵下午才到，时间来得及。”

小强坐在接见室里，两眼直勾勾地看着前面。他仿佛看到了故乡的树林，看到了他和小妹童年时的影子。他抱着小妹往羊背上放，羊跑掉了，他和小妹都摔倒在地上，滚在一起。小妹抱住他，很认真地看着他说：“小强哥哥，咱们永远不分开，好吗？”小强怔怔地看着，脸上露出惆怅的微笑。

一片阳光中，一个身影出现在那片树林里，身后的光线勾出了她美丽的轮廓。

小强定定神，发现眼前的不是树林，是铁栏杆，小妹正从那边向他走过来。

小强一下子站起来，两手抓住栏杆。

小妹也扑过来，抓住了小强的两只手，泪眼婆娑地说：“小强，哥，你还好吧？你该说的都说了吧？你还恨我吗？”

小强深情地注视着她：“小妹，我不恨你，我从来都没真正恨过你。我知道，你是为我好。”

“小强，警察说过了，你做过的坏事还不多，走得还不远，只要你认真交代，好好表现，法律会对你宽大处理的。”

小强努力地点点头：“我会的，我一定会的！小妹，我告诉你，警察给了我一个立功赎罪的机会，我一会儿就要走了，我一定会抓住他的。我要好好表现，为了你，为你有一个不让你脸红的哥哥。”

小妹哭着喊道："哥！"

小强从栏杆里伸出手，怜爱地替她抹去眼泪："小妹，不要哭，你这个哥哥是不值得你掉泪的，他是个坏人。小妹，把我完全忘了吧，和贺勤好好过。他是个好人，他会一辈子对你好的。"

小妹抓住他的手："哥，哥呀！"

"还有一件事，我一定要告诉你。我不知道还能不能再看到我妈，如果你能见到她，就告诉她，只要她把你亲生父母的事说出来，帮你找到家，我就原谅她了，你就替我叫她一声妈。"

小妹已经泣不成声了。

这时王重光走进来，轻轻地拍了拍小强的肩："小强，时间差不多了，我们走吧。"

小妹抓住小强的手说："哥，哥，好好回来，我等着你呢。"

小强有些酸楚地笑了笑，抽出自己的手："回去吧，小妹。记着，忘了我，和贺勤好好过日子。走吧，走吧。"

小强随着王重光进去了。小妹在后面久久地望着他。

茂林旅馆里，王重光和小强坐在房间里焦急地等待着。他们对面的房间里，李天雷和小刘守在门口，透过门上的猫眼不时地向外面的走廊张望。李天雷看看表说："快到了。"

指针已经指向三点了，小强有些着急："同志，时间到了，他怎么还不来？"

王重光轻声地说："等等，再等等。"

"要不，我再给他打个电话？"小强问。

"不。是他来取钱，着急的应该是他。我们等等吧。"

话还没说完，放在床上的手机响了。

小强吓了一跳，王重光示意他接电话。

小强看了看号码，打开了电话："喂？叔，我在房间里呢，你咋没来哩？"

四贵趴在茂林旅馆对面的一个小卖铺的窗台上，一边打电话，一边多疑地打量着旅馆的窗户："小强，我咋觉得哪儿不对哩？你没发现有什么生人吧？”

“生人？没呀。我上午一直在房间里睡觉，没出门啊。”小强有些紧张了。

“不行，我不进去了，我的眼皮老跳。你拿上钱出来，咱俩在十八路车中医院那站见面。”四贵狡猾地说。

“什么？哪儿？十八路车中医院站？”小强看着王重光。

王重光示意他拒绝。

小强说：“叔，我拿着这么多钱，多不安全啊？再叫人家盯上。”

“不行，你这就过来，我上那里等你。我走了。”说完，四贵挂上了电话。

王重光把李天雷他们从对面叫过来商量了一下，对小强说：“这样吧，小强，你过去和他见面，我们在后面跟着你。注意，我们都不认识他，如果是他，你就把手里的包给他。我们一看到你给包就扑过去，记住了？”

小强答应着，一行人走出了旅馆。他们找到附近的十八路站牌，等来一辆十八路汽车，分头上了车。

汽车走了大约二十分钟，到达中医院门口。小强提着包下了车，靠在站牌上张望着。王重光他们也跟着下来，装成等车的乘客散在附近暗中监视着。

小强里里外外看了一圈，并没有发现四贵的影子。小强焦急地叹了口气，这时他的手机又响了，里面传来四贵的声音：“我看见你了。”

小强吃了一惊，旋即四下里看了看。不远处的王重光注意到他这个动作，也暗中四下观察着。

四贵说：“别看了，你看不到我。这个地方不安全。小强，你去万客隆超市，我在超市门口等你。”

“叔，你到底要绕多少个圈子啊？超市门口多少人啊？你倒安全，我提着这么多钱能行吗？”

“就到那儿见！”四贵不容分说地挂了电话。

小强犹豫了一下，顺着马路走了。

不远处，小刘看到小强走了，想叫住他，被王重光一把

拉住了："别过去。刚才四贵就在附近，说不定，现在还在看着他呢。我们跟在后面就行。"

小强紧紧抱着包，一边走一边回头。大约走出一站地，到了万客隆超市门口。此刻正是下午最热闹的时候，超市门口车水马龙，十分拥挤。

王重光远远地看着，吃了一惊："糟糕，他让小强到超市门口见。"

"那我们怎么办？"小刘问。

"没办法，我们只能靠近点儿。"说完，他低声对隐藏在上衣口袋里的对讲机说了几句话。

李天雷带领另外几个便衣接到讯息，从另外一侧加快了脚步，靠近了小强。

小强站在超市门口，焦急地张望着。他还是没看到四贵，正失望地叹着气，忽然夹在腋下的包被一只手猛地抽了过去。

小强吓了一跳，一回头，看见四贵笑着站在他身后。

四贵说："行啦，给我啦，你回去吧！"

王重光发现了四贵，和小刘迅速向他靠近。

小强条件反射般地往四周找寻着。

四贵觉出了小强的异常："你找谁？"他一边说着，一边回身就要跑。

小强一下子扑过去，死死地拖住他，大声地喊："他在这儿！快来呀！"

警察们分开人群，从几路扑了过来。可是被惊住的人群挤成一团，反倒阻碍了警察的步伐。

四贵大惊失色，挣扎了一下，没有挣开，他的两只胳膊被小强死死抓住了。

小强质问道："你把我妈弄到哪儿去了？"

四贵忽然狡猾地眼盯着前方喊："瞧，你妈和小妹。"

小强的目光被吸引了过去。就在他走神的一刹那，四贵一把挣开了他，从怀里抽出一把刀，狠狠地朝小强刺了下去。

"小强！"王重光大喊一声。

警察们终于驱散开人群，他们扑向四贵，很快就把他制

服了。

王重光一个箭步冲过来，紧紧抱住小强，连声叫着：“小强，小强。”

小强躺在他怀里，吃力地睁开眼睛。午后的太阳十分炫目，他努力地看呀，看呀，刺眼的光线中，垛山的那片绿树林又出现了，小妹美丽的身影在林中跑着，稚嫩的笑声在林中回荡着：“小强哥哥，小强哥哥……”

小强笑了，颤抖着伸出手去，在虚空里摸了一把：“小妹，小妹……”

救护车呼啸而至。王重光紧紧抱着小强：“小强，你坚持住，马上就要到医院了，小妹会来看你的，她马上就会来的。”

小强吃力地把脸转向他，定定地看着，似乎认出了他。他艰难地举起手，晃动着，想要抓他。王重光赶紧接住了他的手。

小强的嘴抽动着，在说着什么。

王重光把耳朵伏他脸上：“你想说什么，我听着呢。”

小强大声喘着说：“告诉小妹，告诉小妹……”

王重光大声地问：“告诉她什么？快说，告诉她什么？”

没有回答。王重光转脸一看，小强大睁着双眼，已经离开了这个世界。

王重光呆呆地看着他，慢慢伸出手，替他把双眼合上。

康复中心里，知晓了一切的小妹已经哭得几近昏厥。

王重光声音沉重地说：“他想对你说什么？我在想，他是想说，他没有辜负你。他用自己的血，把自己洗白了。”

王重光拍了拍她的肩膀，轻轻地离开了。此时他忽然分外想念小小，如果小小在，也许她会更好地安慰小妹的。

王重光来到小小的房间看望母亲，他把白天发生的事儿讲给母亲听。

“他就这样走了。妈，他是个走过邪路的青年，可是他最终有勇气回来了。妈，要开始新生活，每个人都需要勇气啊！”

母亲仍然没有任何反应。

王重光微微叹口气，站起来说：“妈，您歇着，我得走了。四贵抓到了，也许，我们已经接近破获这个大案的中心了。我今晚事儿还很多，明天我再过来看你。”

说完他正准备离开，突然间一愣，他慢慢地低下头——他的衣襟，正被母亲紧紧地扯着。

王重光声音颤抖地叫着：“妈，妈！”

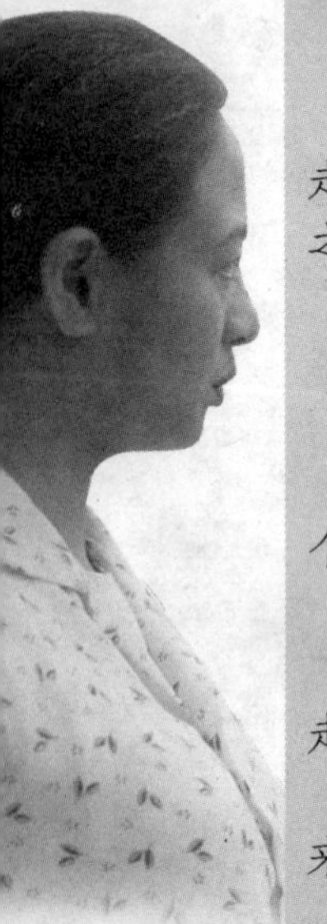

母亲闭着眼睛，但脸上的表情可以显示出，她听到了。

这样静静地过了好一会儿，王重光轻轻地说：“妈，我得走了，我还得去办案，去抓那些残害过你的坏人，把他们绳之以法。行吗，妈？”

母亲的手慢慢松开了。

审讯室里，四贵正在接受两个警察的审讯。

“你们抓错人了，你们肯定是抓错人了。我根本不认识那个抱住我的人。”四贵油嘴滑舌，百般抵赖。

一个警察说“又在狡辩。不认识人家，你就去抢人家的包？”

“我是抢了他的包，可是我根本不认识他啊。他不让我走，我就扎了他一刀。我是正当防卫啊！”

这时，门开了，王重光走了进来，转身对着后面说：“进来吧。”

四贵一抬头，看见跟进来的是小妹，吓了一跳，马上佯装不认识地仰起了头。

王重光问小妹：“认识他吗？”

小妹盯着四贵，愤怒地说：“他是四贵！”

王重光又问了一句：“认准了？”

“当然。他一直和我妈一起做拐卖人口的生意，后来又和我哥在一起。是他害死了我哥！”

“谁啊？你说的是谁啊？这个小妹妹，你可不要血口喷人啊！”四贵腆着脸说道。

王重光拍拍小妹说：“我们走吧。”

门又关上。警察说：“你还有什么话要说？”

“我不认识她，我从来没见过她。”四贵想抵赖到底。

周慧衣着不整，像一团破絮一样躺在农舍的床上。她的精神已经完全垮了，如果不是眼睛睁着，看上去就没有了一丝生命的迹象。

突然，锁着的门一下子被人踹开了，两个警察冲了进来。

一个警察问：“你是不是被人拐卖的？”

周慧呆呆地看着他不说话。

另一个警察焦急地说：“快回答。我们是来解救你的，如果是，就快跟我们走。”

周慧仍毫无反应。

那个警察说：“算了，别问了，就是她。快走吧。”

两个警察架起周慧就走了。

三

一片吱吱喳喳的鸟鸣声，吵醒了吉镇医院的寂静，也带来了崭新一天的黎明。

玉梅躺在吉镇医院的病床上。这一次她病得很重，神智也有些不清醒了。

老刘坐在病床前，紧紧地握着玉梅的一只手，担忧地看着她。

有人敲门，老刘赶快擦擦眼睛，站起来走出去。

小张正在走廊里等着：“所长，嫂子怎么样了？”

老刘摇摇头：“不说她了。昨天的行动怎么样？”

“还行，咱掌握的几个都被解救出来了。”

“你看看，你嫂子这病突然加重，行动我也没能参加。”老刘歉意地说。

“说啥呢所长？嫂子就是没病，你这个年纪也不该再冲在第一线了。”

“解救回来的人呢？都安顿好了？”老刘问。

“差不多了。”

“她们的情况怎么样？”

“由于咱们的情况掌握得及时，这三个都还没出手呢，情况都还行。还有一个，也不知道咋回事，年纪数她最大，情况数她最差，不吃不喝，也不说话，和死人一个样。”

老刘叹息道：“你看这拐卖人口，对人的摧残有多大。我过去看看吧。”

他又推开病房门往里看了看，玉梅还在那儿静静地躺着。他叹了口气，随小张走了。

一家旅馆里，三个女孩正在院子里洗衣服。老刘和小张走了进来。

老刘和气地笑着说：“哟，这些孩子，恢复得挺快呀！”

小张向她们介绍说：“这是咱们刘所长。”

三个女孩齐刷刷地叫道：“刘大爷。”

老刘摘下警帽，摸摸自己的白发：“不听她们叫，不知道自己老啊。怎么样，都恢复过来了？”

几个女孩不好意思地低着头。

老刘又问：“想家了吧？”

几个女孩异口同声地说：“想了！”

“都和家里联系过了吗？”

“联系过了。”

小张说：“她们三个的家长今天就过来接她们。”

老刘说：“那就好。这样，你给店里说说，做几个好菜，等她们家长来了，咱们请他们吃一顿饭，就当给这几个孩子送行。”

女孩们齐声谢道：“谢谢刘大爷！”

“你们啊，这回有多悬。”老刘有些恨铁不成钢地看着她们，“接受这一回的教训，以后再出来打工，一定得有组织啊，怎么能就这么轻易地跟人走了呢？不过，事情过去了就过去了，上过一回当，以后就不会再上了。”说完回头问小张，“那一个呢？”

小张朝一个房门紧闭的房间努努嘴。

周慧正一声不吭地躺在床上，老刘他们推门走了进来。

小张指着她对老刘说："你看，就是她。看着也没什么伤，可连路也不会走。一天了，连口水也不喝。"

周慧对他们的到来毫无反应，眼睛也不眨一下。

老刘怜悯地看着她，温和地说："你好。"

周慧还是没有反应。

老刘又说："你受苦了。不过，都过去了，你已经被解救了。"

周慧仍是一声不吭。

"你叫什么名字？"老刘问。

那边还是没有反应。

"家在哪儿？"

……

"家里还有什么人吗？怎么联系他们？你告诉我们，我们给你家里人打电话，让他们来接你回家。"

……

在一边的小张有些急了："这怎么办？也不知道哪里的，也不知道是什么人，咱怎么处理啊？总不能老养着她啊！"

老刘想想说："我来想办法吧。"

镇小学的操场上，孩子们正在追逐嬉戏，一片欢声笑语。

一个女人站在大门口，正用母亲慈祥的目光，紧紧地追随着操场上一个和大家一起玩耍的男孩。

老刘骑着自行车过来，叫了一声："何麦。"

何麦回过头来。现在的何麦已经人过中年了，头发微微地发白，脸上也有了岁月的痕迹，只是她的脸显得更加慈爱更加安详了。

何麦指着里面说："老刘，你看看，这孩子和孩子熟得有多快啊。这才几天啊，巧林这孩子就和大家混熟了。"

老刘站在那儿，和她一起看着："真是的啊。刚来的时候，这孩子见人就躲，这才几个月啊。"

何麦自豪地笑着。

老刘问："他妈什么时候来？"

"听说明天就到了。我寻思着今天给孩子好好洗洗，理理

发，叫他妈看着高兴高兴。”

老刘看着她说：“何麦，养了好几个月的孩子送回去，不心疼？”

何麦深情地注视着孩子，说：“这也不是第一个了，迎来送往的，都习惯了。唉，说不心疼，那是假的。可咱疼孩子，不是为孩子好吗？在我这儿再好，也不如还给他妈。他妈丢了孩子，还不知道疼成啥样哩。再说了，我家里不是还有两个吗？”

“你呀！”老刘感动地叫了一声。

何麦问他“嫂子这两天怎么样了？我正说今晚去给她送点饭哩。”

“还那样，你就别费心了。”说着，老刘把自行车铃按得丁零零地直响，巧林一抬头，看到了他们，抓起放在地上的书包，飞快地跑过来。

“妈，大爷。”

何麦疼爱地擦着他头上的汗：“这孩子，玩起来就没命。”

巧林抓住老刘的自行车就往后座上爬：“大爷带着我，大爷带着我。”

老刘的脸笑成了一朵花：“我不带，白带我可不带！”

巧林撒娇地对何麦说：“妈，你看我大爷！”

何麦笑着说：“他想要什么你又不是不知道！”

巧林搂住老刘的脖子，飞快地在他脸上亲了一下。老刘趁势抱住他，用胡子乱扎他。

巧林咯咯地笑着，躲着：“带我，带我！”

老刘笑着把他抱了上去。

老刘一边推着自行车，一边把周慧的事告诉了何麦。

何麦叹了一声：“天哪，这女人可真可怜啊！不用说，都是人贩子祸害的。老刘，在旅馆里躺着算怎么回事啊？再说这钱也花不起啊。就领我家去吧。”

“我也是这么想。可是又一想，你那儿养着三个孩子了……”老刘有些担心，他怕何麦的担子太重了。

“也不差这一个。再说了，吃的花的，不都是民政上给的吗？老刘，我先回去，把房子收拾一下，回头就去接她回家。巧林，大爷忙，下来跟妈回家。”

她把巧林从车上抱下来，让巧林跟老刘说再见，领着巧林走了。

老刘在后面感慨地看着他们远去。他打心眼里佩服这个女人的坚强和无私。

周慧迷迷糊糊地醒过来，看见一张饱经风霜却满含悲悯和仁爱的脸庞。

看到周慧醒来，何麦和善地笑了：“醒了？起来吧，咱回家。”

周慧怔怔地看着她，不说话。

何麦接着说：“过去的事儿，已经过去了，就别再想了。警察已经把你救了。跟大姐回家吧，有大姐吃的，就有你吃的。”

周慧还是不说话。

何麦回头对外面说了一声：“你们进来吧。”

两个警察走了进来。

何麦家还是那幢坐落在十字路口的小院子。远远的，一辆警车开过来，在院外停下。何麦先下车，指挥着两个警察用一副担架把周慧从车上抬下来，抬进了院子。院门口，巧林领着两个四五岁的孩子站在那儿看着。

周慧躺在屋里的床上，身上盖着干净的被子。何麦跪在她身边，忙着为她擦脸擦手。两个小一点的孩子趴在床边看着。

何麦一边干一边说：“洗洗，洗洗，来吃点饭吧。人是铁，饭是钢，不吃饭怎么行呢？那些事，别老在脑子里转，人这辈子，什么苦不得受呀？可再苦，咱也得咬紧牙熬着是不是？这人哪，熬过来，就好了。”

帮周慧洗完了，她回头吩咐一个大点的女孩说：“巧巧，把水倒了去。”

两个孩子抢起来：

“我倒。”

“我倒，妈妈叫的我。”

两人争起来，各自把着一个盆边不撒手，何麦脸上笑成了

一朵花:“你看看这孩子勤快的。两个人一块倒，一起抬着。”

两个孩子抬着一盆水，小心翼翼地走了。

“真是好孩子啊。”何麦笑着看他们出去，端过放在炕边上的一碗面条说，“来吧，吃点面吧，葱花炝的锅，怕你几天不吃饭，硬的不好消化，煮得烂了点儿，鸡蛋也没敢荷包，打成了花。吃吧，吃吧，香着呢。”

周慧眼里露出饥饿的神色，但却坚持着，不动弹。

何麦笑了:“我说妹妹，你这是和谁治气呢？人贩子？这不已经从人贩子手里逃出来了吗？吃吧，吃吧。你要是饿坏了，那才遂了人贩子的心愿呢。来，大姐喂你。”

何麦把周慧扶起来，靠在墙上，跪在她身边喂她。

周慧刚开始还别了一下头，后来实在抗拒不了面条的香味，由着何麦喂了一口。一口下去，眼神马上变得急不可耐起来，接过碗，自己吃起来。

何麦笑起来:“这就对了。无论碰上什么事儿，咱得照顾好自己。你先吃着，刘所长家的玉梅嫂子病着，我去医院给她送点儿饭去。”

她从炕上溜下来，冲外面叫了一声:“巧巧，巧伟。”

两个孩子答应着，从外面跑进来，争先恐后地说:

“妈妈，妈妈，水是我倒的。”

“才不是呢。妈妈，是我倒的。”

“是我。”

“是我。”

何麦笑着，摸摸两个孩子的脑袋:“是你，也是你。真了不起，都能帮妈干活了。巧巧，巧伟，听话，妈要出去一会儿，在家里玩，哪里也不许去，听见了吗？”

两个孩子答应着。

何麦又对周慧说:“妹子，你在家歇着，吃完了碗放那儿就行，我回来拾掇。我把门锁上，家里有孩子，不放心。”说着，她提起一个保温饭盒，锁上门走了。

周慧吃完了，把碗放下。一抬头，看见两个孩子正趴在床头，专注地看着她。

四周静静的，只有周慧和孩子们互相对视着。

周慧对两个孩子笑笑。孩子却不笑，仍然专注地看着她。

周慧问他们："几岁了？"

两个孩子不说话。

周慧又对女孩说："你叫巧巧？几岁了？"

"妈妈说，四岁。"

周慧问男孩："你呢？"

"妈妈说，也是四岁。"

周慧有些不明白了，奇怪地看着两个孩子。

医院的病房里，玉梅已经睡着了。保温饭盒放在一旁，没动过。何麦坐在她身旁，静静地看着她。

门一开，老刘进来了。

"何麦，你来了？和你说过，别费事送饭。"

何麦抬起头来："老刘，我给嫂子做饭不还是顺便的事嘛，也不多麻烦。"

老刘笑了一下，说："唉，不过真是辛苦你了。那个女人呢？情况怎么样了？"

"我出来的时候，正在吃饭。"

"吃饭了？那就好了，说明想活了。何麦，你和她多聊聊，开导开导她，问问她家在哪儿，咱得送她回家呀。"

何麦答应着，突然又说："我咋看着她面熟，好像在哪见过似的。"

"你见过？在哪？想想。"

何麦想了想，笑着摇摇头："也许是我瞎想吧。你不觉得她和咱学校里的张老师长得有点儿像？我就觉得脸熟了。我得走了，孩子在家里不放心。晚上我再过来。"

"巧巧，巧伟。"何麦开门进来。

两个孩子从后院里答应着，飞快地推开后门跑进来，扑进何麦怀里。

"妈妈，我先答应的。"

“不是，是我先答应的。”

“是我先跑过来的。”

“不是，我先跑过来的。”

何麦搂着他俩，笑着说：“一块答应，一块跑过来的。瞧这俩孩子，啥事儿也得争个尖。”她抬眼往炕上看看，炕上空着。

“咦，那个姨呢？”

“她在后面呢。”

外面的太阳很好，周慧正一个人呆呆地坐在后院晒太阳。

何麦领着两个孩子从屋里出来，撒手让两个孩子自己去玩。

“妹子，起来了？”何麦问。

周慧看看她，没说话。

何麦扯下搭在绳上的一条毛巾被，过来盖在周慧腿上：“搭搭，你身子虚，别受了凉。”

周慧看着她为自己盖被，迟疑地开了口：“你为什么要这样对我？”

何麦一抬头，惊喜地看着她说：“妹子，你开口啦？你活过来啦？妹子，你可把我急死啦！”

“你和我非亲非故，这样对我，为了啥？”周慧又问了一遍。

“非得有亲有故才能对你好吗？”何麦反问她说，“你遭了难，到了我这儿，这就是咱们的缘分。我给你个睡觉的地方，添一碗饭吃，这不是应该的吗？哪天我遭了难，流落到你门下，你不也得这样待我吗？”

周慧低下了头。

何麦试探地问她：“妹子，你家在哪儿呀？”

周慧不说话了。

何麦又问：“家里还有什么人啊？看你的样子，家里的孩子也有好大了吧？妈不见了，孩子还不知道急成啥样呢。说不定，这会儿正满世界找你呢。你把家里的地址告诉警察，好让他们通知你家里。”

“你问我这么多干什么？你要是不让我在这儿待，我就走。”周慧突然恼了。

何麦吃了一惊，赶快说：“别这么说，妹子，是我问多了。

你要不想让我问，我就不问了。话说得也是，我太急了，你身子还没复原呢。问这么急，倒像是我赶你走似的。歇着吧，歇着吧。”

前面传来老刘的声音：“何麦，在家吗？”

何麦赶快回身喊道：“在呢。在后面呢！”

老刘从前面走过来，身后跟着一对夫妻。

两人一见到她就喊：“雷雷，雷雷，我的雷雷呢？”

何麦迎过去说：“来接巧林的？”

两人有些不明白：“什么？”

老刘笑起来，说：“你呀，人家知道巧林是谁啊？”他回身对那对夫妻说，“孩子在这儿呢。来的时候不知道叫啥，何麦就给他起了个名字。何麦，巧林呢？”

“在学校呢。妹子，别担心，孩子好着呢。上星期，还在学校考了个一百呢。”

老刘接着她说：“这几个月，孩子就一直跟着她呢！”

那女人腿一弯就要跪，何麦赶快把她搀住了：“妹子，这是干什么？都是当妈的，这还不是我该做的？”

老刘说：“走吧，咱上学校接孩子去。”

何麦拍打一下身上，要跟他们走。走到屋门口，又停下了。

“老刘，你带他们去吧，我不去了。”

“走吧，一块儿吧。养了好几个月，临走了，不见一面？”老刘说。

何麦摇摇头，有些难过地说：“我不去了。我怕去了掉泪，惹得孩子也难过。”

老刘明白了，叹口气，对夫妻俩说：“那咱们走吧。”

夫妻俩千恩万谢，正要走，何麦在后面突然把他们叫住了。

“妹子，兄弟，有几句话，我得嘱咐你们。这孩子可怜啊，小小的年纪就被人拐卖。我听说，他走的时候，才两岁。”

女人流泪道：“可不？刚会走，就一转眼的功夫，孩子就没了。”

何麦说：“他在买主家长了好几年，他把养父母当成了亲

生父母。后来来到我这儿过了几个月，又把我当成了妈。你们接他回家，他可能不认你们，可能还是想原来的家，或者是我这个家。你们可千万别急啊，你们越急，孩子越觉得原来的家好。你们得慢慢地亲近他。记住了？”

男人说道：“谢谢你大姐，我们记住了。”

何麦接着说：“他来的时候，手里紧紧握着一个电话号码，后来我才知道，那是他养父母家的。你们别不许他和养父母家联络。孩子想着养父母，说明孩子重感情，你们得尊重他这份情。只要你们疼他，爱他，慢慢建立了感情，孩子会认你们的。这是要紧的事儿，你们可一定得记住。”

夫妻俩连连点头。

老刘要带夫妻俩走了，何麦还在后面追着说：“记着，这孩子尿床，白天一紧张，晚上就尿。他要一时转不过来，你们别吓他，晚上一定想着喊他起来尿尿。”

看着老刘他们走远了，何麦慢慢走回来，一屁股坐在门槛上，无声地哭起来。哭完了，又坐在那儿痴痴地想着。

周慧惊讶地看着眼前这一切。这时，她轻轻地叫了一声：“大姐。”

何麦没听见。

周慧又微微抬高了一点声音：“大姐。”

何麦一惊，抬起头来。

周慧问：“昨天那个男孩，不是你的？”

“你不都看见了？”

“那咋在你家呢？”周慧有些不解。

“天杀的人贩子，把那孩子从他父母身边拐走了，咱公安打拐的时候把他救了出来。警察都忙，就放在我这儿养着。这不，刚给孩子找到了家。”

周慧看看在一旁玩耍的那两个孩子，说：“这么说，这两个孩子，也都不是你的？”

“一样，都是上个月被解救出来的。到现在，还没找到他们的父母呢。”

周慧迷惑地看看孩子，又看看何麦：“那你为什么？”

“什么？”何麦不解地说。

“不是你的孩子，你养着他们干什么？养几天，又送回去，你图什么？”

何麦被问愣了：“我……图什么？”

“是啊，你图什么？”

“图什么……”何麦又重复了一遍。

周慧恍然大悟地说：“噢，我知道了，这些孩子，都叫你妈，以后长大了，会报答你。”

何麦看了她半天，才听懂她的意思，笑起来。

周慧有些迷惑地看着她：“你笑什么？”

“妹子你说话可真笑人。”

“怎么，这些孩子不都叫你妈吗？”

“他们是叫我妈。那是因为他们刚被解救回来的时候，身边没个亲近的人，害怕，我就叫他们这样叫，图的是孩子心理上有个安慰。说什么报答？妹子，不瞒你说，孩子走的时候，我连个地址都不给他们留。为的啥？叫他们赶快忘了这一段，赶快认自己的亲爹妈，还说什么报答啊。就做这点儿事，还叫人家报答，你把你大姐看成什么人了？”

周慧又糊涂了：“那你图个啥哩？”

“这是咋问的？我没想过。我这个地方，这么多年了，就和中转站一样。找不到家的孩子，找不到孩子的妈，走到我这儿，就在这儿落落脚。这就像你来了，需要有个人帮，我能不管吗？”

“可是，你图什么呢？”周慧还是不能理解。

“图什么？妹子，你可真把我问住了。图什么呢？这人活着，不就得互相搭把手吗？我帮了人家，我心里就痛快。孩子在我这儿住几个月，走了，我会哭，可就是哭，心里也痛快。”

周慧仍然迷惑地看着她。

晚上，两个孩子躺在一张小床上睡着了。

何麦和周慧坐在灯下，周慧正在翻一个大本子。

“这些都是你记的？”

何麦探了探头看看：“是啊。你看，这边，是找不到家的

孩子，这边，是丢了孩子的父母。你看，孩子多大了，生日是什么时候，长什么样，身上有没有记号，丢的时候身上穿什么衣服。我把这些都记着，说不定，什么时候，就对上了。你也别说，有一回，有个孩子送到我这儿，我在这本子上查了查，正好查出一个丢了的孩子和这边的相符。打电话叫他的父母来，一眼就认出来了。”她一边说着，一边高兴地笑了。

周慧问：“派出所给你开工钱？”

何麦奇怪地看着她：“这有啥工钱啊？对了，养这些孩子，镇上的民政会给我粮食，就这些。”

周慧又糊涂了：“大姐，你这图啥呀？”

“你是说，要是图不着啥，看见了，就不该管？”

周慧不说话了。

何麦叹了一声：“每当我在这个本子上记一笔，心里就觉得那个恨哪！”

“恨？”

“能不恨吗？妹子，你倒说说看，这不都是人贩子做下的孽吗？”

周慧不自然地别开了脸。

“我晚上没事的时候就爱寻思。你说都是人，这人贩子，咋就没长人的心呢？人贩子自己没有父母没有儿女吗？咋就忍心把人家的家庭给拆散了，把人家的儿女拐走换钱呢？那钱花着能安心吗？要是有一天他自己的儿女被拐走了，他不心疼吗？”

周慧脸色更加难看。

“妹子，要不是人贩子，你这会儿，不也正在家里守着自己的孩子过日子吗？”

周慧突然火了，不耐烦地嚷着：“别说了，别说了，我困了，睡觉了。”

何麦赶快收起本子，抱歉地说：“妹子，我不该跟你提这伤心的事儿。睡吧，睡吧。”

第十八章

满天星mantianxing

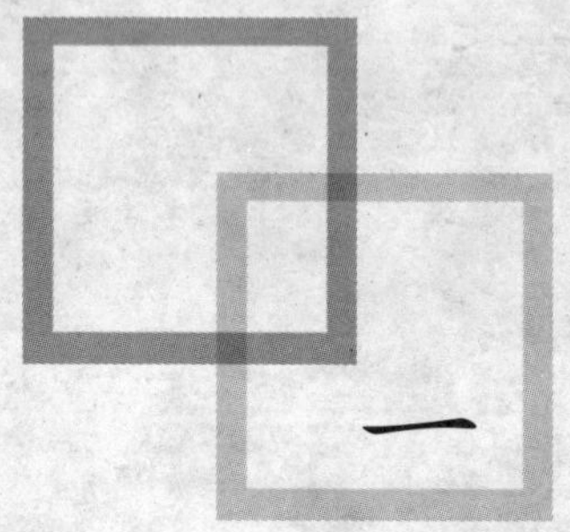

一

小小站在一家农户里，一个女人在她面前哭着。

“那些该千刀万剐的人贩子啊，把俺家当家的引上这条路，等他出了事，就把他一脚踢开了。家里日子过不下去，他找过他们多少回，没人理。他们还欠着俺的钱，也不给。”

小小愣了：“这么说，他死了？”

“你晚来一步，他三月里才死的。”

“把他引上这条路的人贩子你知道是谁吗？”小小问。

“叫什么昌叔。我只听他叫过，没见过。”那女人说。

“那你知道昌叔现在在哪里吗？”

“不知道。”女人摇摇头。

小小打量着面前的这个家，又看看绝望的女人，掏出二百块钱放在桌上，默默地走了。

女人看到那二百块钱，拿起来放进抽屉里。抽屉里放着一个信封，女人看见那信封，好像想起了什么，抓起来，追了出去。

女人赶上小小，把那个信封给她。小小打开信封，看着那几张纸，脸上露出兴奋的神情。

田地里，一个老女人放下背上的草筐，接过小小手里那几张纸。

女人一边看一边低头抹眼泪："你别来问俺，俺不知道，都是那天杀的干的。"

小小问："昌叔是你男人？"

"过去是。"

"怎么？"

"这天杀的做那伤天害理的生意发了财，嫌俺老了，就把俺休了。这会儿，正和他的小老婆一块过哩。"

"那他在哪里你知道吗？"小小问。

女人警惕地看着她说："你打听这干什么？"

"不干什么，就是有点事儿要问他。"

女人的神情变得冷淡起来："不知道。俺得干活了。"说着，挎起草筐就走。

"大婶，大婶。"小小跟了过去，"你这辈子，还有你这个家，不都毁在他手里吗？你还护着他干什么？"

女人说："我护的不是他。我这辈子，因为他，没过一天好日子。我恨都恨死他了，还护他干什么？"

"那你为什么……"

"我怕。你不知道他现在手底下有多少人，能耐有多大。要是他知道了……"女人不敢说了。

小小坚定地看着她说："大婶，不会的。他人再多，有我们警察人多吗？他能耐再大，有咱们政府能耐大吗？告诉你大婶，只要这回他落入法网，就别想再活着出来了。"

女人怀疑地看看小小："真的？"

"还有什么可怀疑的吗？他做了多少恶，你该是最清楚的呀。"

女人犹豫着。

小小耐心地说："大婶，因为他，你没过上一天好日子。他除不掉，你这辈子不还要这样过下去吗？"

女人终于抬起了头："我说。闺女，为你这句话。你跟我回家，我慢慢给你说。"

二

晚上，何麦和周慧头对头躺在炕上，两人都还没睡着。

何麦透过开着的窗户看着窗外，夜空里满天亮晶晶的星星，她忍不住轻轻地叹了一口气，心里又想起了巧巧：巧巧，你现在在哪里呢？你过得好不好？你知道妈这些年有多想你吗？

"大姐，没睡着？"周慧小声地问。

"没。"

"想啥呢？"周慧问。

"看星呢。"

"看星？"

何麦说："妹子，你今天问我图什么，把我的心思勾起来了。你不知道吧？我的孩子也是被人拐走的。"

周慧吃了一惊："什么？"

"她小的时候，夏天的晚上，我在院里干活，她就爱趴在我腿上数星星，还让我给她唱歌听。不知道这孩子现在在哪里，也不知道这会儿是不是也在看星星。"何麦皱皱眉头，每一次提及往事对她都是一种折磨，她叹息道，"孩子没了，家也散了，我那时候死的心都有了。完全是为了我那苦命的巧巧，为了巧巧有一天回来的时候有个妈，我才活了下来。你今天问我图什么，我想来想去，如果真说有一图，也许，我就图这个——孩子，总是要有人疼的。我疼别人的孩子，也许我的巧巧在外面也会碰上好心人，也会有人疼她。"

周慧沉默着。

何麦转向她，在黑暗里注视着她："妹子，你不想让我问，我不该再问你，可我看你这样子，分明是有伤心事。你为什么不肯说你家在哪儿？为什么不想回家？能告诉大姐吗？"

周慧背转身去："大姐，你别问了。"

"妹子，有什么为难事，说出来，大姐我帮你拿拿主意。人活在世上，总得左右有个照顾。妹子，你家在哪里？家里

还有什么人？和大姐说说，让大姐帮帮你。”

“别问了，说过叫你别问了。我没家，家里人都死绝了。”周慧焦躁不安地说。

何麦吃了一惊：“妹子，咋能这样咒家里人呢？就算和他们有过什么不痛快，那也是自己的亲人啊！”

周慧不说话了。

“妹子，要是到了我这一步，你就知道有个亲人多重要了。”

“我没亲人。”周慧冷冰冰地说完，拿被子把头蒙上了。

老刘正坐在玉梅的病床前，何麦提着一个饭盒进来了。

老刘说：“你看看，说不让你送……”

“嫂子不能吃，你吃，你也得吃饭呀。”何麦笑笑。

老刘问：“那个女人家在哪，知道了吗？”

何麦好像没听见他说什么。

老刘有些奇怪地看看她：“你今天怎么啦？”

何麦抬起头，说：“老刘，我咋觉得哪儿不对呢？”

“哪不对？”老刘问。

“我那儿，人来人往，什么样的人都见过了，她咋和别人都不一样呢？”

老刘警惕起来：“哪不一样？”

何麦说：“可能我这样说不好，可就觉得不一样。我觉得，这女人的心咋这么冷呢？也许，是被伤透了？”

老刘看着她，想了想说：“你昨天说，你好像觉得她面熟。你再想想，以前见过她吗？”

何麦吃力地想着，摇了摇头：“想不起来了。也许是因为她和张老师长得有点像，我就觉得面熟吧。”

老刘琢磨道：“她什么也不说吗？”

“什么也不说。”

“你说，她会不会是坏人呢？”老刘说。

何麦吃了一惊：“你说什么呢？她不是被人贩子拐卖，被你们解救出来的吗？”

“人贩子也不一定全卖好人啊。我在想，如果这女人没什么不可告人的事，她为什么什么都不说呢？”

何麦想着，不由得打了个寒战，站起来说：“不行，我得走，孩子们正和她在一起呢。”

老刘安慰道：“你不用慌，还不至于……”

“不行，我得走，我怕了。孩子千万不能再出什么事啊！”她一边说着，一边走了。

老刘追到门口：“何麦，要有什么事，打我的手机。”

何麦一路小跑着跑回自己的家，一步跨进门来就大声叫着：“巧巧！巧伟！”

没人答应。何麦惊出一身冷汗，慌慌张张地又往后院跑去。刚转过后院，她便一下子虚脱一般地靠在了门框上——后院里，周慧坐在老地方，两个孩子站在她面前，正和她玩打手的游戏，三个人玩得乐不可支。

何麦远远地看着，宽慰地笑了笑。

周慧抬起头看到了她，收回手，笑着说：“不玩了，不玩了，妈妈回来了。”

两个孩子也看到了何麦，笑着跑过来，扑到她怀里。

何麦一下子揽住两个孩子，笑着对周慧说：“可把我吓坏了。”

“吓什么？”周慧有些不解，问她说，“大姐，你怎么啦？脸这么白。”

何麦摇头笑笑，没回答，只说：“你和孩子们玩吧，我去做饭。”

周慧站起来，说：“我和你一块做吧。”

“你歇着吧，身子刚好。”

“做饭也累不着。再说，我也不能总白吃啊。来吧。”

二人进了厨房里，周慧坐在灶前烧火，何麦在锅台上忙活着。

何麦抿嘴笑着说：“妹子，你知道我刚才怕什么吗？”

“什么？”周慧问。

“我突然想着，我对妹子的底细什么都不知道，咋就把孩

子丢给妹子了？万一妹子是坏人……”

周慧哆嗦了一下，没说话。

“你看看我这个人，就爱胡思乱想的。妹子刚遭了这么大的难，我还用这心揣度妹子。妹子，你可别生我的气啊！”

周慧小声地应了一句：“没事儿。”

何麦又说：“妹子，我一见你，就觉得面善，好像咱俩在哪见过。妹子，你觉得我面善不？”

周慧抬头仔细打量着何麦。突然，她想起来了——那年在一个小镇的候车室里，她们打过照面。当时她把四贵抱来的一个孩子交给面前的这个女人，正是她喊了警察，使得她差点被抓住。那是她干了那个行当以后第一次失手，所以印象特别深刻。

周慧不禁一个寒战，赶快低下了头：“不。咱没见过。”

何麦说：“你再好好看看。我咋就觉得在哪里见过妹子似的？”

周慧不抬头了：“没见过。你看错了。”她抓起一大把柴草塞进灶膛里，又抓起一大把塞了进去。火被堵住了，冒出黑烟。

何麦说：“填得太多了。”

“什么？”周慧明白过来，赶快又把柴草扯出来。

何麦也不说话了，只是有些怀疑地看着她。

镇派出所里，老刘正在忙着填一份报表，这时何麦走了进来。这一次，她把两个孩子都带在了身边，一个抱着，一个领着。一进门，她就咋呼道：“老刘，我是见过她，肯定见过她！”

“咋又这么肯定了？”老刘问。

“因为她见过我。”

“什么？”

何麦说：“她见过我。她不肯承认，可我看出来了。老刘，如果她真见过我，为什么她不肯承认呢？”

老刘也不知道为什么，只能鼓励她说：“想想，你什么时候见过她？”

“我想了一中午，怎么也想不起来。”

“不，你能想起来。在咱镇上见过？”

“不可能。咱镇上的人，我都熟了，哪见过？”

“那她来你这儿找过孩子？”

“没有。再说，如果是来找过孩子，咋不敢承认呢？”

老刘说：“那就是你来咱这儿以前了。你想想，你在外面流浪的时候，在哪儿见过她吗？”

何麦看着他，思索道：“我……流浪的时候？”

如闪电一般，过去的那段往事被想了起来——小镇的候车室里，周慧和一个男人把一个婴儿塞到她怀里。

何麦惊叫起来：“我想起来了！”

老刘赶忙问：“见过？在哪？”

何麦抓住他，紧张地说：“我想起来了，她是个人贩子。那年，在那个火车站，就是她把一个婴儿塞给我。我报告了公安，没抓到她。天哪，这真是天理报应。老刘，快、快，快去抓她！”

老刘一下子站起来，大叫一声：“小张，小丁，跟我走！”

老刘和两个警察急匆匆地跑到何麦家，发现屋里空着。他们又到后院去找了找，也没人。

老刘急得一跺脚：“跑了。小张，你见过她，你赶快去汽车站，来往的汽车，逐人检查。小丁，你跟我走。”他一边说着，一边跑出去。

他们截住路边一辆农用三轮，往出镇的方向驶去。沿途碰到几个赶集的，纷纷和他打着招呼：

“刘所长，忙着啊？”

“刘所长，你家里好点儿了不？”

“这是上哪啊，你看你忙的。”

老刘也和大家搭着话：“你们赶集呢？你们看见一个女人了不？四十来岁，这么高，穿着一件蓝褂子。”

几个人一齐叫起来：

“看见了，看见了。”

“刚过去，拐弯了。”

“正说这人怪呢，正走得好好的，一看见俺几个就调

了头。”

老刘赶快问：“往哪拐弯了？”

赶集人指给老刘，老刘忙叫三轮车拐了弯。果然，没走出多久，远远地就看到了周慧的影子。老刘嘱咐三轮车驾驶员：“躲开她，开过去停下来。”说着，自己低下头，避免让周慧看到。

三轮车赶过周慧，在她面前停下来。

周慧一停，抬头看见老刘和小丁从车上跳下来。

周慧犹豫了一下，没动地方。

老刘走到她面前，笑着说：“哟，好了？这是上哪呀？”

“心里闷，转转。”周慧有些不安了。

“一个人，可不是好玩的。这地方你人生地不熟，迷了路，或者碰上坏人怎么办？走吧，跟我回去。”

“你先忙吧，待会儿我自己回去。”周慧不肯动。

“那可不行。我们把你解救回来，得对你负责到底啊。走吧。”说着，不由分说拉她上了车。

周慧只好无可奈何地上去了。

三轮车调头往回开，马不停蹄地直接进了镇派出所。周慧一看“吉镇派出所”的大牌子，心里已经全明白了，她绝望地闭上了眼睛。

周慧被带到了一间办公室里。她故作强硬地问：“为什么把我带这儿来？我犯罪了吗？”

老刘装作很惊讶的样子：“犯罪？谁说你犯罪了？小丁，你说了？”他故意问旁边的小丁。

周慧说：“没犯罪，为什么把我关在这儿？告诉你，我是懂法律的，你们这是非法拘禁，我会告你们的。”

“哟，你什么都懂啊。那你应该知道，一个人活在这世上，总得有个身份吧？你被解救回来都好几天了，我们对你什么都不了解，带你过来问问情况还不行吗？”老刘说。

周慧气鼓鼓地别过身去，不说话了。

老刘问：“你叫什么？”

周慧不理他。

“家在哪里？”

周慧还是不说话。

“身份证呢？”

……

“是谁拐卖了你？”

……

沉默了一会，周慧开口了：“过了二十四小时，你就得放我。”

老刘笑了，说：“我随时可以放你走，但必须首先查清你的身份。”

周慧说：“你问吧，我什么都不会告诉你。”

这时，小张进来，冲老刘使了个眼色，老刘跟着出去了。小张引老刘来到隔壁的办公室，示意他看电脑：电脑上，有周慧的大幅照片。

老刘靠过去，仔细地看着，脸上露出了微笑。

周慧仍然坐在那儿，看见老刘回来，挑衅地瞥了他一眼。老刘围着她转了个圈，眼睛一直盯着她看。周慧也不甘示弱，抬起头和老刘对视着。忽然，她发现老刘的眼光里带着胜券在握的得意，显得不安起来，故作强硬地别开了脸。

不知过了多久，老刘冷不防地叫了一声：“周慧！”

周慧下意识地“嗯”了一声，突然吓了一跳，惊恐地回过头来，看见老刘正带着胜利的微笑盯着她。

宁海刑警队的办公室里，李天雷正在接电话。

“什么？什么？周慧？周慧被你们抓住了？”李天雷高兴地说，“太好了，太谢谢你们了。这样吧，我们明天过去接。什么？那太麻烦你们了。好，都是一家人，客气话我不说了，明天我们等着你们。”

王重光进来了：“队长，四贵还是不交代。”

李天雷说：“重光，周慧落网了。”

“什么？”王重光吃惊地说。

“你猜怎么着？她真的是被四贵卖了。你看这世上的事，人贩子被人贩子卖了。她被卖到了邻南的吉镇，那儿的公安打拐的时候把她救了，后来才发现，她是我们正在通缉的人贩子。”

王重光高兴地说：“这回，找到小妹的父母有希望了。”

夜已经很深了，何麦正在病房里守着玉梅，等老刘回来。见老刘进来，何麦急不可耐地问：“怎么样，她说了吗？她是不是人贩子？”

“她说不说的没关系了。她是咱公安网上通缉的人贩子。”

“天哪，还真是。这女人，她怎么能干这个。”何麦惊叫道。

“明天一早，咱就派人把她送回去。”

何麦在想着什么，突然说：“老刘，我想见见她。”

“你见她干什么，已经这么晚了？”老刘有些不解。

“不，我想见她。我有话要问她。我一定要见见她。”

老刘答应了何麦的要求，安排小张带她到留置室去探视周慧。

留置室里只有一张床，周慧呆呆地坐在床上看着窗户外面的星星。门一响，她回过头，一下子呆住了——是何麦来了。周慧惊恐地张大了眼睛，不由得往床里面缩了缩。

何麦愤愤地看着她说：“我听说，你叫周慧。周慧，这回你该想起咱俩什么时候见过面了吧？”

周慧不说话，死死地盯着她。

“周慧，你是个女人，我也是个女人。那天，你问我图什么，现在，我也想问问你，你好好一个人，为什么当了人贩子？你先卖别人，到头来自己也被人卖掉，你图了什么？”

周慧还是不说话。

“你没有父母，没有儿女吗？你卖别人的时候，就没想过自己的家里人吗？想想你刚被警察解救时的样子，你就没想过，那些被你卖掉的女人和孩子也会是那个样子吗？”

周慧仍然不说话。

何麦继续说道：“你告诉我，你到底是咋想的？你难道生来就没有良心吗？”

周慧突然号着：“别和我说良心！我也不是生下来就是人贩子的。当初我被人卖的时候，咋没人来和我说这些？”

“当初你被人卖过？”何麦有些吃惊。

周慧说：“要不是被人卖了，我咋会走上这条路？”

何麦看着她说：“这不是理由，不是。有句老话，狗咬你一口，你不能反过来咬狗一口。别人害了你，你不能转头再害别人。我的孩子也被人拐掉了，我咋就没去拐人家的孩子哩？都是人，你咋自己受了害就去害别人哩？”

“我为什么不能害？为什么只许别人害我，不许我害别人？”周慧冷笑着说。

何麦叹道：“所以你才有今天，所以你最后又被人卖了。周慧，你好可怜，你真是自作自受啊！”何麦说完有些鄙夷又有些怜惜地看她一眼，转身出去了。

周慧呆呆地看着她出去，看着铁门又被锁上。

第二天一早，戴着手铐的周慧被押出来，上了警车。

警车从何麦家门前过，周慧透过车上的小窗留恋地向外看了看。何麦正和两个孩子在门口玩，看到警车经过，她远远地抬头看了看。

两个女人就这样错了过去。

三

警车从宁海大街上驶过，周慧透过车窗呆呆地看着这个她曾经无比熟悉和无限爱恋的城市。

宁海市公安局门口，李天雷和王重光、小刘正等在那儿。警车开过来，李天雷他们迎了上去。

周慧被一个女警从警车里押下来，她看见王重光，马上把头低了下去。

王重光冲她笑笑，说：“周慧，又见面了。走吧。”

周慧低着头，随他们进去了。

精神病院里，王大丰和赵巧萍的父亲并肩坐在靠墙的一排长椅上晒着太阳。午后的太阳正暖，老人的兴致也很高，在絮絮叨叨地说着什么。王大丰一边抬眼看着天，一边微笑地听着。

老人说："萍儿个子长得可高哩，和小树似的，一眼看不见就往上蹿。头一年做的衣裳，转过年头就没法穿了，十五六的丫头，谁看见都说是大姑娘。个子是大，心还是小孩儿。我赶集回家，萍儿准第一个迎过来，把篮子里里外外地翻个遍，要是翻不着我给她买的东西，一撅嘴就不理我。嘻嘻，我哪是没买啊？我是买了藏在怀里……"

这时，站在不远处的陈秘书匆匆过来，把一个翻开了盖的手机递给王大丰。王大丰看了看老人，拿着手机走到一旁。

老人没注意到他，还在沉醉在自己的世界里。他从贴身的口袋里拿出一个红色的发卡来。那发卡的样式已经非常过时了，但却闪闪发着亮，一看就是被手不断抚摸而磨亮的。老人举着发卡对着太阳，自言自语着："头一天，我赶集给萍儿买了一个发夹。晚上她叫她妈给她别在头上，在镜子跟前照来照去的，第二天去上学，偏偏又摘下来了。这丫头，准是怕同学说她臭美。谁知道这一走就再没回来。早知道这样，还不如把发夹戴上，也算是个念想……"

一旁，王大丰正在接电话："什么？抓到了？好，你们马上就审问，一定要叫她说出真相。对了，马上向部里汇报，就说当年拐骗小妹的人贩子已经落网，找到小妹的家有希望了。马上汇报，部长一直挂念着呢。"

他说完把手机交给陈秘书，回过身来。老人还在自己说着自己的话。

王大丰说："老人家，我得走了，改天再来看你好吗？"

老人抬眼看看他："我是说，那夹子丫头该戴上，算个念想。"

王大丰说："是，是该戴着。我走了。"

王大丰走了，老人继续嘟哝着："可谁知道她再也没回来呢？唉，闺女大了不想家啊……"

周慧坐在审讯室的椅子上，正在接受李天雷和王重光的审讯。审讯已经进行了很长时间，双方都显得很疲惫。

李天雷说："怎么，你还是什么都不打算说？"

"小妹呢？我要见小妹。"周慧要求道。

李天雷问："为什么要见她？你有什么话，我们可以代转。"

"不，我要见她，你们让她来见我，我看她有什么脸见我。"

李天雷喝道："周慧，小妹是被你拐卖的，你有什么资格这样对她说话？"

周慧也有些歇斯底里了："你们叫她来见我。不见到小妹，我什么也不会说！"

正僵持着，小刘跑进来对李天雷低声说："王厅长来了，丁局叫你去一趟。"

李天雷点点头，示意重光自己先审问，他跟着小刘去了局长办公室。

一进门，李天雷就对王大丰和丁局长抱怨："这个女人太难缠了，先是不开口，后来就非得要见小妹，咋咋呼呼的。"

丁局长说："有点耐心嘛！干了这么多年警察了，怎么还没磨出你一点儿耐性来啊？我看这点，重光比你强得多。"

王大丰笑笑，问："就一点线索也没有吗？她是哪里人？周慧是她的真名吗？她为什么要收养小妹？"

李天雷挠挠脑袋："现在唯一可以确定的是她是咱们宁海本地人，她自己承认了，而且口音也听得出来。我们第一次去垛山时，就觉得她的口音和当地老乡不一样。还有，重光在垛山调查时发现，她曾多次往宁海寄过钱，可见她有亲人在这边。至于名字吗，周慧是不是真名暂时还不能确定。据受害人描述，她的化名可不少，什么钱蓉、孙莉、李敏、周巧云……整个一百家姓。不过，我发现一个有趣的现象。她用过这么多姓，唯独没用过一个。"

王大丰问："是什么？"

"按说，'赵'为'百家姓'之首，她还真没叫过'赵什么’，好像有什么忌讳似的……”

“什么，‘赵’？”王大丰忽然瞪圆了眼睛，“她是宁海人？宁海什么地方的人？”

李天雷说：“这个准确的还说不上，但是重光说，垛山一个给周慧办理过汇款业务的邮递员模糊记得地址里有个‘桥’字，这可能是一个线索，咱们可以分头调查。”

王大丰已经腾地从沙发上站了起来，他激动地交代李天雷说：“叫小妹过来，让她们见面，然后让她说出实话。不光是和小妹有关的，还有她自己的。她叫什么，家在哪儿，家里还有什么人，听见了吗？”

李天雷奇怪地问：“您发现什么了？”

王大丰朝他摆摆手，说：“快去吧！”

王大丰又马不停蹄地赶回精神病院，巧萍的父亲还在那里晒太阳，只不过他已经坐在那儿睡着了。王大丰慢步走向老人，用微微激动的目光打量着他。

王大丰把身上披着的大衣取下来，轻轻地搭在老人身上。老人惊了一下，醒了，看着他，孩子一样笑了：“你又来听我说话了？”

“是啊，老哥哥，我就愿听你说话呢。”王大丰从怀里取出一张照片，递给老人，“老哥哥，你看看，这个人，你看着面熟不？”

那是周慧现在的照片。

老人左看右看，最后摇摇头。

王大丰有些失望地收回照片，温和地看着老人说：“老哥哥，再给我讲讲你的丫头吧！”

老人又开始回忆了：“我那丫头，可是个好孩子，世上少有啊……”

这边，小妹由王重光陪着走进了公安局。

“她什么也不说，只要求见你。小妹，她可能觉得你不敢见她，所以，这个时候你的勇气很重要。”

小妹不说话，身子甚至都微微颤抖起来。

王重光感觉到了，安慰她说：“她是个罪人，可她又曾经

是个受害者。小妹，你现在做的这一切，都是在帮她找回她的灵魂，你明白吗？”

小妹突然止住了脚步：“不，我不见她，我不敢见！”

“小妹。”王重光叫了一声。

小妹拼命地往后躲，几乎要哭出来：“不，我真不能见，我怕她！”

王重光看着小妹因害怕而变形的脸说：“小妹，她已经被抓起来了，你到底怕什么呢？”

小妹摇摇头：“不知道，我也说不清。可我就是怕，你们要逼我进去，我宁可去死！”

小妹转身就想跑，王重光一只手从她背后伸过来，一下子就把她抓住了：“你不能走！”

小妹哀求着：“王大哥……”

王重光看着她，坚定地说：“不能，小妹。我们都必须往前走，不能退回去。我们都需要勇气，我，和你。”

小妹定定地看着他。在王重光那充满了正义和勇气的目光中，小妹慢慢地低下了头。

王重光陪着小妹走到审讯室门口。当看到门上的牌子时，小妹又一次站住了。

“王大哥，能不能换一个地方，不在这儿？”小妹恳求着。

见面的地点由审讯室改换在了看守所的会见室里。

小妹眼睛直勾勾地看着她对面的门。听着门外脚步的响声由远及近，小妹深深地吸了一口气。门开了，王重光和一个女警陪着周慧出现在门口。

小妹一下子站起来，周慧也停了下来。两人互相对视着，谁也不说话。

突然，周慧发出一阵怪笑。在她的笑声里，小妹不由得浑身哆嗦。

“小妹，你可真是个好闺女啊，你把你妈送监狱来了。”

“妈。”小妹小声地叫了一声。

“别叫我妈！”周慧恨恨地说，“这就是你对我养你这么多年的报答？小妹，我过去怎么对待你的，怎么疼你的，你

全忘了？你忘了你小的时候我怎么搂你睡觉了？忘了你病的时候我怎么送你去医院了？我不是没孩子，我放着小强不疼偏疼你，就算后来把你送给了贺勤家，那也是为了你好。你就是这样报答我的吗？”

小妹又轻声地叫了一声“妈”。

周慧厉声地吼道：“我不是你妈！我要是你亲妈，你能这样对我？十八年的养育之恩，算是白搭了！”

王重光听着，什么也不说，只是充满期望地看着小妹。

“妈。”小妹慢慢地抬起头来。

“别叫我妈！”周慧又吼了一声。

小妹轻轻地说：“妈，你养过我，所以我叫你妈。可是妈，你只想你自己，这些年我没有亲生父母，我是怎么过的，你想过吗？”

周慧吃惊地看着她。

小妹的声音有些抖了，但却清晰而有力：“你别再说我是你捡的了。我那时候三岁了，开始记事了。我还记得我亲妈喊我，一直喊了我十八年。这十八年我心里想的什么，你知道吗？”

周慧愣住了。

“你过去做的那些事，那些被你拐来的女孩——你不光拐卖人家，还叫爸糟蹋人家——你做这些事的时候，咋就没为人家想想呢？”

听着小妹的话，王重光欣慰地看着她笑了。

周慧愣在那里。突然，她一屁股坐到地上大哭起来：“我不活了，枪毙我吧，自己养大的闺女把自己的妈卖了，我还活着干什么呀？”

王重光喊道：“周慧，有话说话，你这是干什么？你不是要见小妹吗？你现在还有什么话要说？”

周慧仍然哭着喊：“我不活了，我不活了，毙了我吧！”

小妹哭道：“妈，都是过去的事了，你赶快对警察说清楚，也好减轻你的罪过。妈，虽然是你拐了我，可你到底还是我妈啊！只要你认错，只要你把你做过的事都告诉警察，我就不怪你。”

周慧愣了愣，继续蒙面大哭："我不活了，我养的闺女都害我，我还活着干什么呀？"

"周慧，小妹早就知道她是被你拐骗的，可她迟迟不报案，你知道为什么？她就是顾念你的养育之情。可你是怎么对她的？你到底在哪儿拐走的她，到现在你还不肯说实话。你想想你这样对得起谁？"

听了王重光的话，周慧像被扎了一下猛地跳起来，恶狠狠地说："谁能对得起我？我这辈子，谁能对得起我啊？"

王重光抬高了声音："周慧，你这是什么意思？"

周慧坐回椅子上，也不哭了。半晌，她冷冷地说："没啥意思。小妹，你走吧，从这以后，我没你这个闺女，你也没我这个妈了。"

"妈，你还是早点说了吧，早说了早出来啊！"小妹哀求着。

周慧转向王重光说："政府，我能回去了吗？"

王重光无奈地示意守在一旁的女警把她带回去。

"妈！"小妹在后面大喊一声。

周慧一顿，站在那儿，没有回头。

小妹盯着她的背影，声音颤抖地说："妈，小强他……他死了。"

周慧像被雷击了一下，顿时呆住了。慢慢地，她回过身来："你说什么？"

"小强哥哥他死了。他是被四贵杀死的。"

周慧一下子乱了方寸，神经质地笑了笑："不可能，不可能，你这个丫头咒他。我就是出来找他的，我还等着他认我妈呢，他怎么会死了？"

"真的。哥他认了罪，他帮助警察去抓四贵，结果被四贵杀了。妈，哥临走的时候给我捎话，让你认罪。哥说，只要你认罪，把你知道的告诉警察，哥就认你，他让我替他叫你一声妈。"

周慧呆住了，突然大叫一声，向后瘫倒下去。

王大丰已经上床了。只是他睡不着，一直在黑暗中睁着眼睛在想什么。突然，他坐起来，打开床头灯，下了床。

秀云转过身来，说："老东西，该睡不睡，又要干什么？"

王大丰没理会老伴的问话。他摸索到书橱前，蹲下来，拉开抽屉，拿出一包东西，走出卧室，来到书房。他到书桌前坐下，戴上老花镜，从包里翻出一张照片来，正是当年巧萍母亲留给他的赵巧萍少年时的相片。他又从桌子的抽屉里拿出一张周慧现在的照片，把两张照片反复对比着，时而摇头，时而点头。

老伴已经不放心地披衣起来了："半夜三更的，你到底要干什么呀？"

王大丰没回头，说："老婆子，你过来看看，这两张照片是不是有些像？"

秀云走过来，看了看说："真有些像，这不是一个人吗？"

王大丰猛地回头看着她说："你看是一个人？"

"难道不是吗？女大十八变，可这脸盘、这眉眼变不了啊。你看咱闺女的照片还看不出来吗？"秀云肯定地说。

王大丰没有回答她，只自己嘀咕着："难道真有这样的巧事？"

秀云问："你在说什么呀？"

王大丰说："这张是二十多年前失踪的那个女孩。你记得的，她妈自杀了。"

秀云吃了一惊："咋的，这女孩找到了？"

王大丰感慨地说："找到了吗？也许是找到了。找到了吗？"

秀云听不明白了："你在说什么啊？"

王大丰摸起电话，秀云一下拦住了他："都一点了，你给谁打啊？"

王大丰说："睡你的吧。"他说着拨通了电话，"天雷，明天我过去，你安排一下，我要亲自提审周慧。"

精神病院里，王大丰弯着腰站在巧萍父亲面前，和蔼地

说：“老人家，您提过您给您的萍儿买过一个发夹，我看看行吗？”

老人从怀里摸出来，说：“你看看，多好看。萍儿要带着多好，也算个念想。”

王大丰接过来仔细地看了看说：“老人家，我借走用用行吗？保证还回来。”

老人一下子把发夹抢了回去：“我不，我谁都不借！”

“我用它帮你找萍儿。”王大丰说。

老人用浑浊的目光打量着他：“我的萍儿回来了？”

“我在努力。我想，离家二十多年，她该回来了。”王大丰看着他说。

周慧呆呆地坐在审讯室里，小强的死让她一夜之间苍老了很多。

审讯台前，除了王重光和李天雷，又多了一个老者——王大丰。

王重光问：“周慧，你这几天考虑得怎么样？”

周慧只是神情木然地看着他们。

王重光说：“周慧，你自己想想，因为你的犯罪，你的儿子因此丧了命，你自己也进了监狱。到现在，你还不肯认罪吗？”

“我现在什么人也没有了，儿子死了，闺女不认我了，我还有什么可说的？我就这样了，没什么可说的，愿杀愿剐，你们看着办吧。”她开口了，声音却有些嘶哑。

王重光用轻柔但又威严的口气说：“周慧，我们已经掌握了你的犯罪事实，你现在再抵赖也是无济于事的。为你考虑，不如趁早把你做过的事情交代清楚。你后来中止了犯罪，法律在量刑的时候会充分考虑的。”

周慧又沉默了。

王大丰温和地说：“周慧，我们调查过了，你的身份证是你到了那边以后新办的，办证的时候没有使用你原来的户口。你的真名叫什么？”

周慧答道："没真名。"

"那原籍呢？"

"没原籍。"

王大丰说："周慧，无论你因为什么原因采取这种抵制的态度，我都希望你说实话，这对你可能很重要。"

"哼，我这辈子，已经没啥重要的了。"

王大丰又问："宋昌河这个人你认识不认识？"

周慧的眼睛闪了一下，但是还是说："不认识。"

王大丰不说话了，一直逼着她看。

周慧在他的逼视下显得不自然起来，别开了脸。

王大丰说："周慧，你转过脸，看看这是什么。"

周慧转过脸，一下子呆住了——王大丰手里，正拿着一个红色的发夹。

周慧直勾勾地盯着那发夹，突然声音颤抖地问："你、你从哪儿得到的？"

王大丰突然一声大喝："赵巧萍！"

周慧一下子惊愕地抬起脸来。

王大丰脸上现出一丝悲悯而又凄凉的微笑。

周慧声音颤抖地说："你是谁？"

王大丰却站了起来，说："今天就审到这儿吧。带她下去。"

周慧突然爆发了，她疯狂地喊着："你是谁？你怎么知道我的名字？这发夹你是从哪里弄来的？你还知道什么？你告诉我，你快告诉我！"

王大丰厉声地喝道："把她带下去！"

女警走过来，把周慧押了下去。

周慧一边挣扎着一边喊："你是谁？你都知道些什么？告诉我，快告诉我……"

周慧在挣扎中被带走了。随着门关上的一声响，王大丰已经激动得不能自持了，他几近哽咽地呢喃道："找到了，终于找到了，在这种地方……"

第十九章

满天星mantianxing

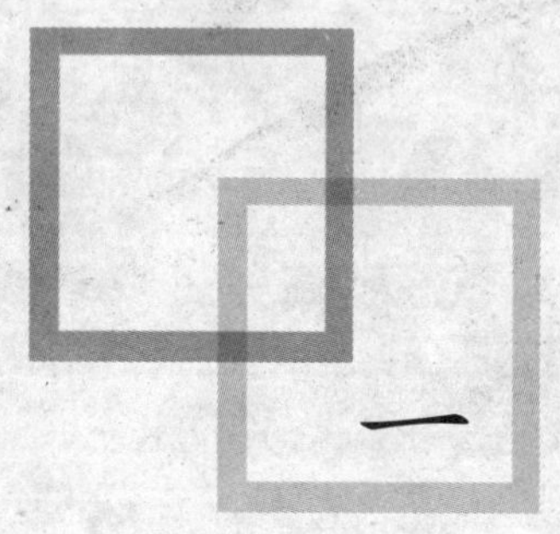

一

周慧躺在关押室硬硬的床上，烦躁地翻来覆去，痛苦地抓着自己的头发。她大喊一声，猛地坐起来，用呆滞的目光直勾勾地看着屋里。黑暗的房间里只有她一个人，门上的小窗里，投射进来一束惨淡的光。她突然爬起来，赤着脚跑到门前，使劲擂着门："来人！来人啊！我要求提审，我受不了了，我再也受不了了！"

一个女警的面孔出现在小窗上，严厉地喝道："周慧，你要干什么？"

周慧恳求道："我要求提审，我有话要说，我有话要说啊！"

一阵镣铐响，周慧被带了进来。她一进门就向王大丰扑过去，被女警及时地抓住了。

周慧急切地问："同志，同志，你们怎么知道我的名字？是谁给你的那个发夹？你们还知道什么？我家里的情况怎么样了？我爸妈呢？他们还在吗？"

李天雷说："周慧，你先坐下。"

周慧迫不得已坐下来，嘴里却在不停地念叨着。

王大丰说："周慧——还是叫你赵巧萍吧，你不就是赵巧萍吗——赵巧萍，现在你该明白了吧？如果不是把一切都弄清楚了，我们是不会把你带到这个地方来的。现在，你把你该说的都说出来，然后，我们会把你走后你不知道的情况告诉你的。现在，说吧。”

周慧喊道：“同志，我冤，我冤啊！”

王大丰问：“你有什么冤的？”

“我也是被拐卖的呀！”

“接着说。”王大丰看着她。

周慧闭上了眼，长叹了一声：“那一年，我才十六岁，刚考到城里来上高中一年级。放暑假的时候，我没回家，因为知道父母供我上学不容易，所以我想找个工，在假期里为自己挣出下个学期的学费。就在东门劳务市场那儿，我碰到了宋昌河……”她陷入了对往事悲痛的回忆中。

那时的周慧，扎着两只小辫，穿着朴素的连衣裙，单纯天真的面孔如阳光般灿烂。她在劳务市场杂乱的人群中转着。她周围，有不少人聚拢在一起谈着什么，她想凑进去听，但又挤不进去，显得很着急。

一双眼睛早就盯上她了，是宋昌河。他转悠着向周慧走过去，和蔼地看着周慧说：“小妹妹，找工吗？”

周慧转过脸来，热切地看着他回答说：“啊，是啊。你招工吗？”

宋昌河上下打量着她，装出不满意的样子摇摇头：“算了，算了。”说着就要走。

周慧赶快拉住他：“大叔，您招什么工啊？我能干，我可能干了。”

宋昌河说：“不行，一看你年龄就太小。我们这儿是正规工厂，童工不要的。”

周慧挺挺胸，说：“我不小了啊，我十八了。”

“十八了？有吗？”

“当然有了。我上个月就过生日了。大叔，什么厂啊？”

“玩具厂，外商投资的，美国的。产品全部出口到美国，专招女工。这种活，男人粗手大脚的，干不了啊。”

周慧点点头：“嗯，这我知道。那一个月多少钱？”

“咱现在招的是暑期工，专门找暑假打工的学生。底薪一个月二百，加班有加班费，超额还有奖金。这样算下来，一个月咋说也能拿到五六百。”

周慧发出一声惊叹：“真的呀？这么多啊！”

宋昌河又一次打量着她：“不行啊，我看你还是太小。我要招回去童工，厂里会罚我的。”说着又佯装要走。

周慧再次拉住他：“大叔，大叔，带上我吧。我就是暑假打工挣学费的，我要挣不上钱，下个学期就没办法上学了。”

宋昌河假装同情地看着她说：“真的吗？唉，咱穷人的孩子上学真不容易，我那丫头也是，一放假就出来打工。不过，丫头，厂子可是远啊。”

“远我也不怕。在哪儿啊？”

审讯室里，周慧懊悔地说：“我那时候怎么就这么傻呢？听几句好话就上了当。我怎么就不想想，人这东西，能就这么轻易地相信吗？就这样，我跟着他，同行的还有五个像我这么大的女孩上了火车。临上车的时候，我给家里打了个电话。电话是打到俺村支书家的，等他把我妈叫过去的时候，就要检票了。我慌慌张张地和妈打了个招呼就挂了电话，只听我妈说了一句：‘闺女，早点回来啊。’那是我听我妈说的最后一句话。她要我早点回来，可我和她都没有想到，从那以后我就再也没能回家。”

周慧一边说着，一边放声大哭起来。

王大丰问：“那后来呢？”

周慧说：“我们坐了一夜的火车，被带到一个山里。到了那儿，宋昌河的脸就变了，他说我们欠了他的路费，要把我们卖了。我们几个都不干，可他们四五个男人啊。我拼命地打啊，撕啊，可我一个十五六岁的孩子，怎么能打得过几个五大三粗的男人？就这样……就这样……”

周慧已经泣不成声了。

“后来呢？”王大丰问。

“女人哪，到了那种地步，还有什么想头？第二天，我就被卖给了现在的男人，我是被抬进他家的，因为那时我已经站不起来了。

“我在他家被锁了一年半。那一年半里，我被一根铁链锁在床头上，吃喝拉撒都没离开过那间屋。

“一年半后，我生了小强。生小强的时候，我大出血，他们为了保住我的命，才把铁链给我卸了去。他们以为女人生了孩子，心就会死了，就不会跑了，更何况我又出了那么多血。可他们不知道我这个人，在给我卸下铁链的第二天夜里，我就跑了，一路跑一路淌着血。那一年半中我没出过屋，我也不知道该往哪跑。可是我知道，只要有路的地方，都不是我能走的，于是我专找没路的地方钻。就这样，我居然跑了回来。”

王大丰眉毛一抖：“你是说，你被拐卖一年半以后跑回来过？”

“是啊！”周慧说。

“不会，不会。如果你那时候回来了，就什么都不会发生了。你根本没回来过。”王大丰摇摇头。

周慧说：“我确实回来了。”

“可是你没回家。”

周慧一抬头，声音里带着无奈大声地问：“你让我怎么回家?!”

屋子里一阵沉默。

周慧说：“出去的时候，我还是个十六岁的孩子，可再回来的时候，我已经是经历了好几个男人、生下过一个孩子的女人了。我其实一直是准备回家的，可当我回宁海那天，正好是高考的第一天，我在一个中学外面看到了我当年的同学，他们在参加高考。我躲在树后看啊看啊，从他们进考场，一直看到他们出来。看他们对题，看他们有的哭有的笑，看他们离开。要知道，我原来在班上是好学生，考试成绩从来都在前三名。我在树后面一直站到天黑。我扭头走了，我不回家了，我没脸回去。我发誓，我一定得混出个人样来才能回家！”

王大丰感慨地闭上眼睛：“可是你不知道你的决定意味着

什么啊！”

“那你去了哪儿？”这时李天雷插了进来。

“我去了广东，我早就听说那儿的工好找。我想，有了前面那些事，我不会再上当了。”

“那你没再上过当？”李天雷又问。

周慧自嘲地笑了笑：“后来我才知道，一个孤身女人，永远不是这世界的对手，永远不是！”

王大丰轻轻地说：“你又被人拐卖了。”

周慧惊讶地问：“你怎么知道？”

王大丰什么也没有说，只是用悲哀的目光看着她。

“你们怎么也想不到，这回拐卖我的，居然是一个比我还年轻的小姑娘。那个姑娘啊，那个姑娘啊，我到现在还记得她的模样。”周慧继续回忆着……

周慧拖着沉重的脚步从职业介绍所出来，一个女孩正守候在门口。看样子她和周慧一样，也是找不到工作，走投无路。

周慧靠在墙上，长长地叹了一口气。

这时，那女孩经过她身边，不小心崴了脚，撞了她一下。

周慧吓了一跳，没好气地嚷了一句：“你找死啊？”

女孩似乎被吓坏了，一下子躲得远远的，拖着哭腔说：“对不起，姐姐，对不起！”

周慧看那女孩和自己的年龄差不多大，感到自己刚才有些太冲动了，就叹口气说：“走吧，没事了。”

女孩凑近来，说：“姐姐，对不起，俺不是故意的。俺找不到工，急坏了。”

周慧看了看她说：“你也没找着？哎，这年头没想到工作这么难找！”

“姐姐也没找着？”女孩关切地问。

“没啊。工像肉骨头，都叫狗给叼走了。”

女孩笑起来：“姐姐，人家都愁死了，你还有心思说笑话。”

“不笑怎么办？哭也没人给饭吃啊。”

女孩担心地说：“我已经转了好几个地方了，再找不到，就真的没饭吃了。姐姐，我可咋办呢？”

“我要是知道咋办,就不在这儿站着了。”周慧没好气地说。

女孩又说:“人家都说这地方可乱了，到处是人贩子。我怕再这样找下去，万一碰上人贩子怎么办呢?”

周慧说:“那你就跟着我走。人贩子也没啥可怕的。”

女孩有些紧张地说:“姐姐开玩笑吧? 我出来的时候，我妈追在后面，千叮咛万嘱咐的，叫我千万注意，别和生人说话，别叫人家给卖了。”

听她提到母亲，周慧的目光变得温柔起来，重新抬眼打量着眼前这个单纯得有些叫人心疼的女孩，问她说:“你多大了?”

“十七。”

周慧有些怜爱地看着她:“你比我出来的时候大一岁。”

女孩高兴地说:“姐姐出来这么多年了? 那姐姐有经验了? 姐姐，咱俩结个伴怎么样? 跟着姐姐，我就不怕了。”

周慧看看女孩，故意坏笑道:“你就不怕我把你卖了?”

女孩信任地说:“不怕。姐姐一看就是好人。”

周慧长叹一声:“好人，好人，这世上哪那么多好人。好吧，你愿跟，就跟着，反正我也是一个人。我们走吧。”

她们又走进了一个职业介绍所。周慧正仰着脸看墙上的那些用工信息，那个女孩跑了过来，兴奋地对她说:“姐姐，姐姐，我找到工了，你去不去?”

周慧猛一回头，有些不相信地问:“你找到了?”

“嗯，我碰上了我们村的姐妹，她们在那边干了好几年了，出来送货，被我碰上了。她们厂正招人哩。”

“什么厂?”周慧问。

“制衣厂,就是做衣服的。是香港人开的,做出口服装的。”

周慧还是有些不相信:“真的? 不会是人贩子吧?”

女孩笑起来:“姐姐，你好像真叫人家卖过似的。她们已经在那里干了两年了啊。咱们直接上她们厂，还能受骗吗? 姐姐到底去不去? 姐姐要不去，我就自己去了。”

周慧慌起来，赶忙说:“去，去。咱们一直在一块，你怎么能丢下我? 走吧。”

突然，女孩像想起什么似的说：“姐姐，我还得先回我住的地方拿点东西，你跟我一块过去吧。”

于是，周慧又跟着女孩来到郊区一栋民房里。打开门，女孩领着周慧走了进来：“姐姐，你进来吧，我拿点东西咱就走。”

周慧一步走进来，一下子就愣住了——屋里，正坐着宋昌河和另外两个男人。她转身就要跑，门已经被关上了。

宋昌河站起来，说：“哟，这不是老熟人吗？”

周慧的脸上露出嘲讽的笑容：“我就这样被她卖了。这一回卖得更惨，我被卖去的那个地方，我到现在都不知道是哪里。买我的是一个老头子。我在那儿过的日子简直就没法说了，一直到我肚子大了，眼看就要生了，他对我的看管才松了一点。于是，我逮住一个机会又一次逃了出来。那天是个黑夜，下着大雨，我在雨里生下了我的第二个孩子。那孩子生下来一会儿就死了，我把他埋在了路边。埋完他站起来的时候，我发了个誓。”周慧闭上了眼睛，脸上渐渐变得狰狞起来，“我发誓，这辈子，我再也不会被任何人卖了，我要卖人！”

王大丰喝住她：“你都干了什么？”

周慧说：“我去找了宋昌河。”

“就是当年卖掉你的那个人贩子？”王大丰问。

“对。我和他达成了一个协议，他供货，我销货，得到的利润平分。”

王大丰问：“你前前后后一共卖掉过多少？”

周慧说：“我不记得了，三十五十总有了吧？”

李天雷厉声问道：“小妹，她到底是你在哪儿拐骗的？”

周慧停住了，顿了一会儿，她说：“我把我做过的事都说了，现在该轮到你们了。”

李天雷又重复了一遍：“你还没告诉我们小妹到底是你在哪儿拐卖的！”

周慧说：“你们说了以后我再说。”

“周慧，到现在你还讲条件！”李天雷一拍桌子站了起来。

王大丰拉住李天雷，看了看周慧，长长地叹了口气：“好吧，我告诉你。”

“周慧，你说你第一次从买主家逃出来以后回来过。你要是那时候回家该有多好。”王大丰惋惜地说。

周慧瞪大了眼睛看着他：“你的意思是……”

“如果那时候回来，你的母亲还活着，你在这世上就还有一个完整的家，还有父亲母亲的爱。”

周慧的声音颤抖了：“你是说……我妈妈她……她死了？”

王大丰点点头：“她死了。人上了年纪，总有一天会死的。可她死的和别人不一样。”

周慧直愣愣看着他问：“她……她是怎么死的？”

王大丰沉重地叹息着，一字一顿地说：“她是为你而死的。自从你失踪以后，她和你父亲一直到处找你。家里的地不种了，日子不过了，两位老人四处找。他们找到第五个年头上……”

“第五个年头？”周慧呢喃着。

“是的，是第五个年头。算起来，该是你从第二个买主家逃出来，下决心走上现在这条路的时候吧。”

周慧闭上了眼睛。

王大丰接着说：“他们找了你那么多年，怎么也找不到你，她终于绝望了。她是自杀的。”

周慧一下子惊恐地张大了眼睛：“什么？自杀？”

“是的，自杀。她在马路上走，一头撞向一辆开过来的汽车，就这样……”

周慧呆住了。突然，她猛地站起来，一头撞向面前的审讯桌。

王大丰一下子站起来，大喊一声：“抓住她！”

两个女警及时地抓住了周慧，把她带了下去。

李天雷他们站起来，感慨地互相看着。王重光叹道：“如果不铲除拐卖人口的土壤，不知还会有多少个周慧出现啊！”

王大丰长叹一口气：“是啊。明天我们和妇联、工会几方要召开一次联席会议，专门研究综合治理、联合打击拐卖人口犯罪问题，我会在会上把这个问题提出来的。”

周慧的父亲坐在院子里惬意地晒着太阳，无论看到什么，他都会像孩子一样吃吃地笑着。

王大丰走过来，在老人身边坐下，充满怜惜地看着他问："老哥哥，身体还好吧？"

老人认出了他，抓住他的手高兴地说："你来了？告诉你一个秘密！"

说完，老人神秘地朝王大丰靠了靠："我丫头回来了！"

"什么？"王大丰吃了一惊。

"我丫头回来了，昨天晚上回来的。她长大了，在外面嫁了人，还给我生了一个大外孙。你看看这事有多好。"

王大丰问："那她人呢？她上哪去了？"

老人低下了头："她又走了。我留不下她。我的丫头，她走了。"

他一边说着，一边埋下了头，像孩子一样伤心地哭起来："我的丫头，她再也不回来了，我再也见不到她了。"

王大丰怜悯地看着他，抱住他的肩说："老哥哥，你的丫头回来了。"

老人一下子抬起了头，眼里充满迫切和渴望："真的？她回来了？她在哪？快带我去见她！"

王大丰说："别急，我马上就带你去见她。可是见之前，我要跟你说个事。"

自从到宁海之后，周慧就拒绝吃任何东西。几天的滴水不进，再加上接二连三的打击，周慧终于病倒了。

监狱医院的病房里，两个护士正在给周慧扎针。周慧挣扎着不让，两个女警只好把周慧的手绑在床上，把针扎了进去。

护士们打完针出去了，周慧毫无生气地躺在床上。

门开了，一个女警察走进来："周慧，出来一下，有人看你来了。"

"我什么人也不看！"她冷冷地回绝。

这时王重光的声音响了起来："你父亲来了。"

周慧一下子坐了起来。

王大丰陪着老人坐在接见室里。

“另外呢，要让她配合政府交代自己的问题，争取从宽处理。好吧？”王大丰拍拍老人的肩说，“没事，没事的。你闺女一会就出来了。”

老人有些紧张地看着他，王大丰又说：“没事，真的没事。那我出去了，我在外边等你啊。”

王大丰走了出去。老人环视着房间，看着墙上贴的字，百感交集地摇了摇头。

门开了，两名女警押着周慧走进来。一看见老人，周慧踉踉跄跄地猛冲了几步，一下子跪倒在老人脚下，抱住了老人的腿，发出了一声长嚎：“爸呀！”

老人蹲下去，搬起周慧的脸看了半天，好像没认出来这就是他的萍儿，摇摇头就要起身。

周慧赶忙又叫了一声：“爸，你看看我，我是萍儿啊！”

老人问：“你叫萍儿？你是我的萍儿？”

周慧点点头，撩起头发，给他看她脖子后面的胎记，又给他看刘海掩盖下的脑门上的一道疤痕。

老人指着她的疤痕说：“小时候我带你去山上玩，你为了抓蝴蝶，摔到了石头上。是这样留下的吗？”

周慧哽咽地点点头。

“对，你是萍儿，是我的萍儿。我找到你了，我可找到你了。”老人高兴得哭了。

周慧伸手为他擦眼泪。老人心疼地看着自己憔悴的女儿说：“怨我，都怨我。我要是能早找到你，就不会有今天了。”

周慧此时已经泣不成声了，她只拼命地摇头。

“你回来，不走了？”老人问。

周慧点点头，还是说不出话来。

“再也不走了？”老人不放心地又问了一句。

周慧又使劲地点点头，说“爸，你怎么会有这么多白头发呢？”

老人笑了：“都二十多年了，人怎能不老啊！你瞧，你也

有白头发了呢！”

周慧赶忙摸摸自己的头发，这才惊觉，小强的死让她一夜之间白了头。

“爸，家呢？我们的家呢？我们的房子呢？”周慧问。

“房子太老了，也不能住了。”老人说，“政府暂时把我安排在医院里头。挺好的，你放心吧。”

老人又说：“萍儿，这些年你不回家，咋也不给家里捎个信啊？”

周慧痛苦地埋下头。过了好一会，她说“爸，我给你寄钱了，给家里寄钱了，寄过好多好多次呢！你收到过吗？”

老人说：“收到过一次。”

“真的？”周慧高兴起来。

“你咋也不写个地名呢？”老人埋怨道，“我到乡里、县里去打听，也没打听到啊！”

“对不起，爸，对不起！”周慧痛苦地说。

“我听说，你在那边结婚了？还给我生了一个外孙子？”老人想起王大丰刚才就是这样跟他说的，“他多大了？长的啥样？”

一提到小强，周慧又痛苦地捂住脸，啜泣起来。马上，她抬起头来，做出一副笑脸来说：“爸，他可好可好呢，他长得可像你了呢！”

老人欣慰地笑了，他似乎看到了他那傻外孙。

“萍儿，刚才在这坐着的那个首长，他跟我说，说你犯了大错，让我好好地劝劝你。萍儿啊，咱错了，咱就认错改错，咱就使劲地改，彻底地改。”老人说。

“爸，我做错了事，错得太大了，改不了了。爸，我改不了了啊！”周慧痛苦地捂住脸哭起来，“我怕永远也回不了家了。”

“错再大，只要想改就一定能改。你一定要听政府的话，要彻底地改造自己。”老人劝道，“你改了错啊，爸回家等着你。我领着你去看看你妈那个坟墓，给她烧个纸，也让她看看你，好让她放心啊！”

周慧抬起头，使劲地点点头：“好，好，爸你等着我。我改，我一定改。我要回家。爸，你要等着我，我要回家。”

“萍儿，你还记得不，我给你买的那个发夹？我给你留着呢。等你回去了，爸给你戴上。别舍不得带，坏了，爸再给你买个好的。”

周慧一边抹眼泪，一边笑着说：“好，谢谢爸。爸，我改，我一定改。你放心吧，爸，我会回家的，你等着我啊，等着我，爸爸，等着我！”

二

四贵坐在审讯室里，无赖地翻着眼，想顽抗到底。王重光看着他笑了笑，示意法警带人。

门开了，周慧被带了进来。四贵一见是她，大吃一惊，下意识地蜷缩起来。

周慧看到审讯室里坐着的是四贵，马上朝他扑过去，连撕带打地嚎着：“你这个魔鬼，你还我儿子，还我儿子！”

警察赶快把周慧拉住，又把她押了回去。

王重光看着四贵说：“四贵，这回，你还有什么话要说？”

四贵抖着，突然叫起来：“我要立功，我要立功！”

王大丰从外面走进来，看见小小正坐在办公室里等他，他惊喜地说：“小小？你回来了？”

小小的脸上浮现出自豪的微笑：“嗯，我回来了。而且我找到了宋昌河。”她说着拿出宋昌河的照片。

王大丰仔细端详着：“是他，就是他！”

小小推着母亲在小径上散步，王重光走了过来。

小小看到了他，弯下腰说：“阿姨，重光来了。”

王重光走到母亲身旁，接过了母亲的轮椅，小声地和小小嘀咕着：“你觉得可以吗？”

“肯定可以。拿出来吧。”小小鼓励地点点头。

王重光转向母亲说：“妈，我今天就要去执行任务了，去抓捕一个罪犯，就是这个人。妈，您见过他吗？”他把宋昌

河的照片拿给母亲看。

面无表情的母亲一看到照片，目光就直了。

王重光还想再说什么，小小抓住了他，她努努嘴，示意重光看母亲的脸——母亲的脸由平静到惊呆，最后痛苦地扭成一团。

突然，母亲指着照片，石破天惊地发出了一声吼叫："就是他！"

随着这声指任，站在她背后的小小哭了。她哭得抽抽搭搭的，像一个受尽了委屈的孩子。王重光也满含热泪，感激地看着她。

一辆面包车停下来，两个便衣打开车门进到车里："队长。"

车里坐着李天雷、王重光他们。李天雷问："情况怎么样？"

"情况属实，今天确实是宋昌河母亲八十大寿，宋昌河一定会出现。"一个便衣说。

"好。还有什么情况？"李天雷又问。

"还有一个情况。这次请的客人都是和宋昌河的关系比较亲近的亲戚，不是道上的朋友。"

"好，那咱实施第二套方案。"李天雷说，"小刘、重光跟我进去，其余的弟兄们把住各个路口，前后门都给我堵住。一定不能让宋昌河跑了。切记，不到万不得已，不能开枪，不能伤及无辜。大家听见了吗"李天雷说。

车上的人都点点头。

晚上，面包车悄悄地靠近一座酒楼。酒楼旁，漫天的礼花照亮了夜空。显然，这里正在办什么喜庆的事。

酒楼里，宋昌河在礼炮轰鸣中轮番给各桌的亲友敬酒。最后，他回到大厅中央的桌子上，对着他身边的老母亲笑着说什么。

这时，他的一个保镖走过来，俯下身在他耳边说了什么。宋昌河警惕地抬起眼睛，看见三个陌生人出现在大厅门口。不错，他们正是李天雷、王重光和小刘。

李天雷对小刘使了个眼色，小刘停在门口。李天雷和王重光继续往前走。

宋昌河转了转眼珠，想了想，起身迎了上去："你们找我？"

"你是宋昌河吧？"李天雷问。王重光站在他身边，正用一双充满仇恨的眼睛瞪着他。

"对。"宋昌河不慌不忙地说。

"我们是宁海市公安局的，你恐怕得跟我们走一趟。"李天雷说。

宋昌河笑了："你们是真会挑时候啊！"

李天雷也笑了："不好意思啊，不过恐怕只有这个时候我们才能找到你。"

"好吧。"宋昌河说，"我可以跟你们走，但是我有个条件。"

"什么条件，你说吧。"

"别惊扰了我的客人。另外，我要跟家人道个别。"

李天雷想了想，说："好，我答应你。"

"谢谢。"宋昌河说完，转身又回到大厅中央的酒席上，举起酒杯面向众人说，"诸位，实在是对不住啊，有个朋友突然来找我，我要出去办点事，可能要失陪一会。在我走之前，请允许我敬几杯酒。这第一杯，我敬我的老母亲。妈，今儿您八十大寿，我祝您福如东海……"

宋昌河已经随着他们走出了酒楼。外面，接应的警察都已经到了。李天雷走在前面，引着他往警车走去。

宋昌河看看左右，此时只有王重光一个人跟着他。他慢慢弯下腰，好像要系鞋带的样子。还没等前面的李天雷反应过来，他猛地从鞋里抽出一把匕首，架在王重光的脖子上喊道："都别动，都给我老实点！"

警察们都举起了枪，把枪口对准宋昌河。

宋昌河又吼道："再动我就杀了他！"

李天雷马上制止道："宋昌河，你别胡来！"

宋昌河一边拖着王重光往后面退，一边说："我告诉你们，我以前是做过坏事，但我从来没杀过人。你们别把我逼急了。”

此刻，王重光悄悄地从兜里摸出一把事先准备好的绳子。

李天雷看到了，他故意分散他的注意力说：“宋昌河，你要想清楚，正像你所说的，你以前只贩过人，没杀过人。可你今天的所作所为，是罪加一等。你自己是在往绝路上走。”

“你少跟我来这套。”宋昌河愤愤地说，“我知道，我早晚会有这么一天，可我没想到你们来得这么快。这好日子我还没过够呢。放我走，要不然我就杀了他。”说着他把刀愤怒地指向李天雷。

说时迟那时快，王重光用绳子一下子就套住了宋昌河伸向前方的胳膊，一个熟练的擒拿动作，把宋昌河摔在地上，结结实实地捆起来。警察们一拥而上，把他押到了车里。

看着警车里的宋昌河，李天雷心有余悸地对王重光说：“你刚才太冒险了，万一出点什么差错，我怎么向厅长交代？”

王重光笑着说：“只要能抓住宋昌河，我愿意付出任何代价。”

李天雷赞许地拍拍王重光的肩。他们身后，礼花依旧在灿烂地绽放着，就像在给他们开庆功会一样。

三

小妹跟着王重光走在监狱医院的走廊里，一边走一边左右张望着，她似乎有些迫不及待了。王重光停下来，把周慧的病房指给她。小妹犹豫了一下，猛地推开了门。

周慧正斜倚在病床上发呆，闻声抬起头，看见小妹出现在门口。

两人都没有说话，她们只是静静地对视着。

突然，周慧哆嗦着从床上滚下来，一下子跪倒在地上。

小妹大叫一声“妈”，赶忙扑过去想把她扶起来。可是周慧死活不肯起来，小妹也蹲下去，二人抱在一起痛哭起来。

“小妹，我对不起你，对不起你啊！”

“妈，妈，你起来，只要你说出来就没事了。你起来啊，妈！”

周慧摇摇头，还是不肯起来：“小妹，是我把你从你妈身边偷走的，是我夺走了你的妈妈。可是，我当时真的不是为了卖你挣钱。我刚死了一个孩子，我看到你好可爱，就一顺手——小妹，小妹，你能懂我吗？”

小妹点点头：“妈，我懂。我只求你把我的家告诉我，让警察帮我找回我亲生母亲。”

周慧泪如雨下：“你的家就在宁海，在阙里。”

阙里镇和当年相比已经有了很大变化，但依稀可以看出当年的模样。一辆警车开过来，车上坐着周慧和王重光他们。

车停下来，李天雷拉开车门，对周慧说：“下车吧。”

周慧正要下车，王重光拉住了她：“等等。”看着大街上熙熙攘攘的人流，王重光脱下自己的外套，披在周慧的肩上。王重光宽大的外套垂下来，遮住了周慧的手铐。周慧愣了一下，感激地抬头看了看他，慢慢地下去了。

李天雷说：“周慧，我们已经查找了派出所那几年报案的记录，没有与小妹情况相符的人。我们又在这镇上找了所有丢失孩子的家长，其中也没有人和小妹情况相符。你记清楚了，是在这镇上领走小妹的吗？”

周慧肯定地说：“是，就是这儿。”

李天雷问：“都已经十八年过去了，你为什么还能记这么清楚？”

“因为——”周慧犹豫了一下，“因为我就是在这儿第一次拐卖人的。”

“那好吧。我们沿街走走，你看看能不能把当年带走小妹的地方指认出来。”李天雷说。

他们陪着周慧在街上走着。周慧一边努力地回想着，一边有些茫然而绝望地看着周围陌生的街道和行人。

寻寻觅觅了一整天，却并无收获。晚饭时候，他们去一家小饭店里找了个包间，随意点了些饭菜。等上菜的工夫，李

天雷到外面给局里打了个电话："大街小巷都转遍了，还没找到。局长，我看她这次不像是骗我们，她是真心悔悟了，想尽快找到，可是十八年了，这儿变化很大啊。我们会尽力的，跟您汇报一声，没别的。"

李天雷挂了电话，回去看见饭菜已经上来了，他招呼周慧道："饿了吧？吃饭吧。"

周慧低着头没动。

王重光把包间的门关好，把周慧的手铐打开，说："先吃饭吧，跑了一天，也饿坏了。"

李天雷递给她一根鸡腿，王重光也塞给她一个包子。

周慧不接着，也不说话。

李天雷安慰她说："吃吧。别着急，慢慢来嘛，心急吃不得热豆腐。"

突然，周慧哭了，而且哭得还很伤心："还能找着吗？可我真没撒谎啊，我真是从这儿把她带走的。"

李天雷说："别急啊，没人说你撒谎啊。都十八年了，也不是那么好找的呀！"

王重光想了想，问周慧说："哎，我记得你说你带着小妹直接就去火车站了是吗？你仔细想想，你带走她的那个地方，离火车站有多远？"

周慧吃力地想了想："我觉得大概有一里路吧。"

李天雷惊讶地说："才一里？五百米？"

"差不多吧。"周慧说。

王重光又说："那是火车站的哪个方向？拐弯了吗？"

周慧又使劲想了想："好像是火车站的南边，拐了一个弯。对了，我领着她往东走，走了一会儿，拐了一个弯就到了火车站。对了，是一条东西的街上。"

李天雷和王重光高兴地互相看了看。

李天雷说："那这样吧，咱们明天先找到当年的车站，顺着车站再往回找。"

吃过饭，王重光带周慧走进招待所的一个房间里，交代她："今晚你住在这儿。一会儿派出所会有一位女警察过来陪你。你先在房间里休息一下吧。”

周慧怔怔地看着洁净的房间，颤抖地叫了一声：“报告政府！”

王重光笑起来，说：“不用那么正式，我叫王重光，你叫我重光就行。有事吗？”

“你为啥要帮我把手铐挡上？”周慧问。

“别让别人看见啊，免得那些不懂事的孩子围着你看。”

周慧叹口气说：“我都这样了，还怕啥人看啊？”

王重光说：“怎么能这样说啊？你也是个人啊，无论走到哪一步，也得活得像个人，人格也应该受到尊重啊。”

周慧喃喃地说：“人格，人格。”

王重光说：“时间不早了，你快休息吧。有事招呼一声，我就在隔壁。”他说着出去了，随手把门锁上了。

周慧坐在床边，呆呆地向窗外看着。窗外，繁星满天。她看着想着，突然哭起来。先是无声地流泪，后来又是抽泣，再后来就再也压抑不住，扑到床上，痛不欲生地抽动起来，边哭边捶打着床。

王重光听见动静，从隔壁冲了进来：“周慧，你怎么啦？”

周慧也不回答，只是身子抖动得愈加厉害了。

王重光又问了一句：“你怎么啦？发生什么事了？”

周慧一声长嚎，痛苦地伸长了脖子，两只手不断地撕扯着自己的胸膛。顿时，抽泣变成了撕心裂肺的哭嚎。

王重光大声地喝了一句：“周慧，到底怎么啦？”

周慧的哭声低了下去，但仍然控制不住地抽泣着。

王重光叹了一口气，给她倒了一杯水，扶她起来说：“来，喝口水吧。”

周慧直着脖子，一杯水一口气灌了下去。

王重光温和地看着她说：“周慧，你到底有什么心事，就说出来吧。”

周慧使劲摇了摇头：“兄弟——你别怪我，就让我今天这样喊你一声兄弟吧——兄弟，自从我被人拐卖，就没人把我当人看，我也不把自己当人了。先是人家把我当畜生，后来是我把别人当畜生。可谁想到，谁想到，戴上手铐，你们却

拿我当人待了。”

王重光明白了，轻声地说：“周慧，如果当初你第一次跑出来的时候能回到父母身边，重新开始你的生活，你怎么能会落到今天这个地步？”

“兄弟，我心里憋得慌，你别嫌弃，你、你就让我哭一会儿吧。”

王重光叹了口气，走了出去。他已经无心睡眠，轻轻叹着气，靠在窗前，抬头看着满天的繁星。隔壁隐约又传来周慧那被压抑住的哭声。

第二天，他们来到了火车站。

李天雷说：“我问过了，候车室翻盖过，可位置还是老地方。你想想，你们从哪儿过来的？”

周慧辨认了一下，指了一个方向说：“那儿。”

李天雷说：“我们走吧。”

三人顺着周慧指的方向走了。

走到一个十字路口，周慧看了看，说：“往这拐。”

三人又顺着街道拐过去。

走了一会，周慧的脚步放慢了，她疑惑地四处打量着。

王重光紧紧地看着她问：“有印象吗？”

周慧说：“应该就是这一片了。可这些房子……”

房子已经全是新的了。

李天雷问：“你记清楚了吗？是这一带吗？”

“就是这一带。我记得当时她就一个人蹲在路边玩，旁边是一扇黑漆大门。那时候还都是旧房子。”周慧肯定地说。

李天雷打开手机：“小孙，让弟兄们全集中到聚贤街25号来。”

王重光轻轻拍了拍周慧：“我们俩回去吧。”

不一会儿，七八个警察围在李天雷身旁。

李天雷布置道：“就这一带，大家挨家挨户寻访，问十八年前，有谁看见过有人在这儿丢了孩子没有。特别注意问问那些上了年纪的。开始吧。”

警察们迅速地散开。

小妹站在周慧指认的地方，旋着身子向四外看着。

王重光说："周慧说就是在这儿。你看看，有什么印象吗？"

小妹不说话，四处地看着，脸上的表情很复杂。

"有印象吗？"

小妹问："这附近有火车吗？"

"有啊。"

"有大片的水吗？"

王重光想了想，说："好像没有。"

小妹又问："有高楼吗？"

王重光的脸沉了下去："也没有。"

小妹不再问了，只继续地看着。

王重光轻轻地问了一句："你觉得不是这儿？"

"我觉得是。"小妹的声音有些抖了。

"为什么说是？认出了什么？"

小妹突然抓住他说："没，也没认出什么，可我就是觉得是。这地方我来过，一定是来过的，因为我、我觉得身上冷。王大哥，我害怕。"

王重光激动地说："那一定就是了。小妹，说不定，你的亲生父母就在这镇上。你这两天在街上多转转，说不定，兴许会碰上他们的。我们也分头去打探打探，有了消息就马上告诉你。"

李天雷开着警车急驶而来，一个急刹车停了下来。

一下车，李天雷就迫不及待地问："怎么，重光，这儿有人见过？我那边问了很多家了，都说不知道呢！"

王重光一边高兴地应着，一边把他领进了一个院子。

一个老太太坐在门槛上，正比比划划地对两个警察说着："好可怜哪，那个女人，都急疯了，成天就站在这街上，看见车就追。"

王重光和李天雷走了过来。

李天雷问道："大娘，那是哪一年的事了？"

老太太说："快二十年了吧？是个夏天，那个女人成天就守在这条街上，看见车就追，碰见人就问：‘你见我闺女了不？你见我闺女了不？’好可怜啊！”

李天雷和王重光交换了一下目光。

李天雷又问：“她丢的闺女多大？”

老太太说：“听她说，三岁多，不到四岁。”

李天雷问：“那女孩长什么样，穿什么衣服，您见了吗？”

“那咱没见。咱是听那女人说。”

王重光说：“闺女叫什么名，那女人说了吗？”

“说了，成天在街上喊。”

李天雷和王重光几乎同时说：“叫什么？”

老太太想了半天，最后还是摇摇头：“忘了。快二十年了，谁记得起啊？”

李天雷又问：“大娘，那女人是哪儿的？是这镇上的吗？”

老太太说：“不是这镇上的，是外来的。”

李天雷和王重光失望地互相看了看。

“大娘，关于这女人，您还有什么能想起来的吗？”王重光问。

老太太叹口气，又重复着：“那女人可怜啊，看见车就追，碰见人就问。唉，闺女是娘的心头肉，谁丢了不疼啊？”

李天雷和王重光互相看了看，向老太太道过谢，起身往回走。

王重光低声地说：“你觉得像吗？”

李天雷说：“不知道。就算是，又有什么用？只是印证了小妹是在这儿被拐的。”

突然，身后那老太太又说起来：“对了，那女人的男人我也见过。”

李天雷和王重光一下子同时转过了身。

老太太兴奋起来：“我想起来了，那男人也来找过，还撒出好些人去四乡里找，最后还是没找着。”

李天雷问：“那男的是干什么的？”

老太太埋怨道：“你这个警察，和老人说话咋这么没礼貌呢？我这么大岁数了，你总得让我慢慢想想吧。”

李天雷有些哭笑不得，赔着笑说：“想，想，慢慢想，大娘您老好好想。”

老太太停了一会，说：“那男人，好像是个包工头，盖房子的，所以手底下有一帮小工。”

李天雷马上往派出所打电话，吩咐下去：“找包工头，八二年到八五年，凡是在阙里盖过房子的，哪怕盖过一个鸡窝！快去找！”

四

刘更生低着头坐在门槛上，怀里揽着一个五六岁的男孩。院里小桌上，还有两个十多岁的女孩在写作业。一个更大一些的女孩正往厨房里背柴草。院子里乱七八糟，一片败落的景象。

厨房里，传出一个女人的叫骂声：“有本事你别回来啊，有本事你在外头过啊！干了一年一分钱也不拿回来，一家老小喝西北风啊？”

刘更生低声下气地解释道：“这不是叫人家坑了吗？干完活人家不给钱，咱有啥办法？你还能让我死啊？”

女人的声音更尖利了：“你死，你死啊，量你也没那胆量！他不给你钱你不会给他拼命吗？你看看拼命他还敢不给！”

刘更生苦笑了一下：“看你说的，咱的命也不能那么不值钱啊？”

女人嘲笑着说：“你的命还值钱？你看看你这个家，你的命还值钱？”

刘更生把头深深地埋了下去。

这时头顶响起一个声音：“更生在家呢？”

刘更生抬起头，村主任走了进来，手里还拿着一张纸。

“主任，有事吗？”刘更生站了起来。

“更生，以前你在阙里镇包过工吧？”

刘更生没有正面回答他，只是谨慎地问：“啥事？”

村主任说："公安在查以前在阙里镇包过工的人。"

那个女人从厨房里走了出来，警惕地说："公安？俺家更生可是个老实人。啥事啊？"

村主任说"俺没说更生不老实啊！我记得你是在阙里包过，你前面那个老婆生的丫头，不就是在阙里叫人家拐走的吗？"

刘更生小心地看了女人一眼，那女人也正看着他。

刘更生说："哪是叫人家拐走的啊？是她自己领出去卖了。"

"她自己卖了？准吗？"村主任有些不相信。

"咋不准？俺为啥和她离婚呀？自己的亲生闺女她都卖！"

村主任叹了口气："哎，真是丧天良啊！那就算了。我走了。"

村主任转身走了。刘更生突然有点坐不住，追了两步："哎……"

女人在背后叫住他："四个孩子念书都得拿钱，你一分钱没拿回来，你说怎么办吧？"

刘更生回过头，看到了眼巴巴地看着他的四个孩子，叹了一口气，又走了回来。

奔波了一天，警察们都疲惫地回到了所里汇报情况。

一个警察说："没有，还是没有。"

李天雷问："所有的包工头都找到了？"

另一个说："全找到了，连那些给镇上只盖过一间房的都找了。一共273个，活着的还有208个，没有一个丢孩子的。"

李天雷有些绝望了："怎么会这样？老太太说得很肯定的嘛。"

又一个警察："只有一个，好像有些特别。"

李天雷霍地抬起头："这个怎么啦？"

"他的孩子不是丢了。"

"是怎么啦？"

"是被他前面的老婆卖了。"

"他叫什么名字？"李天雷问。

李天雷和王重光站在门口，门开了，里面站着刘更生的老婆。一看到警察，她顿时警惕地瞪起了眼睛："你们找谁？"

王重光赔着笑说："刘更生在家吗？"

"啥事啊？"

李天雷说："我们有事需要问问他。"

这时刘更生从屋里迎出来："是谁啊？"

刘更生和两个警察在院子里的小桌前坐定，他女人则蹲在一旁一边搓着玉米，一边支棱着耳朵听他们说话。

刘更生说："卖了，就是叫她卖了，不是拐走的。"

李天雷问："你咋这么确定呢？你见了？"

"那时候她正想和我离婚，带着孩子是个累赘。"

王重光说："就算叫她卖了，你也没找找吗？"

刘更生叹口气说："咋没找？找不着了。"

王重光看着他，一字一句地说："现在这个女孩正在找亲生父母哩。她被人拐走十八年了，十八年中从来没忘了自己的家。你觉得，她可能是你的女儿吗？"

这时，刘更生的女人突然大声地唤起鸡来。

刘更生犹豫了一下："不是，不可能是。俺闺女不是拐走的，她是叫我前面那个老婆卖到了东乡里，我后来还见过哩。"

李天雷和王重光互相看了一眼，没话说了。

那女人插进来："公安同志，你们不该上俺家来。俺好好地过着日子，你们这一来，人家以为俺家更生出啥事了哩。"

李天雷站起来说："那咱们走了。"

出了门，李天雷和王重光似乎都若有所思。他们的脚步不约而同地放慢了。

"不对，我觉得不对。"王重光突然说。

李天雷说："我也觉得不对。"

饭已经摆上桌了，四个孩子你争我抢地吵着。刘更生呆呆地坐着，却不动筷子。

女人看他一眼："还不吃？"

刘更生拿起筷子，比划了一下，又放下了：“你们先吃吧，我把地里那点活干了去。”说着起身出去。

刘更生正欲出门，女人追了出来。

女人说：“你别当我不知道你的心思，我可把话先和你说下。刘更生，你要是再认一个丫头回来，咱俩就离。我是不能和你过了。”

刘更生说：“我也没说认啊，还不知道是不是哩。”

“我不管是不是，这事和咱没关系，不许你伸头，你听见了吗？自己三个丫头片子，你还嫌少啊？”

刘更生叹了一声，扛了张锨出去了。他从村里走出来，突然一愣——村头树下，正站着李天雷和王重光。他转身就要往回走，李天雷从后面叫住了他：“请你等一下。”

刘更生站住了。李天雷和王重光走了过来。

李天雷问：“你躲什么？”

刘更生嘴硬地说：“我躲什么了？我哪儿躲了？”

李天雷又问他一遍：“刘更生，你前面的孩子真是被你老婆卖了？”

“那还有假？”

李天雷说：“我看你现在有三个女孩，不会是不想认吧？”

“不是我的我认什么？”刘更生嘴硬地说。

王重光耐心地对他说：“刘更生，这孩子不到四岁被拐卖，八岁又被卖到另一家当童养媳，这十八年过得不容易啊。她一直在苦苦地找家，找自己的亲生父母。”他一边说，一边仔细看着刘更生的神色，看到他别开了脸。

李天雷接过来说：“刘更生，你可能有为难之处，可再为难，自己的亲骨肉丢了能不找吗？这样吧，你跟我们去阙里一趟，化验一下DNA，你看行吗？”

刘更生回过头来说：“你们这俩同志，咋逼迫人哩？说了不是，就不是。我那闺女被我前面的老婆卖到东乡里，这会儿都长大嫁人了，你们要是不信，哪天我领你们去看看。”

李天雷也不知该说什么了。王重光有些忍不住了，他用鄙夷的目光瞪了刘更生一眼，一扯李天雷说：“我们走！”

王重光开着警车，李天雷坐在一旁，两个人都沉默不语。

突然，王重光一下子调了头。

李天雷问："你干吗？"

"不行，我得回去再找他谈谈。我不甘心！"

刘更生蹲在地头上，锨放在一旁，却没干活。他听到有汽车响，一回头，不由得一下子站起来，害怕地向后退了几步。

王重光走近来，对他说："刘更生，你是不是因为家里孩子多，怕多添一张嘴？那孩子已经长大了，自己在城里打工挣钱。她找家，不是想找人养活，她只是想找到自己的亲生父母。"

"不是，咋能是因为这个呢？不是咱的咱不能硬认啊！"刘更生还想嘴硬到底。

李天雷说："这样吧，阙里镇上有人认识当年那个找孩子的男人，你能跟我们走一趟吗？"

刘更生不由得退了一步："我为什么要去？我才不去哩。"

李天雷和王重光不再说话，只是目光凝重地看着他。

刘更生知道自己露了马脚，也低头不说话了。

王重光又问他："为什么自己的亲骨肉不肯认？"

刘更生不说话。

"是因为你现在的老婆不愿意？因为家里日子过得不宽裕，怕她来了又多一张嘴？"

刘更生还是不说话。

王重光突然激动起来："有你这样的父亲吗？你知道她十八年中是怎么苦苦地找你们吗？可你居然……"

刘更生蹲了下去，痛苦地抱住头，带着哭腔说道："我不是没找过啊！为了找她，家都败了，所以才落到现在这样子。可我现在的情况你们也看到了，就是她回来，我又怎么能让她进家啊？"

王重光愤怒地说："你以为她是来给你要钱的吗？"

刘更生不说话了。

王重光鄙夷地说："你这样的人，怎么配当父亲！"

李天雷上前一步，挡住了王重光，用和缓的语气说："刘更生，当初你们丢的孩子叫什么名？"

"巧巧。"

"那时多大？"

"三岁四个月。"

"怎么丢的？"

刘更生说："我那时候有钱，找了一个女人，不回家。巧巧她妈要和我离婚，带着她去镇上问这事，把她一个人放在外面，就丢了。"

说着说着，他突然哭了："同志，你们冤枉我了。我疼我那个丫头，她刚丢的时候，我死的心都有了。可你们让我怎么办啊？前面的老婆没了，跟我的女人也卷了我的钱跑了，孩子也找不到了，你说我能怎么办啊？后来好不容易才娶了这个老婆，家里已经有四个孩子了，日子过成这样……"

王重光打断他说："你前面的老婆呢？"

"我不知道。她一直在外面找孩子，不知道找到哪里去了。"

王重光问："她叫什么名字？"

"叫何麦。"

王重光对李天雷说："咱们走吧。"

这时，刘更生站起来，充满渴望地说："同志，同志，那孩子呢？真是我的吗？我、我看她一眼行吗？"

王重光没回头，只冷冷地说："你还是回家和你老婆过日子去吧！"

两个人重新上了车。这回是李天雷开车，王重光坐在一旁，两人仍是沉默着。

半晌，李天雷说："我觉得这个人是小妹的父亲，你说呢？"

"我不知道。"

"那你告诉不告诉小妹？"李天雷问。

王重光突然抬高了声音："不要！"

"为什么？你看，他对小妹其实还是有感情的，他只是有些顾虑。"

“他没资格当父亲。这样的父亲，找不到更好！”王重光愤愤地说。

李天雷不说话了。片刻，他轻声地叫了一声：“重光。”

王重光转脸看着他。

李天雷说：“你想过吗？那样的话，全部线索就都断了。”

王重光的声音突然有点哽咽：“不，队长，我们一定要找到那个叫何麦的女人。我相信，她这十八年间一直都在找着小妹呢。我们一定要找到她！”

刘更生一动不动地坐在地上，头埋在两腿中间。

女人提着一个篮子走过来，看到他的样子，吃了一惊，赶快跑近前去。

“你干吗呢，也不回家吃饭？我还当你干活呢。”

刘更生没反应。

女人捅捅他：“你没事儿吧？孩他爹，没事儿吧？”

刘更生猛地抬起了头，对着女人发出了一声悲怆的吼叫：“别理我！别理我！我的巧巧啊！”

女人呆住了。

镇招待所里，小妹正坐在水池边洗一盆警服。李天雷开车进来，小妹马上抬起了头，充满期望地迎了上去。

李天雷和王重光下了车，都有意地躲着她那期盼的目光。

李天雷故意找话说：“哟，小妹，脏衣服都叫你洗了？”

小妹也不说话，只是看着他。

李天雷收起了笑脸：“还没消息呢，别着急。”说着低头走了过去。

小妹明白了，低下头要继续洗衣服。

王重光犹豫了一下，叫道：“小妹。”

王重光在她身边的台阶上坐下来，说：“小妹，十八年过去了，什么都会发生很大的变化的。你想过没有，如果你将来找到的亲生父母生活得很差怎么办？”

小妹说：“那就更应该快一点找到他们了。我长大了，好

能尽一点孝心啊。”

王重光又问：“如果把能想的办法都想到了，能找的地方都找过了，还是没找到，你能接受吗？”

小妹抬起脸来，坦然地看着王重光：“我想过了，即使找不到他们，或者找到了，他们不肯认我，我都能接受。王大哥，我已经长大了。”

王重光突然有点儿支撑不住，赶快站起来，匆匆回屋去了。

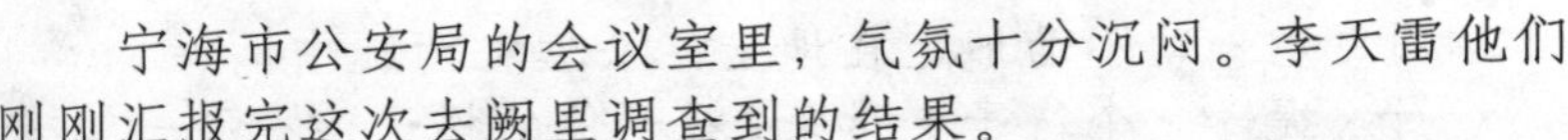

宁海市公安局的会议室里，气氛十分沉闷。李天雷他们刚刚汇报完这次去阙里调查到的结果。

“这么说，所有的线索都断了？”王大丰说。

“都断了。”李天雷说，“我们只知道，如果那个女人是小妹的母亲的话，丢了小妹以后，她疯了，到处找她的女儿，最后不知所终。”

王大丰长叹一声：“又一个碎了心的母亲啊。”

“可是，也不能说所有的线索都断了。”这时王重光说话了。

大家的目光都转向了他。

“事情过去二十年了，镇上的人还记得她，记得她看见女孩就叫巧巧，看见一辆车就追着跑。虽然还没有得到证实，但我有一种感觉，这位母亲就是小妹的妈妈。这十八年中，这对母女俩互相在不断地寻找。只要她们在找，线索就在不断地靠近。不是吗？”王重光满怀希望地说着。

王大丰精神一振，说：“重光说得对，我们不能失去信心。扩大寻找范围，首先在全省范围内查找在八十年代初丢失过女孩的家庭。同时，通过部里协调，请全国各省公安协助。”

第二十章

滿天星 mantianxing

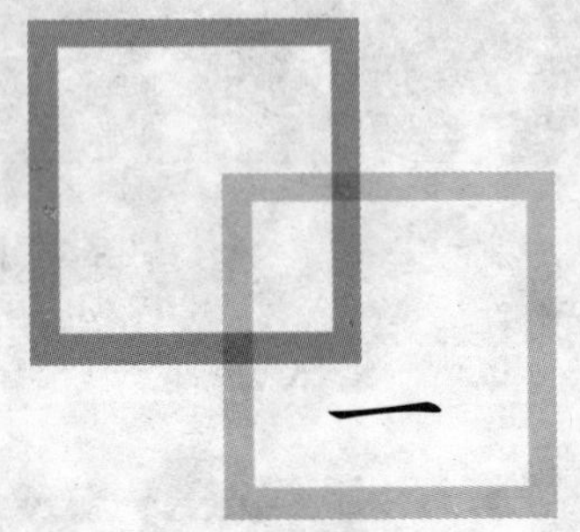

一

老刘伸出一双大手把大檐帽上的警徽摘了下来，接着他又摘下了胸前的警章。他轻轻抚摸着陪伴自己多年的警徽和警章，又拿出一块手帕仔细地在上面擦着，锃亮的警章不时地反射出一缕缕耀眼的光来。老刘就这样端详了好一会儿，才依依不舍地把它们放在桌上。

坐在他对桌的小张接替了老刘的位置，他对老刘笑着说："所长，退了休，您还是警察。有了事，我们还要找您。"

老刘说："退休了，以后要拿更多的时间陪你老嫂子了。"

"真是的啊，也该好好陪陪嫂子了。对了，嫂子的病怎么样了？"小张问。

老刘笑笑："快出院了，多谢同志们照顾啊！"

小张也高兴起来："那好啊，等嫂子出了院，您好好带她到外面转转，旅旅游，要不嫂子这辈子跟着您可就太亏了。您赶快去忙吧。有啥事，打个招呼，所里帮着办！"

老刘说："也没啥麻烦的。要走了，小张，你刚当这个所长，有几句话，我想和你说。"

"刘所长，您说。"小张正襟危坐。

老刘说："昨天晚上睡不着，屈指算了算，吓了一跳，我当了四十年警察了。可穿上警服那天的事，好像还在眼前呢。我这个人哪，没啥出息，就在基层派出所干了一辈子。可有个理儿，我悟出来了。"

"您说。"小张说。

"刚当上警察的时候，我觉得自己神气得不得了，走在街上，别人都高看咱一眼。可越当，我胆子越小了。"

"什么？"小张以为自己听错了。

老刘接着说："是的，胆子小了。警察这个职业，看起来和别的职业没啥两样，不就是多穿了一身警服吗？可这身衣裳一穿，你手里就有执法的权利了。小张你想啊，咱是啥人啊，能代表国家执法？越想，这事越大。你说说，这一般的老百姓，他们想的啥？就想安安稳稳过个日子。他们指望谁？不就指望咱警察吗？你说，咱身上的责任大不大？"

小张点点头："还真是的哩！刘所长您说得对。"

"现在我退休了，成老百姓了，可你这身警服还穿着哩。可别忘了，你是为老百姓执法，为老百姓服务的。"

小张郑重地回答说："刘所长，我记住了。"

老刘站了起来："那我走了。外面那些炭，我给何麦捎过去吧。"

小张赶忙送了出来："还是派他们去吧。上千斤呢。"

老刘说："一车子炭，我还能行。"说完，老刘跨上一辆三轮车准备走。

小张忽然想起来什么，跑进屋里拿出一张纸来递给他："所长，忘了件事。这个你给何麦捎过去让她看看。外省的孩子找家，都找到咱这儿来了。"

"什么？"老刘接过来看了看。

"部里发过来的传真，说要帮一个孩子找家。十八年了，上哪找去啊？"

老刘一下子瞪大了眼睛："十八年了？什么孩子？男孩女孩？"

"上面说是个女孩。刘所长，你捎给何麦，看看她个人收

集的那些资料上有没有和这个孩子情况相符的。”

老刘看着那张纸，手抖起来。

小张奇怪地问：“刘所长，你怎么啦？”

老刘赶紧说：“没什么，没什么。我走了。”

何麦站在院门口，正在送一个女人出门，女人的身边，还有一个警察陪着。

何麦劝她道：“妹子，想开点儿。孩子丢了，日子还得过，得给孩子留个家呀。你看看我，十八年了，这不也过来了？人这辈子，啥事都得经过，遇上事，咬咬牙，也就挺过来了。再说，这不还有警察帮着咱吗？”

那女人说：“大姐，我记着了，我听你的，我活着，等孩子回来。大姐，要是家里容不下我，我还能再上你这里住几天不？”

“那咋不行呢？你看看我这家，在这路口上，就是为咱这些人留着的。走吧，走吧，什么时候累了乏了，就再回来。这门永远都为你开着。”

女人千恩万谢地跟警察走了。何麦站在那儿看着他们远去，脸上露出惆怅的神情。

院子里，一个女孩跑过来叫道：“妈妈，妈妈，哥哥把我的小铲子抢去了。”

何麦回过神来，领着女孩回到院子里：“巧雷，你欺负巧玲了？这可不是好孩子啊。”

“何麦！”老刘的声音从后面传了进来。

何麦循声抬起头，看见老刘骑着三轮车过来。

何麦赶快跑到后院去开门：“你看你，多大岁数了，叫个年轻的干多好？”

“呵呵，我还没那么老哩！”

两人合力把车拉了进去。

“老刘，先歇歇，喝口水。有这一车炭，这一秋就够烧的了。”

老刘说：“所里的同志还给这俩孩子准备了一

点白面，改天我再送过来。”

那个叫巧玲的女孩懂事地捧了一杯水送到老刘手里，老刘接过来，疼爱地摸了摸孩子的小脑袋。

何麦小声地问了一句：“上次来找的那个不是吗？”

老刘摇了摇头：“DNA给否了。”

何麦叹口气：“这DNA咋这么神啊？不是就不是吧，反正这孩子从人贩子手里逃出来了，总有能找到爹妈的那一天。唉，天杀的人贩子，害了多少人啊！”

“孩子找不到家，走不了，你还得跟着受累啊。”老刘有些心疼地说。

“你看你说的，我受啥累啊！没有这些孩子，没有那些找孩子的父母，我也早就不在了。我帮着他们，心里就想：我的巧巧在外面，也许会碰上好心人帮她吧？这么想着，心里也好受些。”

老刘把那张纸紧紧攥在手心里，他想拿出来给何麦看，可又担心是空欢喜一场。虽然这些年来何麦迎来送往，心宽了不少，但是对于巧巧的感情没有减过半分，如果这次还是一场误会，对何麦来说肯定又是一次巨大的伤害。老刘想着，犹豫了一下，最后还是把那张纸揣进口袋，说：“唉，十八年了，巧巧也该是二十多岁的大姑娘了。不知道这孩子现在哪里呢。我没本事，一直说帮你找，找了十八年也没找到，现在都退休了。不过何麦，只要我老刘还有一口气，我就不会放弃找她。”

“老刘，别说了。这十八年，我也没少连累你和嫂子。”何麦一边安慰他，一边却把脸别过去，眼里涌出了泪水。

老刘拍拍她：“何麦，明天我有事，得出趟远门。你嫂子快出院了，不过还得麻烦你再去照看一阵子。”

老刘坐在丁局长的办公室里，那张纸放在桌上。丁局长和李天雷、王重光他们坐在他对面。

“您是说，您那儿有个女人，十八年前丢了孩子？”李天雷问。

老刘点点头："是，是。"

李天雷又问："她叫何麦？"

"是，是。"

"她孩子叫巧巧？"

"是，是，是。"

"在阙里丢的？"

"是，是，是。"老刘激动得声音都颤了。

李天雷他们互相看着，都显得很兴奋。

丁局长握住老刘的手说："老刘——都是警察，就这样称呼吧——老刘，谢谢你啊！"

"不要谢我，这可要谢你们啊！"

"怎么这么说？"丁局长问。

"她这个孩子，我已经帮她找了十八年了。前几天，我退了休，我以为我这辈子做不成这件事了，谁知道……"他的声音有些哽咽了，"只是，那个孩子，她是何麦的巧巧吗？"

李天雷说："不知道，我们还不能确定。但时间、地点、年龄都对得上。是不是，做一下 DNA 就知道了。"

老刘问："那接下来你们要怎么办？"

李天雷看了看丁局长，说："我们马上通知那女孩，把她带过去。"

这时，王重光插了进来："我有一件事。"

大家把目光都转向他。

"在 DNA 确认以前，我希望我们不要对她们说明。"

老刘一迭声地说："对，对，不能说明。这女人这十八年找得太苦了，若万一不是……"

"不，"王重光肯定地说，"我有一种直觉，这一回一定是！"

"为什么？为什么这样说？"老刘问。

"为了她们十八年的寻找。但即使这样我们也不要说——"他眼里充满期望地看着大家，"最美的果实，让她们自己去摘。"

二

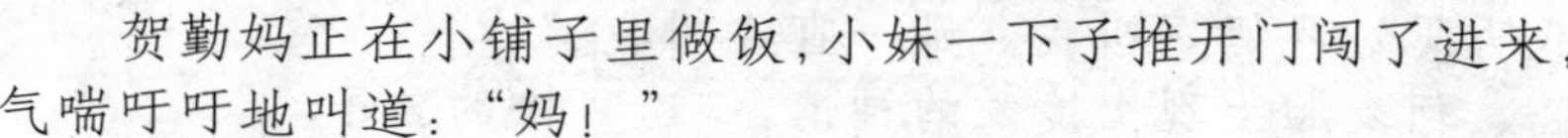

贺勤妈正在小铺子里做饭，小妹一下子推开门闯了进来，气喘吁吁地叫道：“妈！”

贺勤妈回过头，惊讶地问：“这孩子，怎么啦？脸都变了！”

“妈。”小妹只是叫着她，仍然不愿说。

“出了啥事？”贺勤妈又问。

“妈，”犹豫半天，小妹终于说了，“警察通知我去邻南的吉镇，说那边可能有线索。”

贺勤妈一愣：“天哪，要找着了？”

“我不知道。警察没这么说，可是、可是……”突然她蒙住脸，孩子一样地哭起来。

贺勤妈高兴地说：“这孩子，这是咋的了？天哪，看样子，这回是真找着了！”一边说着，她自己一边也哭起来，“小妹，小妹，这是好事啊。快去吧。”

“可是妈，我怕……”

“怕什么？”贺勤妈突然明白了，“小妹，记着，这儿永远都是你的家。万一不是，别失望，咱再回来，我和你哥在这儿等着你。”

小妹含泪抬起头，叫了声“妈”，靠在贺勤妈的肩上又哭起来。

小妹站在阳光里，灿烂的阳光照亮了她青春的面孔，单纯的大眼睛正略带着几分紧张和害羞闪动着。

何麦拉着她的手，转着身子在阳光里上下打量着她。何麦的脸上，写满了母性的慈爱和伟大。

李天雷、王重光和老刘都带着几分紧张在一旁看着她们。

“多好的闺女啊，若是你亲妈看见，不得疼死？”何麦说，“别怕，闺女，到了这里，就等于到了自己的家。十来年了，来我这儿的孩子数不清有多少了。能找到亲爹妈，你就跟着他们走，一时找不着，大妈这儿就是你的家。”

小妹紧张地点点头。

“还记得你爹妈吗？”何麦问。

小妹神情黯淡地摇摇头，突然又加上一句：“可是我记得我听见过我妈妈叫我，她一直在叫我。”

何麦脸上现出怜爱的神情：“这可怜的孩子！”

小妹抬头看着她，泪水涌上了眼睛。

何麦说：“不说了，今天刚来，咱不说了。闺女，安顿下，大妈给你擀面条吃。大妈这里，这十来年收集了一百多个丢孩子的资料，说不定，其中就有你的爹妈呢！”

她把小妹让进屋里，对门口的重光他们说：“同志，我好好跟孩子说说，甭管找到找不到，我都会劝好她的。你们先跟刘大哥去所里歇着吧，放心吧。”

老刘带重光他们走了。

何麦进了厨房张罗着擀面条，小妹乖巧地出来坐在灶前烧火。

何麦问小妹：“孩子，还记得你的家吗？”

小妹摇摇头，说：“我只记得，我老家有大片的水。”

“那是在湖边了？”何麦说。

“我还记得，老家有高楼。晚上，高楼上有霓虹灯。”

“那你是城市里的孩子。唉，城市人都只生一个，你爹妈丢了你，还不知道急成啥样呢。孩子，你离开爹妈的时候，有多大？”何麦又问。

“我不知道，听人说，三岁，或者四岁。”

何麦看着她说：“可怜的孩子，和我那巧巧差不多大。我的巧巧现在也该长成你这样的大姑娘了。”

小妹又问何麦：“大妈，您的孩子是怎么丢的？”

“唉，十来年了，”何麦叹了口气，“一想起那天的事儿，我就懊悔得不行。我那天带着我的巧巧到镇上办事，你说我咋这么粗心呢？我把巧巧一个人放在外面，自己进去了。也就半个时辰的功夫，等我再出来，巧巧就没了。你说，我咋这么粗心呢？哪有我这样的妈啊！"

"那时是什么时辰？白天还是晚上？" 小妹问。

"白天。晌午头上。"

小妹又说："大妈，丢了孩子，您找了吗？"

"怎么能不找？我就那一个孩子啊。孩子你看看。"

她从桌上拿过一面镜子，反过来，巧巧的照片就贴在上面。

"这就是我的巧巧。自从巧巧丢了以后，我再没在家里住过一个晚上。我把这镜子挂在脖子上，逢人就问，见车就追。有人告诉我，她看见巧巧叫一个女人领上了火车，我就顺着铁路追，一直追到这儿，可还是没找到。"

小妹说："大妈，我也是被人领到火车上带走的。我还记得我躲在火车上的小桌底下，记得火车开了以后我哭着找妈妈，可再也找不到了。"

何麦问："那是什么时辰？"

"应该是个傍晚吧。" 小妹说。

"可怜的孩子啊！" 何麦叹了一声。两人都流泪了。

何麦又说："孩子，离开爹妈这么多年，你是怎么过的？"

小妹低头哭着说："大妈，我不想说了。"

"好，好，到家了，伤心的事咱不提了，咱们吃饭。"

晚上，巧雷、巧玲在一张炕上已经睡熟了。何麦正在铺炕，小妹帮着她。

"闺女，不用你上手了，这就好了。"何麦说。

"大妈家有那么多被褥吗？"

"你大妈家就是被褥多。"何麦说，"十八年了，也不知道有多少人在我这儿住过了。"

小妹吃了一惊："大妈的孩子丢了十八年了？"

"是啊，整整十八年了。"何麦叹口气。

小妹没说话，从后面看着何麦，显然意识到了什么。

何麦说："闺女，我也是打那边过来的。你老家在哪个县哪个镇，你知道吗？"

小妹说："原来不知道，后来警察帮我找到了。"

“哪儿啊？”何麦问。

“阙里。”

何麦一下子停住了，回过头来看着她：“阙里？你家不是城里吗？”

“我也不知道。可警察告诉我是在阙里。”

“你不是记得有高楼还有大片的水吗？”何麦说。

“是啊。”

“可是阙里没有啊。这两样都没有。”

“您怎么知道的？”小妹说。

“因为我就是阙里的。”

小妹又吃了一惊：“什么？”

两人像陌生人一样互相看着，突然又同时回避开了。

何麦说：“不早了，睡觉吧，睡吧。”

两人头靠着头在炕上躺下，各自满怀心事，翻来覆去，谁都没睡着。

“小妹，小妹？”

小妹轻轻地应着：“嗯？”

“没睡着？”何麦问。

“嗯。”

何麦用近乎恳求的语气说：“孩子，小时候的事，你还能记起来什么吗？比如，你还记得你妈吗？她长什么样？”

“不记得了。”小妹说。

何麦又问：“你小时候叫什么你知道吗？”

“不知道。”

“你老家真有大片的水和高楼吗？”

“我记得有。”小妹说，“我还记得水面上有光，记得高楼上有灯。”

“你离开家的时候，真是傍晚吗？”何麦还是有些不死心。

“应该是，因为水是红色的。长大后我才明白，那是因为水在反射着夕阳的光。”

何麦不说话了。

“大妈。”小妹叫道。

“嗯？”

“您女儿丢了，您为什么不接着找她？为什么在这儿停下来了？”

何麦一时不知怎么回答。

小妹说：“是不是找不到，就不找了？”

何麦感叹道：“孩子，十八年了，我哪一天睡过一个好觉，哪一天忘过我的孩子啊！”

这回轮到小妹不吭声了。

“孩子丢了，她把我的心也弄丢了。我不知道自己是怎么从那边跑到这儿来的，孩子，我疼疯了啊。是这儿的警察刘大哥一家救了我，他们给我治好了病，让我在这儿安顿下。刘大哥对我说，你得好好活着，给孩子留个妈，等着孩子回来。孩子，这十八年了，我天天在这路口等，等我的孩子，等那些找不到家的孩子和找不到孩子的爹妈，我帮着他们找家。我不知道我的巧巧在哪里，但我觉得，只要我做着这些事，我的巧巧在外面也能遇上好人了。”

“大妈。”小妹感动地叫了一声。

“孩子，当妈的丢了孩子，那还叫什么妈呀？”

“大妈！”小妹安慰她说，“您也别太自责了。”

“孩子，你离开亲妈后一个人在外面怎么过的，愿意说了吗？”

小妹埋头痛哭起来：“大妈，丢了孩子的妈不叫妈了，没了妈的孩子又能怎么样呢？没人疼的孩子还叫孩子吗？”

何麦一下子把小妹抱在怀里：“我可怜的孩子啊！”

两人抱头痛哭起来。

何麦捋着小妹的头发说：“不哭，不哭，都过去了，过去了。睡吧孩子，离开家这么久，睡吧。”

月光洒在炕上，小妹依偎在何麦怀里，已经睡熟了。何麦悄悄起身，借着月光细细地打量着小妹，帮小妹掖了一下被子。小妹被惊动了，含混不清地叫了一声“妈”，转个身又睡了。何麦被叫得一愣。她一手替小妹挡着光，一手把小台灯拉开了。借着灯光，她小心地拨开了小妹前额上的头发，找

着她想找的东西。但是，她失望了。

何麦直起身来，呆呆地看着小妹睡梦中的面孔，心事重重地在她身边躺下去。

第二天一早，急切的王重光便出现在小妹面前。不过，他预想中的母女相认的感人场面并没有发生。小妹迷惑地说："我记得很清楚，我老家那儿有大片的水和高楼，可她家里没有。"

王重光说："有没有可能你记错了？你那时候还不到四岁啊。"

"我不知道。可是，那片水，和那座楼，一直在我脑子里。"

与此同时，在吉镇派出所里，何麦坐在老刘和李天雷面前，也纳闷地说："人家家在湖边上，还有高楼，咱家可没有。人家是城里的孩子。"

李天雷说："可拐走她的人贩子说，她就是在阙里被带走的。"

"可水和高楼是怎么回事？"何麦说。

"有没有可能是年龄太小记错了？"李天雷问。

王重光看着小妹，小心地问："你觉得，她像你妈妈吗？"

小妹不说话。

王重光又问了一遍："你觉得不是？"

小妹抬起头："我觉得是。可是，可是，那片水和高楼是怎么回事？还有，她说她是白天丢的孩子，可我离开家的时候，是个傍晚。"

李天雷问何麦："你觉得，她像你的孩子吗？"

何麦说："我觉得是。"

李天雷和老刘交换了一下眼光。

"可是……"何麦迟疑了一下。

"怎么了？"老刘问。

"我的巧巧额头上有一个小疤，是小时候我一眼没看住，倒在灶台角上碰的。昨天夜里我看了，这孩子额上没有。”

“十八年了，要是疤不大的话，有没有可能长得看不清了？”老刘说。

“小妹，从种种情况分析，何麦很可能就是你妈妈，你愿意不愿意做一次DNA鉴定？”王重光问。

小妹迟疑地看着他。

李天雷问：“你愿意不愿意做一次DNA鉴定？”

何麦也迟疑着看着他们。

王重光说：“你愿意吗？”

小妹一抬头：“不愿意！”

“为什么？”

小妹起身就要走：“我不想说了。”

王重光说：“小妹，到底为什么？这可能是最后的机会呀。”

小妹说：“万一……”她蒙上脸哭了。

李天雷说：“你愿意吗？”

何麦眼睛亮了一下，但随即摇摇头，深深叹了口气。

“为什么？”李天雷问。

何麦哭了起来：“别再说了。我怕……万一……”

何麦去买菜了，她想在小妹走之前好好招待一下这个让人怜爱的小姑娘。

两个孩子正在院里玩着，小妹收了晾衣绳上的衣服，抱了一包衣服进了屋。她把那些衣服叠起来，看了看四周，打开一个衣橱，准备放进橱里去。突然，她愣住了——橱子里，整整齐齐排着十八双鞋，从小到大，全部是红色的。小妹颤抖着伸出手去。她慢慢拿起一双鞋，仔细看着，又拿起另一双看着。突然她痉挛似的扑过去，拉开自己的包，在里面翻出自己那双一直保存着的小红鞋。她把它宝贝一样地藏在怀里，胆怯地回过头，看着她刚刚从橱子里拿出来的红鞋子。她把其中最小的一双拿起来，和手里的鞋比着。鞋的大小、颜色和式样都是那么的相像。

小妹呆呆地看着，看着。突然，她把鞋放回原处，拉开门疯了一样地跑出去。

派出所里，王重光、李天雷正与老刘和小张围着一张小桌说着什么。门一下被撞开了，小妹出现在门口，用惊恐的目光看着他们。

四个人刷的一下，一起站了起来。

“小妹，你怎么啦？”王重光问。

小妹看着他，说不出话来。

王重光走过去扶住她说：“小妹，发生了什么事？”

小妹的眼睛张得大大的，直直地看着他。

李天雷和老刘也跟了过来。

“小妹，到底怎么啦？”

“王大哥，鞋……”小妹叫道。

“什么？”王重光有些不明白。

“鞋，在她橱子里……”

王重光明白了，问道：“她橱子里，有和你保存的一样的鞋？”

小妹吃力地点点头。

王重光激动地对老刘他们说：“小妹说，何麦家里，有和小妹一直珍藏着的一样的鞋。那双鞋，是当年小妹的妈妈给她亲手做的！”

小妹“哇”的一声哭了出来。

王重光安慰她说：“小妹，不哭，不哭。这说明，她就是你的妈妈呀。”

可是小妹越哭越厉害了，老刘慈爱地摸着她的头说：“小妹，傻孩子，哭什么呀？”

可是老刘一边摸着，一边也哭了起来。

王重光看着他们，把脸别了过去。

李天雷说：“现在，只有最后一件事要做了。”

医院里，何麦正看着护士从她的胳膊里抽出一管血来。

何麦急切地看着守在她身边的老刘和王重光：“巧巧呢？我的巧巧呢？我怎么一直没见她？”

王重光微笑着说：“大妈，结果出来的那天你会见到她的。”

几天之后，一辆警车开进了医院。何麦在老刘的陪同下走了下车。

何麦一边找着一边焦急地问：“巧巧呢？她怎么还没来？”

“别慌，一会儿她就来了。”老刘安慰道。

何麦问：“今天就能知道结果了？”

老刘说：“马上就能知道了。”

何麦有些胆怯地看着前面，突然停下来。

“走啊，结果这就出来了。”老刘说。

何麦走了几步，似乎有些害怕的样子，又停下了。

“老刘。”何麦颤抖着叫了一声。

老刘回过头，看见她的脸色完全变了，问她说：“何麦，你这是怎么啦？”

“要是不是，要是不是，那怎么办啊？”何麦担心地说。

老刘笑着拉着她说：“放心吧，要是不是，那就是DNA出毛病了。”

又一辆警车开了进来。车停下，李天雷和王重光走下来，车门却还开着，车上的人迟迟不肯下来。

“下来呀。”王重光叫了一声。

小妹坐在车上，不由自主地向后缩了缩：“王大哥，万一……”

李天雷笑着接道：“若是出现万一，那就是DNA失灵了。下来吧，你妈已经在等着了。”

何麦紧张地站在房间里，一个女化验员站在她面前。

女化验员说：“经过DNA测试，何麦和周小妹的亲子关系率为百分之九十九点九九九。”

何麦茫然地看着她，似乎听不懂她说的是什么。

老刘突然哭了，他流着泪推了何麦一下：“你傻啦，那闺女是你的巧巧啊！”

另一个房间里，小妹张大了眼睛，盯着女化验员微笑着递到她面前的那张纸，却迟迟不动。

王重光推了她一下说："小妹，何麦是你的妈妈呀。"

小妹回过头，有些不知所措地看着他。

王重光向对面努努嘴——那儿，有一个楼梯通下去。他说："去吧，你妈妈在那儿等你呢！"

小妹胆怯地看看楼梯，回身看了看王重光和李天雷，慢慢地向那个门走过去。走到门前，刚想推门，门开了——何麦涕泪满面地出现在她面前，向她伸出了手。

小妹没有立即回应母亲伸出的手臂，她把手伸进了随身带的小包里。她掏啊，掏啊，终于掏出了那双小红鞋，双手捧着，捧到了何麦面前。

小妹说："妈妈，你给我做的鞋，我一直保留着，没敢弄脏它。"

重光和老刘静静地站在角落里，欣慰地看着面前的一切。他们脸上的神情很满足，很幸福。

三

贺勤母子目不转睛地盯着一台十四寸的小电视，电视上正在放着何麦小妹失散十八年再相聚的感人报道。贺勤边看边流泪，贺勤妈却显得很平静。

"贺勤。"贺勤妈叫了他一声。

贺勤看得太专心，没听到。

贺勤妈又叫了一声："贺勤。"

贺勤回过头来。贺勤妈说："孩子，小妹找到妈了，她有自己的家了。"

贺勤明白了母亲的意思，低下了头。

贺勤妈说："妈在城里呆够了，妈想回老家去了。"

贺勤说："妈，我也走，我陪您回去。"

贺勤妈怜爱地看着自己的儿子，抬起手，轻轻地抚摸着他的脸庞。

"孩子，像你这么好心的人，不会没人喜欢

的。回去吧，回去找一个对你合适的人。”

贺勤没有说话。

小小的房间里，母亲坐在轮椅上。小小拿了一张报纸，指着报纸上的一幅大照片——照片上，重光俊秀的面庞在一群围绕着小妹和何麦的警察里分外显眼——对她说：“阿姨，您看，重光他真了不起。”

母亲静静地看着，突然说：“泉林。”

“什么？”小小问道。

“泉林。”母亲又重复了一遍。

“泉林？什么泉林？”

母亲说：“家。”

“家？”小小激动地说，“阿姨，您是说，您的家在一个叫泉林的地方？”

母亲重重地点了点头。

何麦带着小妹来看老刘和嫂子。

“大哥，嫂子，我想带小妹回老家看看。只是这一走，不知还要多长时间才能回来。”

玉梅笑着说：“行，你就放心地去吧，这个家就交给我和你哥了。”

“嫂子，您这身子……”何麦不放心地问。

“没事，硬朗着呢。还有，那两个孩子也交给我们吧。以后，再有没家的孩子，这儿还是他们的家。”

老刘接道：“就是，就是。我现在也退了，一天天没事，正好看着孩子。”

何麦笑了笑，说：“大哥，嫂子，我还有一件事。”

“你说，你说。”玉梅说。

“以前大哥也说过的，”何麦看了看老刘说，“就是我找到了我的女儿巧巧，让她认你们做干爹干妈。”

“这可是好事啊。”玉梅笑得合不拢嘴了。

“来，小妹，给干爹干妈磕个头。”何麦拉过小妹。小妹

站起来，就要跪下去。

“哎，不，不，咱不兴这个。”老刘赶忙扶住她。

“起来，起来，快起来。叫声干爹干妈就行了。”玉梅也说。

小妹站直了身子，向他们俩深深地鞠了一躬，叫了声“干爹、干妈”。

“哎，哎。”老刘和玉梅笑着应道。

“干爹，干妈，我妈都跟我说了。这么多年都亏了你们，我妈为了找我……”小妹声音哽咽了，说不下去了。

“来，不说了，不说了，快坐下吧，别难为孩子了。”玉梅伸手把她拉在自己身边坐下了，疼爱地抚摸着她的头。

刘更生等在家门口，身后围了一群的村民。他老婆怀里抱着一个孩子远远地站在院子里看着。何麦领着小妹走了过来。刘更生紧紧盯着小妹，张张嘴，却没说出话来。何麦伏在小妹耳边说了几句什么，自己站住了。小妹一个人走过来。

刘更生看着她走近，紧张地咧嘴笑了笑。

“爸。”小妹叫道。

刘更生的喉咙里突然发出了难听的声音，他哽咽着，搂过小妹。

刘更生哭着说：“巧巧，我的巧巧，爸对不起你，爸没办法啊。”

小妹说：“我都知道了。妈说您生活得也不容易。”

刘更生的老婆这时抱着孩子出来，很热情地说：“回来了？进家吧。”

小妹看看她，很客气地说：“我不进去了。我就是来看看我爸。爸，您多保重吧，我和妈走了。”

她走回何麦身边。刘更生在后面呆呆地看着她们，不由自主地追了几步。

何麦宽厚地看着他说：“更生，孩子大了，她有她自己的日子。以后，她会再来看你的。巧巧，咱走吧。”

她们走了。刘更生一直在后面看着，看着。他突然感到自己明显地老了。

监狱的探视室里，何麦带着小妹来看周慧。

隔着厚厚的玻璃，何麦拿着话筒对周慧说："周慧，你还好吧？"

"好。"周慧目光有些闪烁地看着她。

何麦停了停，说："无论如何，不管怎样，你把孩子抚养这么大，操了不少心。我这个当妈的对你说一声谢谢。"

周慧笑了笑，说："不用了，我是她妈。"

何麦点了点头，说："周慧，好好改造，重新做人。"

"好，我会的。"周慧说。

何麦把话筒递给小妹，让她说几句。

小妹拿着话筒看着面前的周慧，泣不成声。

"妈，您还好吗？"小妹问。

"好，妈挺好的。"周慧慈爱地看着小妹，"好好照顾你妈妈，你做得到的，我相信。"

"嗯。"小妹点点头，"妈，你自己也照顾好自己吧。"说完又哭了起来。

何麦拿过话筒，接着说："周慧，我和孩子会常来看你的。"

周慧百感交集地看着面前的母女俩，感激地点点头。

老刘家里，老刘和玉梅正看着巧雷巧玲伏在桌上写字。

老刘对巧玲说："傻孩子，这个字是'爱'吗？这个字是'受'，经受的受。人活在世上，会遇到很多的事情，要经受很多的苦。这个时候，你要咬着牙坚持着。你看，这个字才是爱。看见了吗？家上面有'心'，家下面有'友'，这才叫'爱'。"

玉梅笑着说："咱们巧雷写对了。来，巧雷，再给妹妹写一遍。家上有心，家下有友。爱。"

王重光很不情愿地站在父亲的办公室里。此刻，王大丰正帮他整理着一身崭新的警服。

王大丰不停地唠叨着："别动啊，这儿，这儿。你看看，你都多大了，连件新衣服都穿不好。"

王重光皱着眉说："爸，我都说过多少次了，我不见。这年头了，还有这样介绍对象的吗？"

王大丰不客气地命令道："不见也得见。你小子，翅膀还没硬呢。不见，你打光棍去吧！"

王重光生气地说："打光棍我也不见！"

"你……有你这么不听话的孩子吗？你要气死我啊？"王大丰佯装生气地训斥他说。

"爸，我不是孩子了，我是警察啊。"王重光哀求着。

"在我眼里，你首先是个孩子！"

这时，门外传来一声清脆的声音："报告！"

王大丰一下慌了，小声地说："来了，人来了。重光，我故意把她叫到这儿来，就像是无意中碰上。你要是不愿意，就算没见过。"

王重光已经听不见他在说什么了，因为他听出了那个熟悉声音。

王大丰咳了一声，说："进来。"

门开了，一身警服的小小走进来："厅长……"

突然，她看到了王大丰身边的王重光，愣住了。

王大丰热情地说道："小小大夫来了？来，介绍一下，这位是市局刑警队的王重光。这是咱们公安医院的小小大夫。"

两个人不说话，也不打招呼，只是目不转睛地互相看着。

王大丰觉出哪儿不对来："怎么，你们认识？"

小小笑着摇摇头，仍然看着重光说："不，我们刚刚认识。"

王重光也看着小小，微笑着说："是的，刚刚。"

王大丰慈爱地看着他们笑了。

小妹领着何麦来到贺勤的铺子门口："妈，就是这儿。我哥和我妈都住在这里。"

正说着，小妹停住了。她疑惑地看着，门上，挂着一把大铁锁。

一个邻居从一旁经过，看到她们，惊喜地说："哟，你们回来了？我们在电视上都看见了。"

小妹微笑着问："大姨，我妈和我哥哩？"

"走了。昨天走的。"那女人说。

小妹吃了一惊："上哪了？"

"说要回老家。对了，你哥还给你留了一封信，让我给你。"说着，她从衣兜里掏出一个信封。

小妹有些疑虑地打开信，上面写着：

小妹，你好：

我在电视上看到你找到了你的妈妈，我们真替你高兴，你终于实现了你多年来的愿望。

说实话，我很想在这里等你回来，可最后还是决定和妈一起离开。其实我不想这样不辞而别，可又不愿看到我对你的感情继续成为你的一种负担。在济州的时候我就已经知道，感情，是不能夹杂任何强求和委屈的。只是觉得有我在，有妈在，你就还有一个家。现在，你找到了你妈妈，我想，我应该离开一段时间了。这样可以让我们都能冷静地想一想，也许对你对我都是个新的开始。对了，我买了个手机，号码在信封上，等你想好了，就给我打个电话。小妹，我等你的电话，我会一直等下去的。

小妹，你现在虽然找到了你妈妈，可其实你们离幸福还很遥远。相见并不能弥补你们这么多年所受的伤害。你的妈妈为了找你放弃了一切，尽管你现在回到她身边，可她失去的东西太多了，现在除了你，她几乎什么都没有。对你而言，这种伤害或许更加残酷。你爱小强，可是小强已经不在了。你跟了我，可是我知道，这并不是你自己的选择。现在你虽然和你妈妈在一起，可是你们的家在哪里啊？在阙里？在垛山？在宁海？还是吉镇？所有这一切，都是拐卖人口犯罪给你们带来的。它强加给你们一段原本不属于你们的人生考验和苦难历程。

所以，我希望这段时间我们都冷静一下。你好好考虑一下，你到底是要留在这个城市里，继续做疗养院那份工作，还是跟你妈妈回吉镇。如果你留在这里，这个小铺子就暂时作为你和你妈妈的栖息地；如果你要离开这里，那么给我打个电话，我过一段时间会回来继续经营这个铺子的。不管怎样，小妹，我都相信你能照顾好你妈妈的，你肯定会是一个孝顺听话的好女儿。

小妹，我很少看到你的笑容，希望以后你能天天开心。我经常看到你犹豫恍惚没有主意的样子，希望你不再被命运拨来弄去。总之，希望你能拥有一个真正健康美好的生活。我常常想，如果十八年前的那一天，你跟妈妈去镇法庭，没有发生那一切，将会是个什么样子呢……

读着读着，小妹不觉已经泪流满面。她一边跑向路边的电话亭，一边在心里默念道："我的傻哥哥啊，其实在我心里，我已经完全接受了你啊！"

何麦要回吉镇了。女儿已经长大了，有了心上人，也应该有属于自己的新生活了。而吉镇还有老刘夫妇，还有那些可爱的孩子们在等她。

小妹送母亲回吉镇。路经阙里时，她们特意停了下来。

"闺女啊，那天一大早，妈骑着自行车驮着你，到了咱阙里镇的法庭。"何麦领着小妹回到了当年丢失小妹的地方，"你看这牌子，已经摘了。可是还是以前的老样子。当时妈觉得带你进去不方便，就把你留在这。妈回头还说，巧巧，别乱跑啊！就那么一会的工夫，妈再出来，你就不见了……"

"巧巧！跑哪去了？巧巧！巧！"何麦焦急的哭喊声又传过来。年轻的何麦急忙沿着来时的路跑去。

刚转过一个路口，就看见周慧抱着巧巧正往回走。

"你跑哪去了巧巧？吓死妈了！"何麦连忙上去从周慧手

里接过女儿。

“我想去看风筝。”巧巧嘟着小嘴说。

这边，周慧笑着说：“大姐，我看她一个人在那跑来跑去的，我怕她出事，就抱着她来找你了。”

“谢谢你，妹子，太谢谢你了。”何麦冲周慧笑了笑，又对巧巧说，“风筝在哪儿？妈妈跟你一块去。”

“我也要阿姨跟着我去。”巧巧说着，指了指周慧。

“好啊！”何麦放下巧巧，她和周慧一人牵着巧巧一只手，往风筝那边走去。

“记着，以后不许一个人乱跑。听见没有？”周慧边走边对巧巧说。

“嗯。阿姨我记着了。”巧巧乖巧地点了点头。

她们看到放风筝的男孩了。

巧巧雀跃着说：“我要去找哥哥玩。”说着就向男孩跑过去。

“慢点啊，别摔了。”何麦在后面叮嘱着。

一个女人在旁边微笑地看着。周慧问她说：“这是你儿子？”

“对，叫小光。”那女人笑着回答，又问，“那是你丫头？”

“哪儿啊！我哪会有这么大的孩子啊！”周慧笑着说。

何麦在一旁说：“是我的，叫巧巧。”

三个女人幸福地看着两个孩子放风筝。

在蔚蓝的天空下，那风筝越飞越高，越飞越远……

丁杨鹏飞

性别:男　生日:1997年12月8日
籍贯:安徽怀宁
最后出现的地点:怀宁县质量技术监督局院内
最后出现的时间:2005年4月28日下午1时10分
被寻人介绍及失散原因
被人用药迷昏后拐走。
被寻人的面貌特征及相关情况
面貌特征:偏胖，平头，大腿沟处有一花状褶皱
口音:安庆
身高:120cm　人品性格:活泼、外向
寻人者基本资料及联系方式
姓名:丁士军
和被寻人的关系:父子关系
E-mail:aping19@tom.com
地址:安徽省怀宁县质量技术监督局
酬金:100000元

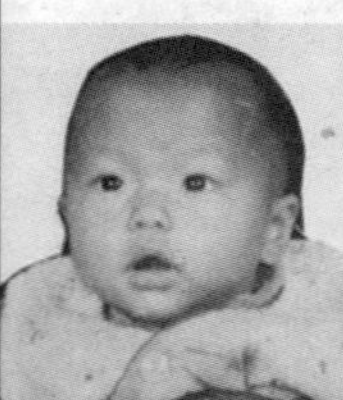
丁婷丹

性别:女　生日:2003年4月20日
籍贯:云南省富源县
最后出现的地点:云南省富源县城金城广场(电信局对面)
最后出现的时间:2004年9月7日傍晚9时
被寻人介绍及失散原因
被人贩拐走。
被寻人的面貌特征及相关情况
面貌特征:剃成光头，左脸有一烙伤疤印(不太明显)，眼角有跌伤疤印。上牙四颗，齿中有较宽缝隙，后脖颈有大块红色胎记，屁股上烙有两个明显疤痕。
身高:不详 CM(厘米)
寻人者基本资料及联系方式
姓名:李晓波
和被寻人的关系:母女
E-mail:lchx8029@sina.com
QQ:66147257　酬金:10000元

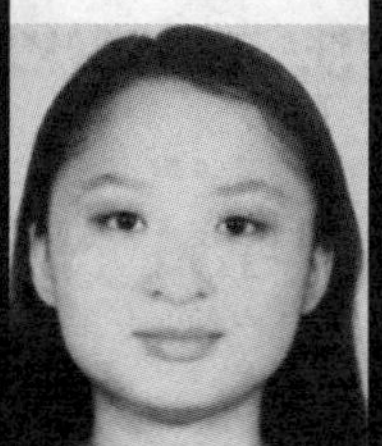
何汝丽

性别:女　生日:1977年6月20日　籍贯:湖北省麻城市
职业:教师　最后出现的地点:湖北麻城市金桥大道
最后出现的时间:2004年11月8日
被寻人介绍及失散原因
走时患有精神分裂症，上穿浅蓝色带拉链毛衣，毛衣两袖颜色稍深，内穿浅红色内衣，肩背蓝色女式坤包，下穿黑色裤，脚穿棕色平跟休闲鞋。
被寻人的面貌特征及相关情况
身体特征:皮肤较黑，齐肩短发。
口音:湖北麻城或普通话　身高:160 CM(厘米)
曾用名或绰号:娟　相关病史:精神分裂症
人品性格:内向、忧郁
寻人者基本资料及联系方式
姓名:唐立伟　和被寻人的关系:夫妻
E-mail:lyj4788@sina.com　地址:湖北省麻城市果园小区
酬金:5000元

吴乐锋

性别:男　生日:1993年1月14日　籍贯:广东深圳
最后出现的地点:广东深圳福田福星路沃尔玛附近
最后出现的时间:2004年7月11日晚上8点左右
被寻人介绍及失散原因
可能被人拐骗。
被寻人的面貌特征及相关情况
口音:粤语，潮洲话，普通话
身高:156 CM(厘米)
寻人者基本资料及联系方式
姓名:陈二秀
和被寻人的关系:母子
E-mail:20146@21cn.com
OICQ:24008
地址:广东深圳福田西头村39号303
酬金:100000元

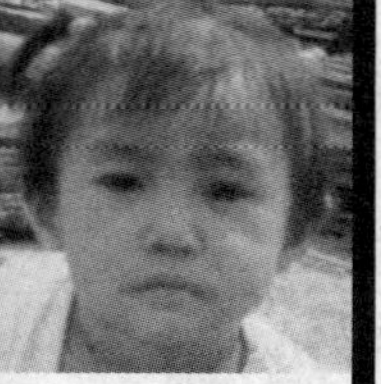
刘玮

性别:女　生日:2003年2月15日　籍贯:海南三亚田独镇
最后出现的地点:海南省三亚市河东区红沙胜利路南路59号
最后出现的时间:2004年11月12日09:30
被寻人介绍及失散原因
小女五官端正，皮肤洁白，双手掌的线条特殊，与人不同，熟称"断掌"，只有二条掌线，右手中指指甲走失前脱落再生尚未整齐。走失时只懂说一些简便话，也不能行走远路。
被寻人的面貌特征及相关情况
面貌特征:皮肤洁白，双层眼皮，眼珠黑大亮有神
口音:海南三亚　身高:80 CM(厘米)
寻人者基本资料及联系方式
姓名:刘玉开　和被寻人的关系:父女关系
E-mail:jimmy_pan@163.com　OICQ:50946159
地址:海南省三亚市河东区红沙胜利路南路59号
酬金:10000元

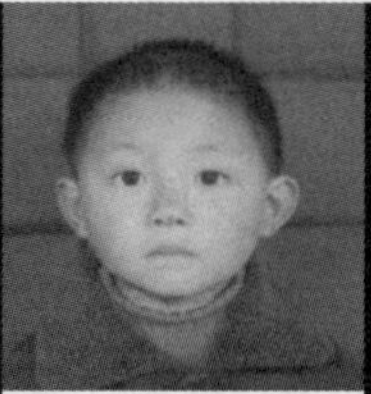
侯焘
小名(焘焘)

性别:男　生日:1997年8月1日　籍贯:四川省达州市
最后出现的地点:达州市火车站
最后出现的时间:2003年3月10日下午三点
被寻人介绍及失散原因
孩子性格活泼，在上学路上失踪，孩子的父母到许多城市去找，并在有关报纸、电视台发布寻人消息，但至今未有消息。
被寻人的面貌特征及相关情况
面貌特征:圆脸.大眼睛
口音:四川
身高:110 CM(厘米)
寻人者基本资料及联系方式
姓名:侯明雄　和被寻人的关系:父子
E-mail:lovesky7280@163.com　OICQ:32425430
地址:四川省达县金石乡阳鹤村6组
酬金:20000元

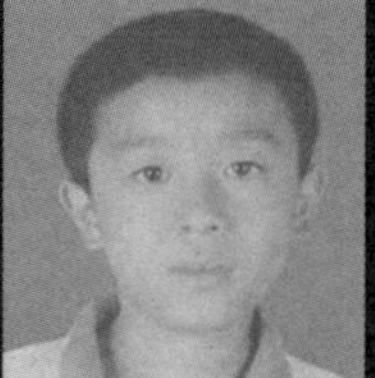
余冠雄

性别:男　生日:1989年9月1日　籍贯:江西省九江
职业:学生　最后出现的地点:九江发电厂宿舍区
最后出现的时间:2000年6月29日
被寻人介绍及失散原因
2000年6月29日下午3点左右，在江西九江市发电厂宿舍离家去生活区一直未归，下午4点半有人看见其乘一黄色昌河面包。被寻人智力正常，走失前为九江发电厂子弟小学四年级学生。走失时上身穿黄绿相间横条翻领汗衫，下身穿深蓝色短裤，黑色运动鞋。
被寻人的面貌特征及相关情况
面貌特征:体态偏瘦，面貌端正，右眼下方可见一明显色素点，头顶右耳上方有1.5cm细长形疤痕，肤色较白
口音:普通话　身高:150cm
寻人者基本资料及联系方式
姓名:余小瑞　和被寻人的关系:父子　E-mail:yuxiaoru@msn.com
地址:江西九江市发电厂发电部化学专业332001
酬金:10000元

刘玲

性别:女　生日:1976年7月11日
籍贯:四川省富顺
职业:经济业务
最后出现地点:北京东燕郊首钢机械厂
被寻人介绍及失散原因
于2001年4月21日下午5时左右在广州市农林下路推销美琳凯化妆品时被人骗走。
被寻人的面貌特征及相关情况
身体特征:身材瘦小;高度近视，走时戴1000度隐形眼镜。
身高:151cm
口音:普通话
寻人者基本资料及联系方式
姓名:刘孝友
E-mail:babi0557@sina.com　OICQ:30097430
地址:北京东燕郊首钢机械厂
酬金:10000元

邓一鸣

性别:男　生日:1993年10月25日　籍贯:江西省赣州
职业:学生
最后出现的地点:赣州市东郊路
最后出现的时间:2002年8月13日
被寻人介绍及失散原因
2002年8月13日下午3点到4点半左右在东郊路与小伙伴玩耍以后，回家途中失踪，可能被拐卖。
被寻人的面貌特征及相关情况
面貌特征:头比较大，眼睛很大
口音:赣州口音　身高:120cm　曾用名或绰号:鸣鸣
人品性格:开朗外向
寻人者基本资料及联系方式
姓名:邓子豪　和被寻人的关系:父子
E-mail:gxy_ccww@hotmail.com　OICQ:181272473
地址:赣州市章贡区东郊路后街20号
酬金:50000元

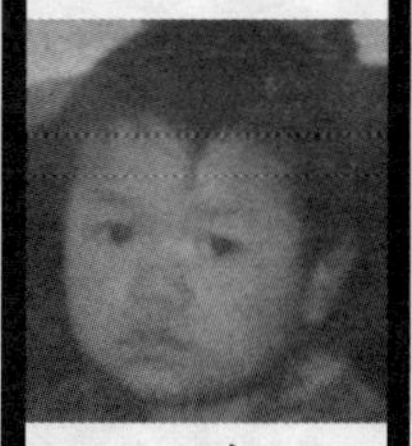
二东

性别:男
生日:1994年1月1日
籍贯:安徽省利辛县
最后出现的地点:利辛县胡集乡高杨村大秦队第16户
被寻人介绍及失散原因
1999年4月22日中午11点左右，从家附近走失。第二天报案。走失时6岁。家人一直在寻找。
被寻人的面貌特征及相关情况
身体特征:腰间有一块小胎记。
身高:105 cm

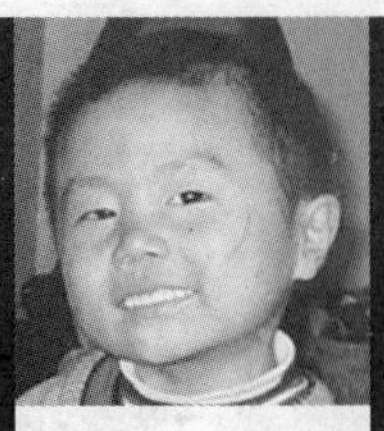

戴特株

性别:男　　生于:1999年5月　　籍贯:湖南省怀化市
最后出现的地点:湖南怀化火车站
最后出现的时间:2004年3月23日晚8时

被寻人介绍及失散原因

2004年3月23日晚8时左右在湖南省怀化市火车站一带失踪，失踪时穿红色上衣，黑色休闲裤，白色波鞋。孩子知道父母姓名，尤其知道姐姐叫戴明珠，表弟叫李智博。

被寻人的面貌特征及相关情况

面貌特征:头大圆脸，平头发型，眼睛大，鼻子有点挺，身材较胖　　口音:普通话　　身高:110 cm
曾用名或绰号:特特

寻人者基本资料及联系方式

姓名:沈先生　　和被寻人的关系:父子
E-mail:aia@china.com　　OICQ: 53635300
地址:湖南怀化火车站嫩溪龙
酬金:50000元

郑友玉

性别:女
生日:1981年1月1日
籍贯:北京市丰台区

被寻人介绍及失散原因

1993年10月25日下午4点30分左右离家出走，下午18点时家人发现，到北京站、丰台火车站寻找无果。出走前曾有近一个月没有到学校上课。

寻人者基本资料及联系方式

姓名:郑社会
地址:北京丰台城庄路3号院5号楼4门401

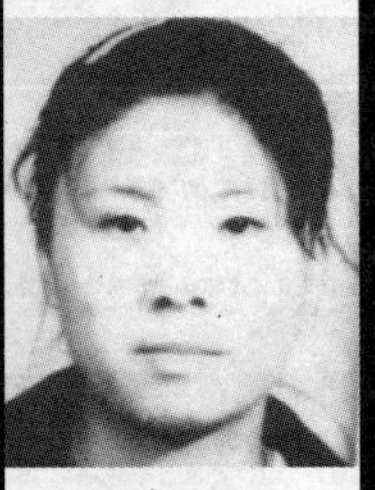

米娜

性别:女
生日:1982年10月20日
籍贯:陕西咸阳
最后出现的地点:陕西咸阳泾阳县将路村
最后出现的时间:2001年2月

被寻人介绍及失散原因

2001年2月因同家人发生矛盾从家中出走，至今没有联系。

被寻人的面貌特征及相关情况

身高:155 CM(厘米)

寻人者基本资料及联系方式

姓名:米伟
和被寻人的关系:姐妹
E-mail:shj@chinaxunren.net
OICQ: 81770627
地址:陕西咸阳泾阳县蒋台路乡徐岩村三组47号 713703

王佟辉

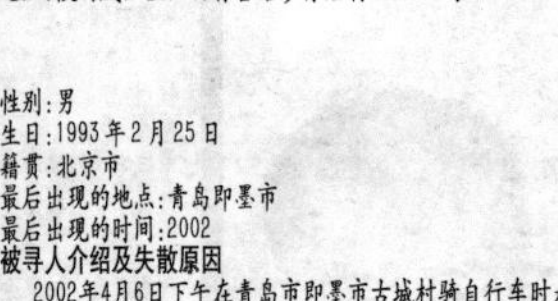

性别:男
生日:1993年2月25日
籍贯:北京市
最后出现的地点:青岛即墨市
最后出现的时间:2002

被寻人介绍及失散原因

2002年4月6日下午在青岛市即墨市古城村骑自行车时走失。走失前无异常情况。

被寻人的面貌特征及相关情况

身高:138 CM(厘米)

寻人者基本资料及联系方式

姓名:王京利
地址:山东青岛市即墨市兰村镇古城村

余旭俊

性别:男
生日:2002年8月26日
籍贯:广东省潮州
最后出现的地点:金园区妇幼保健医院
最后出现的时间:2002年8月31日

被寻人介绍及失散原因

2002年8月26日孩子出生在汕头市金园妇幼保健医院出生，出生后，被其外婆抱走，至今去向不明。

寻人者基本资料及联系方式

姓名:余先生
和被寻人的关系:父子
E-mail:yuxujun@263.net　yuci@163.net
地址:外砂镇凤窖管理区
酬金:10000元

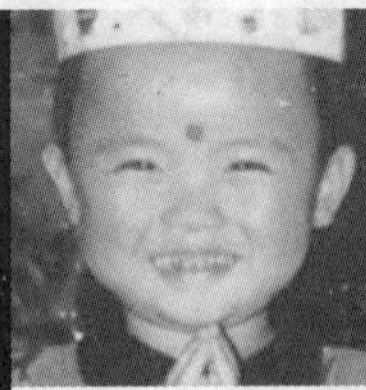
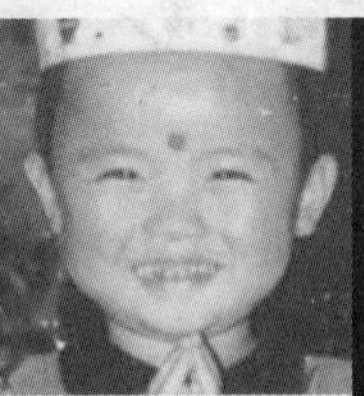

聪聪

性别:男　　生于:1999年　　籍贯:江西省安义县
最后出现的地点:德外大街双秀市场
最后出现的时间:2003年11月21日中午12点

被寻人介绍及失散原因

2003年11月21日中午12点被拐。走失时穿驼色夹克衫，下身穿咖啡色裤子，脚穿红色旅游鞋。

被寻人的面貌特征及相关情况

面貌特征:圆脸大眼睛，额头和后脑勺较突出
口音:讲普通话
身高:97cm　　人品性格:活泼

寻人者基本资料及联系方式

姓名:老彭
和被寻人的关系:父子
E-mail:xieyong8587@sina.com
地址:北京德外大街双秀市场　　酬金:100000元

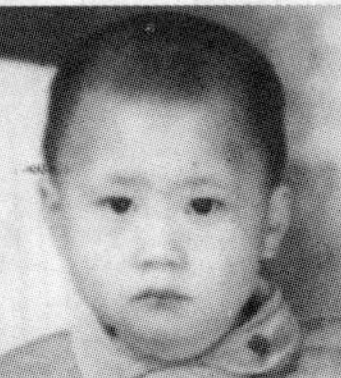
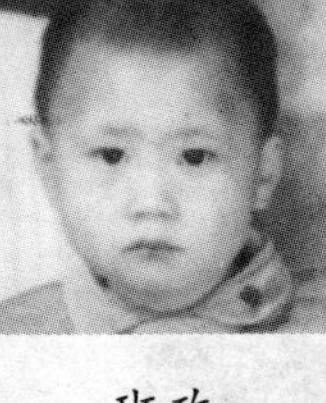

班政

性别:男
生日:2000年9月14日
籍贯:广西大化
最后出现的地点:福建泉州永春下洋镇下洋村
最后出现的时间:2004年8月4日

被寻人介绍及失散原因

被偷走

被寻人的面貌特征及相关情况

身体特征:掌纹单线，左手有硬疤，屁股有疤痕。

寻人者基本资料及联系方式

姓名:韦小姐
和被寻人的关系:母子
E-mail:hello999hello@163.com
OICQ: 107442267
地址:广西大化县雅龙乡林茂村合心屯
酬金:30000元

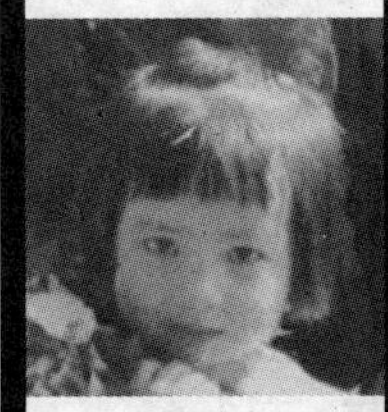

曹明月

性别:女　　生日:1989年10月20日　　籍贯:湖南郴州
最后出现的地点:湖南省郴州市永兴县县委大院
最后出现的时间:1992年7月

被寻人介绍及失散原因

早上八九点钟在家附近失踪，家人猜测是被人拐卖。

被寻人的面貌特征及相关情况

面貌特征:后颈有黑痣，右小手臂有红痣
口音:应该改了　　身高:不详 CM(厘米)
曾用名或绰号:小荷
人品性格:外向

寻人者基本资料及联系方式

姓名:曹明江
和被寻人的关系:兄妹
E-mail:cococmj_cn@china.com.cn
地址:湖南省郴州市
酬金:10000元

曹地

性别:男　　生日:1989年8月1日
籍贯:河南省河南省内乡县
最后出现的地点:襄樊到武汉的列车
最后出现的时间:2000年1月25号

被寻人介绍及失散原因

1999年农历正月十八在襄樊至武汉的列车上与其父走失。

被寻人的面貌特征及相关情况

面貌特征:圆脸，微胖　　口音:河南南阳
身高:100 cm(厘米)
相关情况:身体健康，神智正常，走时穿黄色格子套装，知道自己的家庭地址。
人品性格:性格外向

寻人者基本资料及联系方式

姓名:张先苹　　和被寻人的关系:母子关系
E-mail:xueyanwu@21cn.com　　OICQ: 42498089
地址:河南省内乡县妇女联合会　　酬金:5000元

邓轩

性别:女　　生日:1994年7月9日　　籍贯:黑龙江省阿城市
最后出现的地点:黑龙江省阿城市糖机厂院里
最后出现的时间:2003年7月29日

被寻人介绍及失散原因

邓轩性格外向，爱好跳舞、音乐、书法。2003年7月29日下午4时许，孩子和另一男孩在她奶奶家楼下玩，一个30岁左右的男子将二人拐走。

被寻人的面貌特征及相关情况

面貌特征:长头发,大眼睛,圆脸尖下壳
口音:哈尔滨市　　身高:130 CM(厘米)

寻人者基本资料及联系方式

姓名:赵东明　　和被寻人的关系:亲属
E-mail:blue@xycold.com　　OICQ: 17056441
地址:黑龙江省阿城市民权大街62号日月婚纱摄影（收）
酬金:50000元

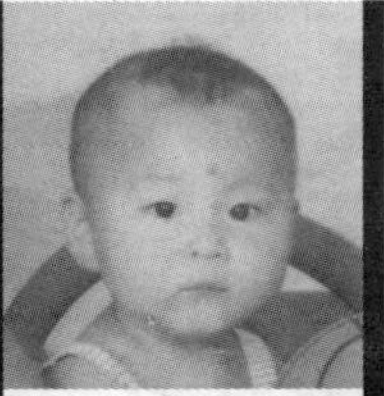

郭建玮

性别:女　生日:2000年5月13日　籍贯:河北省临漳县
最后出现的地点:临漳县孙陶镇苗庄村
最后出现的时间:2002年9月6日
被寻人介绍及失散原因
2002年9月6日下午5点左右,孩子正在村东大堤上玩耍,有两个男子骑着一辆摩托车从此路过,抱起孩子,捂住孩子的嘴就跑。他们不顾一群学生正从此路过,横冲直撞,逃之夭夭。孩子的姥姥大声呼喊也无济于事。家人当即向临漳县刑警五中队报了案,警民共同寻找孩子,河南安阳、邯郸、大名等地都找过,至今杳无音信。
被寻人的面貌特征及相关情况
面貌特征:大眼睛,爱说话,好动　口音:临漳　身高:不详CM(厘米)　曾用名或绰号:妞妞
寻人者基本资料及联系方式
姓名:苗美丽　和被寻人的关系:母女
E-mail:ghy6666@yahoo.com.cn　地址:临漳县水利局
酬金:10000元

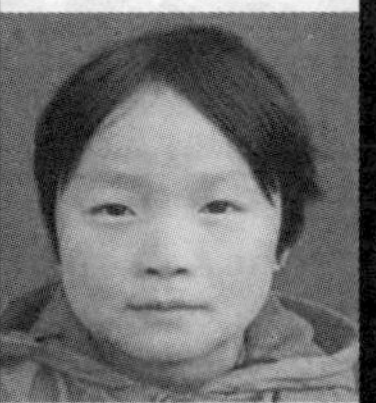

洪青青

性别:女　生日:1998年3月17日　籍贯:陕西省武功县
最后出现的地点:武功县渭河滩
最后出现的时间:2004年10月26日
被寻人介绍及失散原因
在渭河滩放羊时被两个男子骑摩托车抢走,止今杳讯。
被寻人的面貌特征及相关情况
面貌特征:右侧脸有马蹄型疤痕
口音:陕西口音　身高:100 cm
曾用名或绰号:洪任雪
人品性格:活泼
寻人者基本资料及联系方式
姓名:洪美洲
和被寻人的关系:父女关系
E-mail:llllll0215@163.com
地址:陕西武功大庄镇乔寨夏家五组
酬金:5000元

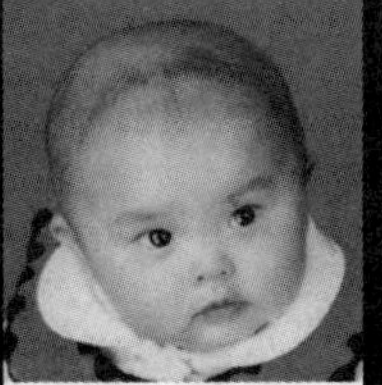

官政翰

性别:男
生日:2003年12月26日
籍贯:湖北/荆门
最后出现的地点:湖北荆门象山市场
最后出现的时间:2004年2月13日11时
被寻人介绍及失散原因
2004年2月13日11时在湖北荆门象山市场附近走失。
寻人者基本资料及联系方式
姓名:官碧华
和被寻人的关系:父子
E-mail:dyj116@eyou.com
地址:湖北荆门市东宝工商分局
酬金:20000元

黄凯亮

性别:男　生日:1998年10月24日　籍贯:甘肃陇西
最后出现的地点:甘肃陇西
最后出现的时间:2001年12月19日
被寻人介绍及失散原因
2001年12月19日在甘肃省陇西县文峰镇迎春堡被人骗。
被寻人的面貌特征及相关情况
面貌特征:圆脸,大眼睛,头大
口音:甘肃
身高:70 CM(厘米)
寻人者基本资料及联系方式
姓名:黄世海
和被寻人的关系:父子关系
E-mail:ljm010326@tom.com
OICQ:68821295
地址:甘肃省陇西县文峰镇迎春堡史家巷27号
酬金:10000元

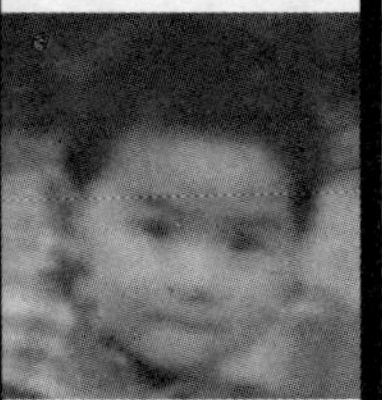

胡锦杨

性别:男　生日:1998年8月4日
籍贯:江苏省无锡市　职业:学生
最后出现的地点:江苏无锡堰桥胡家渡杨墅园138号
最后出现的时间:2002年3月5日
被寻人介绍及失散原因
2002年3月5日在江苏无锡堰桥胡家渡附近被人抱走,至今下落不明。
被寻人的面貌特征及相关情况
身体特征:圆眼睛,大耳朵,右耳后头发下有一黑色小痣,皮肤白
身高:100cm
寻人者基本资料及联系方式
姓名:胡星
E-mail:huyangaa731015@sina.com　电话:0510-3746517
地址:江苏无锡堰桥胡家渡杨墅园138号
酬金:20000元

江加珑

性别:女　生日:1997年10月7日　籍贯:浙江宁波镇海
最后出现的地点:镇海"张监矸"公园
最后出现的时间:2001年4月15日上午
被寻人介绍及失散原因
被三个女人贩联手拐骗。
被寻人的面貌特征及相关情况
面貌特征:瓜子型脸庞,前额开阔,五官端正,前后发结高;眼睛较大,双眼皮,其中有一只眼球的表面有一个园形白点(隐形胎记);鼻子挺直,嘴小唇薄,口形扁平;个头偏矮。
口音:宁波镇海　身高:72 CM(厘米)　曾用名或绰号:珑珑
人品性格:内向
寻人者基本资料及联系方式
姓名:孙志辉　和被寻人的关系:外公与外孙女
E-mail:sunlaohan@msn.com
地址:浙江宁波镇海车站路68号310室
酬金:6000元

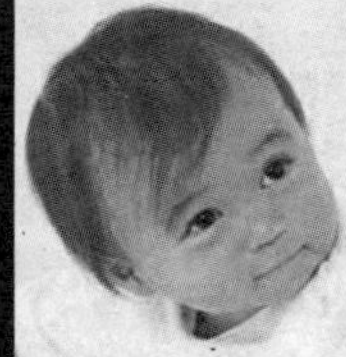

李军

性别:男　生日:1999年10月20日
籍贯:河南省沈丘县
最后出现的地点:沈丘县政府院
最后出现的时间:2005/1/29 16:20
被寻人介绍及失散原因
与大人一块上街玩耍,走失。
被寻人的面貌特征及相关情况
面貌特征:圆脸,皮肤稍黑,大眼睛
口音:河南
身高:140 CM(厘米)
寻人者基本资料及联系方式
姓名:张海兵
和被寻人的关系:兄弟
E-mail:zhang5218749@yahoo.com.cn
地址:河南省沈丘县政府院内
酬金:100000元

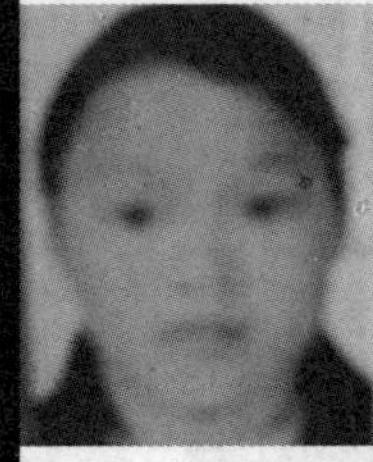

李颖

性别:女　生日:1989年3月12日
籍贯:福建永春五里街　职业:工厂打工
最后出现的地点:厦门同安
被寻人介绍及失散原因
在厦门同安莲花路拉链厂打工于12日晚下午4:30与一同事离厂至今未归,未有任何线索。
被寻人的面貌特征及相关情况
面貌特征:瘦弱矮小,头部较小,长发清秀
口音:闽南语　身高:147cm　人品性格:内外兼有
寻人者基本资料及联系方式
姓名:李培基　和被寻人的关系:父女
E-mail:www.linqx-qz@163.com
OICQ:441874573
地址:福建省永春县五里街镇埔头村11组
酬金:5000元

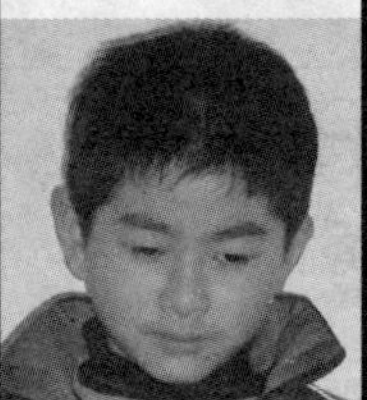

刘静伟

性别:男　生日:1990年1月21日
籍贯:上海普陀区
最后出现的时间:2003年3月29日
被寻人介绍及失散原因
事情经过:3月29日 星期一,该学生家长为孩子请病假三天不来读书,由于该学生身体一直不好,当时学校老师就没有在意。直到星期四,该学生仍然没有来校读书,老师让住在附近的学生去看他,同学回来说家里没有人。用电话联系,该学生母亲手机关机。
被寻人的面貌特征及相关情况
面貌特征:刀眉,大眼,大耳垂　口音:上海
身高:165 CM(厘米)
寻人者基本资料及联系方式
姓名:叶老师
和被寻人的关系:老师　E-mail:xingbar@etang.com
OICQ:114419431　地址:上海普陀区云岭中学

李潘

性别:男　生日:1999年9月23日
籍贯:陕西 西安
最后出现的地点:西安市东郊纬十街
最后出现的时间:2003年8月23日
被寻人介绍及失散原因
走失
被寻人的面貌特征及相关情况
口音:西安　身高:85 CM(厘米)　曾用名或绰号:李潘
人品性格:活泼可爱
寻人者基本资料及联系方式
姓名:李跃稳
和被寻人的关系:父子
E-mail:cxbzfh@163.net
OICQ:1273823
地址:西安市纬十街88号院
酬金:5000元

刘冰旋

性别:女　　生日:1992年11月20日　　籍贯:宁夏石嘴山市
最后出现的地点:宁夏石嘴山市发电厂家属区
最后出现的时间:2002年5月6日
被寻人介绍及失散原因
　　于2002年5月6日下午1点半分左右在宁夏石嘴山市发电厂家属区失踪。当时上身穿浅绿色条绒无秀连衣裙，内穿黄色带帽长袖T恤衫，下身穿粉红色裤子，脚穿贝贝鞋。
被寻人的面貌特征及相关情况
面貌特征：身材较瘦，皮肤较白下嘴唇有一明显黑痣，头扎马尾辫。　　口音:普通话　　身高:140 CM(厘米)
人品性格:活泼
寻人者基本资料及联系方式
姓名:马列明
E-mail:shj@chinaxunren.net　　电话：0952-3613033
地址:宁夏石嘴山市石嘴山区河滨工业区石嘴山发电公司
酬金:50000元

秦志豪

性别:男
生日:1995年9月15日
籍贯:重庆石柱县
最后出现的地点:石柱县南滨镇农机大厦
最后出现的时间:2003年1月28日
被寻人介绍及失散原因
　　2003年1月28日下午6点多在石柱县南滨镇农机大厦附近玩耍时失踪。当时上穿咖啡色防寒服，下穿灰白色牛仔裤。
被寻人的面貌特征及相关情况
身高:115 CM(厘米)
面貌特征：瓜子脸、细眉、鼻梁有一小黑痣。
寻人者基本资料及联系方式
姓名:马勤淑
和被寻人的关系:叔侄
地址:重庆杨家坪业绩一村新八幢一单元5-1 (400050)
酬金:30000元

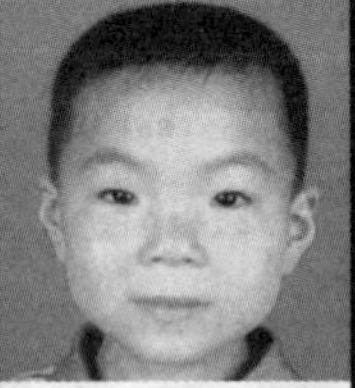

桑泽辉

性别:男　　生于:1997年　　籍贯:石家庄长安区
最后出现的地点:石家庄长安区南翟营北口
最后出现的时间:2005年4月24日下午5点
被寻人介绍及失散原因
　　2005年4月24日下午5点左右在石家庄长安区南翟营北口附近走失，走失时上身穿浅蓝色秋衣，下身穿米色裤子，脚穿黑色球鞋。
被寻人的面貌特征及相关情况
身高:120cm
寻人者基本资料及联系方式
姓名:张副明
E-mail:zfm555@chssb.com
OICQ: 48195423
地址:石家庄市谈固北大街65号石家庄链轮总厂研发中心
酬金:1000元

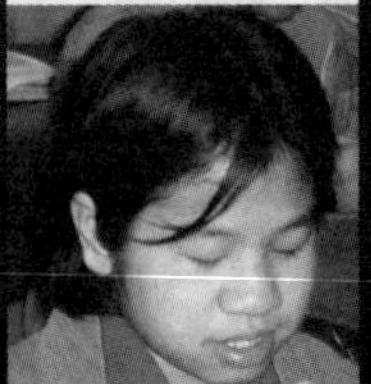

苏健芬

性别:女
生于:1990年
籍贯:广东增城
最后出现的地点:广州增城新塘
最后出现的时间:2004年3月20日
被寻人介绍及失散原因
　　2004年3月20日星期六早上回校上课，途中失踪
被寻人的面貌特征及相关情况
面貌特征:中等身材，单眼皮
口音:广东话
身高:约140 CM(厘米)
寻人者基本资料及联系方式
E-mail:king-82720120@163.com
OICQ: 252569136
地址:广州增城新塘
酬金:3000元

王雷

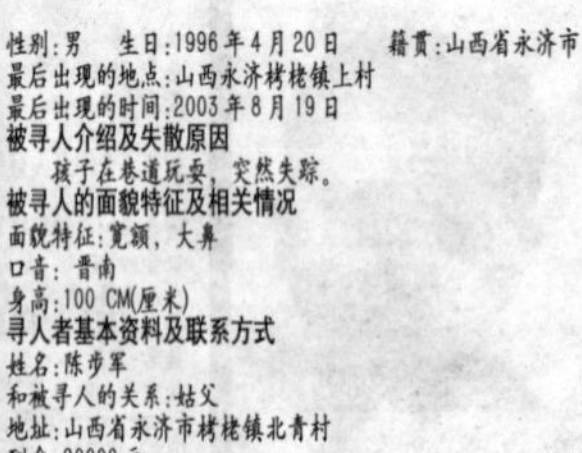

性别:男　　生日:1996年4月20日　　籍贯:山西省永济市
最后出现的地点:山西永济栲栳镇上村
最后出现的时间:2003年8月19日
被寻人介绍及失散原因
　　孩子在巷道玩耍，突然失踪。
被寻人的面貌特征及相关情况
面貌特征:宽额，大鼻
口音：晋南
身高:100 CM(厘米)
寻人者基本资料及联系方式
姓名:陈步军
和被寻人的关系:姑父
地址:山西省永济市栲栳镇北青村
酬金:20000元

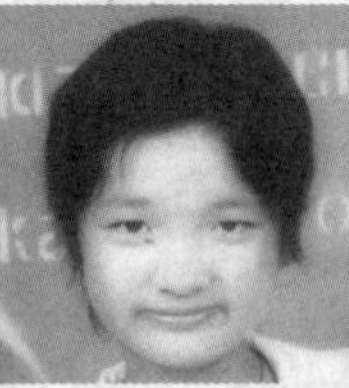

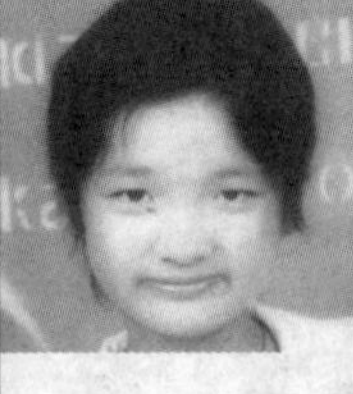

王星星

性别:女　　生日:1990年11月18日
籍贯:山东临沂费县幸福街
最后出现的地点:费县百姓超市
最后出现的时间:2005年1月8号
被寻人介绍及失散原因
　　2005年1月8日在费县走失，走时上身穿天蓝色羽绒服，下身穿蓝色牛仔裤，脚穿黑色棉鞋。
被寻人的面貌特征及相关情况
面貌特征:方脸，单眼皮，短发，有酒窝
口音:山东临沂费县
身高:160 cm
人品性格:内向
寻人者基本资料及联系方式
姓名:王伟　　和被寻人的关系:父女
酬金:10000元

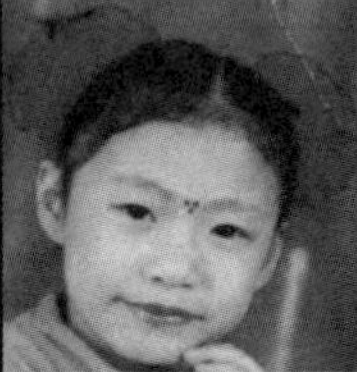

王媛

性别:女　　生于:1996年　　籍贯:天津市杨柳青
最后出现的地点:天津市杨柳青十街道办事处老公所胡同
最后出现的时间:2004年7月19日上午11点半左右
被寻人介绍及失散原因
　　在天津市杨柳青十街道办事处老公所东胡同玩耍丢失，走失时上身穿绿色背心，下身穿绿色7分裤。
被寻人的面貌特征及相关情况
面貌特征:前门牙已掉，牙齿不齐。
口音:普通话
身高:120 cm
曾用名或绰号:媛媛
人品性格:开朗、爱说爱笑
寻人者基本资料及联系方式
姓名:田昆　　和被寻人的关系:亲戚
E-mail:ayf163@163.com
地址:山西太原和平南路135号18信箱

肖婷婷

性别:女　生日:1999年1月4日　籍贯:辽宁省葫芦岛
最后出现的地点:王府井百货大楼
最后出现的时间:2004.7.18
被寻人介绍及失散原因
　　2004年7月18日中午在王府井百货大楼不慎走失。孩子知道父母名字，但不知道电话号码。
被寻人的面貌特征及相关情况
面貌特征：全是蛀牙，牙齿是黑色的；单眼皮，头发色泽偏黄，
口音:辽宁葫芦岛
身高:110 CM(厘米)
寻人者基本资料及联系方式
姓名:徐红霞　和被寻人的关系:母女
E-mail:bxl@hdavec.org
地址:辽宁省葫芦岛市新区怡园社区10号楼2单元8号
酬金:50000元

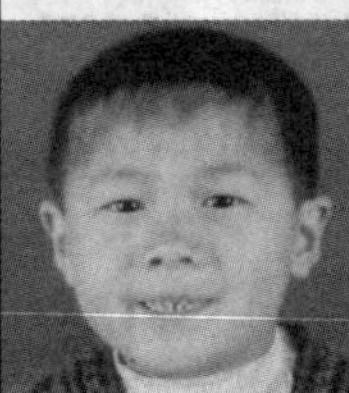

温振雄
（小名毛毛）

性别:男　生日:1995年9月18日　籍贯:山西省永济市
最后出现的地点:家中
最后出现的时间:2003年3月24
被寻人介绍及失散原因
　　2003年3月24日晚8时许，单独在家做作业的孩子突然失踪，家人赶紧发动亲朋好友四处寻找，但到现在仍无结果。
被寻人的面貌特征及相关情况
面貌特征:嘴小，瘦脸　　口音:晋南
身高:120 CM(厘米)
寻人者基本资料及联系方式
姓名:魏彩霞
和被寻人的关系:母子关系
E-mail:wcx1212@yahoo.com.cn
地址:山西省永济市畜禽公司家属楼
酬金:200000元

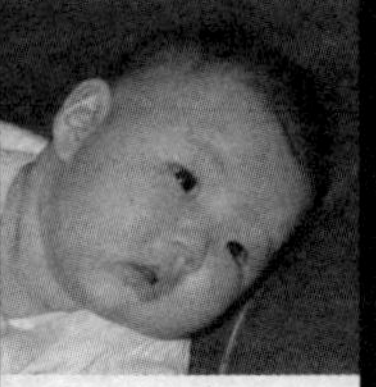

小女孩

性别:女　　生日:2004年11月20日　　籍贯:北京市海淀
最后出现的地点:海淀区廖公庄田村
最后出现的时间:2005年3月21日下午4点半
被寻人介绍及失散原因
　　3月21日16点半，在我堂妹上厕所的工夫试工的女服务员将孩子抱走。宝宝女，5个月，长得比较胖，肤色白，脑后有一大块枕秃（头发被磨掉了）。被抱走时穿红色上衣，土色裤子蓝花色被。人贩子40多岁，1.56米左右，中等身材，略带内蒙口音。眼睛大，双眼皮，眼部周围皱纹较多，眼珠色泽灰暗。肤色较黑，头发少，有枯色染发痕迹，戴两个大金耳环，2枚银戒指。走时穿土色上衣。
被寻人的面貌特征及相关情况
面貌特征:长得比较胖，肤色白
寻人者基本资料及联系方式
姓名:刘先生
和被寻人的关系:叔侄

薛宇晨

性别:男　　生日:2002年4月19日　　籍贯:贵阳
最后出现的地点:贵阳市山林路往白云区大山洞去的汽车站
最后出现的时间:2004年9月21日
被寻人介绍及失散原因
孩子母亲因精神失常将小孩遗弃。2004年9月21日早上八九点钟，小孩哭闹，她把小孩遗弃在贵阳返回大山洞的汽车站。当时孩子穿了一身新外衣服，新皮鞋。上衣是深色的运动装，袖子的侧面有黄色的装饰条，衣服带有帽子。里面穿了一件半新的咖啡色毛衣，胸前有红色的英文字母。裤子是灰色的，布料有些厚，不是很软，裤脚穿的有线，有装饰的小圆豆。鞋是系带的新皮鞋，浅棕色。
被寻人的面貌特征及相关情况
面貌特征:他的后额长得非常突出、饱满。　　身高:不详
寻人者基本资料及联系方式
姓名:薛鹏　和被寻人的关系:父子关系　E-mail:pxue@msn.com
OICQ:274352864　地址:北京昌平名流花园　酬金:0元

杨浩东

性别:男　　生于:2000年　　籍贯:陕西乾县
最后出现的地点:陕西乾县薛录镇北田果村
最后出现的时间:2003年12月11日
被寻人介绍及失散原因
走失，走失时身穿黄色尼子大衣，灰色裤子，红色帆布鞋，戴黄绿相间八角帽子。
被寻人的面貌特征及相关情况
口音:陕西
身高:75 CM(厘米)
寻人者基本资料及联系方式
姓名:王海燕
和被寻人的关系:姑侄
E-mail:wanghaiyan@jscpu.com
OICQ:26401210
地址:无锡商业职业技术学院经管系
酬金:20000元

杨瑞

性别:女　　生日:2001年9月20日
籍贯:河北邢台隆尧县
最后出现的时间:隆尧县城关镇义丰村
被寻人介绍及失散原因
在门口玩时，被拐走。
被寻人的面貌特征及相关情况
面貌特征:长方脸，一笑有两个酒窝，皮肤白。
口音:河北邢台　　身高:90cm
曾用名或绰号:瑞瑞
人品性格:好动
寻人者基本资料及联系方式
姓名:杨立根
和被寻人的关系:父女
E-mail:dlp1997jg@yahoo.com.cn　　OICQ:94477038
地址:河北省隆尧县城关镇义丰村
酬金:20000元

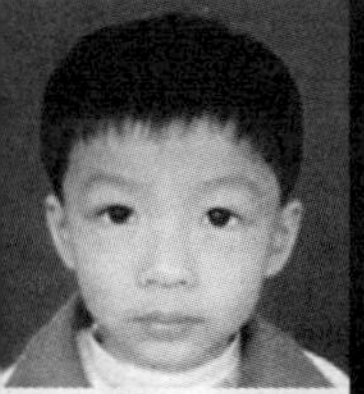

徐文亮

性别:男　　生日:1992年5月26日
籍贯:广州市花都　　职业:学生
最后出现的地点:广州花都区大塘边
被寻人介绍及失散原因
走失。"儿子啊，你究竟在何方？我们每天想你都想得快发疯了。如果你有机会看到这篇文章，那么就给爸妈来一个电话吧，没有了你，我们怎么活得下去啊！"——徐文亮父母的泣血呼唤。
被寻人的面貌特征及相关情况
身高:135 CM(厘米)
寻人者基本资料及联系方式
姓名:徐国佳
E-mail:handywa@21cn.com
OICQ:7362909
地址:广州市花都大塘边
酬金:100000元

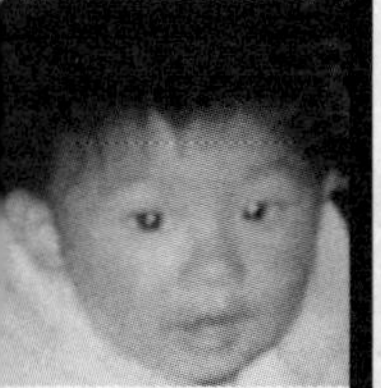

曾佳宇

性别:男　　生日:2001年3月15日
籍贯:湖南长沙
最后出现的地点:湖南常德西洞庭农场
最后出现的时间:2003年1月8日
被寻人介绍及失散原因
在家门口被人抱走。
被寻人的面貌特征及相关情况
面貌特征:圆脸,小平头,大眼,笑时有酒窝
口音:湖南长沙　　身高:不详 CM(厘米)
曾用名或绰号:佳宇、宇子
人品性格:不爱戴帽子
寻人者基本资料及联系方式
姓名:曾凯江　　和被寻人的关系:父子
E-mail:zkj8888@hotmail.com　　OICQ:396125858
地址:湖南长沙
酬金:5000元

张二娟

性别:女
生日:1985年5月15日
籍贯:江苏省沭阳县贤官镇
最后出现的地点:江苏省大丰县
最后出现的时间:2003年9月
被寻人介绍及失散原因
跟同伴一起在常州打工，跟一大丰县女孩回其家中，之后就音信全无。出走时携带其同伴文会的身份证。
寻人者基本资料及联系方式
姓名:赵敏
和被寻人的关系:同乡
E-mail:miaomi9411467@163.com
OICQ:195532831

姚军
(乳名小宝)

性别:男　生日:1999年(具体日期不详)
籍贯:云南玉溪李棋镇金家边
最后出现的地点:云南玉溪李棋镇金家边八队
最后出现的时间:2004年9月15日中午2点
被寻人介绍及失散原因
孩子单眼皮，玉溪口音，左食指中间有吸吮变形迹象；性格内向，不善言语。2004年9月随母出走。有人在2004年9月16日昆明－长沙(T62次)的列车上见到过母子，当时孩子肚子疼，其母遂与列车员争吵，家人多次外出在主要车站寻找，没到收容所找过。
被寻人的面貌特征及相关情况
面貌特征:圆脸左边耳上有两个小疤痕　　口音:云南玉溪
身高:120 CM(厘米)
寻人者基本资料及联系方式
姓名:姚美珍　E-mail:shj@chinaxunme.net　OICQ:81770627
地址:云南玉溪李棋镇金家边八队653100

张璐

性别:男　生日:1995年7月28日　籍贯:四川省内江市资中县
最后出现的地点:四川资中县人民医院
最后出现的时间:2003年1月27日
被寻人介绍及失散原因
张璐于2003年1月27日下午在医院走失，至今未有任何消息，全家人异常焦急。
被寻人的面貌特征及相关情况
面貌特征:瓜子脸　　口音:四川内江资中
身高:120cm(厘米)
人品性格:好动,贪玩,喜欢吃东西
寻人者基本资料及联系方式
姓名:谭军
和被寻人的关系:表叔　　E-mail:ALEX_TAN01@263.NET
OICQ:429729　　地址:广州中山大学计算机科学系
酬金:12000元

张会知

性别:男　生日:2000年7月3日　　籍贯:四川
最后出现的地点:四川成都金花镇陆坝村金兴北路644号
最后出现的时间:2005年7月27日
被寻人介绍及失散原因
被拐时上身穿姜黄色背心，下身穿灰色短裤。
被寻人的面貌特征及相关情况
面貌特征:额头有明显疤痕
口音:四川
身高:70cm
人品性格:内向
寻人者基本资料及联系方式
姓名:张加琪
和被寻人的关系:父子
地址:四川成都机投
酬金:20000元

钟敏

性别:女　　生于:1987年　　籍贯:湖南桃江
职业:务工　　最后出现的地点:广东珠海
最后出现的时间:2005年5月
被寻人介绍及失散原因
2005年春节外出务工，至今与家人无联系，有被骗的性。
被寻人的面貌特征及相关情况
面貌特征:个子矮
口音:湖南益阳　　身高:155 CM(厘米)　　人物性格:活泼
寻人者基本资料及联系方式
姓名:刘志海
和被寻人的关系:姐夫
E-mail:liuzhihai111@163.com
OICQ:105159009
地址:湖南桃江乌旗山乡赤塘村
酬金:5000元

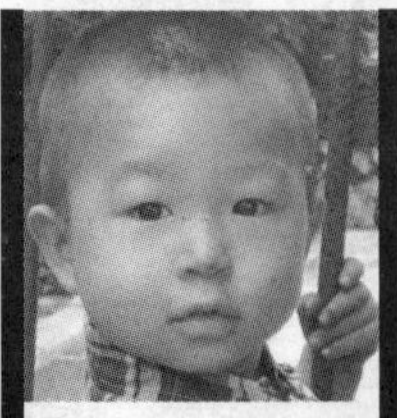

张星宇

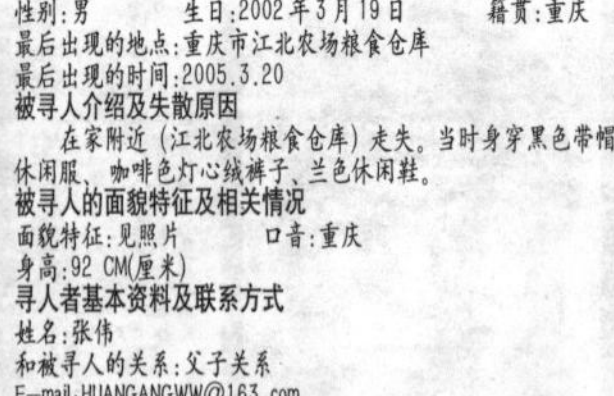

性别:男　生日:2002年3月19日　籍贯:重庆
最后出现的地点:重庆市江北农场粮食仓库
最后出现的时间:2005.3.20
被寻人介绍及失散原因
在家附近（江北农场粮食仓库）走失。当时身穿黑色带帽休闲服、咖啡色灯心绒裤子、兰色休闲鞋。
被寻人的面貌特征及相关情况
面貌特征:见照片　口音:重庆
身高:92 CM(厘米)
寻人者基本资料及联系方式
姓名:张伟
和被寻人的关系:父子关系
E-mail:HUANGANGWW@163.com
地址:重庆江北农场
酬金:8000元

张利娟

性别:女　生日:1983年11月4日　籍贯:河北省大名县
职业:保姆　最后出现的地点:北京市西直门附近
最后出现的时间:2001年7月10日上午
被寻人介绍及失散原因
2001年2月11日离家到北京丰台区青塔村姨家住，经人介绍到北京西直门南草厂冠英院13号楼一家做保姆。两个月后辞职回到丰台姨家。2001年7月，张利娟称一河北大名老乡（查无此人）给她介绍新的工作，单位在西直门附近。10日上午她到西直门，自此没有下落。其家人一直寻找，希望各界给与帮助。
被寻人的面貌特征及相关情况
面貌特征:眼睛较小,在手腕处有一小疤痕。　口音:河北大名
身高:160cm　曾用名或绰号:张丽娟　人品性格:内向
寻人者基本资料及联系方式
姓名:张方海　和被寻人的关系:父女
E-mail:shj@chinaxunren.net　OIC Q88170627　电话:0310-6407361
地址:河北大名县沙圪塔镇郭鸭窝村　酬金:5000元

赵艳

性别:女　生日:1995年1月21日
籍贯:河北省秦皇岛
最后出现的地点:河北昌黎县刘台庄镇小滩西村
最后出现的时间:2002年10月4日
被寻人介绍及失散原因
2002年10月4日上午11点多在家门口失踪。
被寻人的面貌特征及相关情况
面貌特征:7岁　口音:唐山　身高:不详
寻人者基本资料及联系方式
姓名:张国
和被寻人的关系:朋友
E-mail:big@fjnet.com　电话:0335 2048067（赵希平）
手机:13703357760（赵森民）　OICQ:1078576
地址:北京8033信箱
酬金:50000元

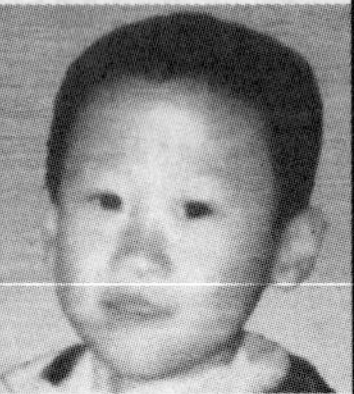

邓佳瑶

性别:男
生日:1993年4月13日
籍贯:山东省东营市河口区
职业:学生
最后出现的地点:山东省东营河口孤岛小学
被寻人介绍及失散原因
2002年3月7号下午放学后在小区院内丢失。
被寻人的面貌特征及相关情况
身高:140 CM(厘米)
人品性格:天真活泼
寻人者基本资料及联系方式
姓名:邓文
E-mail:dw6207@mail.fm365.com
地址:山东省东营河口孤岛采油厂准备大队
酬金:100000元

刘艺迪
（小名陶陶）

性别:女，7岁半，身高1.3米，身穿淡绿色吊带连衣裙，脚穿淡蓝色网状贝贝球鞋，手拎剑桥英语学习资料，于2005年7月25日16:00时许自库尔勒东站铁路客运段门口去二十区途中失踪。可怜天下父母心，有知其下落者请与刘先生、肖先生联系，提供有效线索者当面酬谢5000元，找到孩子者当面酬谢50000元。

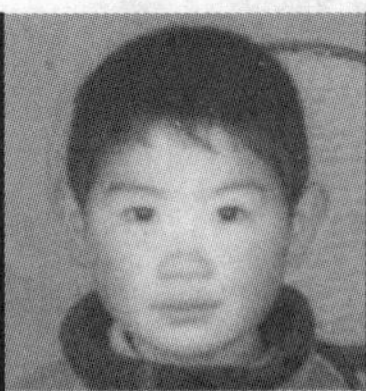

高家辉

性别:男　生日:1995年10月16日
籍贯:河北保定定州
最后出现的地点:河北定州市北王村
最后出现的时间:2003年5月28日
被寻人介绍及失散原因
由于出去玩，在村边丢失。
被寻人的面貌特征及相关情况
口音:河北定州
身高:120 cm(厘米)
曾用名或绰号:老二
寻人者基本资料及联系方式
姓名:高成敏
和被寻人的关系:父子关系
E-mail:cxh_66@163.com　OICQ:13630591
地址:河北省定州市叮咛店镇北王村
酬金:20000元

以上资料由华夏寻人网独家提供
华夏寻人网网址:
http://www.chinaxunren.net
通讯地址:北京95015信箱
电话:010-62487304
邮箱:shj@chinaxunren.net
有关事宜请与华夏寻人网联系
如有事主信息请速与华夏寻人网联系